《聯合報》
企業文化的形成與傳承
(1963-2005)　下冊

習賢德◎著

目　　　錄

圖表目錄

第四章：《聯合報》企業文化的變遷與省思

　　《聯合報》「初嘗成長的喜悅」是在民國四十七年二月十六日，報社將辦公場地由臺北市西寧南路三十三號，遷往中山堂對面的延平南路八十三號四層樓房，亦即其後「山西餐廳」所在的同一棟建物。西寧南路舊址原本在髒亂嘈雜的中央市場旁，白天除了從對面飄送過來的各種雞鴨魚肉蔬菜的「五味俱全」外，晚上還有一個奇景，那就是從日光燈管垂直下來的開關電線，顯得特別粗大，原來是紅頭蒼蠅白天在中央市場飽餐之後，晚上睡覺便把整條電線停得滿滿的。[1]蚊蠅纏繞在辦公室天花板和電燈線上「烏黑黑一片，何祗十數萬隻」，同仁便在群蠅亂舞中辦公，並打趣地說：「這是好現象，象徵我們將來的報份，會跟現在蒼蠅一樣多。」此一時期曾被稱為「中山堂時期」[2]，其後再以總社所在的街道名稱予以定位，故又統一修正為「延平南路時期」。

　　彼時《聯合報》員工待遇在「比照美援機構」[3]的政策下，已成臺北同業中相當優渥的一群，也因此對外羅致人才變得十分容易；在高

---

[1]　費省非：〈從西寧南路到忠孝東路〉，《聯合報社務月刊》第 203 期，民國 70 年 9 月，頁 76。

[2]　于衡將《聯合報》成長分為四大階段：西寧南路創業時代、中山堂發展時代、康定路的大會戰時代、巔峰的忠孝東路時代。參見：于衡：《聯合報二十年》，臺北，聯合報社，民國 60 年 9 月，頁 33-45。

[3]　有關《聯合報》早年員工待遇在「比照美援機構」的水準下實施之說，可能並不明確，因為政府遷臺後的記者待遇最好的單位，應是業務原本都大幅領先的《中央日報》和《臺灣新生報》；《聯合報》員工待遇提高到普遍超越同業，似以在總社東遷忠孝東路後較為可能。

薪政策下，記者編輯免除了生活和家計方面的後顧之憂，可專心投入工作，不必利用特殊身分向採訪對象拉廣告、搞推銷。記者不再是雜牌部隊，跑新聞時亦漸能贏得採訪對象尊重的態度。由於人手增加，供稿無虞，早期記者發稿字數須按月統計，並於社刊排序的刻板作法，亦予取消。

早年三報《聯合版》首任發行部主任應人[4]曾要求和《中央日報》每天交換二十份報紙，卻遭《中央日報》主管十分不屑地將他帶去的一捆報紙，一把擲出門外的屈辱，終於煙消雲散。民國四十八年八月十六日《聯合報》社址，再遷往康定路廿六號五層樓的房舍，九月十六日正式宣布發行量突破八萬份，躍居自由中國第一大報，超越原居首席的黨營第一大報《中央日報》。[5]

王惕吾開始重視自身企業文化，始自報系單位劇增，和各類業務

---

[4]　應人字鼎新，浙江省武義縣人，民國前 2 年 9 月 1 日生，畢業於黃埔軍校第 13 期，曾任蔣中正總統警衛旅營長，為王惕吾軍中舊屬；來臺除役後曾經營六華春餐廳，不久即告倒閉，於《民族報》主管發行業務，民國 40 年 9 月 16 日三報發行聯合版，又擔任經理部副總經理兼發行主任，民國 56 年 4 月 20 日任《經濟日報》總經理，民國 60 年 7 月 19 日升任《聯合報》總經理，民國 63 年 9 月 16 日再升副社長，民國 71 年 9 月 16 日退休並獲聘為顧問；應氏早歲督導發行業務勤勉負責，對《聯合報》躍居百萬份大報著有汗馬功勞，獲同業推崇為「送報狀元」。民國 85 年 10 月 17 日病逝上海寓所，享年 88 歲。參見：（1）周恆和：〈聯合報前副社長應人、編輯部顧問楊漢之相繼病逝：悼念兩同仁盡勝哀思〉，《聯合報系月刊》第 167 期，民國 85 年 11 月，頁 50,51。（2）應中：〈哀思父〉，《聯合報系月刊》第 167 期，民國 85 年 11 月，頁 54,55。

[5]　（1）王麗美：《報人王惕吾：聯合報的故事》，臺北，天下文化出版公司，1994 年 8 月 1 版 3 刷，頁 48,49,78,79,80。（2）胡祖潮：〈財務，總務，印務〉，《聯合報社務月刊》第 203 期，民國 70 年 9 月，頁 26,27。

亟需整合之後；至於報社其他人士具體提出回應者，首推民國七十四年五月十八日總主筆楊選堂於《經濟日報》「楊子漫談經濟」專欄發表〈聯合報企業文化〉一文。此一時點，距離《聯合報》創刊已長達約三十四年；這意味著過了三十四年才有閒情逸緻回首走過的漫漫長路，過了三十四年才有十足的勇氣和信念，對外公開宣示激勵自身苦壯成長的企業文化。民國七十四年十二月廿一日惕老頒獎表揚發行部「掃紅」成功，終於達成了在發行方面「全面第一，處處第一」的攻頂目標。[6]

　　楊選堂認為，聯合報系是非常成功的企業，在企業經營管理的意義上，可供建立「中國式管理」的模式；因此聯合報企業文化，應該是探討現代管理科學落實到中國企業經營上的主要對象。至於什麼是聯合報企業文化呢？可從哲學、規範、精神、行為等四個範疇去分析，整理一套企業文化模式。其方向包括：[7]

第一、《聯合報》的經營，在維持企業本身發展的要求以外，在作為社會公器、輿論報國，以及促進社會多元發展各方面所確定的哲學。

第二、《聯合報》為達成其企業本身發展目的及大眾傳播使命，所採取的經營方針，以及管理方法。

第三、《聯合報》如何建立全體員工對其企業使命的共識。

第四、《聯合報》如何激發全體員工對企業本身發展，以及企業使命的

---

[6]　阮肇彬記錄：〈董事長在慶功頒獎典禮上的講詞：全面第一，處處第一，「掃紅」成功〉，《聯合報系月刊》第 37 期，民國 75 年 1 月，頁 7。

[7]　楊選堂：〈《聯合報》企業文化〉，《聯合報系月刊》第 30 期，民國 74 年 6 月，頁 14,15。

歸屬感與奉獻精神。

第五、《聯合報》對其員工所確立的工作與團體行為的共同規範。

第六、《聯合報》對國家社會整體利益,以及國家社會前途所確認的使
　　　命感,以及如何發揮其影響作用。

　　事實上,前述六點是屬於《聯合報》功成名就之後冠冕堂皇的自
我總結。稍知報業競爭經緯者皆知,無論從戒嚴時期或是解嚴後的臺
灣報業環境觀察,如果少了中時與聯合兩家大報,少了彼此緊咬對手
的競逐故事,臺灣現代史就不會有太多可供後人研究王惕吾與余紀忠
的有趣素材。兩大報系創辦人雖有難解的瑜亮情結,但當其各自在專
業方面登峰造極,寫下可觀成就之後,王惕吾與余紀忠的內心深處恐
怕都得感謝對方幾分,因為若無可敬的對手長期用放大鏡找碴的競爭
壓力,彼此就不會有日新又新的動力。

　　因此,要探究《聯合報》企業文化的變遷,最基本的方式就是重
點檢視其在報業市場競爭策略方面的手段,及其處理內部事務時的基
本方針;而隨著外部大環境的變遷,《聯合報》又是採取何種對策來調
整其永續經營的路線。以下即按此相關思維,分成四節來解析造成《聯
合報》企業文化變遷的因素和事件。

第一節:追求永保領先地位的超級報團

　　《聯合報》創刊四十年後,可謂登峰造極,王惕吾認為業務成長的
確已經達致「超級報團」的規模,他除了再次確認《聯合報》與報系其
它六報是「母子報」而非「姐妹報」的特殊定位,更進一步強調五項奮
鬥的新方向:一、公器與民意的結合;二、立場與理性的結合;三、企
管與績效的結合;四、人才與科技的結合;五、人性與感情的結合。

　　民國七十四年十月，王惕吾再次強調報系在與同業的業務競爭上，已經強大到沒有對手了。他指出，「今天沒有強勁的對手，是我們感到非常遺憾的；有競爭才有進步，在沒有強勁的對手，所以必須自我奮發，來創造中華民國報業的新境界」；「別人怎麼做，我們不必去理他，只要我們自己走正派的路線，堂堂正正的去做才是。」[8]

　　民國七十七年元月四日王惕吾在四報常董會上再度肯定《聯合報》是他看了將近六十年來最好的報紙，「這要歸功於今天聯合報系第一流的人才，以及最完善的設備」；他強調：「目前我們擁有最多的新聞界高手，以及全世界最新的機器設備，即使與國外大報相較也毫不遜色。最難能可貴者，厥為《聯合報》的傳統精神，這種團結和諧、充滿旺盛鬥志的精神乃是致勝的重要因素。」[9]

　　此種「唯我最大」與「天下無敵」的觀點，王必成於民國八十六年社慶時再度以董事長身分給予詮釋。他強調：「《聯合報》是有格調、有理想的報紙，新聞品質及內容都是最好的，有理想的新聞工作者在此可以找到揮灑的空間；近來雖然電子媒體蓬勃發展，也以高薪挖角，但有理想的新聞工作者，在《聯合報》之外沒有更好的選擇。」[10]

　　民國八十七年四月底，王文杉論及報社間競爭激烈，高薪挖角成風時，主張報系在面對各報非良性的競爭時，除了堅持自己的原則和制度，爭取同仁對報社的認同，也要更廣泛培養人才因應，以求做到

---

[8]　阮肇彬記錄：〈國家利益至上，大眾利益優先：創造中華民國報業的新境界〉，《聯合報系月刊》第 22 期，民國 73 年 10 月，頁 11。

[9]　聯合報董事會編：《聯合報、經濟日報、民生報、聯合晚報常務董事會會議紀錄（77~82 質）》，臺北，聯合報社，民國年 82 年 12 月，頁 14。

[10]　編委會：〈聯合報創刊四十六周年社慶董事長致詞全文〉，《聯合報系月刊》第 178 期，民國 86 年 10 月，頁 8。

「別人挖一個，我們還有五個」。[11]

在聯合報系逐步壯大的過程中，范鶴言與林頂立兩位合夥人同時退出，及其後王永慶的退股，終使王惕吾取得定於一尊的獨大地位。但其後高層權力結構亦再經歷數次實質的傳承與轉變。

民國六十一年十月卅日舉行的第四十二次聯合報社務委員會議，應出席的社務委員包括：王惕吾、劉昌平、楊選堂、吳鑄曾、王繼樸、吳來興、應人、胡祖潮、關潔民等九人；王必成為列席身分。王惕吾首先以主席身分宣布：社長一職由執行副社長劉昌平升任，認為此項人事安排為「同有、同治、同享」理想更進一步的實現，而「同有、同治、同享」的理想，也就是現代化企業管理的法則，實行效果卓著，同仁獲酬勞股成為本報股東者，年年在增加；業績獎金制度及員工福利會的設置，使同仁生活得到保障。凡此，已收鼓勵同仁努力工作之效；「至於同治理想的實行，係自設置社務委員會開始，社務委員會為本報決策機構。……今天由昌平兄接第一棒，出任社長職務，今後希望一棒接一棒的由有才識之士接下去，使本報在現代化企業管理之正軌上運行，不斷的進步再進步，成就更輝煌的報業。」

彼時王惕吾和劉昌平的分工方式是：「一般社務有例可循者，由昌平兄核辦，臨時或突發之事件，我們商量；我則居於監督的立場，隨時瞭解社務發展，提供意見，並多做一些未來董事會與社長之間之協調工作。至於言論、編務、業務政策，均由有關單位與昌平兄商決供我瞭解，以期建立社長責任制度，使社務在正軌上發展。」劉昌平隨後謙和的表示，同治的理想，是要將所有權與管理權分開，股東有所

11　傅沁怡：〈王副總文杉闡述正派辦報〉，《聯合報系月刊》第 185 期，民國 87 年 5 月，頁 53。

有權,管理權則可授予任一合適者,社長不是終身職,任何同仁均有機會擔任這個職務,定一個任期出來,使報社在這一制度上發展。[12]

　　民國六十九年九月廿二日,聯合報系有關報系總管理處總經理與三報發行人權限再次詳予劃分:一、總管理處總經理劉昌平負責部份:聯合、經濟、民生等三報編輯部、言論部、及人事案件,世界日報辦事處及中國論壇社之編務。二、《聯合報》發行人王必成負責部份:三報業務部、財務處、聯合報一般行政事務、聯經出版公司,以及天利運輸公司之業務。三、《經濟日報》發行人王必立負責部份:三報之印務、經濟日報工商服務部、中經社、雷射公司等業務,以及經濟日報一般行政業務。四、《民生報》發行人王效蘭負責部份:民生報編輯部、業務部,日常工作之督導,及一般行政事務之處理。[13]

　　民國七十九年九月一日報系所屬四報召開臨時董事會,通過調整報系重要負責人的人事布局,宣稱此項調整案達成了專家辦報、適才適所、分工合作、分層負責的經營理念,並已突破家族經營格局,兼具企業倫理及傳統傳承的特色。這份名單透露了彼時報系核心權力分配,與接班資歷的輩份及相關的升遷職務順位。全部名單如下:[14]

王必成:報系四報副董事長(原任《聯合報》發行人)。

劉昌平:《聯合報》發行人(原《聯合報》社長、兼報系總管理處總經理)。

---

[12]　編委會:〈聯合報第四十二次社務委員會議紀錄〉,《聯合報社務月刊》第 110 期,民國 61 年 10 月,頁 12-14。

[13]　聯合報董事會編:《聯合報、經濟日報、民生報常務董事會會議紀錄(66~70)》,臺北,聯合報社,民國 82 年 12 月,頁 241。

[14]　編委會:〈專家辦報、適才適所、分工合作、分層負責:報系重要人事調整,突破家族經營格局〉,《聯合報系月刊》第 159 期,民國 79 年 9 月,頁 13-14。

楊選堂：《聯合報》社長，仍兼三報總主筆（原任《聯合晚報》發行人，
　　　　兼《聯合報》、《經濟日報》、《聯合晚報》三報總主筆）。

王必立：《聯合晚報》發行人（原任《聯合晚報》社長）、兼報系總管
　　　　理處總經理，並續任《經濟日報》發行人。

張作錦：《聯合晚報》社長（原任美國《世界日報》副總社長、兼報系
　　　　美加新聞中心主任）。

黃　年：《聯合報》副社長（原任《聯合報》總編輯）。

胡立臺：《聯合報》副社長兼總編輯（原任《聯合晚報》副社長兼總編
　　　　輯）。

黃　寬：《聯合晚報》總編輯（原任《聯合報》副總編輯兼採訪中心主
　　　　任）。

周玉蔻：《聯合報》採訪中心主任（原任《聯合晚報》採訪中心主任）。

張昆山：《聯合晚報》採訪中心主任（原任《聯合報》採訪中心副主任）。

張逸東：《聯合晚報》執行副總編輯（原任《聯合報》副總編輯）。

魏　誠：《聯合報》總編輯特別助理（原任《聯合晚報》總編輯特別助
　　　　理）。

陳啟家：《民生報》副社長（原任《民生報》總編輯）。

薛興國：《民生報》總編輯（原任《民生報》執行副總編輯）。

夏訓夷：《民生報》執行副總編輯（原任《民生報》副總編輯）。

蔡格森：《民生報》副總編輯（原借調《歐洲日報》）。

陳祖華：《歐洲日報》副社長，仍兼總編輯。

夏體鏘：《歐洲日報》副社長。

　　前述名單是否足以代表報系已「突破家族經營格局」？答案是否

定的，雖然劉昌平終於出任《聯合報》發行人，但絕非真正擁有對報社的支配權，何況公司權力結構早非王惕吾自己擔任發行人時的模式了。特別是前述重要職務無不由王惕吾親自指定[15]，這批領導班子對王惕吾個人之忠誠度，自無疑義，但有資格加入不定期「高級主管搬風」遊戲者，是否就必定是報系之中最為幹練、公正、廉潔之輩？在報系基層是另有不同評價的。

如以忠誠而論，曾因職務而被納入股東名單的陳啟家，於升任《民生報》副社長後不到三個月，即因以建設公司起家的宏國集團主動挖角而突然跳槽，轉任宏國旗下的《大成報》社長兼總編輯，當時報界盛傳宏國老闆為表示誠意，給予的條件是新臺幣一千萬元，亦有傳言是給了一棟房子，陳啟家本人則不置可否的以「孩子還小，需要學費」一句話輕輕帶過。

陳啟家於民國六十七年自《臺灣新生報》跳槽至剛創刊的《民生報》擔任副總編輯，七十二年繼石敏之後升任總編輯，可謂一路綠燈直上青雲，但對刻意栽培他的王家而言，更大的不滿則在陳啟家去了大成，即以其拿手的影劇新聞絕活與《民生報》對打，以知己知彼的手法，於民國八十六年四月十八日將影劇、體育兩版拆開零售五元一份，創造了佳績；八十七年五月創下臺灣報業首見的全彩印刷；同年九月則公開大事宣揚：《大成影劇報》全省實銷數字遠勝對手報達二點五倍之多，「榮登國內第一大零售報」；《大成體育報》亦凌越對手報一點一倍。[16]無怪乎《民生報》發行人王效蘭對心腹大將陳啟家絕情而去，

---

[15]　查汋千：〈正派辦報，惕老不老〉，《聯合報系月刊》第 159 期，民國 85 年 3 月，頁 140。

[16]　馬度：〈《大成報》的昨昔與今日：面對經濟蕭條的大環境，《大成》變

十分感傷地私下抱怨：「即便我是棄婦，要走也得先講一聲嘛。」

　　高級領導幹部出走，容或有其個人不得己的抉擇，但這已透露了聯合報系出得起的求才和壟斷人才的價碼，已經不是唯一的市場優勢了。更險惡的變化，則出現在有線電視和衛星頻道占據消費者的感官世界之後，廿四小時運作的新聞頻道侵蝕了平面媒體的莊嚴法相，幾乎搶走了報紙賴以生存的多數廣告。

　　民國九十四年四月三十日《經濟日報》以極不顯眼的版位刊出一則「五報合一」公告，預告《經濟日報》、《民生報》、《聯合晚報》、《星報》自同年六月一日起以「聯合報股份有限公司」為唯一合併後的存續公司，「自合併基準日起，消滅公司所有之資產負債及一切權利義務概由存續之公司承受」。

　　理論上，前述公告應該會引發勞方某些固定的反應，但資方此一減併企業規模的動作並未引起波瀾，僅少數員工主動申請提前退休。

　　按經濟部商業司網站提供的股份有限公司登記資料顯示，重整後的聯合報股份有限公司不再以原有各報社法人代表董事組成，而改由另四家公司法人組成，包括：文怡投資股份有限公司、沛盛實業股份有限公司、金南實業股份有限公司、杉怡投資股份有限公司。董事由原十一位增為十二席，監察人增加一位成兩席；董事長、副董事長及常務董事均不變，仍為王必成、劉昌平、朱王效蘭；原董事張漢昇、陳建成等二人退出，新增胡立臺、項國寧、王安嘉等三人；各席董事順位亦稍有調整：原第四順位駱成由王文杉取代，黃年仍居第五順位，黃素娟、簡武雄仍敬陪末座。王必立蟬聯監察人，新增監察人為呂祖

小了嗎？〉,《透視報導》2001 年 5 月，頁 40-43。

堯。外界雖然無法解析文怡、沛盛、金南、杉怡等四家投資公司的資本結構，但單以字義觀之，顯係取自王家各輩成員名字的一種組合，可證即便是在五合一後的「聯合報股份有限公司」，依舊是王氏家族穩穩掌控的家族式企業。五合一後四家公司的持股數及其法人代表如下：

一、 金南實業股份有限公司股份共有 59,957,889 股居首，法人代表為朱王效蘭、胡立臺及邱光盛等三位董事及一位監察人王必立。

二、 文怡投資股份有限公司持有 58,334,815 股次之，法人代表為王必成、黃年兩位董事。

三、 沛盛實業股份有限公司持有 53,680,665 股，法人代表為劉昌平、王安嘉、黃素娟、簡武雄等四位董事。

四、 杉怡實業股份有限公司持有 53,575,473 股，法人代表為王文杉、駱成、項國寧等三位董事及一位監察人呂祖堯。

　　總計五合一後的「聯合報股份有限公司」由四家主要投資公司持有之股數總計為 218,294,160 股。依據經濟部商業司民國九十四年八月廿九日異動登記之資本總額及實收資本額均提高為新台幣 3,000,000,000 元，原先登載之註冊資本額為新臺幣 2,990,000,000 元，實收資本額為新臺幣 2,799,759,340 元，依此換算可知：四家主要投資公司占有的資本額約為 78%，另有 22%應另有其他股東挹注。以下為改組後董監事持股名單：

表 4：聯合報股份有限公司「五合一」改組後董監事名單（以經濟部登記之民國 94 年 8 月 29 日異動資料為準）

職　　務	姓　　名	公　　司	持　　股
1.董事長	王必成	文怡投資股份有限公司	58,334,815
2.副董事長	劉昌平	沛盛實業股份有限公司	53,680,665

3.常務事長	朱王效蘭	金南實業股份有限公司	59,957,889
4.董事	王文杉	杉怡實業股份有限公司	53,575,473
5.董事	黃　年	文怡投資股份有限公司	58,334,815
6.董事	駱　成	杉怡實業股份有限公司	53,575,473
7.董事	項國寧	杉怡實業股份有限公司	53,575,473
8.董事	胡立台	金南實業股份有限公司	59,957,889
9.董事	邱光盛	金南實業股份有限公司	59,957,889
10.董事	王安嘉	沛盛實業股份有限公司	53,680,665
11.董事	黃素娟	沛盛實業股份有限公司	53,680,665
12.董事	簡武雄	沛盛實業股份有限公司	53,680,665
13.監察人	王必立	金南實業股份有限公司	59,957,889
14.監察人	呂祖堯	杉怡實業股份有限公司	53,575,473

　　按《聯合系刊》事後刊出的專文所述,「五報合一」是從民國九十三年十一月下旬,經總管理處指示後開始辦理,主要承辦單位為財務處、人資處、法務組等,共同組成工作小組,對外委請 PwC(Pricewaterhouse Coopers,資誠會計事務所)[17]會計師、律師合組專業團隊,於民國九十四年一月提供相關資料給 PWC 進行合併帳務、稅

---

[17] PwC 號稱全球最大的專業服務機構,原屬英國倫敦兩家各自有一百五十年歷史的獨立公司,現總公司設於美國紐約市;臺灣資誠會計師事務所於 1988 年與其結盟;PwC 於 2004 年營業額達 176 億美元,2003 年獲 Accountancy Age 評選為國際會計師事務所之首,其客戶佔財星全球五百大企業中的八成以上。目前在 144 個國家設有 769 個分支機構及聯盟組織,資誠會計事務所業務即為旗下一員,在臺設有九個服務據點,業務三大領域為:審計服務、稅務服務、顧問諮詢,強調的核心價值是卓越、團隊、領導。參見:2005 年版資誠會計師事務所業務簡介小冊。

務規劃，二月底以後工作小組陸續展開各項工作，包括：四月廿一日向公平會提出申請；五月底完成五報九十三年營所稅申報；六月一日五報合併基準日止，財務處完成帳務調整，人資處完成四報健勞保轉入《聯合報》；六月中旬向經濟部提出合併案申請，七月收到核准函等。總計到七月下旬，已完成全部七十七項工作的五十五項。

「五報合一」是指報系在臺五報公司（聯合報股份有限公司、經濟日報股份有限公司、民生報股份有限公司、聯合晚報股份有限公司、星報股份有限公司）正式合併為一家公司——聯合報股份有限公司，經、民、晚、星四報原來各自的公司消滅，各報事業體仍舊如常運作，但是原來的公司名號自此改稱「經濟日報事業處」、「民生報事業處」、「聯合晚報事業處」、「星報事業處」；聯合報公司也因此在組織上多了五報事業處，此後五報財務盈虧、勞健保投保單位及退休準備金等等，均統一併入聯合報股份有限公司名下合計處理。[18]

針對「五報合一」引起的疑慮，王文杉曾應工會邀請說明若干問題。他指出，將五家公司股權合併，同仁的基本工作內容與權利義務不變；合併的原因是因應關係企業法的修訂，以及達到節稅的功能，絕非為了精簡人力，更非為了方便外界投資入股。

王文杉強調，任由傳言流傳，不去求證、否認，也不去澄清處理是主管失職；若有任何謠言，如同減薪的事一樣，請大家第一時間回覆不可能，不能讓謠言成為風氣，傳多了對同仁信心會有影響，現在一定要穩定軍心。他要求大家「多多配合報社的政策，多給報社信任的加分，《聯合報》經營五十三年，沒有那件事是不顧情理法的，請

---

[18] 潘正德：〈五報合一後的變與不變：權利義務的重新調整〉，《聯合系刊》第 272 期，民國 94 年 8 月，頁 66,67。

不要為反對而反對，遇到任何改變，請以接受的態度面對，再以最嚴苛的專業知識挑戰改變，請不要先抗拒改變。」[19]

　　《聯合報》全盛時期所標榜的辦報精神與企業文化，固然在業界罕見其匹，但是否足以說服每一位員工死心塌地信從呢？如以臺灣解除戒嚴至今，編輯部菁英員工因個人志趣自動求去，或迫於業務緊縮接受優退、優離[20]而累積的不平之情觀之，答案似乎是傾向局部受到否定的。

　　民國七十年十一月十五日《民生報》第二版報眉上，出現了戒嚴時期平面媒體的大忌。平日只有組版師傅會動手更換鉛字的中華民國號，是日竟被換成了「中共國民」四字。平時如果記者編輯或是校對同仁一時疏忽，將字體相仿的中央誤為中共，都會是一件嚴重的錯誤，遑論堂堂國號被換成了刺眼的「中共國民」四字。

　　據筆者所知，報眉被不明人士動手腳的異狀發生後，國安單位十分重視，當天就派出大批調查人員進駐編輯部、印務部仔細盤查各種可能，但是，數周後一無所獲，也就不了了之。此一事端未再擴大負面效應，同業間揣測應與組版流程及經手者背景單純有關。《民生報》很少去碰正經八百的政治新聞，且第二版都是體育消息，

　　《民生報》第二版報眉出事當天上午筆者恰好路過總社，發現編政組人員正以電話催促各分銷單位回收當天《民生報》，乃順手留下了一份不知誰在拼版房搗蛋的證據。「中共國民」四字正下方的新聞，亦

---

[19] 編委會：〈文杉社長：五報合一不是為精簡人力〉，《聯合系刊》第 269 期，民國 94 年 5 月，頁 8,9。

[20] 有離職同仁指稱：為了減輕營運成本採取的精簡政策，有些個案造成了「優秀先退」和「優秀先離」的反淘汰效果。

無任何可供聯想的普通標題，其全文是：「國際職業網賽今最後決戰：
芬托夫與杜布里爭王」。其次，出事日期並非十月一日或十月十日之類
的特殊敏感日期，再加上一向只有相互熟識的編輯和拼版師傅會接觸
組版檯，極少有閒雜人等能混水摸魚，究竟是誰故意製造麻煩，至今
仍是個謎。

　　戒嚴時期平面媒體最擔心的，就是有些字撿排時「越是怕錯，越
容易出錯」，例如：臺北某報有些字錯得實在離奇，引起有關方面注意。
譬如：「偉大」變成「偉小」、「微笑」變成「微哭」、「報名」變成「暴
民」；高雄某報也曾把「永遠『跟』著走」印成「永遠『踢』著走」；
還有某機關的政治教材把「反侵略、反共產」誤作「『又』侵略、『又』
共產」。其實毛病都出在粗心大意，正確的鉛字摸到隔壁鄰家去了；有
的是為了便於記憶，把「相反詞」做在同一字盤。[21]

　　對特重獨家權威消息的新聞媒體而言，比出錯更嚴重的應是報紙
未印出前就消息外洩了。長期標榜福利制度良好和員工向心力超強的
聯合報系，居然還會出現「窩裡反」的狀況。

　　民國七十一年十二月廿七日王惕吾指出：「為防止重要獨家新聞外
洩，在發零售報前，應管制報份之外流，發報中心及印務部特別注意。
如有外洩報紙影響報社利益，以商務間諜案嚴處。」[22]

　　民國七十二年六月廿七日王惕吾又在三報常董會指出：「由同仁之
反應，類似新聞間諜事件確有深入調查必要。本人在二十多年前，即

[21]　陳業勤：〈錯字檢討〉，《聯合報社務月刊》第 76 期，民國 58 年 4 月，
　　頁 53。

[22]　聯合報董事會編：《聯合報、經濟日報、民生報常務董事會會議紀錄
　　（71~73 年）》，臺北，聯合報社，民國 82 年 12 月，頁 102。

已強調,新聞記者出賣新聞或照片,與公務員貪污瀆職同罪。報系同仁如有此行為經查證屬實者立即開除,請編輯部、印務處單位同仁特別注意。」[23]

民國七十四年則出現了一次疑似洩密的個案。王惕吾在是年四月廿二日三報常董會中指出:「《聯合報》記者李漢昌近曾發現有同仁持報紙大樣,用公用電話與外人通話的情況,雖然事實真相尚在查證,李漢昌之機警反應及愛報的精神已予獎勵。希望同仁均能提高警覺,防止類似事件發生。」[24]

民國七十八年八月廿八日王惕吾在四報常董會強調:「重要新聞外洩事件至今未曾根絕,為防止類似事件再發生,編聞部及印務部各有關單位,應儘速共同研訂新聞外洩之具體處分辦法,俟提報常董會通過後嚴格執行。」[25]也許此事太過敏感,其後未見細節公布。

平心而論,如以待遇福利和工作成就感來評量,能有機會長期效命於《聯合報》,應是眾多偏愛平面媒體的新聞科系畢業生的就業首選,只要謹守本份,努力工作,就能領得一筆豐厚的退休金,這也是臺灣解除戒嚴之前《聯合報》能持續穩健成長,且能不斷吸納人才的關鍵。

但是,解嚴之後隨著黨國至上的意識型態的全面決堤,平面與電

---

[23] 聯合報董事會編:《聯合報、經濟日報、民生報常務董事會會議紀錄(71~73年)》,臺北,聯合報社,民國82年12月,頁144。

[24] 聯合報董事會編:《聯合報、經濟日報、民生報常務董事會會議紀錄(74~76年)》,臺北,聯合報社,民國82年10月,頁59,60。

[25] 聯合報董事會編:《聯合報、經濟日報、民生報、聯合晚報常務董事會會議紀錄(77~82年)》,臺北,聯合報社,民國82年10月,頁167。

子新興媒體有如雨後春筍般地、前仆後繼地出現,蟄伏於《聯合報》各單位的第二線人才,或對現狀抱持不滿者,紛紛成為企圖重整臺灣媒體版圖及言論市場秩序者,以友情、高薪、股份和高級職務不斷勸誘挖角的對象。

誠然,無論《聯合報》人事制度如何完善,還是無法滿足所有員工的所有慾求的,特別是編輯部工作壓力特大,升遷機會一向不多,因此戒嚴時期多發點獎金,多吃幾回消夜,多來幾次內部座談,幾乎就能化解怨恨。但是人過中年之後,歷練和見識都多了,大老闆王惕吾、小老闆王必成加上如總編輯和採訪主任之類的「大夥計」的各種指示和說明,對基層記者、編輯等類之「資深小夥計」已不再具有催眠安撫作用,何況,直接來自王家的恩給和不次拔擢,絕無可能雨露均霑,且多數破格的獎勵和栽培,其機運全操諸大老闆之手,而中級主管在平日勤務分工、獎懲和年終考核的動作上,難保毫無偏袒藏私,於是,看似各安其位平靜無波的企業文化,其實一直隱藏著大大小小和可大可小的問題。歷年來曾在社務月刊和報系月刊中傳頌的殊遇,也就成了極少數菁英、受寵能臣和樣板人物的榮耀。

既然高層的關愛有其等差,員工的忠誠度也就各有千秋。當鼓掌部隊也就罷了,如果偏巧知悉「升官發財」,乃至「懲由下起」[26]的部份內情,難免引發不平則鳴,選擇在戒嚴時期的黨外雜誌撰文爆料,

---

[26] 王惕吾於民國 71 年 4 月在常董會中指示:「編輯部之賞罰要分明,應論功行賞,以鼓勵士氣,凡對《聯合報》有功者即予獎勵,不可忽視其貢獻。個人智慧有限,報紙要靠整體智慧之結合,適時之鼓勵足以鼓舞士氣,希望編輯部領導同仁發揮大公無私之胸襟,做到『獎自下起,罰由上行。』」,參見:聯合報董事會編:《聯合報、經濟日報、民生報常務董事會會議紀錄(71~73 年)》,臺北,聯合報社,民國 82 年 12 月,頁 41。

或乾脆以請辭、出走來表達異議和抗議了。這些個別的、點點滴滴的、
體會各異的失落感，以及勞資雙方對專業理念和編輯政策的認知落
差，再加上其他平面媒體及電子、網路新興媒體職務的吸引，往往成
為員工主動求去的主因。

但是，這些零零星星辭別《聯合報》這棵大樹的個案，從來不曾
形成一股回頭批判資方缺失的實際力量，更未曾煽動寧可待在相對安
逸環境中的同仁；反倒是報禁開放之初因同業挖角風潮大盛而使得人
才流失過速，反而造就了較報禁開放前更快速的升遷機會；也正因報
系新增晚報建制，及相關業務一再擴增湧進了大量新人，在缺乏職前
訓練與缺少經常面對面溝通的情況下，快速稀釋了原本親切互動、敦
厚寬容的企業文化特色。王家成員與部份老臣雖約略警覺到「報系中
可能已經缺少普遍的仁厚概念」，但卻只能坐視情況劇變而束手無策，
轉而只能寄望於報系各單位的行政管理健全規章、屬行法治。[27]

由於大環境的改變，更尖銳的功利思潮澎湃，使得循序接班的王
家第二代、第三代，和獲提攜的分享決策大權的資深高級幹部，不須
要也不可能再記住每一部門每一位員工的姓名和工作表現細節了。此
外，王惕吾個人特有的、隨性的大手筆論功行賞之個案為之劇減，乃
至根本銷聲匿跡；早年資深員工屢受惕老私人恩賜留下的有情有義的
佳話，亦成絕響。報社上上下下，寧可用公務員自保心態應付日常工
作為之劇增，報系內部許多人早已看出《聯合報》企業文化正在急速
轉變。

這種轉變原本屬於企業擴張之後的常態，但偏偏在講究寬厚的《聯

---

[27] 劉潔：〈報業巨人與聯合報的企業文化〉，《聯合報系月刊》第 159 期，
民國 85 年 3 月，頁 138。

合報》編輯部產生了有形無形的情緒化的對立和抵制,因為同仁福利制度早於政府舉辦的公保、勞保,一般人將中時與聯合互比時,相當一致的說法是「《聯合報》有制度,比較厚道」,故能賓主一心,以成事功;《聯合報》一路走來還做了許多冒險和長期賠錢的事,別人不幹,《聯合報》幹,而成了報系有別於其他社會群體的企業文化特質。但隨著新進人員大量增加,報系行政運作必須健全規章,致日益缺少普遍的仁厚概念,更令許多老同仁緬懷當年無論賞罰,都在仁厚原則下施行的美好歲月。[28]

對報系茁壯頗有汗馬功勞的前採訪主任兼副總編輯于衡,民國七十二年三月特於報系月刊發表題為「新聞隨筆之一:警惕篇」的雜感。他寫道:「一家報紙的總編輯,不會編、不會採都沒有關係,重要的是能善待人,要能抓住這批『文化兵』的心。會編也會採,也認識新聞,樣樣都行,但不會『待人』,不會領導別人,編輯和採訪人員在暗中『抱怨』,甚至於怠工,那個報紙就面臨危機了!因為編和採的表現,不能用秤『秤』,也不能用斗『量』。極容易夠六十分,而最高分,可以超過一百分。

帶領這批『文化兵』,要用儒家的方法,而不能用法家的方法。劉昌平先生離開編輯部後,擔任副社長職務,他搬到樓上,晚上聽不到他的聲音,彷彿短少點什麼似的。心中有些『淡淡的輕愁』。後來我問羅璸和劉宗周,他們都有同樣的感覺。」[29]

---

[28] 劉潔:〈聯合報企業文化的特質〉,《聯合報系月刊》第 109 期,民國 81年 1 月,頁 57,59,60。

[29] 于衡:〈新聞隨筆之一:警惕篇〉,《聯合報系月刊》第 3 期,民國 72 年3 月,頁 43。

　　如果于衡的感覺是正確的話，那麼，至少從民國七十二年初開始，《聯合報》企業文化已然因決策領導班子的作風不同，而產生顯著的質變。亦有人認為，于衡雖自權力核心除名已久，但論起功勞，康定路時代的戰功任誰也無法否認他的貢獻；號稱編輯部「三劍客」的另兩位同輩莫逆之交：羊汝德先生回到《國語日報》一路從總編輯幹到發行人兼社長、兼常務董事退休；劉潔先生最風光時曾在一人之下，當過總管理處副總經理，另擔任過《經濟日報》總編輯及《聯合月刊》、《歷史月刊》社長等職。至於被歐陽醇形容為「過分忠於《聯合報》，連朋友都可以不要」[30]的于衡，眼看自己的學生躍居總編輯大位，自動請纓出任駐日本特派員期間，或因老驥伏櫪已久，致寶刀老矣，難有表現，更與昔日提攜的高徒張作錦間有了難言的芥蒂；另加上出國賣屋，一進一出間財力大受影響，而使得被小輩尊稱為「于老大」的于衡晚年格外落寞寡歡。

　　彼時于衡的公開批評，的確是有針對性的。編輯部在職業軍人出身的總編輯趙玉明掌理下，出現若干涉及記者風紀和人事考評方面的摩擦和爭議，加上前任總編輯張作錦強勢衝刺，終將發行量突破一百萬份新高之後[31]，編輯部明顯湧現了一股驕縱、奢華、浮躁的功利氣氛，

---

[30]　續伯雄輯註：《臺灣媒體變遷見證：歐陽醇信函日記（1967-1999）》（上），臺北，時英出版社，民國89年10月，頁85。

[31]　《聯合報》歷任總編輯任期最長的三位依次是：劉昌平以11年8個月居首、馬克任6年10個月居次、張作錦6年位居第三。張作錦於民國64年9月16日上任時，發行量已逾五十萬份，其後快速成長紀錄為：民國66年5月26日突破六十萬份，民國67年12月31日突破七十萬份，民國68年6月24日突破八十萬份，民國69年4月20日突破九十萬份，民國69年7月24日突破一百萬份。張作錦於民國70年9月15日功成身退，交卸總編輯職。

部份外勤採訪記者在樹大好遮蔭的形勢下，榮譽感和團隊精神下滑，爭功諉過成了檢討會議中的制式反應；為了個人考績而逢迎拍馬，送禮巴結，乃至結黨營私的傳聞，漸與待遇較差的其他媒體新聞同業的內鬥手段相去無幾。

其中造成編輯部成員情緒對立，遭自家人一再詬病，且被同業形容為「政工式公審」的工作評鑑制度，源自一項用意原本良善，但實際運作起來卻近似法家思維的「編輯部工作評鑑會實施辦法」，經上級指定以採訪組為試辦單位後，造成外勤菁英情緒上極大的反彈。

負責執行工作評鑑的最初成員包括：趙玉明（副總編輯兼召集人）、劉國瑞（一版主編）、耿發揚（編輯主任）、張松潭（二版主編）、查籵千（三版主編）、陳祖華（採訪主任）、陳亞敏（通訊主任）、黃慶祥（副總編輯負責分稿）、黃年（專欄組主任）。評議項目包括：工作勤惰、發稿量和稿件品質、重要獨家新聞或重要遺漏新聞、寫作技巧、交付任務之達成、重大貢獻或錯失、團隊精神、其他特殊事項。評鑑結果均以書面通知當事人，列甲等者按功獎勵，乙等不予獎懲，丙等給予警告，一年內受三次警告處分者，列為不稱職人員專案處理。獎懲紀錄列入年終考績，並為重要人事升遷及社慶獎勵的重要參考。[32]

由於此項評鑑流程，採行有如共產黨鬥爭公審般的盤查方式進行，必欲追出責任、原因和認錯才罷手，致蕭殺之氣令眾人皆感自危，最後，在各方強力反彈之下無疾而終，證明一向崇尚寬厚，講究包容、福利和獎勵的《聯合報》企業文化，還是十分排斥矯枉過正、不近情理的「嚴刑峻法」的。

---

[32] 編輯部：〈採評學第一號〉，《聯合報社務月刊》第 199 期，民國 70 年 3 月，頁 8-12。

　　民國七十五年元月號系刊在「我們的新聞」專欄輕描淡寫地布達
了評鑑制度終告停擺的決定，完全不提曾經引發的焦慮、緊張和衝突：
「《聯合報》編輯部評鑑組元月一日起撤銷，評鑑工作改由各小組辦
理。評鑑組於七十二年八月成立，負責把每日《聯合報》的新聞與友
報的新聞作比較，以瞭解《聯合報》當日新聞處理的優劣情形，並就
新聞中，尋找具有發展性的線索，提供編輯部做為追蹤的參考。

　　早在評鑑組撤銷前，王惕吾即於民國七十四年三月四日於常董會
表示：「我認為《聯合報》編輯部評鑑組真正在推動編務發展方面的實
效不大，希望總管理處不要犯同樣的毛病。」[33]

　　其後評鑑組改制配屬於總管理處，除原有任務，並於每日上午就
當日重大新聞的比較情形，向趙執行副總經理玉明報告，由趙執行副
總經理逐日向董事長做簡報。社方後來決定將比較工作改由採訪單位
各小組執行，於七十五年元月一日起撤銷評鑑組。[34]

　　民國七十八年三月《經濟日報》總編輯林笑峰為強化增張後的競
爭形勢，新聞的追蹤考核、評鑑更形重要，因此指定兩位同仁「每天
在家裡幫我就過去幾個月報導的新聞，提出來以便追蹤，並對當天新
聞和別家報紙處理方向比較缺失，提出意見，為了使這兩位同仁可以
放心去做，我不想公開其姓名。」[35]

---

[33]　聯合報董事會編：《聯合報、經濟日報、民生報常務董事會會議紀錄
　　　（74~76 年）》，臺北，聯合報社，民國 82 年 12 月，頁 38。

[34]　蕭耀文：〈我們的新聞〉，《聯合報系月刊》第 37 期，民國 75 年 1 月，
　　　頁 56-57。

[35]　編委會：〈七十八年三月份聯合報系主管工作會報紀錄〉，《聯合報系月
　　　刊》第 76 期，民國 78 年 4 月，頁 108,109。

民國八十年四月，王惕吾又要求將評鑑工作提高層次，改由聯合報總管理處設置「新聞評鑑會」專職單位辦理，更廣泛的針對報系國內四報每日新聞採編校的校閱與檢討工作，由王惕吾每天親自批閱評鑑會的「評鑑報告」，與大家共同檢討。[36]

《聯合報》剛自臺北市西區東遷時，編輯部編制不大，採訪組記者人數亦不多。按民國五十五年九月社慶後印行的東遷前社務簡介顯示，彼時員工總數為 798 人，平均年齡 38.1 歲，如此年輕的人事結構，自然上下揚溢著蓬勃的朝氣。各部門員工人數為：言論部門 10 人、編採部門 251 人、業務部門 192 人、工務部門 182 人、管理部門 163 人。員工學歷方面的統計為：大專畢業者佔 38%、高中畢業者佔 25%、初中畢業者佔 16%、國校畢業者佔 21%。

民國六十五年八月，《聯合報》為因應業務擴大，競爭加劇的形勢，首度大規模公開招考，錄用的十七名助理記者彼時想要主跑重要路線，總要經過相當的考驗；新進人員對資深前輩亦有一定的敬意，即使新手作品次日未見採用，一定會先檢討自己，新人奉命加班、代班時，也都是工作第一，寧可擱下其他私務。但是，這些被資深同仁視為理所當然的現象、行規或家風，隨著民主人權口號的不斷發揚而淪為不合時宜。系刊上曾有某位校對組同仁提及在電梯裡，欲對外勤同仁表示友好卻遭白眼的「怪事」，這在報系人事尚未膨脹，同仁都彼此認得的「衝鋒年代」是不可能發生的。[37]

---

[36] 王惕吾：《我與新聞事業》，臺北，聯經出版公司，民國 80 年 9 月，頁 200,201。

[37] 習賢德：〈「聯考」求才面面觀〉，《聯合報系月刊》第 45 期，民國 75 年 9 月，頁 194。

　　平心而論,「聯合報精神」本質,原本只是奠基於追求新聞採編作戰的全面勝利,並結合廣告、發行業務需求,所揉合的一種單純的敬業互助團結的信念。特別是早年即與《中國時報》前身《徵信新聞報》展開「照鏡子般的」互別苗頭,兩報在每日新聞競賽中互有勝負領先,報老闆旗下員工為呼應各自的企業文化,無不揣摩上意,極力巴結奉承,在新聞和社論版面上強化敵我意識,在新聞競爭、廣告發行上相互叫陣挑戰,在編採陣容上互相挖角,不時爆發尖銳對立。

　　現代化的企業競爭行為,是否宜將競爭對手視同必須鬥倒在地才算過癮的萬惡寇讎,可能各方體認解讀各異,不過,單就臺灣新聞事業發展史上的中時、聯合兩大報系的競爭史而言,那真是不堪細究的扭曲事理,徒令廣大讀者陷於不知所云的資訊迷障,經常掩飾了真相與錯誤的意氣之爭。

　　帶頭進行全年無休的新聞競爭的司令官,便是王惕吾、余紀忠這兩位至死方休的同行冤家。依據歐陽醇信函日記所載,民國六十三年四月十日「在新聞工作會上,看見余先生(余紀忠),他還是老樣子,坐在第一排,跟王惕吾不說話、不點頭、不交往。」[38]

　　兩大報系新聞競爭最白熱化的一次,似屬民國七十五年六月間為第三核能發電廠預算追加等議題造成的歧異,王惕吾於民國七十五年七月十五日常董會上指出:「他報對本報系之新聞報導採纏鬥方式在報紙上表達之行為,可不予理會,但如涉及報譽或與公眾利益有關時,一定要澄清事實真相,明辨是非,給讀者一個明確的交代。」[39]

---

[38]　續伯雄輯註:《臺灣媒體變遷見證:歐陽醇信函日記(1967-1996)》(上),
　　臺北,時英出版社,2000年10月,頁457。

[39]　聯合報董事會編:《聯合報、經濟日報、民生報常務董事會會議紀錄

　　《聯合報系月刊》第卅一期所載〈不同的企業文化，作出了不同的新聞：核三追加預算結餘與電話機降價新聞爭議始末〉一文，係民國七十四年六月廿一日黃年以《聯合報》副總編輯兼採訪主任身分，於報系工作會報中提出的專案報告。文中詳細羅列兩報處理新聞上的差異所在。黃年表示：「從一開始就顯現兩家報紙日常新聞作業品質的不同，發展到後來，不論是處理善後的態度與技巧，都顯示出兩家報紙極大的差異。這種差異是整個企業文化的差異；不同的企業文化，造成了編輯記者不同的心態與思想，也造就了不同的新聞作法。……我們有義正詞嚴的發言基礎，參與這次作業同仁，我想大家也覺得，大體上可以問心無愧。不過讀者和公眾會怎樣來看這個事情，卻是一不可知的因素。也就是說，這場爭議的社會效果，也可能是得失利弊互見的。」黃年最後強調：「這是一場是非之爭，結果亦是黑白分明的。」[40]

　　楊憲宏則另以第三者立場，分別析論黃年與《中國時報》以筆名「秦時同」所撰發的各項觀點。

　　楊憲宏認為：「《聯合報》在這兩項報導中所錄文字不多，但卻引發兩報爭議的『乒乓效應』，使對手把爭議主題從事實真相的追索（雖然是不良的報導策略），轉換到報導本身的是非辯解（遠離報紙報導事實的應有功能）。……黃年在文章中有意為一場已經成定局的『惡鬥』舉行公開辯論，但秦時同似乎是一名不好的乒乓球手，老是拿錯球出來發球。」

　　（74~76 年）》，臺北，聯合報社，民國 82 年 12 月，頁 83。

[40]　黃年：〈不同的企業文化，作出了不同的新聞：核三追加預算結餘與電話機降價新聞爭議始末〉，《聯合報系月刊》第 31 期，民國 74 年 7 月，頁 20-22。

他強調，兩報爭議牽涉的問題極廣，這些問題都不是過去卅餘年來，中國記者所曾面對過的難題，「這個難題，隨著『報業體質』長年不變而逐漸浮現；這個難題，隨著記者不能掌握變化先機，尋求應變而更嚴重。……記者是社會先鋒，報業有好的體質，則是他最好的後盾。這是今天臺灣地區——也許是世界性的問題，誰能先出發，誰能先覺悟，誰就是真正未來社會的言論信賴對象」。[41]

兩大報此種劍拔弩張的瑜亮情結，和誓不兩立的企業意識型態，被主管視同無可替代的忠誠和向心，且與員工職務派遣及晉升考評綁在一起，更不忘在各自的社刊中炒作包裝，只有少數記者、編輯仍能理性地與「友報」員工建立私誼。有趣的是，在此「敵我意識」下，外勤記者戀愛通婚如故。比較著名的個案如：《聯合報》分別主跑警政、經濟新聞的馮鳴臺、黃素娟兩位女將，先後與《中國時報》社會記者高同連、司法記者徐履冰共結秦晉之好；「馮、高配」婚後赴美都進了美國《世界日報》；「黃、徐配」之夫婿其後跳槽成了同事，黃更獲拔擢為《聯合報》五十年來首位女性總編輯。[42]

針對員工待遇高低和升遷管道的寬狹，臺北報界盛傳的一種說法是：「四十歲以前，去《中國時報》打天下，四十歲以後，到《聯合報》領退休金。」這透露了兩家大報領導人在對待員工和人事異動之作風迥然不同，和各自標榜的企業文化的重大差異。

---

[41] 楊憲宏：〈成長的痛苦：從兩報新聞爭議事件看記者面臨的未來震撼〉，《聯合報系月刊》第 31 期，民國 74 年 7 月，頁 26,27。

[42] 衡情度理，整個報系「與敵報聯姻」的個案應不止這兩椿，民國 80 年 2 月《聯合晚報》證券組記者楊兆景與《中時晚報》員工隆章琪結婚即為一例。參見：錢先蓮：「聯晚集錦」，《聯合報系月刊》第 98 期，民國 80 年 2 月，頁 191。

　　長期競逐臺灣報業龍頭地位的王惕吾與余紀忠，在駕馭部屬的手段方面，雖各有千秋，但其目標則一：選擇性的收買手下驕兵悍將的效死忠誠。《中國時報》記者金惟純以筆名「蔣良任」於民國七十三年九月所撰〈兩位報老闆的臉譜：王惕吾和余紀忠的素描〉一文做了頗為貼切的描述。

　　金惟純指出，王惕吾擅長於參謀作業，對企業經營方法比較講究，所以對制度的規劃設計，遠走在《中國時報》的前面，余紀忠起步較慢，他採取突破一點，帶動全面的突擊方式，迎頭趕上對手，形成兩位報閥對峙的局面。

　　兩位報老闆都維持良好的黨政關係，都積極爭取蔣彥士、馬紀壯、沈昌煥、俞國華、黃少谷、秦孝儀這些有用的朋友；對政壇元老如陳立夫、張群、余井塘、王新衡也執禮甚恭。兩人偏好政治上有靠山，愈多愈好，大官和喜慶婚喪各種紀念節日都記得密密麻麻的。喜歡骨董的送骨董，喜歡美食美酒的，也在海外處張羅。這方面王惕吾做得比較成功，他的左右手閻奉璋，專門結交權貴，安排打球、飯局、搬家、住院、歌影星或餘興節目，十分吃得開。許多大官富商隨時打電話，服務就來。

　　《中國時報》常用新聞版面大搞個人的公共關係，有時以頭版頭條處理無關宏旨的大官談話，配上社論和專欄加以誇大處理；這種例子不勝枚舉，時報版面常有十分可笑的新聞，明眼人一看就知道這是老闆的人情。但余紀忠在黨中央和保守派中，仍被視為投機分子，不太被信任。凡此嚴重違反新聞處理原則的情形，《聯合報》比較謹慎。

　　由於余紀忠喜歡用年輕人，衝撞性強，加上他被保守派視為投機分子，故曾飽受黨部和情治單位的困擾。他為了應付各種壓力，在報社僱用了一些奇形怪狀的人，有的擺明是特務，有的是職業學生，有

的與政工系統有淵源，這些人可以幫他打點一些小麻煩。

除政界之外，兩位報老闆交際圈不大一樣。王惕吾與企業界關係較密切，余紀忠則喜歡與學術界、文化界來往。余紀忠喜歡重用有叛逆性和有才氣的青年，他從這些人身上似乎可看到自己當年的影子，他提拔了許多青年，讓其他資深者十分不滿，也讓其他未受提拔的人離心離德，致於背後將余老闆貶得一文不值者為數不少。

余紀忠偏好以直接領導的方式來控制報社，經常在編輯部百餘人面前，找一位小記者到身邊談話，遇有特殊新聞，甚至會親自修改記者的新聞稿。他似乎鼓勵報社內部的人互相打小報告，並且對某人打的報告，轉給被打報告的人，報社內部的人際關係被扭曲了，人與人互相猜疑，經常有各種權力鬥爭的陰謀在醞釀。每一位被重用過的年輕人下臺後，旁邊的人大都幸災樂禍，落井下石。余紀忠似乎知道每一個人的秘密，操縱著一切，人事經常調動。每人都有敵人，互相牽制。他又常把他所喜歡的年輕人「買斷」，也就是把年輕夫婦都找到報社同時效命。年輕人必須幾上幾下，起起伏伏，飽受身心磨練和考驗，然後才變成「余氏家臣」。

余紀忠做事的時候幹勁十足，採重點主義，集中全力徹底執行，全部解決之後再找下一個目標。他知道在關鍵時刻打一個勝仗，就足可抵消幾十個小敗仗。當年搶先引進彩色和高速印刷機，是《中國時報》能夠迎頭趕上《聯合報》的撒手鐧。

余對臺灣省籍政治人物和地方政情，比較關心，所以他就無形中擁有比較開明的形象。王惕吾口才沒有余紀忠那麼好，觀念也不太多，報社開會時也一再謙稱自己沒有好學問，但是頗有大家長味道，雖然沒有余紀忠那種魅力，對年輕人而言，也有老人家可愛的一面。

在對人方面，王、余大大不同。王分層負責，記者編輯的任用升遷很少過問。當人們批評王保守時，他很不服氣，認為自己堂堂正正，不像余歪歪斜斜的；但王似乎頗有自知之明，不會暴露自己的缺點，反而盡量發揮自己的優點。王用的人都很保守，保守的人他才敢用，因為一用了就負實際責任，就有實權；他也公開表示厭惡別人打小報告，認為打小報告就是小人。

此外，王惕吾不直接指揮記者，他只做好人好事，像加薪、聚餐、講笑話、鼓勵和勉勵，而且《聯合報》人事不常變動，老人都設法安排出路，對幾位主要幹部又視同家人，所以《聯合報》工作氣氛比較正常，像在公家機關一樣，升遷較有保障，但較沉悶。[43]

另有時報員工指出，余、王兩位老闆最大的不同，是余紀忠常常私下親自封官加銜，以安撫或獎勉屬下，偏偏有些當事人就信以為真，次日就在名片上加印好看的頭銜，但中時報系人事室卻從未發布新職布達令，甚至有人被玩弄了十多年都還被矇在鼓裡。更特殊的是，時報福利雖不及聯合，但余老闆另有一套拉攏人心的辦法，有位跑體育的老記者身上的西裝、開的二手車都是老闆轉手送的；凡被賞識的人，都可直接向老闆開口請求貸款買房子、買汽車，表面上這些錢都打了借條要償還的，但事實上，編輯部愛將都以借錢來測試自己在老闆心目中的地位，其後即使要離職了，只要態度良好，不是要投效「敵報」，舊債就一筆勾消，形同贈款。

---

[43] 蔣良任：〈兩位報老闆的臉譜：王惕吾和余紀忠的素描〉，《亞洲人》半月刊總號第 47 期，民國 73 年 9 月 7 日，頁 22-25。

第二節：講究忠誠並以江浙菁英為核心的團隊

　　王惕吾最得人心之處，便是早期只要你肯從一而終地為報社忠誠服務，且對報社業務具有一定程度貢獻及符合資深楷模標準之後，幾乎都會感念勛勞，崇功報德，逐級為老幹部安排不同的行政職務，且一再用此鼓勵忠誠的人事職務晉升策略，配合講求年資與功績制的辦公室文化，讓每個新進資淺員工自進入報社開始便看得到未來的發展前途；在各種隆重頒獎表揚的歡欣場合，看到前賢榜樣、如何創造業績和努力的大方向；更讓年輕員工在社務月刊和系刊不斷介紹的奮鬥往事和優良事蹟中，找到英雄楷模的偉岸身影與足資效法的成功模式。

　　企業中的英雄是企業價值觀的化身，是人們所公認的最佳行為和組織力量的集中體現，因而是企業文化的支助和希望。新聞事業的激烈競爭形成了編採人員「一天英雄，一天狗熊」的結帳意識；在何處跌倒就從何處爬起來，沒有太多的時間感喟流淚，更無須為一兩次的小勝而歡欣。因此，記者編輯生涯中人人有機會當英雄，唯有天天出英雄，有英雄事蹟可供表揚稱頌，才會使大家一再受到正面激勵而士氣高昂。《聯合報》重視重大獨家新聞的獎勵和表揚，正符合此種企業須要英雄的邏輯。

　　依據泰倫斯・迪爾（Terrence E. Deal）與艾倫・甘迺迪（Allen Kennedy）的研究，英雄的行為雖然超乎尋常，但離開常人並不遙遠，往往向人們顯示「成功是人們能力所能及的」，因此，英雄可使人們在個人追求與企業目標之間達到一種現實的聯繫。此外，英雄是通過整個組織內傳承責任感來鼓勵員工，其鼓舞作用不會隨著英雄本人去世而消失，亦因而使英雄與一般的「成功者」、「高效者」區隔開來了。

　　英雄的作用包括：一、使企業獲得成功並且合乎人情，二、提供角色的模式，三、向外界展示公司形象，四、保存使企業具有特色的

東西，五、建立行為標準，六、調動員工的積極性，七、提供整個組織聚合起來的「黏合劑」以及「在組織中持久的影響力」。

迪爾與甘迺迪並認為，英雄有兩種類型：第一類英雄是和公司一起誕生的，稱為「共生英雄」。他們在數量上很少，多數是公司的締造者。他們往往有一段艱難的經歷，面臨困難仍然有抱負、有理想，並終於把公司辦起來了，所以又被稱為「幻想英雄」。「共生英雄」對企業的影響是長期的、富於哲理的，可為全體職員照亮征途。第二種英雄是企業特定的環境中精心塑造出來的，被稱為「情勢英雄」，其對企業的影響是短期的（多則可能幾年、少則幾月甚至幾天）、具體的，只以日常工作中的成功事例來鼓舞企業員工。[44]

上海第二工業大學教授羅長海認為，企業英雄是企業的中流砥柱，是職工的學習楷模，是推動公司的火車頭，是化難為易的魔術師，是前進的象徵，是成功的保證。企業英雄使得職工理智上明確方向，感情上奮發豪爽，行為上有所模仿。再從企業文化本身的角度來看，企業英雄具有五種作用：一、具體化的作用：企業英雄群體是企業精神和企業價值觀念體系的化身，從而向職工具體展示了精神和觀念上的內容，客觀地起到了灌輸價值觀念和教育企業精神的作用。二、品質化的作用：企業英雄群體把企業價值觀念體系和企業精神，內化成了自身的品質，從而使一個企業最有價值的東西得以保存、積累並傳遞下去。三、規範化的作用：企業英雄群體的出現，為全體職工樹立了榜樣，規範了職工的行為，而且這種規範不是生硬而是自然的，是被英雄事蹟所感動鼓舞、吸引而形成的，因而是文化規範。四、凝聚化的作用：每個英雄都有一批崇拜者，所有英雄又都環繞著領袖型英

---

[44] 常智山編著：《塑造企業文化的 12 大方略》，北京，中國紡織出版社，2005 年 1 月，頁 28-30。

雄，從而使整個企業成為緊密團結的、有文明競爭力的組織。五、形
象化的作用：企業英雄群體，是企業形象的一個極其重要的組成部份，
外界有時就是通過企業英雄來了解和評價企業的。

　　針對迪爾與甘迺迪所言企業文化中必有企業英雄之說，羅長海亦頗
有見地的指出，任何一個職工只要自己努力，都可成為任何一個層次上
的英雄，中國的企業英雄以實際情況出發，可劃分為七種類型：（1）領
袖型：有極高的精神境界和理想追求，有整套符合社會主義企業發展規
律的價值觀念體系，常常從這個企業調往那個企業擔任領導，但都能把
企業辦得很好。（2）開拓型：永不滿足現狀，勇於革新，銳意進取，不
斷進入新領域，敢於突破新水平。（3）民主型：善於處理人際關係，發
揮大家的聰明才智，集思廣益，能把許多小股力量凝聚成無堅不摧的巨
大力量。（4）實幹型：埋頭苦幹，默默無聞，數十年如一日，如老黃牛
貢獻出自己的全部力量。（5）智慧型：知識淵博，思路開闊，崇尚巧幹，
常有錦囊妙計，好點子好主意層出不窮。（6）堅毅型：愈困難幹勁愈足，
愈危險愈挺身而出，關鍵時刻挑大樑，百折不撓。（7）廉潔型：一身正
氣，兩袖清風，辦事公正，深得民心，為企業的文明做出榜樣。當然，
以上各類型並不是彼此獨立的，而是互相交融的。

　　羅長海並指出，企業英雄的培育應包括：塑造、認定和獎勵三個
環節。企業英雄的塑造主要靠灌輸企業價值觀念和企業精神來進行，
對企業英雄的獎勵不應只是一種報酬，而更應是一種精神價值的肯
定，一種文化的激勵與象徵；不應只是對英雄過去成績的肯定，而更
應是對英雄未來的期望；不應只是著眼於英雄本人，而應著眼於能夠
產生更多的英雄。[45]

---

[45]　羅長海：《企業文化學》，北京，中國人民大學出版社，1991 年 6 月，頁
　　　183-185。

　　前述中美學者的說法，都相當切合《聯合報》一路走來的實際發展情境；其中王惕吾本人就是貢獻最多的英雄角色，在康定路時期同甘共苦的主要老幹部，幾乎都有「共生英雄」的地位，東遷忠孝東路之後，隨著報系業務的茁壯成長，又培養了不少第二代的「共生英雄」；他們為新聞工作奮戰不懈，終底於成的各種事蹟，都成了報系系刊一再傳頌，和報系歷史記錄的傳奇佳話。

　　依筆者之見，有資格成為《聯合報》茁壯路途上「共生英雄」者，可能超過十五人，但能謙沖自抑，長期輔翼王氏家族參與報系各階段發展，受到王家尊重，且被各方一致稱道者應為任期最長的劉社長與親和力最佳的劉長官：劉昌平與劉潔。前者的事蹟已無需贅述，至於劉潔所展現的勤勉、敦厚、仔細、親切、大度的超然形象，則被公認為資深員工之中最不忮不求、人緣風評最佳的代表性人物。

　　民國九十年年底，在《聯合報》服務了四十四年的資深員工劉潔退休，早年受其提拔逐步擢升至《經濟日報》總編輯、社長的應鎮國，特於系刊為文憶往。

　　應鎮國表示，唯一被報系員工敬稱為「劉長官」的劉潔先生，是從《聯合報》前身《民族報》算起，有四十四年在報系工作，擔任過《民族報》記者、編輯；《民族晚報》採訪主任；《聯合報》二版主編、《聯合報》南版採訪主任；總社通訊主任、副總編輯；《經濟日報》總編輯；然後感覺個性不適，又回到《聯合報》編輯部；直至紐約《世界日報》創刊赴美支援，返國後擔任報系總管理處副總經理，後又兼《歷史月刊》社長等職。

　　應鎮國說，通常「劉長官」每天下午就到報社上班，一直忙到深夜，讓他覺得「劉長官」只有工作，沒有休息。在《聯合晚報》未創刊前，報系在臺北的三家報紙的總編輯，都是潔公主持通訊組時期的駐外人員擔任，包括張作錦在《聯合報》、陳亞敏在《民生報》、應鎮

國在《經濟日報》；另有《歐洲日報》副社長兼總編輯陳祖華、美國《世界日報》臺灣辦事處主任丘鎮蓉、舊金山《世界日報》總編輯王家政、多倫多《世界日報》總編輯馬安一等，均是早年地方記者出身的傑出人才。因此，他對報系最大的貢獻便是在育才養人，受其培養、薰陶或提攜的編採人才，後來無不身負報系重任。

　　「劉長官」的敬業精神最令人推崇之處，是通訊組每位同仁都曾受過他用信函個別指導，因此有人私下戲稱「劉長官」在開函授班。這個函授班就是通訊組每天截稿後開始上課。這時，他從桌上稿籃中，挑出核稿時被扣下的各縣市同仁作品，一件一件像改作文般改好，再用信函指出其中缺點、為何要如此處理的道理，或再告以深入採訪、補充材料、加強發揮的方向，或要配特稿，配圖片等等。有時另有橫面連繫，設計專題，再寫信給相關地方同仁，絕不等到第二天。這些信件均隨發報房隨報附送，當天的工作才算告一段落。

　　再自前述企業文化與企業英雄的諸多特徵觀之，「劉長官」更有他人未具的長處，他沒有官氣，還視部屬如家人。應鎮國指出：「我駐嘉義時，平時不請假，包括結婚當天照常發稿。有一次偶染感冒，發稿量減少，就隨稿附張字條說明一下，第二天一大早有人敲門，只見劉潔兄已前來探病。原來他不放心，就搭深夜四點鐘開出的運報火車趕到嘉義來了。像這類事，多得不勝枚舉。」

　　系刊在劉潔退休時，刊出應鎮國的懷舊文章，文章之後再配合刊出帶照片的歡宴惜圖，構成了典型的送舊感恩故事。此種隔幾期就會出現的感人訊息，一方面顯示聯合報系到了世代交替的階段，除必須不定期的向功成身退的長者致敬，更應讓年輕員工深入了解他們被肯定的各種緣由和故事；正因為他們過去展現的奮鬥不懈、工作至上的敬業精神，才有其後報系的各項成就。因此，如何保存記錄這些故事，並感召後之來者傳承，並發揚前賢精神，正是歷年社刊、系刊的主要

任務之一。

誠然,在人來人往的眾多報系員工中,並非人人均能心想事成,王惕吾與第二、三代的報系領導人再有慧眼,亦無可能對每一位忠誠而順服的員工給予重點拔擢。但自系刊中,不難看出社方要栽培的重點人物。

據筆者觀察,歷年凡是在報系受到重視和重用者,幾乎都能在各期系刊中找到他逐漸受到器重的過程和相關報導,無論是在會議中發言、提出專案報告、得獎領獎、出國深造、榮獲董事長接見、分享採訪心得、成為精神標竿人物等等,凡是曝光率漸增者,行情便隨之日益高漲;反之,很難想像會有任何員工能在系刊從未介紹或從未在相關報導中露臉的情況下,以大黑馬之姿猛然蹦出來登上明星舞臺。這樣的重點栽培,使得系刊有形無形中成了某種觀測報系官場行情的溫度計。

一般而言,《聯合報》貫徹執行的高薪、獎多懲少和人事力求安定政策,被解釋為仁厚和保守;《中國時報》讓年輕人發揮創意、隨時撤換主管、編輯檯極少壓制記者文字風格的經營政策,則被看成比《聯合報》這個老對手更多個人發揮空間,和直接向大老闆效忠爭取擢升,並向老舊勢力挑戰的機會。

兩者用人風格差異之大,尚可經由比對總編輯異動情況得悉梗概。蓋《聯合報》自發刊至今,總編輯異動日期多鎖定年初與九月社慶前後,任期方面雖各有久暫不同,例如:首任總編輯兼總主筆關潔民的任期最短,前後不及兩年(民國四十年九月十六日至次年十二月三十一日)[46],第二任劉昌平則長達十一年居冠(民國四十二年一月一

---

46 按民國 42 年底印行的《中華民國人事錄》所載:關氏於民國 39 年抵臺
即應《民族報》之邀擔任總編輯,旋改任副社長,40 年秋三報《聯合版》

日至五十三年九月十五日），但其後十任總編輯亦依循著前兩任交接立下的先例，形成了一種不是年底、年初，就是選在秋季社慶前後發布異動，奠定了獨特而又穩定的更迭慣例，形成一種上行下效的、安定為先的、偏重年資與職場倫理的企業用人特色。（請參見表5，表6）

反觀處處欲與《聯合報》一爭雄長的《中國時報》，至今無法在其報社發展史中，完整呈現歷任總編輯及採訪主任名單及其任期，其可能因素不外：創辦人余紀忠用人風格一向明快而又無常，致社內人員自保為先，自始避免觸及散亂的人事紀錄，再加上更迭無常，恩怨頗多，致後繼者無從判明資料是否正確。

雖然王惕吾一直希望建立記者最大、記者不必有行政職務而薪水可以比總編輯還多，名氣比發行人、社長還大的制度，但在現實體制中，總編輯和採訪主任所負的責任和所具有的權力、影響力和社會資望，無論如何都是一般外勤記者無法想像和取得的。

以下所列表5、表6《聯合報》歷任總編輯、採訪主任簡介，可以清楚看出這份純以狹義的「成敗論英雄」來討論的名單，確是執行長期編輯政策走向、落實資方經營意志，並適時傳輸《聯合報》精神及其企業文化的真正推手；而王惕吾就像是一家大餐廳兼中央廚房的董事長，他不必親自下廚，但卻實際掌控了菜色與口味的鹹淡，他每天親自試菜，評斷獎懲，讓大小夥計的心情和薪水、福利內容，都定期隨著董事長個人的認定標準而起伏。

《聯合報》至今前後共有十二任總編輯，除現任黃素娟已在職四年餘，其他十一位依任期長短的排序為：（一）劉昌平：十一年又九個

發行，關氏獲公推主持編務，41年冬以操勞過度患嚴重眼疾，雖已獲痊，醫囑仍須減少眼力消耗，乃轉而主持筆政。參見：中華民國人事錄編纂委員會編印：《中華民國人事錄》，臺北，民國42年12月，頁454。

月;(二)馬克任:六年又十個月;(三)張作錦:五年又十個月;(四)項國寧:五年;(五)王繼樸:四年又兩個月;(六)劉國瑞:三年又十一個月;(七)趙玉明:三年又十四天;(八)胡立臺、張逸東:均為三年;(八)黃年:兩年又五天;(九)關潔民:一年又三個月。

　　如依籍貫分,江蘇省有三人居首,山西省、安徽省、浙江省均有二人居次;餘為湖北省、湖南省、臺灣省均各一人。由此觀之,似乎王惕吾及其子女對人選籍貫並無特定偏愛,臺灣省雖僅一人,但如以三十五行省的比例觀之,似乎很難解釋成資方對臺籍幹部刻意冷遇。

　　再以學歷分析,至今文學校畢業而能升任總編輯者,僅有國立政治大學與私立中國文化大學兩校有此機遇,且以國立政治大學校友居首,包括:張作錦(政大新聞系)、黃年(政大新聞系及政治所)、胡立臺(政大外交系所)、張逸東(政大新聞所、中國文化大學新聞系)、項國寧(政大新聞系)、黃素娟(政大新聞系)等六位,由此可見《聯合報》對政大新聞系傑出校友倚重之程度。

　　《聯合報》第一至四任總編輯均於中國大陸地區完成大學教育,其學歷依任期先後分別是:關潔民:太原市山西大學教育學系,劉昌平:上海市復旦大學新聞學系、馬克任:上海市復旦大學新聞學系,王繼樸:北平市燕京大學新聞學系。由此亦可見,軍人出身的王惕吾早年舉才用人,還是相當禮遇大陸名校新聞系科班出身的俊才。

　　自表5《聯合報》歷任總編輯簡介之基本資料觀之,自蔣中正總統去世至政府宣布解除戒嚴初期的十多年間,由於新強人當政,國內外政治、經濟、社會等問題錯綜複雜,且變數叢生,《聯合報》第五至七任總編輯均由具有政戰系統背景,並與黨、政、軍、特保持良好互動者擔綱,包括:張作錦(政工幹校畢業後再考進政大新聞系)、趙玉明、劉國瑞等三人,顯示王惕吾在體察社會變遷與體察政治情勢方面,自有其不得不然的政治考量,而一改早年重用大陸名校新聞系菁英的

路線，看似向政戰勢力妥協，但再對照臺北總社大政方針仍由劉昌平以宰輔之姿，長期監軍坐鎮於上，美國《世界日報》東西兩岸事務，則完全託付給老臣馬克任、王繼樸主持，大致做到了內外均衡，老幹新枝雨露均霑的程度。而報系每一新創事業均以犒賞形式，諸多老臣依輩份分封采邑，一方面減少母報體制內的升遷壓力，另方面則可公開展示「忠誠必有福報」的職場邏輯，與其循序漸進的用人之術。

　　如單就企業文化傳承的角度觀察，能膺重任的幹部除了必須能幹、肯定忠誠之外，無可否認的，他們幾乎都是最能體認企業文化精髓並全力發揚的高手，更是企業文化的繼起創造者和強力代言人。他們依序接棒，決定了《聯合報》企業文化中極重要的成素，那就是不斷的追求第一，而且只有第一才算成功。當上總編輯的人，幾乎就像半神半人的古埃及法老王，除了確信自己會走入報史永恆的光榮位置，還要不斷透過道今憶古的傳衍說教，定期舉行分封、賞賜、迎送和惜別等公開儀式，鼓舞各個部門後之來者得以完全信服：成功的滋味是無可取代的！為戰勝對手付出的血汗是值得的！

　　就新聞事業而言，總編輯的位置固不能以軍事征伐「一將功成萬骨枯」來類比，但是，對任何大學新聞傳播系所出身的編採人員而言，未能做到總編輯的位置固然若有所失，但就如空軍官校畢業生即便是空戰英雄也未必能升任總司令那般無奈，因為戰場和職場上全力求勝，準備是否充份，學識能否通過考驗，乃至臨門一腳的戰技是否精良，扣除運氣的成份，能否勝出，操之在我的比重較多。但是，回歸現實生活之後，英雄未必肯折腰的身段，和未必適合久坐辦公桌的性向，再加上家族企業的閉鎖式決策系統與千古不變的官場文化折磨，無論是何種行業，往往最後能登上 CEO 大位者，機遇決定成敗的比例，經常遠大於對其實力的考驗。

表 5：聯合報歷任總編輯簡介

姓　　名	任期起迄日期	籍　　貫	卸任後職務
1.關潔民	1951/0916~1952/12/31	山西省趙城縣	聯經公司副董事長
2.劉昌平	1953/01/01~1964/09/15	安徽省舒城縣	報系副董事長
3.馬克任	1964/09/16~1971/07/18	山西省祁縣	美國世界日報副董事長
4.王繼樸	1971/07/19~1975/11/15	湖北省應城縣	舊金山世界日報社長
5.張作錦	1975/11/16~1981/09/15	江蘇省徐州市	聯合報社長、聯晚副董事長
6.趙玉明	1981/09/16~1984/09/30	湖南省湘陰縣	泰國世界日報社長
7.劉國瑞	1984/10/01~1988/09/09	安徽省廬江縣	經濟日報社長
8.黃　年	1988/09/10~1990/09/15	江蘇省溧陽縣	聯晚社長、總主筆
9.胡立臺	1990/09/16~1993/09/15	浙江省金華市	經濟日報社長
10.張逸東	1993/09/16~1996/09/15	臺灣省苗栗縣	報系文化基金會執行長
11.項國寧	1996/09/16~2001/09/15	江蘇省南京市	民生報社長
12.黃素娟	2001/09/16~？	浙江省臨海縣	

表 6：聯合報歷任採訪主任簡介

姓　名	任期起迄日期	籍　貫	卸任後職務
1.馬克任	1951/09/16~1964/09/15	山西省祁　縣	聯合報總編輯
2.于　衡	1964/09/16~1968/12/31	山東省蓬萊縣	主筆兼副總編輯
3.孫建中	1969/01/01~1971/07/18	遼寧省瀋陽市	聯合報副總編輯
4.張作錦	1971/07/19~1975/09/15	江蘇省徐州市	聯合報總編輯、社長
5.陳祖華	1975/09/16~1978/02/28	山東省膠　縣	聯合報副總編輯
6.鍾榮吉	1978/03/01~1980/12/31	臺灣省高雄縣	立法委員、監察委員
7.陳祖華	1981/01/01~1982/08/31	山東省膠　縣	歐洲日報總編輯
8.黃　年	1982/09/01~1985/09/24	江蘇省溧陽縣	聯合晚報、聯合報總編輯
9.高惠宇	1985/09/25~1988/08/31	山東省昌邑縣	國大代表、立法委員
10.黃　寬	1988/09/01~1990/09/15	廣東省東莞縣	聯合晚報總編輯
11.周玉蔻	1990/09/16~1992/03/08	山東省萊陽縣	專案新聞中心巡迴特派員
12.黃素娟	1992/03/10~1994/03/31	浙江省臨海縣	經濟日報、聯合報總編輯
13.黃政吉	1994/04/01~1995/09/15	臺灣省嘉義縣	報系總管理處主任秘書
14.羅國俊	1995/09/16~2001/07/31	湖南省零陵縣	聯合晚報執行副總編輯
15.周恆和	2001/08/01~2004/01/31	安徽省含山縣	聯合報副總編輯
16.游其昌	2004/02/01~？	福建省永定縣	

　　《聯合報》至今共有十六任採訪主任，人次比總編輯多四人次，可見其異動較為頻繁；其中因陳祖華曾兩度擔任，故實際上是十五人。歷任採訪主任之任期最長者為馬克任，長達十三年；其中任期不到兩年者有二人：周玉蔻與黃政吉，均約為一年六個月。知名度較高的三位採訪主任：于衡任期四年又三個月，張作錦任期四年又兩個月，高惠宇任期兩年又十一個月。較為顯著的狀況是，報禁開放後《聯合報》採訪主任任期偏短，大約二至三年即易手，僅羅國俊任期五年又十個月較長，似與報業間競爭壓力太大有關。

　　再以籍貫分析，山東省有四人居首，江蘇省與臺灣省均為兩人居次，其餘為山西省、遼寧省、浙江省、廣東省、安徽省、湖南省、福建省均為各一人。由此觀之，《聯合報》決定採訪主任人選時，似無省籍之特殊考量。

　　唯自報禁開放後，報系編輯部建制又出現「總監」頭銜，增張加人的結果，編採合一制蔚然成風，加上綜藝、生活、大臺北等各大中心又各設主任的作業趨勢之下，又大幅削弱了往昔採訪主任實際調度管轄的權限。因此，近五六年來採訪主任一職的光芒，早已不若報禁開放前那般耀眼。

　　一般而言，有幸升任採訪主任者如無特殊情況，多半會在兩年左右獲得加銜成為副總編輯兼採訪主任，大有順藤摸瓜，取得總編輯寶座的良機。但自表 6 觀之，十五位採訪主任扣除現任者外，十四人中僅馬克任、張作錦、黃年、黃素娟四位得以晉升總編輯，其中固有個人健康狀況、老闆一時好惡等等變數夾雜於內，但畢竟呈現了採訪主任一職不進則退的宿命，與權力金字塔原本就陡峭難登的殘酷事實，絕非單憑個人努力即可得遂心願的。

　　在各種紀錄中顯示，馬克任、張作錦、黃年等三人均為有目共睹、

企圖心旺盛的強勢總編輯，馬克任奉派赴美籌辦《世界日報》，王繼樸
才有機會接任總編輯，等王繼樸也去了美國，張作錦才得以新生代姿
態躍居第五任總編輯，並宣告政大新聞系與政戰系統掌權時代的到
來。黃年雖為刻意栽培的戰將，但在報系規模壯大後，仍不得不先在
新創的《聯合晚報》試劍磨刀，培養資望，何況，趙玉明與劉國瑞代
表的不只是王家對政戰系統的信賴付託，更是報系群雄競逐中「內勤
編務派」凌駕「外勤寫手派」的重要分水嶺。

　　至於胡立臺以政大外交系所學歷自基層編譯出身，且先後出任《中
國時報》與《聯合報》總編輯，其能先後受知於兩大報系老闆的特殊
機緣，個中之奧祕絕非端坐課堂論道的新聞科系師生所能輕易參透。

　　能征慣戰當然是新聞職場上買方與賣方市場的基本條件，其後轉
變的重要關鍵，則在入行之後個人適應與成長的速度因人而異，最後
能夠攻頂致勝者，多係力能洞悉市場變化與媒體特性，有能力配合市
場潮流預做調整規劃，而且能運用交際手腕長期組合一群能為其抬
轎，並共同展示具有接班實力的優質班底，而非但知單打獨鬥，跑出
幾則好新聞的「自了漢」而已。至於欲得大位者皆須接受企業文化的
洗禮、感召、馴化，長期與上級保持極佳的私誼，亦屬成功達陣前不
可輕忽的一環。

　　了解臺灣報界內情者均大致同意：雄才大略、堅毅果決與知人善
任，是王、余「報壇雙雄」的共同特點，但寬厚為懷，並儘量與人為
善，則確為惕老領導風格優於余老闆之處。惕老深知自己只是行伍出
身的、半路出家辦報的生手，非得對專家學者禮賢下士，優禮有加，
否則，是很難令以風霜傲骨自恃的鬻文維生者折服的。他常言：「論編
務，我不如總編輯；論業務，我不如業務總經理；論印務，我不如印
務總經理。我衹懂得找最好的專業專家辦最好的報紙。」識人之明，

將將之才,形成特殊的「王惕吾風格」。[47]

但是,能夠充份授權下屬,絕非足以成就報業王國的唯一答案。民國七十四年《聯合報》社慶時,王惕吾提及當年沒有錢買外國印刷機,就拆開上海製造的精成型印報機,再參照德國 MAN 藍圖,委託臺灣宜昌機械製造廠自製「聯合報式高速輪轉印報機」,先後製造了十六部,供民國四十年至六十年間印務發展運用;其後,方有財力向日本東京機械購買第一部高速彩色印報機。他表示:第一部彩色機器才剛裝妥,「我就要訂第二部,有人認為我的此一決定太快了,好像有點浪費。我力排眾議,毅然決定訂購第二部機器,到了第二年,我們的報份繼續大幅增加,第二部機器也就接得上增加的報份,如果沒有早點訂購就來不及因應了。」[48]惕老堅持此一重大決策,顯然與《中國時報》前身《徵信新聞》早在民國五十七年三月廿九日改為彩色印刷,有利於爭取廣告客戶,且躍居亞洲第一份彩色報紙的業務營收衝擊有關。[49]

行伍出身的王董事長固然對例行編輯技術面鬆手,但對編輯部及言論部的重要決策則關注備至。例如,民國七十年間景氣低迷,行政院經建會公布的景氣對策信號均在代表蕭條的藍燈徘徊,支票退票率

[47] 楊仁烽:〈永遠向前看〉,載於:聯合報系創辦人王惕吾先生紀念集編輯委員會編印:《王惕吾先生紀念集》,臺北,民國 86 年 3 月。

[48] 阮肇彬記錄:〈董事長在聯合報卅四週年社慶典禮上的談話:一流的報紙,一流的水準〉,《聯合報系月刊》第 34 期,民國 74 年 10 月,頁 10。

[49] 針對中文報紙應否彩色印刷一事,王惕吾曾十分堅持地向員工反覆重申不願跟進的主張,認定全世界有格調的大報沒有一家是用彩色發行的為由,拒絕改弦易轍,但終究不敵廣告營收的壓力而決定讓步。有關《徵信新聞報》改採彩色印刷的日期,參見:余紀忠:《信念與秉持》,臺北,中國時報社,民國 88 年 4 月,頁 242。

升高；股市低迷，股價迭創新低；外銷訂單長期大幅衰退；不動產及建築業由絢爛歸於平淡，空戶大增。

是年十一月十八日，王惕吾以《聯合報》及《經濟日報》董事長身分親自召開史無前例的決策會議，指示兩報立刻動員言論部及編輯部菁英策劃發起「新的投資運動」系列專文；執行者包括：兩報總主筆楊選堂、《經濟日報》採訪主任葉耿漢及記者章長錦等十餘人、《聯合報》經濟小組召集人楊士仁等五人、管理學者陳定國等七人，自即日起至廿八日止同時在兩報共同刊出系列新聞、社論與專欄，各篇特稿均逐級呈閱、修正及潤飾，最後經王惕吾親自核示批可後見報。

如此重視系列社論的王惕吾，果然受到層峰的重視。民國七十年十一月十六日三報常董會中，王惕吾即透露了「近來曾兩度蒙總統召見，談及其每日均閱讀《經濟日報》之社論及專欄，並以《經濟日報》有關經濟問題之立論及意見，「頗能符合國家社會利益而有所獎勉。」[50]

民國八十六年《經濟日報》慶祝創刊三十週年時，楊士仁於紀念特刊中回憶此一特殊任務時認為：此次動員意義非凡，七項特色值得銘記：1.是由王惕吾親自策劃、指揮、核稿、督導，在《聯合報》及《經濟日報》報史上均為唯一的一次。2.由言論部和編輯部就同一主題，大規模報導與評論，十分罕見。3.動員《聯合報》與《經濟日報》主筆群、財經記者人數之多，規模之大，前所未有。4.報導、評論範圍廣及財經政策、社會問題、經濟情勢及工商困境等。5.打破平時採訪分工方式，不分《聯合報》、《經濟日報》，同時刊登兩報記者的文章。6.系列菁華卅七篇榮獲行政院新聞局民國七十一年報導類金鼎獎，可

---

[50] 聯合報董事會編：《聯合報、經濟日報、民生報常務董事會會議紀錄》，臺北，聯合報社，民國 80 年 12 月，頁 340。

謂實至名歸，且由《聯合報》及《經濟日報》記者共同得獎，打破了
金鼎獎紀錄。7.報導及評論刊畢沒幾天，行政院財經內閣隨即改組，
可見此次動員時點之精準，與督促官方快速改革的輿情效益非比尋
常。[51]

　　其實，王惕吾自始即對社論內容和言論部門的影響力極為重視。
關潔民回憶自己主持言論部門時最得意和最辛勞的事，就是民國四十
三年六月四日起針對俞鴻鈞組閣後所發表的一系列專論「新政府‧舊
課題」，雖然僅僅是十幾篇文章，但每篇文章都經過他和王惕吾一句一
字的推敲、修正，每晚甚至到廢寢忘食的程度。當然讀者只欣賞到《聯
合報》的敢講話，卻不知道當事人在處理原稿時所花的心血。[52]

　　林笑峰亦曾為文記述此事：民國四十三年五月第二任總統就任，
內閣接著改組，《聯合報》推出了兩個系列評論，其一是「新政府‧舊
課題」，其二是「論大政‧談財經」。在當時強人時代，《聯合報》竟敢
直言，對政府的陰暗面提出最嚴厲批評，只要列舉其中一些題目，就
足夠使人目瞪口呆。在「新政府‧舊課題」中，有〈向民主的毒瘤開
刀〉、〈敞開政黨的政治大門〉、〈從政風到民風〉、〈這樣的外交非改善
不可〉。在「論大政‧談財經」中，有〈一籌莫展的財政政策〉、〈徘徊
歧途的經濟政策〉、〈支離破碎的金融政策〉、〈搶救外匯貿易危機〉、〈歸
去來兮的僑資〉等等。當時王惕吾對這一系列的評論非常重視，所有
參與規劃和寫作的人員，全部保密。由於這一系列的評論內容太好了，

---

[51]　楊士仁：〈發起新的投資運動〉，載於經濟日報編印：《經濟日報三十年》，
臺北，經濟日報社，民國 86 年 4 月，頁 94-95。

[52]　于衡：《聯合報二十年》，臺北，聯合報社，民國 60 年 9 月，頁 138。

「《聯合報》就一躍而為全國言論最為權威的報紙」。[53]

　　另據王小痴的記述,「新政府‧舊課題」系列社論推出時,《聯合報》銷數已達一萬多份,針對陳誠辭去行政院長兼職,由俞鴻鈞組閣而發的社論,是意有所指的,因為「新政府」是指俞鴻鈞內閣;「舊課題」則是批鬥陳誠內閣的許多不民主的措施,甚至指「舊課題」是一個「大膿包」。文章是由王惕吾指定牟力非執筆,而立場觀點的指示則是出於王惕吾,並派出總主筆關潔民、總編輯劉昌平一起和牟力非討論行文用字與組句。這在那一年代而言,的確是一項十分大膽的言論,連王惕吾事後都將此一舉動列為英勇事蹟,自認「新政府‧舊課題」的一連串評論,勇敢的對政風問題、民主法治問題、人權問題、政黨政治問題、外交問題、言論自由,以及地方自治與選舉問題,提出率直的批評,樹立了民營報紙的嚴正言論風範,發生深遠廣泛的影響,使報社聲譽鵲起,成為海內外讀者所喜讀的一份民營報紙。[54]

　　《聯合報》對言論重視的程度,可用另一紀錄加以說明。民國七十九年三月李登輝當選中華民國第八任總統後,《聯合報》即以社論從三月廿二日起,為國內政治改革提出一系列具體意見,共有七篇至三月廿九日刊完。同年自四月一日起,報系海內外七家報紙又同日刊出另一系列六篇統一社論,呼籲海峽兩岸及全球的中國人,為了挽救中國人的命運,也為了避免歷史悲劇重演,大家應捐棄己見,奮發自救,

[53]　林笑峰:〈「金童玉女」憶當年〉,收錄於:張作錦主編:《一同走過來時路》,臺北,聯經出版公司,民國80年9月,頁129。

[54]　參見:(1)王小痴:〈王惕吾發跡史(一):細說從頭蔣家官邸內侍的吃裡扒外〉,《求是報》1991年3月27日,第3版。(2)王惕吾:《聯合報三十年的發展》,臺北,聯合報社,民國70年9月,頁149。(3)于衡:《聯合報二十年》,臺北,聯合報社,民國60年9月,頁131,132。

為中國前途開創新契機；國外三報：美國《世界日報》、巴黎《歐洲日報》、泰國《世界日報》均註明轉載臺北聯合報系社論。「這件事在報系是創舉，在中國報業史上也無往例。」[55]

王惕吾親自提攜才俊的故事，至少可粗分為以下四任總編輯所代表的世代和參考樣本。

第一種樣本，是與惕老並肩創業老家臣型的幹部，代表人物為劉昌平。為王惕吾打下報業江山的第一代功臣頗多，各人獲得的報償固有天淵之別，唯其際遇最為特殊，且廣為業界推崇者還是首推劉昌平。

劉的崛起代表《聯合報》在西寧南路和康定路草創階段，對甫自上海復旦大學新聞系畢業新秀的付託和倚重。據了解，原本惕老在三報《聯合版》一登場時就想重用劉，但畢竟太年輕了一些，故先委任前甘肅省蘭州市《民國日報》社長、省立山西大學教育學系畢業的總主筆關潔民[56]扮演過渡角色，由劉昌平擔任執行副總編輯，一年又三個

---

[55] 聯合報董事會編：《聯合報、經濟日報、民生報、聯合晚報常務董事會會議紀錄（77~82年）》，臺北，聯合報社，民國82年10月，頁213。

[56] 關潔民號萬善，山西省趙城縣（趙城今改隸洪洞縣）楊堡村人，民國前1年11月16日生，祖父顯龍公為前清舉人，父裕麟公為秀才。於太原雲山中學時代即加入中國國民黨，旋入山西大學教育系，在校時即與同學組新聞社，為其畢生從事新聞工作之始。大學畢業創晉聲新聞社於西安，復與同窗好友創辦《長安晚報》，舉凡採訪、編輯、社論、印刷等工作，無不躬親力行。不久報社遭共黨份子把持，乃轉至蘭州任《民國日報》副總編輯、總編輯、副社長、社長等職，並獲選為甘肅省參議會議員。民國38年8月蘭州會戰後，局勢逆轉，攜印報器材撤至河西走廊轉抵南疆時，被迫放棄器材，拋家棄子，與國大代表韓克溫等六十餘人，取道哈密、喀什、吉爾吉特，在冰雪中冒險步行達一月之久始到達印度加爾各答，轉抵臺灣後與同行志士組成「帕米爾喫雪同志會」以為惕屬。民國39年3月出任臺北《民族報》總編輯兼總主筆；40年9月

月之後，再交棒給三十歲不到的劉昌平。正因為身受如此惕老深恩栽
培，劉昌平訓誡新進員工時常言：只要堅持「從一而終」的忠誠投入
工作，一定會有所成就的。

　　劉昌平個性內斂，處事公正和平，極孚人望，歷任採訪主任、總
編輯、社長，至今王家子女對其執禮甚恭，某些員工私下稱之為「劉
皇叔」，至今仍以《聯合報》股份有限公司副董事長之尊坐鎮督導。近
年，劉昌老的獨子劉永平更自美國返臺加入報系網路事業部門服務，
頗有以劉家父子兩代共同輔翼王家「少主」王文杉的意味。

　　第二種樣本，是苦幹崛起的悍將型幹部，代表人物首推政工幹校
職業軍人出身，再考進政大新聞系畢業的張作錦。按張氏自己的記述，
他是民國五十三年和陳祖華、吳炯造同時進《聯合報》的，也是政大
在臺灣復校之後，新聞系畢業生向《聯合報》搶灘的「第一批陸戰隊
員」。[57] 自此以後，採訪主任、總編輯等重要職務，即再無大陸時期的
老一輩新聞從業人員出馬領軍了，張作錦獲得重用亦奠定了編輯部世
代交替的重要指標。

---

　　16 日《民族報》、《全民日報》、《經濟時報》等三報合併時出任總編輯；
　　42 年 1 月 1 日劉昌平繼任總編輯後，關即專任總主筆一職。59 年 6 月 1
　　日調社務委員，68 年 9 月退休後留任聯經出版公司副董事長；77 年 10
　　月 27 日因心臟病突發逝於臺北市寓所，享年 78 歲。

[57]　陳祖華曾兩度出任《聯合報》採訪主任，是我國報業史上首位具有碩士
　　學位的採訪主管，後升任《歐洲日報》總編輯退休。民國 59 年吳炯造
　　於十名錄取考生中，以第二高分考取中國國民黨中山獎學金新聞學門，
　　隨即赴美深造；同榜新聞學門錄取之潘健行亦為《聯合報》記者。吳炯
　　造赴美後未歸，一度經商，後出掌《世界日報》南加州發行業務，民國
　　74 年 10 月 3 日因心臟病突發逝於洛杉磯分社社長任內，得年 46 歲。參
　　見張作錦：〈遙想炯造當年〉，《聯合報系月刊》第 35 期，民國 74 年 11
　　月，頁 206。

　　《聯合報》是臺北各報中，首先吸收各大專院校畢業生到報社工作的新聞媒體；自民國四十四年政大新聞系在臺復校，四十八年有了第一屆畢業生後，《聯合報》便考慮錄取一批新血，但政大復校後第一屆畢業生須服一年兵役，所以第一批經由招考進入《聯合報》的，反而是晚一年服役的師大社教系新聞組第一屆畢業的葉耿漢、黃玉峰；又隔了兩年，政大新聞系畢業生張輝、謝鍾翔先後到職，稍後，陳祖華、吳炯造、張作錦等也陸續進入報社。[58]

　　論者每謂張氏受到倚重，與其政戰背景和政校系統出身的「雙佳要件」有關，蓋其出任總編輯時，老總統蔣中正逝世未久，繼任黨主席的蔣經國稍假時日即將承繼重任，而此一階段的報業發展，適逢工商業起飛，民智漸開的關鍵時期，因此大有開疆拓土的機會。王惕吾為此閉門苦思，甚至一個人跑到日月潭去，「整整經過八個月」才決定由張作錦接捧，「那時大家都很驚奇，甚至也有些波浪」，因為「照傳統要按部就班，長幼有序，但創辦人覺得誰能把工作做得最好最要緊」。[59]

　　面臨解嚴前夕朝野關係紛擾時期，黨政有關方面自亦樂見並期待這位幹校出身者獲得倚重。由於張作錦兼為幹校及政大校友，故亦被外界解讀為政大新聞系畢業生逐步在《聯合報》取得主導權的先聲。所幸，此一啟用新人的決策是值得的，《聯合報》東遷臺北市忠孝東路四段後，以新人新政的布局，逐步朝向百萬份大報目標衝刺。

　　張氏個性耿介，早歲自高雄地方記者出身，行事風格亦偶有桀驁

---

[58]　于衡：《聯合報二十年》，臺北，聯合報社，民國 60 年 9 月，頁 247。

[59]　編委會：〈聯合報系主管聯合工作會報紀錄：王必成董事長講話〉，《聯合報系月刊》第 130 期，民國 82 年 10 月，頁 87。

不馴之時，處理專業問題時自有堅定立場，無論是機動換版時機，或某些事務性的調度，對王家第二代的建議或約束，並不常放在心上，甚至還曾當面駁斥原本打算攔阻換版作業的王必成：「你根本不懂編務，就別再囉嗦了！」對王家第二代絲毫不假顏色。[60]所幸王惕吾終究能隱忍人所未能忍，更能識才、惜才、愛才，一路拔擢並借重其魄力與卓識，終令總社東遷後的《聯合報》無論是在編輯政策、發行競爭力、報格與朝野評價等等各方面，無不脫胎換骨，大幅提升。因此，張作錦升遷之速，掌權之久，僅稍遜於劉昌平，如此殊遇，同樣源自於惕老的慧眼識拔。

　　在資深同仁口中，張作錦屬於苦幹實幹才打出一片江山的中壯輩才俊，早期雖曾特別倚重學界提供專業意見，但經歷諸多磨練之後，張氏筆鋒益見犀利，「文筆婉而約，溫而厲，內涵剛勁，禁得起回甘品

---

[60] 張作錦對王家第二代不假詞色的嚴厲態度，為筆者於民國 67 年 6 月 26 日凌晨，奉命為第 11 屆世界盃足球賽阿根廷與荷蘭爭冠決戰，留守抄收香港《東方日報》指派專人口頭轉述電視實況轉播，而有幸參與第 3 版臨時更換全版內容的任務時所親見。當夜王必成聞訊匆匆趕抵編輯部，坐在筆者前方，頻頻敦促張作錦宜重新考慮換版的必要性，且一再提醒張總編輯意思到了就行了，不可延誤正常出報時間。事實上，該次換版作業亦僅為北部讀者服務，但王必成卻毫不知情。筆者因參與此次換版作業而獲得當月採訪工作評比「特等獎」，獲獎理由為：「世界盃足球賽六月廿六日於臺北時間凌晨二時至四時三十分舉行冠亞軍決賽，本報在分秒必爭的截稿壓力下，在第三版換版，全版報導球賽詳細經過，贏得各界好評，習賢德、胡英牧負責處理此一新聞，自晚間工作至次日清晨五時許，不僅圓滿達成任務，且表現了高度工作效率，工作能力與工作精神均堪嘉獎。」參見：編委會：〈採訪組七月份新聞採訪獎：胡英牧、習賢德特等獎〉，《聯合報社務月刊》第 175 期，民國 67 年 9 月，頁 45。

味」;[61]近年其於《聯合報》副刊專欄「感時篇」及以筆名龔濟發表之評論，每能切中時弊，贏得各方佳評。

民國八十年間，他為新進記者上課時即公開宣揚：《聯合報》優良傳統之一，就是靠工作，靠努力升遷，「到現在我還不知道劉昌平社長家住哪裡？」[62]這句話固然有幾分自豪和寬慰，但知悉內情者皆知：張作錦雖憑個人奮鬥攀上「位極人臣」的高階，但若非于衡的提攜優先升採訪組副主任，讓他超前於資歷更深者，其後未必有一路順風的機會。[63]

民國七十年九月甫以進修名義派赴美國紐約期間，仍得受制於海外「第一霸主」馬克任的調度，馬夫人劉晴女士還曾四處打探張某赴美，是否代表王家，有意把馬克老拉下來。此一尷尬處境，直到民國七十二年二月王必立親自飛往紐約布達人事命令，張作錦始能以《聯合報》副社長地位接下美國《世界日報》總編輯之職。

馬、張兩人在美明暗較勁的不悅，據悉曾讓在臺北幾乎無往不利的張作錦自覺「比打雜的還不如」。由此亦可窺見：愓老雖具「聯合報

---

[61] 許倬雲：〈賀張作錦先生榮休序〉，《聯合報系月刊》第 266 期，民國 90 年 10 月，頁 14。

[62] 張昆山：〈愓老住院子女隨侍，盼多靜養暫忘公事〉，《聯合報系月刊》第 99 期，民國 80 年 3 月，頁 15。另立法院副院長鍾榮吉於民國 94 年 7 月底接受面訪時，亦曾強調他也是在擔任採訪主任後，因愓老宴請前美國駐華大使時奉命作陪，才首度有機會前往王董事長位於北市仁愛路的家，可見《聯合報》編採主管的升遷不是單靠個人鑽營就能取得。

[63] 按歐陽醇日記所載：師大社教系畢業的施克敏當年得悉于老師決升張作錦為副主任，心裡不自在，因他五年前進《聯合報》時，張作錦才進報社實習。參見：續伯雄：《臺灣媒體變遷見證：歐陽醇信函日記（1967-1996）》（上），臺北，時英出版社，民國 89 年 10 月，頁 64。

業王國」創業帝王之崇隆威望，亦無法保全第二代愛將的基本尊嚴；必要時選擇坐觀虎鬥，靜候強者勝出，似乎亦為其難斷高下，及面臨無可何如時的人事策略選項之一。

　　民國九十年十月三十一日聯合報系總管理處主管工作會報召開臨時會議，宣布副董事長楊選堂堅請辭職，並同時布達由《聯合晚報》社長張作錦遞補為副董事長，其地位僅次於資深副董事長劉昌平，在聯合報系金字塔狀的升遷系統上，真可謂功成名就，登上了「位極人臣」的新高峰。

　　第三種樣本，是有幸為惕老退休感言代筆的黃年：由於作風明快，專業性向鮮明，致於擔任《聯合報》採訪主任初展長才時，即分別被《天下》雜誌與《銘報》喻之為「口袋裡的錐子」和「鬥魚的性格，悍將的作風」。[64]是被王惕吾公開肯定的「本報有計畫、有步驟長期培

64　參見：（1）轉載《銘報》趙雅芬：〈鬥魚的性格，悍將的作風：聯合報總編輯黃年側記〉，《聯合報系月刊》第 71 期，民國 77 年 11 月，頁 68-70。（2）天下雜誌編輯部：〈誰是新一代的領導人專題／黃年：口袋裡的錐子〉，轉載《天下》雜誌 1984 年元月號，《聯合報系月刊》第 18 期，民國 73 年 6 月，頁 59。黃年被評選為「新一代領導人」時 38 歲，擔任採訪主任。獲〈誰是新一代的領導人〉一文介紹的另十三位人士則包括：白俊男（40 歲，交通銀行投資部經理）、吳美雲（39 歲，漢聲雜誌總編輯）、宋楚瑜（41 歲，行政院新聞局長）、邱正雄（40 歲，中央銀行業務局長）、吳豐山（38 歲，自立晚報社長）、林懷民（37 歲，雲門舞集創辦人、國立藝術學院舞蹈系主任）、紀政（39 歲，中華田徑協會總幹事、立法委員）、施振榮（38 歲，宏碁電腦集團董事長兼總經理）、苗豐強（37 歲，聯成石化總經理、神通電腦董事長）、徐小波（44 歲，臺大法律系副教授、理律法律事務所顧問）、章孝嚴（41 歲，外交部北美司司長）、康寧祥（45 歲，立法委員）、曹興誠（36 歲，聯華電子公司總經理）。

養的人才」。[65]

民國六十四年六月黃年自政大新聞系畢業，再考入同校政治研究所碩士班，即進入特別講究文字精準和文章風格、由中央社前輩張任飛所主持的《綜合月刊》工作。民國六十七年間，黃年應《時報周刊》海外版總編輯周天瑞之邀，擔任該刊副總編輯，後升任總編輯，並轉任《中國時報》專欄組主任；其後獲張作錦賞識，於民國六十九年初轉任《聯合報》專欄組副主任、主任；民國七十一年九月調升採訪主任，民國七十五年獲報社獎助赴英國牛津大學研究。其在專業路線上升遷發展之快速，被業界評價為「一個值得尊敬的對手」和「新聞敏感度一流的人才」。

黃年早年自陸軍士校出身，受過嚴格的軍事化教育，志慮忠純，忠黨愛國，在學期間即以臺灣新生代代言人之姿接受《夏潮》雜誌專訪，對民主政治需要「忠實的反對者」寄予厚望，並期許自己和當代青年應在朝野、新舊與左右兩大極端勢力間扮演一種「積極的第三者」角色，而且不只是看熱鬧，還要懂得門道。[66]

在專訪中，黃年認為自己是外界指稱之「國民黨內溫和的改革派」。他表示：「在流行的定義中，我不算是個好黨員，我在黨內的幾次重要經驗——告訴我，沒有一個與我有接觸的，能代表黨的人把我當成『黨內』來看。我常將自己認同為一個反政客主義的愛國者，反對國民黨的政客，也反對黨外的政客。」

---

[65] 聯合報董事會編：《聯合報、經濟日報、民生報、聯合晚報常務董事會會議紀錄（77~82 年）》臺北，聯合報社，民國 82 年 10 月，頁 89。

[66] 宋國誠、黃宗文訪問：〈「民主」的吶喊！——訪新生代談臺灣的民主化〉，《夏潮》第 5 卷第 4 期，民國 67 年 10 月，頁 12-14。

　　進入《聯合報》後，黃年逐步獲得愓老賞識，晚年對其禮遇、倚重、照顧的程度，令許多資深員工艷羨不已；而其能在每個工作崗位上屢戰皆捷，關鍵即在充份運用每次異動自我磨練，並吸納一批編採好手為其忠誠班底共同努力，終能奠立個人在王氏家族企業中出將入相的雄厚資本。

　　初獲王家禮聘時，雖一度格於接班形勢未明，必須沉潛於缺乏專屬版面可供發揮的專欄組，公餘尚能與一般同仁藉方城之戰排遣時光，但愓老畢竟有心栽培且慧眼獨具，兩度為其開辦全新事業，先增辦《聯合月刊》供其培養資望，小試牛刀，再徐圖漸進，待機而動。報禁將開之際，再將黃年自英國牛津召回臺北，以《聯合晚報》全新舞臺供其快意揮灑。雖然《聯合月刊》及《聯合晚報》名義上都屬報系「新手培訓中心」，但在決策高層心目中，實為刻意栽培助其轉進權力核心，累積戰功與聲望，進而承繼大統而暖身鋪路。但正因為社方高層意向明顯，致與黃同齡的某些中生代菁英，不得不被調往報系其他單位發展，或乾脆主動請辭，另棲別枝，以謀出路。[67]

　　黃年是在接掌《聯合報》採訪中心主任之後才得以大展長才，並

---

[67] 因黃年獲得不次拔擢而被迫「讓路」名單中最具代表性者，一為國立政治大學新聞學研究所碩士、兩度出任《聯合報》採訪主任的陳祖華，於民國 71 年 9 月與後繼者黃年交接後，即長期借調《歐洲日報》遠離權力核心，於《歐洲日報》服務長達十七年，歷任總編輯、副社長等職後退休；另一代表人物為國立臺灣師範大學社會教育學系新聞組畢業的《聯合報》黨政要聞資深記者顏文閂，於民國 70 年 11 月，獲吳豐山禮聘跳槽《自立晚報》擔任總編輯，其後復應「三重幫」房地產大亨林榮三敦請，於民國 77 年 8 月轉任《自由時報》總編輯兼社長，民國 85 年 8 月間，又再辭離《自由時報》，經「臺灣經營之神」王永慶等協助貸款集資取得停刊改組後的《臺灣日報》董事長寶座。

順勢升任總編輯；接著獲社方資助赴英倫進修，開放報禁前夕向社方建議並獲准籌備彼時唯一採橫式標題走文的《聯合晚報》[68]，發行年餘即突破四十萬份，終以開拓業績有功而擢升社長等職，其後更以其獨有之思辨定見與酣暢淋漓之文采，繼楊選堂之後，躍居總主筆要職。

根據歐陽醇民國六十八年五月十四日的日記所載，黃年未得志前，亦曾在《中國時報》與《聯合報》兩大報間進出猶豫過：「余（紀忠）先生一直器重的一個年輕人黃年（政大新聞系畢業，原在《聯合報》工作），調到編輯部不到十天，五月十日以志趣不合，向余先生請辭，表明仍將再回《聯合報》，他在《聯合報》已是三進三出，這次再去，便是四進了。」[69]據瞭解，因彼時黃年期盼自主空間較大，故對余老闆偏好插手過問細節的態度頗有微詞，終究還是投入王家懷抱。總之，若無求才若渴的惕老大力提拔，絕難產生這段傳奇與佳話。

第四種樣本，是中時報系歷來跳往聯合報系者職級最高，同時帶著手下、攜家帶眷集體投效的胡立臺。胡立臺自國立政治大學外交系畢業服畢兵役，正準備進外交研究所時，就進了《中國時報》擔任編譯，成為彼時大理街時報大廈中能長期與具有臺大歷史系所、政大新聞系所多數菁英鼎足而立，敢向余紀忠爭權嗆聲，又與平輩相互制衡的一股新興勢力。

據知悉內情者表示，《中國時報》前總編輯胡立臺是在精準研判「用

[68] 民國七十六年十月間，聯合報系籌備《聯合晚報》的「六人小組」成員為：黃年、胡立臺、傅依萍、陳裕如、徐榮華、陳朝平。其中除徐榮華外，另五人均曾在中時報系任職。
[69] 參見：續伯雄輯註：《臺灣媒體變遷見證：歐陽醇信函日記（1967-1996）》（下），臺北，時英出版社，2000年10月，頁787。

人無常」的余紀忠有意撤換前，[70]即開始透過《聯合報》資深編輯查仍千的夫人[71]接頭，與王家慎重談判，取得跳槽後保證重用的口頭承諾後，據傳，還曾開立了一份「預約投效名單」，以斷然行動向余老闆抗議。當時中時編輯部人心惶惑，草木皆兵，凡在傳聞中投敵名單上的中時幹練員工都受到高層嚴重關切、約談，乃至上班時刻各種隱性監控。某位原本不想走的員工告訴筆者，他曾奉上級指示前往余老闆住所報到，進門後只有余老闆夫婦及長子在場，隨後切入敏感話題，要求他對去留表態，繼而由余家父子合演了一場慷慨陳詞、痛哭留人的戲。據離職多年同樣經歷過類似場面者表示，當時余家父子真正的目的只是不想一下子人走掉太多、臉丟得太大而已。

　　胡立臺連同其妻編譯組副主任傅依萍、編輯主任陳裕如一同辭離，於民國七十六年四月十五日成為《聯合報》新人，頭銜分別是：總管理處副總經理、編輯部副總編輯、編譯組副主任。[72]另有若干時報菁英有感於人事陷於動盪不安而先後轉往其他單位，或稍後再跳槽《聯合報》者，成為彼時報界茶餘飯後的話題之一；聯合方面亦頗以此為

---

[70] 據中時資深員工告訴筆者，當時余紀忠打算更換總編輯有兩個理由，其一為民國七十五年底，民進黨於縣市長選舉獲得空前大勝，因而想藉人事調整修正編輯政策；其二為余老闆發現當時編輯部當權派幾乎都掌握在以胡立臺為首的政大外交系出身的菁英手中，例如：採訪主任胡鴻仁、大陸新聞主任卜大中、編輯主任陳裕如等均屬之，引起早先當權的政大新聞系所與臺大歷史系所出身者反彈，於是造成胡立臺必須出走的壓力。

[71] 查仍千夫人為臺大法律系畢業，曾任教臺北市立第一女中，胡立臺的妻子傅依萍適巧為其高足。

[72] 編委會：〈人事室通知〉，《聯合報系月刊》第 53 期，民國 76 年 5 月，頁 182。

榮，證明多年來雙雄較勁，還是以聯合方面的福利制度和人事相對安定的吸引力大得多。胡立臺的小舅子傅依傑本係時報駐美國華府記者，起初並不想離開，且在駐地力求表現，但最後余紀忠還是於赴美時主動約見，告以「畢竟姐弟至親，且報系機密駐美記者都很清楚，留在時報，彼此都不方便」，乾脆勸其離職，[73]傅依傑只好追隨姐夫跳槽去也。胡氏夫婦其後果然獲得王家重用，先後出任《聯合報》、《民生報》、《經濟日報》《聯合晚報》總編輯、社長等要職。同批跳槽者亦均有不錯的出路。

民國八十二年六月《聯工月刊》第五十九期刊論曾以〈談《聯合報》編輯部的「X」情結〉為題指出，自退報事件後，工會接到不少編聞部同仁函電反映，令人感嘆編輯部是否「生病」了？內部隱藏問題還真不少。更有人指出，《聯合報》編輯部的「X」情結不化解，將是《聯合報》的終結者，此說實在駭人聽聞，工會持存疑態度；但此「心結」不能不重視，將其攤在陽光下討論，對報社及全體員工應是好事。刊論表示，如有單位主管重用的幹部被歸類為原屬 X 報系統的人，且幹部擢升過程特殊，甚至有單一人短時間內調整三種重要職務的情形，自會引起一些揣測，此一現象會影響內部團結、發展與權益，有待正視。同期刊物並出現小欄標題為：「遺憾！胡總編輯不克受訪；抱歉！聯工月刊力猶未逮」，首次突顯了直升空降部隊已形成內部升遷的瓶頸與不滿情緒。[74]前述「X」情節及「X 報系統」，指的便是《中

---

[73] 編委會：〈雷達站：余紀忠終於趕走傅依傑！〉，《雷聲》第 167 期，民國 76 年 6 月 8 日，頁 32。

[74] 參見：編委會：〈刊論：談《聯合報》編輯部的「X」情結〉，《聯工月刊》第 59 期，民國 82 年 6 月 27 日，第 2 版。

國時報》。

　　民國九十年五月系刊以輕鬆筆調，記述了胡立臺夫人傅依萍出任
《聯合晚報》總編輯時的趣聞。文章中寫道：「一張床，兩個總編輯。」
《聯合晚報》新任總編輯傅依萍到任第一天，在一大堆祝賀花籃中，
出現了這麼一張頗具意涵的賀詞，大夥看了都會心一笑。其實這個賀
詞如果嚴肅點看待，中國新聞史上也絕對有其意義，因為恐怕無人敢
否認，夫妻曾分別擔任過同一家晚報，甚或報紙總編輯者，大概絕無
僅有，別無分號。「沒錯，聯晚就有這麼一對，新任老總傅依萍此番鳳
還巢，而他的夫婿，《經濟日報》社長胡立臺曾擔任聯晚第二任總編輯，
夫妻先後主持聯晚編輯部，在報系、在新聞界都是新紀錄，而這一紀
錄，未來要突破，恐怕很難囉。」[75]

　　除了特別講究忠誠度與資深制，究竟《聯合報》在培養及任免高
級決策層幹部方面，有無其他更具體倚重的制度，一直是同業和學界
十分好奇和企圖解讀的現象。在系刊中常見資深幹部一再強調報系升
遷絕無倖致，更無所謂人事派系。

　　究竟其真實性有多高呢？如以民國七十二年十月三日王惕吾親自
在三報常董會中的談話顯示，彼時新舊同仁與派系摩擦的確是客觀存
在的。

　　王惕吾說：「健全的制度及仁厚的作風是《聯合報》三十年來優
良傳統，也是維繫同仁精誠合作的基礎。對於老同事的辛勞，本人深
表感謝。領導幹部對於盡職的老同事更應多加照顧，以和諧的精神、
仁厚的胸襟解決同仁的問題，絕不可有師心自用，排斥老同事情形發

---

[75]　周恆和：〈總編輯夫唱婦隨，聯晚添佳話〉，《聯合報系月刊》第 221 期，
　　　民國 90 年 5 月，頁 25。

生；相反的，對於工作不力惹是生非者，也不容許，希各級主管特別注意。」[76]

王惕吾雖未明指事件或現象為何，唯彼時接替張作錦出任總編輯的趙玉明剛上任滿週年，新舊交替間產生摩擦，毋寧是再正常不過的人性反應了。

外界某些嫉視《聯合報》者雖試圖將其定位為「外省集團」，而量化後的某些現象，亦只能根據極為膚淺的個人籍貫、學歷、年齡層來做粗分，無從歸類成具有說服力的模式。外省籍的員工雖屬多數，但能被青睞擢升為總字輩者，亦只是外省菁英中的極少數，硬要說成王家刻意歧視臺籍員工，似非持平之論。例如，中國文化大學新聞學系畢業及獲得政治大學新聞所碩士的張逸東，自內勤編輯一路升上總編輯寶座，就很難解釋王家到底偏愛何所校系的畢業生。

不過會讓外界一再批評的人事問題，亦非全屬空穴來風。例如，項國寧能從駐華府特派員等海外崗位，返臺出任報系首位具有博士學位的總編輯、社長，以及周玉蔻先後出掌聯晚和聯合採訪主任為例，除項、周本身均具不可或缺的專業條件外，外界亦普遍認為：在人事決策關鍵時刻，躋身權力核心的黃年恰為項、周政大新聞系第三十五期同窗的因素，恐怕還是一般平實背景之基層員工，絕難均霑的助力。

周玉蔻曾在陳祖華擔任採訪主任期間，兩度簽請聘用，但都被陳祖華擱置，直到黃年接掌專欄組後，周玉蔻及姚鸚兩位政大同班同學才獲聘用。黃年曾以輕鬆的筆調描述和她的關係：「誰都知道她是我的同班，在學校就很親，但也有不少人知道，我們也有十分隔閡的一面。

---

[76] 聯合報董事會編，《聯合報、經濟日報、民生報常務董事會會議紀錄（71~73 年）》，臺北，聯合報社，民國 82 年 12 月，頁 170。

這丫頭很拗，還喜歡說漂亮話，我從很早就開始決定要做她一個『不假辭色』的朋友。世界上有這麼一個人對付她，不會太壞。」[77]

再如：黃素娟與其政大新聞系第四十一期同學周恆和先後出任《聯合報》採訪主任，其它校系絕難做到。系刊中即有周恆和大學時期就暱稱素娟為「黃媽媽」的故事，足證二人私誼頗佳。[78]

黃素娟為政大新聞系與《聯合報》簽定建教合作案「保送」進來的第一批畢業生，其後能循序漸進，先後出掌經濟、聯合總編輯大權，跌破不少資深員工的眼鏡，而這位年紀接近「五年級」的新生代總編輯能自《聯合報》借調為《經濟日報》副總編輯、總編輯後回任，其關鍵更在老學長張作錦之力保。

《聯合報》長官級人物常講：不必靠八行書進報社，不須靠送禮拿獎金，不必懂拍馬就可當組長召集人，唯一不準確的，就是在升上副主任以後，如果還保持有稜有角的個性，不知凡事順從、配合為保官之道的話，那麼副主任、協理、召集人、組長等職銜便是一般無後臺或派系奧援者的升遷盡頭。但是，這些真相，在報系高層是一向不予承認，為了個人前途，即使吃了大虧的人亦不敢有任何反彈，遑論要在公開場合談論了。

例如《聯合報》前地方中心主任黃政吉曾以「地方記者前途」為題，於在職進修課上表示：「本報的特派員、幹部都是依據長期考核而

---

[77] 黃年：〈蔻兒這一仗打得夠漂亮：錦上不添花，怕她嘰嘴巴〉，《聯合系月刊》第 75 期，民國 78 年 3 月，頁 12,13。

[78] 周恆和從在校迄今，尊稱同學黃素娟為「黃媽媽」，是基於黃之個性溫婉，能廣結善緣。參見：陳承中〈芳草碧連天：輕描淡寫聯合報經濟小組各位老哥老姐〉，《聯合報系月刊》第 28 期，民國 74 年 4 月，頁 217。

升遷的，以我個人為例，自我進入報社以來，我想到的只是努力把事情做好，從不考慮路線是否調整、是否升遷的問題，這樣，便可以在工作上做得很起勁、很快樂」。他期勉幹部至少要努力學習三點：一是要有肯犧牲的精神，隨時多替別人做事，但不要說出來，別人知不知道都無所謂。二是考核手下人員必須做到「我心如秤」，儘量公平客觀。三是要有開闊的氣度和心胸。四是要有領袖魅力，凶神惡煞般的威權和濫做好好先生，都不足取。[79]

強調埋頭苦幹的黃政吉是張作錦政大新聞系的同班同學，但遲至民國八十三年四月，繼「後生晚輩」黃素娟之後接掌《聯合報》採訪主任，距同學張作錦榮升採訪主任之年相差多達廿三年之久。

民國八十四年九月，黃政吉又調升人事室主任兼總管理處主任秘書；退休後因黃年上書保舉，又獲社方破格徵召回任，掌管印尼《世界日報》。如此際遇，在彼時報禁開放未久，新人輩出，倫常大壞的劇變浪潮中，誠屬老運亨通，接近退休前才算翻紅的罕例。唯若《聯合報》果真講究職場遷調倫理，何以黃政吉會在黃素娟之後才當上採訪主任呢？這樣的質問容或流於膚淺，但此種回頭重用老將的用人模式，還是欠缺邏輯，難釋群疑的。

無論何種行業，老、中、青總是不同世代的代名詞，《聯合報》體系內的人力組合當然也有老、中、青的不同。王惕吾曾經意氣風發地指出：「聽到某些同仁說，我們有些人老大了，我不以為然，像我們這樣朝氣蓬勃的企業，成為全國青年就業最嚮往的地方，怎麼會老化。我不諱言任何事業可能有新陳代謝，會有人辦退休，但也有人退

---

[79] 楊志強整理：〈黃主仟闡述「聯合報企業精神」〉，《聯合報系月刊》第 114期，民國 81 年 6 月，頁 137。

而不休、休而不退，我們要結合老年人的經驗、中年人的學養、青年人的朝氣，事事追求突破，人人要求創新。我們的事業永遠年輕，永不老化！」[80]

　　要做到老人退而不休，休而不退，當然是對能力和貢獻的肯定，但又何嘗不是欲將老將繼續留在身邊建言管事，好讓言之成理，和諧順服為核心價值的企業文化內涵，緩步傳承延續的另一種隱性手段。

　　在各期系刊中，能不以歌功頌德方式展現高層人事接班理念的文章，首推與張作錦同於民國四十二年合資印行詩集《金色的陽光下》的「詩道好友」趙玉明。

　　如以學歷評量，趙玉明能繼張作錦之後，取得各方爭取的總編輯高位，只能解釋為大老闆的直接信賴提攜，與彼時王昇旗下政戰勢力鼎盛所醞釀的有利情勢有關。否則，以報系之中兵多將廣，明星大學畢業者比比皆是，專業資歷遠在趙之上的老一輩功臣至少在一打以上的狀況下，趙玉明絕難登榜。

　　湖南省湘陰縣籍的趙玉明於抗戰勝利復員第三年，高中未唸完即投效軍旅，成為上等學兵；至民國五十九年退役前，歷任金門《正氣中華報》記者、編輯兼校對，心戰隊部新聞官、金馬廣播電臺臺長等職。民國四十年任排長時以稿費印行油印報，民國五十四年八月，因友人查仞千請婚假託其代理《民族晚報》編輯工作半個月，而與編務結下不解之緣，先後三度至《民族晚報》服務，最後繼黃仰山之後接任總編輯四年多。[81]其間經汪祖怡、劉潔分別引荐，晚間至《徵信新聞》、

---

[80]　王惕吾：〈本年度可貴的成就〉，《聯合報系月刊》第 21 期，民國 73 年 9 月，頁 13。

[81]　趙玉明早年寫詩的筆名為「一夫」，好友張作錦筆名為「金刀」，均為彼

《經濟日報》編報，亦曾協助處理《臺視週刊》編務，又曾擔任華視剛成立時的節目部編審組長。[82]

趙玉明五短身材，早歲曾任前警備旅第二團第七連上士文書，後聽從長官建議考進政工幹校，算是王惕吾舊部，聽話、機靈、能忍，又常不拘小節，留下不少話柄，但最重要的是「萬一出事，也可以把傷害降到最低，畢竟他是警總同意派任的」。趙雖有「鬼才」之稱，卻是編輯部「虛位元首」；偶遭惕老當著下屬斥責為「老油條」而不以為忤；又經常應酬晚歸不勝酒力，即順勢將例行編務交給手下處理，反正遇有重大新聞發生，照常由王惕吾當家做主。[83]

民國七十三年十月趙玉明因處理中共與英國簽訂香港前途地位協定全文，直接刊出「中華人民共和國」全稱，引發政府高層不悅而被迫去職，改任報系總管理處執行副總經理。趙氏以總編輯身分最後一次致詞時表示：其一生最大的受益，就是在《聯合報》跟著董事長做「學徒」，「我跟董事長也很坦白的講過，我個人沒有受過很好的教育，完全靠實踐和學習。」王惕吾則公開讚揚：「趙總編輯自從執行總編輯職務以來，他和我兩個人，可說是心意相通，最能貫徹個人的意見，所以我非常之欽佩，也非常的感謝。」[84]

時軍中盛行的文藝運動浪潮下「大兵文學」的文壇新秀。參見：丘彥明：〈報系的作家群（一）：詩人排長：一夫〉，《聯合報系月刊》第 32 期，民國 74 年 8 月，頁 212-215。

[82] 趙玉明：〈《民族晚報》與我〉，載於：民族晚報社編印：《民族晚報創刊三十年特刊：風雨如晦三十年》，臺北，民國 69 年 12 月，頁 135。

[83] 葉邦宗：《報皇王惕吾：蔣介石門生、我的長官、隱瞞的四十年》，板橋，四方書城公司，2004 年 9 月，頁 232。

[84] 阮肇彬記錄：〈董事長在擴大編務座談會上的講話：國家利益至上，大

　　趙玉明的海派作風，即便離開臺北多年之後，其音容笑貌經同仁妙
筆速寫依舊無甚改變。聯副主編陳義芝寫道：「離開臺北七年半的趙玉
老，仍然大口吃肉，大杯喝酒，大聲講話，熱情擁抱人。那天，他請吃
西式自助餐，我坐對面，看他迅急地吃掉一大盤夾生蘿蔔絲蘸芥末的生
魚片，一盤沙拉、一盤叉燒、雞、鴨、魚，外帶一碗湯，然後，若無其
事地吃著水果，我忍不住暗中讚道：廉頗也要讓他三分。然而，隱約之
間，我還是察覺出他的抑鬱，在意識形態對立、處處小心眼的曼谷社交
圈，他斂去詩人性格，再也不提什麼紅巾翠袖了，代之以謹慎的分際周
旋於人前。」[85]

　　民國七十三年三月，趙玉明悼念報系新聞供應中心主任劉復興因
車禍不幸英年早逝時，盛讚劉復興是「第二代中的菁英」：「論人論事，
他是報系第二代編採人才的菁英，新聞寫作、對新聞的執著、對《聯
合報》傳統、對自己的信心，成就了他做為一個記者的條件⋯⋯。如
果說復興的人生奮鬥，正入佳境，同仁都會同意；而天不假年，大家
的傷慟似在向老天抗告，祂不該如此急速奪走一個有用的人才！從人
才著眼，我的傷慟最深、感受最大。自我承乏總編輯，我的最大願望
是強固聯合報第二代編採陣容，不少內外同仁都了解我的『橋墩理
論』，我自勉做五十幾到三十幾的一個橋墩，也常與資深同事以此相期
許，我一直覺得這也是我唯一可以報答董事長和《聯合報》同仁的事；
兩次人事調整，黃年、黃寬、復興、經瀾、孟玄、鎮蓉、逸東、洪生⋯⋯

眾利益為先：創造中華民國報業的新境界〉，《聯合報系月刊》第 22 期，
民國 73 年 10 月，頁 7,17。

[85] 陳義芝：〈趙玉老觀音寺求籤〉，《聯合報系月刊》第 126 期，民國 82 年
6 月，頁 77。

都是三十幾歲的精銳，他們接替編採主要責任，平時如兄如弟，切磋琢磨，縱然對某些事情偶有仁智之爭，但無損於深厚的友誼。」[86]

趙玉明筆下八人，黃年、張逸東先後出任總編輯，其餘六人則在一般同仁評價中，未必全屬大將之才。所謂「橋墩理論」有何事實做為佐證，又究竟能如何檢視總編輯實際保舉用人的大權？恐怕還須更多客觀資料方能檢驗。

民國八十年五月底，王必立針對新進記者未必理解前輩創業不易的往事的缺憾，特別要求新進記者要有一個較長時間的訓練，不僅重視其學識、技能，還要把《聯合報》記者一貫吃苦耐勞負責的光榮精神灌輸給新進同仁，而在職同仁也要加強訓練。他承認報業經營的行政管理一直是報系較弱的一環，因此，在職訓練應擴大範圍，讓現有人員有機會嘗試磨練其他不同性質的工作，如果看得多，懂得多，更能積極進取，工作必有具體成果，也是未來其較高級職務優先考慮的人選。

王必立舉例說：「報系曾有一位編輯，是由記者轉任。有一天他跟我說他要辭職不幹了。……他認為這麼多年在服務崗位很受委屈，主管都欺負他，在跑新聞時，主跑線已一年多，剛覺得可以勝任，又把他調換另一條線，一切又得重新開始，幾年中被換了幾條線，……所以心裡極不平衡，要求轉任編輯；但做了編輯後的心情還是不平衡，所以決定辭職。其實當年的主管，存心要培養他，……主管的善意也不能領悟，這種人心胸不夠開朗，只想佔便宜，不願吃點虧，要辭就

---

[86] 趙玉明：〈復興活在我們心中〉，《聯合報系月刊》第 15 期，民國 73 年 3 月，頁 208。

只好讓他辭了。」[87]

在一般情況下，員工主動請辭還會向大老闆口頭抱怨一番的大概
不多，至於還會向大老闆小兒子報告，一定是交情尚可，並想表達一
點心聲，奈何王必立聽聽就算了。平心而論，報老闆抱持「員工要走
就走」的冷漠心態，關鍵因素恐非要走的不優秀，而是新聞工作無論
性質如何，難度並不算高，而且在所有企業主眼中沒有非要某人做某
個位置不可的道理，以致要辭就辭，求職八行書和等著進來的人還多
得是呢。

《聯合報》第一位女性採訪主任高惠宇雖號稱「女強人」[88]，但民
國七十三年底在美國猶他州即將取得碩士學位時直接致函各媒體毛遂
自薦，獨獲惕老青睞而加入團隊之初，也曾飽受資深同仁故意冷遇的
折磨考驗，乃至暗自飲泣，陷入徬徨；若高惠宇當年未能堅持信念，
即輕言求去，新聞界就失去了一位能運用流利英語採訪、在崗位上愈
挫愈奮的典型。

前公共事務室主任薛曉光對高惠宇的側寫是：「我佩服她的記憶力
及組織能力，……師大國文系的教育，為她打好中文底子，猶他大學
新聞系嚴格的訓練，使她英文及專業知識也奠定相當基礎。再加上《聯

---

[87] 毛政誠：〈報系總管理處王兼總經理必立在聯合報業務部「企業文化」
訓練講座上講話：發揚報系優良傳統，繼續創新追求進步〉，《聯合報系
月刊》第 102 期，民國 80 年 6 月，頁 15。

[88] 王惕吾在高惠宇接掌採訪主任後，曾公開要求社內同仁「老朋友也好，
新朋友也好，都要拿出你們的力量，同心協力，把我們這位『女強人』
捧成功。」參見：阮肇彬記錄：〈董事長在聯合報採訪主任交接餐會上
的講話：群策群力支持女強人〉，《聯合報系月刊》第 34 期，民國 74 年
10 月，頁 24。

合報》的千錘百鍊，使她具備第一流記者的條件。除此之外，不同際遇培養出的見識，也是使她脫穎而出的主因。多次參加國際性的會議，及哈佛大學尼門研究員的經驗，使她在世界第一流的學術環境中，更加擴大了她的胸襟，敏銳了她的觸角，也使她的見解更加成熟。我們經常共同接待外賓，她談笑風生，意氣飛揚，見解獨到，總是贏得外賓激賞，那時我為自己有這個朋友為榮，也為《聯合報》有她為傲。高惠宇最有吸引力的一點是她的親和力，見到高官顯貴，她不卑不亢，見到一般人，她真誠相待，因此社內社外，國內國外，大家提到高惠宇，總說她好。」[89]

高惠宇獲得同仁讚揚與惕老識拔固然可喜，但在龐大的報系建制中，個人機遇欠佳，空有類似才華卻長期遭到忽視、埋沒者，卻比比皆是。只要中上級幹部苟且徇私，故意在分派路線、版面調度和年終考績等方面有所偏斜的話，王家根本無視於遺珠處處，多數基層員工即便苦幹實幹，還是無法出人頭地的。

平心而論，新聞界故意給部屬小鞋穿的中上級主管可謂司空見慣，其居心毫無善意者亦所在多有，以致新聞工作一直予人一種人浮於事，制度形同具文，全憑試官一己好惡評定表現的宿命感。

臺灣地區剛宣布解除報禁、新報林立爭雄之際，也是新聞界內外勤人才大洗牌、流動空前快速、形勢和薪水職位行情最混沌的階段。對遲無升遷機會、不曾受到重視而主動想換環境者而言，的確是一段就業求職機會與價碼空前大好的黃金時期，不但買方四出遊說出價拉角，賣方亦隨時待價而沽，伺機出走，甚至出現了同業之間集體議價

---

[89] 薛曉光：〈我與高惠宇的友誼〉，《聯合報系月刊》第 34 期，民國 74 年 10 月，頁 34。

跳槽的買斷模式；有些新聞科系畢業的役男還未退役就被急於擴充編制大幹一場的新舊報社給訂走了。還有不少年資在五年以下的記者，幾乎每過一陣子就換了名片上的東家，毫無留戀地在各報社間遊走試用，有一陣子，臺北各報出現了「新報和小報常見老記者猛搞大獨家，而老報和大報失血嚴重只見新手在抓瞎」的異常現象。

彼時由於各家新報需才孔急，因此多數大報、老報編輯部都急速失血。勞資之間爾虞我詐成了家常便飯。為此，許多即便根本不曾要求資方資遣、不帶走分文的主動請辭者，依舊遭到原單位主管同仁無情的汙名化，被貼上「叛徒」和「好名好利」的標籤；但亦正因為如此出走的狂潮看似無休無止，老報和大報亦不得不以加薪及放寬晉升敘薪等制度，以留住資深幹練的人才。

以《聯合報》為例，彼時曾有元老級幹部不但不及時檢討員工出走的內外因素，更利用報系主管工作會報搧風點火，疾言厲色地要求王惕吾對出走份子嚴採「永不錄用」的斷後手段。事實上，報禁開放至今，自《聯合報》出走的員工中，最後放棄自尊而吃回頭草的，亦只有隸屬編譯系統的譚天一人。

民國七十八年三月六日，開放報禁一年多之後，王惕吾針對彼時報界人才流動頻繁的跳槽風，終於說了永不錄用的重話。王惕吾的說法是：「報系的一切經營均可謂欣欣向榮，對有志從事新聞工作者而言，是最理想的工作環境。很遺憾的，在新舊同仁中仍有因分辨不清而盲動離職者，這種個人的失常表現，我們也不必太重視，我要堅持的是，凡是離開又想回來的，絕不考慮其復職。」[90]

---

[90] 聯合報董事會編（1993）：《聯合報、經濟日報、民生報、聯合晚報常務

　　既然老東家某些家臣尖酸在旁幫腔，那麼根本未拿一文錢就坦蕩離職的人也就不必再念舊情了。於是，以回馬槍洩憤的個案隨離職者加多而日增，積怨堆砌成的謠言或攻訐訊息，往往直指發行量高低、財務狀況好壞和權力核心的是否和諧，形成一股不能不審慎因應的來自出走員工的情緒報復壓力。

　　民國七十九年九月社慶時，王惕吾鄭重表示：「在報禁開放之初，報業發行普受影響，一度發行降至百萬份內，但經全體同仁的努力，實績又超過百萬份以上，……我並不反對同仁和我們有關的人談到一些報社的事情，但我們不該把沒弄清楚的事以訛傳訛的傳播，中傷報社。……以我們今天報系的基礎，沒有必要去看別人的，超越我們自己的也就夠了，外面風風雨雨的訊息，不論真假，大家還是信它，這是我們新聞界的『最壞』，因為沒有自己的立場。我們曾有位記者在採訪組工作，很有影響力，其對報社的無端攻擊和對國家社會的黑白顛倒言詞，在他離職後二年多歲月的考驗，我想大家也可體會出真相來。」[91]

　　王惕吾的憂心和不滿，其實未必觸及問題的真正焦點。報系層級增加之後，意味著官僚體系的膨脹，以致臺灣宣布解嚴後五年，報系旗下國內四報編輯與業務兩部工作報告，不僅未見預測或預警，亦缺乏前瞻性與啟發性，關鍵即在「報喜不報憂」不敢面對實際問題的傳統迂腐心態。民國八十一年十月劉昌平以發行人身分直陳：「我們有成

董事會會議紀錄（77~82 年）》，臺北，聯合報社，民國年 82 年 10 月，頁 129。

[91] 編委會：〈董事長在聯合報系九月份主管工作會報上講話：闡揚正確理念，善盡報人職責〉，《聯合報系月刊》第 94 期，民國 79 年 10 月，頁 10-11。

就的一面，也可能有疏失的一面，好的要報告，有疏失的也要報告；報喜不報憂，報得不報失，都有失常態，這些話董事長也常講，我們要記取。」[92]

　　既然連王惕吾自己都常講「報喜也要報憂」，何以中上級屬員都無法確實遵辦呢？顯然與大多數業務主管不願當真，免得自曝其短，寧可歌功頌德，掩飾錯誤的官場心理有關。倘下情長期無法上達，積怨與誤會乃隨之日深。如果只是基層員工日常信口發幾句牢騷還無所謂，若連駐華府特派員都有怨氣，就很不尋常了。

　　王景弘為私立世界新聞專校三年制編採科畢業，是《聯合報》發行人王效蘭的同班同學，繼施克敏之後擔任駐美國華盛頓特區的特派員。他在退休後出版的《慣看秋月春風：一個臺灣記者的回顧》一書中，赤裸裸地道出長埋心中的積怨：

　　「我在《聯合報》的最後十年，特別是最後五年，便在另類新聞不自由的苦悶中渡過。不論是基於工作信條，對問題認知，或良知，我都不能照社論的偏激立場與謾罵用詞去供稿，而不合其論調之稿件，非亂刪即棄置。如此待遇與 1980 年代以前，報社對駐海外特派員文章之重視，有如天壤之別。

　　1980 年代，我跟編輯部有個君子協定，我寧可稿子不用，但請不要亂刪，真需要刪減，就讓我自己動手。……但在 1990 年代電腦化之後，編輯匠氣更深，為遷就電腦排版，而不顧文稿完整，真正是削足適履。不但如此，《聯合報》改變作風，師法《今日美國》的作法，取其花妙，稿子要求像女孩子的裙子一樣，越短越好。……稿件刪得

---

[92]　編委會：〈聯合報系十月份主管工作會報：聯合報劉發行人講話〉，《聯合報系月刊》第 119 期，民國 81 年 11 月，頁 136,137。

面目全非，已經到了令人難堪的地步，希望他（劉昌平）瞭解那並不
是老記者越寫越退步。

技術性改變事小，政治性改變事大。我在 2001 年年底屆齡退休
後，承《聯合報》老同事顏文閂先生之約，在他負責的《臺灣日報》
撰寫華府評論專欄，放開手腳的文章，更突出看法與《聯合報》的差
別。……我與效蘭在世新同學，這層關係可能讓我避過政治上的明槍
暗箭，未提早陣亡。

1998 年我給劉昌平寫了一封信，提到《聯合報》和個人的一些問
題，……劉昌平沒有回應，我想他也不知道如何回應。……《聯合報》
已成一個大官僚體系，編輯的取捨判斷已經受制於特定意識型態，而
非專業性的選擇，如此惡化的局面，有所感受者也不只我一人。

當年意氣風發，滿懷理想加入《聯合報》，到屆齡退休前，《聯合
報》已經變得自己都不認識……。在《聯合報》工作三十七年，最後
以『異類』之名，依例退休，當然也是《聯合報》的異數。有一些『誤
入』採訪『黨政要聞』的本土派同事，早都以意見不合，尚未樹立異
類之名，已拂袖而去。去了我這個異類，不知《聯合報》還有異類存
在否？」[93]

王景弘筆下指涉的情境，恰與王惕吾自民國六十八年十二月廿四
日當選中國國民黨中央常務委員，至民國七十七年四月五日辭去國民
黨中常委的時段相當，也恰與臺灣地區民主燜火行將寫下燎原紀錄的
劇變期重疊，但其間諸多朝野衝撞事件至今塵埃難定，是非猶待史家
論斷，但臺灣省雲林籍的王景弘刻意迴避曾是王家紅極一時的明星記

---

[93]　土景弘：《慣看秋月春風：一個臺灣記者的回顧》，臺北，前衛出版社，
2004 年 7 月，頁 2,3,4,13,16,17。

者的事實，對王家恣意批判還是有失公允的。

　　廿多年前筆者遊美路過華府往施特派寓所拜會，其後並於臺北總社負責轉呈駐外特派員稿件，故能見證當年《聯合報》確曾為了安排王景弘赴任，而硬將臺灣省彰化縣籍的原特派員施克敏拉下來，並將後者名義改成「駐華府辦事處主任」的往事。華府為全球動見觀瞻的國際政治中心，新舊並存、雙頭馬車的結構自然經常造成報導大同小異，僅傳稿遲速及互有領先的窘況。唯即便是老將施克敏屢屢拔得頭籌率先發回訊息，但總編輯劉國瑞寧可順著上意，偏袒新寵，指示筆者將施克敏的稿件扣住。

　　為此，報系知情者無不以「王必弘」或「王必紅」來戲稱前程似錦的王景弘，將其納入必成、必立兄弟「必」字輩排行中，以示新上任的駐華府特派員受寵之深，在王家的前途看漲。其後，王未更上層樓乃至接班，自與其思想路線已與惕老支持批判臺獨、支持國家統一的鮮明決策相左有關；而遭排擠的施克敏其後卻與王景弘類似，與《聯合報》編輯政策漸行漸遠。解嚴前後，施克敏即自華府以筆名「史臣一」為《自由時報》長期供稿。

　　民國八十二年六月一日施克敏以駐華盛頓辦事處主任職自請退休，轉任國民黨文工會副主任，王惕吾曾設宴送別，致送的紀念牌最末一句寫道：「未嘗或忘」。施氏其後成為李登輝路線支持者，並獲安排出任中央通訊社社長，及我外交部派駐挪威、荷蘭等國大使級代表等職務。

　　主跑經濟新聞頗有績效的楊士仁與盧世祥，雖分別升至《經濟日報》企畫副總編輯及副社長的決策高位，但退休後亦有類似王景弘的

344

感觸，退休後不時加入針對臺灣媒體生態亂象，和針對老東家經營路線批判的筆陣。[94]

至於在臺灣解嚴前後自《聯合報》採訪組出走的「本土派同事」，按筆者記憶所及，至少包括：顏文閂、李文邦、吳正朔、陳國祥、陳進榮、胡元輝[95]、陳清喜、陳柔縉、楊憲宏、林若雯、朱立熙、黃清龍等十二位，辭離後的個人發展大多數都略經轉折後，分別取得老東家不可能給予的職務資歷。不過這些「本土派同事」出走因素，如果都是意識型態造成的話，筆者固難置喙，只能噤聲緘默，但若選擇離開是因個人表現未受重視，前途已出現明顯的人為瓶頸的話，那麼，因同樣理由出走的眾多「外省派同事」恐怕只會更為落寞了。

例如逢甲大學水利工程系畢業的《聯合報》科技路線記者呂一銘，於民國六十八年十月十六日請辭並獲資遣，[96]轉往《新生報》發展，即屬「異數中的異數」，因為呂一銘是採訪組唯一的老闆小同鄉，與惕老都是浙江東陽人，故其出走格外令人費解兼好奇。「《聯合報》為此舉行了一次檢討會，為什麼《聯合報》的記者會到《新生報》去？這當然不是待遇的問題，而是精神面的考慮，本身工作是否能受重視的問

---

[94] 據了解，凡曾擔任聯合報系各報總編輯者，退休後均獲聘為按月給予津貼的報系顧問榮譽名銜，但盧世祥退休後並未獲聘顧問，彼時主任秘書兼人事室主任黃政吉雖曾簽請上級依例辦理，但未獲王家具體回應而落空，個中原因不詳。

[95] 胡元輝籍貫為浙江省杭縣，臺大政治學系畢業，辭離《聯合報》採訪中心後，先轉任《自立晚報》政治組副主任，其後轉任臺視新聞部經理、中央通訊社社長、公共電視總經理等職。

[96] 編委會：〈人事室通知：六十八年十一月份升遷調聘人員名單〉，《聯合報社務月刊》第 188 期，民國 68 年 3 月，頁 67。

題。相對的,《新生報》曾為呂一銘舉行了一次歡迎會。」[97]

又如:河南省涉縣籍的中國文化大學新聞系校友戎撫天,在《聯合報》主跑國會多年後,突然決定接受「元老級黨外人士」康寧祥邀約出任《首都早報》首任總編輯,則在報禁開放後同樣令各方驚訝。按戎撫天事後的說法,辭離《聯合報》是「幾乎沒有考慮就答應了」,當時願意放棄在老東家的年資和退休金,很重要的原因是「我對臺灣民主應該自由、開放、進步的飢渴,覺得一有機會就該趕快把握它。」[98]

因此,決定出走的因素未必一定與省籍或意識型態有關,《聯合報》優秀人才集中,出頭不易,考核競爭壓力太大等等,都是問題所在。總的來說,似乎都可歸咎於當事人無法妥善適應《聯合報》組織膨脹後的企業文化。

與其單方指責《聯合報》長期遭外省勢力壟斷,倒不如檢視一下臺灣報業是否用人唯才的一大謎團,毛病究竟出在那裡。

民國八十二年三月王效蘭曾於桃竹苗編採會議上指出:外面有些人批評《聯合報》是「外省人的報紙」,其實這些不用去理會,記者同仁和基層業務單位只要朝如何去突破工作瓶頸去努力即可;報社對地方與總社採訪中心的記者絕無城鄉歧視。[99]

不過,這份老是被人指為「外省人的報紙」的報社,主要核心幹

---

[97] 續伯雄,前引書,頁 811。

[98] 何榮幸、蔡慧琳採訪,蔡慧琳整理:〈戎撫天:先存在才能發揮理想〉,《目擊者》第 3 期,1998 年 3 月,頁 19。

[99] 駱焜祺:〈桃竹苗地區編採會議:王兼總經理勉同仁打破「框框」,站在大多數人的利益上處理新聞〉,《聯合報系月刊》第 124 期,民國 82 年 4 月,頁 47。

部的確以外省籍員工居多，而且還是以浙江、江蘇兩省編採菁英為主體的「江浙集團」。在此氛圍下，早年攝影記者陳明輝對惕老的浙江口音經常「有聽沒有懂」，某次等惕老罵完之後，陳明輝向惕老表示：「我說，王老闆，我知道你很生氣，但是，你罵什麼，我全部聽不懂。」惕老無可奈何的搖頭，轉怒為笑。[100]

早年某些高級幹部遇見年輕的鍾榮吉以機智而靈巧的口才對應時，往往還會帶著一絲笑意補上一句：「唉，你比外省小孩還壞哩！」另在筆者印象中，世居臺北市木柵區的資深攝影記者高鍵助最拿手的表演之一，就是喜以誇張的嘴形反覆模仿最帶勁的外省腔：「搞不贏！」、「撞得稀爛！」這類外省人常用的口頭禪。這些言行舉止，都是外省長官長期調教薰染的成果，也成了某種只能任憑自由心證才能體會的企業文化表徵。

民國七十二年六月發表於《鐘鼓鑼》雜誌的〈新聞界的省籍矛盾：從章臺生跳槽《大華晚報》談起〉一文指出，解嚴前的臺灣報業，不管是黨營或民營的報紙，只要創辦人或發行人是外省人的，其重要幹部和主要言論部門的負責人，便大都是外省人，否則就都是本省人。《中央日報》是國民黨機關報，主要負責幹部清一色是外省人，只有總編輯王端正是破格任用的本省人，且曾膺選為「十大傑出青年」；《聯合報》與《中國時報》兩大民營報，因創辦人王惕吾和余紀忠都是內地人，主管也無一是本省人；《臺灣時報》由吳基福轉入高雄市王家兄弟之手後，一級主管也清一色是本省人；另如《自立晚報》早年由李玉階負責時確是外省人的地盤，其後轉由「臺南幫」接手之後，則又成

---

[100] 王景弘：《慣看秋月春風：一個臺灣記者的回顧》，臺北，前衛出版社，2004 年 7 月，頁 78。

了本省人天下，而《大華晚報》與《民族晚報》也是外省人辦的報紙，主要幹部當然全係外省人。

前文作者司馬進坤指出，一般報社都把記者分成「紅」與「專」兩種類型。「紅」型的記者不一定是個稱職的記者，新聞也不一定跑得最好，但與報老闆的關係一定最好，平時也勤於跑老闆公館，且對老闆言聽計從，對老闆指示沒有任何異議，這種記者報老闆最喜歡也放心用他，因此多派其擔任行政主管職務。

「專」型的記者就不一樣了，這種記者新聞跑得好，報導權威，評論又公正，沒有人敢說第二句話，唯一缺點就是喜歡擺個臭架子，不會拍老闆馬屁，也不會跑老闆的公館，開會時意見最多，這裡也批評，那裡也批評，甚至不識相的還批評到老闆頭上，老闆表面上說謝謝，心裡可是老大不喜歡，但因為這種記者大都十分敬業，專業知識又十分豐富，報社也缺不了這種人才，因此不敢撞他走，仍然用他，但卻永遠不會受重用，只專而不紅。

如自解嚴前的報界實例觀察，在外省人辦的報紙中，「紅」型記者大都是外省人，「專」型的記者大都是本省人；在本省人辦的報紙中，情況剛剛好相反，難怪王杏慶當年從《中國時報》出走後，在《臺灣時報》流浪了一陣子，最後不得已又回到余紀忠的懷抱中。

新聞界出現這種省籍地域矛盾，除了政治因素外，也是歷史自然演變發展的結果。政府遷臺至宣布解嚴之間近四十年來，一些新聞界領導人或新聞前輩，大都是在大陸時期即已表現相當出色。至民國三十八年底中央政府遷臺，這些新聞先進隨國民黨大軍撤退來臺，在兵荒馬亂中開始重建新聞文化事業，先自黨營的《中央日報》開始，漸

漸推及各類型的黨營報紙和各地方的小型報。[101]

　　中國國民黨於民國十六年北伐途中奠都南京以後，為配合宣傳應運而生的報紙、雜誌成了宣揚除舊布新的文宣利器，隨著一黨訓政體制的展開，逐步擴充以《中央日報》、中央通訊社、中央廣播電臺為核心的黨營新聞網。另自民國廿四年三月中央政治幹部學校設立新聞系，敦聘馬星野主持系務後，國民黨訓練的大批優秀新聞人才立即成了新聞界一支新生力量；其後歷經八年抗戰的洗禮強化，這支文化尖兵從事政治、文化上的無聲戰爭，對國家、對黨都有重大貢獻。黨營新聞事業於戰後初期，達到發展上的高峰。

　　為了填補抗戰八年淪陷區的空白，並延續戰時官方新聞獨霸的盛況，戰後國民黨的新聞事業並非單純的復員，而是附帶著擴充與強化，最主要作法是利用日偽報社罪名接收戰時留在淪陷區的機構，另將當時發行量最大的上海《新聞報》、《申報》改組為外圍黨報，以達側面宣傳效果。但接收而來的不見得成為有利的資產，淪陷區民眾對當局接收有抗拒的本能，對國民黨新聞宣傳的要求常不盡力配合。而派系鬥爭的問題，延續到黨營新聞機構內部，致戰後國民黨新聞事業在數量上獲得巨大成長，但在質的方面卻無法做有效管理，對外宣傳火力因而削弱不少。

　　為減輕黨部負擔及適應憲政體制，戰後國民黨的新聞機構開始走向企業化，希求做到自給自足甚至能進而養黨；但黨報受制於言論，始終未能打開銷路，只好又退回黨部變相援助的老路，以致營利與宣傳的兩大目的皆難實現。另外，戰後物資缺乏爆發缺紙風潮，國民黨

---

[101] 司馬進坤：〈新聞界的省籍矛盾：從章臺生跳槽《大華晚報》談起〉，《鐘鼓鑼》第 1 卷 6 期，民國 72 年 6 月，頁 6-12。

握有管制外匯的權力，試圖藉由配紙控制報界，但優先補助黨報的作法適得其反，民營報缺紙孔急，黨報利用物價波動將配紙賣入黑市圖利，如此不僅無助於黨報的新聞宣傳，且更加深民營報紙的憤慨。

在實際運作的狀況方面，隨著中共勢力的壯大，新聞界瀰漫一股左傾風潮。國民黨擬以登記制控制中共報紙無法在國統區發展，中共除經營地下刊物零星宣傳外，更以爭取民營報紙的方式迂迴發展。以國統區著名的民營報刊《大公報》、《觀察》雜誌為例，這些第三勢力的報刊原本走反共的中間道路，卻在急速惡化的情勢裡對國民黨徹底絕望，並在內戰後期流失到共方陣營，連黨營新聞事業都出現接連投共的自保行為，輿論對國共事務的認知，遂逐漸倒向中共這一邊。更嚴重的是，黨的新聞體系已無法再以北伐、抗戰年代的手段應付新局勢，更無力阻止施政流弊的擴散，內戰戰場的潰敗導致大陸政權的喪失，新聞宣傳失利只反映、並加速這個潰敗的結果而已。[102]

在歷經五十多年日人高壓統治之後，臺灣地區必須改以純正的中國語文發行報紙，自然必須仰賴眾多具有較為深厚的國學根柢的外省人士建構早期的報業經營核心團隊，其後，再加上朝野必須一致服膺反共抗俄、光復大陸的意識型態，復受制於長期報禁政策之下，使得本省人物即使有了資金、人才和願景，但是能夠插手新聞事業的言論與商業空間，相對受到了極大的壓縮。

如果要從中國大陸何以失守的歷史糾結，探討國民黨來臺後對新聞傳播事業控制的心態，部份答案即在中共新聞宣傳凌厲的攻勢，使戰後的國民黨在軍事、政治、經濟、外交上所處之劣勢更形惡化，再

---

[102] 高郁雅：《國民黨新聞宣傳與戰後中國政局變動》，國立臺灣大學歷史研究所博士論文，民國 91 年 1 月，頁 238-241。

加上國民黨黨營新聞體系未能做出有力反擊，甚至過多的新聞控制，反成為民營報紙左轉的的根源，而使新聞思想戰線幾近全盤潰敗。

因此，如果硬要坐實王惕吾及其子女領軍的報系，長期以來「只肯」提拔外省人，那麼，似亦應注意報系中未被重用的其他外省籍員工的比例，極可能也會是同業中最高的。其實，省籍之爭尚非企業文化中最見不得人的陰暗面，最陰暗且更應批判的，該是資方對新聞尺度的掌控。

第三節：「徐瑞希事件」折損報系寬厚形象

在薪資、福利津貼保障素來優於同業，和一向標榜獎多懲少、重視情義的企業文化之下，《聯合報》是極少極少開革員工的。因此，民國八十年三月十日由《聯合報》採訪主任周玉蔻策劃的第三版全版處理翁大銘取得華隆集團涉及利益輸送案，採訪組記者徐瑞希被上級指定配合撰發特稿，觸及資方禁忌竟立刻被迫去職的風波，對長期公開標榜仁厚、寬大的企業文化，和安定諧和的勞資關係，造成了空前的衝擊。

早在民國五十二年五月《聯合報社務月刊》第五期〈採訪通訊業務月報〉中即指出：報導新聞，首重平實，平實的要義是「事事有根據，語語有來歷」；駐外同仁寫稿有三項缺點：第一是疏忽之弊，第二是輕率之咎，第三是誇大或籠統。如果外勤同仁根本不在乎自己的錯誤，不重視經修改後刊出的新聞，一直陷在「改者自改，錯者自錯」

的停滯狀況下,「不求進步是會被淘汰的」。[103]在資方看來,筆下有誤,已經造成報社聲譽損害了,何況,徐瑞希存有爭議的「新聞切片」立論,更牽動了報老闆與摯友間的金石情誼。

事實上,王惕吾並非首次主動關切記者撰稿的分寸。早在民國七十四年十二月二十日報系主管聯合工作會報中,即直指《經濟日報》當天第二版專欄「搶先報導,有根有據」一文論及經濟部長李達海施政作為時,引用民間無稽之談,將李部長之名改成諧音「李大害」。惕老指出:「怎麼可以用這種用詞來攻擊一位政府行政首長?這是《聯合報》辦報以來從未見的,想不到在座的《經濟日報》編務部門有關主管都沒有一點考慮,今後報系同仁應該本著評論則可,但絕對避免再有這種不當用詞的原則,來處理稿件。」[104]

前述風波如今看來似亦小題大作,但極可能與李達海部長甫於同年八月九日應董事長王惕老之邀,偕經濟部次長王建煊赴報系參訪過,並與《經濟日報》記者共進午餐,餐後復就該部立場,發表個人對當前經濟看法的情誼有關。僅事隔四月,即謔稱之為「李大害」,在人情上的確有點說不過去。[105]

民國七十六年六月十五日的三報常董會上,王惕吾再度盯上《經濟日報》編務上的偏誤。他指出,「近來三報在編務上的表現都很出色,唯一感到失望的是本月十三日《經濟日報》有關行政院長俞國華

---

[103] 編委會:〈採訪通訊業務月報〉,《聯合報社務月刊》第 5 期,民國 52 年 5 月,頁 19。

[104] 編委會:〈董事長指示:七十四年十二月份聯合報系主管聯合工作會報紀錄〉,《聯合報系月刊》第 37 期,民國 75 年 1 月,頁 147。

[105] 王淑珍:〈聽李達海談經濟:政府能做的,只是給業者一個良好的投資環境〉,《聯合報系月刊》第 33 期,民國 74 年 9 月,頁 117。

返國舉行記者會的新聞,標題內極盡諷刺挖苦之能事,一點沒有大報的風度,這種作法實不可取,也令人詫異,編輯部應徹底檢討,這種情形,絕不容再犯。」[106]

除了政治經濟方面的新聞,王惕吾對文藝消息同樣重視。民國七十七年四月十一日,他在四報常董會指出,最近《聯合報》大陸新聞版及文化藝術版有連續幾篇文章,給予大陸國劇極高的評價,相反的,對於國內平劇界之努力及表現卻一筆抹殺,這種論斷極其不公。他指出:「我曾一再強調,報紙是社會公器,不可私用、濫用,非僅不能被外人所利用,就是本報系的記者也不能為所欲為,利用它作偏頗報導的工具。這件事,就撰稿者而言,成見太深,主編也沒有盡到確實核稿的責任,以致遭到外界強烈的批評,實在有損整體報譽。希編輯部深切檢討改進,今後無論那一版若再有類似情況發生,將追究責任作連帶處分。」[107]

由前文可知,王惕吾對編務品質的關切,自始即由個人經驗與認知出發,基本上就事論事,並不針對特殊的個人。

王惕吾怒責徐瑞希所寫的那篇「新聞切片」,是連新聞寫作的基本要求都不懂,遑論新聞理論。他認為:「徐瑞希小姐這種行為所涉及報社的法規,這和國家行政人員的違法亂紀有什麼不同?所以我們認為她違背新聞道德、倫理,違背《聯合報》社規,像這種情況,還不處

---

[106] 聯合報董事會編:《聯合報、經濟日報、民生報常務董事會會議紀錄(74~76年)》,臺北,聯合報社,民國82年12月,頁298。

[107] 聯合報董事會編:《聯合報、經濟日報、民生報、聯合晚報常務董事會會議紀錄(77~82年)》,臺北,聯合報社,民國82年10月,頁40。

理，行嗎？」。[108]

　　他指出：「我的信念是：『我不自毀，誰能毀得了我！』他們如果
要這樣做，我希望他們越鬧得大越好，這樣才能充分區別出『正』『邪』
之分，這是給《聯合報》一次好機會，你們不要怕，怕什麼？我什麼
都不怕！過去曾有十個教授聯名杯葛本報，我理都不理；說什麼高
官、要人施壓，我也不理會。這次她這篇報導違反新聞道德、倫理，
卻有人要來攻擊我們、反對我們，還以我們為對象造謠，怕他們幹什
麼？……如果他們見諸具體行動後，就立即和他們「大戰一場」，更
明顯的讓所有人看清誰是『正派』，誰是『邪派』！……對於這件事，
我們報社自己的人，瞭解整個情況以後，假如還有人簽名參加他們的
行動，有一個人參加，開除一個；十個人參加，開除十個，絕不姑息，
你們聽到了，我就是要這樣做。他們即使拉民進黨等人士來攻擊我，
我也不怕，沒有什麼可怕的！我們這次對新聞寫作不當的處理，是要
貫徹我們一再強調『正派辦報』的理念，以期在中國報業史上留下一
頁，使之留諸後世，而有助於對後起報人的引導，使中國報業在新聞
處理上走向健康之途。」[109]

　　按劉昌平的說法，過去亦有相同的嚴重處分，但是事後只要認錯
了，都盡可能酌情處理，不願留下來則自動辭職，「為了年輕人前途，
我們從來不公開宣告他為何辭職。但是徐瑞希小姐不認錯，……到現

---

[108] 阮肇彬記錄：〈董事長在三月份聯合報系主管工作會報上講話：堅持正
派辦報一貫理念，扭轉濫用新聞自由惡習〉，《聯合報系月刊》第 100 期，
民國 80 年 4 月，頁 12-13。

[109] 有關王惕吾針對徐瑞希遭開除風波的內部談話全文，請參見：習賢德編
著：《臺灣新聞事業問題解析》，臺北，文展出版社，民國 81 年 10 月，
頁 80-91。

在為止還表示：『我寧可被開除，絕不自動請辭』，……那這位青年也不值得我們愛護了。」[110]

聯合報產業工會印行的《聯工月刊》是報系內唯一尚可公開檢討「徐瑞希事件」的園地。民國八十年五月廿七日第三十六、三十七期合刊的《聯工月刊》第二版以〈談「徐瑞希事件」始末〉為題，記錄了《聯合報》主任秘書吳江、編輯部執行副總編輯陳裕如、勞方代表徐永欣分別對此事件後續引發的話題所做的一些評論。

吳江說，事情發生後，外界就抓著兩個主題大做文章，一個是沒有新聞自由，一個就是說董事長與黃少老私人有交情。整個事件重點應在該篇報導有沒有事實憑證？這樣的報導方式有沒有新聞道德？及「新聞自由」的範疇到底是什麼？以這次事件為例，通篇都在寫「政商勾結」之事，這時記者忽然點名道姓，顯然就有暗示的作用，而記者在報導中又無實據，認定他們是「政商勾結」，這樣的寫法，基本上是罔顧新聞道德，這也不是所謂「新聞自由」的真義，這才是董事長真正痛心之處，董事長甚至說：「這樣下去，我還辦什麼《聯合報》。」

吳江表示，董事長認識的政府官員那麼多，何在乎誰給他壓力，況且黃少老根本沒有打電話給董事長，即便是有，董事長亦不會為此而開除一個人。吳江重複了數次「外界不了解事實而扭曲真相，十分令人痛心」，並感嘆竟無人挺身為《聯合報》辯白，他強調，法律尚未定罪前，在新聞中臆測暗示就做了裁判，這就是新聞道德淪喪。

陳裕如指出，整個事件的處理情形為：一、事情發生之初，採訪

---

[110] 阮肇彬記錄：〈劉發行人在三月份聯合報系主管工作會報上講話；表現大報風範，編採必須嚴謹〉，《聯合報系月刊》第 100 期，民國 80 年 4 月，頁 21,22。

主任周玉蔻曾向社方請辭以示負責;二、當天該新聞的審稿流程已完成一份調查報告,董事長交代對於相關人員應予以處分;三、總編輯胡立臺記小過一次。

胡總編輯從事新聞工作廿多年來從未有被記過的記錄,這次事件對他個人而言是一個十分重大的事件,故非如外界所言「未溯及各環節責任」,而是胡總編輯不將過錯往下推,全部攬在身上;擔任過中時、聯合兩報總編輯的,胡立臺還是第一人,可以想見在此事件中胡立臺受創之重。

陳裕如解釋,何以徐瑞希所受處分如此之重:一、因為徐瑞希不認錯,即表示她不認同報社正派、專業辦報的立場,報社深怕她再產生相同的情況,因此不敢再聘請她擔任記者;二、徐小姐在報導中提到「黃少谷之子黃任中……」,十分不恰當;因為出言辱及他人父母,個性再隨和的人都會翻臉的。他指出,過去《自立早報》也曾開除陳姓總編輯,外界也不似現在大作文章,為何報社開除記者,外界就聞風挾雨大肆臆測,可見「有很多人是故意的」,令人感到遺憾;但報社方面亦應因此得到教訓,以後應更加強各環節的審核。

徐永欣表示,他接觸過的編輯部同仁許多人都認為徐瑞希所報導的「新聞切片」有很多是事實,但是,沒有證據。他同時指出,社方在處理「徐瑞希事件」時,速度、步調的轉折上多少有點遺憾,如能讓徐瑞希多考慮幾天,也許情形就會改觀,也能讓外界及報社內部都能逐步了解真相。[111]

極少嚴厲處分員工的聯合報系,在「徐瑞希事件」之前,編輯部

---

[111] 羅彩菱:〈談「徐瑞希事件」始末〉,《聯工月刊》第 36,37 期,民國 80 年 5 月,第 2 版。

或各縣市地方記者在工作紀律方面犯錯而必須處理時的處分方式，大致僅以申誡或記小過處理，唯在新聞內容或工作態度，有明知故犯、不服規勸乃至犯上時，才會有調離記者現職的重大處分，例如，降調為校對組校對，即為僅次於開革、幾近羞辱人格的「極刑」。民國六十五年前後，曾有張姓省政記者假日輕忽職守，重發舊稿造成失誤，及梁姓北市警政記者不服調遣且衝撞採訪主任，均遭嚴予處分降調校對組。除此之外，即罕見有記者受罰的個案。

就心態與職業的自我期許而言，外勤記者有如空軍部隊中的戰鬥機飛行員，人人鬥志昂揚，能征慣戰，即便是同行對手亦能因對方技藝高超而惺惺相惜；自尊心、好奇心與正義感特強，偏好獨立思考並窮究真相的性向，成了許多人願意一輩子幹記者的重要因素。也正因為如此，如何有效而合情合理的駕馭自視頗高的記者群，成了新聞媒體經營成敗的首要難題。聯合報系一向不願過度開罪能言善道、人生際遇各有天地的外勤記者，毋寧是極其貼近實際的高招。

民國七十四年十一月間，花蓮縣大慶石業公司營運出現困難和波折，《聯合報》駐花蓮特派員陳維山竟將其報導為已經倒閉，嚴重影響該公司商譽和自身報譽，受社會讀者和當事人的指責至為深遠，王惕吾特於報系主管聯合工作會報中嚴厲陳詞：「此事發生以後，編輯部沒有即予適當補救，使其恢復信譽，不夠果斷；對外埠同仁，地方新聞組沒有注意到和警誡，也不免有點袒護，我對此事非常不滿，不得不作斷然處理。」儘管陳維山因重大過失本應撤職處分，但王惕吾顧念他已服務三十多年，而改為接受其自請退職，福利比照退休。[112]

---

[112] 編委會：〈董事長指示：七十四年十一月份聯合報系主管聯合工作會報紀錄〉，《聯合報系月刊》第 36 期，民國 74 年 12 月，頁 104。

　　「徐瑞希事件」在聯合報系發展史上的教訓和意義,都是空前的。民國八十年三月十九日由發行人劉昌平具名,通知徐瑞希已遭解聘處分。該函主旨全文為:臺端於三月十日在本報撰之「新聞切片」特稿,報導所謂政商關係,內容全憑外間傳說、臆測之詞,有違「新聞記述,正確第一」之新聞記者信條,致令本報報譽嚴重受損,應依本報員工工作規則第廿七條第十款:「其他重大過失或不當行為導致嚴重不良結果者」予以解聘,自民國八十年三月二十日生效。另《民生報》綜合新聞中心記者江澤予因違反社方不得參加同業連署聲援活動的禁令,於同年四月七日遭到解聘,成了「徐瑞希事件」陪祭的一員。[113]

　　報系常董會則於同年四月一日決議由總管理處設置專責單位,對旗下四報進行評鑑考核,以加強品管,提高新聞品質;指定由《民生報》副社長石敏調兼總管理處副總經理主持,並分別由《歐洲日報》副社長陳祖華側重國內要聞;《經濟日報》副社長虞炳昌側重經濟新聞、國際新聞;勞資關係室主任何振奮側重司法及社會新聞;石敏副社長則側重於一般新聞,並綜合整理。每天上午十一時之前完成初步評鑑工作,下午三時前完成文字整理工作後呈閱;呈閱同時均另行複印交相關部門參考。至於晚報評鑑工作,原則上在當天下午五時前,由石、虞兩位副社長負責完成,評鑑紀錄則留待次日與其他三報合併處理。[114]

---

[113] 參見:(1)編委會:〈人事室通知「聯合報八十年四月份人事動態名單」〉,《聯合報系月刊》第 100 期,民國 80 年 4 月,頁 110。(2)編委會:〈人事室通知「民生報八十年四月份人事動態名單」〉,《聯合報系月刊》第 101 期,民國 80 年 5 月,頁 139。

[114] 李師鄭:〈新聞評鑑／積極:提高品質,消極:減少錯誤〉,《聯合報系月刊》第 102 期,民國 80 年 6 月,頁 120-121。

　　此一新制，突顯惕老對徐案負面效應的重視，欲以報系全面性的新聞品管評鑑，及時稀釋各方對開除動作的疑懼。但至次年四月一日又發布石敏等四員免兼總管理處評鑑會委員，取消了這個指標性的任務編組。[115]

　　其後，徐瑞希為減少訴訟費用負擔而採用專精勞工法律的劉志鵬律師建議，向臺北地方法院提起「給付自訴」，亦即要求《聯合報》給付延遲之薪資。[116]雖然地院與高院的一、二審都判決徐瑞希勝訴，但《聯合報》繼續上訴至最高法院三審時遭到駁回，最後《聯合報》律師要求和解，徐所委任的律師劉志鵬亦勸和而落幕。做為事件的主角，徐瑞希於民國八十一年底分別以大事記與夾敘夾議的方式，撰寫了〈開除記者就是報社自我開除：《聯合報》徐瑞希事件始末〉一文。

　　在交代事件的始末方面，其自白式的大事記提供了頗為完整的敘述及轉折變化的經過。其中，王是指王惕吾，周是採訪中心主任周玉蔻，黃是指採訪中心經濟組組長黃素娟。其重點如下：[117]

- ■一九九一年三月七日週四，張家宜案曝光，各報紛紛就此案華隆集團涉嫌利益輸送部份，大幅報導。
- ■三月九日週六下午，《聯合報》經濟組代理人陳承中呼叫我，提到採訪主任周玉蔻認為可就翁大銘政商關係進行分析報導。陳問我看法，我說這個角度雖然很有新聞性，但寫出來相當敏感，所

---

[115] 參見：人事室通知「聯合報八十一年四月份人事異動名單」，《聯合報系月刊》第 113 期，民國 81 年 5 月，頁 161。

[116] 徐瑞希：〈開除記者就是報社自我開除：《聯合報》徐瑞希事件始末〉，《當代》第 81 期，1993 年 1 月 1 日，頁 65。

[117] 徐瑞希：〈開除記者就是報社自我開除：《聯合報》徐瑞希事件始末〉，《當代》第 81 期，1993 年 1 月 1 日，頁 52-60。

以雖然我一直很有興趣,但遲遲不敢向主管報告寫此稿,且當天另有稿,來不及寫。陳便說,全力寫翁之政商關係稿即可。幾經考慮,我決定以我長期蒐集的臺灣政商關係資料來寫,而不引用平時採訪業界人士口頭告知之訊息。

■交稿許久,周走到我身邊說,她已刪改這篇特稿的導言,並刪掉文中提及蔣彥士部份。我便問周,何以每次寫到翁、蔣關係時都被刪掉?周說因為蔣與王董事長是好朋友。周也交代我:隔日就翁家兄弟有無因張家宜案出現不和情況,繼續報導。

■三月十日週日,特稿見報,內文從一千多字刪為七百字左右,編輯所下標題為:「苦心經營多年,政商關係曝光,翁大銘,以後戲怎麼唱?」

■傍晚一到報社,組長黃素娟便告訴我,聽說王董事長看到我的稿子很生氣,因為「寫就寫,為什麼把黃少谷的名字也寫出來?」但黃說王剛出院,情緒不太穩定,氣過了就沒事了。晚十二時左右,黃打電話到我家說,王指示次日報紙就該特稿刊登道歉啟事。她也不知道啟事內容,但要我不要難過。

■三月十一日周一,晚上上班時,黃告訴我王很生氣,最近我的報導不要掛名,寫「臺北訊」即可。而我則因事要求隔日起休年假。周則告訴我沒有關係,事情不嚴重。下班時碰到兩名《經濟日報》記者,他們說報社內分發每位記者我寫的特稿影本,上面並有王畫線加註解,謂謠言不經查證,要嚴懲云云。(事後我才知道當天早上王認為啟事內容太敷衍,特就此事召開臨時常董會議,並發給與會者其眉批註解影稿,並囑分發報系內各記者,並指示總編輯胡立臺三天處理對我的懲罰。而黃未將影印稿發給同事。)

■三月十二日週二下午,黃打電話要我雖休假,但別離開臺北,因

報社可能隨時有事找我，並問我，如果願意可先接受調職至《聯合晚報》，因為《聯晚》社長張作錦一直居間協調，並允諾情況許可，我事先調到《聯晚》「避一避」。但我則納悶，究竟做了什麼事如此嚴重？並要求黃，希望見到王或其子女，實際了解他何以如此震怒。黃說她會幫我爭取和王家見面的機會。晚上十一點左右，報社呼叫我到社見總編輯。時因胡在忙，遂和黃談，稍後周也加入談話。黃說她向《聯合報》副社長黃年提及我想見王家的事，但黃年說王在氣頭上，連他們都挨罵，因此不要自找麻煩，去碰釘子。周則說，她已放話出去與我同進退，我被調職，她也請調；我離開報社，她也要辭職。

■ 夜二時許，胡和我談，謂儘管大家幫我爭取，但並無轉圜餘地，王要我離開《聯合報》的態度很堅決，且董事長辦公室一直催此事。胡希望我自己辭職，因為他不願意當這個劊子手，簽報開除我的公文；再則辭職可免我的工作紀錄留下被開除的汙點。我極激動的告訴他，當初刊登那則啟事已經夠傷害我了，因為報社處理記者報導不實或遺漏重大新聞，還會讓記者打報告上呈說明，但上面完全沒有給我任何解釋機會，何況我沒有做不實報導。既然沒有錯，為什麼要自請辭職？辭職無異認錯，承認我做了不實報導。因為無錯可認，所以不能自請辭職。

■ 胡說，《聯合報》極少開除員工，尤其是開除一名記者，仍希望我自請辭職，我則堅拒。開除已成定局。離開報社時，周、黃與我都哭了。

■ 十三日週三晚，黃年要我到報社去談談。黃年說當天下午，他和報社多位高層主管還一同到王的陽明山寓所，希望此事能有轉圜，但無功而返。黃年表示大家都知道我受委屈，也很尊重我寧

被開除而不請辭的決定，但我既已充分表達立場，之後仍希望我
再考慮提出辭呈，讓他有理由挽留周，因周曾表示與我同進退。
次日一早，周打電話與我長談數小時後，我決定拒絕提辭呈。稍
後黃年打電話來，我告訴他，雖然我一直處於被告知地位，但有
些事情我愈來愈清楚，並感謝眾人為我所做的努力，但我不能犧
牲最後尊嚴，以辭職來回報他們。

■十五日週午中午，報社呼叫我謂採訪中心召集記者下午回社內開
　會，我打電話問周，周說我不要去。下午，黃打電話說明會中胡
　報告處理該事經過，周則在臺上聲淚俱下，而數位記者也指責報
　社，質疑記者以後怎麼跑新聞，是不是只要抄各採訪單位發布新
　聞稿即可。會中並決定發起採訪中心記者簽名聲援我；並由各組
　組長聯合請見發行人劉昌平，並讓我有說明機會。後據黃告知，
　週五、六兩天已有五十多位採訪中心記者簽名。

■十六日週六，我打電話向北市勞工局詢問此事如何循報社體制內
　勞資問題途徑處理？經建議，電話請教《聯合報》勞資關係室主
　任何振奮。但何並未提出可行建議。

■十八日週一，因黃前告以各組組長仍努力請見劉昌平，或有挽回
　餘地，而我則因可能採取勞資協調等法律途徑的考慮，一直請黃
　代向報社請假，因此週一仍出門採訪，準備晚上發稿。但黃傍晚
　告知解僱令已送達人事室，近期將正式發布，不適合再到報社了。

■廿日週三，《聯合報》以我「報導所謂政商關係，內容全憑外間
　傳說、臆測之詞，有違『新聞記述，正確第一』之新聞記者信條，
　致令本報報譽嚴重受損，應依本報員工工作規則第廿七條第十
　款：『其他重大過失或不當行為導致嚴重不良結果者』予以解
　聘」，自二十日生效。

■王並於該日主持報系主管聯合工作會報，會中多所指責，並指示
成立兩個小組，蒐集外界就此事的攻擊資料及有關法律問題，準
備和他們「大戰一場」；若報社內有人參加簽名行動，「有一個參
加，開除一個；十個人參加，開除十個，絕不姑息」。

■本週某日，聯合報系一離職記者告訴我說，王家覺得很奇怪，問
我為什麼沒去找他們說明。因此居間聯絡我與《民生報》發行人
王效蘭見面。在凱悅飯店與王效蘭見面，王效蘭說部份主管於其
間轉告此事細節，勸我自請辭職，不要抗爭，且以《民生報》某
員工離職時聽其勸告未加抗爭，事後感謝為例。雙方問題關切點
完全沒有交集。

■廿五日週一，新聞同業聲援廣告刊於《自立晚報》一版下半頁。
抗議文中指出：「記者揭發內幕無罪，老闆豈可隨便辦人。」

■四月一日，向新聞評議會提出陳訴案，請求評議；六月廿七日新
評會決議不受理。

■一九九二年五月一日委由涂又明律師事務所發出律師函給《聯合
報》，該報亦做回覆。

■六月底因與涂又明律師在訴訟上意見不合，案遂轉信智律師事務
所的劉智鵬律師。我方以《聯合報》解雇不法，請求給付遲延工
資自八十年三月廿一日至八十一年六月三十日共七十二萬八千
多元。

《聯合報》委錢國城律師事務所高理想律師為此「八十一年度勞
訴字第四十號」案提出答辯謂：一、原告違反「中國新聞記者信條」，
撰寫損害他人或不當文字，刊載於被告報紙，當然係重大過失及不當
行為導致嚴重不良結果，亦係違反工作規則，肇致被告蒙受嚴重損
害，從而被告予原告免職處分。二、特稿文中提及翁與陳履安、徐立

德、黃任中、徐旭東等人交好等內容，其說法無異在誹謗翁大銘，並使得陳、徐、黃、徐等人名譽受損，未舉證民主基金會接受翁之捐款數目，及金額占該基金會比例，有違「中華民國報業道德規範」之新聞報導「應遵守平衡報導之原則。」三、濫用「保護新聞來源」拒不承認錯誤，嚴重違背應依誠實及信用方法給付勞務之義務。為維護報譽及報紙為「社會公器」之職責，故將原告免職。四、原告免職一事，新評會審議「不予受理」。傳播學者亦對原告報導認為係「不道德的羅織行為，為正常所不取」等。

■ 八月廿五日，臺北地方法院第一次開庭。《聯合報》未提新證據。九月廿四日第四次開庭，法官當庭詢問雙方和解意願及條件。我答以：「我要求恢復名譽，至於賠償，我可以不計較。」《聯合報》律師則謂社方和解有兩前提要件：一是寫切結書承認我有錯，二為切結承認雙方僱傭關係至去年三月廿日即結束。至於其他，可以再談。《聯合報》這種蠻橫的心態，愈加強我與它周旋到底的想法。十月八日第五次開庭，被告律師並以九月廿四日我於庭詢中謂要求名譽恢復，可以不計較賠償之答詞，指稱我已捨棄告訴，我方律師謂此舉「有失厚道」。十月廿七日第七次開庭。我方律師最後所提陳述指出：

一、　華隆案所涉情事乃公知之事。

二、　《聯合報》社內有嚴密之審稿制度，記者寫稿須經一連串審稿、改稿、編輯過程才能決定是否刊登在版面上；故由基層之記者承擔結果，其權責失衡，明顯不公。而王惕吾以一人之好惡，推翻社內資深新聞工作人員所建構之新聞專業審核流程。再則，文稿所提相關人士並未在刊登後向《聯合報》提出抗議，黃任中及其父黃少谷亦未電告《聯合報》，因此

解雇理由所引用工作規則「導致嚴重不良後果者」，顯不存在。

三、被告解雇原告，純係報社所有權人王惕吾個人一己之見，與報社內、報界專業編輯權人、學者之見解完全相反，故有社內高階主管多方協調轉圜，二百位記者同業自動捐款刊登廣告抗議之情事。

四、被告主張違反「中國新聞記者信條」而解雇，而保障人民工作權明訂於憲法，勞基法並據此明訂資遣、解雇勞工之原因，蓋解雇乃係對受雇勞工宣告死刑，應以最嚴肅最低之標準衡量，亦即回歸勞基法中客觀合理之判斷，而非空洞、泛道德、最高極效之信條來框束自明；而「中國新聞記者信條」類如「青年守則」、「教戰總則」等，而守則之共通特色均陳義過高（實際內容空洞），教條色彩濃厚，屬於訓政時代權威主義體制下產物，且守則之條數為循中國文化習俗，向皆湊足十二條（「中國新聞記者信條」亦有十二條），惟此等信條乃倫理條款，追求圓滿人格之極致，故僅以獎勵、鼓勵方式，責成努力遵守而已。

五、《聯合報》七十九年七月十六日記者報導關中發起籌設民主基金會，曾「當面向李登輝主席表白，並獲李主席贊同認可」；同年七月十二日報導李總統六月十一日曾主持高階治安會議案，皆遭總統府書面駁斥。但未聽聞報導二則新聞之記者遭報社懲處。雇主之懲戒處分應遵守平等原則，否則即屬懲戒權之濫用而無效，何況原告之報導並未失實，報導所提及人士也未去函抗議。

六、原告之報導並未失實，徵諸報刊雜誌之報導可堪印證。

七、 新聞報導非學術論文，不須逐一註明論文所引用之文獻出
處。再則，新聞報導有時須保護消息來源，一則以保障消息
提供人士；二則確保其願意再提供新訊息。根據政大新研所
教授鄭瑞城撰文指出，新聞實證研究顯示，即連聲望卓著的
《時代週刊》、《紐約時報》等媒體，因實際運作的限制考慮，
亦不時出現未指明新聞來源，無明顯查證程序之新聞資訊
（註：或可稱上述情況為匿名的來源 anonymous
attribution）。這種情形，用之於檢驗當事者的《聯合報》，
亦不難發現，尤其在事涉敏感的新聞素材時。

■十一月初，臺北地院法官林陳松判決我勝訴。判決理由指出：

一、 據勞基法精神及相關規定，僱主行使懲戒權解僱勞工，應就
勞工之行為是否違反工作規則所明定之情事，且有情節是否
重大等情狀，審慎考量。並應就其具體個案，按其所違反工
作規則之程度，以及僱主就一般違反同一程度之行為所為之
懲戒處分相互比較，依相當性原則及平等對待性原則，考量
其行為是否足資構成解僱之事由，方不失衡平，並得以保障
勞工生存之基本條件，自不容僱主藉辭任意解僱勞工。

二、 被告制定並經臺北市政府勞工局核准備查之工作規則，有關
懲戒部份，按其程度分為申誡、記過、記大過、降調、解僱
等項，其各項懲戒之要件俱已規定於該工作規則中，故勞工
之不當行為，自必須符合於工作規則之各項要件，僱主方得
依據工作規則按其情節輕重予以懲處。

　　而原告依其採訪主任之囑撰寫「新聞切片」完稿後，復由被
告報社逐級完成審稿，始決定予以登載於《聯合報》上，核
其內容固提及訴外人翁大銘與陳履安、徐立德、黃任中、徐

旭東等人交好,並「不吝與部份人士分享賺錢機會,是除了私人交情之外,維繫其政商關係的主要方式」等語,徵論是項報導有使徐立德、陳履安、黃任中、徐旭東等人之名譽受到何種損害,並未見各當事人對於該報導有持任何異議,被告率爾指認報導失實,已嫌無據;退而言之,即認是項報導失實,惟原告既係承囑撰寫,復經被告報社逐級審核,始決定刊登報上,衡其情節亦難有重大並導致嚴重不良結果之情形。

三、 原告堅稱「新聞切片」文稿係其根據自己之採訪經驗所為之撰述,被告則以原告未經採證貿然撰文,有失實之處,雙方各執一詞。惟查失實之報導,固有違反「中華民國報業道德規範」,然是否因此構成被告解僱原告之條件,殊有疑義。

四、 新聞報導應以確實、客觀、公正為第一要義,「中華民國報業道德規範」固定有明文,不實之新聞報導,亦常導致重大損害他人名譽,本院並非認為新聞記者有擅自發布不實新聞,而不受任何規範之權,但身為僱主之報社懲處新聞記者,尤其是解僱權之行使尤應謹慎為之,庶幾可以保障新聞記者生活之安定,並兼顧報社之監督權之行使,以維護新聞之公正性。

本件被告為僱主,對於新聞記者登布之新聞稿件,自有要求所屬記者求真求實之必要。但原告既係承囑撰寫「新聞切片」,復經被告逐級審核始行刊登,被告於該文稿刊登後,並未查證其所報導是否失實,而該新聞報導後亦未見各該當事人持有異議,認其報導失實,涉有損害名譽之嫌,且被告亦無就不實報導解僱新聞記者之先例,竟貿然認原告有重大

過失，嚴重影響報社信譽，予以解僱，似有失平之處，是原
告主張被告前開終止僱傭契約之意思表示不合法，自屬可
採。

　　新聞記者被迫以自訴方式控告《聯合報》以爭取工作權，這在一
向標榜福利優厚、勞資和諧的《聯合報》發展史上，何止是空前的紀
錄，地院一審就令被告落居下風，暴露的不止是《聯合報》企業文化
已經出現了老闆與夥計對簿公堂的窘態，報社內部看似無敵的專業機
制在面對自己也感到陌生的司法爭訟時，一時之間頓失必勝的氣勢。

　　何以王惕吾在民國八十年三月間，如此堅持己見，以強調其「正
派辦報」理念，當然可有多種揣測，但真正答案，畢竟只有繫鈴人才
能揭曉。

　　一生以辦報為志業的報人在事業登頂並行將收官之際，居然為了
一個大多數的人未必介意，且均認為「罪不至死」的常見疏失，卻毫
無轉圜地、斬釘截鐵地嚴辦一個小小記者，難免留下殺雞焉用牛刀之
憾。如果不是王惕吾自己一時情緒失控，不是有不可說的外力介入、
不是為了君令如山的面子問題，不是有意測試報系對危機應變能力的
話，那麼，創辦全球最大中文報系的董事長必須親自下令開革記者立
威的盤算，究竟會是什麼呢？

　　偏巧徐瑞希自有其堅持，更不是上級三兩句威脅利誘就會縮頭的
新生代，以「下駟對上駟」之姿將王惕吾列為被告，司法對抗結局雖
以和解收場，但身心俱疲的徐瑞希總算贏得了老東家給付的一百九十
二萬元，唯雙方處境何止是「兩敗俱傷」一詞所能形容。

　　依照時序推算，王惕吾於民國八十年特予重視的業務有二：一為
同年五月在報系月刊專文詮釋「聯合報精神」與《聯合報》企業文化，
一為全力鼓吹協助國立臺灣大學禮聘的美國哥倫比亞大學新聞學院院

長喻德基教授，成立各方矚目的新聞研究所碩士班。這兩件事都很容易令新聞工作者聯想起廿世紀初，靠炒作「黃色新聞」發跡的美國報業鉅子普立茲在事業登頂之後，為了身後評價而修正經營路線，並向哥倫比亞大學慷慨捐款示好的動作。

王發表企業文化專文之舉，應非僅為單純針對「徐瑞希事件」而企圖有所彌縫、善後的被動反應，而應係有計畫地總結其四十年辦報經驗，希望能使自己的成功經驗躍居中文報業史耀眼的篇章。「徐瑞希事件」爆發前後，正逢王惕吾為其報業王國企業文化特色「定調」的關鍵時刻，竟出現令其一怒再怒的疏失，雖然身旁倚重的家臣感受不同，但身為創辦人，其內心波濤之洶湧，似不難推想而知。彼時徐瑞希如果願意「配合認錯」自請辭職，那麼《聯合報》報史自可維持一派詳和、絕少衝突的堂皇樣貌，「徐瑞希事件」不致演變為離職小記者公然向大老闆討尊嚴的挑戰，「徐瑞希」三字只會是某期系刊人事異動名單中，毫不起眼的一筆員工離職資料。

徐瑞希自撰之大事記，相當程度交代了個人職場生涯遭遇超級火山爆發前後的重要經過，但是，政大新聞系畢業的她似乎也漏列了一些可供後人參照的相關細節，例如：當年她是如何從《中國時報》跳槽至《聯合報》的？對兩報老闆領導風格及所標榜的企業文化異同有何看法？至《聯合報》服務後與王董事長及其子女有無其他接觸互動之紀錄？肇事的「新聞切片」一文於編輯部審稿流程中有無他人代筆潤飾改變原稿文義？

基於保存新聞史重要文獻的學術考量，茲再摘錄與本案有關的兩份關鍵判決書重點如下：

民國八十二年五月十五日臺灣高等法院勞工第三庭（八十二年度勞上字第四號）民事判決，駁回了上訴人聯合報股份有限公司。該審

由審判長法官蔡進田，及法官陳國禎、張瓊文共同裁決。判決主文如
下：

上訴駁回。上訴人應給付被上訴人新臺幣三十八萬零二百八十
元，及自八十二年二月二十日起至清償之日止，按年息百分之五計算
之利息。被上訴人其餘追加之訴駁回。第二審（含追加之訴）訴訟費
由上訴人負擔。

判決理由為：

一、被上訴人在原法院起訴請求上訴人給付自八十年三月廿一日
起至八十一年六月三十日止之薪資七十二萬八千八百七十五元及法定
遲延利息，經原法院為部份勝訴，部份敗訴之判決後，上訴人提起上
訴，被上訴人擴張聲明請求給付自八十一年七月一日起至八十二年二
月二十八日止之薪資三十八萬零二百八十元及其法定遲延利息，自屬
訴之追加，上訴人並無異議而為本案之言詞辯論，視為同意，合先敘
明。

二、被上訴人主張：伊受僱於上訴人擔任經濟組新聞記者，適八
十年三月七日爆發前交通部長張建邦與華隆集團翁大銘間設立新銀行
弊端，涉及官商勾結，利益轉送等問題，為新聞報導焦點，乃受命撰
寫翁大銘政商關係新聞特稿，基於自己研究國內政經問題心得與採訪
翁大銘之經驗，於八十年三月九日完稿，經上訴人之採訪主任周玉蔻
刪修後於次日以「新聞切片」刊載於《聯合報》。其內容所述翁大銘之
政商人脈，無非公知之事實，並無錯誤。詎因文中敘述翁大銘交好之
黃任中時，提及黃任中為黨政大老黃少谷之子，觸怒上訴人之法定代
理人王惕吾，上訴人竟託詞伊撰稿全憑外界傳說，為臆測之詞，於八
十年三月二十日將伊解僱，顯非合法。況上訴人僱用之其他記者屢有
報導不實情形，上訴人均未予懲戒，與伊遭解僱相較，顯失平衡，足

370

見上訴人之解僱，為權利之濫用，自屬無效。伊欲提供勞務，遭上訴人預示拒絕受領，自無補服之義務而仍得請求報酬。以伊月薪四萬七千五百三十五元計算，自八十年六月二十一日起至八十一年六月三十日止之薪資共計七十二萬八千八百七十五元等情，求為命上訴人給付七十二萬八千八百七十元及其法定遲延利息之判決（逾此部份之請求經原審判決駁回，未據聲明不服，不予贅列）。在本審中，因期間之經過，認為自八十一年七月一日起至八十二年二月二十八日止，又得請求薪資共三十八萬零二百八十元等情，追加聲明，求為命上訴人如數給付並加給法定延遲利息之判決。

上訴人則以：被上訴人撰寫之「新聞切片」，敘述翁大銘與陳履安、徐立德、黃任中、徐旭東等人交好，並不吝與部份人士分享賺錢機會，是除了私人交情外，維繫其政商關係的主要方式，並指翁大銘、關中籌組之民主基金會之幕後金主云云，均屬道聽塗說，無具體事證，含混判斷，足以誹謗翁大銘，並使徐立德、陳履安、黃任中、徐旭東等人名譽受損，與上訴人四十年來正派辦報之理念不合。其行為違反上訴人之工作規則情節重大，事後又拒不認錯，上訴人予以解僱，符合工作規則所訂解僱要件，亦無違勞動基準法規定。被上訴人既經上訴人合法解僱，自無權要求給報酬等語，資為抗辯。

三、查被上訴人受僱於上訴人擔任新聞記者，於八十年三月九日奉命撰寫翁大銘政商關係之特稿，經上訴人之審稿程序，於翌日刊載於上訴人所營《聯合報》，以「新聞切片」為特稿欄名稱，以「苦心經營多年，政商關係曝光，翁大銘以後戲怎麼唱？」為特稿標題，內容略謂：翁大銘的黨政關係在張家宜案後出現裂隙並被曝光，能否恢復往日元氣，值得觀察。翁大銘與民主基金會董事長關中關係密切，為該基金會的幕後金主。外界傳說他與執政黨財委會主委徐立德、國防

部長陳履安等人時有往來，和在商界的黨政大老黃少谷之子、皇龍投資公司董事長黃任中、遠東紡織總經理徐旭東等人更是昔日的好友。一般認為，翁大銘不吝於與部份重要人士分享賺錢的機會，是除了私人交情之外，維繫其政商關係的主要方式。在民意主張及資訊發達的社會中，政界關係或可輔助企業發展，但目前普遍運用利益轉送作為政商關係臍帶的作法，應有所約束及改變了云云等事實，有被上訴人之人事登記卡，刊載新聞切片之全文剪報足證，並為兩造所不爭執。

　　四、上訴人固主張被上訴人所撰「新聞切片」內容為道聽塗說，無具體事證，在於影射羅織，誹謗他人，與其正派辦報之理念不合云云。惟查被上訴人係奉命撰稿分析翁大銘之政商關係，其特稿之性質有別於新聞稿之必須絕對客觀，不容推測，而可加入有限的論述或資料，以幫助讀者了解其背景，分辨其是非（參觀上訴人印行編採手冊第六十三頁），既經上訴人之逐級審稿程序而刊登，其目的自屬上訴人所認同。且翁大銘為華隆集團首腦，為公眾周知之事實，乃具新聞性之人物，其政商關係，為可受公評之事實，斯時適發生翁大銘與前交通部長張建邦家屬間之紛爭，新聞媒體普遍關注之利益輸送問題，即上訴人經營之《聯合報》在八十三年三月十日與「新聞切片」同版刊登之「焦點人物」特稿，亦直書「交通部長張建邦的家屬涉及財團利益輸送」云云。則被上訴人就政商間之利益輸送問題藉分析翁大銘之政商關係而結論曰：在民智大開、民意高張及資訊發達的社會中，運用利益輸送做為政商關係臍帶的作法，應有所約束及改變了等語，不能謂非建設性之評論，其動機不具惡意，相較於掘人隱私，與公益無關之報導，自屬有別。

　　五、次查被上訴人有採訪翁大銘之經驗，其訪問紀要刊登於上訴人所營《聯合報》七十九年十一月十一日「焦點人物」特稿一文。文

中，被上訴人敘述民主基金會成立酒會上，翁大銘持手杖穿梭會場之情，並記錄翁大銘答話，云關中為其好友，其捐助一百萬元支持民主基金會等語。同時附有翁大銘在會場照片，註記「民主基金會財源的幕後大戶之一翁大銘，在該會成立酒會上甚為活躍」云云。又同日《聯合報》同段刊登被上訴人報導之新聞，謂民主基金會以陳炯松、華隆集團翁大銘及宏國建設林鴻道為幕後之大財團主力，其中翁大銘尚未全力發揮，留待基金會日後徵召財源的後備軍云云，如此報導，與被上訴人在「新聞切片」文中所述翁大銘與民主基金會董事長關中關係密切，也是民主基金會的「幕後金主」云云，並無異處。上訴人不曾以先前之報導為不實，豈能以之後「新聞切片」之報導為不實。

其抗辯被上訴人在「新聞切片」一文，認定翁大銘為民主基金會之幕後金主，惟未能舉證證明該會接受翁大銘捐款之數目，以及在該會基金中所占比例，顯違應遵守平衡報導之報業道德規範云云，自非可採。

又依上訴人所營之《聯合報》八十一年九月十七日報導，國民黨公布的九十八名立委參選名單之中，與華隆集團關係密切的有六人，除關中外，其餘五人郁慕明、鄭逢時、何智輝、吳耀寬及蘇火燈皆在華隆集團旗下企業掛名做負責人。翁大銘被收押之次日，鄭逢時等多位立委參選人即赴看守所探視，「華隆翁」政界魅力由此可見云云。明示翁大銘在政界有豐沛之人脈關係。被上訴人在「新聞切片」中，以外界傳說翁大銘與徐立德、陳履安等人時有往來，和黃任中、徐旭東等人更是昔日友好云云，敘述翁大銘之政商關係，與前述報導並無矛盾。關於翁大銘與黃任中交好一節，見諸《卓越雜誌》七十九年九月號專訪黃任中之報導；關於徐立德與翁大銘認識，徐立德喜歡交朋友，三教九流的朋友都有交情，見諸《財訊》八十年四月號專訪徐立德之

報導。難認被訴人在「新聞切片」中以外界傳說所述翁大銘之政商關係，讓人一見即知其不實。且縱屬不實，就翁大銘言，謂其與政商界聞人交好、往來，於其身價無損；就徐立德、陳履安、黃任中、徐旭東（以下徐立德等人）言，翁大銘振其父事業，為華隆集團首腦，有一定之社會地位，謂徐立德等人與之交往，亦無損於徐立德等人之人格，實難認被上訴人之報導失實為情節重大，導致嚴重後果。

六、第被上訴人於「新聞切片」末二段云，一般認為，翁大銘不吝與部份重要人士分享賺錢的機會，是維持其政商關係的主要方式。目前普遍運用利益輸送做為政商關係的臍帶等語，緊接敘述翁大銘與徐立德等人之政商關係一段之後，不無讓人有將翁大銘與徐立德等人牽扯一起，認其間有利益輸送情事之處，被上訴人又不能舉證證明其間確有利益輸送之情形，是上訴人抗辯被上訴人報導不實，有損翁大銘、徐立德等人之名譽，實非無稽。雖然，被上訴人撰寫「新聞切片」之目的為上訴人所認同，其動機非惡，已如前述。且據被上訴人提出之輔仁大學大眾傳播系主任皇甫河旺所撰：「為什麼記者不查證」一文（原審卷第六十三頁），明曰：「事實上，報紙上那一天沒有『未經查證，處理失當』的報導？要不然，新聞事業怎麼會被戲稱『製造業』、『修理業』、『屠宰業』？」即上訴人經營之《聯合報》亦不例外。

此觀《聯合報》於八十年九月廿六日報導「100 行動聯盟」代表赴執政黨中央委員會求見宋楚瑜秘書長，李鎮源、林山田、瞿海源、陳師孟等人要求廢除刑法一百條。該聯盟前一天往立法院請願，人數不多。該盟部份成員揚言，請願如未獲回應，不惜在十月十日動員曾受「事先訓練」的「暴民」參加遊行等情，翌日即刊登之小啟，說明該聯盟成員羅文嘉肯定沒有說找「暴民」參加遊行的話。

又《聯合報》七十九年七月十六日刊載關中籌設民主基金會，曾

當面向李登輝主席表白，並獲李主席贊同認可等情，遭總統府發言人室予以否認，謂：總統接見關中時並未談及籌設民主基金會之事。

又《聯合報》於七十九年七月十二日刊載，李登輝總統於六月十一日在國家安全局親自主持高層治安會議，指示各單位互相配合，對於一些影響治安份子應先調查並予掌握行蹤。國家安全局根據總統指示，列舉出眷村不良份子、走私販毒份子、流氓幫派份子及有關份子等對象，責成警備總部等單位分別成立專案小組，聯合蒐證等情，遭總統府發言人室鄭重表示：總統從未到國家安全局主持過所謂「高層治安會議」，亦未針對特定對象有所指示。本年六月十一日全天，李總統均在總統府內主持會議，接見賓客，對於《聯合報》未經查證即發布此一不實消息，總統府深表遺憾。

又《聯合報》於八十二年二月十一日刊載，臺灣建築界大陸投資訪問團與中共國務院副總理朱鎔基會見時，朱鎔基引述新加坡前總理李光耀的話說，「臺灣如果獨立，恐怕風雲變色，戰火燎天」。朱鎔基表示他注意到李光耀這一段談話，一再強調這是李光耀的意思，他並不時以手勢加強語氣等情。遭該訪問團傳真回臺更正為朱鎔基引述者為香港報紙的話，非李光耀的話等情，可以窺知。

查《聯合報》報導朱鎔基會見臺灣建築界大陸投資訪問團談話，連朱鎔基以手勢加強語氣均描繪歷歷，事實上該報記者並非當場採訪，僅據隨團記者轉告而已。其中報導李總統新聞，使用「據瞭解」一語，與被上訴人之「新聞切片」所用「一般認為」、「外界傳說」等語並無兩樣。

上開報導，攸關國家元首、外邦要人，其錯誤造成之影響，與被上訴人所撰「新聞切片」造成之影響，寧有不如，諸此報導，上訴人豈能自外於責任。除被上訴人撰寫「新聞切片」一事曾於內部會議提

出檢討外，一見上訴人有類似之檢討，督促上訴人僱用之新聞記者改
進，則被上訴人究非明知故犯可比。

又上訴人之工作規則第八章應遵守之紀律，僅第十四條規定員工
不得有之行為，其中第一項第四款所定違反工作規則情節重大之行
為，究指違反何項工作規則，並不明確。是工作規則第廿七條第十二
款規定有違反第十四條第一項第四款所定應遵守之紀律者，應予免職
云云，亦不明確。而工作規則第廿七條第十款所定員工有其他重大過
失或不當行為導致嚴重不良結果者，應予免職，甚為抽象。上訴人並
無具體類型化予以解說，於被上訴人發生撰寫「新聞切片」之疏誤，
上訴人焉無忽視教示之失。

綜上緣由，尚難認為被上訴人之所為，構成違反上訴人所定工作
規則情節重大，亦難認為已導致上訴人有嚴重不良結果。是被上訴人
主張上訴人不得依上開規則所定予以解僱，尚非無據。如前所述，上
訴人經營之《聯合報》發生記者未經查證率予報導之錯失，並非只被
上訴人「新聞切片」一件，上訴人並非置身事外，自不容其以「新聞
切片」加諸於翁大銘、徐立德等人之不良後果嚴重，據為解僱被上訴
人之事由。從而上訴人以被上訴人違反工作規則，情節重大，有重大
過失及不當行為導致不良結果等由，予以解僱，自非合法，不生解僱
之效力。

查上訴人解僱被上訴人之通知，明載被上訴人所為致令其報譽受
損，而予解僱，全未提及被上訴人拒不認錯情形，可知被上訴人縱事
後拒不認錯，亦非其解僱被上訴人之原因。況事後拒不認錯，容加重
處分之原因，尚不致達應予解僱程度，上訴人抗辯因被上訴人拒不認
錯，其不能信任，得予解僱云云，實非有據。聲請訊問證人胡立臺證
明被訴人拒不認錯之事實，自非必要。

七、上訴人之解僱不生效力，兩造間之勞雇關係仍然存在。被上訴人主張其續欲提供勞務，惟上訴人堅持自八十年三月二十日予以解僱，預示拒絕其提供勞務受領勞務有遲延等情，堪信為實在。是被上訴人主張其無補服勞務之義務，仍得請求報酬，實非無據。又被上訴人主張其日薪為一、五八五元，月薪為四七、五三五元一節，有其提出上訴人出具之扣薪通知單為據，上訴人對之亦不爭執，堪信為實在，則被上訴人得請求之自八十年三月二十日起至八十一年六月三十日止之薪資為七十二萬八千八百七十五元（47,535 元×15＋1,585 元×10＝728,875 元）上訴人全未給付，被上訴人請求其給付七十二萬八千八百七十五元，並加給自起訴狀繕本送達翌日即八十一年八月十一日起至清償日止，按年息百分之五計算之法定遲延利息，自屬正當。

至被上訴人在該期間著作出版《政商關係解讀》一書，獲有利益，並非上訴人拒其服勞務之當然結果，是上訴人抗辯其給付款應扣除該項利益云云，並不可採。

原審依被上訴人上開請求為其勝利之判決，並宣告附條件得為或免為假執行，核無不合，上訴聲明求予廢棄改判，非有理由。

又上訴人受領勞務遲延之狀態仍在，被上訴人主張其得請求自八十一年七月一日起至八十二年二月二十八日止之薪資，亦屬有據。其金額為三十八萬零二百八十元（47,535 元×8＝380,280 元）。被上訴人追加聲明請求上訴人如數給付，並加給自追加聲明狀送達上訴人之翌日即八十二年二月二十日起至清償日止，按年息百分之五計算之法定遲延利息，亦屬正當，應予准許。

被上訴人係於八十二年二月十九日始具追加聲明狀，請求給付三十八萬零二百八十元，由上訴人於同日收受追加聲明狀。被上訴人既不能證明上訴人給付該項金額自八十一年八月十一日已經遲延之事

實，與其請求上訴人給付自該日起至八十二年二月十九日止之法定遲延利息，尚非有據。此部份被上訴人追加之訴應予駁回。被上訴人追加之訴之勝訴部分，兩造各陳明願提供擔保請准為或免為假執行，核無不合，酌定適當金額併宣告之。被上訴人追加之訴應予駁回部分，其假執行之聲請失附麗，應併予駁回。

八、據上論結，本件上訴為無理由，被上訴人追加之訴為一部有理由，一部無理由。依民事訴訟法第四百四十九條第一項、第七十九條、第四百六十三條、第三百九十條第二項、第三百九十二條判決如主文。

同年八月廿四日，最高法院民事庭第三庭由審判長法官李錦豐與吳啟賓、朱建男、楊鼎章、楊隆順等四位法官共同裁決八十二年度臺上字第一九四一號民事判決，針對上訴人聯合報股份有限公司對於八十二年五月十日臺灣高等法院第二審判決（八十二年度勞上字第四號），提起上訴，判決書重點內容如下：

原判決關於駁回上訴人之上訴及命上訴人給付被上訴人新臺幣三十八萬零二百八十元及其利息，暨該訴訟費用部分廢棄，發回臺灣高等法院。

判決中指出，查上訴人於原審抗辯：被上訴人違背「新聞記述，正確第一」之新聞記者信條第四條而撰寫之「新聞切片」，報導失實，嚴重損害伊數十年正派辦報之優良傳統，致伊不得已於刊登「新聞切片」之次日，刊登道歉啟事，向讀者說明。並對伊報社核閱編輯人員予以申斥處分，對總編輯胡立臺則予記過等語，並提出道歉啟事及聯合報社通知影本為證，（見第一審卷四十五、六十、六十一頁）。如所辯可採，則是否得認被上訴人撰寫之「新聞切片」之內容（上訴人似不認同「新聞切片」所載之內容，始認報導失實）為上訴人所認同，

非無斟酌餘地。乃原審對上訴人上開抗辯未置一詞,對上開證據亦未
予斟酌,自有判決不備理由之違法。

次查原審謂:被上訴人於「新聞切片」敘述翁大銘與徐立德等人
政商關係後,緊接敘述一般認為翁大銘不吝與部分重要人士分享賺錢
的機會,易使人認翁大銘與徐立德等人有利益輸送情事,被上訴人又
不能證明其間確有利益輸送之情事,則上訴人抗辯被上訴人之不實報
導,有損翁大銘、徐立德等人名譽一節,實非無稽云云(見原判決理
由六第一行至第六行)。

查「新聞切片」刊登時,翁大銘為華隆集團負責人,徐立德為中
國國民黨財政委員會主任委員、陳履安為國防部長。原審既認依「新
聞切片」一文之記載,易使人認翁大銘與徐立德等人有利益輸送之情
事,被上訴人之不實報導,有損翁大銘、徐立德等人之名譽,則被上
訴人之行為是否「正當」及該行為導致之結果是否「嚴重不良」,此攸
關上訴人依工作規則第廿七條第十款:「其他重大過失或不當行為導致
嚴重不良結果者」,將被上訴人解聘(見原審卷第八十六頁),是否合
法,乃原審未詳予推求,遽為上訴人不利之判斷,自屬難昭折服。上
訴論旨指摘其違背法令,聲明廢棄原判決於其不利部分,非無理由。

據上論結,本件上訴為有理由,依民事訴訟法第四百四十七條第
一項、第四百七十八條第一項,判決如主文。

徐瑞希總結此一慘痛經歷時指出,「就資方而言,開除員工和員工
辭職是有不同,但對一個勞工而言,被開除與被要求辭職的結果都一
樣,那就是——走路。主掌『勞資』關係事務者,應能明白此點。何
況,《聯合報》總編輯早在十三日就已表明王(惕吾)的指示就是要我
離開《聯合報》。其間,哪有什麼讓勞方可以斟酌、減輕的餘地?而發
行人劉昌平在同日談話中指『事情發生後,還為了顧全年輕人的前途,

我們從不公開他為何辭職』，至於我以寧被開除，不願自請辭職來肯定
自己，『這位青年也不值得我們愛護了。』什麼樣的年輕人值得『長輩』、
『前輩』愛護呢？不分是非地順著上意，甚至連他們指鹿為馬時都要
點頭稱是，就值得愛護嗎？這種看法用在古代父權主義下的長幼、勞
雇關係時，能否博得好評還是個疑問，何況用在民主平權時代的勞雇
關係，尤其是應用在新聞記者這個以追求事實為專業倫理的工作倫理
的工作領域呢！話說回來，所謂酌情處理，只不過是辭職與開除的差
別，這種「愛護」不要也罷。

　　她認為，當今臺灣大多數的媒介組織中，除老闆一人或一家族是
真正的所有權人（資方）之外，絕大部分主管，包括一些極高層的領
導主管還是老闆的雇員（勞方），因為不合媒介所有權人意思，高階人
員被去職削權者所在多有，即使躋入老闆之側，甚或共創事業的老戰
友，有時也免不了如此。這個殘酷事實應能促使媒介組織內的新聞工
作者，無論是基層的記者或高層、極高層的主管，共同努力爭取工作
權的保護。一旦臨事發生，若不能相助，也何苦相煎太急呢？」[118]

　　徐瑞希離職後，將當記者時即積極搜集之資料寫成《台灣政商關
係解讀》一書，民國八十一年初由遠流出版社印行，作為告別記者生
涯的句點。她坦承，事件發生當時只有廿九歲，熱情有餘，謀略不足；
訴訟期間又值懷孕，第二次生產前家人、朋友、律師均力勸和解，而
自己意志力不夠，未能堅持到底，終未能為新聞同業朋友立下相關工
作權益爭取之判例，甚感自責。

　　其實，徐瑞希的遭遇只是新聞職場上「不是第一件，更非最後一

---

[118] 徐瑞希：〈開除記者就是報社自我開除：《聯合報》徐瑞希事件始末〉，《當
　　代》第 81 期，1993 年 1 月 1 日，頁 62,63。

件」的不幸集於一身的解職案例。通常，在資深同業間或大學傳播教育實務課堂上傳遞的職場故事，大多數的內幕比徐瑞希的遭遇更為不堪，若非徐堅持己見，她的故事絕難成為一件大事，因為能成為新聞界話題的主角，大多數都是被競爭對手重擊出賣、遭上級哄騙或老闆戲弄羞辱而落居下風的採訪主任以上的「大人物」；他們一心以為鴻圖大展之日已近，殊不知愈接近權力核心，個人危機愈大。

對一般記者而言，日常工作成敗有如每天都和大老闆結帳一次，手氣好的話每隔幾天就有令人動心的獎金可拿，手氣再好的話，更隨時都有輪替晉升機會以分享「一朝天子一朝臣」的權力滋味。但若運氣不好，長才或潛力又未獲各級長官賞識，空有一身本領，卻未能適當發揮，那麼幹得再久、再賣力，最終也只是任人頤指氣使的小角色，因此，記者若能早早看透自己發展的實力與新聞界這層現實利害而另謀發展，未必是件壞事。看得透卻又不想走的，只好憑著一般常識和職業勇氣，過著周而復始「神仙、老虎、狗」的生活，但亦頗能滿足一些文字粗通又好為人師之輩流連其間。於是，報老闆倚重拔擢之日，神彩飛揚的程度連走路都會有風；逢年過節，更等著被老闆叫進辦公室另外重金打賞、送西裝、送轎車。等到利用價值消耗殆盡，或另有爭寵勢力猛然竄出，報老闆翻臉就如翻書一樣，到了逼退丟官之日，沒有更佳退路以保全顏面者，只能抱頭痛哭，其悲慘情狀超過徐瑞希者何止千百倍。

徐瑞希於〈開除記者就是報社自我開除：《聯合報》徐瑞希事件始末〉一文，對新聞界前輩歐陽醇先生筆下對其指責過當而憤懣，因為歐陽醇未向其查證，卻在其主持的《新聞鏡週刊》第一二六、一二七期一字不改、全文刊登王惕吾與劉昌平在三月廿日聯合報系主管聯合工作會報談話之外，並以〈徐瑞希撰文模式〉為題，將一九八〇年《華

盛頓郵報》女記者以虛構捏造一名八歲男童注射毒品故事獲得普立茲
新聞獎的「庫克事件」國際醜聞，與徐瑞希的「新聞切片」風波相提
並論，並指徐之報導「係不道德的羅織行為，為正常所不取」，此一尖
銳評論還被《聯合報》引用為法庭答辯資料。於是，徐瑞希寫道：「若
非迫於當時身心及經濟上的困頓，歐陽醇老師將我之事與國際新聞醜
聞並舉評述之指涉，必然控告其誹謗。」[119]

　　殊不知，歐陽醇本人對於政商關係，乃至政商界與媒體老闆間的
關係，也是十分不屑的。早在民國五十六年歐陽醇信函日記中，即有
以下之記述：「翁明昌起訴，翁於起訴前兩天即離臺北，起訴的新聞只
有《中央日報》刊二欄題，《臺灣日報》大登而特登，聯合與徵信一字
不提，你可想見兩位老闆和翁的關係，他們的生活有時候是打成一片
的。」[120]翁明昌正是翁大銘之父，兩位老闆指的正是王惕吾與余紀忠，
歐陽先生與後生晚輩徐瑞希的差別只在未見諸報端。以歐陽醇豐沛的
見聞與編採資歷，恐怕筆下可發揮之力道，絕不止於小小的「新聞切
片」而已。徐瑞希所承受的，何止是一般年輕記者採訪衝刺時往往「知
其然，而不知其所以然」的有限閱歷包袱，「徐瑞希事件」全案傳達的，
更是記者與老闆間一旦發生衝突，記者絕難起身抗衡承受之重。

　　事隔數年，徐瑞希回首往事的心聲卻是「如果可以重來，我不會
選擇和解」。[121]更微妙而詭異的是：一直到民國九十四年六月，去職已

---

[119] 徐瑞希：〈開除記者就是報社自我開除：《聯合報》徐瑞希事件始末〉，《當
代》第 81 期，1993 年 1 月 1 日，頁 63,64。

[120] 續伯雄：《臺灣媒體變遷見證：歐陽醇信函日記（1967-1996）》（上），臺
北，時英出版社，民國 89 年 10 月，頁 84。

[121] 何榮幸採訪、黎珍珍整理：〈徐瑞希：如果可以重來，我不會選擇和解〉，
《目擊者》第 3 期，1998 年 3 月，頁 24。

久的徐瑞希還在爭取認定：老東家支付的一百九十萬元應是「和解金」
而非「常態薪資」，請求《聯合報》出具證明，以免除北市國稅局以漏
報薪資所得遭到裁罰四十萬元的處分。[122]

　　一般員工多認為：如果不是王惕吾親自介入，堅持重懲，徐案可
能只會用申誡、調整路線、記個小過再加私下認錯道歉了事。

　　依筆者之見，此事極有可能是高層擦槍走火，中層危機處理失當，
而下層當事人又偏偏陷入個人對新單位企業文化適應不良，三者剛好
撞擊才造成不幸。

　　徐瑞希於民國七十五年自政大新聞系畢業，次年於政大政治所碩
士班肄業時考進《中國時報》擔任政經研究室、採訪中心記者；其後，
由已跳槽的前中時專欄組副主任陳朝平引荐，於民國七十九年四月轉
入《聯合晚報》當代版，再由中時老長官、時任《聯合報》總編輯的
胡立臺簽准調《聯合報》採訪中心經濟組任職，在聯合報系服務年資
前後還不到一年。

　　無論惕老如何為前案處理原則而辯駁，畢竟，王、黃兩家往來私
誼還是客觀存在的，惕老與少老交誼深厚，更是眾所周知的。黃少谷
八十大壽，王惕吾送了十萬元禮金居冠，長榮老闆張榮發亦僅送五萬
元；徐案爆發同一年的二月間，惕老住院手術時，高齡九十的黃少谷
曾三度前往探視，均可見兩人交情匪淺。[123]民國九十四年二月底，黃

---

[122] 據徐瑞希電告筆者：此一誤會是因為《聯合報》當年給付一百九十萬元
　　後，曾寄出薪資扣繳憑單，但家居臺灣南部的徐瑞希，自政大畢業後即
　　未曾將戶籍遷出政大的學生集體共同戶，致未如期收到此一扣繳憑單，
　　國稅局其後即依據這筆漏報的所得，行文裁罰四十萬元。

[123] 參見：(1) 續伯雄，前引書，下冊，頁 1055。(2) 陳建宇：〈董事長軍

任中逝世週年的紀念會中，王必成夫人張寶琴突然挺身而出，高聲宣稱她是黃任中的紅粉知己，讓在座的親朋好友和媒體記者非常驚訝，似又可間接證明王家和黃家的私誼，並非僅僅侷限於上一代。[124]

　　徐案發生時的採訪主任周玉蔻、總編輯胡立臺當時雖企圖為部屬緩頰辯護，奈何終究無法挽回惕老開鍘決心。豈料逃過一劫的周玉蔻不久即另因涉入為友人梁建銚[125]爭取交通部電信總局第七標採購的風波黯然下臺，並於民國八十二年五月廿一日擔任聯合報系國際新聞中心特派員時自動請辭。[126]

人本色，病榻上公爾忘私〉，《聯合報系月刊》第 99 期，民國 80 年 3 月，頁 11。

[124] 根據《數位網路報》記者陳龍民 94 年 2 月 27 日報導：張寶琴在北市喜來登飯店地下二樓壽喜廳舉行的追思會中，以略帶緊張和感傷的話說：黃任中是她所見過最誠實的男人，敢說敢做，絕不諱言。她說：黃任中是一個最整潔的男人，打開衣櫃，衣褲、手帕都摺疊得整整齊齊，他的煙灰缸和其他珍玩常擺在桌上，如果有人動一下，他立刻知道。最讓她感動的是：「他曾見到蘇富比拍賣物品中的一幅畫，畫中人很像我，不惜花費數百萬元買來送我，讓我非常感動。我珍惜我們之間的友誼，今天讓我想起和他嬉戲在一起的快樂時光。」她訴說時，在座的有威京沈慶京、遠東徐旭東、聯合報系的董事長王必成、夏黃新平、皇龍俱樂部的眾多女弟子和一缸子媒體記者，但沒有一家媒體報導。由於她的父親張金鑑教授和公公王惕吾、黃少谷都是世交，她和黃家兩代交情深厚，才會在這種場合忘情說出真心話。唯筆者曾由可靠管道向有關人士查證前述內容的可信度，其中有關黃任中曾贈送美女畫像一節，並未被張寶琴接受；所謂「紅粉知己」亦屬誇大之詞。

[125] 依照採訪組記者卓亞雄在系刊之描述，周玉蔻男友被同仁暱稱為「梁胖胖」，軍人出身，擁有留美電機博士學位，和外號「蔻子」的周玉蔻挺配的。參見：卓亞雄：〈好友！糗糗！〉，《聯合報系月刊》第 75 期，民國 78 年 3 月，頁 23。

[126] 參見：〈聯合報八十二年五月份人事動態名單〉，《聯合報系月刊》第 126

　　針對電信採購關說案疑雲，民進黨籍立法委員葉菊蘭於民國八十一年三月十七日向行政院提出專案質詢指稱：「某大報周姓主管向交通部長簡又新關說採購摩托羅拉（Motorola）公司電子通訊器材被拒，而挾怨報復。」而周玉蔻已於同年三月九日被免除採訪主任，遺缺由副主任兼經濟組長黃素娟升任。[127]如果葉菊蘭質詢所言並非空穴來風，那麼周玉蔻以採訪主任地位涉及的情節比徐瑞希嚴重得多，何以未在第一時間重懲？

第四節：工會制衡力量與節流創收的思維

　　除了王惕吾最重視的編輯部和言論部，是形塑與執行《聯合報》企業文化的重鎮與樣板單位，《聯合報》產業工會在報禁開放之後的勞資互動中，亦扮演了高層制訂決策時必須多方尊重、容忍，以及制約企業文化質性如何再造和轉向的重要槓桿。

　　民國七十七年三月廿七日產業工會成立後，原本希望在《聯合報系月刊》中開闢專區供工會運用，但資方慎重考量系刊莊重的傳統定位後，寧可撥給專款補助工會另外正式登記發行：行政院新聞局出版事業登記局版臺誌第七二八一號的《聯工月刊》，以免勞資關係失和時，洪水般的尖銳意見會沖垮原本法相莊嚴的龍王廟，大家都不好看。

　　工會成立之初，為鼓勵報社同仁加入工會而普遍發送小單張，其上即有頗有古代檄文意味的說詞，尤在七年後重讀，思及聯合報系的

期，民國 82 年 6 月，頁 137。

[127] 參見：《立法院公報》第 81 卷第 23 期，民國 81 年 3 月 17 日第 2551 號專案質詢，頁 257,258。

萎縮之狀，更令人加倍感慨。以下為重點摘要：

工會成立已一個月了，在這個月中，各個部門不合理、不公平的訊息，透過各種管道來向工會陳述，知道的愈多，愈感心驚，亦更覺得工會的責任重大，千頭萬緒，頓時手足失措，總得探出病因來，方能對症下藥，非得猛藥難起沉疴，給我們點時間吧！

《聯合報》近十餘年來，業務擴展超速，分支機構林立，難免首尾不顧，有道是「樹大有枯枝」，董事長又身肩黨政要務，不能專注於《聯合報》的鉅細瑣務，致使各代行使管理權的「假資方」，搞得報社烏煙瘴氣，對上級做表面文章粉飾太平，對下擅權壓抑，各基層同仁敢怒而不敢言，藉著工會的成立，而大吐苦水，希望工會能發揮為「民」喉舌的功能，向最上級反映，爭出個「理」字來。在老闆想來，本報員工的薪津在全國報業中數一數二，還有什麼好爭的呢！是不該有問題的！他連作夢也想不到，竟然發生在管理這一環上，我們不容這批「假資方」再瞞上欺下了，每位員工敢站出來為自身的權益，揪出他們來，不能讓一粒「老鼠屎」壞了本報社這一大鍋「粥」，也希望工會能像「啄木鳥」，把這棵《聯合報》大樹的害蟲清理乾淨，才能應董事長：「根固枝茂」的勉語。

三十多天了，會員增加數卻不如預期的理想，究其因不外以下三點：

心存觀望——「我倒要瞧瞧工會能搞出什麼名堂來！」等有利於己時，再加入不遲；這倒是給工會一個「秀」的機會，總得做出點成績來，好讓人認同而參加，這是一種考驗，我們樂於接受。

對工會誤解——他認為工會是屬於印務部的，這是工會需要解釋清楚的，因工會的發軔地在排字中心，這是事實，但並不專屬印務部，

而是全《聯合報》所有員工的工會;因籌備初期為防外力介入,阻撓工會的成立,不得不「排外」,如今工會成立了,此一過慮已失。為使工會更壯大,當竭誠歡迎您的加入,唯有您的參加,在勞資的天平上取得平均,工會的力量才得彰顯,您是多麼重要啊!

認識不清──一個企業的生產線,猶如車之輪,黑手工人們固不需妄自菲薄的看輕自己,自詡白領階級的同仁們也不必自視過高,雖身居高位,在旁人眼裡,充其量也不過是個大伙計,因為你也具有勞保身分,說穿了,你還是勞工,應該拋棄士大夫的封建思想,何不將您所學所能勻些給工會呢?我們需要您的帶領指導,如工會的走向錯誤,行為出了軌,造成的災害,是整體的,豈容你獨免;就因您的袖手而使大家蒙害,你還能「置身事外」嗎?

諱疾忌醫於事無補,想老闆也有心為《聯合報》豎立萬年不拔之根基。稟此理念,將《聯合報》所有的黑暗,全數抖在陽光下曝曬一番,使得那些將自己的快樂建築在基層同仁身上和踩在同仁頭上,追求私慾的「假資方」,顯現出真正的原形和醜陋的面目。懷著對老闆的一片愚忠,作此難以入耳的諍言,想你我必然心同此感!

對於聯合報系的資方管理階層而言,聯合報產業工會代表的意見和力量,是比較難以對付的,用對付這兩個字,是刻意強調以工人為主幹的工會看似只在乎「有了就不能減,早先有的就還得更好」的斤斤計較態度,其實十分務實,也十分卑微,因為他們是薪資結構下的弱者,亦不可能像編輯部藉循序升遷分享資方賜予的權力,故常出之以較激情的手法,希望能確保尊嚴的最下限。

這樣的思維方式,自然與主要靠用腦和用筆賺錢的編輯部同仁迥然不同,經常以叫陣和反諷的語氣指責資方,更是記者編輯為了自身前途,不屑或不敢輕易嘗試的抗爭手段。按高惠宇的看法,編輯部較

少同仁入會的原因可能有三：一、工會功能主要在為會員爭取待遇、福利等，而編輯部同仁覺得在這方面已有合理的保障。二、由於大家工作時間不固定，能碰面的時間又各自忙碌，在共同關心的問題上較少共識。三、採訪組同仁平日經驗及接觸到外界的工會，多與抗爭活動有關，而把工會和抗爭之間劃上等號，也就沒有加入的興趣。[128]

　　由於加入產業工會的編輯部記者、編輯偏低，甚至有率先加入工會的編輯部記者一度被發起人懷疑是不是資方派來臥底的，[129]因此形成工會幹部多係藍領工人為骨幹的失衡現象。

　　無論是編輯部或那個單位的同仁心中有所不滿，報系月刊容或可以發聲，但是絕難「有話就說」，因為系刊長期以來是報系門面，更是報史重要依據，故基本調性須符孔老夫子的「溫、良、恭、儉、讓」的標準，報導主題和內容更要健康平和，且只能挑好的來寫，發揚「使肥者見瘦」的技巧，更切切不可讓家醜外揚。因此，若要全憑系刊內容來理解聯合報系的所有狀況，肯定會有事件取樣、觀點立場上的重大偏差。

　　例如，民國七十七年十一月《聯工月刊》刊出以〈新三黑論：勞資一起來掃黑！〉一文，以三個面向提出系刊不可能處理的敏感訴求，：一、遠離黑暗，邁向光明；二、打開神秘黑盒子，三、甩掉黑鍋。第一項訴求是批判「有部份主管想打擊工會來討好老闆」，但也有

---

[128] 丁藝芳：〈各忙各，共識少〉，《聯工月刊》第 29 期，民國 79 年 9 月，第 8 版。

[129] 由《中央日報》跳槽《聯合報》的陳春木第一個加入工會時，即有工會幹部提出此項質疑。參見：本刊訊：〈工會不自主那有新聞自由，記者站錯邊永遠抬不起頭〉，《聯工月刊》第 3 期，民國 77 年 8 月，第 3 版。

不少主管由同情而暗中協助，繼而公開支持工會；希望社方慎思明辨，可別誤信讒言，讓親痛仇快。工會會員人數接近第二個一千，準備向第三個一千目標邁進；本會已度過了晦暗的黑夜，讓我們衷心的迎接黎明的來臨吧！

第二項訴求，是重申年終獎金應制度化和落實「分紅入股制」，但謎底都在一只黑盒子裡。黑盒子中裝的有《聯合報》資產負債表、損益表、營業額；年終獎金該發多少，和小股東可分到認購多少股，「黑盒子裡的巨人會一五一十的告訴你」。本報數千員工經年累月，流血流汗打拼所得，「到底賺了多少錢，大家竟然多不知道，而且四十年來沒有人有勇氣嘗試打開黑盒子，使盒子裡增添了更多的疑惑、迷惘、無奈和怨尤。」社方一再強調要「共有」、「共治」、「共享」，我們並不懷疑只是口號，但為何不拿出更具體的行動來證明誠意？聯合報系常大登稱許別人屬行「分紅入股」制度的好文章，為何自己人要反其道而行？「應該是時候了，讓我們合力打開神秘的黑盒子，把發霉的陳年老賬本攤開陽光底下。」

第三項訴求，是砲轟各級主管失職者未能傳達董事長的寬厚用心，許多新進同仁雖將他們視為董事長的分身，但卻看不到真正的「聯合報精神」；因此讓董事長背了黑鍋。「我們建議董事長再來一次掃黑行動吧，把不好的黑鍋丟掉，一定要捨得丟，就像編輯丟掉爛稿一樣，才能使『版版權威，條條精彩』有實現的可能。」[130]

前述言之有理、擲地有聲的字句無論出自誰手，都務實地揭開了社刊、系刊長期無法面對的嚴肅禁忌。但是，五年之後資方對「黑盒

---

[130] 編委會：〈刊論：「新三黑論：勞資一起來掃黑！」《聯工月刊》第 6 期，民國 77 年 11 月，第 1 版。

子政策」依舊不動如山，民國八十二年四月《聯工月刊》鍥而不捨地
再次提出呼籲：

　　「人事制度化」、「作業標準化」是大家關注的，「財務透明化」、
「待遇合理化」也是大家關注的，我們全體員工從每月發行的《聯合
報系刊》，可以看到很多興革資訊，也可以看到各報總經理的業務報
告，但是我們很難從那些加報百分之多少，廣告業績超逾目標百分之
多少，真實的瞭解現今我們發行的報份究竟有多少份？我們的業績究
竟有多少利潤？更別想知曉「報社鍋裡有多少，每人碗裡分多少？」，
「有多少利潤用於轉投資，有多少利潤用於調整待遇」了。[131]

　　如此敢於陳訴意見、傾吐心事的風格，的確將《聯合報》企業文
化凡事俯首順從、聽著鼓聲跟著大家走的特質，注入了一股嶄新的動
力，也在相當程度上制衡著某些被視為當然，但卻「久而不聞其臭」
的官僚老大作風。

　　直到民國八十九年四月第二任工會理事長簡正福卸任前不久，《聯
工月刊》才逐漸改變向資方施壓、批評官僚作風，卻未予當事人及時
辯解機會，及稿件未署名，卻一竿子打翻一船人的黑手鬥爭調性。[132]

　　簡正福頗具謀略，將工會月刊打造成為會員喜怒哀樂的風向球，
他經常自己執筆向全體員工發聲，例如：他寫了〈分紅入股正是時候：
第一大報怎可無聲，萬千員工引頸長盼〉（《聯工月刊》第 29 期，民國
79 年 9 月第 3 版）、〈這裡是「老實樹」：請於嗶聲後留下您對社慶的

---

[131] 鄭斯文、賈若珍：〈我們愛《聯合報》，《聯合報》愛我們？「世代交替」
　　　聲中的省思與諍言〉，《聯工月刊》第 57 期，民國 82 年 4 月，第 8 版。
[132] 周恆和：〈聯合報工會理事長五月中旬卸職：促進勞資和諧，簡正福功
　　　成身退〉，《聯合報系月刊》第 209 期，民國 89 年 5 月，頁 93,95。

建言〉(《聯工月刊》第 40 期,民國 80 年 8 月第 6,7 版)、〈印務部會員代表座談,柳建圖:「同仁多做事,多領錢!」〉(《聯工月刊》第 48 期,民國 81 年 10 月第 2,3 版)、〈推廣、分銷、零售送報心聲:他們「想」些什麼?「要」什麼?〉(《聯工月刊》第 64 期,民國 82 年 11 月第 4 版)、〈願望、理想、遠景、目標:讓我們共同創造本報願景〉(《聯工月刊》第 100 期,民國 85 年 11 月第 3 版)、〈抱歉,優退優離雖盡力但不夠好〉(《聯工月刊》第 136 期,民國 88 年 11 月,第 2 版)。如此用心耕耘,兼下猛藥的力道,還是頗有收穫的。簡理事長任內將工會聲望和信用推上了新的高峰,最重要的成就有二:一為民國八十五年二月十日簽訂了被推崇為相關條件優於勞基法、可稱得上是媒體楷模的「聯合報團體協約」,報系其他成員紛紛跟進此一版本;其二為《聯合報》員工適用新臺幣一百五十萬元基本額優惠退休金的辦法。[133]

　　如自工會一路運作發展與資方交手談判的大事紀分析,《聯合報》創立五十多年來唯一能夠長期監督資方經營決策變化,嚴肅捍衛員工福利和尊嚴的單位,又能自始堅持說真話的,就只有這個工會了。就其功能而言,極似人體中勇於噬菌救主的白血球,在陳建新、簡正福擔任工會理事長期間,從不輕易隨著資方的小恩小惠起舞,反倒能就事論事,直言敢言,成了「國王新衣評鑑委員會」。如此不平則鳴的基調,大大衝擊了一向強調理性謙和,表面端莊和諧的企業文化,工會刊物《聯工月刊》揭載的文章和意見,往往成了平衡系刊中的盲目吹捧,與制衡諸多腐化不公的一股強大力量。

---

[133] 鄭端文:〈互信互諒再創佳猷:本報團體協約簽訂,多項條件優於勞基法,全國總工會將列為範例〉,《聯工月刊》第 91 期,民國 85 年 2 月 29 日第 1 版。

　　為了對應工會的強勢作為,《聯合報》於民國七十八年六月一日及民國七十九年五月先後成立了「勞資關係室」及「職工福利委員會」。民國七十九年王惕吾生日當天,工會全體工作幹部向惕老祝壽,獻上禮物、生日蛋糕,並合唱生日快樂歌,王惕吾感動之餘特別向賀客表示:「你們對我好,我對你們好。」[134]此次溫馨接觸,化解了勞資間許多無形的心結,也再次呼應了惕老向抗爭者傳達的「鍋裡有,碗裡就有」[135]的寬厚為先的經營哲學。

　　資深員工均十分珍惜《聯合報》早年能異軍突起的一些創新作法,其中員工分紅入股和社內優惠存款辦法,對安定工作環境極有助益。

　　《聯合報》創刊第二年,發行人王惕吾、社長范鶴言有了一個安定員工生活的共同構想,此一構想受到中華民國憲法第一條:「中華民國基於三民主義為民有、民治、民享之共和國」的啟示,於是想到《聯合報》社章中亦應規定:「《聯合報》為全體員工所同有、同治、同享。」在此構想下,《聯合報》有了酬勞股、業績獎金制度及醫藥喪葬、退休等福利制度。所謂「同有」,是將《聯合報》股東三人:王惕吾、范鶴言、林頂立的股份,分成四份,三位股東每人一份,另一份則發給全體同仁做為酬勞股。所謂「同治」,則是指成立社務委員會,由資深的高級人員擔任社務委員,共同經營這一張報紙。所謂「同享」,便是全體員工共同享受報紙成就的光榮,包括業績獎金、福利制度,以至於

---

[134] 鄧永盛:〈你們對我好,我對你們好〉,《聯合報系月刊》第 95 期,民國
　　　79 年 11 月,頁 6。

[135] 為平撫解嚴後日益風行的勞資談判形勢,「鍋裡有,碗裡就有」這句話
　　　是王惕吾經常向員工宣示的經營理念和福利政策的基礎思惟。參見:趙
　　　玉明:〈泰國世界日報迎向更輝煌的第二年〉,《聯合報系月刊》第 50 期,
　　　民國 76 年 2 月,頁 85。

精神上的報酬——榮譽。

　　《聯合報》發給全體員工酬勞股，始於民國四十四年九月十六日社慶日，這是中國新聞史上僅見的一次試驗。方法是資方自資本總額內撥出百分之廿五，資本金的總額是新臺幣五百萬元，分成五十萬股（每股十元），撥出十二萬五千股供配發員工酬勞股運用，其後資金增至五千萬元，員工股票亦相對增值。每年根據年度結算撥發股息和紅利，數額均視當年盈餘的多少而定。

　　至於配股辦法是編制內員工服務滿四年者，均可獲得股票；以民國四十四年九月份薪級表為基準，每人取得酬勞股淨值相當於當時三個月的薪級，但四十四年後到職者所得股數，和開辦初期進報社者相差很多，補救辦法是對報社有特別貢獻的重要負責人，報社在保留股中給予特別股息。

　　此外，員工酬勞股尚有一特色，就是離職或退休時，社方照上一年度決算資產淨值，核計每股價格買回股票，並將其轉配給其他新進員工；這些酬勞股均不得轉讓或向外抵押。總之，其優點應不在股份的多寡，而在消除勞資對立心理，讓員工自覺自己也是股東，不是受雇於《聯合報》，這一精神作用十分重要。[136]這項辦法使全體員工士氣激升，對《聯合報》有一種參與感，大家只知道工作，不必計較報酬。[137]

　　簡正福是最期望落實資方接受「分紅入股」建言的工會理事長。他曾不厭其詳地在《聯工月刊》上努力宣導觀念，認為對報社、對員工、對國家社會都有正面的效用。首先，對報社面的好處是：1.可使

[136] 于衡：《聯合報二十年》，臺北，聯合報社，民國 60 年 9 月，頁 65-68。
[137] 林笑峰：《記者生涯四十年》，臺北，文雲山版社，民國 82 年 7 月，頁 82。

同仁明瞭勞資利害是一致的,加強向心力,摒除只拿薪水或混口飯吃的消極心態。2.使勞資結為一體,融合且強化勞資關係,消除對立,減少爭議,更能提昇士氣,發揚「聯合報精神」。3.同仁受惠更多,更能安心工作,減少跳槽現象,也減少因同仁離職而重新培訓的成本支出。

其次,對同仁的好處是:1.可增加同仁自己工作的信心,又可提高實質收入。2.無形中鼓勵同仁投資,達到儲蓄的目的。3.可增進同仁對報社經營狀況的瞭解,榮辱相共,含有教育、激勵作用。4.同仁能擁有《聯合報》股票,無形中更能提升同仁的社會地位。

最後,實施「分紅入股」對國家社會的好處是:1.同仁能分享更多生產成果,自然更加努力,而使《聯合報》內容更充實,印刷更精緻,廣告營收更多,報份激增,造福讀者大眾。2.同仁所得更多之後,對於下一代教育、養育不虞匱乏,更有助於國家未來整體發展。3.實施「分紅入股」亦是政府極力倡導的,若《聯合報》能予落實執行,有助提升政府聲望,帶動其他企業跟進,更有助於社會整體的安定與進步。[138]

但是,這些呼籲不僅一直形同畫餅,早年員工核給酬勞股的良法美意,更因資方認為與「公司法」規定不符而終告變質,甚至鬧出衝突的火花。

最引人側目的事件之一,是前《聯合報》印務部技術員莊忠於民國八十二年社慶時,在總社大樓前的人行道上散發標題為「聯合報系創辦人王惕吾併吞員工股權:背信、無義、無恥——希望各界人士再

---

[138] 簡正福:〈分紅入股正是時候:第一大報怎可無聲,萬千員工引頸長盼〉,《聯工月刊》第 29 期,民國 79 年 9 月,第 3 版。

發起第二波退報運動」的抗爭文宣。

　　莊忠在其公開散發的傳單中指出的內容，許多觀點和見解未必符合實情，但卻充份反映了基層員工相當強烈的反彈情緒。為保留學術考據來源，仍照原件抄錄全文如下：

　　莊忠以「舉發人」自我定位並具名，並附上股票憑證影本及個人電話在傳單中指出：「民國八十二年九月是聯合報系成立的四十二周年，趁這個機會，我以聯合報系一名小小勞工，以最沉痛的心情來揭發前中常委、聯合報系創辦人王惕吾四十二年來「無信、無義、無恥」的卑鄙行徑，我之所以要如此做，並不是為一己之私，而是希望各界了解王惕吾剝削勞工權益的狠毒心腸，及聯合報系成長茁壯的事實真相，重新對他作一評估。

　　我是《聯合報》創刊即進入報社服務，當時稱為「聯合版」（由《民族報》、《經濟時報》、《全民日報》所合併）。在創刊之初，報社經濟捉襟見肘，極為困難，連員工薪津都發不出來，每月都面臨停刊危機，但全體員工體恤報社經濟困難，以及三位報人的創業維艱，大家仍不計辛勞，不談薪津，繼續苦撐下去。

　　在這種困窘情形下，王惕吾正是所謂的「窮則變，變則通」，想出了一個「一石二鳥」之計，他一方面要解決自己的經濟困境，一方面酬謝員工的辛勞，乃召開董事會議，通過發行酬勞股給當時任職的員工。酬勞股分為四份，由《民族晚報》（當時由王惕吾代表）分一份，《經濟時報》的范鶴言一份，《全民日報》的林頂立一份，當時的員工一份，並約定每年增值一倍，每位員工都是報社的股東之一，不僅安定了員工的情緒，也使報社業務蒸蒸日上。

　　民國四十五年，《聯合報》的業務迅速成長，為了賺更多的錢，先

後創辦了《經濟日報》、《民生報》、《美國世界日報》、《歐洲日報》、《泰國世界日報》、《聯合晚報》及《香港聯合報》，成為全球華人最大的報閥，在此之際，王惕吾卻利慾薰心，不僅先後侵佔了范鶴言、林頂立名下的股份，並於民國七十一年，在無預警的情形下，突硬性規定要以「計價收購」的方式，強迫收回以前發給員工的酬勞股，每位員工僅發給一萬餘元。當時聯合報系的資產總額幾近天文數字，區區一萬元就把員工畢生的希望化為灰燼，將與他同過苦難的員工股份全部侵佔據為己有。

當時員工雖然極為不滿，但卻敢怒不敢言，因為王惕吾與蔣氏王朝的關係極為密切而仗勢欺人，因他更是當時中常委，只要敢不服，即予開除，或以不利的手段對付，其心腸之毒辣，莫不令員工心寒。

聯合報系之所以有今日之規模，實係當初王惕吾以不法行徑剝削員工辛苦的血汗錢所致，如此狠毒的卑鄙手腕及心腸鮮為外界所知。王惕吾現已躍居世界報業鉅子之一，然而他背棄「信義」及「無恥」的行徑，即使他壟斷了全世界的報業，賺盡了全臺灣的錢又能如何？他能帶到棺材裡去嗎？而我們老一輩與他共過艱苦，共過患難的員工，以一生最寶貴的黃金歲月，追隨他數十年的辛勞，不但得不到他的感恩圖報，反而吞沒我們的血汗錢，置我們的生活於不顧，這種不飲水思源，忘恩負義的人，實在令人齒寒，可恨至極。

尤其王惕吾還得寸進尺，繼聯合報系日漸茁壯之後，又把員工的福利金，在楊梅蓋了一座古色古香，類似宮廷式的『南園』作為他霸業的根基，更作為他與國民黨高官以及軍、政大員密商大計的根據地。而『南園』以及王氏家族的全部家財事業，都是我們老一輩員工的辛勞血汗所換來的，而我們所得到的，卻是與他當初的合夥人范鶴言與林頂立先生同樣的命運，股份被王惕吾全部侵佔，其心腸之狠毒，實

無與倫比。

今天，我們老一輩退休員工，在得不到王惕吾的善意回應之下，只好自力救濟，再發起一次以前社會人士所發起的『退報運動』，讓海內外同胞明白聯合報系創辦人王惕吾是以自欺欺人，剝削勞工權益，侵佔員工錢財起家的，而所有報系各報的言論及報導內容也都是盜世欺人的。王惕吾口口聲聲說什麼「正派辦報」，都是騙人的假話。以上所述，句句實情，我以退休老員工一份子為見證，敬請社會各界正義人士，了解聯合報系的成長內容真相，再次發起『退報運動』，並且拒買、拒訂、拒看聯合報系報紙的運動，作為對王惕吾的懲罰。

佛說：「善有善報，惡有惡報，不是不報，時辰未到。」王惕吾心狠手辣，雖可得意於一時，絕不會得意於永久，我們相信公理自在人心，假如王惕吾不還給員工一個公道的話，必將禍延子孫，而我們的抗爭也將永無止息，沒完沒了，要使王惕吾的良心永遠愧疚，永不安寧，直到他蓋棺論定為止。」

以一個最基層的印務部員工而言，莊忠所見所述未必全部貼近事實，但其據理力爭的態度，卻是實施酬勞股歷史中唯一的異數，但正因如此，王氏家族派人傳話、協調未果後，即不再理會這個有如唐吉訶德般的黑手老員工。遺憾的是，截至筆者完成本篇論文，莊忠仍未與王氏家族達成任何解決辦法。

莊忠保有的聯酬股字第三一四號「聯合報社酬勞股股權通知書」，係由王惕吾、范鶴言分別以發行人、社長職銜共同具名於民國五十四年一月發給，其上載明：「本社為酬庸員工勞績起見，於民國四十四年九月十六日本社成立四週年紀念時決定發給酬勞股辦法，茲依照上項辦法贈送臺端酬勞股壹零捌股，並得依照規定享受應有權利，特此通知，即希查照收執為荷。此致莊忠先生。」

　　此份「聯合報社酬勞股股權通知書」背面並列印民國五十年一月一日修正施行之「聯合報社酬勞股份分配辦法」：

　　第一條：本社為酬獎員工辛勞，特在本社資本總額內劃撥百分之二十五作為員工酬勞股，並訂定本辦法。

　　第二條：本社資本總額為新臺幣伍百萬元，分作五十萬股（每股十元），內撥出壹拾貳萬伍千股作為員工酬勞股。

　　第三條：凡屬本社編制內員工在報社服務滿達四年者，均有取得酬勞股之資格，但每人只受一次分配。

　　第四條：酬勞股之分配以四十四年九月份薪級表作為固定基準，每人各按其滿四年之薪級取得酬勞股淨值相當於三個月之薪級，其每股淨值以本社年度決算之資產淨值核計股數，凡本社員工於社慶日（九月十六日）前到社服務滿四年者，得於本年本報決算後發給之，社慶日後到社者服務滿達四年者，得於次年本報決算後發給之，酬勞股以發完為止，俟離職員工股權收回時，再行依照到職先後次序發給之。（本社編制內員工奉准留職停薪時，停計其年資，俟復職日起，再行接計其年資滿達四年始能取得酬勞股）。

　　第五條：酬勞股之股息與紅利依照社方規定。

　　第六條：未曾發出之酬勞股概列為庫存股，與已發出之酬勞股同樣享有股息與紅利之分配，所有收益專戶保管，備資收回離職員工股權之用，其帳目每年公布一次。

　　第七條：已取得酬勞股之員工離職時，得按照本社上年度決算之資產淨值，核計每股應得之價值，照價給款收回其股權，本期股息不計，酬勞股不得轉讓或向外抵押。

　　第八條：依照前項規定，倘係因故解聘或開除之員工，收回股權

時依資產淨值給付五成，其餘五成撥充員工互助基金。

第九條：已取得酬勞股之員工離職時，奉准留職停薪其自願保留股權者，得按其離職時已取得之股數與股值保留，復職後當年度不滿壹整年者，其應得之紅利股息及股值，併次年度決算後一次計發。

第十條：取得酬勞股員工視為特與之合夥人，無使用民法第六百五十七條賦予之職權，亦不受損失之分配。

第十一條：本辦法自五十年十月一日起實施。

民國七十年九月王惕吾在《聯合報三十年的發展》一書中，依舊頗以獨有此項員工配股制感到自豪，他表示：「現代企業的經營是將所有權與管理權加以劃分，我經營《聯合報》的作法，是一方面將所有權與管理權分開，一方面又使管理權與所有權打成一片。前者使本報同仁共同管理本報，後者使本報同仁成為本報的共同經營者，我認為這是統一所有權與管理權的有效辦法。」「本報這種員工入股制度，在報業經營上是一項創舉，它有效凝結本報全體員工為一體。世人常稱道日本企業員工為公司終身奉獻的精神與特徵，其實，本報員工通過入股制度也產生了對報社的高度向心力與共有的共識，尤其形成了本報引以為傲的『聯合報精神』。」[139]

但由於范鶴言、林頂立兩大夥伴相繼退出，及王永慶短暫入股成為董事長而又匆匆退出，終為惕老一統《聯合報》江山提供了絕佳契機，員工零散的持股均被資方逐一面談後各自議定同意讓出的價格後由資方收回，故除莊忠至今保有的一百零八股外，當年備受稱許的員

---

[139] 王惕吾：《聯合報三十年的發展》，臺北，聯合報社，民國 70 年 9 月，頁 208,209。

工酬勞配股制早已走入歷史。

民國七十一年二月一日王惕吾於常董會中指出，聯合報酬勞股之設立，原為增強同仁參與感和榮譽感，基本上係屬於象徵性者（實質加發在每月績效獎金上），立意之佳，至今仍有存在價值。有關酬勞股給與辦法詳載於《聯合報》規章上，人手一冊，大家均應了解其立意精神，但仍有大部份同仁不知道實際情形，故決定成立一個監理委員會，其成員為：劉昌平、楊選堂、趙玉明、周顥、胡祖潮、吳鑄曾、呂漚瀾、劉國瑞等八位。[140]

同年二月廿一日王惕吾在報系主管聯合工作會報上再次談及酬勞股時，特別再度強調：「我們的酬勞股的性質是象徵性的，不具備公司法中所規定之權利與義務，而且我們的酬勞股也不得轉讓，在離職時其所分配之股權由報社按當時之股值收回。這些詳載於酬勞股分配辦法中。」

王惕吾另指出，由於《聯合報》基礎日益擴大，人數日益增加，在酬勞股息分配上不無問題，年資愈久，分配的股數和股息當然也多，新進同仁所分配股數遞減，股息也就少了，因為新人不斷增加，對分配辦法不甚了解，希望各級主管將酬勞股精神和分配辦法轉達給全體同仁，讓大家了解社方的用心。為使分配辦法更臻合理，特設置酬勞股監理委員會，由劉社長擔任召集人，研擬更完善的分配辦法。[141]

依照民國七十一年六月七日股東大會通過的「聯合報酬勞員工股

---

[140] 聯合報董事會編：《聯合報、經濟日報、民生報常務董事會會議紀錄（71~73年）》，臺北，聯合報社，民國82年12月，頁20。

[141] 編委會：〈七十一年二月份聯合報系主管聯合工作會報紀錄〉《聯合報社務月刊》第207期，民國71年3月，頁93。

息分配辦法」，聯合報股份有限公司全體股東同意每年劃撥公司股份總額百分之二十五之股息，酬勞服務資深員工，以共享辛勤經營之成果，特成立「聯合報酬勞股息監理委員會」，負責監督管理酬勞股息之分配與給與等事項；此項分配辦法主要條文有四：[142]

一、凡屬聯合報編制內員工，服務屆滿四年，即取得酬勞股息分配、給與之權利，每年給與股息一次，惟第一年僅按其取得權利後之月份計給股息，以後再按全年度給與。

二、酬勞員工股息，以員工取得股息分配權之當月所敘薪等為基準，按基效獎金計發標準，同受酬勞股之分配，當年度之股息，於年終決算後發給。

三、員工酬勞股息之分配、給與權利，因解聘、解雇、退休、資遣離職而終止，其效力溯自離職當年之元月份起算。

四、取得酬勞股息分配之員工於奉准留職停薪期間不發股息，復職後按當年任職月份計發，以後再按全年度發給。未取得酬勞股息分配權之員工於奉准留職停薪期間，停止計算年資，須俟復職後之服務年資與留職停薪前之服務年資合併計算屆滿四年時，始取得酬勞股息分配權利。

其實，王惕吾家族極力規避繼續執行早年令員工驚喜感動的酬勞股制度，其深層考慮與全球某些家族企業不願成為上市公司的動機是相同的：一、不願與其他股東分享企業的控制權。二、不願與非家族股東分享企業的財富。三、公開披露財務報表導致企業運作及管理成

---

[142] 編委會：〈人事室啟事：聯合報酬勞員工股息分配辦法〉，《聯合報社務月刊》第 209 期，民國 71 年 7 月，頁 109。

本增加。四、隱蔽財富以防受到不必要的破壞。五、阻絕商業併購並
保證家族企業的可持續控股之地位。

　　唯以家族企業公開上市已是全球普遍存在的現象，臺灣新聞傳媒
是否願意接受全球化浪潮洗禮，固無法可管，但以香港上市公司中有
高達 71.5%為家族控股公司的事實觀之，企業有無競爭力及其有無全
球化的開闊視野，其中即隱含了部份答案。[143]只要王惕吾家族繼續保
持死守祖業的格局，不敢面對資本市場的強力競爭，聯合報產業工會
為「分紅入股」編織的美夢，就絕難有落實的一天。

　　除了王惕吾早年為激勵員工全力投入工作而採行的普及式的「分
紅入股」，美國股票期權制似亦可供《聯合報》勞資雙方參考。

　　美國股票期權制實施的一般對象是以企業的經營者，例如總經理
或總裁等為主，因其投入的人力資本是不可觀測的；而一般較易觀測
其努力程度的生產線上的員工，一般都不在股票期權制激勵對象之
內。唯因此一制度實施後收效良好，故已擴大至企業各部門的關鍵員
工均能受惠。

　　股票期權制是現代企業中剩餘索取權的一種制度安排，是指企業
所有者向其經營者提供的一種在一定期限內按某一既定價格購買一定
數量本公司股份的權利。在行權之前，股票期權的持有人沒有任何現
金收益；行權之後，即變為行權價與行權日股票市場價之間的差價，
同持有期權數的乘積。企業的經營者可自行決定何時售出行權所得的
股票。當行權價一定時，行權人的收益與股票價格成正比。經理股票
期權本質上就是讓企業經營者擁有一定的剩餘索取權並承擔相應風

---

[143] 蘇啟林：《家族企業》，北京，經濟科學出版社，2005 年 2 月，頁
101,116-119。

險。一般而言，此一制度較適合高科技企業，因其投資初期資本較少，資本值增加較快，人力資本對企業發展的成果顯著。這些高科技企業能於短期內獲利較大，股票期權對經營者吸引力更大，因此激勵效果顯著。

美國企業行之有年的股票期權激勵制度產生之初，只是一種對付高稅率的變通手段，一九五二年美國個人所得稅邊際稅率升至 92%，菲澤爾公司第一個推出股票期權，以降低雇員收入中的納稅部份。其後形式不斷發展，其本身的激勵作用不斷顯現。廿世紀八〇年代以來，更受到廣泛運用。一九九七年美國企業經營者從股市上變現的股票期權收入平均為七百八十萬美元，比前一年的五百八十萬美元上升了 35%，而且愈來愈多的企業實施此一制度。目前全球排名前五百名的大工業企業中，有 89%企業對經營者實施了這一制度，高級管理人員的收入中來自股票期權者也愈來愈高。一九九八年可口可樂董事長基本薪俸只有 125 萬美元，年度獎金 150 萬美元，而期權收益竟高達 10,648 萬美元。[144]

《聯合報》除了前述酬勞員工股息之分配，足以象徵資方寬厚對待勞方的特有政策，社方另有選擇性的接受員工存款優惠制度，亦屬強化員工福利，並增強資深員工向心力的另一手段。

員工存款制度盛行於臺灣五十、六十年代各工商企業資本不足，加上員工薪資較低的年代，企業主為擴充現金調度能力，以優於銀行利率的方式鼓勵員工回存薪資，故亦兼有照顧員工生活之善意。例如：由林挺生家族經營的的大同公司，即為長期採行員工存款制度中的著例。

---

[144] 史曉強、蔣順才：《企業激勵制度》，北京，中國人民大學出版社，2004年4月，頁157,158。

　　《聯合報》員工存款辦法並未向員工普遍公布過相關規定，泰半以口耳相傳方式約定，按月由編政組固定發給利息；但此一制度係選擇性的吸收員工存款，例如筆者於民國六十五年九月獲聘為助理記者後，曾向編政組主管間接打聽如何存款，但從未獲得明確答覆，因此可推定應非員工普遍適用的福利措施。

　　但是，名為照顧員工的存款制度，卻可受非員工的存款。例如，曾任司法院大法官、司法院長的田炯錦[145]於民國六十六年三月三十日積勞卒於任內，田氏遺孀李祐蓀女士即透過關係向惕老求助，而獲同意將田氏撫恤金及遺產數百萬元比照員工存款定存於《聯合報》，按月取息。

　　據資深員工透露，員工存款雖有其上限之額度，但獨有一人例外，那就是早年王惕吾為錢坐困愁城時，曾急得想跳淡水河一了百了，但

---

[145] 田炯錦字雲青，甘肅省慶陽縣人，清光緒廿五年生，民國十二年自北京大學哲學系畢業，十四年以甘肅省公費留學美國攻讀政法，獲伊利諾大學碩士及博士學位，十九年歸國，任國立東北大學教授，民國廿年膺任監察院監察委員，廿五年任甘肅省教育廳長，西安事變後曾為張學良嫡系將領于學忠代主省政；廿七年復任監察委員，率戰區第二巡察團巡視陝、甘、寧、青、綏、豫諸省，綜持風憲，備歷艱苦。抗戰勝利，膺選制憲國大代表，並被選為主席團主席；行憲後再膺選監察委員，並兼陝甘監察使，旋奉調考選部長。國民政府遷臺後，先任行政院政務委員，嗣兼蒙藏委員會委員長，再改任內政部長；四十九年再長蒙藏委員會；五十二年行政院改組，專任政務委員，先後主持臺北市改制專案小組、法規整理委員會；六十年任司法院大法官，同年冬任司法院院長。六十五年十一月膺選為中國國民黨中央評議委員主席團主席。六十六年三月病逝，享年七十九歲。德配李祐蓀為清禮部尚書李端棻之孫女，育有三子三女。田氏生前曾任臺南崑山中學董事會第一至四屆董事長，李祐蓀亦曾繼任為該校第五至八屆董事長。

幸好與范鶴言同為老中央銀行出身的吳鑄曾鼎力支持才過關。

吳鑄曾於副社長任內，被員工發現他「超額存款」，便提出抗議，但惕老婉地表示，當年報社沒錢支應時，吳鑄老數度配合賣掉自己的美金供惕老調度，所以才破格准他存六百萬元，「因為人家對報社的貢獻太大了嘛！」

民國七十一年四月廿六日財務處經理呂滬瀾在三報常董會中報告：員工福利會辦理同仁存款措施，原為鼓勵儲蓄，茲以近半年來銀行存款利率已調低三次，因此擬請降低同仁及親友存款利率，並修正目前存款措施，特提請董事會研究決定。經討論通過規定如下：（一）、自七十一年六月一日起降低同仁存款利率為月息一分四，同仁親友存款調整為月息一分三。（二）、存款額度報社早有規定，為求適合現況，特重新規定為：三十元薪級及以下，最高存款限額為八十萬元。四十元薪級及以上，最高存款限額一律為一五〇萬元。已滿額者不得再增加，超額部份比照同仁親友利率付息。（三）、同仁親友存款不再受理續存，停止再開新戶。（四）、提存需於三個月前通知財務處，如有特別急需，可報核，個案處理。提存後需經三個月後始得再行存款。（五）、限額限期之規定自五月一日起實施。（六）、同仁退休金轉存款不受限額之限制。[146]

民國七十四年四月王惕吾在報系主管聯合工作會報中指出：「財政部正在考慮規範工商企業收受職工存款的限制，不得超過公司淨值的百分之二十，或限制每位員工存款最高為二十萬元，政府法令規定，我們員工福利會不能不遵守。尤其當前政府的財經管理，深為國人所

---

[146] 聯合報董事會編；《聯合報、經濟日報‧民生報常務董事會會議紀錄（71~73年）》，臺北，聯合報社，民國82年12月，頁43。

矚目，認為管理鬆懈，才鬧出亞信、十信、國信等事件，他如農會信用部也有問題，把我們三十多年辛辛苦苦建立起來的國際聲譽，大部份給衝壞了！……大家在報上都可看到余故資政井塘先生最後的遺言，對今日財經人員的責備，真是語重心長，所以政府現在加強財經管理的措施，我們不能不注意。我今天要求大家通過，關於政府規範收受職工存款的限制，要遵照政府的規定來處理，但為兼顧報社與同仁的共同配合，我們也要預作幾項合理的措施，……為表示遵守政府法令的規定，鼓勵同仁現在起提回存款。」[147]

王惕吾的談話證明了行之有年的同仁存款制度，名義上是為照顧同仁及同仁親友的一項福利，但畢竟還是在灰色地帶存續的脫法行為。

為了維持正常運作，並取得合理的投資報酬，早在《民族報》草創時期，王惕吾即有以業外收益來支持報紙發行的想法。他認為，以當時臺灣社會的政治和經濟發展的程度，尚不足以讓一家新報在短期內單靠辦報創造奇蹟，乃萌生另作投資以創造其他獲利，再憑業外收益，回頭挹注於報社營運所需的彈性想法。

據知悉早年報業經營環境者表示，政府遷臺初期，不但總社和地方記者幾乎都設法兼職兼差，總社人員在臺北新聞同業間利用時差兼差貼補家計更是普遍，新聞同業受邀兼職者竟有一兼就長達廿年者。[148]

民國七十六年四月間，王惕吾突然指示《經濟日報》總編輯林笑

---

[147] 編委會：〈七十四年四月份聯合報系主管聯合工作會報紀錄〉，《聯合報系月刊》第 29 期，民國 74 年 5 月，頁 89,90。

[148] 前《國語日報》社長兼總編輯羊汝德早年曾應《聯合報》採訪主任馬克任之邀，下午和晚間在《聯合報》兼職，「一兼就是廿年」。參見：羊汝德：《西窗舊話：新聞生涯四十年》，臺北，尚書文化公司，2002 年 1 月，頁 260。

峰，禁止記者向外面的雜誌撰稿或提供照片，林總為貫徹上級指令，乃要求記者們簽下切結書，令下屬人心惶惶，因為沒寫過外稿者認為那是對他們的一種侮辱，而寫過外稿者亦振振有詞，因為《經濟日報》長官階層的人在外兼差或經營公司者大有人在，為何偏要向寫點外稿賺點小錢的人下手？彼時有不少人白天在外頭大搞自己的事業，晚上才到報社上班，風氣由來已久，從未見王家父子干預過；有一資深副總編輯自營《稅務旬刊》，專談節稅之道，收入一向不惡；另有記者手上擁有兩本證券雜誌《財星》及《線索》，股市看漲時訂戶大增，亦營收可觀。另外也有不少記者在外經營貿易公司或擔任公司顧問，這些都是公開的現象，上上下下無不心知肚明。由於兼差的定義有其灰色地帶，要實際查核更有百密一疏可能，最後只得雷聲大，雨點小地落幕了。

其實王家彼時最在意的不是兼差或寫稿，而是記者寫的外稿涉及報社業務機密，或涉及王家經營權易手的報導存有偏見。解嚴之前，臺灣出版市場上曾如雨後春筍般的所謂黨外雜誌，成為異議人士發抒政論的舞臺，亦成各報記者輕鬆賺取外快的「小銀行」，因為許多事涉敏感的題材在主流媒體往往登不出來，但晚個幾天換用筆名照樣能在不同政治光譜和立場的政論性雜誌刊出。當時，筆者也曾在房貸重大壓力之下，運用現成資訊稍作改寫，賺過類似的稿費。

黃年擔任《聯合報》採訪主任期間，黨外雜誌即曾鎖定若干與王家有關的話題，最後惹火了報社高層而下令調查。據說，《聯合報》為揪出「幕後黑手」，透過警總系統提供協助，最後直接從負責打字印刷的工廠取得相關文稿原件，經比對字跡後才查出真正的作者身分。此動作雖未實際阻斷黨外雜誌的稿源，但卻撕裂了同仁間過去彼此珍惜的友愛和互信。

　　民國七十五年二月三日，王惕吾親自在三報常董會中再度指示：
「三報記者為絕對專任，除可以在大專院校兼少數幾堂課，一律不得
在外有其他兼職情形，特重申此規定，新年度起將嚴格執行。」[149]

　　《經濟日報》前副總編輯、採訪主任楊士仁於民國七十八年二月
號系刊論及兼差問題時指出：記者晚上到班，白天採訪工作可以自己
調配，報社也不易掌握記者行蹤，以致有些記者會找機會兼差；兼差
多屬辦雜誌或出任民營企業的新聞連絡人。這種兼差只增加一些收
入，卻必須透支時間與體力，往往很難兩邊兼顧，更難發財。有些人
則與工商界建立良好關係後，乾脆跳槽轉任企業界要職或同業公會總
幹事。但是，報社職位較高者在外兼差或自創事業，因影響面較廣，
對報社影響也較大。上軌道的報社不希望記者兼差，經常明查暗訪，
唯因證據不易掌握，要公平處置也有困難，「所以最好的方法是從工作
上要求，增加工作輕鬆者的負擔，嚴格規定準時上下班。」[150]

　　有關社外兼差與社內兼職如何區隔的老問題，直到民國七十九年
五月十六日行政院勞工委員會明文核備《聯合報》呈送的工作規則第
廿七條增列第十一款條文：「未經公司許可，而在本公司以外從事同類
之業務者」列為解雇要件後，才釐清。

　　早年新聞從業人員為了改善生活條件，本事高、腦筋好、膽子大、
資本夠而又眼光準確的，還會相邀合夥做點不大不小的生意。於是，
有人到學校兼幾堂課，有人開書店、開飯館，亦有人開翻譯社、雜誌

---

[149] 聯合報董事會編：《聯合報、經濟日報、民生報常務董事會會議紀錄
　　（74~76年）》，臺北，聯合報社，民國82年12月，頁147。

[150] 楊士仁：〈記者可以發財嗎？兼談記者與內線交易〉，《聯合報系月刊》
　　第74期，民國78年2月，頁94,95。

社、照相館，連自己外行的皮鞋店也都有人嘗試投資。這種迫於生活不得不期待有點業外收入的現象，在老闆階層亦不例外。

王惕吾決心接辦《民族報》時，幾乎是各方束手的困難時刻，因此的確很想有番作為，一方面為免重蹈有限資金因辦報賠累而坐吃山空的覆轍，一方面更為了試圖達成「以投資其他企業來養報」的目標，乃先後做了三項實驗性投資：一是在基隆火車站附近開了一家酒吧，二是在北投開了一家招待所形式的旅館，三是在臺北市南昌街開了一家賽璐珞化學工廠。其後，基隆的酒吧因不善經營被別人吃掉了，北投的旅館雖然努力經營了一段時間，但最後也告歇業；至於賽璐珞化學工廠則不幸慘遭回祿之災，工廠夷為平地後轉售，原址其後被改建成一家電影院。[151]

按王惕吾老友周之鳴的說法，王惕吾發跡前也做過若干「不相干的事」，包括：在臺中市開私賣軍糧的碾米廠，在基隆市開酒吧間，在臺北市中山北路開美軍招待所私賣洋菸酒美鈔，案發後，又請軍校八期同學張士真頂罪等等。[152]由此研判，早年曾經歷現實生活煎熬的王老闆，豈有不知記者和編輯可能在外面搞些什麼花樣的道理。

民國七十四年九月王惕吾對新進編採人員講話時表示，我國當前社會，辦報的人不宜再多角化經營，應以拓展文化事業為重。他指出：「假如以後和我們報系性質有關的，可以擴展我們業務的，可以服務社會的

---

[151] 習賢德：〈王惕吾、王永濤與《民族報》崛起的相關考證〉，《傳記文學》第 86 卷 2 期，民國 94 年 2 月，頁 34。

[152] 周之鳴：〈王惕吾談判時利慾薰心　派胡言的嘴臉！（四）：新聞惡霸王惕吾真面目之九〉，《求是報》1991 年 4 月 10 日，第 3 版。

事，我們可以考慮；一般的工商業，我們沒有意思投資辦理。」[153]但這
項斬釘截鐵的專辦報的理念，終於在十四年後的不景氣的重大危機
下，漸被兒孫輩棄守了。按王文杉的說法是：「善用報社資源去增加
收益的前提，是不傷害聯合報系的根本價值，我們絕不容許為了增加
收益而傷害讀者對我們的信賴。」[154]

　　為突破現實的經營困境，民國八十七年九月董事長王必成在社慶
大會上宣示：「只要不違背報社正派辦報、正派經營的原則，其他方
面有可以增加收入的方式，沒有什麼不可以。」美國波士頓大學經濟
系畢業的惕老長孫王文杉即使對早年祖訓有心遵奉不渝，但亦不得不
彈性調整經營手段，鼓勵大家建立共識，有志一同的拓展周邊產業，
期能利用現有資源，增加業外收益，同時創造就業機會，消化多餘人
力。例如：送報生可否兼送雜誌？企劃人員可否合併成立更專業的企
劃公關公司，為客戶辦活動、做宣傳？民意調查中心可否承接外面的
委託案件？這一切都是為了能自周邊產業創造業外收入的利潤，以協
助母體的健全和永續經營，期能達成以社會公器自許的媒體責任。[155]

　　事實上，「聯合報股份有限公司」民國九十四年四月一日向經濟部
商業司登記異動後的營業項目中，除舊有四項報紙發行、新聞類經銷、

---

[153] 阮肇彬記錄：〈董事長九月十一日對新進編採人員的講話：永不休止的
　　步伐：聯合報的昨天今天明天〉，《聯合報系月刊》第 34 期，民國 74 年
　　10 月，頁 18。

[154] 王文杉：〈DUCAN 說：重回雷震年代〉，《聯合系刊》第 265 期，民國
　　94 年 1 月，頁 6。

[155] 編委會：〈拓展周邊事業有志一同，提高業外收入永續經營：文杉副總
　　一席長談，期盼大家建立共識〉，《聯合報系月刊》第 191 期，民國 87
　　年 11 月，頁 16-23。

叢書出版發行和印刷事業外，還包括：展覽服務業、報紙雜誌出版業、圖書出版業、廣播電視節目製作與發行業、廣播電視廣告業、錄影節目帶業、藝文服務業、演藝活動業、運動表演業、運動比賽業、休閒活動場館業、廣告傳單分送業、人力派遣業、理貨包裝業、一般廣告服務業、其他工商服務業，最後還有一項：「除許可業務外，得經營法令非禁止或限制之業務」。

　　這就充份說明了《聯合報》在調整生存策略後的不得不採取的彈性與原則，亦從而預見，如此變革必將帶動其企業文化的質變。

　　民國九十二年十一月，王文杉撰文號召報系全體同仁應該要「讓創新像呼吸般自然」，並推出名為「聯合『爆』創新系列活動」，向員工正式徵求好點子：「我們需要您的一句話，一個想法，甚至一本企畫案，只要能幫助報系增加營收、提升工作效能，不管開源或是節流，任何大小主意都歡迎您大聲說出來！讓我們聯手一起來為聯合報系打造另一個輝煌的五十年，……這是一個用腦袋豐富口袋的好機會，您的主意愈好，得到的獎金就越高。」[156]結果共有 134 封來信，共提出 217 個點子，其中 42 個點子送相關單位參考，有 15 個點子請相關單位研究規畫，另有 5 個點子直接交辦執行。其中以《聯合報》編輯部 39 件居首，《聯合報》發行中心 15 件居次，《民生報》編輯部 12 件居第三。共發出 47 個獎品，獎金共發出新臺幣八千元。[157]

　　如果愓老天上有知，乍然聽說「小王子」以八千元和一些獎品就

---

[156] 王文杉：〈讓創新像呼吸般自然〉，〈聯合爆創新：用腦袋豐富您的口袋，王副總邀您來玩創新〉《聯合系刊》第 251 期，民國 92 年 11 月，頁 5-8。

[157] 王文杉：〈好點子不嫌多〉，《聯合系刊》第 254 期，民國 93 年 2 月，頁 47。

解決一場「用腦袋豐富您的口袋」的懸賞活動，恐怕也會啞然失笑的。

民國八十八年五月《聯合報系月刊》登載了一篇罕見的專文〈效蘭發行人：把聯合報的全面第一搶回來〉，這是王效蘭以《聯合報》發行人身分，在北基宜區編採會議上的談話紀錄；其實，最早提出這句有些悲涼卻又不失豪氣的行動口號者，是七年前自美返國的總管理處副總經理王文杉。由於標題如此坦白，因此還是王家成員首度白紙黑字公開承認失去全面領先地位的頭一遭。[158]

報系某位會計人員為「重返第一」提出的藥方是：一、企業現代化，二、新闢網路新聞為戰場，三、靈活的財務運用，四、跨行投資，五、整頓關係企業。[159]從資方的立場考量，要重返第一，除了要求新聞品質和工作效率，最根本的當然還是要建立成本觀念，推動節流，緊縮員額，減少浪費。例如，「發行部報表，要不要用那麼好的紙？我們的郵資、油錢、一年六千多萬的電話費，能不能再省？我們不僅大錢要省，小錢也要省，天天省，月月省，一年下來也很可觀，這對全體同仁的福利都是貢獻。」[160]

長期以來，《聯合報》對本身財務狀況是極少自曝其短的，經濟部商業司可供公眾查閱之「聯合報股份有限公司」實收資本總額於民國九十四年六月一日前為新臺幣廿九億九千萬元；如加上未分配盈餘後股東權益為六十八億至七十億元間，平均每股淨值在民國九十年估算

---

[158] 何祥裕：〈《聯合報》北區編採會議／效蘭發行人：把《聯合報》的全面第一搶回來〉，《聯合報系月刊》第 197 期，民國 88 年 5 月，頁 34。

[159] 王啟萍：〈如何維持《聯合報》第一〉，《聯合報系月刊》第 209 期，民國 89 年 5 月，頁 22-23。

[160] 潘正德記錄：〈聯合報系八十八年四月份主管聯合工作會報紀錄：董事長講話〉，《聯合報系月刊》第 197 期，民國 88 年 5 月，頁 104。

約為新臺幣 23.45 元，九十一年則為 22.86 元。

臺灣經濟成長率於民國九十年出現首次負數，導致報業經營雪上加霜，同年中時營收為新臺幣六十三億餘元，比聯合多二億二千萬元，前者稅後盈餘共虧損十二億四千九百三十萬元，虧損了七成多的資本額；聯合情況雖優於中時，但仍逃虧損厄運，是年稅後虧損九千零五十五萬元，至民國九十一年又虧損一億七千五百廿五萬元。民國九十二年聯合報系旗下所有關係企業，總計虧損三億九千萬元，其中《聯合報》就占了一半；民國九十三年虧損擴大，估計可能增至十億元。至於究竟實況為何？外界很難獲得確證。聯合的日子不好過，中時也好不到那裡去。[161]

民國九十三年三月《聯合報》社長王文杉向員工發出以「鳳凰與蝴蝶」為總稱的四封信，坦承報業經營困境，要求大家共體時艱，並訂下長期和近期的兩個總目標：一、長期：以聯合報系正派辦報的創報精神永續經營，要有影響力，也要能獲利。二、近期：2006 年損益兩平。在策略原則方面，分為定位、開源及成本效益管控等三項，要找到報紙和報系的定位，使《聯合報》更符讀者、客戶需要，以提升市占率；開源則要發揮核心競爭力的更高附加價值；成本效益管控，以「攻擊性指數」作為分配資源依據。在執行構想方面，希望報系員工根據策略原則，集思廣益；總管理處彙整溝通協調；全體員工取得共識，分析具執行方案；全力推動，堅持到底。至於能否促使報系果如鳳凰般浴火重生，如毛毛蟲般破繭而出變身為亮眼的花蝴蝶，一舉

---

[161] 趙彰杰：〈五十年來頭一遭！《中時》、《聯合》財務報表曝光〉，《Taiwan News 財經文化周刊》第 147 期，2004 年 8 月 19 日，頁 29-30。

突破連年虧損的困局，則仍待考驗。[162]

　　事實上，民國七十九年起，系刊即不斷為營運成本太高而發出警訊：「試看這一年增加的支出，光是印務部就是四億九千萬，業務部二億一千多萬，加起來增加開支幾達九億元，費用支出如此快速膨脹，將來事業稍受一點景氣波折，如何應付，我們不能沒有遠見。」有趣的是，在同一篇紀錄中又顯示：「其他收入有一億八千萬為前所未見，據財務處報告是利息收入和結匯差額，如果真的如此調劑得宜，今年應給財務單位一個紅包。」[163]

　　民國八十年元月報系月刊第九十七期推出「開源節流」系列，除了由臺北縣、臺南縣、臺中市、桃園縣、高雄市、花蓮縣特派員分別提出有效節約日常開銷的策略，並以「企業節流的理念」深入檢討過去習以為常而未加節制，卻可能屬於浪費的一些現象，包括編輯部的採訪獎金在內，都可納入檢討。文中指出：「常聽人說，『你們報社有錢，前些年縮版換版，一個版面重複賣好幾次，分類廣告貴的比千元大鈔豎著排還值錢，一般廣告月頭排到月底，候補的還有好幾個，……現在更是無限制自由加張，要不是景氣不好，還不知道賺成什麼樣子呢！賺這麼多錢，不花白不花，省了也不是你的。』這種說法想法，其實在各媒體業人員心中都存在著，尤其是一些年輕的同仁，因為缺

---

[162] （1）趙彰杰：〈王文杉坦承報業困境，力圖振衰起敝：《聯合報》損益兩平，期待 2006 年〉，《Taiwan News 財經文化周刊》第 147 期，2004年 8 月 19 日，頁 32。（2）王文杉：〈鳳凰與蝴蝶：給報系全體同仁的四封信〉，《聯合系刊》第 255 期，民國 93 年 3 月，頁 7-12。

[163] 編委會：〈董事長在聯合報系元月份主管工作會報上講話：樹立新觀念，適應新環境〉，《聯合報系月刊》第 86 期，民國 79 年 2 月，頁 9。

少一份由當年匱乏中走過來的教訓,所以對企業文化毫無同感。」[164]

　　該文完全以會計成本觀點與經營績效出發,認定節流的績效,要靠主動才能產生;而所謂主動,就是員工能發乎於內心地去節省開支,而且企業節流要能主動的、長期的、追蹤的、無處不標示的節流,務必使新進員工都能體認節流是員工應盡的義務。例如,《聯合報》採訪獎的申核簽報就值得商榷,因為按契約關係,採訪獨家原是記者的本分,不能因報社不給或給獎標準較嚴就降低工作熱誠,乃至消極抵制;因此,形同人人有份、大家輪流的採訪獎,就是管理上的一大弊端。總之,報社不給獎金是本分,給則是仁義。

　　該文認為,記者、編輯應是最典型的包工制,故是否適用工作八小時的勞基法,還真是個問號;申領加班費和代班費過於浮濫,亦應一併檢討。因為以八大張時期核算出來的每名記者每天平均工作量,大約不會超過一千字,「一千字的寫稿時間,最多是一個半小時,平均則不到一個小時;一千字工作量的平均月薪是五萬元至五萬五千元,這是指包括各種津貼、獎金及一年三節加發薪津的平均數,則報社每一個字的平均成本是一點七元左右,資深或授領特殊獎金、稿費等計算在內,更不止此數。」此外,電話、水電費也是可節流的大宗,員工福利餐廳與餐券的供應是否浪費,亦值得研究。

　　早年《聯合報社務月刊》都要逐期刊出有外勤記者各月發稿字數的,發稿字數多少雖未必代表工作的價值,但至少也是一考核勤惰的依據,因此從來沒有人批評太斤斤計較,說那樣的制度不對;張作錦

---

[164] 尤馨人:〈企業節流的理念〉,《聯合報系月刊》第 97 期,民國 80 年 1 月,頁 30-43。

擔任駐高雄地方記者時，還曾因一年發稿七十萬字受到表揚。[165]報禁
未開前，三大張容量實在飽和後，記者發稿量已非重點，但是日久頑
生後，難免有記者有了怠忽職守的現象，有些採訪市政者懶到每天黃
昏才出門拿些通稿應卯，有些人更投機到社慶前夕才認真幹幾條像樣
獨家，有些同仁私下被取了「吳一條」、「陳八百」（指經常一天只發一
條稿，或每天最多只發八百字）等混號而不覺慚愧，因為大家都半斤
八兩，多寫無益，不是天大的消息和社方重點栽培的明日之星，根本
上不了像樣的版面和版位。

　　民國六十六年七月王惕吾即公開批評「《聯合報》採訪組同仁一般
水準頗高，平均能力亦強，惟較諸往昔鬥志，似嫌不夠旺盛，往年綜
合小組經常徹夜工作，不眠不休，此種工作精神已不多見。」[166]

　　民國八十三年七月十一日報系總管理處檢討上半年旗下四報業績
時，總經理王必立指出：廣告單月營收金額之間差距非常大，這種巨
大的起伏對一個組織龐大的企業體而言，會增加財務管理上的困難，
「特別是這種起伏不定的現象完全受經濟及特定行業興衰的因素所左
右，是操之在人，而不由我們作主的」；相對的，報系營運的固定成本
則始終居高不下，「這些固定成本並不因景氣的衰退而稍減」。因此王
必立要求針對人力運用的問題提出改進，包括：同仁出國進修依例留
職停薪卻造成人事膨脹的問題、新進編採人員依勞基法規定僅試用四
十天無法測出適任與否的難題、某些單位申報加班已達泛濫的地步、

---

[165] 編委會：〈風雲人物〉，《聯合報社務月刊》第 37 期，民國 55 年 2 月，
　　　頁 17。

[166] 編委會：〈聯合報、經濟日報聯合工作會報錄：主席王董事長指示〉，《聯
　　　合報社務月刊》第 162 期，民國 66 年 9 月，頁 10。

內部管理分層授權各有權限不應作超出職權外的承諾等。[167]這些指示無不顯示：報系在成本效益間的管控手段益趨嚴格的事實。

民國八十四年三、四月間，在王文杉主持進行的內部公務用報撙節方案，達成了報系國內四報每天可以一共減少三千份報紙的供應，每年可減省新臺幣五百六十萬元實際的紙張費用。但在此同時，檢討各報贈閱報時，又發現相關人員在執行查核工作上不夠確實，「公文一關一關地過，主管卻任由名單原封不動地通行，該停贈的或到期的也沒有人專責過濾執行，整個流程存在不少瑕疵。」[168]

其實，報系檢討自用報以杜絕浪費早在十年前就雷厲風行過。民國七十四年七月號系刊指出：臺北總社報系各單位辦公室用報自六月一日起減少二千餘份，每年將可為報社減省紙張費一百一十萬四千餘元，經發行組秉持「當用則用，當省則省」的原則調整後，每日減印《聯合報》一千六百一十一份、《經濟日報》二百七十七份、《民生報》一百廿九份，合計二千零十七份，如按每份紙張成本費一元五角計算（若包括其他費用，數字當比此更高），一年可節省一百一十萬四千餘元，「這份績效應歸功於報系全體同仁的支持與配合」。[169]但是，隔了十年又見浮濫的事實，顯見再堂皇的企業文化還是須要定期檢討省

---

[167] 編委會：〈聯合報系總管理處主管工作會報會議紀錄（八）〉，《聯合報系月刊》第 140 期，民國 83 年 8 月，頁 142-143。

[168] 參見：（1）周恆和：〈企業文化訓練課程作法創新：專訪業務管理部總經理王文杉〉，《聯合報系月刊》第 149 期，民國 84 年 5 月，頁 34。;（2）編委會：〈聯合報系總管理處主管工作會報會議紀錄（七）〉，《聯合報系月刊》第 149 期，民國 84 年 5 月，頁 117。

[169] 余康寧：〈杜絕浪費自用報，每年節省百餘萬〉，《聯合報系月刊》第 31 期，民國 74 年 7 月，頁 74-75。

思，刮垢磨光，方能去腐陳新的。

民國八十五年四月一日，董事長王必成於《聯合報》、《經濟日報》、《民生報》與《聯合晚報》股份有限公司八十五年第四次常務董事會中指示：報系新聞紙的規格將有所改變，每一頁要減少一吋，將來中縫會縮小，兩邊稍向外擴張，一年下來預估可省三十一分之一的用紙，累積起來的數字與金額也很可觀。此項規格改變，自同年六月一日起正式實施。[170]

民國八十八年十二月報系月刊自財務觀點，再次發出報業生態已今非昔比的警示，並具體解釋何以必須大幅裁員的理由：「二百五十四位離退同仁，一年的薪津大約是二億餘元（還不算健勞保等負擔）；以百分之十的獲利率來推估，報系每年要多做大約二十億的營業額，才能賺到這筆錢來支付二億餘元的薪津。只看這筆數字，就知道這次離退方案的意義。有人說，這個方案是『減肥』，有人說是『瘦身』；但是我認為，比較準確的說法，應當是『塑身』。也就是說，我們要做的不是『減重』而已，而是要追求『合理化』與『精實化』。」[171]這番告白，似乎亦為報系多年來過度追求發展和人事結構太過龐大的事實，忍痛畫下釜底抽薪政策的必要句點。

但一向以人事穩定、人才匯聚自豪的報系在經營方針改變後，老將凋零，新兵慌亂，有人認為即使未來報業經營重現榮景，散去的人

[170] 編委會：〈聯合報、經濟日報、民生報、聯合晚報股份有限公司常務董事會八十五年第四次會議紀錄〉，《聯合報系月刊》第 160 期，民國 85 年 4 月，頁 149。

[171] 編委會：〈董事長在民國八十八年年終工作會報上講話：務本崇實，更新致遠！〉，《聯合報系月刊》第 204 期，民國 88 年 12 月，頁 13。

才也很難回流；報業畢竟是高度知識密集的產業，仰賴優異的人力素質，才能生產一流的產品，這種人力素質遠超出其他行業，因而人力成本不能以一般產業的標準衡量。[172]無論如何進行組織再造和裁員精簡編制，唯有求新求變，看大看遠，不汲汲於眼前的蠅頭小利，方能立於不敗之地。[173]外界對於歷經多次裁員，並致力於 e 化改造工程，[174]力求掙脫困境的《聯合報》，其企業文化會因此而可能產生何種質量的轉化昇華，產官學界無不深感好奇，唯亦只能靜觀其變。

平心而論，聯合報系為了維持家大業大的企業形象，固然在各項制度方面領先群雄，但是，面對近年營收急劇下滑的事實，亦有其難言之隱；對於外界一再謠傳《聯合報》可能易主的消息，社方亦極少出面澄清。

民國八十五年底，王必立終於以總管理處兼總經理身分強勢闢謠，他在主管聯合工作會報指出：「近日國內有一份在市面上看不到的報紙，報導本報將讓售，這是繼香港報紙造謠之後，又一次的蓄意渲染，此固為識者所不屑，亦不值一駁。報系未想過所謂『讓售』的

---

172 楊士仁：〈新聞處理選邊站，人事整頓衝過頭：背離民意，聯合報如何振衰起敝〉，《Taiwan News 財經文化周刊》第 149 期，2004 年 9 月 2 日，頁 65。

173 蔡芳：〈《聯合》、《中時》兩大報系營運艱難，緊縮動作不斷：平面媒體陷重圍，何時能脫困？〉，《Taiwan News 財經文化周刊》第 178 期，2005 年 3 月 31 日，頁 35。

174 總管理處自民國 90 年 1 月成立 e 化小組，至 92 年 12 月報系入口網站「聯 8 達」上線，至同年底聯合報系五報編審系統全部上線及《聯合報》編輯自行組版開始上線等重大改造行動觀之，相關與措施幾可謂吾國平面媒體中最穩定堅持。參閱：何銘傑製表，「報系 e 化大事紀」，《聯合報系月刊》第 265 期，民國 94 年 1 月，頁 21-22。

事，也根本未有所稱『連年虧損』的情形，事實上，報社經營不但從無虧損，而且財務狀況一向十分健全，我們在財務管理上一直非常穩健謹慎，從不任意在本業外去做投機性的投資，同仁們盡可放心，……報系豈只永續經營下去，還必有更好更大的發展空間，而永遠保持優勢。」[175]

王必立的信誓旦旦的否認，其後形勢演變提供了真正的答案。隔年元月六日常董會會議紀錄中，副董事長劉昌平已不得不公開承認：去年「業務僅只是輕微的減退，這已經是難能可貴」[176]；往後幾年經營態勢的日陷艱困，自此之後晦暗的徵兆不斷浮現。

針對《聯合報》可能易主的震撼消息，員工方面最早提出感喟與回應的又是被資方視為烏鴉的《聯工月刊》。筆名為凡夫的作者以〈不再死忠的烏鴉：從外傳《聯合報》出讓談起〉為題，抒發感想。

凡夫自承一直堅持做一個寧鳴而死的烏鴉，不願和那麼一群與權力當局相唱和的鸚鵡同流，過去每逢九月十六日社慶，即便自己未得獎也會打扮一番去參加盛會，根本不必在意別人怎麼想，但後來才發現不去社慶大會才是對的，因為「老闆的傳令兵」的確是不歡迎大家都來。

他指出，疏離感絕不是一天就能形成的，也不可能是幾個動作就

---

[175] 編委會：〈聯合報系總管理處主管工作會報會議紀錄（十二）〉，《聯合報系月刊》第 168 期，民國 85 年 12 月，頁 98。據瞭解，有關《聯合報》可能讓售的傳聞已不止一次流傳於文化出版界，傳聞中的包裹式讓售價格約為新臺幣七十三億元。

[176] 編委會：〈聯合報、經濟日報、民生報、聯合晚報股份有限公司常務董事會八十六年第一次會議紀錄〉，《聯合報系月刊》第 169 期，民國 86 年 1 月，頁 88。

會萌生，如果幾年前的退報運動發生在今天，還有多少人會去管這檔閒事；以往有人搞退報，報館裡隨處有同仇敵愾的氣憤；如今呢？幾家八卦雜誌、不入流的報紙說《聯合報》要以三十億、五十億賣掉，而且是同仁連機器一起出讓，不要怪那些爛報又是這麼寫，物必自腐而後蟲生，人家代你檢討、給你警訊，有什麼好怪別人的，該檢討的是我們到底病得多重了，還有藥石救嗎？報館裡有少許人私下說說，完全沒有那麼些憤怒的味道；當然數字有些離譜，事情也可能有些真的成份，但是更令人感嘆的，應是報館內同仁的氣氛由以往保護家產、當然是自家的事，變成了事不關己，但是其中關鍵是報老闆遲遲未對傳聞表達任何態度，這不禁讓人警覺，難道外界說得不假。

凡夫還指出，氣勢的消蝕當然不是一夕之間的事，任憑一個沒有感情的人，也不可能對人生中最精華時段的奉獻與付託的所在，能硬下心來冷血地不露出情感。但絕不是同仁變了，老闆也許強自辯駁辦報理念還是不打折扣的奉行創辦人的指示，但是任誰都知道，《聯合報》沒變的恐怕只剩門牌地址，變得最多的是老闆對員工的那份關心與情義。

「與小民爭利，是老闆的一大錯著」，凡夫一針見血地指出土悵吾交棒後，王家第二、三代為了精省不必要開銷，竟使《聯合報》企業文化出了勞資關係不再親和的警訊：「現在不必作民意調查，報館裡到處怨氣沖天，不管和誰，談不上三句，牢騷就源源不斷的冒出來，不論是工作環境、設備改善、人員調補等等，只要一牽涉到錢，儘管你分析出再多的道理，老闆一定先問能省多少錢；是省你的錢，還是省我的錢；原子筆省下了，聽說一年的總數不過是幾萬塊錢，當然這或許能讓同仁建立一些成本觀念，但問題是省那幾文錢，會帶給大家多

大的不便。準此觀之，沒有那一樣是不能省的，老闆對同仁的關心與
情義這麼抽象的東西，不知多早以前就給省掉了。」[177]

民國九十四年五月《聯合系刊》總管理處主管工作會報紀錄指出
了幾個重要訊息：五報人數較去年同期減少二二一人；各單位革新效
益全年預估可以達成節省一億六、七千萬元的成效；以前說「三大報」，
現在只有「四中報」；「取消一級主管公務車，如造成不便請體諒。」[178]

民國九十三年八月，看似市場區隔明顯的《星報》副刊在開報五
年來，又第三次無預警停刊，主編王逸聞寫道：「以前兩次停刊，大家
逆來順受，而這次卻收到不少表達遺憾的信件，都是過去這一年四個
月和副刊一起成長的作者們寫來的。」[179]至於社方如何考量停刊決策，
如何評估連帶的影響，則未見提及；但相信必與本益比有關，而不得
不犧牲這些分布於各行各業，原本不靠副刊微薄稿酬過活的作家群。

除了節流，當然也得有開源的創意。其中之一便是鎖定通勤的粉
領、白領階級的捷運免費報、聯合報系最小的么兒《可樂報》。依據王
必成的長女、《可樂報》社長王安嘉的說法，辦《可樂報》的目的就是：
「一句話，賺錢。」而且是利用五報人力資源共享、只要五、六位專
職同仁的小本經營方式運作；它除了是一份可以快速閱讀的視覺海
報，還得將都會人不同的心情、情緒混合為一，使之成為一份黏手、

---

[177] 凡夫：〈不再死忠的烏鴉：從外傳《聯合報》出讓談起〉，《聯工月刊》
第 100 期，民國 85 年 11 月，第 3 版。

[178] 潘正德記錄：〈總管理處主管工作會報會議記錄：明白市場定位，因應
市場變化〉，《聯合系刊》第 269 期，民國 94 年 5 月，頁 5-7。

[179] 王逸聞：〈副刊喊停，讀者不捨〉，《聯合系刊》第 261 期，民國 93 年 9
月，頁 109。

實用的生活資訊。[180]

　　免費贈閱已經完全顛覆了賣報才能賺錢的基本法則，更勁爆的是辦報宗旨擺明了就是要賺錢，不必再如清末民初文人辦報時期得閃爍其詞地以「復興民族」、「發聾振聵」或「文章報國」之類的名義上市了。就像金庸辦《明報》一樣的直截了當，明確表示在資本主義社會中，「報紙是股東的私有財產，不是公眾的公器」；「新聞自由，是報社員工向外爭取的，而不是向報社內部爭取的。報社內只有僱主與僱員的關係，並沒有誰要向誰爭取自由的關係。」擺明了他就是報老闆，只有報老闆才有新聞自由。[181]

　　民國八十七年十二月卅一日第一二五期《聯工月刊》頭版頭條指出，董事長王必成坦承同業惡性競爭，愈正派經營愈吃虧，但仍有不少值得稱道之處，報系各報應收帳款減少，可見管理得當，較以往進步，又如本業外收入對報系財務貢獻甚大，今後還要繼續加強，而且公開聲明「只要是正正當當的業務，請大家介紹」。[182]至於王必立聲稱「從不任意在本業外去做投機性的投資」，是否毫無瑕疵漏洞，乃至無懈可擊，報系內外知情者可能會有不同程度的理解。

　　值得深思的是，報系捉襟見肘的窘況雖屬非戰之罪的成份頗多，但回顧王惕吾在世時的原則與豪氣，豈能毫無愧色。

---

[180] 周恆和：〈安嘉社長談「小可樂」的大未來〉，《聯合系刊》第 265 期，民國 94 年 1 月，頁 23。

[181] 張圭陽：《金庸與明報傳奇》，臺北，允晨文化公司，2005 年 6 月，頁 404。

[182] 編委會：〈營收不理想，年終獎金大幅降低〉，《聯工月刊》第 125 期，民國 87 年 12 月 31 日，第 1 版。

民國七十六年十一月二日王惕吾在常董會上談及籌備《歷史月刊》
的工作時，先指示「盈虧不計，亦不與人爭利，但品質務求精美」；接著
表示：「本報系之創辦報紙、期刊，總以對社會有正面之貢獻著眼，從不
以賺錢為目的。別人也許認為是做傻事，但該做的還是要做，這便是我
們常說的有所為，有所不為，應為同仁所共知。」[183]而《歷史月刊》創
刊的實際背景亦正是當初為栽培黃年，與寄望聯月培養接班新銳的目標
落空後，才考慮停掉聯月的替代方案。聯月七十七年停刊前五年，王惕
吾即於常董會表達失望之意：「《聯合報》乃報系之母體，報系其他單位
在人力方面，應無條件支援，如此方能壯大母體之發展。當初創辦《聯
合月刊》以培養人才之構想，績效不彰，今後將以《民生報》及《經濟
日報》之適當人選優先調用，再由兩報補用。」[184]

聯月因人設事，卻又無法達成核心目標而轉型，說明了聯合報系
是依恃其充裕的營收與通路優勢，企圖擴大與同業間的領先差距，但
諸如知名度較高的聯月及民國七十五年九月《聯合報》社慶日創刊、
七十九年八月廿七日停刊的《美國新聞與世界報導》中文週刊，同樣
都是以盈餘展業之決策失利的見證。（參見上冊表1）

耐人尋味的是，昔日互爭雄長的兩大報系，在虧損嚴重且已危及
生存的節骨眼上，於民國九十三年三月間共組「臺灣物流行銷公司」，
董事長及總經理人選則由中時及聯合分別指派，以共同解決派報系統
的需要，並有效減少開支，還將爭取承接各類雜誌的派送業務，為臺

---

[183] 聯合報董事會編：《聯合報、經濟日報、民生報常務董事會會議紀錄（74-76
年）》，臺北，聯合報社，民國80年12月，頁340。

[184] 聯合報董事會編：《聯合報、經濟日報、民生報常務董事會會議紀錄（71-73
年）》，臺北，聯合報社，民國80年12月，頁149。

灣報業競爭開啟了全新的模式。[185]

　　事實上從廿世紀八零年代開始，先進國家企業界即掀起一股策略聯盟的風潮，以因應全球市場快速變動的競爭。結盟基本方式係在兩個或更多公司之間，建構一個緊密與協同的關係，以完成彼此相容目標的意圖，這個目標是各方很難單獨完成的。它突顯了三個重點：第一、協同：強調運作規範，以完成互惠的工作並避免單方獲利的情況出現；第二、目標相容：強調在聯盟架構中，彼此都可達到自己的目標；第三、相互依賴：單獨一方因缺乏資源或知識，致無法達成所期望的目標。[186]

　　中時與聯合再次握手取暖是為解決旗下各自晚報嚴重虧損的問題。據了解，兩大報系為了顏面，原本協議同時停辦，再合作辦一份新的晚報，分工則以抽籤方式決定，但事後聯合以編輯任務被中時抽中而背信破局。《中時晚報》乃於民國九十四年十月廿八日單獨宣布停刊，聯合報系同日發布聲明表示惋惜，並指《中時晚報》是可敬的對手，曾為新聞媒體的社會責任多所貢獻；聲明中承認晚報市場確實經

---

[185] 促使兩大報系合作的因素，業界一般的看法皆為：民國 90 年成立的勤力書報社，於代理《蘋果日報》和《壹周刊》業績日益興隆後，一度有意接手《中時》、《聯合》的發行業務。根據筆者向勤力書報社總經理蒼玄珠查訪所得，勤力確曾於民國 92 年初分別與《中時》、《聯合》接洽，希望承接兩大報系的發行業務，但是否就是兩報合作的原因，則非勤力所能答覆。另據中國時報產業工會刊物《工輿》於民國 93 年 3 月 16 日第 152 期頭版頭條報導：「兩報組物流公司力抗《蘋果》，資方尋求永續經營機會，員工權益卻注定被犧牲」，則證實了業界傳聞，兩報合作的確是為了聯手對抗勤力的強勢競爭。

[186] 吳克：《結構化、共同演化與策略聯盟穩定性之研究：臺灣半導體業之實證》，國立臺北大學企業管理學系博士論文，民國 94 年 2 月，頁 1。

營不易，但《聯合晚報》仍會繼續努力，為喜愛並支持晚報的廣大讀者服務。

　　聯合與中時兩個同行冤家，竟能因景氣太差而盡釋前嫌，為生存大計彼此輸誠，不僅反映了報業隆冬尚難突破的現實壓力，亦可預見類似的同行結盟關係，及更有彈性的策略聯盟的形式，都將對各自的企業文化帶來全新的啟示。

第五章：報系變革壓力與家族接班調適難題

　　聯合報系近十年來面對的問題，一方面是外在政經情勢對經營環境產生重大衝擊的影響，另方面則係為了因應外在衝擊引發的決策調整修正及改造策略。其中必須重視的仍為企業文化體質的探討，及家族企業如何接班調適的難題。

　　雖然在歷年各期《聯合報社務月刊》、《聯合報系月刊》及《聯合系刊》中，刊載了頗多足以呈現並組合其企業文化樣貌的報史文獻、重要談話決策、感人的重大事件等等，已於第二、四章分別解析，但究竟《聯合報》的企業文化在諸多老王賣瓜式的口號之外，宜如何通過更中性的觀察、描述，以建構可供客觀理解的架構和內容，特別是面臨變革壓力時的調整方式，仍有頗大落差。

　　企業面臨重大危機與變革壓力時，即係企業文化必須重塑的時機。企業文化重塑，就是要在公司範圍內建立一種全新的文化，以代替過去曾引導公司走向成功、但現在很難滿足公司成長需求、愈往後愈會阻礙公司發展的舊文化。舊文化不應輕易變更，但如公司內外發生了根本性的變化，那就一定要斷然處置。

　　大陸學者羅長海於一九九一年即指出，所謂公司內外情況發生根本性的變化主要是指：一、公司所在地區的經濟體制發生了根本性變化；二、公司經營權發生了從獨家壟斷向允許競爭的變化；三、經濟的發展使市場供求關係發生了根本性的變化；四、科技發展帶來新的生活方式，使企業傳統產品與顧客需求間產生斷裂性的落差。五、空前激烈的競爭使企業經營環境發生了根本變化。六、公司高速發展，

短期內大規模向外開拓，由單一轉為多角化經營，從而使公司進入大
不同的經營環境；七、公司內部滋生的某些不良風氣，逐步積累，達
到了發生質變的程度。[1]

　　如以聯合報系發展過程觀之，新創關係企業並拓展市場大多數是
成功的，近年被迫進行整頓，應與前述的第二、三、四、五、七有關，
特別是平面媒體不敵電子媒體中的有線電視、衛星頻道多元資訊強力
夾殺下，跌入五十多年來最困頓的經營危機之中。能否脫身，全看面
對危機時是正面迎戰，還是消極避戰了。

　　逃避現實是人的一種基本的、普遍存在的傾向。在暴君專制社會
裡這是一種必需，而在開放的社會裡，它是人們自願做出一種選擇。
他們常常不知不覺地這麼做，但也可能是一種清醒的選擇。根據美國
學者拉里‧博西迪（Larry Bossidy）與拉姆‧查蘭（Ram Charan）的
見解，導致人們不能面對現實的主因包括：[2]

一、　片面的信息過濾：許多人僅僅從觀點相同的其他人那裡獲得信
　　　息，當你站在公司的角度看待世界時，而不是站在世界的角度看
　　　待公司，亦有出於自身偏好和追求的目標而扭曲了信息。無論那
　　　種情況，領導人都未從消息的源頭、從深深參與到行動者中獲得
　　　信息，或從非傳統的渠道獲得信息；相反的，信息經過了多個管
　　　理層級的過濾。

二、　偏聽偏信：再好的信息，在聽而不聞的決策者那裡是無用的。造
　　　成偏聽偏信，有的是因為先入為主的雄心和經驗，他們老是看後

---

[1]　羅長海：《企業文化學》，北京，中國人民大學出版社，1999 年 6 月，頁
　　　185-189。

[2]　曹建海譯：《轉型：用對策略，做對事》，北京，中信出版社，2005 年 1
　　　月，頁 14-18。

視鏡，沉浸在成功帶來的自負中；有時面對自己不熟悉的情況，卻又裝聾作啞。

三、　痴心妄想：這是大量偏聽偏信的根源，任何與決策之主觀期待相反的信息，都充耳不聞。滿腦子都是過去的經驗，希冀重現昔日的好時光。登峰造極的痴心妄想經常是這樣：「我以自己的榮譽擔保，五年之內，我們將成最大的贏家。」

四、　恐懼心理：也許是怕說錯話造成尷尬，也許是因為一種恐懼型文化氛圍的需要，在此種文化中，老闆往往懲罰與自己志趣不投合的人；如此造成了商界需要的務實主義精神。老闆常因他人持不同意見而將下屬解雇，更常見而險惡的是：在等級森嚴、以「態度」做為一個考評標準的公司，如果讓上級感到不舒服，就會面臨降級的危險。

五、　過份傾情：全身投入可能創造輝煌，但是，在某個項目的感情投資亦可能會使自己忽略該項目的劣勢。一個商務機構常常不能接受新的現實，就是因為它違背了自己原有的信念和文化。最令人痛心疾首的犧牲品，經常是那些在發明創造有過輝煌歷史的公司，可是誰也沒有勇氣指出：那些輝煌都已成歷史。

六、　市場奢望：許多企業領導人囿於不現實的業績期望，追求穩定的、可預計的季度增長，他們的反應是做出不現實的承諾，為兌現承諾，常將企業擠壓得完全沒有了模樣。曾經是整頓功臣並轉虧為盈者，常在形勢再次變化時未能面對市場衰退、期望落空的現實，不敢面對更壞的消息和更多的犧牲，不敢向首席執行官和股東們承認：一切努力都要付諸東流，最糟情況下還得說出根本看不到有何脫困之道。正是這種考驗將一普通人推向極限，或者超越極限；但不難理解：為何連那些絕頂聰明、取得過巨大成功的經理人員也會在這種考驗面前「翻身落馬」。

　　質言之，如果一個企業作為整體不能面對現實的話，它的領導人也是無法面對現實的。領導人培養他們可以信賴並能執行其計畫的班子和管理者，企業運作遇到十字路口或轉折點時，領導人轉向自己的班子徵求意見，由於工作忙碌加上對領袖判斷的信賴，往往未經細察就接受了。同樣情形出現在各個級別，或多或少地，所有人都在依賴他人經過驗證的經驗。組織就是這樣出現了盲點，在變革時期將他們引向了歧途。具有諷刺意義的是：企業愈是成功，出現這種盲點的可能性就愈大。當操辦企業的人們工作得十分出色時，誰會不願聘用、提拔更多類似的人呢？而成功延續的時間愈長，要改變這種思維的難度就愈大。

　　因此，提倡企業內的實事求是精神，首先需要最上層的直言不諱，如果不以身作則，領導人就無法期望他人實事求是。直言不諱同時意味著你需要以實事求是的態度來制定計畫、設立目標。直言不諱，亦當是內部和外部領域交流的一部份，傳達信息必須清晰簡明，最偉大的領導藝術之一，是在複雜情況下，將意圖化繁為簡表達出來。

　　大多數公司挑選潛在領導人的程序，並不能讓他們如願以償。因為除了鎖定之人選必須符合下列特徵：商業頭腦、渴求知識、思想靈活、永遠的適應力、變革的意願、為尋求獨特解決辦法而敢於失敗的勇氣、能從更高層次和更大範圍來看待自己工作、有良好的自我意識認識自己的知識或經驗的侷限性。更重要的，還須加上第一線領導人洞察力：在各種情境條件下、順境和逆境中觀察挖掘其潛力何在。[3]

　　在中國幾千年的漫長歷史中，權力來源性質一般有二：一是上級

---

[3]　曹建海譯：《轉型：用對策略，做對事》，北京，中信出版社，2005 年 1
　　月，頁 214-220。

的授權，一是家族的授權。前者靠讀書入仕，後者靠論資排輩。如今市場經濟卻顯示：產權和金錢亦可獲得權力。正因為權力的來源決定權力的使用，因金錢獲得的權力意味著允許所有者可以在經營決策上恣意而為，不少人因此變得狂妄，乃至傷及自身，最後留下終身遺憾。

此外，在傳統東方社會中的家族企業要向非家族化擴展，除了行業和市場是否已經提供了擴張必需的一系列條件外，還受到三個內部因素和兩個外部條件的影響。內部因素是：1.非擴展不能求生存；2.家族成員中已經沒有更合適的人選擔當擴展的重任；3.從利益最大出發，多數家族成員是否已經基本達成引進外部經理人的共識，並是否形成了能夠容納非家族成員的擴展的合作秩序。外部條件是：1.社會現有的法治條件能否保證家族企業的合作秩序，在擴展中不受人為的侵害；2.當前經理人市場能否為家族企業提供職業道德與專業能力兼備的人。[4]

前述的思惟，對於臺灣地區許多家族企業而言，包括王惕吾的中文報業王國在內，都提供了極大的省思空間。

第一節：堅守黨國正統藍旗路線的得失

企業文化的形成固須點點滴滴的累進，其傳承、維繫與如何發揚光大，更是企業旗下全體員工的共同責任，因為企業文化能夠具體成形，必有成功的事業為其背書，且其形象亦有深受社會各界肯定之處；

---

[4] 　郭梓林：《隱規則：企業中的真實對局》，北京，朝華出版社，2004 年 7月，頁 69,70。

隨著社會環境不斷變遷，企業能夠汲取的社會資源與回饋社會的能耐，亦必有其不同階段的多元考驗，和追求企業新目標而應有的機動精準的調適。

多年來聯合報系可能形成企業文化政策指標的重要會議有三：（一）每周一下午舉行的《聯合報》、《經濟日報》、《民生報》、《聯合晚報》等四報常務董事會議；（二）每周三中午，為王氏主要家族成員與劉昌平等老臣共餐的工作餐會；（三）每個月的廿日，則舉行報系主管聯合工作會報，編採及業務主管分坐兩列備詢，若廿日為例假日則順延一天舉行。

據資深人士表示，在一般情況下，各種大大小小的會議幾乎都是王惕吾說了就算的「一言堂」，除非惕老指定與會者必須開口表示意見；各種會議紀錄均經摘要後交系刊發表。每年各報社及附屬事業單位的週年社慶，均舉行隆重的儀式獎勵有功人員。包括王惕吾在內的王家成員，則不定期至海外各家報社督導業務，並宣達報系重要決策。種種例行會議及社慶儀式的流程，形成系刊周而復始的固定內容，幾乎將系刊變成了喜事連連，佳音頻傳的官報；看多了自然會產生某種馴化作用，但看久了也會產生某種官腔十足，了無新義的倦怠感。

不過，按王惕吾自己的說法，其領導風格不必然是半句異見都聽不下的「一言堂」，依筆者的觀察體會，應是古今中外所有成功企業家都會採用的該嚴就嚴，該寬就寬，全憑長期經驗累積後自然反射的直覺來做判斷，如用政治學術語形容，「開明的專制」一詞庶乎近之。

王惕吾承認自己是以一種近似家父長的責任和心情，來治理聯合報系的。他指出，聯合報系不是「王國」，而是一個和諧融洽的大家庭，「我以這個大家庭的家長為己任，不是為了家長的權威，而是擔負維護與發展這個大家庭的責任；不是王國式的統治，而是執行家族成員

的共同意志。」

　　他習慣地稱呼報系同仁為「小兄弟」、「小姐妹」，或者直呼其名，甚至以暱名稱呼，大家都習以為常，親如家人。報系舉行各種會議，如常董會、工作會報、小組會、工作午餐會，「我與同仁們都知無不言，言無不盡的討論報社的新聞言論，以及業務、印務事宜，我接納任何有見地、有價值的意見，無論這意見是贊成或反對我的看法，而報系同仁也毫無禁忌的表達他們的意見。這種溝通無間，意見交流的關係，便是聯合報系凝結意志與力量的重要因素。」[5]

　　其實，在企業主開明專制之外，還是得有立竿見影的競爭之道，才能在同業中勝出。《聯合報》有系統地對外宣示其企業文化的特色，固然是在業務大幅成長之後，但在草創初期即曾為發行量而努力衝刺，特別規定所有送報生每送三份報紙就要喊一聲：「《聯合報》來啦！」，除用以增加親切感，與舊有官辦、黨辦老大報業經營方式有所區隔，亦具自我推銷的口語宣傳作用。[6]

　　范鶴言也曾利用三輪車來推廣報份，方法是以十輛特製的中型三輪車，車上漆著《聯合報》三個大字，報童一邊踏車，一邊高喊《聯合報》。於是在臺北市的每一條街，都有過《聯合報》的叫賣聲，這種叫賣的目的顯然是宣傳，而不在賣報。又過了些時候，《聯合報》開始在機場、觀光旅社推行榮譽售報制度。[7]這些作法都有別於同業，對提升知名度

---

[5]　王惕吾：《我與新聞事業》，臺北，聯經出版公司，民國 80 年 9 月，頁 33、34。

[6]　王麗美：〈一個報業的形成：《聯合報》創刊的故事（二）〉，《聯合報系月刊》第 130 期，民國 82 年 10 月，頁 59。

[7]　于衡：《聯合報二十年》，臺北，聯合報社，民國 60 年 9 月，頁 60。

與企業的新形象自然有其助益。

　　臺灣幅員原本有限，報業市場競爭自光復至今一直處於緊繃狀態。首任發行主管應人回憶，《民族報》創刊當天，知名度甚高的《大華晚報》明令各報友：凡不賣《民族報》者可免費多發十份《大華晚報》，一心想把剛起步的《民族報》銷路封殺，幸經出面談判，第三天起就不敢再有任何封殺行動了。[8]

　　早在《聯合版》剛剛起步的年代，派駐外縣市的記者向當時擔任社長的王惕吾抱怨：很多機關只重視中央、新生、中華、公論等幾家大報，採訪新聞時根本不理《聯合版》的記者，舉行記者招待會時也不邀請他們參加；王惕吾答道：「你們不要洩氣，今天的《聯合版》名氣雖不比別的報紙響亮，只要你們自己坐得正，立得直，能採訪到好的新聞，寫出好的稿子，總有一天，《聯合版》的記者沒有到場，記者招待會不開。」[9]

　　民國五十四年九月，業務部經理吳來興[10]在十四週年社慶業務報告

---

[8]　應人口述，許吉榮撰稿：〈難以忘懷的發行〉，載於：張作錦主編：《一同走過來時路》，臺北，聯經出版公司，民國 80 年 9 月，頁 400。

[9]　費省非：〈通訊會議說從頭〉，《聯合報系月刊》第 41 期，民國 75 年 5 月，頁 149。

[10]　吳來興係臺灣省彰化縣人，民國 2 年生，畢業於臺中一中後即東渡日本大學攻讀法律，學成返臺，對文化事業甚饒興趣，唯日據時期欲思報效祖國，惟有於字裡行間激發民族之正氣，乃投身新聞界，創辦《學友週刊》，以發行人兼任社長，並歷任《臺灣日報》、《臺灣新報》記者。臺灣光復仍不悖素志，不求名達，繼續服務於《新生報》。民國三十六年襄助林頂立籌創《全民日報》，擔任總經理職。民國四十年秋《全民日報》、《民族報》、《經濟時報》三報發行《聯合版》，成立總管理處，仍任經理部經理。參見：中華民國人事錄編纂委員會編印：《中華民國人

中指出:「報業的競爭愈來愈趨激烈,今年是盛衰消長關鍵的年頭。經過這一年來的奮鬥和經驗,推廣工作和所獲成果,現在我們更加有了信心,不但廿萬份的發行目標可以提早達成,三十萬份、五十萬份的下一個發行目標,亦可於三、五年之內達成。」但是「在競爭中出現一些不擇手段的惡劣事實,是非常令人遺憾的」,有一家同業「眼看年來本報突飛猛晉,先是以罵街的態度編印傳單詆譭同業,進而想利用同業公會阻止本報公布發行數字,又不惜對其同仁施以騙外行人的說辭,虛妄指稱本報財務狀況不好,乃是因濫發零售報和宣傳報的後果云云;真是可笑,亦復可嘆。」吳來興強調:「無論過去、現在或將來,我們都是正正當當努力奮發經營此一報紙,並懇切希望同業競爭像運動員一樣保持風度,熱烈而不失祥和,緊張而不失理智。翻開報業史,有那家報紙是靠詆譭同業而成功的?」[11]

吳來興雖非最高決策者,但彼於發行部門的卓識,已為其後「正派辦報」的企業文化核心理念奠立了根基。

此外,如果要考證王惕吾最常掛在嘴上的名言之一:「鍋裡有,碗裡纔有。」的明確出處,恐怕不易,但若以社務月刊的內容為準,那麼,這句話的原版主人似乎應該是曾任《徵信新聞》總編輯,其後跳槽《經濟日報》擔任副總編輯,再升任總編輯的吳博全所說的。

民國六十六年四月廿日《經濟日報》慶祝創刊十週年,吳博全以發行人特別助理身分指出:「在實際工作的策劃及推動方面,我願意舉出我童年時承受的家訓,以自勵的方式,公諸同好;那是:『鍋裡

事錄》,臺北,民國 42 年 12 月,頁 92。

[11] 吳來興:〈今年業務的輝煌成長:十四週年社慶業務報告〉,《聯合報社務月刊》第 33 期,民國 54 年 9 月,頁 10-13。

面有，碗裡面纔有！』十年來，我們在執行上，有其效勞之處，亦有若干的個人成就，不過，我們也不應該一味的自我陶醉，請領會那種人人懂得的成語：能有《經濟日報》的創業而成──鍋裡面有，同仁們纔能把握機緣有所成──碗裡面纔有。這是做人，更是做事的道理，進而體察國家及社會的整體利益。本質上，使我們對團結、合作的工作精神，努力達成。」[12]

衡情度理，如果「鍋裡面有，碗裡面纔有！」這句話是王惕吾早就公開說過的，吳博全應該不敢掠美，筆者揣測，正因為這句話最能反映勞資之間、老闆和夥計之間合則兩利的關係，故王惕吾其後也常常引用，日積月累，不知不覺間，反倒成了惕老的名言了。

民國六十五年八月總社自臺北市西區東遷五年後，第一次由總管理處負責大規模公開招考記者編輯，反映了編採及廣告業務快速成長後的需求。王惕吾特別向十七名新進人員訓示：大家不要不好意思，應該要很有自信的，大大方方的告訴他們：「我是賣報的！賣報不是丟臉的行業！」[13]

---

[12]　編委會：〈聯合報、經濟日報四月份聯合工作會報：吳特別助理博全致詞〉，《聯合報社務月刊》第 160 期，民國 66 年 7 月，頁 6。根據歐陽醇日記所載，民國 59 年 6 月 4 日《經濟日報》總編輯劉潔請辭，吳博全將升總編輯。民國 56 年 9 月，劉潔臨危受命出任《經濟日報》總編輯是因為一條琉球消息和副刊一篇某退役軍官以七年坐牢經驗所寫的「臺灣監獄內幕」，迫使該報不得不自動宣布停刊四天，以因應有關單位的嚴重不滿；總編輯丁文治被調回《聯合報》改任副總編輯，副刊主編史習枚遭到革職處分，由時任副總編輯的劉潔繼任。參見：續伯雄輯註：《臺灣媒體變遷見證：歐陽醇信函日記（1967-1996）》（上），臺北，時英出版社，2000 年 10 月，頁 21,162。

[13]　王效蘭對於自己投身的事業則有不同的解釋，她認為：「辦報」像是高

　　民國七十一年八月廿九日王惕吾在邀集編輯部同仁餐敘的場合中，鄭重宣示了「我們永遠走正路」的經營方向。

　　王惕吾說：「編輯部有位同仁向我提起，《聯合報》應該改走所謂中間路線，我在這裡鄭重告訴各位，《聯合報》擁護政府的編輯政策絕不改變。……無論《世界日報》或是《聯合報》，我們絕不走中間路線，我們辦的是正派的報紙，我們要走的是正路，我們是辦一個正派的報紙給所有的中國人看，根本沒有所謂中間路線偏右或偏左，更不能夠左右不分。……最近別人也在國外辦報紙，我在紐約召集全體同仁，告訴大家我們絕不跟別人走，無論在臺北或美國，我們刊登的都是堂堂正正的言論。也許這位同仁建議『中間』一點，是希望多銷幾份報紙，原是一番好意，但是我要再一次強調，我們報紙絕不動搖立場。」[14]

　　前述談話反映的問題，正是中時報系彼時亦進軍美國發行了尺度較為中立，甚至偶有中間偏左的路線。兩大報系為發行互咬的戰火乃延燒至北美。

　　民國七十三年七月第十九期《聯合報系月刊》刊出一則「駁斥《美洲中國時報》不實報導的聲明」，全文重點如下：

　　《美洲中國時報》七月六日所載臺北訊一則，比較臺北報紙對中

高在上，說是「賣報」又太俗氣，不如說是：希望不斷拉近跟讀者的距離，視報紙為不能缺少的精神糧食。參見：（1）李繼孔：〈中華民國報業界的傑出第二代：王效蘭的天空〉，《華視新聞雜誌》第 13 期，民國 73 年 6 月，頁 55。（2）西方朔：〈新聞界應樹立獨特風格〉，《仙人掌雜誌》第 1 卷第 6 號，民國 66 年 8 月，頁 153。

[14] 趙元良：〈我們永遠走正路〉，《聯合報社務月刊》第 210 期，民國 71 年 9 月，頁 4,5。

華女子壘球代表隊三日世界女壘預賽擊敗中國大陸隊，有不同程度的
報導。其中，對臺北《中國時報》因由該報供稿，而自鳴得意之餘，
竟於提及《聯合報》時，出之以「發行量僅次於《中國時報》的《聯
合報》……」之語，此一詭異不實的說法，實為知者所不齒，此一新
聞寫作方式，亦屬貽笑大方。回顧《美洲中國時報》於創刊後，曾大
事宣傳其發行七萬份，而於創刊一年後，在臺灣某電視臺製作之節目
中，又自稱發行三萬份，可見《中國時報》當時所說的七萬是虛假的。
「像這種對自己發行量都可以隨意自說自話的報紙，它憑什麼來說別
的報紙發行量？《美洲中國時報》這一不符實際情況的報導，有損本
報報譽及權益，除已委託律師去函該報於三週內自行更正外，特此公
開說明。」[15]

　　同年八月廿七日王惕吾在常董會中指出：「上月赴美時，曾對《世
界日報》同仁講話，特提出供報系同仁參考：一、人逢絕路才會走偏
鋒，《世界日報》要保持正大的風格，認清是非善惡。他報之惡劣作風，
或搞兩面路線，我們不能受其迷惑，更不能步其後塵。二、中國人辦
報以來，從未曾有過真正自由環境，往往受客觀因素之牽制，在編務、
業務上不能完全按照業者的自由意願從事，而《世界日報》在美國了
無限制的大好環境下辦報，一定要好好為中國人辦一份真正理想的報
紙。」[16]

　　同年十一月十九日王惕吾又在常董會中針對《美洲中國時報》的

---

[15] 編委會：「駁斥《美洲中國時報》不實報導的聲明」，《聯合報系月刊》
　　第 19 期，民國 73 年 7 月，頁 39。

[16] 聯合報董事會編：《聯合報、經濟日報、民生報常務董事會會議紀錄
　　（71~73 年）》，臺北，聯合報社，民國 82 年 12 月，頁 265。

停刊一事發言指出：「雷根總統於本月十五日在白宮接見《世界日報》
兩位副董事長（即聯合、經濟兩報發行人），總統首席顧問米斯在介
紹詞中稱《聯合報》為全世界最大中文報紙，對報系之情況頗為了解。
另外對於《世界日報》印象良好，渠曾就《世界日報》在美國之地位
及貢獻有所說明，由此足以顯示《世界日報》受美國官方之重視。二、
《美洲中國時報》在創刊兩年後已於本月十一日宣布停刊，有關該報
停刊之原因，國內外謠傳紛紜，然分析其真正原因，一為其所宣稱『報
紙成本提高，發展市場有限，彌補虧負款項，難於長期維繫』；再則
內部人事複雜，各逞其是。似此，自認一切都已絕望而作此決定。該
報在籌備之際，我即曾說過，在國內報紙的經營是受到篇幅等限制，
在國外則是無限的競爭，因而我對《世界日報》的競爭策略，作了三
個階段計劃，一一按期實施，給予該報強大的競爭壓力。例如將新聞
用衛星傳播，將無限制的版面由國內編排送到美國，使《世界日報》
的內容又新又快又充實，其他各項措施如增加新聞篇幅、周日出報、
改出早報、彩色印刷等等都是不惜成本，投資發展業務之『犧牲打』
措施，使對方毫無反擊能力，終於潰不成軍。此外《世界日報》在新
聞言論方面，一向堅持既定路向，也得到大多數華人的同感，並適應
其需要，所以才有今天的成就。」[17]

　　由此可見，《美洲中國時報》決定停刊一事，對聯合報系的整體氣
勢而言，的確是一場面子和裡子都賺到的大利多。堅持國家利益高於
一切與「正派辦報」的理念，總算有了可觀的回報。

　　筆者保留的《美洲中國時報》為停刊發布的「敬告讀者」聲明如

---

[17] 同前註，頁 291,292。

下：「本報自一九八二年九月一日創刊以來，荷承各界僑胞愛護支持，勉勵督策，得使本報發行與日俱增，成為海外重要僑報之一。而本報為期服務僑社，不負讀者期許，不斷添置設備、充實人力，亦為大眾所共見。無如報紙成本提高，發展市場有限，彌補虧負款項，難於長期維繫，而縮減篇幅，影響內容，亦有違本報之初衷，為此不得不向讀者告別，自即日起正式停刊，良深為憾。本報訂戶，數近兩萬，少則六月、長達數年，本報承受讀者之厚愛與信任，感懷載德，將歷久難忘。凡已收而未到期之報費，將按原來訂費折算，其所剩餘款，本報決在一九八四年年終以前，每戶郵寄璧還，到時如有遺漏，請即函告補送。」

但是，此一聲明並未澄清各方困惑，各種傳聞卻不脛而走。大多數人認為停刊聲明只是表面的說辭，真正原因應是余紀忠無法抗拒來自國民黨內部的重大壓力。

余紀忠的辦報作風，比起其他國民黨人報紙稍具自由主義色彩，《美洲中國時報》自一九八二年九月一日創刊以來，這種討好讀者的市場性格即予極右派的《世界日報》重大威脅。面對中時企圖在三年內，擊垮在北美扎根八年的「老大哥」的雄圖，《世界日報》開始積極應戰：擴版為每天發行四十版，又率先在星期天也出報，進一步打出每天出刊兩次、贈閱《世界週刊》及廣告費降價優待等手段，全面強化競爭力，但報份仍由最高七萬直降至四萬餘份，每月要貼上十至十一萬美元。因此，《美洲中國時報》在一九八四年十一月十一日停刊的「雙十一事件」，不但形同給最大對手《世界日報》送了一份大禮，對其他割肉競爭、苦不堪言的僑報而言，也是一大佳音。

洛杉磯《中報》老闆傅朝樞早在臺中主持《臺灣日報》時即與余紀忠交惡，故除在頭版頭條報導停刊之事，更親自出馬，在《中報》

第一版寫了一篇〈為國民黨說幾句公道話——從《美洲中國時報》停刊說起〉，大打落水狗，除大挖中時前身《徵信新聞報》的瘡疤外，並斷言其停刊完全是余個人出於私利的考慮，文末並重重摑了余紀忠一個巴掌，傅朝樞寫道：「以一個靠國民黨奶水餵大的余紀忠，辦了一個背叛民族主義立場的報紙，有何面目可說，人有人格，報有報格，故國人視為無恥之至。」

資深記者陸鏗則於其自營之《華語快報》上撰文指出：「美洲的《中國時報》關門了，這是國民黨在海外的大失策，大丟人，任何一個有頭腦的人都認為國民黨壓逼《中國時報》關門這一招其蠢無比，原因是《中國時報》在海外不僅為國民黨樹立了開明的形象，而且還為國民黨結交了一大堆朋友，比十個三民主義大同盟都有用。」

十一月十一日上午，余紀忠在紐約召集了七十多位員工親自宣布停刊決定，他在廿分鐘的談話中指出：中時不能委曲求全，如要繼續辦下去，在人事上一定要遵守國民黨指示，屆時將有很大變動，而且以後還要聽話，這是很難接受的，因此決定停刊；何況要他在海外辦一份《中央日報》，他是沒有興趣的。

按余自己的說法，一九八四年洛杉磯夏季奧運會的新聞報導及抨擊美國總統雷根的社論，是造成停刊的禍首。

中華人民共和國代表團首度參賽即奪得十五面金牌，美洲中時除連續大幅報導相關新聞，並出現「紫氣東來」之類對中國大陸親善示好的標題，令親臺的僑界保守人士頗為在意。

另該報特約撰述孫慶餘所撰社論〈沒有政教衝突只有雷根問題〉，又對雷根所提道德多數的追隨者大加諷刺；美籍華裔共和黨人乃持之向共和黨總部反映，共和黨乃據此再向我國北美事務協調會駐美代表

錢復提出抗議，錢復即將該文與附上的報告傳回臺北，由國民黨中央
黨部副秘書長秦孝儀向蔣經國報告。蔣經國其後未理會余紀忠的解
釋，另指示文工會主任宋楚瑜專案處理，宋乃向余提出三個處理方案：
一、余紀忠以書面保證今後完全遵照國民黨的新聞政策辦報，國民黨
即批准再結匯六百萬美元；二、國民黨派員擔任《美洲中國時報》的
總編輯、總主筆及會計主任，今後該報盈虧均由國民黨負責。

　　余紀忠起初還持觀望態度，先將孫慶餘撤辦，再將負責審查社論
的總主筆俞國基解職遣散，希望有轉圜餘地，但宋楚瑜態度依舊強硬，
並要求余進一步換掉總編輯周天瑞；余左思右想吞不下這口氣，乾脆
結束《美洲中國時報》。[18]

　　七十多歲的人，在國民黨中常會上被圍剿，又被戴上「共匪同路
人」的大帽子，余紀忠之悲憤可想而知。彼時黨外雜誌《鐘鼓鑼》刊
出一篇內幕報導指稱：民國七十三年九月五日、十七日兩次中常會上，
曹聖芬與王惕吾聯手批鬥余紀忠後，曹聖芬隨即向最高當局提出一份
報告，內中是他收集兩年來《美洲中國時報》言論和立場偏差的「罪
狀」。九月廿七日中常會後，與余紀忠私交不錯的司法院長黃少谷找余
私下談話，傳達最高當局給他的三點選擇方案：一、撤換《美洲中國
時報》的總編輯、總主筆及會計主任，其繼任人選由國民黨提出；二、
由《中央日報》人馬接管《美洲中時》，國民黨每月津貼報社七十萬元
以為補償；三、結束《美洲中國時報》。由於事態嚴重，次日，余即召
開中時內部緊急會議，僅親表弟儲京之、女兒余範英及少數親信參加。

---

[18]　高思：〈除了「他」還有誰？《中時》停刊震撼美國僑界〉，《鐘鼓鑼》
　　　總號 24 期，民國 73 年 11 月 20 日，頁 10-12。

十月二日，余即以視察業務為名義，偕同儲京之匆匆趕赴美國。[19]

余紀忠曾向中時員工表示，奧運會的報導是站在中國人的立場登載事實，中國人在奧運會上出頭，沒有必要加以抹煞，但是「其他報導，我還有話講，僑情不同，觀點不同，報導本來就應該客觀公正。但批評雷根的社論，卻涉及了人身攻擊。雷根的競選廣告，第一家就選在《美洲中國時報》刊登，我們卻罵他又聾又啞，年高昏庸，這麼寫法，我們有什麼話講呢？人家攻擊我，我能說什麼呢？」

余認為，必須斷然停刊是因為「人家已經不信任我們了。我們的根本在臺北，人家一不信任我們，根本就動搖了。」故美洲中時停刊最大的意義就是向蔣經國表態。

依據新聞同業長期的觀察，余紀忠是臺灣新聞界年紀最大的「上班族」，只要他在臺北，幾乎每天親自到編輯部坐鎮。他事必躬親，根本沒有培養時報王國的接班人；在他眼中，時報員工能力再強，也只能負責報業的一小部份，無人能統籌全局。《美洲中時》總編輯周天瑞雖是愛將，但只是將而不是帥，不是統領三軍的大元帥，在其眼中只有一人恰當，那就是余紀忠。立即停刊，表現了他寧願在辦報生涯中留下汙點，也不願以後再有事擾亂了蔣經國的決心。

但此一斷然表態，最後也被有心人視為余某人公然反抗中央、破壞黨國形象；如此自行了斷，更使國家蒙上了言論不自由的譏諷，為小利而害大義，只知有己，不知有國。[20]

---

[19] 余不忠：〈國民黨草木皆兵，余紀忠走投無路：《美洲中時》被迫停刊內幕〉，《鐘鼓鑼》總號 24 期，民國 73 年 11 月 20 日，頁 5,6。

[20] 子甫：〈余紀忠揮淚裁員：《中時》在政治壓力下掙扎〉，《鐘鼓鑼》總號 26 期，民國 73 年 12 月 4 日，頁 26-28。

　　周天瑞在「雙十一事件」的十八年後，在臺北以中央廣播電臺董
事長身分向員工演講時，自承當年的「江南命案」處理方式，也是讓
事態更為雪上加霜，加速《美洲中國時報》停刊的另一因素。他指出，
十月初余紀忠到了美國之後即不知去處，至十月十五日處理「江南命
案」新聞時也不知老闆人在何處，亦無從向他請示什麼，就在版面處
理上做了「明知在那個環境中應有所收縮，可是又感到對歷史及扮演
新聞工作者這個角色的一份責任，自然不願意去做完全規避」的決定。
第二天早上，余先生突自其舊金山的別墅來電，在電話中雖無責難，
但還是問及：「天瑞，這條新聞你怎麼放在一版頭題呢？」並隨後未讓
周天瑞有所解釋，並指示他：「從今天起就不要再放一版了。」

　　由於《美洲中國時報》突然宣布停刊，造成近三百位海外同仁一
夜之間失業，臺北方面亦有三十六人另謀出路。周天瑞接受余紀忠安
排擔任中時駐紐約特派員，但仍於次年一月廿日寄出書面辭呈，離開
服務了十四年的中時報系。其後五、六年每逢十一月十一日，周天瑞
都要自動禁食一天，以示哀悼和傷痛。[21]

　　有關曹聖芬與王惕吾當年如何在國民黨中常會上針對《美洲中國
時報》內容與立場的發言一節，國民黨黨史會及黨史館尚未開放有關
會議紀錄，致無從查證；筆者曾試圖向有關人士口頭請教，均語焉不
詳，彼時負責記錄的夏正祺亦拒絕接受訪談，故無法全盤了解黨外雜
誌記述之虛實。唯自《聯合報》從未公開駁斥黨外雜誌報導，社內刊
物亦未曾針對此事有所澄清的狀況下，筆者只能傾向暫予採信的立
場，以俟更多史料出土後再予訂正。

---

[21]　參見：周天瑞：〈我來自何方，我去向何處：談我生涯中幾個關鍵進退〉，
　　民國 91 年 1 月 8 日，對中央廣播電臺同仁演講紀錄，未刊稿。

隨著北美中文報業市場復歸王家天下,《世界日報》自此掌握全力衝刺的良機,聯合報系向海外發展的第一個橋頭堡終於在臺北結匯投資長達十二年後,開始打平開銷出現盈餘,較諸當年《經濟日報》創刊八年才告賺錢的辛苦程度,猶有過之。但《世界日報》草創時期,亦曾以低薪支應員工生活所需的不堪往事,許多人依舊記憶猶存,點滴在心;彼時月薪一般都偏低,連社長馬克任都曾至僑報兼差而引起王惕吾不悅;因編輯部月薪都在美金八百元停頓不前,致資深員工每每相互譎稱為「八百壯士」。

民國七十四年十二月廿一日標示著《聯合報》宣稱發行量已臻空前而無敵的重要分水嶺。是日,王惕吾在一項「掃紅」[22]慶功會儀式中,隆重頒獎給發行部有功人員,王惕吾強調:報社從臺北市康定路時期及遷移忠孝東路四段以後,「每次召開業務擴大會報,我們都把發行目

---

[22] 「掃紅」是指民國七十四年九月間,《聯合報》要求業務部在發行方面應全力達成的指示,而提出的一個專有名詞;業務部過去在落後友報的少數地區的發行報表上,用的是「紅字標示」,全面領先後,已全部變成藍字,紅字已全部掃除。參見:阮肇彬記錄:〈董事長在慶功頒獎典禮上的講詞:全面第一,處處第一,「掃紅」成功〉,《聯合報系月刊》第 37 期,民國 75 年 1 月,頁 7。不過,這項「掃紅」捷報到了民國 77 年又出現了危機,王惕吾在 7 月 25 日常董會中指出:「目前報系四報的報份均已回升,且持續在成長中,是可喜的現象。中南部有些地區報份成長了一、二萬份之多,而表現最差的是桃園縣,這是《聯合報》唯一落後的『赤字』地區,也是本報在發行上的一個汙點,業務部必須徹底加以整飭,每月提出書面警告,若未見改善,再加重處理。」參見:聯合報董事會編:《聯合報、經濟日報、民生報常務董事會會議紀錄(77年~82年)》,臺北,聯合報社,民國 82 年 10 月,頁 71。由前述可見,報份起起落落似屬常態;至民國九十年前後,報系發行業務大幅滑落後,就未再見類似記述了。

標明顯的標示出來，高懸在牆上，這個目標是『全面第一，處處第一』，也是《聯合報》在發行方面奮鬥努力的目標。我們為了達到這個目標，已等了卅四年多，今天終告達成、發獎！我辦報紙，最重視報社的雙軌，一是編務，一是業務，也是我要『逼緊』的。記得從民國四十八年八月起，《聯合報》的發行量數便領先了全國其他報紙而列為第一位；並以『全面第一，處處第一』這兩個目標為努力方向，……我們『掃紅』工作的成功，在報份上來講，增加的數字雖然不大，但在意義上卻非常深遠，因為我們『掃紅』的工作，全世界的報紙也沒有這樣做過，而且，全世界的主要報紙在其主要發行地區達到『全面第一，處處第一』，也是辦不到的。可是，我們《聯合報》辦到了！」[23]

　　民國七十五年四月廿一日，王惕吾再度於報系主管聯合工作會報公布了一項喜不自勝的空前佳音：「本報系《聯合報》、《經濟日報》和《民生報》三月份編務和業務的表現至為良好，尤其《聯合報》業務部的營運業績更為突出，不僅發行創歷年單月最高的紀錄，廣告也同樣的創下最高的業績。就廣告來說，有統計數字或為同仁所不知，《聯合報》上月廣告字數最多的一天，竟超過聯合、經濟、民生三報新聞排字量的總和，這麼多的廣告字數，能在當天排出來而不影響出報時間，實為難能可貴，如果今天不是像我們有這樣的設備和同仁的工作精神，那能應付如此龐大的工作量，由是也證明了我們生產能量和工作效率的卓越，也是我們報系的榮譽，所以今天我要宣布。」[24]

　　奈何發出如此豪語還不到兩年，臺灣地區終於宣布解除戒嚴，並

---

[23]　同前註。

[24]　編委會：〈董事長指示：七十五年四月份聯合報系主管聯合工作會報〉，《聯合報系月刊》第 41 期，民國 75 年 5 月，頁 97。

引發強人政治的劇烈退潮，竟又殘酷地標示了聯合報系業務逐步由極盛而衰退的分水嶺。

早年王惕吾從不諱言戒嚴法下長期報禁措施，的確助其業務發展取得高度的寡占之利。但五十多年來，《聯合報》最重大的外部壓力尚非營收短缺，而係源自編輯政策自始與臺獨分裂主張歧異引起的排拒和攻擊。

《聯合報》固然卓然有成，且於崛起過程中為民喉舌，苦民所苦，但其經營政策無法見容於海內外的異議人士，毋寧是極其自然的代價。因為在異議人士心目中，王惕吾出身老官邸，曾任國民黨中常委多年，雖非黨國刻意栽培的結果，但亦似可視之為其長期配合戒嚴體制宣揚反共、反獨國策後的某種回報，加以手下大將效忠於國民黨及政戰系統的極右色彩濃厚，故其編輯政策無論如何持中，言論政策如何高瞻遠矚、擲地有聲、文采動人且力求客觀，終究還是難逃獨派人士見縫插針式的長期圍剿。

民國八十年九月，王惕吾在《我與新聞事業》中重申，《聯合報》創刊四十年來努力不懈的工作就是創新：倡導、介紹、鼓吹新的、進步的思想觀念，以廣大啟蒙、激發、培養，蔚為風氣的作用。因此，惕老主張六個鼓吹，包括：「我們鼓吹科學的、民主的、開放社會、多元化社會的價值與觀念。我們鼓吹新的社會人際關係、現代社會的公德與倫理、現代國民的義務與權利。我們鼓吹維護人權與厲行法治。我們鼓吹發展民營企業工商界參與經濟事務，企業家負擔社會責任保護消費者利益，在求富中求均。我們鼓吹經濟發展的自由化與國際化。我們鼓吹防治公害，保護環境，達成經濟的健康成長。」

此外，惕老尚提出八個批判：包括「我們批判『兩個中國』的姑息主義。我們批判臺獨與分離主義。我們批判狹隘的地域觀念與暴力。

我們批判本位主義、官僚主義、鄉愿主義、形式主義與文學政治。我們批判落伍的保護政策。我們批判為反對而反對的街頭群眾運動，以及任何侵犯人民依法享有的自由與權利。我們批判特權。我們批判落伍的典章制度。」[25]

這些理性清明，支持國家安定發展最高利益的立場及主張，自然無法見容於醉心於臺灣獨立建國願景的人物。

民國七十二年四月廿六日，《聯合報》總社電梯機房與《中央日報》營業大廳遭人放置爆裂物的暴力恐嚇事件，即係臺獨海外組織指使黃世宗所為，黃某隨後潛逃出境，於民國七十九年間在巴拉圭橋頭市遭人開槍射殺。民國八十七年五月三十一日，《聯合報》總社第二大樓前人行道又發現一只可疑爆裂物，下方還壓著一張恐嚇炸毀《聯合報》的字條。[26]

因獨派不滿而引發的更重大衝擊，爆發於民國八十一年十月三十日《聯合報》報導中共中央政治局常委李瑞環廿九日於北京人民大會堂會見參加「亞太地區報刊與科技和社會發展研討會」的三十位人士時，表示中共對臺獨不惜「犧牲流血，前仆後繼」的一段談話，雖錄自採訪當日錄音[27]，且同日全臺至少有十家報紙刊出並無二致之重點內

---

[25] 王惕吾：《我與新聞事業》，臺北，聯經出版公司，民國 80 年 9 月，頁 152,153。

[26] 張榮仁報導：〈本報系大樓前展示臺昨午發現可疑爆裂物，警方以水炮引爆後證實摻有黑色火藥，帶回相關證物採證化驗〉，《聯合報》民國 87 年 5 月 31 日，第 3 版。

[27] 據《聯合報》編輯部同仁告訴筆者，此篇報導係由當天在北京參加研討會的張作錦親自執筆，但借用與其同行的《聯合報》民調中心主任易行名義發稿。

容,但是卻被主張臺灣獨立建國的獨派勢力誣指為「向中共傾斜」、「自甘充當中共傳聲筒」、「人民日報的臺灣版」;獨派報紙且競相推出電子或平面廣告發起所謂「退報運動」。

其實,這已非《聯合報》首次遭到外界以「退報運動」來抵制了。民國五十年初,由於《聯合報》社論大力聲援因《自由中國》言論而繫獄的雷震,遭軍方下達軍中禁閱《聯合報》的禁令,理由是「思想不正確」,彼時獄方提及《聯合報》便稱之為「同路報」[28]。但這波「退報運動」並未造成實質影響,王惕吾很篤定地表示:「他們有他們不訂報的權利,我們有我們辦報的自由。」[29]

針對新一波企圖以政治意識型態割裂報業市場版圖的重大衝擊,一向標榜不以版面自我行銷的《聯合報》首次以全頁廣告方式,於民國八十一年十二月廿九日發表「聯合報敬致讀者書」,向三百六十餘萬《聯合報》的自由讀者、六百三十餘萬聯合報系的自由讀者及全體社會公眾,說明此一事件本末。

該文直指「退報運動」已不是一家報紙的事件,而是一個攸關自由民主公義法則的事件;不但不是一個評議「新聞專業」的事件,而且「何其不幸的也是一個必須正視的反民主、反自由、反法治」的事件。主張要救臺灣,就要建立自由民主的社會,就必須維護資訊自由的法則,誰干涉了民主社會中自由企業的經營自由,誰就汙辱了自由

---

[28] 按雷震回憶錄所述,軍人監獄都配給了《中央日報》和《青年戰士報》各一份給受刑人看,他看的《聯合報》除保防室外,是不許受刑人和獄吏獄卒看的,認為這些是《同路報》。參見:雷震:《雷震回憶錄:我的母親續篇》,臺北,作者自印,1977 年 10 月,頁 147。

[29] 王麗美:《報人王惕吾:聯合報的故事》,臺北,文雲出版公司,1994 年 8 月,頁 97,98。

社會自由人的基本尊嚴。

　　這封敬致讀者書共分四點析論「退報運動」本質及其隱含的意義：
「一、我們必須沉痛地指出：這一事件是臺灣自由報業專業倫理淪喪
的表徵。二、我們也必須指出：這次事件是中華民國政治史上及新聞
史上的一次反民主、反自由、反法治的大逆流。三、那些發動風波者，
欲藉這個事件迫使所有新聞媒體為他們那種禁不起民主考驗的政治
目標服務。四、最令我們不能已於言者，是這些人毫不顧惜國家元首
清望，而竟欲以攀誣元首來為其政治運動造勢。」公開信並斥責變本
加厲的「退報運動」已經騷擾了《聯合報》的讀者、客戶及零售商，
因此決定聘請律師，訴諸法律；如此做並不是為《聯合報》來打這場
官司，也不是要為《聯合報》抗爭什麼，而是基於「我們願為維護自
由報業的尊嚴挺身而出，這是《聯合報》的立報精神，沒有這種精神，
就沒有《聯合報》。」[30]

　　聯合報系總管理處復於同年十二月十日，於系刊發出的對報系全
體同仁的公開信中指出：「我們不僅要在法律上討回公道，也要在輿論
上爭個是非。我們更相信，未來中國新聞史在記載這場風波時，對於參
與此事件的所有角色，均會有公允的論斷。」[31]

　　民國八十三年八月廿四日臺灣高等法院對《聯合報》自訴林山田
等四人的妨害名譽罪判決，撤銷臺北地院原判決，改判無罪，同時對
林山田控告《聯合報》誹謗罪案，上訴駁回，維持地院之無罪判決，

---

[30]　編委會：〈特載「聯合報敬致讀者書」：關於李瑞環談話新聞引起的風
　　　波〉，《聯合報系月刊》第 121 期，民國 82 年 1 月，頁 6-12。
[31]　編委會：〈歷史會評鑑這場風波：聯合報系總管理處給報系全體同仁的
　　　公開信〉，《聯合報系月刊》第 120 期，民國 81 年 12 月，頁 10。

則又屬刻意向《聯合報》挑戰的獨派人物興訟的典型。王必成於八十
三年九月五日在四報常董會表示,「本報之自訴案,表面上是法律上的
爭執,事實上,嚴肅的含義,則是本報為維護新聞自由而努力。戒嚴時
期新聞自由受限制,本報曾為之奮鬥數十年。今天解嚴之後,居然還有
人以『「戴紅帽了」』、『莫須有』的指稱,來詆譭本報,實屬怪異。因此,
我們希望通過司法而求得一個公道,如今經過一年多的一審勝訴,二審
改判的訴訟程序,結果是非仍然難求其直,也是怪異。」[32]

　　早在民國七十九年五月,王惕吾即針對國內外政經情勢的劇變,
要求員工要有心理準備,人人能知為所應為;「站在這個時代,至少
每個人要做到不做違反民意的事,不做為大多數人不喜愛的事,不做
助長社會混亂風氣的事。」因此,「本報在言論及新聞的導向上,應
如何肆應今天國家社會的需要,重新檢討明訂妥適的編採方針,是刻
不容緩的事。」

　　王惕吾坦認:「我們的經營政策也需調整,雖然我們財務健全,
但因受時局影響,上幾個月結帳盈收減了27%,目前尚乏好的轉機,
今年如何度過、明年如何度過,值得深思。所以報系現有經營不佳,
沒有轉機,一直要虧下去的事業,不能像從前一樣無限制投資下去,
對參與工作的同仁難如往昔的事事從寬從優,以後要視情況彈性處
理。今後除了必要的編務投資,一切非必要的支出,包括非必要的經
營投資等均將考慮裁撤撙節。」[33]

---

[32] 編委會:〈董事長指示:聯合報、經濟日報、民生報、聯合晚報股份有
限公司常務董事會八十三年第七次會議紀錄〉,《聯合報系月刊》第 142
期,民國 83 年 10 月,頁 119。

[33] 編委會:〈董事長在聯合報系五月份主管工作會報上講話:調適觀念因

　　前述談話時機,可謂創報以來首度公開宣布的重大虧損與企業規模即將縮小編制,與收束擴充政策的蛻變起點;更重大的改變,則是針對臺灣政治生態鉅變的事實,著手與在野勢力互動關係的微調工程。此項與時推移的「微調工程」最早啟動者,為民國八十二年二月廿六日民進黨籍宜蘭縣長游錫堃專程赴《聯合報》總社拜會之行。

　　游錫堃於是日下午四時抵達,至晚宴後始離去。其間,會晤了總編輯胡立臺、發行人劉昌平、報系總經理王必立,除感謝報系記者於宜蘭縣舉辦臺灣區運動會期間給予之幫助,並對平日對縣政的報導持平表示感謝。游縣長認為此行彼此溝通理念,增進了解,的確不虛此行;王必立則允諾贈書,並願配合縣府辦理地方文化活動。

　　同年三月十三日王必立親自赴宜蘭縣立文化中心,將二千四百八十一冊、價值新臺幣一百零七萬元的聯經叢書送給縣府充實各鄉鎮市公所圖書;游縣長並邀請《聯合晚報》社長張作錦以「政府與媒體的關係:兼談聯合報系之辦報理念」為題,向縣府員工發表專題演講。

　　八天之後,王必立在主持地方新聞中心桃竹苗地區編採會議中,要求大家未來要做的第一件事,就是提升《聯合報》的企業形象,送書給宜蘭是提升形象最好的方式,桃竹苗地區有類似需要,報社也會全力支持。他強調:「民進黨現在是合法政黨,像新竹與宜蘭兩位該黨籍縣長真正在為地方做事,就應多報導,如此把框框打破,站在大多數人的利益去處理新聞,多與地方政府、民間團體廣結善緣,相信《聯合報》未來會有更寬廣的發展空間。」[34]

應社會形勢發展,善盡言責發揮中流砥柱功能〉,《聯合報系月刊》第 90
期,民國 79 年 6 月,頁 8。

[34] 參見:(1) 趙奇濤:〈《聯合報》正派辦報公平報導,宜蘭游錫堃縣長來

　　依據聯合報系文化基金會公布於網站的有限資料，民國八十五至八十六年贊助之地方文化活動各為三十次及三十四次。其中，於民進黨執政縣市舉辦之活動包括：臺北縣鶯歌鎮陶瓷金鶯獎、臺北縣淡水鎮再造淡水老街計畫、新竹市竹塹國際玻璃藝術節、宜蘭縣頭城鎮搶孤系列活動、彰化縣彰化古城歷史巡禮、嘉義縣文化藝術上山下海活動、臺南縣玉井鄉農漁產業文化季系列活動、臺南縣虱目魚節活動、臺南縣官田鄉菱角節系列活動、臺南縣鹽水鎮鹽水港的老相簿專輯展覽與出版、高雄市街頭藝術嘉年華、南投縣埔里鎮全國文藝季華采深度之旅、南投縣埔里鎮埔里醉好酒鄉風情等等，無論其名目或內容均可謂琳瑯滿目，對《聯合報》發行與推廣業務自亦有相當的助益。

　　據退休的資深主管透露，當年涉及「美麗島事件」的林義雄出獄後有意出國與妻女團聚時，沈君山教授基於人道關懷，曾為其四處奔走籌措旅費，曾一度考慮由中國國民黨直接撥給專款或由王惕吾代表國民黨私人致送，但均被林義雄間接婉拒。多年後，林義雄數度公開指責《聯合報》是林宅血案的「幫凶」，讓知悉前情者深感遺憾。

　　民國九十四年八月十六日《聯合報》A10版「相對論」專題報導，更進一步跨過《聯合系刊》菁英對談廣邀綠營人士對話的成例，以軟性筆調，整版介紹前臺灣長老教會總幹事高俊明牧師佝儽的點點滴滴。

　　當然，這些持續向獨派團體及人物表達示好、親善、結緣的舉動，

訪致謝〉，《聯合報系月刊》第 123 期，民國 82 年 3 月，頁 13-15。（2）戴永華：〈送書到蘭陽，聯合報系回饋地方：必立兼總經理與張社長作錦訪宜蘭，縣長竭誠歡迎〉，《聯合報系月刊》第 115 期，民國 82 年 4 月，頁 15-18。（3）駱焜祺：〈桃竹苗地區編採會議：王兼總經理勉同仁打破框框，站在大多數人的利益上處理新聞〉，《聯合報系月刊》第 115 期，民國 82 年 4 月，頁 43,44。

並非全部都是功利思維下的操作，但聯合報系所投注的情義與期待中的互動能量，證諸歷次臺灣地區藍綠黨派對決的選舉時就幾乎歸零的狀況，顯示仍有極多再調整策略與再開拓的空間。

　　例如，民國八十四年底第三屆立委選舉時依舊遭到獨派候選人的攻訐，是年十二月初四報舉行常董會時，王惕吾的反應是：「很遺憾的，在業務方面，本報的競選廣告竟遭少數候選人及政黨抵制，業務雖有影響，但廣告組同仁在工作崗位上均已盡力，應該感到欣慰才是。事實上，抵制的行為最後證明最大的損失還是他們自己，捨棄價位合理，效果宏大的媒體極為不智。」[35]

　　為緩和與臺灣本土意識、獨派人士之間有國家定位方面的重大歧見，「少主」王文杉近年再度放下身段，直接與民進黨政治系統中的重量級人物接觸，舉行座談交流意見。例如，與綠色執政互通聲息的大陸工程公司掌門人殷琪，於民國九十二年十二月成為《聯合系刊》的封面人物；一直是「扁家軍」重要智囊成員的羅文嘉，亦成為《聯合系刊》民國九十三年六月號的封面人物。由民進黨女性縣長執政的翁金珠亦於民國九十三年元月十七日至三月十四日，與聯合報系及民視於彰化縣溪洲鄉舉辦臺灣花卉博覽會。民國九十四年四月王文杉應高雄市代理市長陳其邁之邀，南下與陳市長共進午餐、吃剉冰、搭船同遊愛河。同年五月，先邀高雄縣長楊秋興至臺北總社演講，六月底再邀臺北縣代理縣長林錫耀蒞臨報社演講，接下「百里侯有約」的第二棒；這些接觸訪談，自然成為《聯合系刊》報導的重點內容。

---

[35] 編委會：〈董事長指示：聯合報、經濟日報、民生報、聯合晚報股份有限公司常務董事會八十四年第十二次會議紀錄〉，《聯合報系月刊》第157期，民國85年1月，頁91。

　　民國九十四年一月廿四日，王文杉拜會吳念真的對話刊於《聯合系刊》第二六六期。王文杉請吳念真談談他想看的報紙是什麼樣？《聯合報》該怎麼做好轉換角色？吳念真回答說：「我覺得你們做得最好的是生活的東西，……政治方面，有些文章蠻偏的，像『黑白集』，還有一些有關馬英九的文章，我覺得也太寵他了吧。偶爾也罵他一下吧。其實臺灣期待《聯合報》改變的人並不多，《聯合報》沒有什麼大問題，只是一個大帽子掛那裡。碰到大問題時的判斷才是重要的，像真調會結果出來那天，我上網上《聯合報》，沒有放最前面，沒有放頭條，我就蠻贊同的。」[36]

　　吳念真所說的「大帽子」究竟所指為何？或許各方自有解讀，但其隱含的意思，應該還是指向《聯合報》長期以來以維護國家法統為己任，並努力確保自身發行與輿論之領導地位為宗旨所反射出來的有所為與有所不為。被吳念真點名的「黑白集」，文字雖短，但批判勁道一向不容小覷，稍有差池，就會有出人意表的反彈。

　　這些思維上的變通或策略性的轉變，容或只是迫於現實生存不得不為，但都意味著龐大報系在第三代接班後，無論在展示永續經營之決心和企業形象的內涵方面，的確都朝一切歸零的心態重新評估，伺機啟動必要的企業改造工程。

　　其實，發行通路方面的威脅有時還比政治壓力來得更嚴重。民國九十一年十月九日《聯合晚報》刊出一則統一集團總裁高清愿在國民黨中常會有關添丁發財的發言，晚報在第二版的圖說中加了一句記者的引申：「是否暗批陳總統，引人注目。」這句引申令高清愿十分不滿，統

---

[36] 粘嫦鈺：〈菁英對談：吳念真：報紙應扮演好轉換角色〉，《聯合系刊》第 266 期，民國 94 年 2 月，頁 32。

一超商乃決定以全省 7-11 的通路抵制聯晚,先自十一日起,將聯晚放在最下一層報架,十二日限定每家只賣五份,第四天起則無限期撤架。

　　所幸此一抵制風波終因聯晚社長黃年親率晚報的總編輯、總經理拜會統一超商總經理,並協議刊登更正啟事才告解決;自十二日起解除抵制,全省恢復正常售報。《聯合晚報》總編輯傅依萍事後指出,「此一風暴雖能迅告平息,但過程令人警惕,本報付出的代價也很慘痛,已要求同仁以此做為教案,注意當前媒體生存環境之險惡,除了政治干預力之外,廣告、通路、黑道惡勢力以及司法誹謗官司都是內外勤同仁必須警惕在心者。今後更應嚴謹處理新聞,不做不當的引申,避免發生無謂的困擾,以致影響報譽。」[37]

第二節:「黑白集」文字失實引發國際抗議風波

　　「黑白集」是民國四十一年八月十七日開闢的另一種型態的社論,最初放在副刊,以方塊呈現,署執筆人的筆名;中央通訊社前總編輯沈宗琳即曾以「霜木」筆名為「黑白集」長期撰稿。其後社方為加強評論功能,改變為代表報社的評論,且不再署名,改移至第三版社會新聞版發表。在評論的取材上,「黑白集」大體偏重於社會新聞,及與大眾日常生活具有較廣泛而密切關係的事件,而與社論之較注重於國內外大事有所分工。不過,題材雖小,卻也往往由小看大,探究到一些基本的原則與觀念。王惕吾認為,「黑白集」就是為了要補足社論不夠涵蓋的地方,「黑白集」事實上形成了《聯合報》受讀者歡迎的

---

[37]　編委會:〈聯合報系九十一年十月主管聯合工作會報紀錄:聯合晚報總編輯傅依萍工作報告〉,《聯合報系月刊》第 239 期,民國 91 年 11 月,頁 76。

一個因素，因為「黑白集」文章短，而使用雜文的筆法，很直接、很生動的接觸問題，做到了言簡意賅，談言微中的地步，對讀者有高度吸引力。[38]

王惕吾生前一再強調「字字有根據，語語有來歷」的重要，但是，即便由社方充份信賴的老手掌舵的「黑白集」作品，同樣惹出幾難善了的國際抗議風波。

民國七十四年十月廿日《聯合報》五版刊出的「黑白集」，題目是〈工作與玩樂〉，總共不到四百字，惹出了一場跨海而來的抗議壓力。全文為：

西諺有謂：「工作時工作，玩樂時玩樂。」工作與玩樂，原是兩碼子事，互不相關。Work 在後面加上 shop，在我國譯作「工作坊」；Play 在後面加上 boy，在我國譯作「花花公子」。在美國，有所大學附設「工作坊」，招收各國青年作家，特別是亞非地區的青年作家，進行短期講習，但是許多人可能不知道，這個「工作坊」的經濟來源，卻有部份來自聲名狼藉的黃色雜誌「花花公子」。

「工作坊」的夫婦檔「坊主」，在若干年前訪問中國大陸，朝拜了當時不可一世的毛澤東，返美後出版「毛詩十九首」。經此，一直和北平保持密切往來。

最近「花花公子」老闆卻被他舊日的「玩伴」舉發，道出他經常強迫「封面女郎」吸毒、酗酒、和老闆及廣告客戶作狂放的性遊戲，其毒品的來源，可能有更微妙的背景。「工作坊」與「花花公子」有這麼樣的聯繫，殊屬不幸，希望今後參加那個「工作坊」者多小心。

---

[38] 王惕吾：《聯合報三十年》，臺北，聯合報社，民國 70 年 9 月，頁 158,159。

我國北美事務協調會駐芝加哥辦事處處長劉伯倫，民國七十四年十一月廿二日以「密級」最速件致函外交部，並以副本函知《聯合報》安格爾夫婦針對「黑白集」不實內容提出強烈抗議一事，請妥慎處理並予函覆。

公函主旨指出：美國詩人保羅‧安格爾（Paul Engle）致函本處謂：《聯合報》本年十月廿日所載文章中，有惡意中傷渠與其妻聶華苓者，請本處函轉《聯合報》予以答覆，報請鑒核轉洽並示復。公函另於說明中指出：

一、 賜閱本（七十四）年十一月一日外（74）北美芝字第 1806 號函。

二、 氏係聶華苓之夫婿，本（十一）月十日致本處函稱《聯合報》該文有關愛俄華大學國際寫作計畫及渠等訪問大陸一事，與事實不符，渠等十分憤怒，並列舉其錯誤處。倘《聯合報》不刊登道歉啟事或予以解釋，渠等將不再來華，同時不得不將我排除在國際寫作計畫之列云云。

三、 安氏夫婦被該文攻訐事，係由在臺協會主任宋賀德電呈華府，嗣由美新聞總署轉告渠等者。（詳祈賜閱來函之附件）。《聯合報》所載與在臺協會電文所譯，倘無重大出入，擬請查示撰寫該文者之身分與背景，並祈轉洽《聯合報》，致函安氏夫婦予以適當之答覆，俾免造成不良後果。檢呈安氏來函影本及附件乙份。請參考。

安格爾及聶華苓係於一九八五年十一月十日、十一日，以親筆簽名的抗議函分別函達劉伯倫處長及《聯合報》董事長王惕吾，指陳「黑白集」〈工作與玩樂〉一文充滿錯誤，是低俗的謠諑和惡意的扭曲；強烈駁斥「作家工作坊」與聲名狼藉的《花花公子》有關，更無任何經費來自於此色情雜誌；多年來為了讓臺灣作家能持續赴愛荷華參與活

動不致孤立，他們夫婦以個人之力，為其費心張羅必要的交通和生活開銷，募款對象是著有聲譽而作風保守的大企業，例如：美國艾克森石油公司、莫比爾石油公司等等；他們訪問中國大陸，是配合美國國務院轄下文教部門的要求，更不可能去朝拜不可一世的毛澤東，因為一九七八年訪問大陸時，毛已歸天數年矣；而且在當時訪晤的相關人士和作家，許多是「文化大革命」時的受難者。此外，英譯毛的詩集純係安格爾是位詩人，為了探究毛澤東寫了些什麼作品，與政治目的無干；詩集收錄的作品不是十九首，而是四十三首。

安格爾及聶華苓向王惕吾表示：他們過去認定《聯合報》是一份質優而負責的報紙，如今刊出〈工作與玩樂〉這種一文不值的垃圾般的東西，將他們與吸毒、酗酒和「性遊戲」扯在一塊，如此恩將仇報，猶如五雷轟頂，令其備感沮喪挫折；唯此不德之舉，亦同遭其夫婦由衷的鄙視。信末強調，「黑白集」誣指「作家工作坊」與《花花公子》的吸毒和「性遊戲」有所牽連一節，已確涉誹謗，「我們將考慮採取法律行動。」

函中還表示，聶華苓的父親係於中共流竄的「長征」途中遭到毛澤東的處決，其弟則為中華民國空軍飛官因公殉職，葬在臺北市近郊空軍公墓，聶的母親亦於臺北過世。他們希望還能再赴臺北，為去世的親人祭掃行禮。

根據空軍總司令部印行的空軍殉職官兵資料，聶女士的弟弟聶華懋生於民國十六年十月一日，籍貫湖北省漢口市，空軍官校第廿五期驅逐組畢業，民國四十年三月八日於嘉義空軍基地駕 P-51 型戰機執行低空投彈訓練，與一架 C-46 型運輸機相撞殉職，官階為中尉三級，安葬於臺北縣新店市碧潭空軍烈士公墓。

另據楊翠所撰〈兩大報合抱愛荷華，聶華苓望斷歸鄉路〉一文，

聶女士之所以不受歡迎，與常回中國大陸有關。而聶則表示：「我回大陸，只是為了『人』！為了了解中國人的處境，了解中國作家的處境而去！」[39]

　　聶華苓民國十四年一月十一日生於湖北省應山縣，十歲那年的正月初三，報紙頭條就是她父親被共產黨殺害慘死的消息，因此，情緒上是反共的。民國三十七年夏，從中學到大學都喜歡讀小說、寫文章的聶華苓，由重慶遷回南京的國立中央大學外文系畢業，開始創作生涯。次年大陸淪陷，身為長女的聶華苓與母親及弟妹同來臺灣。為了生活，她加入雷震主編的《自由中國》半月刊工作，剛開始只管理文稿，業餘寫點文章，做翻譯；雷震後來見她發表的作品寫得漂亮，就提升她為該刊文藝編輯，民國四十二年又躍居該刊十位編輯委員之一，直到民國四十九年九月四日，雷震、傅正等人因籌組「中國民主黨」未果被捕而被迫停刊，《自由中國》前後發行了二百六十期。其中刊行之文藝欄堅決排除了官方反共八股，刺穿了五〇年代文學場域反共、戰鬥文學的浮濫陣仗，直指彼時創作想像力、藝術價值澆薄的景況，挪移政治層面的斧鑿痕跡，回歸文學純然本質，因而生成了文藝欄的時代意義，聶華苓的影響與貢獻，被推崇為臺灣現代文學願景的推動者之一。

　　聶華苓自承服務於《自由中國》十一年間受惠良多，因為「我是編輯委員會上最年輕、也是唯一的女性，旁聽編輯會議上保守派和開明派的辯論和他們清明的思維方式，是我的樂趣，不知不覺間影響了我的一生。我在《自由中國》十一年（一九四九~一九六〇），如魚得

---

[39] 楊翠：〈兩大報合抱愛荷華，聶華苓望斷歸鄉路〉，《民進週刊》第 21 期，民國 76 年 7 月 16 日，頁 54,55。

水，我的個性受到尊重，我的創作興趣得以發揮，最重要的是，我在雷震、殷海光、夏道平、戴杜衡那些人身上看到的，是為人的嶙峋風骨，和做人的尊嚴。」

《自由中國》停刊後，聶華苓每天被人監視，成了一個小孤島，過著揪心的失業的日子，連給朋友寫信都不能。民國五十一年臺大中文系主任臺靜農教授冒著風險邀她擔任副教授教文學創作；不久，東海大學徐復觀教授也邀其兼課。

在創作上，聶華苓主要成就為小說。著名的有：長篇小說《失去的金鈴子》、《桑青與桃紅》、《千山外，水長流》；中篇小說《葛藤》；短篇小說《翡翠貓》、《一朵小白花》、《聶華苓短篇小說選》等。另有散文集《三十年後——歸人札記》及英文專著《沈從文評傳》等。部份作品並譯成多國文字發表，《桑青與桃紅》英譯本並獲頒一九九〇年「美國書卷獎」。代表作《失去的金鈴子》是民國四十九年在臺北寫的，並在《聯合報》連載；《桑青與桃紅》民國六十年在《聯合報》連載時半途遭禁，卻同時在香港《明報月刊》上得以全本連載。

聶華苓在《三十年後——歸人札記》中自我介紹說：「聶華苓——寫小說的。生在中國，長在中國；在臺灣寫作、編輯、教書十五年；現在是一個東西南北人，以美國愛荷華為家。」又在《三生三世》中自述：由於經歷了大陸、臺灣、美國的生活，跨越了大半個世紀的歷史，她把自己比一棵樹，但是，樹根在大陸，樹幹在臺灣，枝葉則在美國。她的生涯，超越了地域與文化疆界，寫盡了由詩的形象構成的歷史。[40]

---

[40] 筱薇：《戰後臺灣現代主義思潮之出發：以《自由中國》、《文學雜誌》

保羅・安格爾（Paul Engle）是美國著名詩人，愛荷華大學終身名譽教授；一九〇八年生於美國愛荷華州的希達瑞比市。他領導的「作家工作室」（Writer Workshop）培養不少世界有名的作家，他與妻子聶華苓創辦的「國際寫作計畫」，（International Writing Program）提供世界各地，特別是第三世界作家的文學交流活動場所，被譽為「文學的聯合國」。

安氏家族為來自德國的移民，代代務農，至其父親才轉業養馬。安格爾兒時當過報童，中學在一家雜貨店打工，老闆知道他愛寫詩，特別訂閱歐洲的文學雜誌來賣，以便給他閱讀機會。安格爾於一九三一年到一九三二年，在愛荷華大學讀研究院，第一份詩稿獲得「耶魯年輕詩人獎」，由耶魯大學出版。

一九三二年安氏在哥倫比亞大學研究人類學和文學。一年後，他通過全國性考試獲得牛津大學的三年羅茲獎金。他的牛津導師是英國著名詩人愛德門・布倫登（Edmund Blunden），師生成為忘年之交。安格爾到牛津後，第二本詩集《美國之歌》被《紐約時報》稱許為「美國詩壇的新聲音」。一九三六年由牛津返美，在愛荷華大學任教，一九三七年參加「作家工作室」，先為講師，一九四一至一九六五年任所長。

愛荷華大學「作家工作室」於一九三六年創立，參加工作室的研究生，可以文學批評或創作取得高級學位。首創時主持人是該校研生部主任，自安格爾任所長後，聲名鵲起，不少當代美國著名作家、詩人、劇作家曾在那裡受過培訓。如超級明星約翰・歐文（John Irving）、弗蘭納里・奧康納（Flannery O'Conner）、約翰・加德納（John Gardner）、

為分析場域》，國立成功大學臺灣文學研究所碩士論文，民國93年6月，頁26,43-46。

馬克‧斯特蘭德（Mark Strand）、羅伯特‧布萊（Robert Bly）、雷蒙‧卡佛（Raymond Carver）、田納西‧威廉斯（Tennessee Williams）等等。中國作家如鄭愁予、余光中、白先勇、王文興、葉維廉、楊牧等，曾參加過「作家工作室」。

繼愛荷華「作家工作室」之後，全美成立了一百五十家同樣的「作家工作室」。安格爾於一九六五年至七一年應美國總統詹森聘請，出任美國第一屆國家文學藝術委員會委員，並為華盛頓甘迺迪中心設計顧問。

一九六七年安氏與妻子——小說家聶華苓共同創辦了愛荷華大學「國際寫作計畫」，每年從亞洲、非洲、南美、歐洲邀請十餘位作家到愛荷華大學進行文學寫作交流活動，最初為期九月，後遞減為八個月、六個月、四個月，一九八三年開始改為三個月迄今；一九八七年起，由《中國時報》與《聯合報》每年各自負擔一名作家所需經費赴美參加。

「國際寫作計畫」自創辦以來，已有八百多名來自全球各地的作家參加過這一計畫，其中包括八十多位華人作家，其名單按姓氏筆畫序為：丁玲、七等生、王文興、王安憶、王拓、王玫（新加坡）、方梓、水晶、王敬羲、王禎和、王潤華（新加坡）、王蒙、白先勇、司馬桑敦、白樺、北島、古華、古蒼梧、艾青、向陽、余光中、李怡、李昂、吳晟、吳祖光、汪曾祺、何達、宋澤萊、東年、季季、阿城、邵燕祥、林懷民、姚一葦、施約翰（菲律賓）、柏楊、茹志鵑、秦松、夏易、高信疆、袁則難、高準、烏熱爾圖、徐遲、袁瓊瓊、張一弓、尉天聰、許世旭（韓國）、陳白靈、陳映真、張香華、畢朔望、商禽、張賢亮、淡瑩（新加坡）、張錯、陳韻文、馮驥才‧黃凡、舒巷城、黃孟文（新加坡）、黃秋耘、溫健騮、瘂弦、楊青矗、葉珊（楊牧）、楊美瓊、楊

達、葉維廉、管管、歐陽子、鄭愁予、劉賓雁、蔣勳、潘耀明、諶容、謝馨（菲律賓）、戴天、鍾曉陽、蕭乾、藍菱、聶華苓、蕭颯。

由於安格爾的親切、寬大與用心的接待相處，每位作家在美期間都與安氏夫婦結下頗深的私誼，一九八九年安氏夫婦交出了「國際寫作計畫」業務，曾受邀的陳映真認為，這個計畫自此失去了人和心靈的芳香，使它更像一個美國文化「統戰」機關。一九七九年中國大陸改革開放之後，「國際寫作計畫」舉行「中國周末」，使得海峽兩岸的作家在隔絕了四十年之後，第一次在愛荷華進行面對面的文學交流，轟動一時。

蕭乾追憶保羅時指出，人們都以為保羅・安格爾對中國大陸的興趣始自中美建交的一九七九年。其實，他與聶華苓合譯的《毛澤東詩集》（The Poetry of Mao Tse-tung）早在一九七二年就出版於倫敦。這樣一部艱深譯作絕不是一揮而就的。因此，可以設想在六○年代他們就已動手。從譯者前言，可以看出他們是狠下過一番功夫的。繼一九七八年之後，一九八○年春，聶華苓夫婦再度至中國遊歷，走訪了好幾個省市，除觀賞風景名勝，並廣泛接觸到各階層人士；返美後，保羅寫下八十多首詩歌，凸顯出一個來自美國中西部的詩人，對中國山川風貌及人民喜怒哀樂的觀察和體會。這部詩集英文版先交北京新世界出版社出版，後由詩人荒蕪譯為中文，一九八一年由香港三聯書店出版，書名為《中國印象》。

蕭乾表示，保羅曾前往上海虹口公園瞻仰魯迅墓；不少西方人也讀過魯迅的著作，但他卻能一針見血地攫住了魯迅一生文學事業的真髓；其作品〈上海〉一詩是這樣結束的：「魯迅的黑鬍像一枝槍，對準他又恨又愛的現實世界開火。」

劉賓雁則寫道：「保羅是我的第一位也是最重要的一位美國朋友。

我想我不可能再有另一位同保羅一樣對中國人、東歐人、拉美人和非洲人的苦痛如此關心的美國人了。」

一九七六年，三百多位作家曾聯合提名安格爾與聶華苓為諾貝爾「和平獎」候選人。一九八一年，夫婦二人又獲得全美五十州的州長頒給「文學工作獎」，表揚他們對美國文學工作的貢獻。一九九〇年，安格爾榮獲「美國文學藝術學院傑出貢獻獎」，自一九四一年創立以來，僅有三十人獲此殊榮。

由於「國際寫作計畫」陸續邀請各國作家共聚一堂，無形中將寫作自由的種子撒下，影響深遠；前後二十多位匈牙利作家亦曾至愛荷華，其中不乏一流作家，返國後介入政局極深，一連串的變局都有作家在背後支持；一九八九年十一月，聶華苓與安格爾獲匈牙利共和國頒贈「匈牙利文化獎」，意義非比尋常。

安格爾共有兩次婚姻紀錄，首次與其同年的瑪麗・妮蓀（Mary Nissen）於一九三六年在倫敦結婚，婚後旅行北歐斯堪地那維亞諸國，波蘭和蘇俄；兩人育有二女，各取名為瑪莉、莎拉崗。

據陳若曦回憶指出，一九六二年她拜訪安氏時，其元配看來已極顯蒼老，且嘮叨個不停，也許為丈夫盛名所累，本人失去安全感，性情多猜疑，加上健康不佳，家務不免疏忽。一九六三年安氏應洛克斐勒基金會之邀周遊世界，會見各地作家，並自印度轉往臺灣訪問，在美國新聞處為其舉行的歡迎酒會上，認識了國立中央大學外文系畢業、因擔任《自由中國》編輯而受累的作家聶華苓；次年，聶華苓受邀參加了「作家工作坊」，並定居美國。

安與聶二人各自離婚後，終於在一九七一年五月十四日共結連理。安氏退休後，改為協助妻子主持寫作班；多年來兩人同甘共苦，

感情之好，在文壇更傳為佳話。由於中國政局分裂，兩岸受邀作家有時待遇不同，難免產生嫌隙，安氏夫婦夾在當中，時常兩面不討好。聶華苓與安格爾廿七年的異國姻緣，育有二女薇薇、藍藍。作家李歐梵自稱與安格爾為「酒」餘飯後的知音，其後成為安氏夫婦次女藍藍的夫婿。

李歐梵稱頌其岳丈一生是樂觀的，從未自艾自憐過，永遠充滿了活力，永遠有做不完的事，他的精力驚人，正像他驚人的記憶一樣，可以喚起每一個人的生命，也使他的生命交織在每一個人的生命之中。他尚未完成的回憶錄名為——Engle Country，這兩個英文字至少有三重意義：安格爾的家園、鄉土、國家；「國際寫作計畫」成立後，他的文學「國家」更伸展到世界，所有受他恩澤的人，都是「安格爾家園的孩子」，不論流落到世界何任何角落，他永遠與大家同在。

一九九一年三月廿三日安格爾偕妻子於芝加哥機場準備赴歐遊歷時，安氏因心臟病突發逝世，享年八十二歲。由臺灣作家成立的「愛荷華國際寫作計畫臺灣聯誼會」會員高信疆、姚一葦、柏楊、陳映真、尉天聰、瘂弦等共同發起追思會，並印行紀念集《現在他是一顆星》，蒐錄歷年受過該項計畫發掘、提拔、輔育照顧的海內外作家撰寫的感人記述。其中，美國作家馮內果（Kurt Vonnegut）感性地寫道：我認為與愛荷華州有關的三樣東西是：玉米、豬和作家工作坊；保羅·安格爾應該得到海岸警衛隊的勛章，因為他救了很多溺水人的命。

本名王慶麟的瘂弦坦承，他因為去過愛荷華，也算留過美，所以回國後，被救國團請去編《幼獅文藝》；《幼獅文藝》編得不錯，又被《聯合報》找去編副刊，這一切都跟愛荷華息息相關。他認為，中國現代文學史如果將愛荷華的因緣抽離，恐怕會遜色不少。

安格爾共出版二十多本書，其中十一本是詩集，其他小說、散文、

文學評論等。中譯本有《中國印象》、《舞的意象》，均為詩集。他以詩馳名，他的《悼愛荷華死者》被視為史詩，美國聯邦政府曾為此立碑誌記。[41]

　　對於《聯合報》攻擊安格爾的「黑白集事件」，柏楊筆下曾有相關記述，他寫道：「香華常告訴我說，她從沒有見過一個外國人，一句中國話不會說，一個中國字不認識，而只因為娶了一個中國妻子，就對中國如此的熱愛，並延伸到全體中國人的熱愛。……」然而，保羅完全不懂中國人的勢利取向和「窩裡鬥」的嚴重性，以致他熱愛中國人的結果，往往使他啼笑皆非。大陸在一段長時間裡，視華苓夫婦為上賓，可是有一天華苓在一本書中把臺灣稱為 R.O.C.，特立專章時，大陸立刻翻臉，尤其正逢她們夫婦先後退休，已沒有力量提供別人出國的機會，更是雪上加霜，她們一九八七年大陸之旅，保羅就不了解他熱愛的中國為什麼變得如此冷漠！

　　而在臺灣，跟美國斷交之後，國際作家寫作計畫因為是國務院的機構，奉到的指令是改為邀請大陸作家，臺灣遂被淘汰。保羅為了維持臺灣兩個名額，費盡心機向工商界募款，可是臺灣的回報卻更為有趣，文化特務抨擊他們不該邀請反動作家，並堅稱保羅家懸掛毛澤東先生的照片；愛荷華的若干華人甚至在報上刊登啟事攻擊，他們只要走幾步路就可到保羅家看個清楚，但他們畏懼自己的眼睛，寧可相信別人的嘴巴。

　　而在臺灣，一位國大代表更在報上把愛荷華的經費來源的國務

---

[41] 高信疆主編：《現在他是一顆星：懷念詩人保羅‧安格爾》，臺北，時報文化公司，民國 81 年 4 月，頁 33-61, 113, 142, 162-165, 267, 295, 362, 365, 367, 389, 390。

院，誣指為花花公子雜誌，指控保羅夫婦對中國文化是包藏禍心。在此稍早，保羅夫婦來臺北時，電視臺已經錄影訪問，臨時卻不准播出，接著稍後，則不准他們入境。一九八六年，我曾為了他們的回國，分別會晤過幾位高階層人士，包括當時的教育部長李煥先生和當時國民黨文工會主任宋楚瑜先生在內，都認為保羅夫婦受歡迎，但仍拖延了半年之久，最後還是余紀忠出面，但也經過不少的不愉快的過程，保羅夫婦才能有一九八八年五月的訪臺之行。」[42]柏楊前述文中所指的「一位國大代表」，即係民國六年生的前輩詩人鍾鼎文。

　　為平抑海外紛至沓來的壓力，鍾鼎文在寫給《聯合報》總主筆楊選堂的信中表示：「弟撰『黑白集』逾三十年，向以不採未經見報之資料為原則，庶乎立論容或『理有未明』，用事不致『事有未察』，並負評論及報導之雙重責任。前撰〈工作與娛樂〉一文雖基於弟親聽之言，惟對方矢口否認，將為報社招致困擾，亦有違弟多年信守之原則，殊覺內疚。為息事寧人，可由弟引咎停筆，逕向對方說明，並表歉意。」

　　安格爾夫婦向我駐美機構嚴重抗議時，筆者因負責《聯合報》與駐外記者連絡，故能知悉若干內情。惟多年後，鍾鼎文先生接受訪談時，對此事並未再多置一詞；據鍾氏表示，安格爾抗議風波高潮平復若干年後，《聯合報》仍然對其十分敬重，又恢復供稿職責。

　　聶華苓為追懷她與余紀忠的私誼，民國九十一年四月廿八日於《中國時報》人間副刊發表〈放在案頭的一封信〉，再度提及被臺灣情治單位敵視的往事：

　　「一九八七年陳映真來愛荷華，遞給我一封余先生的信，毛筆行

---

[42] 柏楊：〈悼保羅〉，收錄於：高信疆主編：《現在他是一顆星：懷念詩人保羅・安格爾》，臺北，時報文化公司，民國 81 年 4 月，頁 93-95。

書，沒有標點，十五年以來，那封信一直在我案頭，每次看到就覺得十分親切。……寥寥幾行字，含義深刻，情誼真切。余先生的邀請為自己招來許多麻煩。臺灣駐芝加哥辦事處不予簽證。余先生在各方奔走，上層人士終於允許我入境，但是，警備司令部不准。余先生又得奔走，最後他們要我寫保證書，保證不參加政治活動，不為共匪作宣傳。余先生知道我不會寫甚麼保證書，對他們說：那她不會來了。實際上，我從未參加任何政治活動，也從未為任何黨派作宣傳。余先生終於說服他們。我得到臺灣駐芝加哥辦事處電話，對方說可以給我簽證，但是嚴厲警告我：不准參加任何政治活動，不准為匪宣傳。

一九七四年，我同安格爾到臺灣幾天，只為探望坐牢十年出獄的雷震先生。聽從朋友的建議，我們悄悄地來，悄悄地走。一九八八年這次可不同了。我們是余先生的『嘉賓』，盡情享受臺灣『冰雪初融』的人文景觀，和老朋友的聚會，和新朋友的相識。……我和《自由中國》的朋友們，在一九六〇年雷震先生被捕、《自由中國》被封以後，飄零廿八年，終於又相聚了。雷先生已作古，傅正、夏道平、雷夫人都還健在。懷舊、談今，不知道的，不能談的，全都吐出來了。真是世事兩茫茫，恍如再世人了。我帶著鮮花去拜謁自由墓園，默告雷先生他當年不惜生命而鼓吹自由民主，臺灣已朝那個方向起步了。

我和安格爾也帶著鮮花去空軍墓園，為我年輕守寡的母親和年輕喪生的弟弟掃墓。鳥鳴依舊，蝶飛依舊，母親墓土已裂，苔痕滿地。安格爾和我一同向母親行禮，我淚流滿面的，他也淚汪汪了。……我帶著白蘭地去看臺靜農先生。我一進門就說：臺先生，二十六年了，今天才有機會謝謝您。一九六〇年，雷先生被捕後，我閉門隔離親友。

一九六二年，您竟親自來邀我到臺大中文系教現代文學創作，從此我在臺灣又見天日了。」[43]

高信疆向筆者表示，當年他自己離開中時人間副刊時，就是被文化特務勢力鬥下來的，用「掃地出門」來形容亦不為過。他自己也曾去過安格爾主持的作家工作坊，完全沒有「黑白集」所影射的負面狀況，如此子虛烏有的指控，曾引起許多作家的憤慨和聲援。

標榜「正派辦報」的《聯合報》當然不可能每天出報前，保證半點錯誤都沒有；但「無心之失」和「有意之作」是有區隔的。如今年高德邵的鍾鼎文在其寓所接受筆者訪談時，並未向筆者多做解釋，故亦無從了解更多細節，唯由此一風波可證，要害一個人何止只要勸他去辦雜誌，「黑白集」區區三百多字就讓一向得理不饒人的大報，身陷國際勢力抗議圍剿的泥淖。

第三節：淡化社會新聞及向心力日漸廢弛

總的來說，在《聯合報》五十多年報系發展歷程中，媒體領導階層針對外在環境改變適時進行調整尚非難事，但如何在取得領先業績之際，猶知反躬自省，以「周處除三害」的精神整頓自我，改造企業形象，則其難度更大，意義則更為深遠；其中最具指標意義者，首推民國七十二年八月啟動的版面淨化方案的推動與落實。

《聯合報》與早年的《徵信新聞》均以偏重聳動的社會新聞報導起家，已是產官學界不爭的定論，而兩家大報如何贏得新聞史上更高

---

[43]　聶華苓：〈放在案頭的一封信〉，《中國時報》人間副刊，民國 91 年 4 月 28 日，第 39 版。

的評價，其關鍵應在於兩者各擁江山，享有厚利與社會聲望地位後，何時痛下決心，認真挑起導正社會責任與民眾觀念的專業使命。

民國六十七年六月間，經濟學者侯立朝曾以國民黨黨員身分上書蔣經國主席時指出：「這兩個家族式的報業集團，主事的董事長，都是本黨中央委員，如能遵守本黨現階段文化建設的決策，揚棄低級趣味的路線，提高新聞水準，堅守民族倫理，當會對文化建設有益。如果一仍舊貫，去競賽著投機主義，黃色生活，而動搖國本，腐化社會，則是文化思想與生活意識之大癌，必須加以整飭，一以縮小其壟斷組織，以示新聞平等，一以約束其新聞路線，淨化文化基地。臺灣的經濟發展進步及保護政策，已經為這兩家報業集團提供了高額的利潤，它們又為社會提供了什麼服務？是值得它們自我反省的。限制它們的壟斷擴張，和日趨腐化，就是給它們一個反省的機會。」[44]

兩大報為獨家社會新聞而競相爭戰，各出奇招以分高下的故事，一直是兩報資深同仁津津樂道的陳年往事。《聯合報》歷任採訪主任中，唯有孫建中係以掌理社會新聞的副主任資歷取代于衡獲得拔擢，於民國五十八年元月一日起至六十年七月間為採訪組掌舵，即可印證彼時確為第三版色羶腥新聞掛帥的年代。

報禁時期限證、限張、限印政策下的日報第三版，更被各報視同黃金版面，讀者每天都被三版刺激的標題和內容弄得口味愈來愈重、胃口也愈來愈大，跑社會新聞的記者被捧得像鳳凰蛋。《聯合報》為了與《徵信新聞》一較高下，還主動挖角，將對手報大將趙慕嵩網羅進來，震撼了《徵信新聞》編輯部。

---

[44] 徐桂華.《給中國時報把脈》，臺北，作者自印，民國 68 年 1 月，頁 7。

　　臧遠侯曾撰文追憶當年《徵信新聞》同仁為社會新聞忙碌，及兩大報為固守地盤而殫精竭慮的實況如下：「民國五十一年十月三日，那是美軍格魯佛命案的最高潮，檢警專案小組在眾多軍警森嚴包圍下，午夜秘密押解嫌犯進行現場表演。本報事先取得訊息，即派記者化裝潛入附近新建無人樓房，居高臨下一覽無遺，種種動態盡收眼底。編輯部則由我和董大江、汪祖怡共同守候準備換版和發刊號外海報。董、汪久候無聊，下起圍棋解悶。凌晨時分，記者新聞稿和圖片均已備齊，他倆仍為棋局爭論不休，我一時情急，憤將棋盤掀翻在地，同時厲聲高喊：『趕快發稿！』把兩人嚇得一楞，立刻息爭完成任務。……民國五十四年，那年董事長曾遠遊歐美，行前囑我密切注意編採同仁動態，勿使人才外流，倘有任何情況，俟他歸後處理。果然稍後就有記者趙慕嵩請辭，我即讚其才華出眾，成績卓越，前途應無限量，切勿遽萌退意；何況紀公現旅海外，我無權定奪，須俟其歸後再議。趙當時貌似恭謹，同意我意見。詎料翌日《聯合報》第三版竟然刊出一篇專稿，題下赫然以三號字標揭『本報記者趙慕嵩』，顯係以既成事實向本報挑戰。我怒不可遏，立囑人找趙來見，當面痛斥，毫無誠信，愧對良知，罔顧倫理，何以為人？」[45]

　　臺灣報業史上新聞同業為了聳動的社會新聞而爭奪的採訪紀錄，及其引發的社會各界的批判，可謂不勝枚舉。中時與聯合兩報的競爭，更是同業中的死對頭，也是輸贏互見，同樣靠刺激感官的社會新聞起家的報業霸主。

45　臧遠侯：〈從滿頭黑髮到兩鬢飛霜：中時惠我五十年〉，載於：黃肇松等編：《中國時報五十周年社慶專刊》，臺北，中國時報社，民國 89 年 12月，頁 181。

　　于衡在《聯合報二十年》中寫道，《聯合報》從創刊開始就一直重視社會新聞，特別是具有「偵探小說」內容而且有連續性的社會新聞；不單重視犯罪新聞，也重視包括天災、人禍和交通重大事故等廣義的社會新聞。因此，歷任採訪主任均將社會小組視為中堅部隊，或是突擊部隊，社會新聞記者成為採訪組最辛苦的一群。雖然當年編制只有七人，但與對手《徵信新聞》從機場對峙到警察局，從法院對峙到臺大醫院，甚至從臺北到東京，雙方幾乎每天都處於緊張狀態中。[46]

　　馬克任指出，臺灣社會新聞的興起，臺北《民族晚報》實其嚆矢，且應歸功於採訪作風注重有計畫的採訪報導。早年編輯政策偏重社會新聞，是因為當時臺灣新聞界本身，傳統不重視、不注意社會新聞，即使其影響再重大的社會新聞，大都仍被置於所謂「報屁股」的地位，而社會新聞卻與讀者關係較密切，讀者所愛讀的。當時幾件驚人的案子，如「成功大學女講師朱振雲投日月潭自殺案」、「女學生陳瑞媛自殺案」、「于禮血案」等等，經過重點發揮轟動社會。有了一次又一次的重點報導，讀者就愈來愈多被吸引過來了。《聯合報》創刊初期編輯政策及採訪方針為社會新聞與經濟新聞並重，其目標是為建立《聯合報》社會新聞報導的權威地位，同時為臺灣的經濟發展進行觀念和實務的鼓吹，終於為《聯合報》打開恢宏的格局，繼之有外事新聞報導的領先，由於有計畫地發掘「紅葉少棒隊」的新聞而掀起體育新聞熱潮，接著是政治新聞建立了權威，終於造成《聯合報》在海內外華人報界無可置疑的、首屈一指的領先地位。[47]

---

[46] 于衡：《聯合報二十年》，臺北，聯合報社，民國 60 年 9 月，頁 203-206。

[47] 馬克任：〈我曾經孕育過的和正在孕育中的夢〉，《聯合報系月刊》第 80 期，民國 78 年 8 月，頁 15。

　　《聯合報》重視社會新聞還可從記者的特殊歷練觀察。早年編輯部人員都是《民族報》的班底，社會記者有吳漫沙、鍾中培與孫建中，採訪主任馬克仁為了提高第三版的可讀性，特闢專欄「終身大事在臺灣」供三個跑社會新聞的記者輪番上陣，由於言之有物，筆調輕鬆，相當受到讀者歡迎，報社同仁稱他們為「三劍客」。民國四十三年因景氣低迷，報紙發行量雖增，但營收依舊不夠維持運作，社方只好裁員，社會記者三員大將只能留下二人；為了不讓大家為難，民國元年生的吳漫沙自認還另有《民族晚報》的工作，便很豪爽地成全他人，毅然辦了留職停薪離職。

　　吳漫沙生於福建省晉江縣石獅市，民國十八年原擬往南京入軍校，但未獲在臺經商的父親首肯，乃於泉州教小學並參加反日組織；民國廿五年陪母親來臺定居，並開始向報刊投稿，次年徐坤泉邀其主編《風月報》，並陸續撰寫漢文小說《桃花江》、《韭菜花》、《大地之春》、《繁華夢》、《黎明之歌》等連載作品，另如散文、新詩、劇本等亦源源不斷問世，才華洋溢，文名遠播，為早年臺灣藝文界與新聞界中不可多得的創作奇才。

　　吳氏於二戰結束前兩年擔任「臺灣放送局」編審，臺灣光復後創辦《時潮》月刊，擔任《臺灣新生報》記者兼「臺灣廣播電臺」編審。民國四十五年吳漫沙還一度與另兩位友人合資，在臺北市博愛路鬧區短暫經營過一家「璇宮酒家」，開幕時王惕吾、葉明勳和警界長官老友都親臨致賀。民國五十二年吳氏復職重返《聯合報》，八年後退休。[48]至於「三劍客」中的鍾中培，其後在臺北市昆明街自營一家旅社，孫建

48　李宗慈：《吳漫沙的風與月》，板橋，臺北縣政府文化局，民國 91 年 10
　　月，頁 146,150,161-202。

中則繼于衡之後調升採訪主任，亦為《聯合報》唯一跑社會新聞晉升採訪主任者。

　　資深記者劉一民於回憶錄指出，民國五十年二月廿六日臺灣發現首宗殺人分屍案到破案的四十九天之間，《聯合報》有關瑠公圳分屍案的報導，除了四月六日到九日四天，其餘四十五天，至少以分屍案新聞做為第三版頭題的次數超過卅五天，有好幾天還是以全版篇幅報導。其餘不到十天，雖未用頭題處理，但大多用一號字或頭號字做題，其觸目驚心，可想而知。

　　除了《聯合報》之外，當時的《徵信新聞》亦未「落後」，連黨營的《中央日報》、《中華日報》及省府投資的《新生報》也不甘寂寞，大家異「紙」而同「字」，將疑兇指向對日抗戰時之空戰英雄柳哲生將軍[49]。其間，東海大學教授徐復觀甚至在同年四月十三日《聯合報》上撰寫一篇題為「分屍案只有希望因果報應來解決」的專文，影射真正兇手將因身分特殊背景而消遙法外。

　　但事隔兩天警方即正式宣布破案，逮捕之真兇盧家祥為死者陳富妹的丈夫。柳哲生乃於五月二日向臺北地檢察署提出自訴，控告徐復觀和《聯合報》發行人王惕吾、社長范鶴言等三人涉嫌誹謗；八天後，柳哲生夫人再自訴控告《華報》發行人朱庭筠、《聯新社》發行人蔡馨發涉嫌誹謗。

　　同年五月十八日，臺北市報業公會理事長李玉階出面在西寧南路

---

[49] 柳哲生將軍為湖南省醴陵縣人，民國 2 年生，民國 25 年 10 月空軍官校第 25 期畢業，對日抗戰期間出生入死，戰功彪炳，為著名的戰鬥英雄；若非受到重大命案新聞界影射中傷之牽連，頗有機會繼續晉升，其同期同學陳衣凡其後榮任空軍總司令。

「記者之家」舉行「道歉酒會」。與會者除了柳哲生將軍、軍事檢察官任兵與被告各造，還包括：空軍總司令陳嘉尚、副總司令徐煥昇、中國國民黨中央四組主任曹聖芬、行政院新聞局長沈錡及各報負責人達一百多人。回首往事，論者每謂柳哲生若非慘遭新聞界「打高空」的報導「套牢」為分屍案兇手，說不定早就做了空軍總司令，甚至參謀總長。但劉一民認為：「跟當年瑠公圳分屍案比較，今天新聞界的不負責任，比當年可能更糟！」[50]

由於新聞界渲染犯罪新聞的手法令各方嘖有煩言，中國國民黨第八屆中央委員會常務委員會更於民國五十一年元月十三日舉行的第三四七次會議，通過第四組擬定之「改善犯罪案件報導之新聞政策綱要」，其中「改進犯罪新聞發布要點」的重點如下：

（一）為使姦淫、兇殺、貪汙、舞弊、盜竊、鬥毆等類犯罪案件之新聞發布工作，能消極避免不良之影響，積極達成淨化社會新聞、端正社會風氣起見，特制定本要點。

（二）各有關機關應指定人員，專責擔任新聞之發布與記者之聯繫，確定其位與權責，及時供應充分之資料，使能認識全局，掌握主動，保持時效，防堵失實之猜測與傳聞，從而導引新聞報導，走向正確的途徑。

（三）犯罪案件之新聞發布，應力求迅速確實，並切實注意下列各點：1.不渲染犯罪的過程，不洩露犯罪的手段，尤應避免對犯人作英雄式的描繪，或作足以引起青年學生及一般社會之崇拜與模倣的暗示。2.不洩露當局偵破的計畫與步驟。3.不涉及集

50　劉一民：《記者生涯三十年》，臺北，傳記文學雜誌社，民國 78 年 11 月，頁 76,77,85-87。

體或個人的名譽與權利，不輕率洩露證人及與案件有關人員之
姓名，不洩露案件之來源與線索。4.不洩露有關人犯及證人的
供詞。5.不發布恐怖的圖片或錄音片。6.不洩露偵破的過程與
技術。

（四）辦案人員及發布人員對左列各項應拒絕記者之採訪、攝影、或
錄音，必要時並得控以妨害公務罪：1.勘驗中之現場。2.偵訊
中之嫌犯。3.無公開必要之牽連人及公證人，與未鑑定之證物。
4.其他依法令應予保密者。

（五）各有關機關應成立記者接待室，除經由發布人員發布新聞資料
外，應加強公務保密，嚴禁其他經辦人員透露案情，或供給採
訪之線索。

（六）各有關機關應切實注意各種出版品有關本身業務之記載，如有
蓄意誇大、渲染歪曲失實之不正確新聞或評論，應依法更正、
控訴或要求其立即提供有關該項案件之資料，並出庭作證。

（七）遇有重大犯罪案件發生時，有關機關之公共關係或新聞發布人
員，應密切聯繫，俾能協調合作，步趨一致。[51]

　　但是，這項試圖改進新聞機構處理犯罪新聞的政策，並未能紓解
各報為生存而渲染犯罪新聞的壓力。

　　民國六十年二月間，政府有關方面一再提及貪贓枉法的社會新聞
太多，「都被共匪利用作打擊政府威信的工具」，王惕吾的當時看法是：
「一個社會就如天候一樣，有白天就有晚上，有光明也有陰暗。例如，

---

[51]　參見：中國國民黨中央委員會黨史館藏：第八屆中央委員會常務委員會
　　第 347 次會議紀錄，民國 51 年 1 月 13 日。

我們社會上有所謂貪汙、紅包的事，廉能的政府，為了向民眾交代，不遺餘力的去取締，去消滅，報紙在這方面也以輿論配合政府的作法，應該是很好的，我們為什麼一定要從壞的方面去著想。……我們雖不必顧慮共匪的歪曲宣傳，但不能不站在自己國家的立場，配合國策，嚴守報業道德的崗位，為國家政府設想。」警備總部當時曾提出五個處理犯罪新聞的尺度，供各報參考，其要點如下：一、提倡好人好事。二、貪贓枉法的新聞不要渲染。三、誨淫誨盜的新聞應減少。四、少年犯罪不要做英雄式的描寫。五、販毒走私的新聞應平實報導。王惕吾認為，警總的五個要點內容《聯合報》已經在做，「今後，為了使本報保持領導的地位，更應循此途徑去做，同時還應該在效率與精神上求取進步。」[52]

平心而論，無論解嚴前後，臺灣新聞界一直陷溺於色羶腥的惡性競爭中，淨化新聞、拯救世道人心的口號人人都懂，但是畢竟只是一項「知易行難」欠缺實際約束力的道德訴求而已，業界為了銷路，寧可刀口舔血，迎合低級趣味，犧牲了專業倫理與社會責任也不願自律自清。

一般狀況下，平面媒體的編務改革大多侷限於版面設計或版序調整，但民國七十二年八月十日《聯合報》基於業務已經日益穩固，社會責任感隨之日益加重後，自發而務實的開始淡化以嗜血聳動的社會警政新聞掛帥的第三版，有如周處除三害般的自願「自廢武功」，將被稱為「黃金版面」的第三版，全部改刊更符合現代化生活需求的多元化新聞，這在每天發行張數僅有三大張時代，確是震動武林的驚人之

---

[52] 李勇筆記：〈發行人在副主管以上編採人員會議中致詞〉，《聯合報社務月刊》第 92 期，民國 60 年 3 月，頁 4,5。

舉。在此次大手筆改版之前,《聯合報》「黃金版面」第三版擔綱的主
編,三十多年來前後僅由四位老手輪替:袁開業、王潛石、查佝千、
金徐發,[53]由此更可了解社方對第三版定位的重視。

行政院政務委員張豐緒對《聯合報》進行第三版編務革新大表激
賞,他於專文中指出:如此根本的改變,對讀者長久以來的「積習認
知」與「想當然耳」自是一種震動;這在編採上,不是光明面和黑暗
面的問題,也非是否符合健康和建設性的問題,更不是標新立異和適
合味口的問題,而是是與非的問題、是需要不需要的問題,是進步與
落伍的問題,更是對自己和大眾負責與不負責的問題。

張豐緒肯定此次改版,是大經驗、大智慧、大魄力、大行動下的
主動性創發,但其效用和對新聞同業可能產生的效應,仍頗多疑慮,
張氏則相當樂觀地認為:「或許,跨上這一步的起初,是寂寞的,因為
卸下傳統的包袱,開拓新寶的領域,總是有其艱辛的。但正確與光明,
當是堅定與充實這個精進步伍的見證。」[54]

《聯合報》總編輯趙玉明在報告改版經過時指出:版面調整案係
遵照董事長創新突破的指示辦理;為適應適應多元化社會發展需要,
因應科技發展對國家現代化前瞻性、觀念性的影響,及強化綜合性報
紙的社會角色,因而必須有所創新,必須突破陳陳相因的格局。局部
調整版面的狀況為:一、增加以科技、人文、生活為內容的現代化生
活版;二、加強全省性綜合新聞版;三、擴大以臺北市為中心兼及鄰

---

[53] 阮肇彬:〈在安定中求進步:二月廿二日聯合報編務座談紀錄〉,《聯合
報系月刊》第 3 期,民國 72 年 3 月,頁 31。

[54] 張豐緒:〈談自然生態保育,祝聯合報社慶〉,《聯合報系月刊》第 9 期,
民國 72 年 9 月,頁 20,21。

近市鎮的大臺北市版；四、為了擴充新版面，受篇幅限制，不得已將原經濟版、體育版取消，加強經濟、體育新聞報導，分刊相關版面，更切合綜合性報紙需求；五、配合調整版面，縮減若干廣告篇幅，使整版新聞的版面增多，改變形象，增強競爭能力。

至於調整後的各版內容及版次為：第一版：國內外要聞。第二版：政經省市新聞（大版）。第三版：現代生活新聞（大版）。第四版：國際新聞。第五版：綜合新聞（大版）。第六版：臺北市區里新聞（外埠為縣市區域新聞）。第七版：大臺北市新聞（外埠為綜合新聞）（大版）。第八版：聯合副刊（大版）。第九版：影視綜藝新聞。第十、十一版：分類廣告。第十二版：萬象。

至於改版後內外各方初步的反應，最多的是開風氣之先，有關單位和傳播界對《聯合報》尋求多元化社會發展的新聞取向都表示讚揚，某些報紙亦因而加強第三版有關科技、人文等報導。趙玉明認為，改版後可看性增加，廣告、發行方面多持肯定看法；但版面安排仍多爭議，如新增現代生活版應在三版還是五版？如原有三版的「黃金版位」應否變動？如體育、經濟兩版完全取消是否欠當？各方反映較多，蓋涉及讀報習慣；唯在處理上適當引導，在若干時日後，即可建立讀者新的閱讀習慣。[55]

改版後不久，系刊特別舉行專題座談探討改版後的評價和意見。採訪主任黃年表示，這次改版是中國報業大事，政策目標正確，未來努力方向是如何充實內涵，在採訪、寫作及編輯上再加力氣。但他亦

---

[55] 編委會：〈聯合報系八月份主管聯合工作會報紀錄：《聯合報》總編輯趙玉明報告版面調整經過〉，《聯合報系月刊》第 9 期，民國 72 年 9 月，頁 168-170。

坦承，能在眾人視為當然的歧路上，創闢出一條正路，非常難能可貴，但是，在題材的選擇及製作的分寸上，也不能矯枉過正，過度排斥社會病痛、矛盾、變態的新聞，則版面上亦不能真實反映真實的社會形貌，形成結構上不客觀的問題。

編輯主任張逸東於改版後認為，此次最大突破在三版，應可在中國報業史寫上一頁，以今後國內報業環境而言，報紙最好能做到質、量並重，而這次改版就是針對質的提升，面的拓展，意義非常重大。他建議有些瑣碎但讀者需要知道的訊息，宜整理後改為集錦式刊載，讓記者文稿見報率增加，編輯更可減少為了丟稿而心難割捨的苦楚。[56]

改版後十個月，王惕吾在編務座談上指出，《聯合報》近一年來進步得最快，改變了二、三十年前的情況，特別是內外同仁充份合作，已達到報面上「我有人無」的境界。但是，目前的三版做的還不夠，質與量都感不夠，領域應再擴大，例如科技新聞除了國防、工業外，還有醫藥、食品等很多新聞可以開拓，可譯載先進國家科技書刊雜誌。其他的文化、生活新聞亦應強化。[57]

王惕吾本人則於八年後，於《我與新聞事業》一書再次回顧此次改版行動時指出：《聯合報》的第三版，在創刊之初，即形成備受讀者重視的社會新聞版，也就是《聯合報》走入社會基層的落實作法，報紙內容也應著重社會大眾的生活與社會問題的報導，和民眾生活與社

---

[56] 陳如是記錄：〈座談專題：開創報業新紀元──對《聯合報》改版的展望〉，《聯合報系月刊》第 9 期，民國 72 年 9 月，頁 51,52,53,58,59。

[57] （1）阮肇彬記錄：〈董事長於六月十二日編務座談上的講話：有所為！有所變！〉，《聯合報系月刊》第 19 期，民國 73 年 7 月，頁 7,10。（2）編委會：〈董事長指示：聯合報系六月份主管聯合工作會報紀錄〉，《聯合報系月刊》第 19 期，民國 73 年 7 月，頁 130。

會活動打成一片。所以決定加強社會新聞，走報紙社會大眾化的路線，「銷路突飛猛進，使我的構想獲得了現實印證。」

但在決心將第三版改為現代生活版時，一開始不免引起同仁們的疑慮，惕老表示：「改版後的得失，無論是編輯方面的，發行方面的，一切由我負責，我願意承擔所有經營上的風險。……但是，我更強調，讀者應該歡迎我們改變內容，因為這是《聯合報》與社會同步進步，也就是把握社會脈動的努力。……這種被報社同仁形容為『社會新聞的革命』的作法，果然『一炮而紅』的吸引了廣大讀者的注意與迴響；不祇接受我們的現代生活版，而且創造了《聯合報》的更多讀者，欣賞我們對社會新聞的創新、突破。……對於中國報業也又發揮了一次『帶動』作用。……為我個人從事新聞事業添增了一種成就感。」[58]

早在報系成立之初，《聯合報系月刊》即邀集三報編輯部主要幹部座談，以達成董事長王惕吾所要求的報系內加強溝通，彼此樂觀其成，結為一體，以充份發揮統合作戰能力。

趙玉明在座談中表示，三報記者可能同時出現在一個採訪場合，也可能只有一報在場，如果所採訪的新聞與三報均有關係，就等於代表三報採訪，將稿件複印兩份送另兩報參考，攝影同仁亦比照辦理；因為如此互相支援不是給未到場者「難看」，也不是藉以「告狀」，而是使報系的報紙在新聞取捨上，不致漏掉可刊出的新聞。他強調，報系內搞獨家新聞，是絕對不容許的，也不能有此心理。無心之過尚可原諒，存心就不想讓報系的姐妹報知道，讓你第二天「好看」，這是很

---

[58] 王惕吾：《我與新聞事業》，臺北，聯經出版公司，民國 80 年 9 月，頁 62,63,66,67,68。

要不得的。[59]

王惕吾亦曾藉逮捕許金德案敗給對手報的的重大挫敗,部份歸因於新聞供應中心未能如期建立國際採訪網,「實在是《聯合報》編務上一次重大錯失,雖然在後續新聞發展上,大家發揮團隊精神有優異的表現,但逮捕行動新聞當天只見載於北區報份,已成無可彌補的遺憾」。因此,王惕吾重提統合作業觀念,力主「三報重要新聞應不分彼此,相互交流通用,三報總編輯及採訪主任有沒有時時把這件事放在心上呢?報系國內國外新聞的相互支援工作,有沒有發揮績效呢?報系的優勢一定要妥善運用,今後一定要以統合力量爭取壓倒性的勝利。」

王惕吾強調記者要訓練出敏銳的「新聞眼」、「新聞鼻」,以及「新聞耳」,並養成能配合新聞工作的生活習慣,軍事學家蔣百里先生有句名言:「生活條件與戰鬥條件一致者強,相離則弱,相反則亡。」引用到新聞工作則是:「生活習慣與工作條件一致則成,相離則衰,相反則敗。」[60]

要求報系內互通有無,看似合理,且立意極佳,對企業文化的良性增長亦必有一定程度的加分效用,但實際操作起來又如何呢?

民國七十四年三月四日王惕吾在三報常董會中指出,「《民生報》

---

[59] 阮肇彬記錄:〈發揮團隊精神〉,《聯合報系月刊》第 7 期,民國 72 年 7 月,頁 50,51,70。

[60] 聯合報董事會編:《聯合報、經濟日報、民生報常務董事會會議紀錄（74~76 年）》,臺北,聯合報社,民國 82 年 12 月,頁 241。由於中時於是年聖誕夜得知走私黑槍的許金德集團黨羽在菲律賓落網,並以一版頭條獨家消息處理,令《聯合報》天亮後大失顏面,乃決定增派駐馬尼拉記者補漏,筆者即於次年二月奉派赴菲工作。

自三月一日起由陳啟家接任總編輯,希望在編務上能更加強。尤其《中華日報》自三月一日起朝《民生報》的路向改版,雖然未全盤跟進,我們仍應知所警惕,……所以今年這一年,對《民生報》的要求特別加強,特規定《聯合報》不再向《民生報》調人,另由《聯合報》供應中心專欄組成立支援兵團為《民生報》出力。」[61]

如此要求聯合與民生心手相連的指示,理當全力執行才對,但半年不到,王惕吾即於同年八月十九日三報常董會提出具體指責:「本月十三日《聯合報》綜藝版對影片『夏日福星』所作之評論,在文字運用方面太過尖刻,且有任性批評現象。這種情形竟然發生在《聯合報》記者身上,且該組主任及主編核稿時未能及時修飾糾正,誠屬怪異,實有違《聯合報》一貫客觀及厚道之傳統風格,深覺遺憾。……《聯合報》綜藝組對於《民生報》所報導之影劇新聞時有唱反調的情形,甚感不解,其動機何在?由劉總編輯徹查。」[62]

民國七十七年二月《聯合晚報》創刊後,王惕吾重申《聯合報》仍是母體,各報一切作法均應以維護《聯合報》的利益為先,不能因單獨個體影響到整體利益,尤其是《聯合報》的利益,「希經濟、民生、聯合晚報,要全力支援母體報一切的需要。」[63]

由此看來,報系主管雖三令五申內部不得搞獨家,但是為了展示自己的特色和功勞苦勞,為了累積向老闆爭寵的本錢,新聞競爭而根

---

[61] 聯合報董事會編:《聯合報、經濟日報、民生報常務董事會會議紀錄（74~76 年)》,臺北,聯合報社,民國 82 年 12 月,頁 39。

[62] 聯合報董事會編:《聯合報、經濟日報、民生報常務董事會會議紀錄（74~76 年)》,臺北,聯合報社,民國 82 年 12 月,頁 92,93。

[63] 聯合報董事會編:《聯合報、經濟日報、民生報、聯合晚報常務董事會會議紀錄（77~82 年)》,臺北,聯合報社,民國 82 年 10 月,頁 26。

深蒂固的本位主義，不願落實資訊同享的「拿來主義」，顯示即便本是同根生的母子報、姐妹報，也是知易而行難的。

無論本位主義如何不顧手足之情，尚情有可原，但最起碼的本職內的敬業精神同樣在報系成立後潰決，更令知情者浩嘆。

王惕吾於民國七十五年二月三日的三報常董會，針對一大一小的新聞處理失誤說了重話：美國太空梭「挑戰者號」於上月廿九日臺北時間零時卅八分升空爆炸，《聯合報》編輯部在零時四十五分前已獲知此消息，按理時間上還來得及更改大樣作全省性全面印發，然而換版處理的報份只限桃園以北地區，新竹以南至屏東均未換發，像這樣全球矚目的突發性重大災變新聞，國內讀者竟有一半以上未能經由本報獲知，未盡到社會公器的責任，實愧對讀者。「這是卅多年來本報一次無可彌補的重大缺失，本人內心感到無比的難受。自康定路時代迄今，報社在企業化經營方面所付出的努力，以及在編務上創新上的各種作法，可謂不勝枚舉，這些優良傳統，往往因人事調動未能一任一任、清楚地交代下去，且時常還有違反常例的情事發生。報社不斷在進步，要求作到『零故障』，但是一些小毛病還是經常出現。……由此次事件，感到本報主要幹部應變能力不夠，有大事發生沒有沉著迅捷之處事辦法，實在令人驚訝。如此應變能力及警覺性對今後編務、業務的影響太大，不能不加警惕。就換版技術而言，如此重大的全球新聞竟未作一版頭條顯著處理，實有反常情，新聞處理無大報之風，也是值得檢討之處。今天毫不保留地指出，希由各階層人員共同檢討改進。」[64]

據筆者了解，此次換版作業過度輕忽，造成王惕吾嚴重不滿，痛

---

[64] 聯合報董事會編：《聯合報、經濟日報、民生報常務董事會會議紀錄（74－76 年）》，臺北，聯合報社，民國 82 年 12 月，頁 146,147。

加指責的因素，實係外電編譯主事者倚老賣老，完全無視於下屬一再口頭提醒太空梭爆炸事態嚴重，誠為日久頑生的虛妄、驕傲所造成，對標榜「人無我有，人有我好」，品質幾近無敵的《聯合報》企業文化而言，真是莫大諷刺。

　　狀況頻出的還不止《聯合報》編譯組，同年五月十二日三報常董會上，王惕吾再度為美國《世界日報》的失誤動怒了。他指出，美國《世界日報》重發社論一事，已嚴重損及報譽，本人深感痛心。此次錯失，完全由於臺灣辦事處怠忽職守所致，社論稿未經詳閱即簽字了事，這種工作態度太不認真，應加徹底整飭，並從速健全代班制度及核稿制度。各報編輯如有兼班太多情形，應一併改進。對於此類事件的調查報告，今後務求徹底詳盡。美國《世界日報》臺灣辦事處之錯失，雖已加處理，仍須作進一步調查、研究，以明職責。[65]

　　劉昌平於七十五年底亦曾為少數同仁懈怠而感嘆。他指出，身處《聯合報》的工作環境，全心全力做事，習以為常，「但在我們幾千同仁中，亦難免有些人未具這種工作精神的，都要各級主管去領導糾正，這樣對同仁以後工作的發展和對報社的貢獻都會有利。最近《經濟日報》有位新進同仁輪到休假，對休假日應辦工作沒有交代，第二天發現這個沒有交代的消息，中央社發了出來，問他原因說是當天休假，好像就可不管，《聯合報》從沒有發生這種情形，大家工作沒有休假不休假的，有事發生，以新聞職業工作者而言，沒有理由可不予處理。」[66]

---

[65]　聯合報董事會編：《聯合報、經濟日報、民生報常務董事會會議紀錄（74~76 年）》，臺北，聯合報社，民國 82 年 12 月，頁 169。

[66]　編委會：〈董事長在十二月份報系主管工作會報上的講話：高樓平地起，

依據民國七十九年二月五日常董會紀錄，王惕吾看到《聯合晚報》
證券版以社會新聞的寫法及標題報導同樣感慨萬千，令其「回想《聯
合報》社址還在康定路的時代，當時的規章制度執行起來，著有績效，
有缺失馬上檢討，馬上改進。大家都心存正派辦報的理念，在工作上、
行為上戰戰兢兢，終於建立了報譽及良好的形象。現在報系的編採人
員中，新人居大多數，對傳統辦報的宗旨及精神，或許還有不甚了解
之處，而每次溝通也效果不彰，同樣的錯誤，一犯再犯，長此以往，
不但妨礙了編務進步，也有損報譽，這是我們重大的隱憂，因此我們
要堅持正派辦報的傳統立場，社會公器更不容濫用，希全體編採同仁
在新年度，揚棄過去易犯的毛病，對內對外不要有霸氣、驕氣，以正
派辦報的精神與作法，負起改善社會風氣的責任，為中國報業樹立新
形象。」[67]

到了民國八十二年六月，報禁開放的第五年，王惕吾再度針對《聯
合報》編務上的一些現象發抒頗多感觸，他指出：「例如一至四版重
要版面的編輯泰半由新人取代，編輯老手多被閒置，是怎麼回事？又
如採訪組，動不動就換人，路線跑熟了，有了經驗卻被調離，我也很
不以為然。放著原來有經驗的人不用，有事就再找新人，要知道，並
不是年輕的新人就是人才，新人經驗、閱歷不夠，可以勝任嗎？我們
是第一大報，一向重視人才之培訓及歷練，原來有經驗的人不用而找
新人，不是本末倒置嗎？」[68]

有志竟成！〉，《聯合報系月刊》第 49 期，民國 76 年 1 月，頁 12。

[67] 聯合報董事會編：《聯合報、經濟日報、民生報、聯合晚報常務董事會
會議紀錄（77~82 年）》，臺北，聯合報社，民國年 82 年 10 月，頁 201。

[68] 聯合報董事會編：《聯合報、經濟日報、民生報、聯合晚報常務董事會
會議紀錄（77~82 年）》，臺北，聯合報社，民國 82 年 10 月，頁 352。

　　除了總社發生令人倦怠的人事老化和令人激憤的爭執摩擦，縣市地方記者亦有人心渙散的現象。相較於其他媒體，聯合報系地方記者因素質整齊，且對報社認同感強烈，過去大多在地方中心服務至退休，一生奉獻給《聯合報》。不過在創辦人去世後，聯合報系的經營理念從傳統重視情感倫理的大家長制，轉為以績效評估為先的現代化企業管理模式，早年的勞資雙方如一家人的革命情感，也逐漸淡化，轉而為純雇傭關係。[69]

　　王惕吾病逝同年底，《聯合報》社長張作錦針對令其「愧對讀者，內心不安」的事例，提示同仁有沒有想到今天報館的處境，如果不算太「危言聳聽」，可說內外環境都有可警惕之處，他直率地批評編務處理出現了三大漏洞，工作精神渙散造成的漏失，豈能再歸咎於「運氣不好」。

　　張作錦指出：過去報館有創辦人領導，重大決策有他管，外來風雨有他擋，任何困難都可由他一言而決；那時大家無憂無慮，只要享受好日子就成。現在他走了，大家必須照顧自己，負起責任，要比以前更團結，比以前更努力，以維家聲，光大門楣。

　　他強調，媒體競爭愈來愈激烈，報業經營愈來愈困難，何況有心人還要把我們「從大報變小報」，也有人在旁邊等著看熱鬧、看笑話；「我們除了把報紙內容弄好，爭取廣大讀者群支持我們，還有什麼路好走？」；「《聯合報》明天的前途如何，就看我們今天做了多少事，盡了多少心。」[70]

---

[69]　陳永富：〈聯合報系地方記者工作價值觀與組織承諾關係之研究〉，銘傳大學傳播管理研究所在職專班碩士論文，民國93年6月，頁3。

[70]　張作錦：〈公開答覆黃北朗小姐，兼與同仁討論「工作態度」和「報館

　　隨著政經大環境的劇烈變化，《聯合報》資源再多，也擋不住外界政治成見一再衝擊的耗損。例如，民國八十六年五月廿日的報系主管工作會報即記錄了新聞競爭下的漏失和教訓：「最近內閣改組的新聞，《聯合報》受當局誤導未能掌握機先正確報導，固為憾事，但我們絕不因此動搖正派辦報的原則，堅信我們專業的採訪能力以及報系團隊合作的奮戰精神，依然可以在逆境中發揮最大戰力，克敵致勝。」[71]

　　針對張作錦的感喟，《聯工月刊》發行人張劍南以〈報館前途在何方？〉為題提出回應。他認為，張社長言詞懇切，由小見大，道出了報社內部的一些隱憂，但有關「報館前途」問題，似多所保留，對同仁激勵性不夠。

　　張劍南指出，民國七十七年報禁開放後，各報擴充版面，引進大量記者，記者平均素質有降低現象，呈現在報紙上的即是錯誤率增高，新聞處理不當等。對員工的再訓練，以培養更佳的專業素養，絕對有必要，但訓練方式不是花錢辦三天的集訓就夠了。同仁的工作態度渙散，新進人員對紀律、工作要求、文化等，的確仍有一段認知差距；而報社的獎懲、升遷、溝通管道、工作環境等，如出了問題，有些同仁可能採取消極抵制作法，不求有功，只求無過，甚至辭職他就，那就不是「工作態度渙散」而已。

　　在多元社會裡，員工的流動是很正常的，但流動率增高，或優秀人才留不住，就該探討企業體的經營理念、管理制度，是否也出了毛病？有位一級資深主管即感嘆地指出，過去，《聯合報》員工是搶工作

前途」問題〉，《聯合報系月刊》第 167 期，民國 85 年 11 月，頁 4-10。

[71] 編委會：〈聯合報系八十六年五月份主管聯合工作會報紀錄〉，《聯合報系月刊》第 174 期，民國 86 年 6 月，頁 75。

做，現在，能推就推掉。

　　中鋼創辦人趙耀東在中鋼成立廿年時，鼓勵中鋼員工反對趙耀東、檢討趙耀東，因為要延續企業的生命，就要不斷除舊布新，王創辦人對聯合報系影響相當深遠，但有些當時合宜的做法、制度，是否仍適用目前、未來呢？目前要凸顯《聯合報》的「不可取代性」並不容易，而《聯合報》過去被貼上「標籤」，至今後遺症仍存在，所導致報份的流失率，恐怕比報紙內容的錯誤率還嚴重。最後張劍南建議社方可考慮多角化經營並協助員工創業，如不往外發展，也應更積極的開源眼光，才能突破經營上的瓶頸。[72]

　　民國八十八年十一月《聯工月刊》刊出〈《聯合報》三十年風水輪轉〉一文，作者方傑指出：最近報社辦理優離優退出現了一些奇怪的現象，即大夥兒急著往外跑，急急忙忙想離開，幾乎已經到了爭先恐後的地步。想走的讓他走，要留讓他留，原本也沒什麼，偏偏這次優退優離辦法，配合了管理階層一些小動作，加上外面一大堆傳聞，使得原來想走的，趕緊丟單；還在猶豫的不再猶豫；原先並不想走的，左思右想也跟著提出申請，人數一下子就多了。「以往《聯合報》的工作是多少人夢寐以求的，曾經在新聞科系大專生就業的第一志願，工作穩定待遇高，老闆和氣待人好，多少人想進進不來，一進來幾十年不走，可以說拿棍子趕都趕不走；曾幾何時變成員工爭先恐後要退離職，不知道是員工變了，還是企業變了，還是老闆變了？」[73]

---

[72]　張劍南：〈報館前途在何方？該重塑企業文化〉，《聯工月刊》第 100 期，民國 85 年 11 月，第 1 版。

[73]　方傑：〈《聯合報》三十年風水輪轉〉，《聯工月刊》第 136 期，民國 88 年 11 月，第 8 版。

最後一段話，會令真正資深而愛報者潸然淚下。但這冰凍三尺的嚴峻形勢，又豈是經濟蕭條，非戰之罪的說詞所能完全掩蓋？如何找回大家的向心力，報系的總管理處有責，留在崗位上的有責，王氏家族第二代、第三代如何拿出魄力讓老店渡過危機，更是朝野都在旁觀看的生死大戲。

第四節：對東陽故里的回饋與兒孫接班工程

民國八十五年三月十一日凌晨零時廿分，王惕吾病逝於臺北市榮民總醫院。入殮的物件包括：兩副眼鏡、一疊照片（陽明山的家）、《報人王惕吾》、《聯合報四十年》、《我與新聞事業》等幾本書，另有常用的筆和便條紙、聯合報系的旗幟、王必立送的一隻錶、最近幾天的報紙。「這樣，他可以永遠記住自己的家，有他最關心的報業和同仁的文章為伴。」[74]

據資深員工指出，陽明山王氏住所雖曾為百年後預設了佳城，但家屬覺得若能將創辦人安葬於最鍾愛的南園更為合適；但基於安全顧慮，加上申請流程未獲政府單位核准，乃接受友人馬惜珍的建議，帶著風水師及家屬四處訪求適合的寶地，最後選定臺北縣林口鄉頂福陵園簡樸的雙穴墓位。雖然其位置與面積都無法與惕老生前締造報業王國的成就匹配，但倒也符合惕老簡樸的個性。

---

[74] 王麗美執筆：〈想您，爺爺──孫兒們對惕老的追念〉，收錄於：聯合報系創辦人王惕吾先生紀念集編輯委員會編印：《王惕吾先生紀念集》，臺北，民國 86 年 3 月，頁 21。

　　針對王惕吾締造中文報業王國的功績，可自製聯名家張佛千民國
八十一年八月精心撰寫之〈王董事長惕吾先生八秩壽序〉一文中之讚
詞窺得，重點如下：「夫成大事者必以得人為本，聯合報系人才之眾，
盛極一時；忠貞元老，壯猷常新；後起之秀，多士濟濟；而大將之選，
可以任重致遠，獨當方面者，迨雲集於先生大旗之下。蓋以先生求才
若飢渴之切，待才如骨肉之親，知人善任，分層授權，聯合報系事業
遍布全球，先生但從容督導，乃如臂使指，是真如古哲所謂能執君道
之大者矣。

　　先生之智慧與經驗交融，已達圓通之境，故其一言一行，莫不允
當。助人不使人知，而於國事，斡旋獻替，動關大計，未嘗為外人道。
故其德能殆不得──述之也。竊窺先生報國一貫之志，少日習武，曾
領勁兵；中歲習文，所領筆陣之龐大，冠於當世，海外建基，無遠弗
屆，以建中國新聞史中最大之王國。……而中國之必能統一，已成全
體中國人之共識共信，是則《聯合報》之飛揚大陸，殆可以預期而必
能達成者也。」[75]

　　前行政院長郝柏村亦盛讚惕老「遍舉報社於域外，遍植英賢於四
方，遍結知交於諸世界」，其培植英才為天下所用的貢獻為：「世皆知
先生養士之道多方，凡百才雋，或使之分主海內外報業，或令其開闢
相關文化途徑，必因其所長而掖晉之，又因其勞勩而崇獎之，往往在
他處不過一尋常黯默之士，一受先生識拔，遂足以政論名世，文學名
家。而先生掖進之、鼓舞之不足，又必拂拭之、遜接之，煦煦若昆仲
子弟。而先生養賢之道，且亦多方：或護惜體壇青年於方當茁壯之中；

---

[75] 張佛千：〈王董事長惕吾先生八秩壽序〉，《聯合報系月刊》第 117 期，
　　　民國 81 年 9 月，頁 10-11。

或獎進醫學家，精研民族藥學濟世；又或扶持政治人才，出為民意社會領袖。尤其關心大陸旅外民運人士，或助其就學，或資其團體運作，或接引其來臺遊歷，使知民主、均富、自由之在我者為如何？故人不獨樂與先生相接納，又樂為先生所任使，終身德之，過於父兄。」[76]

如此提攜後進，求才若渴的報人，又是如何回饋自己的母校和故里呢？民國六十九年一月第一八九期《聯合報社務月刊》刊出「本報關係企業董事長王惕吾於六十八年十一月十八日以新臺幣百萬元，贈送他的母校──陸軍官校，充實該校圖書，以表示對母校的關懷」的消息。[77]

王惕吾對於自己的家鄉又是如何表示的呢？惕老在東陽人心目中的地位，首先可以位於臺北市大安區四維路五十二巷的臺北市東陽同鄉會大廳窺見梗概，因為大廳高掛的橫匾就是「惕吾堂」；同鄉會常年運作所需費用，及獎助同鄉子弟向學的獎助學金，也幾乎都來自惕老不斷的贊助。

為實地瞭解王惕吾晚年如何回饋與浙江東陽故里現況，筆者於民國九十四年八月下旬專程前往東陽尋訪與惕老有關的事蹟。

惕老的母校東陽中學是浙江省培育了許多理工人才的著名重點中學，近年斥資人民幣一點六億元遷往北江鎮三百八十畝的全新校區，並於二○○二年歡慶建校九十週年。母校為肯定惕老在報業方面的成就，並感念其對母校長期的關懷和貢獻，特於百年校慶提供專頁紀念，

---

[76] 郝柏村：〈王惕吾瑞鍾先生八秩榮慶壽頌〉，《聯合報系月刊》第 118 期，民國 81 年 10 月，頁 8-9。

[77] 譚中興：〈董事長贈書母校〉，《聯合報社務月刊》第 189 期，民國 69 年 1 月，頁 4。

最上方左側為惕老親題之「正派辦報」四字，並輔以「他創建了全球最大的民營中文報系，他的終生志念是正派辦報」的說明文字；上右為惕老身著上黑下藍長袍的微笑玉照，照片兩側為紅底黑字對聯：上聯為「亘八十年孕育植其德潤其身鵬展聲華光母校」，下聯是：「成二十位菁英抒所長致所用雲衢騰達耀東陽」。另有五張照片組成同頁視覺焦點，包括：惕老早年於蔣中正總統接見外賓時站在前排的一幀黑白照，另三張彩照為接待前蘇聯領導人戈巴契夫、前英國首相柴契爾夫人來訪的情形；最下方是「東陽市第十二屆王惕吾先生獎學金頒獎大會」的場面照片。[78]

　　鑑於惕老在大陸東陽故里造福鄉梓的氣魄和手筆不凡，曾有大陸人士感念其義舉，乃致函盼其不祇做「東陽的王惕吾」，更希望能做「浙江的王惕吾」，以至於「中國的王惕吾」；惕老收信後並不因受人推崇而飄飄然，他向下屬淡淡地表示：「不要說大話，做事要量力而為。」由這句「量力而為」而延伸的「務本崇實」精神，亦被視為《聯合報》企業文化中重要的一環。[79]此一祖訓，亦成了近年報系業務嚴重下滑，必須節約務實的擋箭牌。據東陽同鄉會表示，曾有東陽官方人物來臺要求拜會報系時，王必成也淡淡的表示「不必了」。

　　據東陽官方人士表示：王惕吾生前的確很想回故鄉看看的，但畢竟身分、健康和時機等等都有些顧慮，致終未成行，所幸他想做和該做的事，幾乎都已委託中國文化大學退休的呂秋文教授數度代其返鄉

---

[78]　杜承平策劃：《人才的搖籃：浙江省東陽中學（1912-2002）》，浙江東陽，東陽中學慶祝建校九十週年籌委會，2002 年 9 月，頁 35。

[79]　楊仁烽：〈永遠向前看的報人〉，《聯合報系月刊》第 160 期，民國 85 年 4 月，頁 47。

逐項落實了，包括東陽市新建圖書館大樓、王村光小學新建校舍、母校東陽中學舊校區的體育館和捐給母校的一百萬美元獎學基金，及王村光對外綿延十多公里新路面等等體面捐助，使得東陽人無人不曉惕老大名，無不豎起大拇指誇讚；特別是捐贈給東陽市人民醫院的急救中心大樓及其相關設備，與捐給其夫人趙玉仙女士老家巍山鎮的骨科醫院所展示的大愛，更是效益深宏，口碑遠播。如此心繫故鄉的無私回饋，使得連金華、義烏地區的尋常百姓，也對這位臺灣報人的善行義舉如數家珍。

惕老的先祖之墓均完好保持於東陽市近郊北江鎮王村光，祖父胡美公之墓碑上方刻有雙龍搶珠彩飾，其下右側繪有春蘭、夏荷造型，左側為秋菊、冬梅，典雅樸實，氣勢不俗，位於一處可供集會活動的矩形廣場邊緣。再往後山方向步行約三、四分鐘，即為惕老父親莆南公與母親徐太夫人夏琴之墓，彼處係與惕老兄長瑞芳及其弟瑞芬合葬，墓碑為仿漢白玉之青石彫製，另有祥獅與瑞象鎮守於各石柱頂端；惕老兄弟之墓碑分立於雙親墓碑下方兩側，略呈拱衛之勢，碑前設有香爐、燭座及供桌等，總面積約八、九坪大；墓園環植數株松柏，前臨數頃開發未久的淡水珍珠養殖池，後方則為夏荷茂密的池塘，鄰近小山坡上雜生著幾株野生甜棗，一路上蟲鳴鳥囀相隨，放眼皆是詳寧清幽的典型農村風光。

按墓碑所刻銘文顯示，此處墳塋重修於戊辰冬月，由王惕吾以聯合報系董事長頭銜具名之立碑修葺，正中之銘文係由大成至聖七十七代孫奉祀官孔德成敬撰並書，其讚詞曰：「三槐世澤源遠流長，明德之後必大必昌，輝騰玉樹白眉最良，環球十報無冕如王。立言立功輔世多方，宗功祖德後裕前光，浙山浙水靈氣所藏，佳城永固垂蔭無疆。」

讓拜謁者感到好奇的是，墓碑上特別以硃筆描紅的字體，除第一

行述明由王惕吾重修及最後一行載明由孔德成撰文書寫的兩行小字，
予以描紅外，正中六十四個字第二行出現了兩個「必」字，第五行又
出現兩個「立」字，兩個「必立」都被描紅而格外顯眼。此一巧合，
是否另有寓意或風水布局，則不得而知。

　　重修日期在「戊辰冬月」，推算應係民國七十七年十二月底前後，
可見惕老重修祖墳是在政府正式開放民眾赴大陸探親之後。不過，孔
德成以「環球十報無冕如王」盛讚惕老功業，似與惕老生前對「無冕
王」一詞頗不以為然的立場有所牴觸。他在《我與新聞事業》一書鄭
重其事地指出：[80]

　　「新聞記者素有『無冕王』之稱，我對之最不以為然。我向來反
對這說法。『無冕王』是沒有皇冠的王，其意是雖然沒有戴上皇冠，卻
是事實上的王。把這樣的稱呼應用到記者身上，在正面的意義上是說，
記者受到無冕之王的尊敬；在反面的意義上則是說，記者像無冕的皇
帝，作威作福。

　　這兩種意義在我看來，都是對記者職責的誤解、扭曲與誤導。……
我平日對聯合報系同仁極少作道德觀的談話，……但是，我唯獨對於
『無冕之王』的說法，極為重視，成了我平日對聯合報系同仁囑之、
誡之的話題。我幾乎利用所有可能的機會，提醒聯合報系的記者，絕
對不應以『無冕之王』自居，並且應該從這樣的傳統中走出來，根本
否定這稱呼的意義。……我平常對於聯合報系記者的私生活，採取無
必要便不干預的態度，只要他的行為無辱於他的職責，不損害報社信
譽，不侵犯法律，人各有其生活方式。不過，我絕不容許《聯合報》

---

[80] 王惕吾：《我與新聞事業》，臺北，聯經出版公司，民國 80 年 9 月，頁
　　181-185。

記者犯了『無冕之王』的錯誤。這錯誤包括過去一向為社會人士所詬病的利用記者職權對採訪對象要索，假職權以濟私，在新聞言論上圖利他人或損害他人權益，基於私人關係捧貶他人等之行為。這也是我強調的『聯合報企業文化』的一種規範。……在我的嚴屬要求下，這種中國新聞界的壞傳統，在聯合報系已獲得徹底的消毒。」

報系同仁曾將惕老五名子女的大名：必成、必立、效蘭、友蘭、惠蘭，串成諧音的「成立校友會」一詞，當成茶餘飯後的聊天話題。其實，五名子女的排序應該是：必成（民國廿八年二月廿二日生）、效蘭（民國三十年七月七日生）、友蘭（民國三十二年七月九日生）、必立（民國三十四年五月二日生）、惠蘭（民國三十七年六月廿五日生）。其中，二女王友蘭已因肺癌去世。

按外界的一般理解和印象，最早加入報社編採業務的應是王效蘭，其次是民國五十五年十月廿二日負責發行《女性》雜誌的王惠蘭。[81]但在王惕吾力主倫理至上的前提下，長子王必成還是被放在最優先位置。王必成第一個正式職務刊於《聯合報社務月刊》第一百期，職稱是「發行人助理」，時間是民國六十一年一月一日。[82]其後於民國六十三年三月一日，王必成又升任副社長，並兼社務委員及聯合、經濟兩報總管理處總經理，成為惕老子女中第一個接掌正式行政職務並打入行政管理階層者。[83]此一由助理見習，然後循序補實職務的漸進模式，

[81] 編委會：〈輕鬆面：員工生活花絮〉，《聯合報社務月刊》第 46 期，民國 55 年 11 月，頁 81。

[82] 編委會：〈人事室通知〉，《聯合報社務月刊》第 100 期，民國 60 年 12 月，頁 66。

[83] 編委會：〈人事室通知〉，《聯合報社務月刊》第 127 期，民國 63 年 3 月，頁 51。

亦成其後兒孫輩漸次歸國、接班、遷調的途徑。

　　王必成與王必立同於六十三年三月一日分別出任《聯合報》及《經濟日報》副社長後，兩人職務異動即呈平行布局，例如，六十六年九月十六日，兩人分別升任兩報的發行人；六十七年二月十八日《民生報》創刊，王必成再兼該報發行人，長女王效蘭擔任社長，開始掌握社務管理行政系統。六十九年元旦，王效蘭升任《民生報》發行人仍兼社長。至此，三報發行人全按王家第二代出生序全面接班。七十三年十一月十五日美國總統雷根在白宮接見必成、必立兄弟時，二人頭銜同為《世界日報》副董事長。七十九年九月十六日兩兄弟職務分途發展，王必成將《聯合報》發行人移交劉昌平，出任在臺四報副董事長；必立仍保有經濟發行人再兼《聯合晚報》發行人及報系總管理處總經理。八十年五月一日必立再兼《經濟日報》社長，同年十一月初又將社長交給劉國瑞。八十一年三月一日王效蘭再兼報系總管理處副總經理。八十二年九月十六日王惕吾退休，王必成接任董事長，王效蘭出任《聯合報》發行人仍兼《民生報》發行人。八十四年十月一日，第三代唯一王家男孫王文杉正式晉升進入接班位置，自總管理處規劃處長兼《聯合報》管理部總經理升任總管理處總經理。九十年十一月一日年僅三十一歲的王文杉接任《聯合報》社長，成為創刊以來最年輕的社長，王惕吾生前親自操盤的由第三代接班的工程，歷經九年之後，終告大勢底定。

　　王文杉接任後表示：「就像一個第一次指揮全世界一流交響樂團的指揮家一樣，戰戰兢兢，知難而進，《聯合報》這個超級樂團過去的輝煌，也許不是他所能仿效，但是他有信心讓大家和他共同譜出值

得下一代聯合報人感到驕傲的樂章，在傳統基礎上創新，與每一場可能來臨的改變共舞。」[84]

如果時光倒流至民國六十一年，如果范鶴言沒有退讓持股的話，前述接班程序會如此順暢嗎？《聯合社務月刊》第一百期刊出王必成擔任「發行人助理」之後不久，范鶴言的獨子范思平立即「有樣學樣」，同年二月十四日獲任命為「社長助理」。[85]此一動作出於王、范兩位合夥人為愛子安排出路所建立的默契，還是「王規而後范隨」的有形制衡，則不得而知，但無論如何，范鶴言過不久就因主動退股而出局了。

按王惕吾於民國七十五年十二月自己的說法，民國六十三年報系成立總管理處後，他已將社務全部交給了劉昌平負責，「因為有他作我的好幫手，迄今十二年來我們報系進步最快，發展事業也最多，使我有餘暇對報系作全盤的思考和決策，可是過了年我已七十五歲，健康雖然很好，但用腦實求自我克制，昌平兄多年來全心全力為報社工作，也已白髮蒼蒼，只是年齡比我輕，應該再多替我分分勞，我想假如我能動腦筋的事交給昌平兄，昌平兄的事由另一個人來接，他動我的腦筋，別人動他的腦筋，我就可以更加安適些。」[86]

如自所有權的角度觀察，聯合報於范鶴言、林頂立股權讓與王永慶後，即於民國六十一年十二月三十日召開發起人會議及第一次董監事會議，推選王惕吾、王永慶、劉昌平、王永在、游文貴、馬克任、

84 吳仁麟：〈進入新的戰鬥舞臺：專訪聯合報新任社長王文杉〉，《聯合報系月刊》第226期，民國90年10月，頁7。
85 編委會：〈人事室通知〉，《聯合報社務月刊》第101期，民國61年1月，頁33。
86 編委會：〈董事長在十二月份報系主管工作會報上的講話：高樓平地起，有志竟成！〉，《聯合報系月刊》第49期，民國76年1月，頁11。

吳來興、王必成、王必立等九人為董事，王永慶為《聯合報》及《經濟日報》董事長，王惕吾、劉昌平為常務董事，楊選堂、楊兆麟、王效蘭為監察人，楊選堂為常務監察人。在這一波改組中，王惕吾的長子、次子成了董事，長女則出任監事。

民國六十二年五月十一日王永慶退出全部股權，《聯合報》及《經濟日報》正式改組為公司，結束合夥型態。次年，王惕吾的兩子、兩女和女婿全都加入了董事會。

民國六十三年八月三日歐陽醇於其日記中，記載了王家第二代加入《聯合報》董事會的接班動作，和他個人對報業所有權流行由老闆子女接班的評價：「《聯合報》前不久董事會改組，王惕吾先生的家族包括兩個兒子、兩個女兒、一個女婿全在內，這種不問子女志趣的作風，使真正新聞從業者心寒不已。老闆們個個急著為兒子接棒著想安排，下面的人還能談什麼抱負與理想。最近《聯合報》記者多人出事，或均與此作風有關。目前由少東出面主持的報紙，已有《聯合報》、《民族晚報》及《英文中國郵報》，余紀忠先生不知對此內心有何打算？」[87]

臺灣地區各報除了《國語日報》於民國四十八年由股東會議決議把公司改為財團法人，經臺灣省政府核准並向臺北地方法院正式登記，[88]其他民營各報均以家族私人資本營運，難脫「傳子不傳賢」的格局；但是改為財團法人之後，雖不再有萬世一系的皇家統治，報社內

---

[87] 續伯雄輯註：《臺灣媒體變遷見證：歐陽醇信函日記（1967-1996）》（上），臺北，時英出版社，民國89年10月，頁479。

[88] 羊汝德：《西窗舊話：新聞生涯四十年》，臺北，尚書文化公司，2002年1月，頁254。

部的人事問題依舊紛亂，衝突程度並不亞於一般公民營報社，令人浩嘆。

民國六十九年報系形成基本輪廓之後，王惕吾借重劉昌平總管理處總經理身分及其穩健威望，將報系經營管理實權首次一分為四，將劉昌平與聯合、經濟、民生等三報發行人王必成、王必立、王效蘭之工作概括區分為四，大致為接班順位做好鋪路暖身的動作：一、劉昌平負責部份： 三報編輯部、言論部及人事案件、《世界日報》辦事處及《中國論壇》雜誌社之編務。二、王必成負責部份：三報業務部、財務處、《聯合報》一般行政事務、聯經出版公司，以及天利運輸公司之業務。三、王必立負責部份：三報之印務、《經濟日報》工商服務部、中經社、雷射公司等業務，以及《經濟日報》一般行政事務。四、王效蘭負責部份：《民生報》編輯部、業務部，日常工作之督導，及一般行政事務之處理。由此觀之，王惕吾還是比較重視長子與次子的培養，王效蘭雖得寵於老父，但在分享權力的天平上，仍不及必成、必立的份量。

曾在中時、聯合跑社會新聞的資深記者趙慕嵩，於民國六十二年七月一日以資遣方式辭離《聯合報》採訪組，[89]同年十月及次年六月即以筆名「林莉倫」先後出版《醜陋的新聞界》及其續集，書中揭發許多同業間不堪細究的敗德行為，引起社會各界對新聞界的側目。

在趙慕嵩筆下，「掛著茶色眼鏡」和「小平頭」兩個外觀特徵，做為一度是自己老闆的王惕吾的代號。[90]民國八十五年四月號報系月刊

---

[89] 編委會：〈聯合報六十二年六、七月升遷調聘人員名單〉，《聯合報社務月刊》第 119 期，民國 62 年 7 月，頁 81。

[90] 參見：（1）林莉倫：《醜陋的新聞界》，臺北，將軍出版公司，民國 62

中，亦有描述王惕吾早年的儉樸本色是：「茶色眼鏡小平頭，老舊西裝隨身穿」。[91]

趙慕嵩以新聞界自己人來扒糞的大膽筆法，以長達十五頁的篇幅，寫成「報老闆和賊兒子大逃亡」一節，其中指稱：民國五十年夏天，埋伏的刑警發現臺北市仁愛路與新生南路交叉口公用電話亭，有兩個少年拿走了話機內的收錢箱，於是當場逮捕；辦案人員偵訊時，其中一人要求打電話回家，辦案人員才曉得「這小子的父親竟是某大報社的老闆」；不一會兒，來了一個平時就是採訪這個分局新聞的記者，「一再請求辦案人員網開一面，最後，那個記者圓滿達成任務，把偷銅板的小老闆保了回去。」其後，「那個整天忙東忙西的報老闆，……叫正在讀高中二年級的兒子休學，然後藉著往日本深造的理由，把這個不肖子送往日本。」

趙慕嵩在此專章之首寫道：「有一部份老闆，除了全神灌注於廣告收益外，餘下來的時間就是在自己生活享受上，和子女的出路上動腦筋。有關生活上享受還是不提，因為那是他們家的事。我先來談談一些報老闆是用什麼方式在『教育』自己下一代。」雖然趙慕嵩為了避免刑責從未指名道姓，但新聞界圈內人多明白其所指為何。[92]

民國五十七年八月廿九日歐陽醇於其日記中寫道：「王惕吾以前去日本留學的一個兒子（次子必立）日前在美國（舊金山）結婚，對象

　　年 10 月，頁 201。（2）林莉倫：《醜陋的新聞界》續集，臺北，將軍出
　　版公司，民國 63 年 6 月，頁 108-113。

[91] 魯軍：〈王惕吾二三事：悼念名報人王惕吾先生〉，《聯合報社務月刊》
　　第 160 期，民國 85 年 4 月，頁 62。

[92] 林莉倫：《醜陋的新聞界》續集，臺北，將軍出版公司，民國 63 年 6 月，
　　頁 35-41。

是一名姓謝的空中小姐（華航空中小姐謝家蘭，兩人其後離婚）。」[93]據
了解，王文杉目前與生母同住，創辦人夫人趙玉仙女士慶祝壽辰時，
王文杉也會和母親一同往賀，維持一定程度的關懷和互動。

民國八十年四月十九日，王惕吾的浙江東陽中學老同學周之鳴於
《求是報》頭版直指「王惕吾偽造文書唆使其子逃避兵役」。[94]雖然未
見王家出面澄清，但外界這些一再揭短的訊息，已經很夠瞧的了。據
報社資深員工表示，父愛其子，子為父隱，自古皆然，只要未被移送
判刑，旁人根本沒必要去細究真相。不過，據說正因為外界一再找碴
質疑，王惕吾五個子女中，唯有留學日本的王必立行事風格特別低調，
極少在外面露臉說話，更從不與人計較出鋒頭的機會。

資深員工透露，王必成自東海大學化學系畢業後也計劃出國深
造，但未能通過當年教育部辦理的自費留學考試，所幸同年另有變通
辦法，教育部規定只要有留學國家的大學證明該名學生已獲准入學並
有獎學金，即可視同自費留考合格核准出國，王必成即受惠於此彈性
規定。

有些員工私下表示，如果當年王老闆讓員工票選接班人，王必立
當選機會可能會大於長兄，因為必成比較不會主動與人攀談，接下發
行人、副董事長之後，報系公文上依舊簽名劃押而已，極少表示什麼
見解，但是肝火頗大，有些高幹當面吃過他不少排頭，有時外面有人
求見求幫，也不太懂得緩兵之計，故亦得罪了一些外人。有人揣測，

---

[93] 續伯雄輯註：《臺灣媒體變遷見證：歐陽醇信函日記（1967-1996）》（上），
臺北，時英出版社，2000 年 10 月，頁 72。

[94] 本報訊：〈聯合報真正創始人周之鳴撰文揭發：王惕吾偽造文書唆使其
子逃避兵役〉，《求是報》1991 年 4 月 19 日，第 1 版。

王必成比較沈默，可能和他唸化學有關，他在例行社內會議例如主管
聯合工作會報上也甚少長篇大論，有時只簡單要求一些瑣碎事務，就
匆匆結束發言，似乎未能顯示身為董事長對新聞事業應有之熱情。[95]

　　較受資深員工議論的是，王惕吾發喪後不久，有些資深員工原本期
待老董事長辦公室是不是可以考慮規劃成一間紀念惕老的展示廳；但王
必成並未將此建議放在心上，不久之後便搬了進去。

　　近十幾年來，比較願意出鋒頭，而又能讓外界感受到王家第二代
親和力的是王效蘭，因為自從主持《民生報》之後，經常得和本來就
受注目的大明星們互動，又因參與各項事務，而先後領受法國政府騎
士勳章、法國最高級榮譽軍團勳章、維也納市政府第一面金質獎章、
天主教輔仁大學榮譽文學博士學位，近年又投資著名的法國時尚名牌
浪凡（Lanvin）公司，雖然所費不貲，影響了自己在報系中的發言份
量，但依舊樂此不疲。

　　由於報系財務日漸吃緊，曾聯袂全省走透透與各縣市記者座談的
效蘭與必立姐弟間，亦出現了歧見。王效蘭較能體會老父當年鼎力贊
助美國史丹福大學研究癌症治療途徑的苦心，對妹妹友蘭亦因癌症不
幸過世更有極大遺憾，因此力主繼續大量捐款贊助，但是長期管理財
務與投資的必立則比較務實，堅持如果還要捐款，就應以個人名義去
做，不可再動用報社老本。據多位資深員工向筆者透露，姐弟二人為
此失和，已有許多年彼此照面時視若無睹、互不交談了。

---

[95] 在此次會議上，王必成要求該花的錢仍然要花，不可連編輯部冷氣壞了
都不立即報修。參見：編委會：〈聯合報系八十五年十一月份主管聯合
工作會報紀錄：董事長講話〉，《聯合報系月刊》第 168 期，民國 85 年
12 月，頁 73。

　　王惕吾在世時，曾有很長的一段時期，王家子女都合住在臺北市仁愛路三段寓所，且規定兒女自己的私人開銷不准由報社支應。為了維繫親情和權力的對話與平衡，每周三被稱為「聯合報中常會」的核心午餐會，均由惕老帶著王家子孫、臺北四報社長、《聯合報》總編輯、副董事長劉昌平、總主筆楊選堂（楊退休後由張作錦取代）共進午餐；看似平凡的家常菜色和對話閒聊，卻在簡單的問答之間作成比常董會更重要的實質決策。

　　據知情者指出，報系各單位的重要人事異動及某些改版方案的最後確認，多在此一飯局敲定，談出結論了，或拿出版樣傳閱無異議之後，大家逐一簽字就算拍板了。如此由兒孫與老臣共治的集體領導、共同見證的決策管理模式，除建立在王惕吾堅持的「不得分家」的庭訓上，參與者彼此對話過程亦屢能增進共識，在管理高層形成若干不成文卻十分有效的決策機制。[96]

　　王惕吾雖讓必成、必立兄弟檔管大事，但仍舊十分寵信長女，將《民生報》、《聯合報》先後交給以「白髮與旗袍」為標誌的王效蘭掌管；過去每周一上午舉行的常務董事例會，還曾因效蘭「幾乎不睡覺」[97]地盯住編採和發行業務，半夜還要和綜藝界人士酬答往還，以致經常早上起不來，而特地改在下午舉行。

　　王效蘭公開承認別人對她的評價：效蘭能有今天，的確是靠父親栽培。不過她也強調：「父親雖然給了我別人難以唾手可得的學習機

---

[96] 林瑩秋：〈「小王子」學習統治「聯合報王國」：後王惕吾時代「聯合報王國」接班實況〉，《財訊》242 期，2002 年 5 月號，頁 84,88。

[97] 景小佩：〈訪效蘭發行人談今晚有約及其它〉，《聯合報系月刊》第 100 期，民國 80 年 4 月，頁 81。

會，但從事這一行業的學識和能力，卻是經由自己磨練體驗出來的。」
她回憶大約國小五、六年級時，父親第一次指定要她看的書就是林語
堂的著名小說《京華煙雲》，雖然第一次讀那麼厚的書，但卻心甘情願
的一口氣讀完了；其後父親告訴她取名效蘭，就是要她效法書中那個
女孩「木蘭」，這是父親對她的期待，她也覺得自己性格確與木蘭有相
似之處。其後，在報界被冠上「企業家第二代」的時髦稱呼，卻也如
影隨形地承接了上一代的壓力。[98]

　　王效蘭是私立世界新聞專校三專編採科畢業生，民國五十二年六
月畢業先留校服務，半年後即「開溜到《聯合報》，得到了一份正式聘
書，也成為《聯合報》第一位女記者」，是王家子女唯一具有新聞科班
及記者資歷者。但民國五十三年五月王效蘭即成新聞戰場上的「逃
兵」，雖以駐外記者的身分赴瑞士日內瓦定居，但卻同時在一百廿公里
外的費立堡大學攻讀法語及法國文學，自承「未盡職責，鮮有新聞報
導寄回」，且因四處旅行而「更和筆墨絕緣」，但亦同步見證了《聯合
報》其他駐外優秀特派員的薪俸「真是只夠糊口而已」。

　　按社務月刊所載，王效蘭於民國六十六年一月一日由駐日內瓦記
者，晉升駐瑞士特派員。同一天也發布了：查仭千以編輯組主任、駱
學良以編輯組副主任、劉國瑞以編輯部編輯、葉耿漢與鍾榮吉同以採
訪組副主任之現職，獲得晉薪五十元級。[99]如此，或可對照王家長女在

---

[98] 參見：（1）編委會：〈中華民國報業界的傑出第二代：王效蘭的天空〉（轉
　　　載自六月號《華視新聞雜誌》），《聯合報系月刊》第 19 期，民國 73 年 7
　　　月，頁 15-16。（2）宇文正報導：〈專訪王效蘭女士：藝術與生活〉，《聯
　　　合報》副刊，民國 88 年 11 月 10 日，第 37 版。

[99] 編委會：〈人事室通知：六十五年十二月份升遷調聘人員名單〉，《聯合
　　　報系月刊》第 156 期，民國 66 年 2 月，頁 43。

彼時約略同輩同仁中職務排比的高下了。

民國六十七年初《民生報》創刊前一個月，王效蘭抱著「贖罪」的心情，被一通電話自國外召了回來。返國後即以雙倍的時間，雙重的精力，「彌補那十多年的空缺」，過著「報館就是家，家成為報館的一部份」的艱辛歲月。其後，惕老又立定主意開疆拓土增辦《歐洲日報》，效蘭身為「深知父心」的女兒，再度扮起「木蘭」角色，代父「出征」了！[100]

民國八十二年九月王效蘭接掌《聯合報》發行人時，特別推崇劉昌平對她的關愛與指導，王效蘭自承「我一定是報系中最愛纏他的人，每遇疑難雜症，總往他辦公室鑽，幸運地從未被拒門外」；「我定會全力以赴，讓他安安心心地坐在十二樓享點清福」。[101]

---

[100] 王效蘭：〈創報維艱，細說從頭〉，《聯合報系月刊》第 120 期，民國 81 年 12 月，頁 34。

[101] 王效蘭自稱是「《聯合報》第一位女記者」恐有誤，因同期系刊第 52 頁，即有民國 42 年初《聯合報》派女記者齊棣華採訪我外交官宋選銓的南斯拉夫籍夫人宋瑋達，以第一人稱撰成專欄「紅劫歸來」連載七十九天表現傑出的記錄；可見齊棣華至少比王效蘭受聘為女記者早了十年以上，齊棣華的身影還保留在三報聯合版初期晚上發稿的一幀照片中，當年坐在他兩旁的同仁，分別是副主任唐一民、經濟記者林笑峰；王效蘭的第一，應是報系首位駐外女記者。資深編輯蔡鵬洋於民國 92 年 11 月系刊中又指稱政大新聞系學姐趙堡，是《聯合報》第一位女記者均有誤。參見：(1) 馬克任：〈我站在聯合報的屋簷下〉，載於：載於：張作錦主編：《一同走過來時路》，臺北，聯經出版公司，民國 80 年 9 月，頁 157。(2) 王效蘭：〈歐美旅遊散記〉，《聯合報社務月刊》第 33 期，民國 54 年 9 月 30 日，頁 27-29。(3) 王效蘭：〈感恩、惕厲與期勉〉，《聯合報系月刊》第 130 期，民國 82 年 10 月，頁 33。(4) 王麗美：〈一個報業的形成：《聯合報》創刊的故事（二）〉，《聯合報系月刊》第 130 期，民國 82 年 10 月，頁 52。(5) 編委會：〈中華民國報業界的傑出第二代：

　　至於王家第三代的接班技巧，同樣依此不疾不徐的優雅姿態進行權力過渡，可謂家族報業的經典範例。

　　由於王惕吾到八十歲還在管事，曾有廣告部門主管在等候接見時，當場見到惕老在電話中訓斥長子必成：「現在都已經九點多了，怎麼還沒起床哪？」為趙玉仙女士服務過的司機也透露，王夫人對兒子不聽話時也講過氣話：「你們要是誰不規規矩矩地做人做事，還想在外面亂搞的話，看我將來會把報社的股份讓給誰！」在雙親嚴格的家規之下，第二代兒女能自行發揮的空間自然有限，只能秉承父命各安其所，鮮有衝突。

　　隨著臺灣政經形勢的不斷蛻變，聯合報系的權力結構亦於解嚴後四、五年內展開接班與世代交替的重大人事更迭。

　　民國八十一年十一月下旬，王惕吾於第二屆立委選舉新聞座談會議上，回應地方特派員邀請董事長能每年到各縣市看看的建議時表示：「我到臺灣已有四十五年了，唯一沒有去過的是臺東，對臺東地方情況沒去實地瞭解，是我『失職』；在臺東工作的同仁很辛苦，我也沒有去慰問，尤感抱歉。現在年紀大了，體力也不夠了，過去每個月廿日舉行的報系主管聯合工作會報，都是我自己主持的，最近幾個月也沒有主持了。」[102]由前述談話研判，王惕吾因年事已高，而不得不漸自報系例常會議中淡出，應是在民國八十一年秋季左右。

王效蘭的天空〉（轉載：六月號《華視新聞雜誌》），《聯合報系月刊》第19期，民國73年7月，頁18。(6)蔡鵬洋：〈蔡鵬洋康定路走來36載，見證聯合成長歲月，今年退休了〉，《聯合系刊》第251期，民國92年11月，頁60,61。

[102] 阮肇彬記錄：〈董事長致詞期勉：二屆立委選舉新聞公正報導，平實處理〉，《聯合報系月刊》第120期，民國81年12月，頁30。

民國八十二年九月十五日王惕吾於《聯合報》舉行臨時常董會中，正式宣布退休，改任創辦人，希望董監事和報系所有同仁，以愛護聯合報系同樣精神，指導接棒的長子、新任董事長王必成，並公開表示此舉意味著「聯合報系第二代的開始」。[103]

其實，《聯合報》的接班工程並非全如前述在特定時點一次完成的。即便在王惕吾、劉昌平、楊選堂「三位一體」的第一代領導班子成形之前，即曾經歷交棒的陣痛與外界不易察覺的隱性摩擦。

首任總編輯兼總主筆關潔民雖交出總編輯職務，但對總主筆一職則頗在意；彼時王惕吾曾囑其在升任副社長與續任總主筆間做一抉擇，關雖告以總主筆比較有事做，副社長則可以讓賢，但惕老還是執意要他「何必再多管事」，硬是將實權位置移交給更能信賴調度的楊選堂。[104]楊選堂文筆雖未經常得獎，但觀點和見解卻能掌握老闆心意，並適度地予以闡釋發揮，故得以久任其事。

依據《聯合報社務月刊》第廿七期所載，自民國五十四年一月三十一日起，楊氏曾於言論部主筆任內受到停職及停止薪給的處分，[105]至於是否與涉外的刑事判決有關，則仍待查證。渡過此一波折之後，楊氏在報系中的地位可謂日益隆盛，直至民國八十一年三月一日始於《聯

---

[103] 編委會：〈聯合報系董事長王惕吾宣布退休改任創辦人，期勉同仁：奉獻國家、回饋社會、光大民族〉，《聯合報系月刊》第 130 期，民國 82 年 10 月，頁 13。

[104] 有關王惕吾要求關潔民交出總主筆職務的說法，係筆者於民國 94 年 4 月間，於臺北市內湖區三軍總醫院專訪關氏長子關振乾，請其口述先父往事時所獲悉。

[105] 參見：編委會：〈總人字二號人事組通告〉，《聯合報社務月刊》第 27 期，民國 54 年 3 月，頁 11。

合報》社長任內，交出《經濟日報》、《聯合晚報》及《歐洲日報》的
兼總主筆之職。[106]

　　彼時王惕吾對楊氏的評語是：「我們合作無間，共事將近四十年，
他在《聯合報》之外，兼任《經濟日報》總主筆廿五年、《歐洲日報》
總主筆九年、《聯合晚報》總主筆四年，備為辛勞，貢獻良多。我衷
心感謝他夜以繼日、努力不懈的付出。楊社長對《聯合報》也好，對
我個人也好，都作了最大的奉獻，是報社的大功臣。回想起來，我可
以說是慧眼識英雄，能覓得如此的全能才子。他寫東西既快又好，觀
念新穎，研究深入，論點見解更是不同凡響，舉凡政治、經濟、文化、
社會、軍事、法律等等，以至感性的文章無不拿手……。」[107]

　　就在同一場合，王惕吾延伸了更宏觀的權力交棒考量，他表示：「一
個人年歲漸增，精神體力有限，還是應該節勞，多所休閒；我相信楊
社長在減輕工作負荷後能為母報《聯合報》作更多貢獻。我也一樣，
目前逐漸減少工作量，如成立決策諮詢委員會，由大家一起負起策
劃、推動的責任，一起來負責。大家想法總會比較周全縝密。」

　　事實上，為妥慎安排交棒退休事宜，王惕吾已先於民國八十一年
二月十日的常董會上指示成立決策諮詢委員會，以建構具有集體領導
功能的決策小組。由劉昌平任召集人，其他成員有《經濟日報》發行
人王必立、《民生報》發行人王效蘭、《聯合報》社長楊選堂、《民生報》
社長張作錦、《經濟日報》社長劉國瑞、《聯合晚報》社長黃年、《聯合

---

[106] 蕭耀文：〈經濟日報、民生報、聯合晚報、歐洲日報總主筆人事異動〉，
　　《聯合報系月刊》第 111 期，民國 81 年 3 月，頁 149。

[107] 聯合報董事會編：《聯合報、經濟日報、民生報、聯合晚報常務董事會
　　會議紀錄（77 年~82 年）》，臺北，聯合報社，民國 82 年 10 月，頁 318。

報》副社長兼總經理楊仁烽、《聯合報》副社長兼總編輯胡立臺。他指示：今後報系一切重大事項之決策，均由這九人負責，以期為「發揚再發揚」的目標，訂定一切妥善可行的措施，再由總管理處依決策配合執行。此一決策諮詢委員會原則上訂每月第二、三、四的週一下午開會，並依需要指定列席人員，王惕吾親自裁示：「及王必成副董事長將不參加而退居幕後，因此報系的決策層面正式由個人領導變為群策群力，同心同德，共同負責的局面。」[108]

民國八十一年三月一日，聯合報系權力結構再次進行了事務性分工微調，成為王惕吾次年宣布退休前的另項布局，其名單為：

王效蘭：《民生報》發行人兼報系總管理處副總經理暨編務管理處處長。

黃　年：《民生報》社長兼報系總管理處企劃發展處處長。

楊仁烽：《聯合報》業務部總經理兼報系總管理處業務管理處處長。

柳建圖：《聯合報》印務部總經理兼報系總管理處印務管理處處長。

劉國瑞：《經濟日報》社長兼報系總管理處行政管理處處長。

張作錦：《聯合晚報》社長兼報系總管理處人力資源管理處處長。

石　敏：《民生報》副社長兼報系總管理處公共服務處處長。

呂滬瀾：《經濟日報》副社長兼報系總管理處財務管理處處長。

劉自宜：《經濟日報》業務部總經理兼報系總管理處關係企業管理處處長。

王惕吾認為，報紙是百年事業，應秉持過去「投資再投資」、「進步再進步」的經營方針，本著「發揚再發揚」的精神，鍥而不捨的努力下去，因為人的生命有限，而事業的發展卻無窮盡。他並不諱言：「過

---

[108] 同前註，頁 316-318。

去有很多事由我作決策、負全責，作法上雖然也徵詢意見，亦難免有獨斷之處，但我從未忽視民主法治的重要，在現今時代，我們還是要堅持民主法治的精神，因此，要更尊重大家的意見，建立制度，以期更進一步往既定的目標邁進。」[109]

外界有人認為，跳過兒女輩而將經營大權直接交班給男孫的「隔代接棒」，應是王惕吾的創意。王文杉奉命上陣前，王家第二代長子王必成是聯合報系董事長；王必立是《經濟日報》、《聯合晚報》發行人，並兼總管理處總經理；長女王效蘭是《聯合報》、《民生報》發行人；次女王友蘭罹肺癌已歿；三女王惠蘭擔任《世界日報》洛杉磯社總經理；長媳張寶琴為《聯合文學》發行人；二女婿李厚維是《世界日報》紐約總社社長。

王文杉曾公開說過，在青少年時期，爺爺就對他說過：「只要你願意，也有這個能力，這個機會優先給你！」；在爺爺病重之際，又當著子女、報系眾老臣面前，王惕吾對王文杉說：「辛苦你，麻煩你了！」並交代聯合、聯晚、經濟、民生四報的社長：「他來做事，你們多幫忙。」將栽培唯一男孫的重任託付給老臣。正因為爺爺生前知無不言，傾囊相授，使得王文杉「完全沒有感覺到幼主接班，老臣相逼的痛苦，反而感到上一輩積德的庇蔭。」[110]

被員工暱稱為「小王子」的王文杉，先於民國八十一年八月一日，自美國《世界日報》紐約社社長特別助理職，調回臺北擔任總管理處

---

[109] 聯合報董事會編：《聯合報、經濟日報、民生報、聯合晚報常務董事會會議紀錄(77年~82年)》，臺北，聯合報社，民國82年10月，頁316,317。

[110] 何琦瑜：〈圓熟的e世代：王文杉的童年與接班歷程〉，《數位時代》1999年8月號，頁41。

企劃發展處專員；民國八十二年九月調升聯經出版公司業務部副總經理時，員工給予的評價是年輕、帥氣斯文、充滿活力；同仁有所反映時，均認真聽取並真誠待人，讓同仁有被尊重的感覺。「小王子」還很喜歡熱鬧，經常抽空和同仁閒聊，和同仁打成一片，又肯和印務部同赴海鮮店消夜喝酒。每天早上八點左右到報社，有時忙到次日凌晨兩點多才回家。他喜歡打高爾夫、保齡球，但好久沒玩了！[111]

民國八十四年十月，王文杉調升總管理處副總經理後，逐漸浮現被指定接班的孫輩，未必能一五一十地執行祖訓的困境。民國八十九年十二月他與聯合報產業工會常務理事汪仲瑜對談「優退優離方案」時，針對汪仲瑜要求他切實履行創辦人承諾過的《聯合報》不會因自動化而裁員」，更要求社方即使要採「優退優離方案」，亦應使其成為常態性制度化的一環。

王文杉答覆時表示：「創辦人交代的什麼話，我確實無法親耳聽見，所以我也不曉得。我去請示過若干人也沒有親耳聽到，但這些都不是重點，重點是『聯合報精神』，照顧《聯合報》員工一直是《聯合報》經營階層所著重的事，也是《聯合報》優良的傳統，所以有沒有創辦人的話不是非常重要的。」[112]

民國九十年十一月，年方三十一歲的「小王子」終於躍升《聯合報》社長。這是《聯合報》發行五十年來，王氏家族成員首次得以名正言順地實際插手編務，對言論、新聞可以有意見，甚至直接找記者

---

[111] 鄧永盛：〈業務部副總王文杉真誠待人親和力強〉，《聯合報系月刊》第140期，民國 83 年 8 月，頁 29。

[112] 林鳳菁：〈汪仲瑜與王副總對談「優退優離」方案〉，《聯工月刊》第 149期，民國 89 年 12 月，第 4 版。

溝通，不再只是象徵意義的發行人。王惕吾長子王必成之女王安嘉，則擔任《星報》副社長兼《經濟日報》、《星報》財務經理，也是實質的人、財雙管。[113]第三代接班的態勢，就人選和位置而言，可謂大致底定。

民國九十年十一月一日，王文杉躍居《聯合報》創刊五十年來最年輕的社長。他原本覺得：這個職務像一頂桂冠，是新聞人的最終夢想，也是對報業工作者莫大的榮耀與肯定，如此集知識、聲望和地位的重要象徵，應非現在的他能勝任的，所以還想再多歷練再說；但此想法向長輩報告後得到的答案竟是：「你想太多了，當社長是要你去服務大家，而不是要你去享清福、去 happy 的。」

王文杉表示，一直以來他都堅持要建立權責清楚的專業經理人制，因此，要以身作則加以實現，讓每個人把自己的角色扮演好。像編輯部的事，由總編輯完全主導和決定，其他部門的事也都授權給各一級主管，社長的職務就是建立領導一元化、思維多元化的工作文化，並協助總編輯達成把報紙這個產品做到最好的使命。在與同仁互動模式方面，會對事不對人，在事情上做要求，但是會以人為本，以和為貴的精神來做，所有目標只有一個：讓《聯合報》更好。

王文杉強調：未來的《聯合報》將以讀者為導向的服務方式，成為一份和各階層讀者發生密切關係的報紙，要以更科學準確的方法找到並滿足讀者需要，同時在此過程找到自己的新定位，務使《聯合報》所提供的新聞是您不知不可，有用，而且也都是您愛讀的。[114]

---

[113] 林瑩秋：〈「小王子」學習統治「聯合報王國」：後王惕吾時代「聯合報王國」接班實況〉，《財訊》242 期，2002 年 5 月號，頁 83。

[114] 吳仁麟：〈進入新的戰鬥舞臺：專訪聯合報新任社長王文杉〉，《聯合報

　　針對五十週年社慶時先後發布了兩波具有世代傳承意味的大幅人事異動，包括由王文杉接任社長、《經濟日報》副董事長楊選堂堅請辭職，以及張作錦自請退休又被挽留擔任《聯合晚報》副董事長的安排，張作錦有感而發地表示：在其記憶中，「只有創辦人交卸董事長一職，從董事長任上退休那次的人事發布，是變動幅度比較大的一次人事異動，代表世代傳承。再來就是這次的幾件人事變動，也同樣具有世代傳承的意義。」

　　張作錦認為十一月一日這一天「對《聯合報》而言，是非常重要的一個日子，因為我們有了一位最年輕的社長，這不僅是在年齡上看，而且因為這幾年報館同仁對他一致的看法：他的學養、行事風格，做人處事的周到，都遠遠超過他年齡的成熟，我個人會在崗位上全力配合。」[115]

　　由此觀之，似可見聯合報系對職務與名份之掌控分配，與公務人員的遷調相比，其考核與銓敘之嚴，是有過之而無不及的。

　　簡言之，凡是非屬王惕吾家族成員，五十多年來的紀錄顯示，一般員工追隨服務了大半輩子，最頂級的勞苦功高的代價就是和劉昌平、楊選堂和張作錦等三人被動給予的副董事長職；再如當過各報總編輯、社長、副社長、總經理、副總經理等其他「二線功臣」，退休前最耀眼的尊銜亦僅止於各報董事會所指定的法人代表。

　　十多年前，筆者向前政大傳播學院院長閻沁恆教授請教：新聞界人事傾軋傳聞何以特多的看法，閻教授亦很坦率地重批：就是沒有一

系月刊》第 226 期，民國 90 年 10 月，頁 4-7。
[115] 潘正德：〈聯合報系總管理處主管聯合工作會報臨時會議紀錄〉，《聯合報系月刊》第 226 期，民國 90 年 10 月，頁 133。

定的制度和常軌可言。

如按筆者個人有限的觀察體會，新聞從業人員除了最基本的專業能力之外，能否受到上級賞識，自古文章能否中試官，已有人生機遇決定大半成敗之慨；任何安份守己的記者想在公民營新聞機構藉表面上客觀公正的層層考核循序漸進，實現個人生涯規劃，則更屬爾虞我詐工商社會的天方夜譚。

唯對此現實無奈，以及深藏於人性黑洞中的殘酷，大學殿堂似乎只能長期視若無睹，因為根本無從取得確切的研究資料，各校系所主管為了現實資源，寧可歌頌國王的新衣，唯恐措詞舉止得罪了巨室報閥。至於學生輩亦陷溺於一知半解狀態，無力衝決功利是尚的迷惘，聞風而動，隨浪起伏。

不過，無論接棒傳承的新制度如何訂定，集體領導的過渡性結構未來如何調整，聯合報系經營的實際權力仍將由王氏家族成員完全掌握的本質，只有最菁英及最受信賴的員工可局部得到指定參與的機會，則仍無可能改變。

王效蘭曾十分篤定地公開表示：「聯合報系的高層主管，沒有幾個是我們王家的人。」[116]其實，王效蘭的這句話，似乎還可延伸為：聯合報系的高層主管，沒有幾個是我們浙江東陽的同鄉，即便是母親趙玉仙女士的至親家屬，也都派在業務發行或財務會計等第二線部門任職。

多年來，聯合報系普遍流傳的一般說法是：浙江省東陽縣的鄉親只

---

[116] 李繼孔：〈中華民國報業界的傑出第二代：王效蘭的天空〉，《華視新聞雜誌》第 13 期，民國 73 年 6 月，頁 52。

要找上門來，惕老一定會允諾在報系安插工作，賞口飯吃，且絕大多數都安排在財務、發行及總務等後勤管理部門，除非登門求職者真正具有新聞方面的才能和興趣，否則一律不准進第一線衝刺的編採單位。

五十多年來聯合報系各部門進用不少江蘇及浙江省籍的員工，但到底其中有無坐享特權、枝繁葉茂的「東陽幫」？一般員工固然無從逐一仔細查證，但亦從來不必放在心上，因在檯面上能與權力中心貼近而具「東陽幫」嫌疑者畢竟不多，例如：惕老的侄兒王詳，至民國六十六年二月一日始經副社長應人介紹進入報社服務，直到民國八十三年都待在發行業務部門，[117]其間曾任業務部高雄服務中心主任、業務部總經理助理、業務部副理、稽查組主任，後轉任新竹南園休假中心主任，王詳最後於民國八十五年十二月一日出任天利運輸公司董事長兼總經理，並於任內退休，因其言談風趣幽默而好客大方，故極得人緣。王詳曾三度出任稽查中心主任，最令部屬服氣的一句話便是常告誡同仁要「根據事實講話」。秉持了這個原則，他贏得業務部內外全體同仁的心。[118]

依據臺北市東陽同鄉會民國八十一年印行之最新版通訊錄顯示，凡隸屬於同鄉會會員本人及其眷屬的東陽子弟，曾經在或正在聯合報系臺北總社或地方分支單位服務者共計五十三人，其中《聯合報》三十七人、《經濟日報》十人、《民生報》五人、《世界日報》一人。真正

---

[117] 王詳：〈六總各有特色，敬業創新如一：小記業務部歷任總經理作風〉，載於：張作錦主編：《一同走過來時路》，臺北，聯經出版公司，民國80年9月，頁47。

[118] 許正中：〈路，是這樣走過來的！〉，載於：《一同走過來時路》，臺北，聯經出版公司，民國80年9月，頁204。

與編輯部新聞採訪、編譯工作有關者僅七人，包括：《聯合報》總社採訪中心市政記者周森惠、李漢中，地方中心駐宜蘭記者趙奇濤，編譯組編譯兼《聯合晚報》組長葉映紅，聯合報系資料中心組長葉映雲，《經濟日報》記者方正平及《民生報》記者王中言。[119]

東陽同鄉會會員真正可列入「聯合報高官」名單者有三，第一位是退休後仍受禮遇的《聯合報》顧問虞炳昌，虞氏歷任《經濟日報》副社長、《歷史月刊》社長、「中國經濟通訊社」社長等職。

第二位是報社財務部退休幹部呂一鳴的次子、民國四十五年次、世新專校編採科畢業的呂祖堯，最新職務為民國九十四年六月一日採行「五合一」精簡政策後的聯合報股份有限公司監察人。第三位是民國四十六年次、世新專校編採科畢業，民國六十九年役畢進入校對中心的吳國耀。

吳國耀到職十年後「登頂」為校對中心主任，取得很難令別人眼紅的「高職」，管理由聯經資訊公司統籌招考聘用的一百九十名手下。其間吳國耀遇上許多大變動，而且這些變動是大企業本身在做一種時代性新潮的帶頭性突破，因無慣例可循，所以「過程特別忐忑謹慎，成功特別感動」。[120]

另一個不致惹人反感的「內舉不避親」的實例，則為劉昌平親弟弟劉昌意的低調任職。劉昌意雖為報社老員工，但長期靜悄悄地待在編輯部校對組上班，民國八十年四月廿日於借調雷射彩色印刷公司時

---

[119] 參見：呂秋文等編：《東陽同鄉會會員通訊錄》，臺北，臺北市東陽同鄉會，民國 81 年 12 月。

[120] 景小佩：〈聯合報編輯部的領導群〉，《聯合報系月刊》第 107 期，民國 80 年 11 月，頁 206。

自請退休。

至於劉昌平獨子劉永平是先於民國七十六年九月一日獲聘為《聯合報》發行人助理，[121]民國八十九年十月一日由《世界日報》多倫多社長任內調回，擔任報系總管理處網路事業處處長，再兼「聯合線上公司」營運長。[122]由於系刊登載之活動照片中劉永平常與王文杉同臺演出，故此一人事安排亦被視為有輔佐少主的深意。

最讓人印象深刻的是民國九十年七月廿日下午，王文杉以總管理處副總經理之尊，親自揹上星巴克咖啡桶逐層逐棟的為報系同仁倒咖啡，大家興奮的喝著「副總牌咖啡」，爭著照相；最後一站到了王文杉擔任執行長的「聯合線上」辦公室，「劉永平營運長已經等在辦公室，副總看了看他，接下來的動作竟然是把咖啡火箭桶擺下來，讓營運長揹，副總馬上幫同仁拿杯子倒咖啡，就這樣留下一幅超級珍貴的畫面，聯合線上的二名高級主管親自為同仁服務。」[123]

這樣的高層人事結構，和父子孫三代緊密傳承的信賴和共事之情，無論如何都是難得的情緣和組合，在其他現代大企業中，恐怕不易找到相同的事例。

---

[121] 編委會：〈人事室通知：聯合報社七十六年九月份人事異動名單〉，《聯合報系月刊》第 58 期，民國 76 年 10 月，頁 173。

[122] 參見：（1）編委會：人事室通知「聯合報八十年四月份人事動態名單」，《聯合報系月刊》第 101 期，民國 80 年 5 月，頁 137。（2）潘正德：〈聯合報系八十九年十月份主管聯合工作會報紀錄〉，《聯合報系月刊》第 215 期，民國 89 年 11 月，頁 113。

[123] 吳仁麟：〈報系走透透：王副總的咖啡分享之旅〉，《聯合報系月刊》第 224 期，民國 90 年 8 月，頁 40,41。

第五節：考驗「正派辦報」信念的內外壓力與個案

　　長期以來，勞資雙方一言九鼎，完全可以誠信相待，但是，各部門員工各憑本事吃飯的企業文化特色，在王惕吾交棒未久、去世之前，即因政治經濟社會各方面的重大變遷而出現顯著的變化和調整。

　　民國八十一年六月劉昌平以發行人身分指出：「過去農業社會凡事都講情理法，以情為先，現在工業社會要講法制，所以今後報系管理上要先法而後言情理，所有對內對外工作以法來確立相互關係，很多不合法的規定都應依法修訂，有關編務財務等原有規章和現況，都要作一檢討。……在目前對著作權法的解釋莫衷一是的情形下，請大家簽一同意書，希望大家不要誤會，這不是報社對同仁不信任，乃由於時代在變，管理趨向法制化是必然的途徑。」[124]

　　王惕吾去世後，被各方肯定的人事規章受到可慮的干擾。民國八十五年九月廿三日報系主管工作會報紀錄出現異常警訊，雖未明言指涉的具體事證，但似可推斷相關案情應非泛泛，更非首宗，且事態已遭各方物議，才會成為上級指示和重要決議事項和公開於系刊的訊息：「報系各單位進用新人或內部人事升遷、調度，應循人事規章所訂定的管道為之，不可受外界私人請託而因人設事開方便之門，以維報系人事制度之公平與健全。一個事業的永續經營，有賴各級主管對制度規章的一體遵循，倘不能拒絕外界請託而逕自違反用人規定，要想建立一個合理公平的人事制度或健全的財務環境，恐怕是緣木求

---

[124] 編委會：〈聯合報系六月份主管聯合工作會報紀錄：聯合報劉發行人講話〉，《聯合報系月刊》第 115 期，民國 81 年 7 月，頁 142。

魚。」[125]

分布全省的地方記者亦浮現士氣下滑的狀況，民國八十六年二月地方新聞中心主任張昆山於在職訓練中坦承，向來被稱為「鋼鐵部隊」的地方中心已是「銹跡斑斑」，雖然有人認為言過其實，但某些時候必須承認惰性及強烈本位主義，已分別侵蝕資深及新生代同仁，如果未能自省除弊，《聯合報》將永遠潛藏「由鏽而爛」危機。[126]

不僅此也，同年三月聯合等四報常董會第三次會議紀錄記載了董事長王必成對地方同仁紀律的關注，他指出：「地方記者散居各地，不全賴地方中心來管理，各地特派員必須發揮領導的作用，特別在生活上，亦需自身檢點，要做駐在記者的表率。」[127]

筆名為「二等兵」的資深記者在系刊上更慨乎言之：「個人認為同仁採訪工作月報表已如國民黨黨工的選票預估表及選後檢討報告，有多少人誠實地填報？有多少人曾在新聞漏失或寫作不佳等檢討欄中填上一字片語？個人常私下向同仁表明，依同仁月報表展現的工作表現，及每天的新聞比報內容，諸家『匪報』早就被《聯合報》踩在地下，為何有部份縣市會出現報份滑落的危機？身為聯合系報『老芋』級的同仁，應都會有這種感慨：早期想進《聯合報》的人，都會肯定《聯合報》的領導報業群倫之地位及制度化的人事管理，不計較薪酬、

---

[125] 編委會：〈聯合報系總管理處主管工作會報會議紀錄（十）〉，《聯合報系月刊》第 166 期，民國 85 年 10 月，頁 71。

[126] 編委會：〈在職訓練心得報告（二）〉，《聯合報系月刊》第 171 期，民國 86 年 3 月，頁 33。

[127] 編委會：〈聯合報、經濟日報、民生報、聯合晚報股份有限公司八十六年第三次會議紀錄〉，《聯合報系月刊》第 172 期，民國 86 年 4 月，頁 57。

不計較休假、不計較駐地，完全以進入《聯合報》為榮；於今不少人是因《聯合報》在報業界的高薪所誘，計較駐地及路線、計較休假，不知《聯合報》的精神何在？此風不正，將成報系永續經營的致命傷。」

「二等兵」並強調：「個人認為《聯合報》的發展隱憂，不在報社堅持的立場，而在社內的人事，有人說採訪中心如同走馬燈，而地方新聞中心則如一泓死水；一是更替太快，一是缺乏活力，都有過與不及之憾。」[128]

民國八十二年十一月十七日《中國時報》刊出專訪李登輝總統的大幅報導，令一向自視為黨政新聞權威的《聯合報》編輯部受到不小的衝擊，但真正提出檢討意見的，反而是編輯部同仁淡漠以待的聯合報產業工會，工會刊物《聯工月刊》登出的〈歸來吧！資深記者〉一文，公開質問《聯合報》長期培養的資深政治記者在哪裡？因為「目前採訪中心記者的平均年資還不到五年，而各組組長也不過十年出頭，這麼年輕、資淺的一支採訪部隊，要撐起全國第一大報的要聞版面，實在是個讓人笑不出來的事。」聯工月刊說：雖然每位記者、編輯都得經歷青澀、勝任、成長的階段，但是當編輯部百分之七十都是新人時，就很危險了。[129]

除了日常採訪戰鬥力退化與生活紀律明顯廢弛外，早年拼命想加入《聯合報》成為第一大報記者的榮耀，也因業務緊縮而大為褪色，不再成為年輕記者嚮往的目標。例如民國九十二年六月《聯合報》公

---

[128] 二等兵：〈再造鋼鐵部隊精神〉，《聯合報系月刊》第 169 期，民國 86 年 1 月，頁 33,35。

[129] 鄭斯文：〈歸來吧！資深記者〉，《聯工月刊》第 64 期，民國 82 年 11 月，第 8 版。

開招考記者，有廿五人被分發到地方中心服務，但有五人拒不報到，次年起又陸陸續續走掉了十人。這一罕見的輕易求去的情況，似不宜再以民國七十年後出生之「七年級生」好逸惡勞成性、受到電子媒體吸引等等浮面現象來批判了。

大規模企業旗下的員工本諸個人志趣與生涯規劃，合則留，不合則去，人來人往原本不足為奇，但深諳人事管理奧妙的王永慶即認為：「對人事傷腦筋的人自己要檢討，不能全怪走掉的人。走的人可能想法有偏差，但經營者要負一半以上的責任。」

王永慶語重心長地表示：「我認為走掉一個人，對公司的損失當然大，但若濫用不懂事、不會做事的人而自己還不曉得，如此可能造成的損失與前者相較，又不算太大了。……不要擔心人要走，擔心的是那些沒有走而又沒有效率的人，因為那樣會造成企業更大的損失。」[130]此種呆人太多的憂慮，在聯合報系各單位仍可找到不少確證。

王惕吾雖以治軍嚴厲，賞罰分明著稱，但仍有若干力有未逮的陰暗面，令個性較剛直而又安份工作的員工頗感失望，可能是董事長日理萬機無暇追究，或係年事已高不再計較細節，也可能是另有不同的認知尺度所造成的遺憾。

一般員工都承認，軍人出身的王惕吾是偏愛人治與威權的，其卓識與魄力長期獲得各方禮讚，但當企業規模初具之後，難免漸漸產生被近臣讒言所包圍，傾向愛聽好話，容易掉入先入為主的窠臼，最後自然難免造成偏聽的流弊。

---

[130] 曾仕強：《中國式管理：具有華人特色的管理學》，新店，百順資訊管理顧問公司，2001 年 8 月，頁 72。

　　雖然英明如惕老者，亦偶屢有看不清事理、風險評估未盡周詳的時候，但小老闆們和大夥計們為了讓大老闆每天都很開心，沒有人想，也沒有人敢公開計較；大小會議無不保持「惕老說了就算」的「一言堂」文化；唯命是謹所製造的和樂融融氣氛，恰可局部掩飾某些不足為外人道的管理缺失。以下列舉較為人知的若干個案：

　　（一）駐港特派員卜少夫獲嘉新「國外新聞採訪獎」有拼湊外電報導之嫌：根據《聯合報五十年》所載：民國五十六年五月九日港九發生中共煽動的暴動，《聯合報》駐港特派員卜少夫在遭暴徒列為「黑名單」的威脅下，仍堅守崗位深入採訪，後獲嘉新水泥公司頒給第四屆國外新聞採訪獎。[131]但根據筆名為「段干木」者所撰〈貳臣傳：香港名報人卜少夫記實〉一文所記述之內情，卜少夫當年獲獎之前因後果甚有爭議，段干木聲稱其背後事件實另有真相，經外界揭露真相之後的經過大致如下：

　　卜少夫得獎的消息在港、臺兩地傳出後，一片譁然。知道內情者向嘉新公司反映，認為代卜氏提出申請的《聯合報》採訪主任于衡不但欺騙讀者在先，以綜合外電的內容假冒卜少夫自撰的報導，更接續欺騙了新聞獎評審人員；香港方面為此更是吵翻了天，幾家報社記者公開發表聲明，指證卜少夫從來沒有到過任何一個暴動現場採訪，《快報》社長鄺蔭泉並指證，香港最危險之夜，卜少夫正在酒樓打麻將飲宴，還差一點回不了家。卜自知此獎不好領，因此，在頒獎典禮上宣

---

[131] 參見：（1）聯合報編輯部編：《聯合報五十年（民國四十年至九十年）》，臺北，聯合報社印行，民國 90 年 9 月，附錄：「聯合報系大事紀」、「聯合報系歷年得獎作品紀錄」，頁 292,311。（2）嘉新兆福文化基金會編印：《嘉新兆福文化基金會四十年》，臺北，2001 年 8 月，頁 92。

布捐出獎金給新聞系學生當獎學金。

駐香港特派員卜少夫與採訪主任于衡聯手合作得獎，原本算是一段值得稱頌的佳話，但被同業爆出造假內幕之後，自是光芒大減。這次得獎，亦是自民國五十四年七月至民國五十八年十月止，總共五屆嘉新新聞獎受獎名單中《聯合報》唯一「得獎」紀錄，卜氏雖未再提及往事，但卻被《聯合報》報史奉為創刊五十多年來斬獲新聞大獎的鼻祖。[132]

于衡在民國六十年九月出版的《聯合報二十年》一書記述之經過為：「卜少夫是在民國五十二年一月才進入《聯合報》擔任香港的特派員，他今年已經六十歲，但看起來才祇有四十多歲。……卜少夫受聘《聯合報》後，他的最大和最成功的表現，是在民國五十六年七月間香港發生左翼份子大動亂時，他每天都和臺北通一次到三次越洋電話，那時接聽他電話的人就是本文作者。在香港動亂歷時近一個月中，許多記者都不敢出門，而卜少夫卻能『不懼不惑，奮不顧身』。有一天

---

[132] 段干木：〈貳臣傳：香港名報人卜少夫記實〉，全文詳見相關網站所載內容：http://www.huanghuagang.org/issue07/gb/37.htm 卜少夫所獲第四屆嘉新新聞「國外採訪獎」於民國 57 年 11 月 11 日頒獎，同屆得獎者及推薦單位還包括：「新聞評論獎」：任畢明（香港時報）、黎晉偉（工商日報）；「國內採訪獎」：陸珍年（中國時報）；「新聞漫畫獎」：陳弓（中央日報）；「文藝創作獎」：鍾肇政（臺灣日報）；「國內社會服務獎」：臺灣新生報；「國外社會服務獎」：菲律賓《公理報》。另頒給一項「特別獎」給港九暴亂期間以身殉職的「香港商業電臺」主持人林彬烈士。得獎者各獲新臺幣四萬元。林彬是「香港商業電臺」評論性節目「大丈夫日記」主持人，每天定時播出針對香港人與事的動態，反映市民意見，不但痛罵左仔，更攻擊製造香港暴動的北京政權，終致觸怒中共爪牙成為誓必剪除的反共文人；一九六七年七月某日黃昏，林彬與其弟駕車返家途中，遭三名彪形大漢攔截去路，並點燃一桶汽油燒死。

作者在電話中找不到他，生怕他遭人暗算，結果在九龍的一個朋友家找到他，因為那天提早戒嚴，他回不了家。又有一天，筆者和他通電話時，他家窗外，正有警車出動，他特地把聽筒裡的警車聲音，轉給作者來聽。在那次大動亂中，要是膽小的人，一定不希望他的名字見報，但他卻不在乎那些。

有一次筆者正在和他通越洋電話時，王惕吾走了過來，和他講話，希望他把他的夫人和孩子，送來臺北定居，一個人留在香港工作，但他拒絕了那個建議。他說，他不準備那樣做，香港的共匪，寫恐嚇信給他，但他毫不在意。

當香港的動亂告一段落後，他來臺北，《聯合報》為他舉行了一個盛大的酒會，蔣總統也特別召見，嘉獎他的膽識和臨難不懼的精神。第二年嘉新的新聞採訪獎，主動的送給了卜少夫，但他又把那份獎金捐給有新聞科系的大學，做為獎學金。」[133]

前文證實了于氏的確負責接聽來電並為卜氏代筆發稿，但未提新聞稿實以外電拼湊之事，亦未提卜氏未至現場採訪，更強調得獎之事非出自得獎單位申請，而係主辦單位基於欽敬而主動致贈一項收穫。如此一來，顯與外界重炮抨擊之說，成了各有所本，難明是非的「羅生門」了。

民國五十七年十月廿二日歐陽醇日記對此事的補述為：「少夫先生得了嘉新新聞獎，一千美元，他不會來臺北領獎的，會將獎金轉贈新聞系學生，他對翁明昌（嘉新董事長）其人深為厭惡，對嘉新二字也

---

[133] 于衡：《聯合報二十年》，臺北，聯合報社，民國60年9月，頁240-242。

無好感。」[134]

多年後，卜少夫為慶賀自己七十歲生日（民國六十八年農曆五月初四日），主動廣發邀請函，央請最要好的一百位朋友人秉筆直書，各寫一文，聲言不必虛偽客套，且保證笑罵褒貶由人，絕不刪改增加一字，藉作「古稀」紀念，「讓我從這面鏡子看到我自己，別人也可從這面鏡子看卜少夫的另一面」。其後由《傳記文學》出版社負責人劉紹唐先就八十九篇來稿按收到先後，而非按私人交情或地位高低排序，彙編為《卜少夫這個人》於民國六十九年六月出版。詎料此書問世後引起文化圈騷動，令讀之者稱奇，反應熱烈，乃又再出版續集二、三、四冊。

在《卜少夫這個人》首集中，于衡以〈徘徊在黑白兩道中的職業新聞記者：兼祝少夫先生七十歲生日〉為題，再度往事重提。于氏表示，在新聞界他敬佩蕭同茲、馬星野、魏景蒙、卜少夫等四位前輩先生；在說明如何結識卜少夫時，于衡寫道：卜氏在抗戰勝利前夕創辦了《新聞天地》，由於彼時物價波動，新天週刊銷路廣大，他首先倡導「千字斗米」稿費，網羅第一流記者替他撰稿。民國三十八年于衡擔任上海《大公報》駐瀋陽記者時，凡是《大公報》謹慎未刊的通訊稿便交《新聞天地》發表，兩人因而論交；當時卜氏未滿四十歲，是上海《申報》副總編輯，但是于衡直至政府遷臺，才首次和卜氏見了面。

于衡認為：卜少夫的江湖氣質具有黑白兩道，但白色的成份居多，喜歡喝酒，酒後健談，論國家大事，頭頭是道。後來接觸多了，發現其長處與短處，長處是他十分正直，會搶新聞，也會對新聞來源保密。

---

[134] 續伯雄輯註：《臺灣媒體變遷見證：歐陽醇信函日記（1967-1996）》（上），臺北，時英出版社，民國 89 年 10 月，頁 79。

十分坦誠，也十分虛偽，能說「真話」，也能說「假話」；有時一擲千
金無吝色，但有時又會精打細算，一毛不拔。每晚黃昏之後，他徘徊
酒家之中，像個賈寶玉，深得女孩子的歡心。他不拘小節，對女孩子
溫柔體貼，他住在第一飯店的套房中，午夜十時，常招一批酒女共謀
一醉。但在政治上每有一件大事，他必然寫一篇文章，別人不願惹麻
煩的事，他自己卻振筆直書，而且膽子很大。

于衡回憶指出：「在香港發生大動亂那一年，他每天都打國際電話
到《聯合報》，報導新聞都由我接聽，並加整理。那時中共的尾巴要在
香港殺人，他常把香港警車出動的聲音，用電話傳給我聽。在香港混
亂的那一時期，他毫無畏懼視死如歸，每天要向臺北報導新聞，由我
替他整理。那次我們的合作很好。」[135]

于氏筆下未再提得獎事，但卻點出了兩人結識的文緣，以及得獎
作品係兩人合作的時空背景。

此外，劉昌平亦在《卜少夫這個人》續篇第二集中以〈亦師·亦
友〉為題，追記二人交情。劉昌平首次見到卜少夫是在民國廿九年夏
天，當時劉還是設於湖南所里的國立第八中學初中第五分校的學生，
卜氏應八中校長邵華之邀前去小住數日，雖未對同學講話，但背著相
機四處逛蕩，讓校內一些搞壁報的同學覺得他挺神氣的。再次見到卜
氏是民國卅五年秋季，劉昌平是上海江灣的國立復旦大學新聞系學
生，兩學年中先後選修了卜氏講授的採訪學、副刊編輯學等課目。卅
七年初，為了畢業論文的撰寫和查資料，曾數度請教卜氏，畢業後也
曾持校長給上海《申報》社長潘公展的介紹信去見卜氏求職。但在無

---

[135] 劉紹唐主編：《卜少夫這個人》，臺北，遠景出版公司，民國 69 年 6 月，
頁 83-85。

音訊更無約見的情形下，於是年八月初離開上海來了臺灣。

劉昌平指出，在臺灣再見到卜氏，已是民國四十三、四年間，以後卜每次從香港來臺差不多都曾作陪會晤或宴飲。在這一段長時期裡，卜少夫曾以一番盛意推介毛樹清、周榆瑞先生擔任《聯合報》美、英特派員，劉昌平則請他推荐一位香港特派員，「過了些時候，我們兩人在武昌街明星咖啡館晤談，他說，我自己來替你們做吧。在我當然是求之不得，可能是面有猶豫表情，他又說：講私人關係，我們是師生；但講工作，你是總編輯，我是特派員，該怎麼樣就怎麼樣，你不必介意。就這樣，卜先生為《聯合報》做了十年的香港特派員，爾後轉任顧問以至退休。……難得的是，少夫先生擔任《聯合報》香港特派員期間，儘管還要主持他的《新聞天地》，總能維持約定為《聯合報》寫稿。記得新天有一次向陶百川先生徵稿，陶先生在復信中說他是『捨己之田，耘人之田』。卜先生之交際生活與工作，長久以來都是頻繁忙碌，卻能為一個當年並無深刻印象的學生『捧場』，而額外『打工』十幾年，我都是萬分感激的。」[136]

《聯合報》於民國六十一年一月另派李勇擔任駐港特派員，卜少夫則於六十八年八月一日請辭顧問職。[137]

造假是新聞工作的大忌，以造假之作矇混得獎，更為同業所不齒；但此事從未見《聯合報》方面有任何澄清之舉，而「段干木」叫罵之文又長期在網路上傳流，令眾多新聞傳播科系師生睹後備感困惑，而

---

[136] 劉紹唐主編：《卜少夫這個人》續集（2），臺北，遠景出版公司，民國71年12月，頁313,314。

[137] 編委會：〈人事通知：六十八年八月份升遷調聘人員名單〉，《聯合報社務月刊》第184,185期合刊，民國68年9月，頁24。

又查證無門。如何杜悠悠之眾口，解決之道顯然旁人無可代勞，仍在繫鈴者如何自處也。

（二）少數親信部屬利用職務營私舞弊破壞工作紀律：王惕吾軍中舊屬葉邦宗曾指出，王惕吾自軍旅生涯開始的用人與交友原則，只看能不能用、有沒有用，甚至道德操守上有些瑕疵，他也能包容，因為「原諒犯過錯的人，反而對他更不會有貳心」，用人能不記小過，「只要忠心耿耿」就夠了；為了統御所需，很會建立人脈和情報網，每連每排都有他的耳目，那個連長、排長說過什麼話都一清二楚，到年終考績或外遷時全都有紀錄。按葉邦宗說法，王入主《聯合報》後依舊沿有軍中時期的同樣手法，早年發行組長自軍中就一直追隨他，其後升至最高管理階層；想爭取《聯合報》全省各地代銷主任者大多得送紅包巴結，少則五百、一千元，大地區則要五千元，而彼時飾金每兩為七百元，這些事情王都知道，但卻樂得睜隻眼、閉隻眼。[138]

不僅此也，報系旗下各業務部門主管為了績效而不惜造假的情事，一直都客觀地存在著，這不僅是業界公開的秘密，也是新聞界長久存在的問題之一。只要大老闆不存心追究，上級強迫大中盤商分攤吃下成長報份，或季節性的虛報業績以換取獎勵，都不算是大的難題。

除了廣告、發行部門的用灌水數字粉飾太平的欺敵兼自娛的手法，編輯部最受質疑者莫過於股市記者的操守了。

為了回應包括來自報社同仁的調侃質疑，前《經濟日報》總編輯林笑峰曾於民國七十七年斬釘截鐵地聲稱：「我對任何無情的攻擊，都是逆來順受，我沒有袒護我們的同仁，假使真如人家所說的，查到證

---

[138] 葉邦宗：《報皇王惕吾：蔣介石門生、我的長官、隱瞞的四十年》，板橋，四方書城公司，2004 年 9 月，頁 234,235。

據,就要嚴辦。但是最重要的是證據,沒有證據,而胡亂亂說、亂寫的人,我認為會有報應,這種報應,即使在這一代沒有報應,下一代子孫也要得到報應!」[139]

這段詛咒式的「證言」,先於民國九十三年五月,因《聯合晚報》證券記者楊兆景出版的《無冕王8旦:一名資深證券記者的自省告白》一書遭到挑戰,楊兆景以自省兼批判的筆法,赤裸裸地揭露了新聞界與證券股市間勾結互惠套利的諸多違法犯紀的黑幕;但楊兆景亦因此觸怒了報社高層而被迫「專案離職」。

詎料民國九十四年四月中旬,再度爆出前《經濟日報》記者陳令軒涉入「股市禿鷹」的重大弊案。由於該案是「證券交易法」自民國七十七年八月修正以來,首度有股市記者明確涉案,故引起各方高度重視。微妙的是:陳令軒雖於四月十五日經檢調單位偵訊後裁定以新臺幣三十萬元交保,《經濟日報》即極力撇清宣稱:已於四月七日命陳辭職,並追溯自三月三十一日生效。

此外,社會新聞記者近墨者黑的情形亦時有所聞,其中自營投資買賣,滿足個人享樂者不計其數,唯歷年來搞到同業重炮攻擊者,首推以警政社會新聞起家的前《聯合報》採訪中心副主任吳添福。

有少數不肖記者涉入臺北市「電玩大亨」周人蔘關說受賄弊案,業界早有風聞,但從未有人認錯悔過,若非民國八十六年四月十三日《中國時報》以頭版次條顯著版位,指名道姓刊出「某一報社採訪中心副主任吳添福」遭檢調單位約談偵訊後飭回,及吳添福之女吳聖芬「在周人蔘電玩集團擔任秘書,並曾遭檢察官侯寬仁諭命收押禁見多

---

[139] 林笑峰:〈但求無愧我心〉,《聯合報系月刊》第71期,民國77年11月,頁40。

日」等情，編輯部還無從處理棘手問題。[140]

　　據報系資深人士指出，吳添福之所以會在民國八十六年四月十五日，亦即中時新聞刊出後兩天之內匆匆辦理「自請退休」，實係前述訊息，適巧被住在臺北市中心診所治療腿疾的愓老夫人趙玉仙女士看報時發現，並於次日出院時主動向隨侍在側的長子王必成查問：「報上登的這個吳添福，是否就是我們報社的那個記者？」且立刻要求查辦，吳始因「由上而下」的壓力提前辦理退休。

　　據《聯合報》資深同仁指出，彼時中時刊出吳添福可能涉案的消息後，《聯合報》總編輯項國寧曾明查暗訪希望揪出害群之馬，但最後只能查出另有二至三名員工可能和周人蔘有關，唯各當事人均只承認是將私人的錢存在周人蔘公司生息，絕無不法勾當而不了了之。

　　必須追究的是，何以在對手報公開點名批判，及王老夫人親自責問之前，編輯部上上下下卻能若無其事任由吳添福以資深副主任之姿照常核稿，且又准其照領退休金全身而退，的確難以服眾，難道此舉無損於「正派辦報」的最高理念嗎？唯一可以解釋的，便是《聯合報》一向傾向以寬厚為先，只要肯認錯就從輕發落的企業文化來處理各種難題。

　　其實，類似吳添福的狀況並不罕見。《聯工月刊》早在民國八十二年五月即以〈編輯部的迴響〉專題抨擊「呆人」充斥的亂象，文中指

---

[140] 楊天佑：〈人蔘案大發展：約談主任檢察官張振興，疑張透過林德昭、吳添福受賄，三人均否認，檢調偵訊後飭回〉；〈張振興、吳添福、林德昭關係匪淺：三人資金往來可疑，吳之女任周人蔘秘書，林的帳戶流入周的支票〉，《中國時報》民國 86 年 4 月 13 日，第 1,3 版。周人蔘已於民國 94 年 8 月 8 日以坐牢一百八十天折抵新臺幣八億六千餘萬元罰金執行完畢出獄。

出：

是非不分，究竟到了什麼程度？不僅工會非編輯部的員工關心，連社外老訂戶、老讀者都從版面上有了點感覺；令大家沮喪的病因用兩句話來形容就是：「錢多事少離家近」和「最是愉快當呆人」。對一些很「皮」的同仁，其實編輯部有不少人看不慣，這些人當「呆人」是策略，挪出來的時間玩自己的花樣，兼差、寫外稿、當顧問都是小事，最糟糕的是拿著《聯合報》記者頭銜，在外面開舞廳、搞電玩柏青哥，這位仁兄是誰，編輯部同仁幾乎都能八九不離十的舉出來，可是奇怪的是社方總沒有動作，說是證據不好掌握，讓這些「呆人」是最愉快了。有人慨乎言之：在《聯合報》要活得愉快，千萬不能太「死忠」，就當自己是客人，維持「客卿」的心情，永遠記得自己是受僱者，別太過於愛報，把報紙當成自己的事業，會難過的。[141]

冰凍三尺，非一日之寒，《聯合報》目前面臨的困境有太多因素是自身不肯作為而累積成的重擔。是領導決策階層視而不見，還是中級幹部刻意縱容所造成已經不再重要，重要的是，這些教訓能否喚醒「老聯合報人」珍如至寶的「以報為家」的精神！

（三）中高級幹部挾帶私心排除異己，未能秉公處理例常事務：以聯合報系全盛時期員工多達五千人的規模而言，如要求資方鉅細無遺地掌控幹部的品德操守及一言一行，是吃力不討好，做不到也無此必要的；何況，記者生性愛好自主自由，唯一有效的只有自律與同事間的制衡，因為幹個十年下來，誰都懂得若干恐怖平衡和君子報仇之道。因此，王惕吾對於打算栽培提拔的員工首重有無「從一而終」的

---

[141] 鄭斯文：〈編輯部的迴響〉，《聯工月刊》第58期，民國82年5月，第8版。

忠誠，其他小德出入，包括好賭好色、貪點小財等私德，一向並不特別苛求，只要肯聽命行事，能夠贏得信賴，一切都可商量。

但是惕老雖云精明，依舊無法免除人性弱點，通常只要自己相信的人在身邊多說上幾句，惕老就會先入為主，產生耳根太軟、偏聽誤判的差錯。只要日常社務出現問題，就會有不同的心腹機要奉召上樓請見獻策分憂。

儘管惕老頗有知人之明，且有心同甘共苦，肝膽相照，但資深員工指出，早在康定路時期就發生過部屬捲走公款的情事；東遷之後，發行、廣告部門為拼業績而屢水造假的風風雨雨，則更非奇聞。

王惕吾於民國六十一年六月份工作會報中，重申「本報人事政策，實施績效制度，用人以業務是否需要為前提，同時實施績效檢查，如發現有缺乏績效之情形，視其情況予以資遣、退休、解聘或調職之處理，以強化個人，鞏固整體，期使人人稱職，人人發揮汰弱功能。」在同一會報上，范鶴言亦有感而發地指出：「員工之品德操守，至為重要，雖對工作可以勝任，但行為不檢者應予淘汰。今後對挪用公款者，決不姑息，一經查覺，不問情由，即予解聘。」[142]

據資深員工向筆者表示，王、范兩位合夥人之所以會同場提示用人與品操問題，即因彼時報社財務由范鶴言掌管，其手下大將黃浩同時擔任發行人與社長之助理，侵吞公款之後於六十一年元月一日請辭，卻在出國前夕暴斃，造成社務運作頗多困擾，亦為范鶴言萌生退

---

[142] 編委會：〈民國六十一年六月份工作會報紀錄：王發行人綜合結論及范社長補充提示〉，《聯合報社務月刊》第 106、107 期合刊，民國 61 年 7 月，頁 15,16。

股念頭的因素之一。[143]

其實，《聯合報》在現金管理與帳單報銷方面，多數時候仍然是管制得宜的。例如，稽核部門曾發現主跑要聞的記者申報公務應酬的消費單據，竟由同一餐廳開立號碼連續的統一發票的特殊個案，亦令人驚覺人性的醜陋無所不在。但這些言之傷心的大小事情，無一在系刊中公布過，當事人也大多在和稀泥的手法中打消責任。以下再列舉若干有損企業形象的事例：

例一，員工提供自有房舍供社方長期租用：前高雄縣特派員呂雲騰位於高雄縣鳳山市中安街廿八巷的三層樓房，曾供《聯合報》租用供高雄縣採訪辦事處使用；前屏東縣特派員張立志與前臺南縣特派員張俊毅任內，亦有類似情況。

據資深記者指出，呂特派員當年處處算計、事事簡省，以南部天氣燠熱的程度，辦事處的冷氣機竟備而不用，僅在其私人訪客登門造訪才啟動過；至於其他得依社方規定請領之公費支應款項均由特派一人經手，其他同仁不得置喙。這些有違常情的情況，即便曾為總社視察人員親睹，亦無從反映改進。

報系月刊公開過的一筆「左手賣給右手，自己人照顧自己人」的個案。民國七十三年七月，設於高雄市的報系各業務、採訪單位奉命南遷三百公尺，搬進報系買下的龍江大樓一、二樓。

龍江大樓是浙江東陽籍的前《聯合報》高雄分社主任葛龍江蓋的七層建築，面臨市中二路，與前金國小側門隔街相望，高雄著名的林

---

[143] 編委會：〈人事室通知〉，《聯合報社務月刊》第 100 期合刊，民國 60 年 12 月，頁 68。

園大道近在咫尺，法院、市政府、議會、警察局、調查處、衛生局、新商業中心都在兩公里半徑內。大樓的六、七樓是葛大胖的住家，三樓闢為畫廊，地下室是茶藝館，編採會議即曾在此舉行。二樓面積六十多坪，大廳由聯合使用，經濟、民生分列左右，各占一室，另設傳真室、暗房各一間，三報辦公處不設隔間，渾如一體。一樓建坪較小，容納報系服務中心、分社及經濟日報推廣組，稍嫌擁擠，以致未設櫃檯受理訂報、廣告，實為美中不足之處。[144]

　　前述租用及購買同仁的房舍形成的「肥水不落外人田」現象，對報界資深人士而言，早已見怪不怪。政府遷臺初期，由於人才較少，月入不高，新聞界跨界至同業編輯部上班，乃至偏遠地帶的特約記者一稿多用，同時供應各大小報紙刊用的事例十分普遍。即便政府宣布解嚴，報禁開放十多年了，仍有少數不上軌道的報社遲遲不肯在外埠記者的編制與待遇上，給予合理調整和重視，於是名為「業採合一」的結構，最後勢必引發諸多自謀非法利益的手段而遭人鄙視。

　　早年《中央日報》高雄市特派員何鳳池曾同時在《臺灣新生報》南部版編報，其後因兩報業務競爭對立局面升高，始不得不切斷與後者的關係；彼時何鳳池在高雄承銷報份，漸有盈餘，超過固定薪水，乃頂下一處騎樓門面的日產，樓下供辦公使用，樓上則為住家。[145]

　　但以《聯合報》業務蒸蒸日上，營收早已超越同儕的營運實力，任由地方縣市特派員與總社公私不分的情況長期存在，其間利弊為

[144] 黃永傑：〈報系高雄新據點〉，《聯合報系月刊》第 22 期，民國 73 年 10 月，頁 168。

[145] 何鳳池：《新聞工作四十年：何鳳池回憶錄》，臺北林口，作者自印，民國 94 年 6 月，頁 81。

何，已無須逐項評點，將受雇者產業收益和資方公務需求綁在一起，難免授人話柄。

臺北總社則有某些大小行政主管下班後主動邀約麻將牌友，建立辦公室之外的廣泛人脈。某位主管亦曾將自購國宅新屋轉租新婚同仁，以及時掌握某些特定記者、編輯的派系傾向與言論立場。此一特殊個案的內情傳開後，曾令不少說話從不考慮後果的直腸子型同仁暗自叫苦。

由於報系工作環境安定，待遇及福利良好，因此每逢公開招考無不報名者踴躍，即便不是公開辦理，也是各方請託關說者眾。某次招考記者編輯時，表面上試務流程頗稱嚴謹，理論上不該有任何差池，但其後卻遭人指證歷歷，有人利用職務之便將親友試卷帶出報社，再偷偷塞回試卷袋；所幸涉案者放榜後還知所迴避，未將其分發至讓人眼紅的單位。

近年地方新聞中心再傳不肖主管公然索賄情事，舉凡爭取晉升召集人、轉換駐地轄區，皆有價碼且高到紙包不住火，還鬧到某一下屬公開反唇相譏，但舞弊受賄者照享俸祿，穩如泰山，令知情者深感不齒，其關鍵在這名主管竟敢質問且要求知情者「拿出證據來！」。

例二，長駐日本東京廿三年的王光逖（筆名為司馬桑敦）遭到打壓冷遇，令文人同聲歎息：王光逖是吉林省雙城縣人，民國七年五月四日生，生肖屬馬，七十年七月十三日逝於美國洛杉磯。

王氏廿歲即因投稿機緣，出任哈爾濱《大北新報》記者兼「大北風」文藝副刊主編；民國廿六年自瀋陽共榮專科畢業，考入郵局服務；廿八年冬，與因病住院結識的護士周墨瑩女士結婚；同年在冀、魯邊區游擊隊任軍中記者；廿三歲在上海抗日地下刊物寫稿；三十年十二

月太平洋戰爭爆發前，以地下工作人員身分參與抗日活動遭偽「滿州國」逮捕，於哈爾濱和長春坐了三年八個月的苦牢，同囚獄友包括梁肅戒、石堅等志士。抗戰勝利出獄，三十五年編考進入國立長春大學經濟系；三十七年七月與妻女訣別，單身突圍徒步至瀋陽；同年八月，與金錡女士結婚；九月飛抵北平，將中共占領東北後的暴政以「爬！爬！爬！爬出了長春封鎖線」為題系列揭發，是一篇非常深刻的報導文學，因而進入天津《益世報》工作。三十八年初平津失守後，搭船抵廈門入海軍官校任教職，八月隨海官抵臺。四十一年辭離海軍官校，遷居臺北，主編《日本展望》雜誌，並向《二十世紀》、《自由中國》、《自由論壇》等刊物投稿。

民國四十三年八月赴日深造，行前得黃紹祖介紹，為《聯合報》兼寫日本通訊稿；次年正式獲聘為駐東京特派員。駐日期間，他寫政治評論、寫《野馬傳》等長短篇小說、寫時事分析，合計不下上千萬言之多。四十六年春，獲東京大學社會科學研究科國際關係碩士學位，並繼續攻讀博士，但於四十九年完成廿七萬字的博士論文後，因觀點與指導教授相左，且未遵囑修正，致功敗垂成。

王氏一系列文章多收集在以司馬桑敦筆名印行的《扶桑漫步》、《江戶十年》兩書；然而他的「書生之見」，終於還是不見容於「新聞尺度」，不是橫遭斧斲，就是中途被截，遭存檔做參考的命運。長篇小說《野馬傳》於民國五十七年五月上市後半年，竟遭內政部以五點理由查禁。違心之言既不忍為，有心之論又不見用，唯剩拂袖而去之一途；以五十八歲英年自求退隱，想來絕非心之所願。

駐日期間為了追求工作表現，王光逖和臺北總社記者一樣，必須和對手報打得天昏地暗。當時《徵信新聞》駐東京特派員孫鐵齋和王光逖除了民國七年生、都屬馬之外，幾乎再無可以彼此認同之事，因

此你來我往，天天針鋒相對，如果詳細記錄下來，或可視為新聞採訪競爭教學的典範。

民國六十五年九月王光逖赴美國愛荷華參加「國際作家班」，兩個月後順道遊美；於美東之行，發現《聯合報》人事汰舊方式，心中頗為不悅，遂決意退休。六十六年三月中旬赴《聯合報》臺北總社辦理退休後，即移居美國舊金山；但此舉被好友們認為：是其一生最大的一步「錯棋」，因他精通日語，唯英文則閱讀和寫作尚可，奈何發音不準，不太敢開口，會話就更沒信心了。

赴美後，經由同在日本求學時往來過的王必立介紹，為天洋旅行社編印《天洋》月刊；同年七月，再轉回老東家旗下《世界日報》撰寫「金山人語」和「燈下漫筆」兩專欄，前者快人快語，令讀者先睹為快。但其後因一篇談及冒充大學畢業的針灸醫生的事件，報館受到攻擊，連帶迫使「金山人語」方塊也停刊了。民國六十八年六月，迫於生活加入《世界日報》門市部工作，不但訂購、結帳事務一人承擔，甚至還要坐在門口賣書賣報，要求增加人手，卻均遭經理蘇民生悍拒。如此諸多不順，令王氏備感痛苦。

這些私人難堪，若與王光逖當年駐日最風光時，備受王家禮遇時機場接送之殷相比，何止相差了十萬八千里！其後《世界日報》業務逐步站起來了，但在報系月刊憶往文章中，幾乎以劃清界線的方式處理，再也看不到王光逖三個字。

個性固執方正的王光逖重作馮婦期間，同樣難以發揮長才，加上人事糾葛，致其「慍於群小」的心境，就是不熟稔的朋友也看得出來。民國七十年四月辭去《世界日報》工作；五月初應年輕友人邀約舉家

南遷洛杉磯籌辦《加州日報》，從設廠、訂購機器到編輯計畫，不遺餘力地投入；但詎料七十二天後即肝疾復發，抱憾以終。[146]

例三，編採人員認高級主管為乾爹造成的驕縱風氣：惕老對於自己欣賞肯定的人，幾乎都會在系刊上發表合影，證明他是一位宅心仁厚獎掖後輩的長者；至於編輯部女性同仁至其陽明山住所作客，也是公開坦蕩的致敬行為，沒有人敢說不對或不宜，因為其中並無不可告人之處。

採訪組男性同仁為了使大老闆開心，頂多開會時多喊幾句董事長英明即可。但女性同仁，特別是惕老欣賞肯定的優秀女記者或中級主管，則屢有前往陽明山惕老寓所做客兼致敬的殊榮。

民國八十年三月三日王惕吾自榮總返回陽明山寓所時，在其家門口歡迎的報系五位女同仁傅依萍、周玉蔻、徐榮華、陳揚琳與王麗美「一一獻吻，將董事長臉頰印上好幾個鮮紅唇印，讓住院期間心情一直鬱悶的董事長相當開心。」[147]

不過，王惕老一向公開反對、也婉謝一般同仁在農曆新年休假時，還要相互登門拜年。民國六十八年元月政府開放觀光護照，開春後王惕吾第一次與編採同仁座談時，曾責問何以連乾女兒徐榮華也不去他家拜年呢？其後惕老得知是因徐榮華偕夫婿金淼[148]全家出國觀光去

---

[146] 見韓道誠、黃天才、衛藤瀋吉、王景弘、金恆煒等追懷王光遫之專文及生平大事記，均收錄於由其夫人金琦以筆名主編的紀念文集中。金仲達編：《野馬停蹄：司馬桑敦紀念文集》，臺北，爾雅出版社，民國71年5月，頁9, 25, 29, 70, 71, 81, 82, 88, 89, 110, 111, 115, 140, 141, 199-219。

[147] 陳建宇：〈董事長軍人本色，病榻上公爾忘私〉，《聯合報系月刊》第99期，民國80年3月，頁8。

[148] 金淼於民國78年6月22日於《經濟日報》採訪中心證券組長任內請辭。

了，才免去一場誤會。為此，惕老特別向編輯部同仁說明：當初是偶然得悉會唱點平劇的徐榮華和他的農曆生日都在同一天，而且惕老的母親也姓徐，才臨時起意收個表現不錯的山東籍記者當乾女兒。

認乾爹、乾女兒的風氣，在外省族群中算是相當普遍的風氣，惕老本於長者慈愛之心收個義女並無可議之處，但是「上行」之後，必有「下效」；編輯部其後亦出現了若干認總編輯當乾爹的個案，有了總編輯當乾爹者從此受到保護和加持，言談舉止和工作態度都逐漸異於同儕，令知情者不得不對某一時期的工作紀律和考績公平性產生質疑。

至於沒機緣當乾兒子、乾女兒的人，腦筋動得快的便會勤快地往總編輯家裡走動，小至幫忙把冰箱塞滿，當當小孩子家教，陪著總編輯夫人打幾圈麻將等等，就只希望有機會翻身，或是出了紕漏有人擋；這些拍馬屁的行為，比起乾兒子在外招搖搞乾股，公然為電玩業者護航等行徑，算是很節制的了。

王惕老看似偏愛自己的女兒和乾女兒，但是聯合報系開始重用女性，還是惕老去世後才浮現的一大變化。

前《香港聯合報》總編輯徐榮華於港聯停辦沉潛三個月後，復於乾爹去世後第五天，由董事長王必成宣布以《聯合報》副總編輯接掌《民生報》總編輯；原總編輯宋晶宜則調為總監；但此一疑似奉老闆遺詔所執行的人事安排，旋於民國八十七年三月十六日剛任滿兩年，又被宋晶宜取代。據資深人士指出，徐榮華失去總編輯職務，可能出自王效蘭的決定，為此徐榮華還曾萌生去意。

報系最早登頂的女性總編輯是《民生報》的宋晶宜，其次依序是

參見：編委會：〈人事室通知：經濟日報七十八年六月份人事動態名單〉，《聯合報系月刊》第 79 期，民國 78 年 7 月，頁 168。

《星報》總編輯高愛倫、《聯合晚報》總編輯傅依萍、《聯合報》總編輯黃素娟、《經濟日報》總編輯游美月。

針對《聯合報》終於出現第一位女性總編輯，王文杉的看法很簡單：人事異動一切的考量只有「勝任」和「速配」這兩個重點，「完全沒有性別的問題」，「報系用人向來只看才能和操守」。對於黃素娟的角色，總管理處的期許是建立「編務專業經理人」的工作標準模型，過去五十年來總編輯要管編務也要管各種行政事務，十分辛苦，「希望從黃總編輯這一任開始讓總編輯的角色能集中在編務上，把工作重點聚焦在產品上。」[149]

（四）「刑餘之人」長期見重於愓老並主持筆政引發的話題：長期擔任總主筆並曾任《聯合報》社長、副董事長的楊選堂，其父祖為印尼華僑，母親為舉人之女，數代經商，「家中的人都是高中畢業，不讀書便經商去了」只有楊子一人對生意不感興趣；但基於家族傳統「只好參加海外優秀僑生考試得到公費回國讀經濟」。

按于衡所撰《聯合報二十年》所述，楊氏於民國三十三年畢業於暨南大學工商管理學系，來臺後最初在臺灣大學經濟學系任教，其後歷任臺灣省政府編譯室主任、行政院編譯室主任、中央銀行行務委員；民國四十二年兼任《聯合報》主筆，同時兼任《新生報》與《徵信新聞》主筆；民國五十五年夏，專任《聯合報》顧問兼主筆；民國五十九年秋取代關潔民接任總主筆。[150]

---

[149] 吳仁麟：〈新戰鬥團隊的誕生：專訪總管理處王副總談報系高層主管新人事案〉，《聯合報系月刊》第 226 期，民國 90 年 10 月，頁 9。

[150] 于衡：《聯合報二十年》，臺北，聯合報社，臺北，民國 60 年 9 月，頁 139。

按行政院人事行政局檔案所載，楊氏公職資歷為：民國四十三年六月任行政院參事，至四十七年七月辭職，轉任中央銀行行務委員時，又因業務需要，民國五十二年十二月起借調至行政院兼任編譯室主任，後因涉嫌在外匯貿易審議委員會秘書室副主任期間，收受商人賄賂，被司法機關羈押偵查判刑，旋遭免除行政院編譯室主任職，成為人生紀錄上的汙點。

筆者自歷年社刊中檢索發現：民國五十四年三月出刊的第廿七期《聯合報社務月刊》載有：「言論部主筆楊選堂自民國五十四年一月三十一日停職」的總人字第貳號人事組通告。[151]其後，楊選堂於民國五十五年十月一日復職，獲聘為顧問；[152]民國六十年七月十九日再調升副社長，仍兼言論部總主筆。[153]

近年《聯合報》新進同仁多以訛傳訛，誤以為楊氏為臺大經濟系畢業生，經正式向臺大教務處查詢，確認並無楊氏畢業於臺大經濟系的紀錄。經筆者再向教育部高教司及木柵檔案室人員查詢，大陸時期的暨南大學畢業生學籍雖仍保有完整之專檔，但因其內頁均嚴重受潮而無法逐頁檢視而作罷。

由於楊氏取代關潔民接任總主筆職後，每能掌握王惕吾思慮精髓，延伸上意並畫龍點睛，且又隨時承命為社方爭取各種資源，解決疑難雜症及時化解危機，故長期獲得惕老信賴、倚重，視之為股肱能

---

[151] 編委會：〈總人字第貳號人事組通告〉，《聯合報社務月刊》第 27 期，民國 54 年 3 月，頁 11。

[152] 編委會：〈人事組通知〉，《聯合報社務月刊》第 47 期，民國 55 年 11 月，頁 59。

[153] 編委會：〈人事室通告〉，《聯合報社務月刊》第 96 期，民國 60 年 8 月，頁 84。

臣。

　　據說，當年王永慶之入股及其後被迫讓股退出，讓《聯合報》自四處抵押借貸的財務谷底中得以復甦，其中諸多轉折，與僅能供主僕二人與聞的機密，都與楊之用心布局與獻策有關。

　　楊選堂還同時以筆名發表浪漫愛情小說《慾神》、《魔象》、《變色的太陽》等長篇作品，使其「從此走上左手寫文學，右手寫經濟的道路」。

　　彼時臺北報界菁英咸認《中國時報》總主筆楊乃藩[154]之文采，實優於《聯合報》總主筆楊選堂，[155]但楊子依舊吐氣揚眉於王家報業王

---

[154] 楊乃藩為江蘇省金山縣人，民國4年3月24日生，上海大夏大學畢業，民國35年即來臺任公職，60年於臺糖公司主任秘書任上退休，旋獲邀擔任《中國時報》主筆，六十四年出任總主筆兼社長，以迄七十八年退休。任職期間發表社論二千多篇，著作包括：《古道照顏色》、《津津小品》等廿餘本，以文章濟世，實現書生報國。民國92年6月4日逝於臺北，享年八十八歲，骨灰安厝於上海市楓涇公墓。

[155] 按行政院新聞局舉辦之歷年「金鼎獎」新聞評論獎得主名單觀察，楊選堂在外的得獎名聲顯然落居時報系統之下，蓋中時報系旗下主筆前後共有 12 人次得獎，而楊選堂更在時報總主筆楊乃藩之下，蓋楊乃藩個人共得過 5 屆之多。自民國 69 年起增設新聞評論獎後，楊選堂僅曾於 69年首屆得獎，且是年係與王作榮、楊乃藩並列獲獎，其後即未再登榜，致有王惕吾乾脆自己關著門隆重頒發金牌給手下愛將之舉。民國 69 年起歷屆得主及其代表單位依序為：69 年：王作榮（臺灣日報）、楊乃藩（中華日報、中央日報）、楊選堂（聯合報）等三人合得；70 年：王作榮（中國時報）、呂夢顯（青年戰士報）、楊乃藩（中國時報）等三人合得；71 年：吳啟仁（大華晚報）、72 年：楊乃藩（中國時報）、73 年：彭垂銘（工商時報）、74 年：彭垂銘（工商時報）、75 年：楊乃藩（中國時報）、76 年：石齊平（工商時報）、77 年：楊乃藩（中國時報）、78年（從缺）、79 年（從缺）、80 年：蘇雅文（自由時報）、81 年：彭垂銘

國。民國七十五年十一月十一日先於《聯合報》編採同仁餐敘會上，楊子獲惕老頒贈新臺幣五十萬元；同年十二月廿日再於報系主管王作會報中，獲頒「領導輿論」金牌乙面。[156]經此雙金加持殊遇，為其奠定僅次於劉昌平的元老重臣地位。

民國七十四年八月《聯合報系月刊》第三十二期曾介紹楊選堂是「年輕少女夢中的偶像」。楊子表示：他不是文藝家，無法創造愛情故事，也不能寫別人的故事，《慾神》、《魔象》、《變色的太陽》寫的是自己對愛情的理念，對愛情的憧憬、遭遇、挫折與遺憾。「當然小說不全是自己的故事，但不可否認有相當多影子。」[157]雖然楊選堂的風流外遇多年前即在新聞界流傳，但當事人均嚴詞否認。

民國九十四年三月三十一日《蘋果日報》記者張琦珍的獨家報導終於證實了當年的傳聞：「《聯合報》前社長兼知名作家楊子（本名楊選堂）驚爆婚外情，與楊子發生婚外情的女子陳敏雲雖已過世九年，但陳女家屬與楊子卻為了陳女生前居住的房屋歸屬告上台北地方法院，家屬主張房子是陳女所有，且兩人曾如同夫妻一般過著同居生活，意外讓這段婚外情在法院曝光。

為證明兩人關係匪淺，陳女的四名弟妹還提出陳與楊子交往時的

（工商時報）、82 年：盧世祥（經濟日報）、83 年（從缺）、84 年：康復明（工商時報）、85 年：呂紹緯（中國時報）、86 年：康復明（工商時報）、87 年：黃年（聯合報）、88 年（從缺）、89 年：黃年（聯合報）。90 年起改制為委由民間團體以「卓越新聞獎」全新名義主辦。

[156] 編委會：〈董事長在十二月份報系主管工作會報上的講話：高樓平地起，有志竟成！〉，《聯合報系月刊》第 49 期，民國 76 年 1 月，頁 6-9。

[157] 丘彥明：〈報系的作家群（一）：少女夢中的偶像：楊子〉，《聯合報系月刊》第 32 期，民國 74 年 8 月，頁 216。

信箋為證，信中楊自稱丈夫，稱陳女為小妻子。

　　對此，記者昨走訪楊家，但保全人員表示楊外出不在，而楊的律師楊佩怡則否認楊選堂與陳敏雲兩人是婚外情關係，並說：『對方要編造怎樣的故事，我們不便評論，一切靜待司法判決。』法官今天將做出判決。

　　八十四歲的楊子，曾任《聯合報》社長，並開闢《楊子專欄》等專論針砭時政，並著有《精神的裸體》等多本著作，其中一句他對愛的名言：『愛有時是非常、非常寂寞的，不可說的。』正好說明他這段近二十年的地下情。

　　陳女家屬主張，兩人相識於一九八五年，當時楊因心疼住在臺北縣萬里鄉的陳女，常兩地奔波與他相聚，而於北市敦化南路一段一六一巷購屋，並登記在陳女名下，九年前陳女因癌症過世，家屬辦理遺產登記時，才知權狀在楊手中。

　　去年陳家接到地政單位通知，表示若逾期不辦理繼承登記，房屋將充公，家屬於是告進法院，要楊返還房屋所有權狀，但楊認為房子是他出錢買的，於是反要家屬返還房屋。

　　陳女的妹妹向法官說，楊在姊姊過世後，曾說兩人在這裡保有很多回憶，他有意買回，並將購屋的錢一半給母親陳蔡杏養老，另一半捐給防癌基金會，『我才將戶口名簿交給他。』但楊說，他是因為不願讓妻子知道他另外購屋，才將房屋登記在陳女名下。法官曾試圖調解，但現值一千多萬的房子，楊只願給家屬當初屋價五百多萬的一半，家屬認為楊毫無誠意，因此和解破裂。」[158]

---

[158] 張琦珍：〈《聯合報》前社長楊子廿年外遇曝光，情書揭秘：自稱丈夫，

　　筆者曾於民國九十四年四月間，委請前案楊氏所委託之律師，轉達可否接受外界專訪之意，唯楊氏囑其委任律師楊佩怡轉告：彼不認識筆者，亦無意與筆者接談。

　　事實上，民國七十六年元月廿一日，楊氏以總主筆身分邀宴《聯合報》全省各地方版「地方公論」主筆時，筆者亦以負責撰寫屏東版公論的身分赴宴，事後併同兩張歡宴中相互敬酒的照片，於系刊第五十期發表〈「公論」大會〉一文。[159]楊氏聲稱不認識筆者，亦無意晤談，恐另有顧忌也。臺北地院針對前案之判決書全文可自司法院網站檢索，民事判決書九十三年度訴字第 3110 號。

　　民國八十一年元月底新春團聚餐會上，總編輯胡立臺特別向同仁介紹楊選堂社長是才子，他講的話，不分男女，不分老幼，都喜歡聽；他的文章，都喜歡看。

　　楊選堂則表示：「我很慚愧，編輯部的同仁，不要說我能叫出名字的，就是認識的也很少，因為我很少到編輯部。……如果在馬路上碰到我，我沒有向各位致意的話，並不是我沒有禮貌，的確是不認識。當然，各位在路上看到我有什麼可在報上『宣傳』的東西，也要請大家『筆下留情』。」[160]

　　被王惕吾生前標舉為報系企業文化重要推手之一的楊氏，竟於擔任社長後坦承並不熟悉編輯部人事，何嘗不是「聯合報精神」破滅的

　　稱情人為小妻子〉，《蘋果日報》2005 年 3 月 31 日，A13 版。

[159] 習賢德：〈「公論」大會〉，《聯合報系月刊》第 50 期，民國 76 年 2 月，頁 20,21。

[160] 阮肇彬：〈董事長嘉許聯合報編採同仁，劉發行人、楊社長、王兼總經理親切向同仁拜年〉，《聯合報系月刊》第 110 期，民國 81 年 2 月，頁 13。

警訊。據知情者表示，惕老去世後，楊氏雖已退出權力核心，但每週三報系高級主管午餐工作會報依舊不請自來，即便無人與其攀談，亦神色自若，絲毫不以為意。楊氏退休前還曾要求王惕吾夫人、兒女及孫輩三代逐一簽字立據認可，以擔保其現住寓所須供其居住至亡故後三個月，始得由報社收回。

（五）回歸媒體定位放棄支持員工競選公職：另項反映報系企業文化及其精神，隨業務起伏而變遷的重大指標，便是如何處理員工參加中央與地方公職選舉的基本原則的調整。

民國六十九年十二月八日王惕吾在三報常董會中欣悅地表示：「此次增額民意代表之選舉已圓滿結束，可說是我國立國以來最成功的一次選舉，倍增我國實行民主憲政之信心。本報在言論、新聞以及專欄方面，發揮了輿論最大效力，……鍾榮吉、范揚恭之當選，為平日對政治有見解、有興趣之同仁，以及社會青年才俊之一大鼓勵，今後報社對青年同仁有意並適於從政者，亦將予以支持。」[161]

次日，又召集三報編採同仁講話時指出：「這次我們有兩位同仁參加競選，范揚恭當選為新竹縣國代，鍾榮吉在第五選區當選立委，都獲得高票；另外中華民國田徑協會總幹事紀政也在大家全力支持下，獲選為臺北市立委。他們都屬才俊之士，他們的成就有助於政府把民主政治朝正確的途徑推進。這次《聯合報》關係企業全力支持他們三位競選，考驗了我們的影響力，也象徵了團結就有力量，就會成功！今後任何優秀同仁出馬競選，我們都要當作是自己的事，使這種同心協力成為良好的傳統；而這種支持絕不是為了搞政治，是為了盡一份國民關心政治的

---

[161] 聯合報董事會編：《聯合報、經濟日報、民生報常務董事會會議紀錄（66-70年）》，臺北，聯合報社，民國80年12月，頁158。

義務罷了。我要特別強調,《聯合報》關係企業沒有政治慾望,目的只是好好辦報,貢獻給國家社會而已。這次的成功應視為《聯合報》崇高報譽所發揮的影響力,報譽建立不易,希望大家要共同維護。」[162]

這是王惕吾名列執政黨中常委,公開支持優秀員工參選問政時期的基本主張和說明,顯然將員工高票當選視為另項無心插柳的開心收穫。

王惕吾出身老官邸警衛特務連,自然對於現實政治之必要,與權力分享之奧妙,了然於胸。王惕吾自於民國五十八年三月首度當選中國國民黨第十屆中央委員,民國六十五年十一月連任第十一屆中央委員,並於民國六十八年十二月廿四日當選中央常務委員,至民國七十七年四月五日請辭中常委職。

王惕吾備函請辭國民黨中常委當天,特別在常董會中表達「今後退出一切黨務工作之意願」,因為「不論在任何環境下,報紙的利益與國家社會的利益是一致的,因此無需在本職以外從事其他事務,照樣可為國家社會服務。個人已屆齡七十六,對國家及自己的事業而言,都到了辭退的適當時機,好讓新起的一代多負點責任。……我也曾勉勵我的子女,今後應全心全力致力於本報系的事務,……希望執掌言論及編務者不要從事政治實務工作,但也不勉強大家。報國途徑很多,不一定要見諸名位,只求奉獻而已,希望大家體會我的心意。」[163]

但是王惕吾自黨政權力核心引退的動作,並未產生立竿見影之

---

[162] 習賢德記錄:〈分享豐碩的成果,續創輝煌的業績:董事長嘉勉三報編採同仁〉,《聯合報社務月刊》第 197 期,民國 70 年 1 月,頁 5。

[163] 聯合報董事會編:《聯合報、經濟日報、民生報、聯合晚報常務董事會會議紀錄(77 年~82 年)》,臺北,聯合報社,民國 82 年 10 月,頁 37,38。

效，同年七月馬克任、王效蘭、鍾榮吉、高惠宇等四人又同榜高票當
選國民黨第十三屆中央委員，聯合報系晉身黨務系統者不減反增，此
一趨勢顯非王惕吾個人主觀意志所能轉移。其後，報系員工從政者漸
多，報系旗下各刊物的編輯政策及言論方針，如何與李登輝本土色彩
日濃的權力結構互動，則更引人注目。[164]

　　《聯合報》員工參加公職人員選舉的紀錄，早在民國六十六年十
一月九日地方通訊組駐宜蘭礁溪記者周金章即轉戰礁溪鄉鄉長一戰成
功，王惕吾於同年十二月廿二日在報社頒贈「任重道遠」紀念金牌。[165]
周金章並在社務月刊撰文自承，雖有為民服務的熱誠，但仍然喜歡記
者這個行業。「回想一年前兼記者，一人雙薪，口袋裡經常有鈔票，如
今雖衣冠楚楚，口袋卻越來越薄。」[166]

　　《聯合報》總社以報社大量資源資助員工參選，則始自民國六十
九年底，客家籍採訪主任鍾榮吉在王惕吾正面鼓勵下投入立法委員選
戰。是年鍾以初生之犢且在高雄、屏東、澎湖三縣群雄環伺之下，[167]終

---

[164] 李雲漢、劉維開編：《中國國民黨職名錄》，臺北，中國國民黨中央委員
會黨史委員會，民國83年11月，頁331,399。

[165] 編委會：〈周金章文而優則仕，董事長頒贈紀念金牌〉，《聯合報社務月
刊》第166期，民國68年2月，頁47。

[166] 周金章：〈還是幹記者好〉，《聯合報社務月刊》第166期，民國67年2
月，頁37,38。

[167] 鍾榮吉戶籍設於高雄縣美濃鎮，首次參選的第五選區包括高雄縣、屏東
縣及澎湖縣，應選五席，最後由中國國民黨贏得四席。鍾榮吉於六月間
面見王惕吾首次表達問鼎公職之意，軍人出身的惕老果斷地於三分鐘內
裁示：「不必說理由，只看有沒有把握！」並當場親筆批示先撥交鍾榮
吉新臺幣五十萬元，面囑王必成、王必立另派專人協助競選事宜。初任
中常委的王惕吾原可直接代鍾爭取中國國民黨黨內提名，但黨中央基於

以第二高票一戰成功,展開其後立委連任及轉任監察委員與專職黨工的從政生涯。

其後陸續問鼎政壇者包括:前採訪主任于衡當選教育團體立法委員、新竹縣地方記者范揚恭當選國大代表、前採訪主任高惠宇及駐馬祖記者曹原彰先後當選國大代表與立法委員、前《女性》雜誌主編秦慧珠當選立法委員等等。

或許是王惕吾晉身執政黨中常委帶來的激勵,早年鍾榮吉、范揚恭、于衡等員工參選,社方不僅指派專人全程助選,提供文宣任務編組及發動派報系統協助分送海報傳單,更大力動員全力求勝,將員工勝選視為報社的大事和光榮。

民國七十四年七月廿九日王惕吾在三報常董會中,提出了「經組織提名」作為是否給予支援的前提。他表示:「報系同仁參加公職人員選舉的情形日漸普遍。同仁有意參選,是他個人的事,報系沒有意見。唯因報系財力有限,為全體同仁福利著想,無法支援每一位參選同仁。但是,如同仁條件好,經組織提名者,於情於理,報系全體同仁在人力及技術方面當予支持,希望同仁有如此認識。」[168]

同年十月《聯合報》市政小組召集人陳春木登記參選臺北市議員並

策略考慮,最後僅正式提名三席滿足地方派系,另兩席以准許報備方式鼓勵鍾繼續參選,且由臺灣省黨部將澎湖縣二萬多票全部調配給初次出馬但未獲提名的鍾榮吉。王惕吾准許鍾榮吉留職留薪請假投入選戰,另指派報社員工二十人組成後援小組全程支應,由韓潏負責文宣,呂滬瀾負責財務。鍾榮吉自是年七月開始布局衝刺,最後幾乎囊括美濃鎮全部客家鄉親的選票。據熟知選務運作成本者估計,王惕吾為支持子弟兵勝選,消耗的成本應不下於新臺幣一千萬元。

[168] 聯合報董事會編:《聯合報、經濟日報、民生報常務董事會會議紀錄(74年~76年)》,臺北,聯合報社,民國82年12月,頁86。

獲執政黨提名後，王惕吾即在報系主管聯合工作會報以「可視同是本報的競選」的定位，希望大家支持，他表示：「陳春木先生是本報的老同仁，他的競選，也可視同是本報的競選，希望報社的同仁，為了本報的光榮，發揮團隊精神，給陳先生多多的支持，和多多的鼓勵。」[169]

　　報系文宣資源雖然之充沛，但解嚴後政黨板塊重組，政治生態劇變，致歷來不幸敗北及連任失利者亦增，例如：市政小組召集人陳春木首戰臺北市議員即不幸敗選，前採訪主任高惠宇雖自第二屆國代再轉戰第三屆立委成功，但最後亦無法固守地盤被迫淡出政壇。

　　針對陳春木競選臺北市議員失利的情況，王惕吾於民國七十四年十一月十八日報常董會宣達了不再支援同仁參選政策。他指出：「本報同仁陳春木此次經執政黨提名參選，雖然失敗，對於報系同仁支持的熱忱，仍表感謝。報系所以要提供人力及技術支援，純係因其業經提名，盡一份心力而已。基於專心辦報的原則，今後對於同仁個別有參選意願者，將不作支援。」[170]

　　民國八十年十二月，王惕吾針對高惠宇加入國大代表選戰，又在常董會中論及員工參選是否支持的原則，首次公開表明不再支持員工參選，亦要求各報報導尺度宜自我約束以免招致譏評，王惕吾說：「高惠宇的參選，各方矚目，她是人才，值得支持，不過她是本報系的人，我們在新聞報導及編輯處理上如果稍有偏愛，即會招忌並受人指摘，因此，報系各報的編務負責人要嚴守立場，把握分寸，不要過份反而

---

[169] 編委會：〈七十四年十月份聯合報系主管聯合工作會報紀錄〉，《聯合報系月刊》第 35 期，民國 74 年 11 月，頁 121。

[170] 聯合報董事會編：《聯合報、經濟日報、民生報常務董事會會議紀錄（74年~76年）》，臺北，聯合報社，民國 82 年 12 月，頁 115。

產生反效果。」¹⁷¹

　　《聯合報》高層基於維護本業形象的通盤考量，認為若再全力支援員工參選未必有利於業務發展，乃對參選同仁支持方式由早年全力支援，朝局部贊助、象徵性支持逐漸遞減的方式修正，終致決定不再以報系之名助選的重大轉變，其關鍵轉折，出現於民國八十二年六月十四日四報常董會的決議。

　　此次常董會，惕老曾逐一點名，要求全體列席的編採及業務部門主管逐一表示看法，會中僅《經濟日報》總編輯盧世祥與《聯合報》採訪主任周玉蔻認為媒體為社會公器，報社不宜長期支持同仁參選的反對立場，但惕老最終還是表示必須改弦易轍。決議全文如下：

　　報系今後對於同仁競選公職，應如何處理，經與會同仁充份交換意見後，僉認：在今天的民主社會中，競選公職，自為個人應有之權利，亦是報國之一途。就現代企業經營原則言，其成員經由選舉途徑，對社會有所貢獻，而擴大企業經營的影響力，亦為社方所樂見。報系數千員工，精英薈萃，產生代表性的人物，也是極其自然的現象。惟新聞事業向為大眾目為社會公器，在嚴格的專業要求下，對其責望亦高，報系同仁若在現職上競選公職，在激烈的競選過程中，易使報系及參選同仁陷於瓜田李下尷尬之境，在新聞處理上即使秉持公正、客觀的原則，也有可能被競選對手及社會大眾有所質疑。因此，報系今後對同仁的參與公職選舉的處理原則為：（1）報系期勉同仁以從事新聞工作為理想職志，不見獵心喜，毋心有旁鶩。（2）報系也尊重同仁個人志趣，對同仁競選公職，不予干涉，但亦不作任何行政及財務之

---

¹⁷¹ 聯合報董事會編：《聯合報、經濟日報、民生報、聯合晚報常務董事會會議紀錄（77年~82年）》，臺北，聯合報社，民國82年10月，頁310。

支援。（3）同仁若要競選公職，應先申請留職停薪，當選後則在公職與報社職務之間，必須明確抉擇其一。（4）任何同仁參選，本報在新聞處理上，對其應持不偏不倚之原則，不蓄意為其造勢，不刻意將其淡化。（5）各個人支持同仁競選公職，事屬工作之餘活動，自為人情之所容許。（6）在此之前，同仁已經參選出任公職者，以屬既往，當不置論。[172]

在此政策底定之前，《民生報》駐馬祖特約記者曹原彰於民國八十一年底登記參選第二屆立委選舉，因無有力奧援而落榜；次年二月一日即自動請辭，留在馬祖家鄉深耕基層。曹原彰落榜兩次後，終於突破軍方政戰系統封鎖，第三次代表新黨出馬當選連江縣國大代表；其後，又代表親民黨當選連江縣馬祖選區第五屆立委。曹原彰近年為促進金馬區建設及海峽兩岸和平安定交流等方面，表現積極，是報系歷年改行從政者中，毅力與成就僅次於鍾榮吉的政壇長青樹。

為了支持報系政策，民國八十二年十月間，王效蘭至臺中縣陸軍成功嶺基地參加《民生報》與中視合辦的勞軍活動後，向外界公開重申「《民生報》絕對不送人白看」的原則，《民生報》也絕不刊登競選廣告，沒有人可以突破此項禁令，「連她自己推動高惠宇副總編輯競選後援會也不例外。」[173]

當年帶動報系員工參選風潮的范、鍾二人，均於民國八十四年辦理退休。范揚恭於是年七月一日自請退休，職務仍為新竹縣特派記者；

---

[172] 編委會：〈聯合報、經濟日報、民生報、聯合晚報常務董事會重要指示及決議事項摘要〉，《聯合報系月刊》第 127 期，民國 82 年 7 月，頁 139。

[173] 王祖壽：〈南下參加《民生報》活動，效蘭發行人滿懷喜悅〉，《聯合報系月刊》第 131 期，民國 82 年 11 月，頁 12。

鍾榮吉則於十二月三十日以言論部主筆名義，按社方一般規定自請退休。[174]但是，同樣以採訪主任身分從政的高惠宇則無此幸運，申請退休時，董事長王必成以其年資不符為由，堅持不同意按勞基法及產業工會的團體協約核發任滿二十年得申領之退休金，理由是高惠宇長期擔任公職，故其年資自難併計。高惠宇雖受王惕老親自識拔重用，但故主逝後，只因能否適用新通過之團體協約較優惠條款之疑義，竟落得一文未領，含怨而去。

除了不再支持自身員工參選，聯合報系對員工為候選人站臺的行為亦成為禁忌事項。例如，民國九十三年底，《聯合報》採訪中心政治新聞組撰述委員董智森因採訪國民黨主席連戰南下高雄輔選，因國民黨籍候選人羅世雄政見會現場司儀邀其上臺致意，遭社方申誡一次。

據董智森告訴筆者，社方並未明令禁止記者站臺，亦未見其他媒體刻意點名指責，但消息傳回總社編輯部還是引發長官關切，社方最後決定對經常出現於電視政論性節目而聲名大噪的董智森開鍘，懲處原因為：「替立法委員候選人站臺，有違記者中立、專業原則，影響報譽。」[175]

---

[174] 編委會：〈聯合報八十四年十二月份人事異動名單〉，《聯合報系月刊》第 157 期，民國 85 年 1 月，頁 83。鍾榮吉除先後擔任立委、監委，並以專職黨工身分歷任：中國國民黨中央海工會副主任、中央社工會主任、臺灣省黨部主委、中央黨部秘書長等職，亦曾出任行政院政務委員。民國 94 年 2 月以親民黨秘書長身分當選第六屆全國不分區立委，再經國親兩黨合作當選立法院副院長。鍾榮吉自請退休時已離開新聞工作十七年，但一直以主筆名義支薪，故能領得全額退休給付；但根據知情者透露，社方係以專案方式給予優容，由鍾氏先在一張空白收據上簽名，實際金額交由人事主任黃政吉結算後填入。

[175] 編委會：〈人力資源處通知〉，《聯合系刊》第 265 期，民國 94 年 1 月，

　　此一申誡個案，似乎代表聯合報系在臺灣紛亂的政治角力中，不再容許記者積極參與的態度，而寧可退縮回歸社會公器本應力守客觀中立的基本面。

　　以民營方式茁壯的聯合報系雖然在人事、薪給、福利等制度方面極似公家單位，甚至在某些方面比公家機構猶有過之而無不及，但其組織結構、任務編組的設立或裁併，都在不斷追求進步、創新與務實的大前提下推展。

　　例如，為達成「進步再進步」的理念，王惕吾於民國五十五年即曾在報社設立「推動進步委員會」，六十年第四十八次社務會議又決定成立「革新小組」，都是《聯合報》經營現代化的發軔。[176]很像彼時國軍作戰部隊每天都要出操流汗，或過一陣子就要推行某種效忠或改造運動，以免官兵思想信仰不堅，造成軍心渙散，軍紀鬆弛等弊端。

　　「革新小組」成立於六十一年一月六日，由副社長馬克任、總編輯王繼樸、總經理應人、經理吳鑄曾、副理李厚維、副總編輯劉潔等六人組成，馬克任為召集人，其成立通告指出：「革新小組」的任務能否圓滿達成，依賴全體同仁的支持與合作。本報已進入三十年代，為開拓長遠之宏規，確立不拔之基礎，諸凡人事、待遇、規章、辦法，均宜加以一番檢討，以期事事謀革新，時時求進步，振奮企業精神，提高工作效率。「革新小組」除印製「工作量調查表」一種，煩請各同仁精確填報，作為研討之依據外，並期望各同仁本愛報之熱誠，就平

頁118。董智森已於民國94年8月請辭離職，其後加入TVBS主持莊諧並陳的節目「搞董新聞」。
[176] 王惕吾：《我與新聞事業》，臺北，聯經出版公司，民國80年9月，頁80。

日所見所感，有何興革建議，或興利除弊觀感，大至報社業務，小至個人工作崗位，無論鉅細，均所歡迎。函投馬副社長（或寄信義路三段玫瑰大廈寓所），來函均將列入機密檔案，作革新意見之參考。[177]

此項通告頗有廣開言論，鼓勵全體同仁在報社邁入第三個十年起點時，能知無不言，言無不盡地提出各種建議。

再如，為減輕行政負擔，使主管能專心於編務之發展創新，民國七十六年元月至同年底所成立的「編務企劃團」即為迎接七十七年報業新時代來臨，邁向國際第一流報紙的目標而增設的任務編組，指定成員有：劉昌平、楊選堂、張繼高、劉潔、應鎮國、劉國瑞、石敏、陳亞敏、劉振志、陳祖華、王彥彭、黃寬等十二人，由陳亞敏任執行秘書，期望能在十二位菁英積極構思規劃下，「將平時看到、想到的事都提出來研討，以期三報能在自我提升上有所突破。」[178]

民國八十四年六月一日起《聯合報》編輯部又開始實施「見報錯」檢核制度，由各單位指定專人負責，並交由總編輯特別助理王麗美彙整。按總編輯張逸東報告：「檢核二十天以來，前幾天發現錯誤稍多，但多屬表定錯誤等級的丙丁兩類，分由各單位主管通知當事人。這兩天發現的錯誤已較前一陣子減少，這可能是檢核已產生一些效果。」[179]

---

[177] 編委會：〈革新小組通告〉，《聯合報社務月刊》第 101 期，民國 61 年 1 月，頁 32。

[178] 聯合報董事會編：《聯合報、經濟日報、民生報、聯合晚報常務董事會會議紀錄（74 年~76 年）》，臺北，聯合報社，民國 82 年 12 月，頁 247,248,358。

[179] 編委會：〈聯合報系八十四年六月份主管聯合工作會報紀錄：聯合報總編輯張逸東工作報告〉，《聯合報系月刊》第 151 期，民國 84 年 7 月，頁 65。

　　這些任務編組都顯示了幾個基本形式，亦即每當出現某種現象或需求後，無論是企業體質的檢視或是編務方面的改革企劃，均以年資較深而職務較高的同仁組成；但當某些制度和任務編組的威信，出現效應遞減的疲態後即草草收兵。

　　何以新聞媒體本身許多例行會議就有防腐自律的任務，卻無法達成刮垢磨光「每日新，日日新」的革新功效，頗耐人玩味。一方面或係例行會議都以解決例常事務為主，無暇顧及結構性的大問題，或觸及企業自身核心價值的更嚴肅的問題，唯若果真如此而難以兼顧本應時時自我體檢的責任，試問以批評責難為己任的新聞媒體，又何以能夠每天看似萬能地去監督處理架構更為龐大、必須有經天緯地長才方能通曉的國家大事？顯然在《聯合報》企業組織及其企業文化中，依舊存有管理系統方面的盲點，依舊有單憑大老闆一句話也未能貫徹實施的無形瓶頸。易言之，若連「革新小組」也要同一套人馬重複同樣的議題，能夠實際有所突破的事項恐怕還是十分有限，因為關鍵仍在企業主是否同意革新的主張和願意革新的幅度罷了。

　　解嚴與開放報禁前夕，王惕吾於民國七十六年五月十一日常董會中嚴詞批判「記者治報」的想法。他指出，有人提到「記者治報」，真是外行話，《聯合報》是公司組織，一切經營形態組織規章悉依公司法規定處理，報社是一種文化、新聞、工、商、資訊、服務、印刷等等綜合性的事業，涉及面甚廣，記者只是編輯部許多部門的一部份而已，因為報紙是以新聞為重，記者乃成為編輯部，乃至整個報社重要工作者之一，但絕不等於報社整體。記者如能發揮所長，貢獻智慧參與編務策略是值得鼓勵的，但是如果不加思考，貿然套用流行語句提出「記

者治報」的說法，用意雖佳，用詞卻不當，應該避免。[180]

王惕吾所指「貿然套用流行語句」的意思，可能就是指當時前衛的大學教改團體為校園民主化所提出的「教授治校」主張，其後也事實證明「教授治校」的理念和主張畢竟陳義太高，造成大學法實施新制校長選舉及校務處理準則方面許多衝突與紛擾，確實值得批判改進。

其實，王惕吾的觀點只對了一半，記者當然不能代表全體員工治報，但衡諸臺灣光復後六十年來各新聞媒體的管理階層，幾乎都由記者出身的幹才出任的現實觀之，「記者治報」的精神早就存在，只是這樣的體制只是循序由「資深記者治報」和由老闆指定誰來治報的差別而已，因為記者最能表現工作績效，對新聞媒體的貢獻程度最高，知識水準和發展潛力也較高，故以現代企業講求的功績制論功行賞，行之有年，並無太大爭議。

按王惕吾自己的說法，記者的名份和名氣都可以是最大，那就不該太過劃地自限完全排斥「記者治報」的說法了。王惕吾純自資方觀點感到些許疑懼是必然的，搬出公司法來回應的真正用意，還是只想提示並回歸民營企業所有權與經營權最後的法定界限所在。如果「記者治報」，治到最高點是要取代董事長，普天下的資方絕難有立刻同意者，但以現代大企業日益流行建立外部董事，並讓勞方代表適度參與董事會運作的趨勢觀之，如何透過更民主化的機制分享權力，建立良性的制衡機制以防止企業腐化，對單憑血統坐享江山的企業繼承人而言，威脅絕非來自能力高強的資深員工，更無立即遭到顛覆取代的可能，除非，接班者愚蠢至陷入自毀程式又未能及時覺醒修正，屆時企業主要克服的重大難

---

[180] 聯合報董事會編：《聯合報、經濟日報、民生報常務董事會會議紀錄（74~76年）》，臺北，聯合報社，民國82年12月，頁285,286。

題，就不止是如何防堵「記者治報」這樣的空想了。

　　民國八十三年正值聯合報系有餘力宣揚企業文化之際，《經濟日報》工商服務部自八十年起經過兩年多累積的教育訓練經驗，以及理性認知，並經過充份地醞釀以後——知識、內蘊、創意、熱忱，屬於工商服務部的企業文化乃告確立。在知識、內蘊、創意、熱忱的企業文化指引下，又在八十二年陸續規劃成立了組織氣氛、自我認知、效率、教育訓練、提案改善、休閒活動等六個團結圈，各圈再依其執行工作的項目，細分為成功經驗分享、讀書會、美化環境競賽……等廿六項積極進取的活動，讓企業文化能融於日常生活，希望透過活動而能自然形成一種風氣和習慣，達到落實企業文化的目標。

　　團結圈的概念源自企業管理方面的品管圈（Quality Control Circle），約四十年前引入我國之後，經濟部工業局為促進產業升級而建立團結圈的理念大力倡導。團結圈是一種自發性的工作，經由團結圈的運作，同仁間互動頻率增加，除了促進彼此瞭解，更加深了信賴感，而信賴感能直接降低組織內的控制成本，間接帶動績效提升。民國八十三年一月八日舉行首次成果發表會，成為報系整體企文化下的一個部門次文化。[181]

　　為落實具體傳承《聯合報》企業文化的基本政策，自民國八十四年三月下旬起，聯合報系又針對發行、廣告及業務管理三個單位二等專員以上主管舉行「企業文化訓練課程」，由剛接任業務管理部總經理王文杉負責推動策劃；雖然目標仍為加強編業合作，但講授方式，由以往總編輯擔綱，改為邀請編輯部各中心主任來上課，希望能從每個中心實際

---

[181] 蔣侑龍：〈企業文化融入生活：六個團結圈涵蓋廿六項積極進取的活動〉，《聯合報系月刊》第 136 期，民國 83 年 4 月，頁 82-84。

工作經驗上，找出期盼業務部門配合的編業合作途徑。有人認為《聯合報》業務單位的改造似乎在迎合外界「企業改造」的風潮，但是王文杉表示：前述說法「我不全然贊同，因為我認為改變要慢慢來，不能太激進，否則危險性會增高，這絕對不是我們樂意看到的。」[182]

民國八十二年八月，《聯合報》業務部邀請中國生產力中心總經理石滋宜在企業文化訓練系列講座中指出，企業文化就像空氣一樣時時在我們身旁，時時影響我們的行為、思維及決策；許多企業創始人都知道他們最重要的責任就是要在自己的公司裡面塑造一種環境，就是企業文化，使員工在此企業文化中努力工作，使自己成長，也使企業成長。更重要的是，能影響企業文化的最關鍵因素不僅僅只有董事長、總經理，還包括每一位中階幹部也都是企業文化的塑造者。而臺灣早已自農業化社會進入工業化社會，並逐步邁入尊重多元價值的資訊化的社會，亦即新的個人時代，因此必須在管理策略上有所因應和轉變。

石滋宜說，企業文化的確立、革新都有賴於建立一種「我隨時都可以改變」的「願意接受改變的企業文化」；唯有「我隨時都可以改變」，才能成為永續經營的格局。因為大環境一直在變，企業文化若還是那麼僵化就會跟不上，就會被淘汰掉。要塑造「願意接受改變的企業文化」，則須從人性化管理開始。

他強調，對企業而言，面對現實、謀求改進，是一體的兩面，也是企業文化的核心、企業活力的泉源；亦唯有最好不要講「給我面子」，能擴大心胸向部屬承認錯誤，便能打破一味要別人改的本位主義和私心限制，這就是「誠」，有此「誠」字做為能量，建立感情，產生關懷，

---

[182] 周恆和：〈企業文化訓練課程作法創新：專訪業務管理部總經理王文杉〉，《聯合報系月刊》第149期，民國84年5月，頁37。

就能打破人的黑暗面，踏出尊重人性的一大步。所以每位經營管理者，一定要讓員工分享你的理想，參與你的理想，讓大家追求相同的願景。

石滋宜最後特別推崇韓非的理念：「下君盡己之能，中君盡人之力，上君盡人之智。」所謂「上君」，就是韓非心目中最理想的管理者。[183]此一見解，不僅適用於一直採家族式管理，以人治精神貫穿報系決策的聯合報系，更適用於一般追求成長茁壯的公司管理模式。

不過，王必立以總管理處總經理的角度看人的管理，則又有其不得不扮黑臉的苦衷。民國九十三年八月，他在主管工作會報中指出，有關「人」的管理，平面媒體一向最難，報系成員至少含括了文人、商人、工人，三者個性、體質互異，要把這三種人性質相異的人力統合起來，彼此合作，本非易事；因此自八月一日起請外面的人力顧問公司在人力管理方面協助改進。

王必立強調，平面與電波媒體間的競爭已是如火如荼，為應付未來更激烈的爭戰，當務之急是招聘一批業務人才，有發行才有好廣告，發行與廣告是未來努力的重點。編、業、印各單位都要把自己單位認為「好」的標準弄清楚，不再憑印象打考績，要對單位、對報系有貢獻才能稱得上「好」，要讓聯合報系成為好的人才能出頭的機構，這樣才能使整個經營環境整頓得更好。[184]

平心而論，王文杉接任社長兼總管理處執行副總之後的評價頗佳，個人親和力由早先揹著咖啡桶親自到各樓層為員工送上熱飲，到

---

[183] 于國欽記錄、石滋宜主講：〈企業文化與人性管理〉，《聯合報系月刊》第 129 期，民國 82 年 9 月，頁 35-42。

[184] 編委會：〈總管理處主管工作會報會議紀錄（二）：考績合理，職務檢討〉，《聯合系刊》第 261 期，民國 93 年 9 月，頁 6,7。

親自上街叫賣當天的報紙[185]，到錄製總機撥通之後的個人具名語音問候語[186]，都展現了與創辦人王惕吾及其第二代不同的企業領導風格，與不曾表現過的柔軟身段。

第二代最像王惕吾而常與編輯部員工接近的只有王效蘭，會在路上主動打招呼、往編輯部走動或陪著員工消夜；王必成性格最保守，連社內公文會簽都很少特別加註自己的意思，通常只簽個扁扁小小的名字就轉出去了，反倒是王效蘭、王必立還會表達一點看法或主張。最精明的應該是王必立，王惕吾生前大概也看出這一點，因此，老大雖然不比老弟靈光，但還是長幼有序，讓必成接任較風光的董事長；至於比較須要費心的買機器、管控海外事業的重擔就交給比老大靈活聰明的必立。一般員工雖多認為必成、必立的親和力都不及乃父，但比起必成比較容易失控發脾氣訓人的風格相較，還是必立比較受歡迎。

王惕吾則又有第二、三代都還未能發揚光大的務實作風，為了推動業務，他經常站到第一線直接參與。他最關心的是編採品質、實際銷路和對讀者的直接服務，早年全靠勞力密集拼戰的年代，臺北各報為了爭取市場和讀者認同，暑假期間均將印發初中、高中和大學聯考

---

[185] 民國九十一年九月三十日早上九點，王文杉穿著雨衣與各單位同仁帶著五百多份報紙，以競賽方式在臺北車站周邊叫賣了一個半小時，最後一共賣了一百多份《聯合報》，為五十一週年社慶系活動畫下句點。參見：吳仁麟：〈王社長的超級任務〉，《聯合報系月刊》第 239 期，民國 91 年 11 月，頁 11。

[186] 民國 94 年 5 月聯合報系推出「福客月」活動，邀請所有同仁一起做客服，號召員工由接答電話應有親切問候語的禮貌運動做起，王文杉於四月底除了為電話總機錄製問候語外，亦配合母親節錄下感性廣播錄音，柔性呼喚同仁踴躍響應「福客月」活動。參見：潘仁偉：〈社長獻聲成為五月電話總機 DJ〉，《聯合系刊》第 270 期，民國 94 年 6 月，頁 8。

榜單列為重要的業務競爭工作，誰提早印發，即使三分鐘、五分鐘，也不放鬆。「當時《聯合報》董事長王惕吾先生，曾親自拿了榜單到街上散發。」[187]

　另一項能令員工自在而又能大鳴大放的空間，便是民國八十九年九月十六日社慶日以「十分顛覆的姿態」誕生的「聯8達」。這項構想源自報系總管理處人力資源室經理劉芳枝民國八十八年底於報系教育中心教學組長任內，赴國外進修考察歸來後提出的研究報告，其中力陳企業再造的五大方向：資訊化、扁平化、虛擬彈性化、國際化、策略聯盟等，點出組織再造、企業e化的重要性，以期果斷改正報系上下過往太過自以為是、欠缺危機意識、不知變革的現象。

　「聯8達」網站的前身為27681234.com，設立宗旨以溝通、傳承、整合為三大目標：藉此促進報系內外溝通與透明化，傳承聯合報系良好的工作文化，整合報系資源做更有效的運用。27681234則為《聯合報》總機號碼，便於記憶取用。初期創立理想包括：作為報系化的基礎，成為每個報系員工在網路上的家，是所有人與人的溝通皆可在此進行的平臺，促使報系管理透明化，消除主管與部屬間資訊不對稱的現象，讓行政體系的運作更為快速而民主；它還是提供拍賣和自由交易市場，讓資源充份的交流與被利用，以帶動情感的互動。中程階段是發展成為員工的入口網站，使員工的生活和工作更緊密的結合。最後的遠程階段則為整合報系資源，建立新工作文化。由此可見，「聯8達」肩負了報系企業組織再造和為企業文化注入活水的重責大任。

　「聯8達」一詞取自彼時臺灣娛樂圈流行的一種男女舞伴肢體交

---

[187] 羊汝德：《西窗隨筆：新聞生涯四十年》，臺北，尚書文化公司，2002年1月，頁251。

纏的舞步「黏巴達」（Lambada）[188]，以強調員工生活交集緊密。按系刊的說法，「聯 8 達」三個字是取自「聯合報發達」的諧音，帶著「聯合報發達」的期許與祝福，更自許要成為一個屬於聯合報人的生活網，讓每一個聯合報人天天都可以「黏」在這個網站上面過生活。數字的 8 由兩個圓圈組成，分別代表公與私的兩個生活圈；代表這是一個涵蓋公私生活兩面的多機能網站，每個聯合報人，在人與人、人與公司之間的溝通與連絡，能夠四通「八達」，暢行無阻。

「聯 8 達」係 Intranet 技術的運用，按張世雄民國九十一年七月的研究發現，學者們均同意將網際網路技術運用於企業內部，或以防火牆（firewall）與網際網路外部區隔，亦即 Intranet 以聯繫公司內部的群體為主，用以促進公司內部有效的溝通協調和提升作業效率，以達到提升企業競爭力的目標。因此可知，Intranet 為企業內部的網路環境應用，它完全屬於企業本身，不被企業外部網路任意控制；可讓企業內員工直接間接由網路存取資料，將各種線上商業交易應用、群組軟體及整體架構加以整合，以促進內部溝通，提升作業效率。

張世雄針對聯合報系五家報社員工、網路事業「聯合線上」及其他關係企業為問卷發放對象，取得 154 位受試者之問卷，發現「聯 8

---

[188] 就風格和源流而言，「黏巴達舞」是「森巴舞」的一種，「森巴舞」起源於巴西的里約熱內盧，1929 年傳入美國，而後傳至世界各地。它不只是巴西音樂的靈魂，更是非洲人與南美印地安人所綜合的產物。森巴在早期常用於吉他演奏，緩慢節奏中帶些情調又兼富熱情潑氣氛。森巴舞蹈最激昂的時候就成了「黏巴達舞」，也就是一對男女「黏」著跳「森巴舞」。巴西嘉年華會如此聞名，「森巴舞」烘托出的氣氛功不可沒的，「森巴舞」無固定舞步，雙腳要動得很快，整個身體要搖擺，手要高舉過頭大大揮動，讓整個人彷彿融入音樂中。

達」開放初期，全部 154 位受訪者均聽過「聯 8 達」網站，其中 123
人（79.9%）最常在辦公室使用，31 人（20.1%）最常在自己家中使用
「聯 8 達」。至於使用「聯 8 達」的時間，25 人（16.2%）在上午（07:00
至 12:00）使用，64 人（41.6%）在下午（12:00 以後至 19:00）使用，
65 人晚上（19:00 以後至 07:00）使用。而最常使用的「聯 8 達」功能，
67 人（43.5%）使用人事室公告，31 人（20.1%）使用俱樂部，26 人
（16.9%）使用其他功能，17 人（11.0%）最常使用拍賣區，10 人（6.5%）
最常使用餐廳菜單，3 人（1.9%）使用會議預訂。[189]

民國九十二年九月十六日新樣貌的「聯 8 達」全新上線，逐步建
立起五十大項、七十小項前端功能；其中使用率最高的前十大功能是：
電子郵件、俱樂部、表單服務臺、貼心提醒、Top News、行事曆、通
訊錄、人事公告、我要找查、開會秘書。據統計，自啟用後一年三個
月裡，同仁每日平均登入人數有一千五百人左右，總點閱數有
16,521,536 人次，平均每人每個工作日點閱十頁的達成率，已突破
200%，而五報一網的月登入率可達 99%。[190]

據知情者指出，表面上「聯 8 達」只是讓員工發洩一下就算了，
但自某些個案觀察，放炮依舊是犀利有效的。數年前一名筆調酣暢、
炮火猛烈的匿名作者「圓桌武士」，簡直就是報系中的啄木鳥，大演摘
奸發伏、打抱不平的正義角色，專事揭發公然破壞紀律的非法勾當，

---

[189] 張世雄：《員工對報社採用企業內網路之態度與使用行為之研究：以聯
合報系聯 8 達為例》，國立中山大學傳播管理研究所碩士論文，民國 91
年 7 月，頁 11,42。

[190] 楊淑閔：〈聯 8 達就是要「黏」人〉，《聯合系刊》第 265 期，民國 94 年
1 月，頁 18。

贏得許多熱情迴響，某位被抨擊涉及不法的二級主管聞訊氣急敗壞地
四處打探「圓桌武士」身分，且自行對號入座，逢人便大呼冤枉。最
後，社方雖未明文處分被指貪瀆的主管，但終究還是以未事先知會的
方式給予職務調動，根據某位中級主管的說法，此一風波，算是「聯
8達」開放以來最大快人心的一次「茶壺裡的戰役」。

「聯8達」開放後效益頗多，表現於言論尺度與e世代風格麻辣
文字的網路作風，幾與一般msn或bbs流通者相差無幾，較諸往昔紙
本的社務月刊、報系月刊之內容，嚴肅權威容或不足，但其傳播之速
則遠遠過之而絕無不及。其中，最具代表性的一次，似以民國九十三
年十月《聯合系刊》報導有關社方發布公告以破除香港《東方日報》
要來接管的謠言。彭慧明指出：「前一陣子報社內部最 hito 的話題，
當屬《東方日報》來臺發展的傳言。流言傳來傳去，越演越烈，最後
在聯8達網站上，報社公告：『《東方日報》沒有買《星報》與《民生
報》』。在《聯合報》待了這段時間，還真是首度看到總管理處對於一
些流言做這麼正式而明確的『澄清』，這才讓大家對於東方『進駐』本
報的各種傳言，暫時告一段落。」[191]

王惕吾生前可能做夢都不會料到，他最自豪的報業王國竟然再度
傳出財務吃緊，甚至可能轉手易主的消息。本篇論文第三章第三節對
家族企業的興衰與傳承交棒的生命週期，已作相關探討；一般跨國公
司平均壽命約為五十年上下，而聯合報系在創刊四十四年後採取「五
報合一」的精簡政策，並不斷進行新一波的創業高潮，誓言要將報系
帶入下一個五十年；在培育新一代核心人才方面，亦推出 U-Challenger

---

[191] 彭慧明：〈想要改變，就要換腦袋〉，《聯合系刊》第 262 期，民國 93 年
10 月，頁 47,48。

幹部儲備訓練課程，期望能以下列三個共同目標打造一流人才：

1. Speak the same language：讓大家能有共同的管理語言，以便快速溝通。

2. Share the same knowledge：相互學習成長，讓全體知識能力共同提升。

3. Share the same vision：要能清楚知道報系的願景為何，部門的願景為何。

　　如今網路世界帶來更多創業機會和全天式的商機，傳統平面媒體受到的震撼至今未息。誠如第三章第二節所介紹之古代馬恩島流傳至今的民族象徵：「三條腿的人」：如何以企業願景和價值觀為核心，連結滿意的出資者、忠誠的客戶和高度激發的員工，才能讓願景與價值觀引領著這「三條腿」朝同一方向前進。這是所有企業自救的起點，也是壯大的要件；聯合報系要化解當下的危機，解除五十年來某些政策偏差所造成的包袱，唯有努力鍛鍊並恢復「三條腿」協同奔走的動力，就是企業再造能否成功的答案之所繫。

第六章：《聯合報》企業文化的宏觀再檢視

　　《聯合報》自民國九十四年六月一日起實施「五報合一」新制，標示了五十多年來由極盛時期的大報團，再次縮編為單一公司原型，社方雖一再宣稱此一變化無關宏旨，一切照常運作；但無論如何輕描淡寫，這一類似壯士斷腕的行動，依舊明示了王惕吾締造的報業王國已步入情非得已的改造階段。聯合報股份有限公司是否就此由盛而衰，邁入老年期，固然言之過早，唯吾人仍可對其一路成長留下的若干話題，檢視其企業文化刻意淡化的一些感傷，一直迴避外界質疑的一些「野史」。

　　無論外界如何看待《聯合報》由創辦人王惕吾開拓，第二代王必成、王效蘭及王必立共同追隨父親守成，及第三代王文杉、王安嘉堂兄妹繼起與伯父、姑姑和父親共治的家族企業的故事，王惕吾晚年所堅持的「正派辦報」四字，已成聯合報系今後無論賺賠都得遵守的最核心價值，也是《聯合報》企業文化達到最巔峰狀態時，管理高層之精神思想處於最高境界下的產物。

　　正派，是否就能保證新聞傳媒大賺其錢？答案當然是否定的。德國營銷學教授休・戴維森（Hugh Davidson）指出，許多組織和企業對自身的價值觀非常忠誠，幾乎有 50% 的價值觀更注重道德而非績效，並且影響著員工的道德和態度。此一現象，在教堂、家長和學校這些傳統道德支持者影響力日形低落之時，似乎意味著組織和企業有責任領導社會向更好的道德價值觀發展。某些公司的價值觀強調的特點，例如：己所不欲，勿施於人，已經具有「聖經化的腔調」。

　　戴維森認為，自狹隘的觀點來看，一般公司和企業的目的，是在法律允許的範圍內為股東創造財富，為此目的，他們必須得到客戶和員工的信任，因此公司和企業以一種商業利益出發來追求它們，但公司和企業對道德領導並無責任，「對此的忠誠只是因為它有助於其實現自身的目的而已」。[1]

　　由此看來，此一企業價值觀「聖經化的腔調」傾向和「布道式的企業願景」產生的效益，頗與資本主義精神的由來，與被各方廣泛詮釋運用的「馬太效應」（Matthew effect）相似。

　　著名的德國社會學家馬克斯·韋伯（Max Weber,1864-1920）廿世紀初撰寫、一九二〇年才正式出版的《新教倫理與資本主義精神》（The Protestant Ethic and the Spirit of Capitalism）是最負盛名的代表作，主要考察了十六世紀宗教改革後的基督教的宗教倫理與現代資本主義的親和關係。

　　在韋伯看來，資本主義不僅僅是一個經濟學和政治學的範疇，而且還是一個社會學和文化學的範疇。他把資本主義當作一種整體性的文明來理解，認為它是十八世紀以來在歐洲科學、技術、政治、經濟、法律、藝術、宗教中占有主導地位的理性主義精神發展的結果，也是現代西方文明的本質體現。在這樣一種文明中，依靠勤勉、刻苦、不浪費時間、利用健全的會計制度和精心盤算，把資本投入生產和流通過程，從而獲取預期的利潤，所有這一切構成了一個經濟合理性的觀念。這種合理性觀念還表現在社會的其他領域，形成一種帶有普遍性的社會精神氣質或社會心態，瀰漫於近代歐洲，這就是韋伯所說的「資

---

[1]　廉曉紅等譯：《承諾：企業願景與價值觀管理》，北京，中信出版社，2004年8月，頁276。

本主義精神」。它作為近代歐洲所獨具的價值體系，驅動著人們按照合理化原則進行社會行動，最終導致了資本主義的產生。

在韋伯看來，資本主義精神的產生是與新教倫理分不開的。新教的喀爾文教派（Calvinism）所信奉的「預定論」認為：上帝所要救贖的並非全部世人，而只是其中的「選民」；誰將成為「選民」而獲得救贖或誰將被棄絕，都是上帝預先確定了的，個人行為對於解救自己是無能為力的。

從表面上看，「預定論」的邏輯結果必然導致「宿命論」。但在韋伯看來，「預定論」認為個人對改變自己命運無能為力，這就在新教徒的內心深處產生了強烈的緊張和焦慮，教徒只能以世俗職業上的成就，來確定上帝對自己的恩寵，並以此證明上帝的存在。於是創造了一種足以自圓其說的神聖的天職，亦即世俗經濟行為的成功不是為了創造可供自己享受和揮霍的財富，而是為了證實上帝對自己的恩寵。從而，「預定論」的宗教倫理反而導致了勤勉刻苦，將不停的創造、累積財富，視為一樁極其嚴肅事業的資本主義精神。[2]

至於「馬太效應」是指《聖經》「馬太福音」裏的話：「凡有的，還要加給他叫他多餘；沒有的，連他所有的也要奪過來。」意味著富者還要更富，而貧者益貧，幾近勝者全拿的地步。

無論韋伯的學術發現和馬太福音的觀點是否顛撲不破的真理，在當今商業掛帥與強權當道的世界中，即便最邪惡、汙穢之事，無不厚顏借真理之名行事，一律以高潔之至的目標包裝，遂行諸如併購、傾銷、壟斷、屠殺、掠奪、戰爭等手段，在某種程度上，都為韋伯和馬

---

[2] 參見：于曉、陳維綱譯：《新教倫理與資本主義精神》，北京，三聯書店，1987年6月。

太福音做了最徹底的背書。

古今中外新聞傳播事業每多標榜自己是有水準的文化人辦的文化事業，是有良知灼見為新聞資訊把關的守門人，是緊盯社會危機何在的守望者，是大眾公義福祉的仲裁者。但是無論他們供應的資訊是否會汙染訂戶讀者的早餐桌布，是否誤導絕大多數未能親睹現場的閱聽大眾，歷史上能留名後世的報人，幾乎也都是新聞職場上成功企業的賺錢高手。

王惕吾辛勤締造的全球最大中文報團，當然是成功企業的表徵和長期盈利頗豐的明證，但是在一路走來的過程中，並非風平浪靜，更非從一開始就讓王氏家族企業得以坐擁金山。王惕吾以軍人出身的剛毅和韌性，樹立強勢的領導風格，從原本只為維持自己退役後一家的溫飽，投入與人合夥的完全陌生的行業，由摸索進而漸懂竅門，進而適時掌握臺灣地區戒嚴近四十年的報禁黃金時期，與聞圈內有限的同行對手進行了一場互比人才、資本、觀點和經營路線的全方位競爭。為了企業的生存，王惕吾曾長期事必躬親，朝乾夕惕；為了贏得內部向心，他大方地提供偏高的薪津和各項福利，核發獎金的手筆亦令許多編採人員永銘在心。但是，吾人一再歌頌無人能再超越王惕吾之後，是否亦該冷靜思考，這些帶著恩情和美好記憶的故事，究竟出自企業主罕見的良心，還是經過精算後的一種領導統御設計呢？

以王惕吾三次發給外勤記者新臺幣四十萬元的特殊獎勵為例，最終顯示，這樣的大手筆除用以犒賞有功記者，其實在很大的作用上，這一百二十萬元獎金不僅讓得獎者喜出望外，也三次對外宣揚了聯合報系編採戰力的常勝地位，對內宣示創辦人恩威並濟的完美形象；更在大學新聞系所課堂上，留下無數讚嘆和後生晚輩心嚮往之的傳奇。

獨家當然得之不易，但是要讓同業公開認輸則形同緣木求魚；要

等年度作品評比獲獎來贏得掌聲，亦嫌緩不濟急，故不如自行及時論功給賞來得實際。後人無法讓時光倒流，重新檢視王惕吾當年三次核發一萬美金獎賞記者，是基於一時興起，還是確有業務報告反映三大獨家消息，當天為《聯合報》增加了多少零售報份，如果確係如此，那麼單憑一份十元，還得扣除管銷費的情況下，以四十萬元換算為單天報份增加的進帳，那真得萬分辛苦全力促銷才行。似可推見，王惕吾決定給獎的依據，應非零售報份因獨家有賣點而大漲的可能。

再以五十多年來，四十萬元大賞亦僅三次出手，而每年九月十六日社慶給獎幅度和金額也逐年縮小等事實觀之，王氏家族經營報業在管理方面呈現的「獎多懲少」特點，絕非毫無節制地用撒錢來收買人心，而是十分技巧的設定企業薪酬政策下的領先策略，每個員工都得以分享願景，自然每天快樂上工，而資方賺得輕鬆就更覺得該多撒點銀子，不過，能讓勞資雙方皆大歡喜的關鍵，還是得依據實際營收的財務景況行事。

近年聯合報系採務實政策緊縮編制，但依舊不肯隨中時於民國九十四年十月底關掉晚報，除顯示王家可能顧及面子問題而決定再撐一段時間，外界研判其根本因素，應與王家在轉投資方面頗多獲利有關。據筆者高雄的友人告知：王家全盛時期全臺曾有三百七十多筆的房地產投資，如此說為真，自有助於緩解目前的困境。但是，無論聯合、中時兩大報系業務如何萎縮、裁員，擔心受怕吃苦的絕對不會是王、余兩家報老闆的後代，該自保而移轉的資金和維持既有的寬裕生活的條件，都不會受到影響的。

如果王惕吾的「正派辦報」理念，是其一生殫精竭慮總結出來的辦報心得，那麼「正派辦報」就是在長期獲利和不斷創新後才能了然的一種境界和超越。易言之，若無登峰造極的成就，絕難有此超凡入

聖、帶有極高自律與自負色彩的見解；而要維繫這樣神聖超然的辦報格調，毫無疑問的，仍得藉由不斷追求第一的獲利手段，方能賡續擴大「正派辦報」的光環。

其次，同樣值得檢驗的是王惕吾強調的「投資再投資，進步再進步」的擴張政策。臺灣報業市場由光復初期六百萬人口增至二千三百萬人，增漲的空間不可謂小，但以聯合報系長期傾向正統藍旗的立場，又有性質近似且長期對峙廝殺的中時報系虎踞在側，究竟聯合報系的擴充有無極限？「投資再投資，進步再進步」只是一種幻象和虛胖的追求，還是為了兼顧其他策略而不得不然的一種抉擇呢？

全球企業存在的第一目標就是追求獲利，王惕吾倡言「投資再投資，進步再進步」，當然也是為了獲利，否則《聯合報》常董會和報系主管聯合工作會報不會那麼重視發行和廣告業務消長的報告，但畢竟為了文化事業不宜有外露的貪婪形象，故未便在其企業文化所珍視的「聯合報精神」中形諸文字而已。

事實上，如果沒有獲利的動機和成果，聯合報系豈有高薪、福利、「獎多懲少」和不斷挖角造成員工「進多出少」的優裕本錢。何況要長期達到「投資再投資，進步再進步」的要求，必得要有充裕的周轉資金和再獲利的營運方案。這一切，又都得回歸到企業經營的本業是否足以獲利的重大前提上。

追求第一的精神，固然是王惕吾為自己加戴「報皇」榮冠的動力，但在報系擴充的過程中，標榜追求第一的動機其實也是相當多元的，其核心效益並非只為了讓人覺得報系在持續成長，如何藉著擴充同步解決內部編制膨脹所連動衍生的一些問題，恐怕比擴充本身的形式意義還來得急迫，其中最重要的，就是解決內部升遷和儲備人才的迫切需求，唯有如此，才會有「投資再投資，進步再進步」不斷周而復始

的創新局面。

如以表 1：聯合報系主要報刊及文化事業單位創立時序簡表所列出的十一家報社為準，不計旗下其它單位的話，除了《聯合報》與《經濟日報》創刊日期相差多達十六年之外，其餘接踵而來的《美洲世界日報》、《民生報》、《歐洲日報》、《泰國世界日報》、《聯合晚報》、《香港聯合報》、《星報》、《印尼世界日報》、《可樂報》相繼創刊的時間差距，最短的只有兩年，出現兩次；其次為三年，出現三次；再次為四年，有兩次；餘為七年、九年各一次。平均自民國四十年九月起，每隔 5.3 年就出現一家新的姐妹報；如果再從民國六十年《聯合報》東遷之後算起，則每隔 3.8 年就出現一家新報。如此成長的速度如果還不能反映報系成長之速、獲利之高，那就再無衡量聯合報系這棵中文報業「世界爺」巨樹的客觀標準了。如此勇敢向前衝的動力，誠然與王惕吾立足臺灣、胸懷世界，願為全球華人服務的宏願有關，但若走向歐美大陸、走向東南亞的曼谷和印尼，毫無草創初期必然先賠、打平、再賺的十足定力和實力，又完全沒有長期的盈利前景的話，就會像在香港辦報的遭遇一樣，維持不了多久自然就得關掉。

聯合報系的龐大結構中有不少閒散之輩的「呆人」，是否有些類似管理學大師彼得・杜拉克（Peter Drucker）所說的企業「肥胖症」，尚需《聯合報》方面大量的第一手資料配合方能核實，但杜拉克對企業擴充增長提出的建言仍值得各方參考：企業要制定合理的增長戰略，以避免企業「肥胖症」，因為儘管所有企業都希望發展壯大，但卻很少有企業懂得擬定增長戰略。

他指出，企業增長並非建立在管理者的意願基礎之上，更非企業變得愈大就會愈好，其增長目標應建立在其擁有的市場、經濟和技術適應的規模之上。其次，應確定應在哪些領域突出重點，並集中運用

資源；最後一步，是仔細考量企業實力、內外環境和顧客需求，以便
解決什麼是企業最優先的機遇。企業追求發展絕非簡單的擴大，只有
健康的增長，才能為企業創造安全、廣闊的發展空間。

　　彼得・杜拉克還語重心長地指出：企業霸主的地位往往是最岌岌
可危的，因為有大量的或明或暗的對手在窺視著它；但真正打敗霸主
的，往往是它自己。[3]

　　聯合報系業務能持續向海外拓展，全恃衛星越洋傳版技術改良，
成為通訊傳輸科技進步的受惠者，每天將臺北現成的版面傳輸海外加
工，降低了海外各報編務運作成本，亦達成了「一魚多吃」的宏大效
益。至於其他附加價值，主要具體表現在疏導資深管理階層晉升管道
壅塞的難題上；王惕吾如果未力倡「投資再投資，進步再進步」，王家
兒女又未同心努力在總社東遷卅四年間接連另創九家新報社，則絕無
可能提供大量的人才在職培訓、適時周轉、遷補調動的緩衝空間。早
年追隨王惕吾打天下的老臣，幾乎都在新報屢次增生的有利情況下，
得到十分念舊的王惕吾進一步重用，無形中化解了《聯合報》老人升
調不易的摩擦，更鞏固了王家要求員工忠誠的家傳，和一言九鼎的的
威信。

　　最後，吾人可再檢視除了辦報獲得可觀盈利之外，究竟是何因素
讓王惕吾如此醉心於辦報這個行業。

　　據資深員工表示，王惕吾對新聞的熱忱早在《民族報》時期就超
越常人，常常親自駕吉普車送記者採訪重大新聞。王氏於《聯合報》
總社由康定路東遷忠孝東路前後，更展現了對打聽新聞內幕的興趣和

---

[3]　鹿荷：《金石之言：杜拉克談現代管理》，上海，上海遠東出版社，2005
　　年8月，頁125-127。

逾於常人的熱切；當年採訪主任于衡公幹返社第一件事，便是向惕老報告府、院、黨三方面的各種小道消息。其後，王惕吾以報人身分自行打通廣泛的政經人脈後，就不再倚重採訪組口頭供應消息了。

由常理判斷，自蔣家老官邸警衛旅侍從出身的王惕吾，對政治的敏感度理當不低，當年僅能以陸軍上校退伍的遺憾，自然會反射於其後對黨政事務涉入的基本態度。美蘇對峙冷戰時期，臺灣雖小，卻因地緣戰略位置而獲得美國支持保有聯合國席位代表全中國向世界發聲，故能於彼時躋身自由中國新聞事業的負責人之列，無論如何，都是王惕吾個人事業的成就，赤忱擁護反共抗俄國策，全力配合建設臺灣、反攻復國的文宣使命，亦屬《聯合報》做為企業經營時必須接受的生存抉擇和社會責任；在彼時報業限張、限印的格局下，《聯合報》適度掌握了逐步成長契機，成為新聞業欠缺擴充機會時的最大受惠者之一。

對王惕吾而言，出任中國國民黨中常委應該不在個人生涯規劃之列，但亦不宜因此認定，其後躍居執政黨高位亦在期望之外。筆者服務於《聯合報》時即曾與採訪組同事守候於臺北市三德飯店，分批將聯經出版公司發行的一套精印書刊致送參加國民黨全代會的海外代表們，而王惕吾也以高票當選中央委員，並獲黨主席蔣經國敦聘為中央常務委員。

在臺灣解除戒嚴之前，一位民營報社董事長能加入比行政院院會更有份量的中常會，如此際遇無論是否出自蔣經國的籠絡謀略，都代表了彼時黨國賦予王氏的信賴。某次臺灣縣市長選舉，民進黨首度大勝並一舉拿下七席，王惕吾依據編輯部提供的分析資料在常會發言指出：國民黨實際總得票總數並未減少，適時撫慰了黨主席的憂慮。為惕老準備這份報告的員工，其後亦獲工家委以重任。

　　對於個人辦報而在社會名望方面的重大收穫，王惕吾自是十分珍惜，故於回饋故里浙江東陽所捐贈的圖書大樓、急診中心和母校東陽中學建物的紀念牌上，均註明了王氏曾任國民黨中央常委的榮銜。受到禮遇的王惕吾心向黨國的立場亦由此堅定，聯合報系的新聞與社論的取向，亦長期扮演捍衛黨國形象和尊嚴的堡壘。但隨著官方宣告解嚴，威權解構和社會價值日益多元化後，不但《聯合報》的本業受到重大衝擊，王惕吾認同的黨國體系也相繼出現決裂的變數。

　　蔣經國去世，由李登輝繼起執政的十二年間，《聯合報》失去了往昔鮮明的黨國認同感，轉而向擁抱「獨臺」立場的李登輝勢力提出嚴厲的質疑，使聯合報系成了反對本土權威的代言人，其角色幾已等同於戒嚴時期反對黨的報紙。此一緊張關係，更於王惕吾病逝，陳水扁兩度當選總統的五年內昇高惡化；而臺灣新聞市場的秩序，亦因電子媒體大行其道而崩盤，平面媒體業務因流失了大量廣告而急劇萎縮，影響力更大不如前，聯合報系陷入了優秀人才和廣告收益雙雙流失的空前危機和必須轉型的重大壓力。

　　不難想像，由於政局出現翻江倒海的劇變，王家由昔日權力核心的寵兒，一夕之間被打落邊緣化的非主流深淵，如此難堪與打擊，極可能激起王惕吾「歸去來兮」的念頭，除了自請辭去中常委，更中止贊助員工參選問政之舉，頓悟與執政當權派還是保持安全距離，以回歸本業思維，喊出《聯合報》專業辦報，不左不右，什麼派都不靠，而是秉持中規中矩的「正派」風格來辦報而已。

　　王惕吾為聯合報系經營理念定調，有如繁華落盡之後的重大覺悟，亦可視之為臺灣政局日益紛亂前夕，力求獨善其身之餘，還不忘堅持公器必須「兼善天下」的自我期勉。如果「正派辦報」的路線還能賺錢，能讓報社永續經營，就證明人心不死，力挽狂瀾依舊有望；

即便「正派辦報」不再能讓報社挺立於政爭的狂風驟雨之中，至少還可向後人展示：臺北曾有一家報社信守了「君子正冠而死」的風骨。如此「不信公義喚不回」的悲情，如此「知其不可而為之」的精神，就是王惕吾家族送給臺灣朝野和華人世界的精神遺產。

目前無人能夠預料，《聯合報》能否提升抗壓能力並成功轉型，向另一個五十年前進；但可預見的則是：學界必將以《聯合報》經營起伏的軌跡與因應危機的對策為素材，從中提煉可供省思的觀點和教訓，而其企業文化內涵及角色，更是一座仰之彌高、無言勝有聲的「聯合報勞資關係紀念碑」。

企業文化既是組織之內共同的價值觀、信念、行為準則、工作規範及組織政策的指導哲學，對組織運作型態、方向擬定有關鍵性之影響，因此企業文化一旦具體形成指標後，便會長期傳承下去，絕難受到挑戰而產生重大質變。

中國大陸學者郭咸綱根據企業發展的規律，將其發展過程分為七個階段，包括：誕生期、幼兒期、童年期、成長期、成熟期、穩健期、新生期，並據以建構其「G 管理模式」（General management system）。按此觀點，《聯合報》現正處於重整階段的新生期。

郭咸綱指出，企業每個階段的成長都是不易的，進入生命周期每個新階段，也就進入與一套制度相適應的全新階段。這七個階段前後呼應，有時在形式上交替出現，但總的來看，七個階段首尾相接，構成企業發展的完整統一圖景。

企業誕生期是企業發展第一個階段，企業剛起步，創業者帶著興奮的心情開始步入創業的艱辛旅途。誕生期企業特點是小規模的、非官僚的和個人的；高層管理者提供結構和控制系統，組織的精力側重

於生存和單一產品的生產和服務。企業將他們所有的精力投入生產和
市場的技術活動中，組織的控制由企業內的個人來監督。

第二階段幼兒期，是企業經過一段時間的磨練和經濟戰場上的多
次拼殺，取得了一定的收穫與提高，此時企業著力於其環境設計，主
要進行股權資源優化和企業利益分享安排。此時股權資源的配置決定
了企業的類型，同時企業須對財富進行合理分配，以促進管理行為人
共同努力及企業的發展。

第三階段童年期，是經過前期的奮鬥，取得了一定的成果，收入、
業績都能維持相當的水平。此一時期企業進入實現經營目標的主體設
計階段，組織結構的框架和運作機制奠定了企業未來的發展模式。

第四階段成長期，如同人的青春期，是企業蓬勃發展的階段，企
業的規模、業績都有很大發展。此時企業擁有了一定的資源和組織能
力，必須開始對外部環境進行深入的探索，提出問題，做出評價。這
一時期企業進入思想設計階段，在戰略、決策、信息方面為企業的長
遠目標尋求發展空間。

第五階段成熟期，是企業有了管理經驗的積累，企業制度已較為
健全，增長放慢，進入穩步增長的時期。此時企業進行系統的技能設
計，在生產作業、營銷、人力資源等方面全面成熟，形成其核心能力
和競爭優勢。企業在成長期的短期目標並非獲利，而是怎樣不斷壯大
自己，並在此過程逐步形成自己的核心能力。成熟期則關注利潤的增
長，穩固其在市場中的地位以掌握獨特資源，創建自身的競爭優勢。

第六階段穩健期，此一時期企業在行業中的地位已經穩固下來，企
業的業務與管理都達到一個相當完善的階段。這時企業進行文化理念設
計、企業文化擴張和全面形象管理，為企業未來發展奠定精神基礎。

　　第七階段新生期，企業進入穩健期再向前發展就進入了老年期，出現四項特徵：（1）業績下滑，企業發展動力不足，出現貴族化氣息。（2）效率低下，行動遲緩，凝聚力降低，體現官僚化特徵。（3）戰略迷失，缺乏創新和前進動力。（4）適應性差，與當前文化和環境脫節等老年症出現。但企業作為一個社會經濟單元，與純生物的人又有不同，即企業可避開必然滅亡階段，藉創新和改造重新崛起，獲得新生的機會，故又稱為新生期，也是企業的變革時期。企業此時進行全面再造，重新審視基本信念，對長期企業經營過程中遵循的分工思想、等級制度、經營體系、官僚體制等進行檢查，對不能適應新環境者進行脫胎換骨的徹底改造，使企業在新的競爭環境中獲得新生。[4]

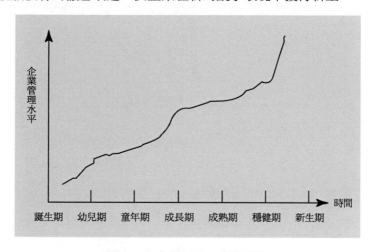

圖 6：企業發展的七個階段圖

（轉引自：郭咸綱（2005）：《企業全面再造模式》第 3 頁）

---

[4]　郭咸綱：《G 管理模式‧12 個子模式：企業全面再造模式》，北京，清華大學出版社，2005 年 4 月，總序，頁 5-8。

　　郭咸綱認為，企業在不同發展階段都有必須避免的經營陷阱，誕生期是產品定位陷阱，有草率進入的危機；幼兒期是股權收益陷阱，有獲益的危機；童年期是組織運行陷阱，有領導權的危機；成長期是企業擴張陷阱，有控制的危機；成熟期是管理困境陷阱，有人性的危機；穩健期是官僚體制陷阱，有組織活力的危機；新生期是企業創新陷阱，有重新定義企業的危機。

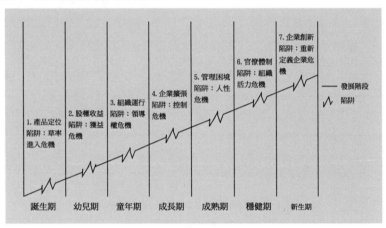

圖 7：企業不同發展階段的陷阱模型圖

（轉引自：郭咸綱（2005）：《企業全面再造模式》第 8 頁）

　　哈默（Michael Hammer）與錢皮（James Champy）一九九三年合著出版的《企業再造：管理革命宣言》一書，將企業再造定義為：為了在衡量績效的關鍵指標上取得顯著改善，從根本上重新思考、徹底改造業務流程。其中衡量績效的關鍵指標包括：產品和服務質量、顧客滿意度、成本、員工工作效率等。企業全面再造應從下面幾個方面對企業作業流程重新思考：

一、 從根本上重新思考已成形的基本信念，即對長期以來企業在經營

中所遵循的基本信念，如分工思想、等級制度、規模經營、標準
化生產和官僚體制進行重新思考。這是打破現有的思維，進行創
造性思維的過程。

二、 企業再造是一次徹底的變革。企業再造是對企業進行脫胎換骨式
的徹底改造。

三、 企業再造使企業有顯著的改善。哈默與錢皮為「顯著改善」制定
的目標是：周轉期縮短70%，成本降低40%，顧客滿意度和企業
收益提高40%，市場份額增長25%。

企業再造的四個關鍵名詞是：根本性（fundamental）、徹底性
（radical）、顯著性（dramatic）和業務流程（processes）。由此可見，
企業再造不是思維漸進的變革，而是企業全面改造、獲得再生的管理
革命。郭咸綱指出，只有經過全面再造的企業才是禁得住風浪的企業。
成功的企業都是在某些方面或所有方面經過了再造的企業。有些企業
在某種意義上可說是企業再造的產物，適時把握再造良機，是企業管
理者成功的重要因素。他將企業定期診斷及前述企業發展的七個時期
對應列為 X 軸橫座標，另以企業階段診斷與十二個子模式做為 Y 軸縱
座標予以簡要說明。十二個了模式包括：誕生期的企業創新驅動模式；
幼兒期的貢獻利益分享模式及股權資源優化模式；童年期互為客戶式
網絡組織結構模式；成長期的企業柔性戰略模式、資源導向型理性決
策模式、信息情報快速反應模式；成熟期的超常規作業模式、全程核
心能力營銷模式、人力資源動力模式；穩健期的文化擴張模式；新生
期的企業全面再造模式。[5]

雖然前述模式未必足以符合聯合報系的運作成長周期，但其基本

5　同前註，頁 12-17，。

概念與指涉著重的內容，依舊具有相當程度的對照參考作用。

以聯合報系而言，五十多年來外在最大的衝擊是政府宣布解嚴，臺灣朝野政治、經濟、文化等各方面結構出現了空前巨變；至於報系內部最重大的變化，莫過於王惕吾去世及其兒孫接班布局底定，其過程可謂危機四伏，而又無所逃避，對親屬人數與人才都有限的王氏家族而言，正是心理最飽受煎熬的時期。

企業危機有三種特質：1.管理者必須認知到威脅。2.必須認知到如未採取行動，情境會惡化且無法挽回。3.突然間所遭受的損失。亦有人指出企業危機有四個顯著特徵：1.急需快速做出決策。2.嚴重缺乏訓練有素的員工。3.物質資源缺乏。4.時間緊迫。一般而言，外在環境的變化是企業危機的主要來源，企業危機的產生就是企業整個系統的失控和變態出現，其徵兆與變化可分為五個時期：1.醞釀期、2.爆發期、3.擴散期、4.處理期、5.處理結果和後遺症期。醞釀期是危機因子不斷地從量變轉向質變，這是有效治理危機的最佳時期。在爆發期企業存在的許多問題會曝露出來，若不及時處理，危機將進一步擴大。擴散期是處理危機的關鍵期，若能控制局面，企業就能存活，否則企業將死亡。只有企業逃離了死亡的威脅，才會進入第四、五期。因此企業必須不斷追求創新，不能有大意和疏忽，力求早日發現問題，在第一時間就消滅隱患，不能被危機嚇倒。[6]

曾任美國洛克希德—馬丁公司（Lockheed Martin Co.）首席執行官的諾曼‧奧古斯丁（Norman R. Augustine）指出，每一次危機既包含導致失敗的根源，又孕育著成功的種籽。發現、培育，以便收穫這

6　陽光：〈如何應對企業危機〉，收錄於：錢津主編：《企業文化沙龍》2004年第4輯，北京，中國經濟出版社，2004年12月，頁63-65。

個潛在的成功機會，就是危機管理的精髓；而習慣於錯誤地估計形勢，並令事態進一步惡化，則是不良危機管理典型特徵。

值得採擷的見解是：奧古斯丁認為試圖控制危機時，危機管理小組應當有一位唱反調的人，他是一個在任何情況下都敢明確說出自己意見的人。而且要盡一切努力避免讓企業陷入危機，但一旦遇到危機，就要接受它、管理它，並努力將視野放長遠一些；應對危機最基本的態度就是：「說真話，立刻說。」[7]

本論文研究重點，前幾章均著重於王惕吾家族與《聯合報》逐年崛起壯大過程中的關鍵事件，分析歷年內部發行之社務月刊、報系月刊及系刊所載紀錄，以微觀的方式稽核報系發展史。

此外，筆者更進一步設法廣泛邀請退休資深人士，採當面懇談或電話請益等方式，蒐羅相關當事人的目擊回憶、不斷追蹤查證多年來在報系各單位流傳過的耳語，另郵寄或當面致送筆者初步研究成果草稿，懇請對方撥冗校讀、挑錯、批判，並廣泛提供各項補正意見。

因此，本章特別置重於訪談的重要發現紀錄，並改變前幾章依據《聯合報》系刊內容摘引及詮釋企業文化的方式，特別針對外界曾經公開質疑過，但《聯合報》方面卻極少回應的若干話題為驗證基礎，做為探討「聯合報精神」與《聯合報》企業文化之後的宏觀再檢視。

自局外人立場觀察，聯合報系總社五棟雄偉的大樓加上龐大的關係企業群，無論怎麼看都是一個巨人的骨架。殊不知，若非創辦人像小學老師一樣天天盯牢的勤教嚴管，以摸索的方式逐步建立自身合用

---

[7] 北京新華信商業風險管理有限責任公司譯校：《危機管理》，北京，中國人民大學出版社，2004 年 11 月，頁 5,25,31。

的家族企業管理制度，並從而發揮特有的敦厚是尚的企業文化，今天
的聯合報系絕難有可供活命的資產，和發動企業再造的本錢和信心。

　　早在民國五十五年初，那個被王惕吾一再回顧、備感珍惜的「康
定路時代」，員工因循苟且的狀況就已經照樣存在。第三十九期社務月
刊載明了彼時怠惰的風氣十分嚴重：「最近發行人曾迭次在早上上班
時間到各辦公室察看，發現部份同仁仍不守時上班，廣告組、稽核室
甚至有十時後仍不到社辦公者。也看到部份同仁情緒渙散，效率不
夠，此一情形有違企業精神，至為痛心。今後各單位主管應切實注意
管束，對工作不力之同仁，應予告誡，必要時請其自動離職，不必等
發行人、社長發現後再下紙條解聘。今後各單位更應積極督促，提高
工作情緒，增加工作效率，凡能力不夠，濫竽尸位者，均應予淘汰，
以免部份同仁腐化，影響其他同仁情緒。」[8]

　　其實，前述員工怠忽職守及冷漠以對的心態，本是司空見慣的辦
公室文化，但它所反映的，卻是企業管理層次的重要問題。

　　依據研究企業變革的專家理查德·巴雷特（Richard Barrett）的見
解，廿一世紀最關鍵的問題有二：即如何挖掘員工最大的創造潛能，
及如何發揮員工最大的生產力。他認為，廿一世紀成功的企業，將是
那懂得如何將每一份工作變為使命的企業。它們的企業結構靈活、自
由，重視員工的參與，並給人們思考的權力，沒有傳統的等級制度，
文憑也不再那麼重要；情商與智商將同等重要，缺一不可；大多數的
創新來自員工，而非來自經理。經理和主管人員的主要職責，是為培
養員工的創造力創造條件──營造一種工作環境，使員工在物質、情

---

[8]　編委會：〈社務會議記錄〉，《聯合報社務月刊》第 39 期，民國 55 年 3
　　月，頁 14。

感、心理和精神方面都能得到滿足。

　　企業和人一樣都有鮮明的個性，就是企業文化。企業文化圍繞著一套複雜的信念和理念建立起來，並構成員工的心智模式。當企業處於創業階段，它的文化與創始人的個性相吻合，當創始人把企業移交給一位首席執行官時，企業文化就會帶上新領導的某些個性特色。當企業發展到一定規模時，自身獨立的文化開始成長，但不會超過創始人和首席執行官允許的界限。

　　如果企業想取得長久的成功，它必須培育一種獨立於企業領導人個性之外的文化，必須以集體的動機和員工共享的價值觀為基礎，建立自己的文化和識別系統，一旦達到這一階段，企業就會出現一種以追求公共利益為目標的核心文化，企業亦將成為個性突出的活生生的肌體，此時，企業中的個人利益就會和企業整體的利益統一起來。

　　巴雷特舉證表示，美國大部份企業主要圍繞在三個最低層次的意識進行管理：第一個層次是利潤，第二個層次是顧客滿意度，第三個層次是生產力。進入美國一百家最佳排行榜的企業，一般傾向於按照較高的意識層次進行管理：即第四個層次的創新，第五個層次員工的個人實現，第六個層次與客戶與供應商的協作，並關心當地的社群活動，第七個層次則是積極地為整個社會提供服務。[9]

　　由此觀之，王惕吾的「正派辦報」精神雖源自本身的心得，但已足以扣緊新聞事業運作不可偏頗、不可主觀、不可趨炎附勢、不可出賣原則等不可違逆的重大行業倫理綱領，可以內化為勞資雙方共同認可並樂予執行的價值觀，又可外化為神聖的企業識別系統以提升企業

---

[9]　公茂虹、李汀譯：《解放企業的心靈：企業文化評估及價值轉換工具》，北京，新華出版社，2004 年 3 月，頁 2,55,72,77。

尊貴形象，標示了聯合報系已初步達成並實踐了企業文化的高等境界。

下再分為五節，以實際個案探討《聯合報》如欲堂堂正正的擁抱其「正派辦報」精神，依恃此一理念步向永恆之前，尚有那些過去長期刻意迴避的若干「內傷」，仍有待主事者坦蕩地止痛療傷，力求完全根治。

第一節：王惕吾與周之鳴等早年創業夥伴間的糾葛

《聯合報》目前記載報史和創刊的起點，多以民國四十年九月十六日三報聯合版面世之日為準；對於之前的歷史，則採淡化方式簡述。如果此一立場僅為符合部份事實的話，自然毫無疑義，但按此原則引申，則北京大學不宜將前清時代京師大學堂視同北大校史；臺灣大學更不得將日據時期臺北帝大前身納入了。因此，今天的《聯合報》避談「前世」而僅談「今生」，有如患了自愚愚人的「近視症」；揆其動機當在有意切割早期三報發行聯合版之前，那些「剪不斷，理還亂」的恩怨情仇。

但即便是從三報聯合開始起算，目前報史撰寫的筆法和重心，全部集中在王惕吾一人的體例固然有其必然，但其比重，毋寧太過於傾斜，過度突出王惕吾個人在發展進程中的比例，隱沒了林頂立、范鶴言，乃至更早期的一些有苦勞、亦有功勞者的角色，且一併掩蓋了太多有資格納入新聞史的事蹟，違背了後之來者必須「還歷史真相」的義務。此種基於個人好惡而節縮歷史的「狹心症」，恰恰亦與標榜廓然大公的「正派辦報」理念有牴觸。

按外界所一般理解的《聯合報》簡史如下：《全民日報、民族報、

經濟時報聯合版》於民國四十年九月十六日採合夥制經營發刊，發刊初期，三報各自保留社論，表明將來仍有拆夥各自經營的可能。三報聯合時期之社務由王惕吾、范鶴言負責，林頂立擔任總管理處主任委員，關潔民任總編輯兼總主筆，劉昌平、李一丹分任副總編輯，馬克任為採訪主任，應人為發行主任。三報《聯合版》發行首日發行量是一萬二千份，除以一篇「聯合發刊獻辭」作為「聯合社論」。[10]三家報紙還各刊一篇獨立社論，唯其排序之先後版位採逐日更動，藉此向讀者大眾表明三報未來仍有拆夥的可能，如此技術性的為生存而發行的《聯合版》，同業曾評估認為撐不過三個月。但半年後，《聯合版》不僅未宣告倒閉，發行量反增為一萬八千份。[11]民國四十二年九月十六日改稱《全民日報、民族報、經濟時報聯合報》，王惕吾任董事長，林頂立任發行人，范鶴言任社長。

論者常謂，如當年三報未仿效抗戰時期新聞同業發行聯合版的先例，相濡以沫，彼此扶持，以策略性結盟度過艱困歲月，則絕無其後的順境。但這畢竟是事後諸葛的褒詞，因為政府來臺後，新聞界嘗試發行聯合版者，在基隆市即有兩家合作失敗，最後還是散夥。

民國三十九年九月五日由李瑞標創刊的《民眾日報》（原名《民鐘日報》），與王晴初創辦的《東方日報》（原名為《大聲報》），即於民國四十六年十月廿五日在基隆市發行《民眾日報、東方日報聯合版》，與臺北市的《全民日報、民族報、經濟時報聯合版》同出一轍，每日出

---

[10] 王惕吾：《聯合報三十年的發展》，臺北，聯合報社，民國 70 年 9 月，頁 58。

[11] 范鶴言講述、呂漢魂筆記：〈本報概況與未來目標〉，《聯合報社務月刊》第 32 期，民國 54 年 8 月 31 日，頁 6。

版對開一大張半，但做的沒有想的好，發行廣告業績進展有限，費用
也未見減省多少，因此不到幾個月就告拆夥；民國四十七年四月一日
兩報再賈餘勇，重溫舊夢，又曾聯合一次，同樣沒有什麼起色，不多
久，又各自恢復了單獨發行。[12]可見發行「聯合版」並非救急、救命乃
至發財的必勝保證。

　　民國四十三年六月林頂立獲中國國民黨提名蟬聯省議會副議長，
並於次年出任開放民營的「四大公司」之一農林公司董事長，聲望如
日中天；但民國四十五年五月三十一日，林頂立即以臺灣農林公司董
事長兼總經理身分，因連續幫助非經營糧食業者購糧圖利，違反了「糧
食管理條例」遭臺北地方法院判處有期徒刑八年六月，褫奪公權三年。

　　針對這則自己老闆有罪的新聞，次日《聯合版》照樣以第三版頭
題公正報導，並刊出犯罪事實及判決理由全文。[13]其後，《全民日報、
民族報、經濟時報聯合報》監察人一職，改由林頂立夫人林楊瑞華擔
任。

　　四年後林頂立獲得假釋，次年與蔡萬春等合組國泰產物保險公
司；民國六十九年十一月十九日去世。林氏獲罪並非檯面上的理由，
而係民國四十二年十二月違反黨紀爭取省議會副議長寶座，將層峰規
劃禮遇的青年黨李萬居擠掉所致。

　　民國四十六年六月廿日，《全民日報、民族報、經濟時報聯合報》
再省略合夥三報名銜，定名為《聯合報》，由王惕吾任發行人，范鶴言

---

[12]　民眾日報社史編纂委員會編：《民眾日報四十年史》，高雄，民眾日報社，
　　　民國 79 年 9 月，頁 11,12。
[13]　林笑峰：《記者生涯四十年》，臺北，文雲出版社，民國 82 年 7 月，頁
　　　79。

任社長，林頂立任監察人，將三報登記證繳還內政部。此一繳還三報登記證之舉，便是王惕吾與早年創業夥伴間私誼破裂的導火線。

周之鳴與王惕吾私人關係密切，不但同為浙江省東陽縣的老鄉，彼此又是小學、中學一路相伴成長的同學，來臺後共同發起籌辦以鼓吹蔣中正應復行視事的《民族報》，該報先由周之鳴擔任首任發行人，再由王惕吾繼任。按一般常理研判，如此共同創業的深厚交情，私誼應該十分融洽。

民國八十年三至四月間，周之鳴在李敖辦的《求是報》連載攻擊王惕吾的文章，表面上看來似並無第三者為漁利而介入其事，王家方面亦無大動作回應，卻讓自認人生事業都已登頂，並將《聯合報》企業文化視同無價至寶的王惕吾，被迫置身於須受社會大眾檢視公評的位置。

周之鳴自民國八十年三月廿日起，於李敖辦的《求是報》以〈「王惕吾真面目」〉為主題，連載發表：「王惕吾到底是怎樣的人？」（之一）、「只有我能證明王惕吾是說謊大王！」（之二）、「王惕吾在報業公會、記者公會與曾虛白編印書上的坦承合夥」（之三）、「王惕吾在我保存文件上又不坦承合夥？」（之四）、「王惕吾在接收移交清冊上又說些什麼？」（之五）、「王惕吾以民族報發行人資格參加聯合版經過」（之六）、「王惕吾私自繳銷民族報登記證的無恥行為」（之七）、「我嚴厲斥責王惕吾的『警告信』」（之八）、「王惕吾談判時利慾薰心：一派胡言的嘴臉」（之九）、「駁斥王惕吾致各鄉長信中的再次無恥說謊」（之十）等系列批判專文。

由於刊出之內容不僅涉及隱私，且頗多夾有爭議的指控，不少新聞界及文化界人士順手剪存了這些資料，但似乎從未見王家成員出面有所回應。筆者曾依據文章中周之鳴的住址發信擬向家屬請教，並透

過管道向立法委員李敖的助理查詢當年周之鳴撰稿資料的下落等情況，亦均石沉大海，故無從研判周之鳴這十篇文章的指控又引發過何種效應，又係如何收場。

筆者專任於新聞傳播學系已十餘年矣，深明專業倫理之必要，亦贊同名譽為個人第二生命之說，但基於教學研究之職責研判，周氏筆下所述資料尚非全無價值，故仍願將其定位為吾國新聞史之「疑案」，不採視若無睹、刻意迴避的立場，審慎摘錄其要者，以就教於各方高明。

周之鳴在大陸時期的新聞文化圈出道頗早，據其自述，民國廿一年即在北平《真報》發表文章，廿二年則分別在《華北日報》（國民黨辦）、《北方日報》（復興社辦）擔任專門翻譯日本時事專論的專欄，與主編一個名為《法西斯研究》的週刊，並譯有《蘇維埃憲法》與《統制經濟》二書。同年底，又為沈鎵若主辦的《每週評論》撰文，廿三年至南昌行營於鄧文儀主辦之編譯任職，與同仁合譯《各國間諜故事》及《美國總動員計畫》二書，亦在《血汗月刊》上為文；翌年又將《法西斯國家論》交上海民族書局出版。抗戰時期曾為《大公報》譯述〈民意測驗與民主政治〉一文，並在《中央日報》發表〈黃禍即日禍論〉與〈戰時馬克斯主義者〉二文，各長二萬四、五千字，連載四、五天，嗣各補充出書，後者易名為《戰時各國馬克斯主義者是怎樣的》，吳敬恆為其作序並譽其為「誅毛元帥」。中共新華社曾對此書為文抨擊。後又著《共產國際與中國共產黨》、《斥周恩來的偽國家至上論》二書，其他反共文章除刊《三民主義半月刊》，並分送各地《中央日報》、《掃蕩報》發表。為此，中共曾依兩黨為共同抗日不再互相攻擊協議，向國民黨提出嚴重抗議。

這些可觀資歷，促成周之鳴在民國三十七年底被推為《民族報》

發行人，隨即於三十八年一月五日向南京內政部警察總署具文申請發行，因時局關係，迄同年三月廿八日始先後接到該署署長唐縱及主管處長樂幹航空信，謂已核發穗警臺字第一九三號登記證，送由臺灣省政府轉交。遂即與負責籌備之李漢儀、何功揚加速籌劃，並決定五月四日出刊。

是時王惕吾擔任臺省保安司令部警備旅第二團團長，駐防臺中，偶爾北上參與籌備或推荐人員。周之鳴則於次年二月一日辭去發行人，依董事會議決議推王永濤，但因其仍有軍職，故改推剛自軍中退伍的王惕吾繼任。嗣後，周即與王永濤、李漢儀等共同推派王惕吾以《民族報》發行人名義，與另兩報發行人林頂立、范鶴言共同發行聯合版。[14]

以平常心觀之，周之鳴讓出發行人職務多年後，突然回頭要求王惕吾返還《民族報》合夥資產，的確有強人所難，硬想再分一杯羹的嫌疑；但周氏保有太多可以證明早年《民族報》和《聯合報》均為合夥的文件多達八十件，可謂舉證歷歷，言之鑿鑿，不似憑空胡謅，恐怕不是隨便罵上一句「無聊」、「無恥」就能搪塞的問題。

周之鳴保留的與《民族報》創刊及三報聯合有關的第一手資料，均足以佐證筆下所言，並非全係出於挾怨杜撰，對新聞史是非黑白之考據具有極高的檢驗價值。例如，當年三報聯合時由律師俞叔平作見證人所訂立的合約，其實就是其後「聯合報精神」體現的「用人唯才」、「共存共榮」、「共擔責任」、「利益均享」等理念最早的根源，其中規

---

[14] 參見：周之鳴：〈「王惕吾真面目」之二：「只有我能證明王惕吾是說謊大王！」〉，《求是報》1991 年 3 月 21 日，第 3 版。

定九點：[15]

一、 發行三報聯合版，成立三報聯合總管理處（簡稱三聯總處）。

二、 三聯總處最高機關為三報社長組成之三人委員會，三人委員會互推一人為主任委員。

三、 三報社長必須經常到處，處理聯合版編輯、業務、事務各項事宜；因事不能到處時，得委託全權代表代為處理。

四、 三聯總處承認三報之獨立立場，故社論仍由三報自行負責，刊於每日聯合版同樣顯著地位，但必要時，得由三報共同協商發表合社論。

五、 聯合版所刊載之新聞及副刊文字，由三報共同負責。

六、 三聯總處之組織，以人才為重，集中優秀份子，組織成堅強陣線。如有不能稱職時，不論其來自何報，三人委員會必須予以調整。

七、 三聯總處人事進退，必須經三人委員會同意行之。

八、 三聯總處會計獨立，與三報本身賬務不相混淆，並於每半年決算一次。

九、 三報為共存共榮計，一切措施應以聯合版整個利益為前提，不得有自私自利之企圖。三報之權利與義務，必須遵守下列協定。甲、權利方面：（1）聯合版收入盈餘，三報平均分攤。（2）三聯總處對外對內各項決策，須經三委員互相決定，然後實施。（3）三聯總處對外行文立約，須三委員簽章始能生效。乙、義務方面：（1）聯合版支出如有虧損，三報平均分攤。（2）三聯總處所需營業用

15　周之鳴：〈「王惕吾真面目」之六：王惕吾以《民族報》發行人資格參加「聯合版」經過〉，《求是報》1991 年 3 月 29 日，第 5 版。

具,由三報就現成者儘量供給。(3)聯合版所需紙張,三報就原有配額,全數供應三聯總處。(4)三報應將原有訂戶及廣告戶全部移交聯合版,並共同努力推行,以發展業務。(5)三報應彼此關照與表揚,不得互相詆毀或傾軋。

民國三十九年九月十五日,王惕吾代表《民族報》、《全民日報》與《經濟時報》負責人共同以發行人兼社長名義,呈內政部代電。其中特別說明二點:「(一)、本報等為遵奉政府節約之意旨,並集中人力物力協議刊行聯合版。(二)、本報等原有組織仍舊保持,在聯合版內社論獨立發展,各自負責,其新聞副刊則聯合發布,三報共同負責。」

九月十六日聯合版出刊當日,除報頭三報報名並列,並將登記證號碼、發行人及社長姓名、三報社址等,均詳載報頭欄內。又登載「聯合啟事」一則,另再發表題為「聯合發刊獻詞」之聯合社論,其中強調:「保證三報的獨立立場,絕不因聯合發刊而受任何影響,也可以說聯合版是三張報紙的聯合發行,絕對不是三報合併,成為一張報紙,我們誠懇要求朝野人士諒察是幸。」

周之鳴向王惕吾挑戰的戰火,始自民國五十三年七月底,周代表早年《民族報》其他合夥人要求王提出收支報告,計算合夥盈利時,「自其口中得知為侵占《民族報》以及參加聯合版、《聯合報》的合夥權益,他早已於四十七年八月七日,事先未得《民族報》全體合夥人同意,私自繳銷《民族報》登記證。周於是年八月十五、十八日親赴內政部查詢,明確確實。」

周之鳴認為王惕吾此舉嚴重侵害了合夥人權益。因為民國四十年十一月初,內政部特准「《聯合報》發行期間,各報原登記證特予保留,暫不註銷」,並於同月八日由臺省府四十戌虞繹乙字第一〇三八三號代電令聯合版遵辦,並仍限期改為《聯合報》,重新辦理登記。但王惕吾

回復時仍以「本報等刊行聯合版純為適應戰時環境，一俟時機許可，仍各分別獨立發刊，似此臨時性質，敬祈准免重新登記，以免多所更張。」為由，拒絕遵辦。

自四十年九月十六日迄至四十一年一月十七日，聯合版只准發行三月期限已過，內政部乃又轉令省府新聞處令聯合版催辦《聯合報》登記手續，但王惕吾仍以「本報等聯合發行核與出版法初無牴觸，且係先各自取得法人資格，方能有聯合發行之行為，其行為既不違法，故不能因其行為而消滅自身之法人資格，果如鈞部所示，改稱《聯合報》另辦登記手續，則《聯合報》出版之日即三報停刊之日，累積三個月以上即受出版法施行細則第廿四條之限制，皇皇明文，本報寧敢違犯，雖蒙鈞部特許保留登記證，此時是否可以命令變更法律，本報等深滋疑懼，本報等認為『聯合版』與《聯合報》，雖僅一字之差，意義迥殊，誠不宜輕易更改，以免鑄成重大錯誤。」民國四十二年一、二月間，王惕吾改變策略，向省新聞處表示：「若以《聯合報》立名，不特字義上顯見重複，且意義亦不相侔」為由，一方要求「准將本報等原有登記證特予保留」，一方要求「准以『聯合版』申請登記」。[16]

但內政部仍堅持原意，王惕吾乃不得已而在保證各報原登記證特予保留原則下，同意將『聯合版』改稱《聯合報》，並於四十二年推由《全民日報》發行人林頂立為《聯合報》發行人，向臺北市政府辦理《聯合報》登記手續。

但至民國四十五年五月三十一日林頂立因案被捕，王惕吾乃申請將其董事長名義，變更為發行人，取代了林頂立的位置。次年六月，

---

[16] 參見：〈「王惕吾真面目」之七：王惕吾私自繳銷民族報登記證的無恥行為〉（上），《求是報》1991 年 3 月 30 日，第 3 版。

又再安排林頂立之妻林楊瑞華代替林頂立為《全民日報》負責人，並再將林氏董事長名義改為監察人，進一步削奪其行政權力，同時拒絕設置監察人辦公室。

民國四十六年六月十九日，王惕吾再用《聯合報》發行人地位，以聯合報社名義，聲請簡化名稱，「將《全民日報》、《民族報》、《經濟時報》聯合報改為《聯合報》，並仍將三報聯合發行字樣刊於報頭下」。但是，翌日並未遵守此一承諾，未註明三報聯合發行，又取消原三報發行人姓名，更未刊出簡化名稱之公開啟事；如此矇混三個月之後，民國四十六年九月內政部再提出糾正，同月十八日，王惕吾不得已又恢復報頭下加註三報聯合發行字樣。

為求一勞永逸，四十六年八月七日，王惕吾未徵得《民族報》全體合夥人同意，即以代電呈請內政部准其自動將《民族報》與《全民日報》、《經濟時報》等三報原有登記證一併繳銷。理由為：「查本報等為聯合刊行時，層奉明令視為一報，事實上七年來合作無間，實已融為一體，且三報在聯合發刊期間皆不能單獨發行，故對於三報報名及原有登記證實無繼續保留必要，茲為明確稱名起見，謹將內政部頒發之《全民日報》、《民族報》、《經濟時報》等三報紙登記證各一枚一併繳銷，並自即日起以《聯合報》命名，並將報頭下『《全民日報》、《民族報》、《經濟時報》聯合發行』字樣並予刪除。」[17]

針對前述作為，周之鳴「受了龔德柏先生文章的鼓勵」，覺得「報業史上的這頁醜史，你這偽裝君子的大騙子，我實在有責任加以清算，揭穿你的真面目，而且為了我的名譽，也應該這樣做」；乃於民國五十

---

[17] 參見：〈「王惕吾真面目」之七：王惕吾私自繳銷民族報登記證的無恥行為〉（下），《求是報》1991 年 3 月 31 日，第 3 版。

三年七月廿五日寫了一封措詞極為嚴厲的長信，要求王惕吾面對問題並限期答覆。[18]

周之鳴要求王惕吾三天內答覆的三點包括：

一、 你在什麼時候可以不再侵占《民族報》原有的財產，把它交還給《民族報》董事會。我以《民族報》第一屆發行人又是《民族報》創辦人之一的資格，限你在二週內辦好這件事，你是否接受？

二、 你在什麼時候可以不再侵占代表《民族報》參加《聯合報》所得盈利，把十多年來所有盈利全部送交《民族報》董事會作合法、合情、合理的處理（這就是說你有勞績，應多分紅利）。我以《民族報》第一屆發行人又是《民族報》創辦人之一的資格，限你在二週內辦好這件事，你是否接受？

三、 你什麼時候可以登報自行聲明：（一）你侵占《民族報》和《聯合報》盈利，與我無關，因之，我也沒有從中分贓。（二）承認數年來宣傳逢年逢節送我錢，和我的子女學費每學期也都由你供給的，這都是你的謊言。（三）尤其造謠破壞我的名譽，說我吃了你合作開礦的一萬元臺幣，承認是你故意的誣衊，公開表示道歉。現在我以被害者、被誹謗者的資格，限你在二週內辦好這件事，你是否接受？

以上三點，限期過了，還不答覆，我即開始行動，公開打擊你這大騙子，把你偽裝君子的假面具拉下來，那時你就後悔莫及了。所以現在請你這「熱昏了」的「大董事長」、「大社長」，在夜半三更頭腦略

---

[18] 參見：周之鳴：〈「王惕吾真面目」之八：我嚴厲斥責王惕吾的「警告信」〉（上），《求是報》1991 年 4 月 3 日，第 3 版。

為清醒的時候,為著自己的前途、兒女的名譽,細加考慮是幸![19]

　　同年七月廿九日,王惕吾、周之鳴與中間人朱景熹三人,在《聯合報》五樓展開第一次談判。其間王惕吾堅持「是我自己代表《民族報》去辦『聯合版』的,《民族報》是我自己把它帶進去的,根本與你們無關。」;「我承認《民族報》的資本是王逸芬他們所籌措的,但我已和他們說得很清楚,事情早已解決了,他們現在已無權過問,而且也根本不敢再來和我談這事。」周之鳴追問:有無解決的契約或別的文件?王答以「沒有」。

　　王惕吾強調:「反正,你個人已蓋章把發行人讓給我,你的發行權已經喪失了。」;「臺灣有一、二十家報,那個不是蓋章把發行人讓給別人,他就從此無權過問了?你可以去問問看。」周之鳴回以:「我不要問,那是一般個人私下的買賣行為,但我並沒有出賣給你,我們私下之間有買賣契約麼?我拿過你好多錢有證據麼?我私下出讓的代價是什麼?在那裡?」

　　王表示:「我辦《聯合報》已十三年了,為什麼以前你不說,現在才說?」周答以:「事實上,六七年前我們已經向你提出這個問題了,不過以前都是逸芬出面,現在則由我出面而已。同時,我們為什麼以前不積極提出交涉是有原因的。第一、我和逸芬、季陶、漢儀、謙明等,總希望你自動覺悟把賬目交出來。第二、你多年來做投機生意,不僅侵占的盈利都作冤枉錢賠光了,而且年午負債,現在已多至四五百萬,月需付息八九萬,如果和你算賬,只怕你無路可走,要自殺。其實,我們的想法,錯了,這樣拖下去,我們固受莫大損失,而對你

---

[19] 參見:周之鳴:〈「王惕吾真面目」之八:我嚴厲斥責王惕吾的「警告信」〉（下）,《求是報》1991 年 4 月 4 日,第 3 版。

也只有壞處沒有好處。再說你雖霸占《聯合報》主權財產已十三年了，算賬的時效，也並沒有過了。」如此各說各話，首次談判毫無結果。

　　民國五十三年八月七日，王惕吾、周之鳴及中間人唐棣、朱景熹四人於《聯合報》五樓展開第二次談判。中間人唐、朱主張二人既是老同鄉，又是少年同學，絕不要因此鬧翻，應先恢復情感，再平心靜氣來談問題。王惕吾終於承認，當初周之鳴讓出發行人並未取得代價。周則主張，王應還給大家一個《民族報》，而且《民族晚報》也是《民族報》辦的。如此各有攻防，兩造依舊欠缺交集，且各有堅持，結果仍難突破僵局。中間人朱景熹曾表示：「這樣爭吵就不能談了，應該雙方讓步，尤其惕吾兄應該多多讓步，這才可以談。」其後，雖又有東陽籍立委吳望伋、前《民族報》名譽董事長陶希聖出面調停，但均無結果。[20]

　　王小痴則另撰長文，同樣在李敖的《求是報》上為林頂立打抱不平。他指出，民國七十年九月王惕吾發表的《聯合報三十年的發展》一書的第一章就有顛倒是非黑白之處，「一切往自己臉上貼金，抹殺別人事實，無人予以戳穿，所以，我覺得如果不在他還活著的時候，為這一歷史做見證，則將來知道的人必將更少，一切唯王惕吾的信口雌黃為根據了。」他認為必須糾正的三大事實如下：[21]

一、 王惕吾所言《聯合報》是與其合作之故友范鶴言、林頂立「共同

---

[20] 參見：周之鳴：〈「新聞惡霸王惕吾真面目」之九：王惕吾談判時利慾薰心：一派胡言的嘴臉（一、二、三、四）〉，《求是報》1991 年 4 月 7-10 日，第 3 版。

[21] 參見：王小痴：〈王惕吾發跡史：細說從頭蔣家官邸內侍的吃裡扒外〉（一），《求是報》1991 年 3 月 27 日，第 3 版。

「創立」的,在行文次序上有意貶低林頂立的重要性。殊不知,在民國四十年之時,王惕吾根本是依附在林頂立的遮陽傘之下討生活,沒有林的話,這一家三心兩意併起來的報社可能三天就夭折了。林頂立那時是臺灣省臨時省議會副議長,之前則是臺灣光復後軍統局的臺灣站站長,由於他是臺灣省雲林縣人,自小赴大陸求學,而後進入軍統局,又由於臺灣人把這個站長職位比附為日本的「特務機關長」,奔走在他門下者均是一方人望,尤其雲林人為然。至於王惕吾只是一名革職軍官,陳誠不把他送到臺東馬蘭的漏餘軍官去睡土床茅棚,已經是他造化了。他想和林頂立比,真是應了臺灣話所說的「爛蕉比雞腿」。

二、 《全民日報》的創辦,原是為了掩護特務人員身分而附設的外圍組織,因此不在乎賠本和賺錢,只要能出版像張報紙就行了。但民國三十八年以後,銷路打不開的報紙生存壓力激增,三家小報不「聯合」只有死路一條。三報合夥時的投資是:每一家各出白報紙一百令和現金新臺幣一萬元,林頂立很輕鬆地就拿出來了,王惕吾勉強湊成一萬元,范鶴言的《經濟時報》原是以做電影、開豪華酒店黃銘的資本聘請他當發行人的,黃銘不肯老蝕本,任其自生自滅,因此,范鶴言只交了一百令紙,一萬元現金就是拿不出來。

三、 「《全民日報》、《民族報》、《經濟時報》聯合報」的報頭上,是同時刊載四個登記證號碼和四個發行人名字,而林頂立除了為《全民日報》發行人外,又為「聯合版」的發行人,其後,一度在嘉義出版的「聯合版南部版」也是打著林頂立的旗號,無人敢予僭越。至於王、范二人則是在林頂立下方用小字排上董事長王惕吾‧社長范鶴言,表示他們的合夥關係。彼時報社尚未採用公

司法組織，所謂董事長、社長都是內部自我加銜的一種「自慰」名號，法律和主管官署是根本不承認這一套的。「聯合版」只出了三天就沒錢支付零用金了，幸好代表林頂立在「聯合版」上班的鄭拯人出馬，到南部跑了一次，以林頂立旗號招攬到「慶祝聯合版創刊」廣告費二十萬元帶回臺北，才算度過難關。因此，王惕吾說自己一開始就擔任發行人，無疑是「一大扯謊」。

王小痴指出：「聯合版」之得以「聯合」五年，可說完全出於所有當事人的意料之外。其後，王惕吾為向國民黨中央第四組輸誠，願把三家合夥報紙的原登記證繳銷，更是具有深意：

其一，是他這個《民族報》的發行人身分是王逸芬寫聘書所聘任的，王逸芬、俞濟時的背後為總統官邸的資本，如其仍保存《民族報》的登記證，則這個源頭的「陰影」必時時壓在心頭，不如把它焚屍滅跡，化為己有。

其二，林頂立為已判了刑的人，不能再任發行人，范鶴言也因《經濟時報》有黃銘問題的糾葛，在他帶頭繳銷之時，自必同時跟進，既可永免拆夥的後患，又可以在國民黨那裡表功。

其三，那時尚無報社必須成立公司組織的規定，發行人就是整個報紙的法定代表人，讓范鶴言做《聯合報》的社長，林頂立的太太楊瑞華做監察人，再把內行的鄭拯人擠掉，《聯合報》的天下自然就是王惕吾的了！以後傳子傳孫，誰能置喙？[22]

無論周之鳴、王小痴與王惕吾有何血海深仇，民國八十年三月間

---

[22] 參見：王小痴：〈王惕吾發跡史：細說從頭蔣家官邸內侍的吃裡扒外〉（四），《求是報》1991 年 3 月 30 日，第 3 版。

他們在《聯合報》高層即將進行世代交替的時刻，於非主流媒體中揭示了他們親歷的所見所聞和心中的不平，雖不足以撼動早已根深葉茂的聯合報系，但他們筆下揭載的事件和故事，完全保留了古今中外老字號新聞事業內鬨、奪權、廝殺之際，絲毫不留情面的猙獰面貌。

「正派辦報」的理念是王惕吾一生辦報的最高理念，其生前亦極推崇中國固有文化中的忠恕、寬容與和諧；當然，隨著時空演進，其內涵亦可能無限延伸，成為王氏家族企業綿延不絕的家訓，和中文報業史上的值得肯定的史料。

筆者其生也晚，雖曾親聞惕吾先生謦欬，唯從無機會長談請益，故未敢多比附。但以筆者管見，民國卅八年五月四日與王惕吾意氣相投的合夥人，其後雖與惕老反目成仇，並多次對簿公堂，但新聞史一如國史，即便汪精衛無恥賣國，歷史亦不致塗銷漢奸檔案。而半世紀前的種種，畢竟還是不宜一筆抹煞的史實，《聯合報》老臣中至少還有五、六人尚能談古說今；準乎此，似應以搶救臺灣光復初期新聞史之立場，為包括周之鳴在內的「仇家」立傳，有此雍容大度，方為「正派辦報」的傳人。一愚之見，尚望王氏家族定奪。

第二節：王永慶入股及其退出《聯合報》的傳聞

與《聯合報》早年發跡崛起有關的編採與發行方面的感人故事，可謂車載斗量，但是有關臺塑公司董事長王永慶當年如何入股而又退出的真相細節，不僅王惕吾本人極少談及，王永慶在王惕吾身後亦同樣守口如瓶，致外界口耳相傳的版本不一。

根據《聯合報》五十週年社慶專刊所載，自《聯合版》時代即存

續的原合夥人社長范鶴言與監察人林頂立，同於民國六十一年十月三十日將所持有之《聯合報》、《經濟日報》股權讓與臺塑公司董事長王永慶；民國六十二年五月十一日王永慶全部退出投資《聯合報》及《經濟日報》的股權，結束合夥經營型態。民國六十三年一月十八日聯合報股份有限公司成立，王惕吾任董事長，劉昌平、楊選堂任常務董事，閻奉璋任常務監察人。[23]

　　據資深員工的說法，民國六十年七月十六日臺北市忠孝東路四段五五五號總社新廈落成時，還座落於水田之中；許多員工欣慰之餘仍十分不解的埋怨老闆幹嘛耗費老本蓋那麼一棟大樓呢？事實上，新廈蓋好之後，在「康定路時代」賺得的營收利潤也花得差不多了，而范鶴言、林頂立又剛好願意退股，在運轉資金嚴重短缺的壓力下，王永慶對經營報業的高度嚮往，適時地成了為《聯合報》紓困的還魂丹。

　　王永慶入主《聯合報》的實際經過，並無第一手的白紙黑字可供外界考證，但在口耳相傳中最傳神的一段，便是王永慶第一次以新董事長身分到《聯合報》與主任級以上幹部見面，王惕吾起身向大家介紹新董事長時語帶幽默地表示：「各位同仁，這位就是新任董事長王永慶先生，所以，他才是真正的王老闆，王老闆已經不是我了。」

　　民國六十一年十一月底出刊的第一百十一期《聯合報社務月刊》以王永慶、王惕吾並立為封面照片，說明文字是：「發行人與本報新任王董事長展閱一期介紹本報概況的圖片及文字。」同期之封底則為王發行人介紹新任董事長王永慶先生與各組室主任級以上同仁見面。內文第一頁則以「知人知心，同心同德」為標題，簡要記述這場「雙王

---

[23] 參見：「《聯合報》大事紀（1956-1976）」《聯合報五十週年社慶專刊》，民國 90 年 9 月 16 日，第 2,3 版。

會」經過：[24]

十一月十七日下午五時，本報舉行臨時工作會報，王發行人介紹新任董事長王永慶先生，與各組室主任級以上同仁見面。

發行人首先講話，稱讚王董事長在工商企業方面的卓識、成就及對國家的貢獻，是一位了不起的民族工業家。發行人說，他與王董事長認識甚早，經過長時間的交往，不僅知人，而且知心。在知人知心的基礎上，相信王董事長參加本報後，必能同心同德，合作無間，共策本報更進一步的發展。

王董事長接著致詞，他推崇王發行人廿餘年來，對文化新聞事業的貢獻和成就，認為《聯合報》能成為全國第一大報，奠立報業史上第一位的地位，並非偶然，這是由於發行人、社長及全體工作同仁，辛苦勤奮努力的結果，他由衷的表示欽佩和感謝。

王董事長指出，新聞文化事業為久遠的事業，必須不斷的辛勤的經營，他表示很榮幸的能參加《聯合報》的行列，今後自當與全體同仁，共同努力。

發行人與董事長在致詞中，均對全體同仁的辛勤的服務精神表示慰勉，希望今後加倍努力，保持《聯合報》傳統的精神，發揮《聯合報》光榮的報譽。

民國七十三年元月王惕吾在三報常董會上提及：臺塑公司去年總營業額高達一千億元，可說是完全得力於企業化經營管理的成功所致。臺塑的幹部天天開會檢討，為減低成本提高效率而努力，一點一

---

[24] 編委會：〈知人知心，同心同德〉，《聯合報社務月刊》第 111 期，民國 61 年 11 月，頁 1。

滴辛苦經營才有今天的成績。他同時回憶與王永慶合作的往事指出：
「本報曾於民國六十一年請臺塑派人檢視本報財務管理情形，所得的
忠告是浪費太多，但個人認為新聞文化事業必須有高的成本才能有好
的品質，不若一般工商產品，可由低成本產出高品質的成品。雖然本
人一再要求報系各單位貫徹勤儉建報的作法，但卻從未限制編輯部的
經費或員額，他們的需要也都從寬考慮，無非是為了要辦一份高品質
的報紙。希望所有的新聞從業員在編務作法上，都能具備現代企業經
營的觀念，及配合企業經營的積極行動，以發揮效能，追求卓越，儘
管他報用力跟進，也將無法追上。」[25]

　　王惕吾生前針對有關王永慶入股之大略經過，王麗美所著於民國
八十三年七月出版之《報人王惕吾：聯合報的故事》第五章第二節「與
王永慶的一段淵源」中有亦有記述。

　　王麗美筆下的說法是：剛搬到忠孝東路的頭一年，王惕吾便不時
為財務問題所困擾；坐在九層新起的高樓裡，頭上頂著第一大報的聲
譽，內心卻有說不出來的焦慮。即使在報紙草創之初，都不曾像此時
這麼提心吊膽，每天軋頭寸，跑三點半，深怕那一天周轉不過來，使
報譽毀於一旦，內心苦不堪言。

　　當時合夥人之一的范鶴言另行投資了水泥事業，由於投資龐大，
而營運未上軌道，為了救急，經常挪用報社資金去填補。時日一久，《聯
合報》財務上的問題難免露出痕跡，外界開始有了一些不好的傳聞；
謠言又通常誇大實情，說《聯合報》已經負債累累，新購機器不能使
用等等。

---

[25] 聯合報董事會編：《聯合報、經濟日報、民生報常務董事會會議紀錄
　　（71~73 年）》，臺北，聯合報社，民國年 82 年 12 月，頁 193,194。

　　民國六十一年秋，范鶴言由於急需資金，決定將他在《聯合報》以及《經濟日報》股份讓出來。當時臺灣有能力一次拿出那麼多資金的人不多，范鶴言接觸了幾位工商界人士，對方均無意承接。

　　王惕吾得知范鶴言處境，表示可以代為接洽，范考慮了一些時候，提出的數字是四千五百萬元。王惕吾心目中承接的人選是王永慶，王惕吾開門見山向王永慶提出建議說：范鶴言的股分沒有錢買下，「如果你有意思辦報，請你接受他的股分，我們一起合作辦報。」王永慶直截了當表示對辦報毫無興趣，但是對於王惕吾的問題，他卻義不容辭，也毫不猶豫答應了承讓價格。

　　另一位合夥人林頂立聽到消息，也決定把自己的股權賣掉，並逕自找王永慶洽談，但王永慶並未直接應允，只承諾可以考慮。因為《聯合報》兩位合夥人如果同時把股分賣給他，他將握有三分之二的股權，王惕吾反而成了小股東，這與他參加《聯合報》的原意不符。但如不同時買下林頂立的股分，股權落在他人手裡，事情反而複雜。考慮過後，王永慶做了一個特別決定，並向王惕吾表示：「林頂立先生要出售他的股分，這件事歸我負責，你不必管。他的股分，我們各一半。」

　　王永慶取得《聯合報》股權的消息傳出，外界為之驚訝不已，報界與黨政界尤其感到震撼。當時外界流行的說法是：「臺塑已經是全國最大的企業了，如果王永慶還握有全國最大的報紙，那麼王永慶說的話政府還能不聽嗎？」政界有人直接、間接向王永慶傳話，勸他辦報容易得罪人，對企業經營不利。更有人危言聳聽說：辦報弄得不好的話，是要殺頭的。王永慶將事業與政治劃分得相當清楚，如今多了一個從來陌生而且無意費心的事業，反而惹出許多是非，長此下去，對兩邊都沒好處，於是不過半年餘光景，便決定退出《聯合報》。

　　民國六十二年五月他發表聲明表示：「不願因所經營的事業而招致

外界對兩報言論及新聞立場的誤解，同時為避免報紙之主張影響事業
計畫之推動，乃將兩報股權退讓。」

王永慶再一次表現了他的義氣。他考慮到如再將股權轉手，無異
又將增添王惕吾經營困擾，便決定將所有股權無條件交給王惕吾，至
於股金「過兩年再還」。幸運的是，第二年開始，《聯合報》營運狀況
有長足的進展，加上廣告分版的實施，業務突飛猛進，王惕吾約在五、
六年間還清了這筆款子。[26]

有關王永慶退出《聯合報》的內幕，坊間傳聞並非如此平淡無奇。
資深報社員工表示，當王永慶成為董事長後，政府剛好著手籌劃第三
輕油裂解工廠的新建工程，官方初步規劃委由中油公司執行，而彼時
《聯合報》及《經濟日報》社論卻主張應交由民間來做，引起經濟部
長孫運璿的不悅而向行政院長蔣經國報告此一狀況。據說，事情變化
發生在蔣經國約見王永慶之後，因為蔣經國向王永慶正色表示：「好好
做你原來的生意吧！」另有一說，則指有關方面對其插手媒體有所疑
懼而要求退出的政治壓力，是透過黨務系統大老傳話，才會有急流勇
退，退得又快又乾脆的後續動作。

民國八十五年三月三十一日《聯合報》同仁為創辦人王惕吾舉行
隆重追思儀式時，王永慶親自登臺致詞緬懷故友，鄭重表示他和惕老
之間是風義之交，絕無坊間傳聞的誰佔了誰的便宜的事情。其後，王
永慶在追思會上發表的〈平生風義念故交〉一文收錄於《王惕吾先生
紀念集》，雖然仍未吐露外界最感好奇的股價易手的實際價格，及退出
的真正幕後原因，但這篇短文，已屬當事人見證往事最具體的文字記

---

[26] 王麗美：《報人王惕吾：聯合報的故事》，臺北，天下文化出版公司，1994
年 7 月，頁 207-214。

述了。王永慶在〈平生風義念故交〉中寫道：[27]

　　三十多年前，《聯合報》的社址還在康定路，我第一次去拜訪你。你的辦公室很狹小，這個景象，此刻仍然清清楚楚浮現在我的腦海。當時的社會景況，從整體經濟以至於一般的生活水準，都還是處在剛要圖謀脫離貧苦的階段，工商企業仍未發達，所以辦報十分艱苦，也是不難想見。

　　在這之後有一天，你來電話，說有事和我商量，隨即到我舊時的舍下。你當面告訴我，《聯合報》的另外一位股東范鶴言先生，因為投資水泥業需要資金，所以要將所有持有《聯合報》的三分之一股份讓出來。范先生和你商量以後所開的轉讓價格，你認為相當公道，同時考慮以後合作共事方便起見，你第一個先來找我，等等。

　　其實這些股權當時的價值如何，只有惕老和讓渡人比較清楚，我是局外之人，根本毫無了解。但是惕老你的股實可靠，我向來敬佩，同時也十分肯定你的經營分析能力，因此對於開價格，我毫無要求再情商，當場就一口承諾，作成決定。接著又有《聯合報》的另一位股東，林頂立先生親自來訪，也是要出讓所持的股份。我告訴林先生，因為事關各股東持股比率的變動，以及報社經營的雙重問題，在我的立場，必要先問惕老你的意向，才能決定。經過轉達之後，你也是毫不考慮就答應下來，由我們各承受其一半股份。你並且一再強調，必定全力以赴，謀求創造一流水準的文化事業，致力開拓《聯合報》的發展遠景。你的堅強信念和恢宏志氣，在在都使我由衷感動，因此也

27　王永慶：〈平生風義念故交〉，收錄於：聯合報系創辦人王惕吾先生紀念集編輯委員會編印：《王惕吾先生紀念集》，臺北，民國 86 年 3 月，頁 22,23。

更加信賴及推崇。

　　自此以後，你也為我在報社準備了一間辦公室。但是一則因為你我彼此充分信任，我自認根本不須介入，再者我自己日常工作也已經夠忙，所以報社業務，一概由惕老你去操勞。後來我多少有所了解，辦報除了肩負文化建設的重大使命之外，也涉及種種難以擺脫的是非恩怨，困擾在所難免。所以對於辦報，我深知非自己所能，同時我也明瞭耕耘與收穫之理，只加入做為股東，但是長此對於報社經營皆不能有所助益，實非適當，因此向你提出退讓之議。承蒙你惕老瞭解我的想法，同意讓我退出，並且主動以當初我承受股份之價位，適當加計若干，一分一厘算得清清楚楚，全數由你承受。

　　從惕老你介紹我承受聯合報股份，到最後我決定退出，而轉由你承受，其間你的所為，無不光明坦誠，而厚於待人，在在可見崇高之品格。你擔任公職而後立志辦報，是空手由小小規模做起，完全依靠超人的志氣和智慧，長期勤勞以赴，經過辛酸的艱苦奮鬥，終能逐漸建立聯合報系。……身為你的友人，我們都引以為榮。

　　據《聯合報》資深員工指出：王永慶入主成為《聯合報》董事長時，的確未帶大隊人馬進駐，僅派了一位親信楊兆麟擔任《經濟日報》監察人。據新聞界資深人士表示，楊兆麟為國立成功大學會計統計學系畢業，現任臺塑集團總管理處副總經理，行事十分低調，對外界相關詢問從不回應，並告知求見者如果違反其向不接受專訪的原則，今後就連朋友關係也都不存在了。因此，筆者雖曾設法連繫，均因其作風低調而作罷，致坊間傳聞亦無從查證了。

　　根據一位當年可以向王惕吾直陳報系缺失的資深高級主管透露，當年范鶴言要出讓持股時，是由范本人先與股市名人翁大銘的父親翁明昌商量，但王惕吾知道了便婉言表示，認為翁氏家族與股市牽連太

深，如由翁氏承受股份恐有不妥，力勸范鶴言另作考慮。其後，范又找過香港邵氏電影公司負責人邵逸夫幫忙，但邵無意辦報而亦未應允。在這兩次接觸都落空之後，王惕吾才主動安排王永慶與范鶴言正式接觸。

另據筆者查訪所得，除了翁明昌、邵逸夫之外，尚有一位軍校十六期畢業的江西籍高雄拆船業負責人周心怡，在傳出王永慶有意退股的消息後，指派其王姓女婿進駐《聯合報》秘書室一個月，透過主秘吳修志了解《聯合報》經營狀況，以協助其岳丈評估相關事項，但最後並未成真，可見在臺灣報禁時期發行執照難求，有興趣辦報者不乏其人。

其實在《聯合報社務月刊》第一〇一期及第一一七期，刊載了與王永慶入主又匆匆退出的易手記實。

民國六十一年一月號社務月刊相當完整的記錄了當時王惕吾企圖澄清外界傳聞的激情，他在採訪會議中指出，關於報社財務問題，一切都是公開的，我們的資本額是六千萬元，雖有負債，但是我們的資產大於負債，企業發展需要貸款，故有負債是十分正常的現象。目前我們儲存的加拿大和日本的印報用紙在一千五百噸以上，價值二千萬元，可見報社財務周轉需求之大。

王惕吾指出，《聯合報》總資產在二億以上，但是「聯合報」這三個字的「商譽」就不止二、三億。我們不僅 流的報紙，銷路也占中文報紙首位，是全世界最大的中文報紙。我們有新機器、新設備、新大廈，和世界一流報相比毫不遜色。去年廣告額預算是七千一百萬元，但實收九千萬元以上。去年營業額是本報新紀錄，也是我國新聞事業發展過程中的新紀錄。外面有人造謠，說我們的新機器不能用，彩色設備不能用，買這部機器是一種浪費。事實上，機器從去年七月開印

以來,有沒有停印過?今年春節來得遲,所以年終獎金也晚發半個月,今年所有該發的錢都發!為籌建這棟新廈,我們從五十七年下半年就開始準備,全部貸款還要四年才還得清楚,這都是預作準備後按計劃實施的。編務方面,特別是採訪組的情況是誇獎的多,指責的少。只要我們是代表著社會公器,別人一時的毀譽,大可不管。人家不諒解,日久就會清楚。我們只要求其心安,決不拿報紙發洩私慾,不利用職權攻擊私人。各位應深體我們「進步再進步,投資再投資」的精神,繼續努力。[28]

　　民國六十二年五月號社務月刊刊載的「聯合報、經濟日報臨時聯合工作會報紀錄」,成為外界了解王永慶退股經過最重要的依據之一。五月十二日上午十一時,王惕吾以發行人身分致詞全文如下:[29]

　　今天召集兩報各單位主管舉行臨時工作會報,向大家宣布自昨(五月十一日)起,王董事長永慶先生投資兩報之股權,已全部讓與本人承受。當初我請王董事長投資兩報,王董事長基於友誼,僅憑我的一句話,慨允參加。茲以基於共同利益,不願其所經營之事業遭致外界對兩報言論、新聞立場之誤會,同時為避免因本報主張而影響其事業計劃之推動,乃將其在兩報之股權退讓。實際上我與王董事長之公誼私交,並不會因王董事長之退股而稍減。

　　上週日,王董事長與我談及退股的事,當時我曾考慮到本報是同仁共同的事業,利益須共同維持,如此重大的擔子是否挑得動,雖然

---

[28]　劉復興記錄:〈版版都權威,人人是專家:發行人於一月廿九日在採訪會議講話〉,《聯合報社務月刊》第 101 期,民國 61 年 1 月,頁 1-7。

[29]　編委會:〈聯合報、經濟日報臨時聯合工作會報紀錄〉,《聯合社務月刊》第 117 期,民國 62 年 5 月,頁 15-17。

王董事長提出退股付款的辦法，對本報處境已經慮及，但我亦未敢遽爾決定，嗣王董事長再次電話催促，並囑無需考慮，我自當尊重王董事長意見，一如當初王董事長投資本報一樣慨然允諾。王董事長曾懇切表示，今後對本報事業，仍然全力支持。王董事長重視友誼與道義，為本人平生所僅見，衷心感佩，所以特加說明，希各位瞭解王董事長非僅我個人的朋友，亦係我們整個事業的朋友，是值得大家珍重的。

當初王董事長參加本報投資，我曾請他屈就社長或派一位副社長，或財務經理，或董事會秘書到社瞭解情況，王董事長表示，《聯合報》的成就是報社同仁血汗的累積，他只有全力支持，始終不肯派員到社辦公，我們為了借重其企業成就，承王董事長指派會計專家到社研究分析降低成本及財務制度等等，這是本報成立以來，從未做過如此仔細的分析研究工作。完整的研究報告數日內即可定案，據初步瞭解：專家的分析，認為本報成本太高，推銷費用太大，工作效率不夠，加班費過於浮濫，俟其報告送到，將可供參考改革。

王董事長參加以後，本報已開始實施企業管理，以期本報在現代化企業制度之正軌上運行，創造更高更新的榮譽。今天王董事長已退出本報，但本報邁向企業化的步子絕不中止，且更求更快的實現。

本報股權歷次重大變更，均非本人衷心所願，本人一向重視整體的利益，寧願犧牲個人利益，以維護整個報社之利益，廿一年來如此，自范鶴言、林頂立二先生讓股，王永慶先生參加後退出，雖然均不是我所願，但重擔都落在我身上，如今我是一身是債，但卻享有《聯合報》最高的榮譽，這是無價之寶，是本報同仁共同的榮譽，今後除了希望兩報同仁給我更多的支持外，並希望兩報同仁為兩報事業，在「利益均霑，榮譽共享」的理想下，一致努力，創造兩報光明燦爛之前途，對國家社會盡一份報人的責任；今後由於所有權集中，指揮統一，更

有利於社務推展，但需授權的事更多，必須建立一個制度，在所有權與經營權分開的原則下，邁向現代化企業之大道。

過去兩報單位、人員係根據兩報分開獨立辦公的原則編制，現兩報在同一大樓辦公，單位人員均可精簡，以求集中事權，提高效率，本此構想，特提出幾項改革原則：

一、成立兩報總管理處，對內統一管理，請劉社長出任總經理，對外仍為兩報獨立經營。副總經理人選，由總經理物色。

二、目前報業經營，由於紙價高漲，成本不斷升高，而報業為配合政府平抑物價政策，報紙售價未予調整，營運至感困難，財務負擔甚重，實已無利潤可言，如再增投資，更非目前財力可以負擔，報社再投資暫予延緩。

三、報譽與盈餘，孰重孰輕，過去時有不同的決定，有時報譽重於盈餘，時又考慮盈餘，均視與友報之差距及報業競爭之情況決定。目前本報各大分支單位除新竹外，均居第一名（因友報採取不擇手段惡性競爭，若干單位均改直營，新竹地區亦屬友報直營單位之一，本報不值得因新竹一地而影響整個制度，故仍維持分銷。）本報享譽國外，為朝野讀者一致重視，自感欣慰。惟在目前財務負擔綦重，紙價自去年每噸一六五元至一七五元漲至二五○元，明年可能漲至二三五元。兩報每月用紙一、二○○噸，一年即增加紙價五千萬元以上，報價暫又未能調整，請求政府平價供應紙張，亦未決定。在如此之成本下，每增加發行一份，即增多一份虧損，是否仍維持報譽重於盈餘之原則或作彈性之因應，在何種情況下考慮盈餘，應由大家共同研商決定。

在上述三個原則中，我要特別強調報社組織的重整，此為發揚《聯合報》傳統精神重新創造更輝煌紀錄的轉捩點，在此拜託各位主管支

持，將來總管理處決定人事升、降、去、留，完全是根據客觀業務需要，絕無私人情感的因素。如主管有更好的意見，只要在社章規定之範圍內均可相商，否則請各位一致支持總經理的決定。

至於財務開支，過去浪費浮濫者，各主管應嚴肅負起責任，澈底改革，從嚴核實，如應總經理對督導員之差旅費，即未予核實，不但浪費，且造成不良習氣，應予記過處分。又如印務處動輒加班，每月加班費高達七萬元，員工曠職之情事眾多，均須澈底革除。今後一切開支，應求經濟有效，希各主管切實負起分層負責的嚴肅責任。

總結二報經營情況，有優點也有缺點，但兩報均有相當成就，而《經濟日報》已轉虧為盈，亦可對《聯合報》有所幫助，憑著二報一千餘同仁蓬勃的精神意志，前途光明遠大，因此增加我挑負這個重擔的勇氣與信心，過去我們共同努力的成果，今後仍要大家共同來維持，充分發揮團隊精神，同聲氣求，合作無間，以新的作法適應新的情勢，創造更高的成就。今天很誠懇的向各位說明一切，也希望各位全力支持我和劉總經理推動二報的革新。謝謝各位。

王惕吾這篇講詞紀錄，頗能反應彼時突然必須承擔艱鉅後的心情和期待，他寫實的指出：自己當上了兩報的新董事長，卻一身是債，唯依舊充滿信心地向同仁宣示企業改造之必要，在財務不佳的景況下，力求撙節浪費，以新設總管理處並採行現代化企業管理制度，敦促同仁能在分層負責的機制下，創造更新更高的榮譽。可見，這一天是《聯合報》真正集中事權，走向脫胎換骨的時刻。

雖然王永慶進出的故事已有《聯合報》規劃出版的專書試圖寫定，但有關股價的說法，依舊是外界好奇的問題。

依據筆者向《聯合報》資深員工及惕老近親請教所得，大致的說法為，當范鶴言打算讓股時，《聯合報》自行估算的總資產一如前述王惕

吾提及的在新臺幣二億元以上，但「聯合報」這三個字的「商譽」就不止二、三億；另外《經濟日報》創刊未久，故資產估算為二千萬元。

按照合夥人當年的協議，兩報全體員工亦有四分之一的股權，三位合夥人王惕吾、范鶴言、林頂立也各佔四分之一股權。據說，由於范鶴言長期擔任社長有苦勞也有功勞，故其股權經評估為《聯合報》加上《經濟日報》合計為五千萬元；但林頂立因早年判刑坐牢，又長期未駐社辦公，僅由夫人楊瑞華擔任監察人，故林頂立《聯合報》股權只估得三千萬元，再加上《經濟日報》四分之一股權五百萬元，合計為三千五百萬元（亦有一說為林與范二人讓售金額相同）。總之，最後讓王永慶出資入主成為報社董事長的金額在一億元以下。

重點在於當林頂立聞訊也要讓股時，王永慶為尊重王惕吾長年投入報業經營的辛勞，堅持林頂立的股份僅願承受一半；而王惕吾當時根本拿不出大筆現金，最後也由王永慶全數借給王惕吾解決問題。

據惕老姪兒王詳於民國九十四年八月告訴筆者，王永慶共分兩次借錢給王惕吾，第一次是五千萬元，第二次是二千五百萬元，總數是七千五百萬元。然後由王永慶和王惕吾平分承受七千五百萬的股權。至於王永慶自己決定退股，轉由王惕吾全部承受時，王永慶再次豁達大度，只約定所有欠款，前兩年每月按銀行利率付利息即可，自第三年開始，再本息一併合計按月攤還清償。無怪王惕吾要一再重申：「王董事長非僅我個人的朋友，亦係我們整個事業的朋友，是值得大家珍重的。」

民國八十八年十月十五日《聯合報》秘書處致函《新聞鏡》周刊，提供了以王麗美所撰《報人王惕吾：聯合報的故事》中的記述並指出：「王永慶加入及退出《聯合報》的整個經過如上，讀者兩相對照，即可發現歐陽先生以局外人所作的揣想，與事實出入甚大。至於所謂聯

合、經濟二報當時報導王永慶計畫投資石油事業一事，則更非歐陽先生所言王永慶意圖運用二報刊載有利其事業營新聞之結果。眾所周知，國營事業之民營化乃時勢所趨，運用民間的活力以及高度的效率經營事業，長遠而言，對國家整體利益是值得鼓勵的，這在今日看來，幾乎是人盡皆知的常識，不必再費唇舌，但是在當時的環境下，卻仍有諸多不同的聲音，《聯合報》向來強調正派辦報，強調國家利益勝過報業經營，對於這件新聞的處理正是站在國家長遠的利益上，就事論事，與報社內部私人利益完全無關，《聯合報》當時之所以贊成由民間來經營國營事業，證諸後來歷史發展，時至今日，國營事業紛紛趕搭民營化的列車，而可知當日之堅持，孰是孰非了。」

　　針對《聯合報》的前述函件，續伯雄亦於《歐陽醇信函日記》一書「後記」中有所堅持的指出：關於王永慶先生投資《聯合報》部份，因歐陽先生在《聯合報》內的朋友與學生遍布各部門，消息靈通，且歐陽先生為人方正，對新聞訊息的處理態度嚴謹，與林頂立先生的私交深厚，他決不會將任何無根據的道聽塗說，形諸於文字的。「我並非懷疑……《聯合報》秘書處陳述的『事實』與『說明』，但我也絕無理由懷疑歐陽先生告訴我的『事實』與『想法』。王永慶先生投資《聯合報》已是三十年前舊事，倘若范鶴言先生、林頂立先生仍在，或由王永慶先生、劉昌平先生具函說明此經過，信服力可能較大。但我深信，昌平兄也絕不致『斷言』信函中所言這件事，『乃歐陽先生以局外人所作的聯想』。」[30]

　　也許真相永遠不會呈現，但正因為王永慶以市義之情，助惕老脫

---

[30]　續伯雄輯註：《臺灣媒體變遷見證：歐陽醇信函日記（1967-1996）》（下），臺北，時英出版社，民國89年10月，頁1136, 1137, 1151-1154。

離困境，且其後《聯合報》時來運轉飛黃騰達，因此，王惕吾手下記者編輯都不准任意負面批評臺塑，成了某種工作默契，因為王永慶是《聯合報》得以茁壯的真正恩公。

筆者再次延續前一節抒發的個人理念，為了新聞學術的真相，為了臺灣報業史的完整，至盼王永慶先生亦能提示第一手的佐證資料，重新完整敘述入股而又退股的故事，不僅用以增補王惕吾傳記之不足，更可作為臺塑企業在轉投資方面，寫定值得傳述的一章。

第三節：對香港《東方日報》馬氏兄弟的禮遇優容

馬氏兄弟係指馬惜如、馬惜珍兩兄弟，馬惜如已經病逝多年，馬惜珍原名馬奕盛，性格豪爽，出手闊綽，被臺北政商與文化界友人暱稱為「小馬」而不名，一般人皆知其為香港《東方日報》老闆，多年來滯留臺灣遙控東方報業運作，並已取得中華民國身分證，聯合報系之內知其人者頗多，但曾親見之，且能受邀與之同遊樂者僅限於少數王家成員與高階主管，故在報社同仁印象中仍存有幾分神秘色彩。

《東方日報》創刊於一九六九年一月廿二日，社址位於香港九龍宏泰道東方報業中心，創辦人馬惜珍為廣東省潮陽縣人。創刊初期每天出刊對開一張，一九七二年增至兩張並突出港九當地新聞報導，自一九七七年起銷量一直居香港各報之冠。一九八七年東方報業集團成為上市公司；一九九六年七月一日馬澄坤辭去東方報業集團主席，由董事局原副主席馬澄發接任，副主席馬澄財、總經理關越強、社長何文瀚。發行地區包括：香港、澳門及海外華埠，每日出刊對開十幾張到二十幾張不等。

　　《聯合報》與《東方日報》何時締結為姐妹報？筆者尚無確切資料，唯依筆者曾於民國六十七年六月廿六日凌晨，為第十一屆世界盃足球大賽冠軍決戰奉命留守參與的第三版全版換版作業，全賴《東方日報》配合支援，並指定專人以越洋電話為臺北即時轉述香港電視實況轉播全部賽事所完成，即可證明彼時兩大報已有合作的事實。

　　民國六十七年九月廿三日《聯合報》刊出警備總部證實馬惜珍及馬煥然叔侄二人，已於廿日晨在蘇澳附近海上被海防部隊逮捕。馬惜珍涉及的大販毒案，有九名被告，包括馬惜珍、馬煥然在內，已有五名被告棄保潛逃。其餘三人是黃炳輝、黃木平及鄭亞雞。[31]

　　同日，《中國時報》以較大篇幅報導此事，記者吳國棟、李彪在共同署名的特稿中指出：

　　香港有四大販毒集團被稱為「四大毒王」，亦即所謂的「馬、林、雙吳」。馬即指馬氏兄弟，這四大販毒集團中的三個先後被香港警方破獲。馬氏兄弟在港九、澳門擁有多家酒樓、菜館與飯店，馬惜珍且為《東方日報》發行人，聲勢不可一世。據警方調查，馬氏兄弟涉及的販毒集團全盛時期，除運毒外，還涉及規模龐大的賭博生意，直到大毒梟吳錫豪集團被破獲後，才轉做其他生意以掩飾收入來源。去年八月廿五日凌晨三時，警方出動上百名掃毒幹員突擊港九兩地廿三個地點，其中包括馬惜珍座落在太子道的豪宅，共逮捕九人，並無馬氏兄弟在內，但在搜查馬惜珍住宅時，發現四包重約三盎斯的海洛因及注射器，當天即下令緝捕馬氏兄弟。

---

[31] 臺北訊：〈馬惜珍馬煥然圖非法入境，在蘇澳附近海上被捕，警總偵查告一段落將移地檢處偵辦，刑事局促港方提供有關犯罪資料〉，《聯合報》民國 67 年 9 月 23 日，第 3 版。

　　馬家老大馬惜如在案發前幾天離開香港，潛逃臺灣，留下妻子及
四個子女。其中一個義子即馬煥然。馬惜如逃臺後一直在臺北市仁愛
路與其情婦同居，案發後由我治安單位約談歸案。馬惜珍因無法逃出
香港，在搜捕行動第三天，就向警方投案，他與先前被捕九人同被指
控兩項罪名：一、自一九六七年至一九六九年串謀他人處理毒品、嗎
啡及鴉片，違反毒品條例。二、自一九六九年至一九七三年在香港地
區串謀販賣毒品。投案後馬惜珍即以糖尿病為由，送往香港瑪麗醫院
接受治療。

　　本案至去年十二月廿日初級偵訊完畢，中央裁判署大法官裁定表
面證據成立，並論轉解高等法院定讞，馬惜珍以一百五十萬元交保，
馬惜如義子馬煥然以三十萬交保。保釋後，依法令規定每週向警署報
到三次，但叔侄二人自今年八月底就行蹤飄忽，但雖也沒有想到他們
居然能逃出香港，企圖從澳門偷渡入境，幸經我治安單位嚴密截獲。[32]

　　根據香港《快報》發自臺北的報導，馬氏兄弟當年先後來臺是背
負了港英政府指控的家族涉及販毒而棄保潛逃的重罪，但因港方始終
未提供犯罪事證，致我方司法部門僅以偷渡罪名輕判後結案，但馬氏
兄弟畢竟因此一撲朔迷離的疑案而被迫長期居留臺灣，王惕吾以著名
報人身分與之密切交往，自然引起外界好奇與批評。

　　香港《快報》一九七七年九月十一日以頭版全版處理馬惜如偷渡
赴臺的轟動後續新聞，當天五則報導標題各如下：「受司法行政部調
查局追查半月，馬惜如已在臺落網，昨移送檢處羈押」；「馬謂一切販
毒勾當實其妾陳淑娟主理，但調查局經詳細研究後，認為大馬涉有共

---

[32] 吳國棟、李彪：〈馬氏兄弟涉嫌販毒，香港警方偵辦經過〉，《中國時報》
　　民國 67 年 9 月 23 日，第 3 版。

犯嫌疑」；「初疑大馬勾結中共運毒入臺進行毒化，經軍事法庭詳訊後卒證明清白」；「傳馬惜如此次落網是黑吃黑結果，馬經常來往港臺長住統一飯店，最近在仁愛路購置洋樓」；「港臺沒有外交關係，大馬引渡返港希望甚微」。

一九七八年九月廿日香港《快報》再度以頭版全版報導驚人消息，大小標題分別如下：「與妻子家人歡渡中秋佳節後，馬奕盛、馬煥然叔侄突告雙雙棄保潛逃；警方相信馬已逃臺，通知國際刑警追緝，大毒案開審距今僅一週，八准保疑犯五名已潛逃」；「馬潛逃前已作巧妙安排，保人事先獲付給巨款，東方日報改督印人」；「馬氏棄保潛逃，保人呂罩感到驚訝；遊臺與馬認識，大家談得投契；五十萬元保款，部份由馬自付」；「警方對馬行動早已嚴密監視」；「臺灣方面未有馬氏入境紀錄」；「馬子報學返港，學習辦報業務」；「人事現款保金共一百五十萬」；「李翰祥太太說，馬為人夠義氣」。

香港《快報》復於次日再以頭版處理由駐臺記者發回的報導，其主要標題指出：「神通廣大擺脫監視潛離香港，乘日輪抵蘇澳被捕，馬奕盛叔侄解臺北」；「馬氏花掉三十萬港元買通有關人員逃臺，兩人被捕時神情很鎮定，初步查訊未涉販毒案情」。

筆者向知悉內情之港、臺兩地人士請教，嘗試釐清當年馬氏兄弟先後來臺經過，發現其中夾雜了早年國共在港九地區鬥爭的內幕。

馬氏家族在一般港人口耳相傳的說法，的確有涉及販毒且被列入「四大家族」的歷史背景，但是到了馬氏兄弟這一輩已經逐漸能夠劃清界限，但是少數家族成員並未完全脫離干係；但真正造成馬氏兄弟被迫出亡的因素，是他們不肯在政治立場上向中共勢力屈服，且曾長期暗中支持維護臺灣方面的地下情報單位在港九地區活動，這些反共的具體表現自然都被臺北方面看在眼裡，感念在心，當年的憲兵司令

王永樹中將更知之甚詳。故當馬氏兄弟出亡之際，臺北方面早就知情，據說，當年馬惜珍偕侄兒在蘇澳登陸被捕，都已有默契，一直到最高法院推事羅一宇等以偷渡並偽造中華民國入境證罪名輕判結案，都是一場外界難窺堂奧的過場戲。且馬惜珍之子馬澄坤於乃父抵臺後，即奉父命自臺北北投的政治作戰學校輟學返港接手東方業務，[33]全案微妙之處，誠非一般局外人所能盡窺。

究竟馬惜珍等當年偷渡入境的始末為何，一直眾說紛紜，莫衷一是。據筆者取得之臺灣高等法院民國六十八年五月十五日，上訴字第六五九號刑事判決全文顯示：該案兩名上訴人，即被告馬惜珍、馬煥然係因偽造文書案件，不服臺灣臺北地方法院民國六十二年二月廿四日第一審判決（六十八年易字第二九四號），乃提起上訴。審理本案之高院合議庭由三位推事組成：審判長陸振南，陪審推事王惠、羅一宇。

兩名被告基本資料分別為：馬惜珍，男，年四十一歲（民國廿七年十月七日生），業商，住香港九龍太子道二三六號東方花園 B 座。馬煥然，男，卅四歲，民國卅四年十一月廿六日生，業商，住同前址 D 座。共同選任辯護人王善祥律師、劉文鵬律師，及本案檢察官王有樑均到庭執行職務。

判決主文如下：原判決撤銷。馬惜珍偽造公印文，處有期徒刑柒月。偽造之「內政部出入境管理局」鋼印、「境管」花邊戳記各一顆，連同蓋在「中華民國臺灣地區入境證」上之偽印文，及換貼照片均沒收。馬煥然共同行使變造「中華民國臺灣地區入境證」，足以生損害於政府入境之管理，處有期徒刑伍月，如易科罰金以九元折算一日。

---

[33] 有關馬澄坤是否曾在政戰學校肄業一事，由於政戰學校考核科堅拒外界查詢學籍資料，致筆者無尚無從具體證實新聞界早年言之鑿鑿的說法。

此項判決書中，有關「事實」之全文如下：

馬惜珍係旅居香港華僑，因被香港政府控訴販毒恐其處理不公，欲返國接受調查，但原領入境證被香港政府扣留無法入境，起意變造入境證使用。於民國六十七年九月十三日索取乃弟馬如成、侄馬廷強向內政部請領之「中華民國臺灣地區入境證」各一枚，分別換貼其自己及乃侄馬煥然照片，模仿原證所蓋「內政部入出境管理局」等字樣之鋼印文及「境管」二字之花邊戳記印文，偽造該鋼印及戳記各一顆，蓋印文於各該入境證所換貼照片騎縫處。變造完成，於同月十六日晚間邀馬煥然一同搭乘開往臺灣之巴拿馬籍「神峰一號」貨輪，二人分別冒名為馬如成、馬廷強，同月十九日晚上十一時許到臺灣宜蘭縣蘇澳港，翌（廿）日上午受臺灣警備總司令部蘇澳港區檢查處派員檢查時，二人以共同行使之意思，除分別冒名馬如成、馬廷強受入境檢查外，馬惜珍並將各該變造之入境證交驗，足以生損害於政府入境之管理。馬惜珍俟該輪船長離開，馬惜珍迅即向執行檢查人員王善全等自首而受裁判，表明各該入境證為其所變造，案由司法行政部調查局臺北市調處移送原審檢察官起訴。

判決書有關「理由」之全文如下：

一、上訴人馬惜珍對於前開為恐香港政府處理其被控販毒案不公，乘輪返國接受調查，變造馬如成、馬廷強所領「中華民國臺灣地區入境證」行使，並偽造「內政部入出境管理局」鋼印文及「境管」花邊戳記蓋偽印文於各該入境證上，以及馬煥然對於馬惜珍同來臺灣冒名馬廷強入境等事實，已在司法行政部調查局臺北市調查處及原審偵、審中分別承認屬實，並有各該變造之入境證附卷可稽。馬惜珍在本院雖辯謂其在蘇澳港登岸受檢查，當時即自首變造入境證犯行，未達行使階段。馬煥然辯謂：我來臺灣，一切均由我叔馬惜珍安排，入

境證一直在馬惜珍身上，我沒見過云云。但按上訴人二人其時在船員名冊上分別登記為馬如成、馬廷強，所變造之入境證由船長收集交王善全等檢查人查驗，王善全等點名時，上訴人分別自稱為馬如成、馬廷強，俟船長離開，馬惜珍始向該等檢查人員自首表明入境證為其所變造，其事實經該王善全在原審供證甚詳，與馬惜珍在原審稱：「最初聯檢人員上船時，就拿入境證給他們查看，船長一走，我就向他們說入境證是我變造的。」等語之情節相符（原審卷第廿頁）。由是足證馬惜珍行使偽造入境證在先，自首在後。

　　卷附臺灣警備總司令部蘇澳港區檢查處函謂「本處檢查人員王善全等登輪檢查時，馬惜珍當時曾說其持入境證為變造等情，亦不足以反證該上訴人為此說明之前未行使。又馬惜珍在調查處曾稱：「入境證照片都是我換貼的，我侄子馬煥然並不知道，直到九月十六日上船後，船長要來拿入境證時，他看到後才知道。」馬煥然在調查處亦為此陳述，具見馬煥然上船後，已知馬惜珍變造各該入境證及其冒馬廷強之名入境等情狀，其就該行使變造入境證與馬惜珍有意思聯絡，顯而易見，故上訴人等辯解均不足採，從而其犯行洵堪認定。

　　馬惜珍偽造公印而偽造公印文，犯刑法第二百十八條之罪，與馬煥然行使偽造「中華民國臺灣地區入境證」足以生妨害政府入境之管理，均犯刑法第二百十六條、第二百十二條之罪；上訴人二人行使變造「中華民國臺灣地區入境證」，彼此間有犯意之聯絡行為之分擔，皆為正犯。上訴人等取用各該入境證，雖得真正持用人馬如成、馬廷強之同意，但無證據足以證明其同意上訴人變造行使，故上訴人同時同地行使各該變造入境證，係侵害多數法益，一行為觸犯數罪名。

　　馬惜珍偽造公印公印文，目的在變造入境證行使，二者有方法結果之關係，應從一重之偽造公印文罪處斷。所犯偽造公印文罪雖在中

華民國領域外，但依刑法第五條第五款仍有本法之適用。馬惜珍對於未發覺之犯罪自首而受裁判，依法減輕其刑。

至於馬煥然於六十七年九月廿日，在臺灣警備總司令部蘇澳港區檢查處仍冒馬廷強名受訊問及署押一節，因訊問筆錄中所記受訊問人陳述之真偽，為訊問機關應依職權調查之事項；事實上，該上訴人受訊問時在馬惜珍自首之後，該處應已知馬煥然之真實姓名，不因其所報其他姓名而有影響。馬廷強既提供入境證供馬煥然使用，對馬煥然偽冒其名義應訊及署押，自亦非所禁。故馬煥然各該行為不足生損害於公眾或他人，與刑法第二百十四條之犯罪成立要件不合。

二、原判決論馬煥然刑法第二百十六條、第二百十二條及二百十七條第一項二罪，依同法第五十五條從一重之後者處斷，已有未當，馬惜珍在馬煥然冒馬廷強名義應訊及署押之前，已向訊問機關自首，自不可能仍教唆馬煥然為該項冒名應訊及署押，尤無任何證據足以證明其有此教唆事實，馬煥然該項冒名應訊及署押又不成立犯罪；原判決認為馬惜珍犯刑法第二百十八條第一項、第二百十六條、第二百十二條犯罪外，另教唆犯同法第二百十七條第一項之罪，依同法第五十五條從一重之偽造公印文罪處斷，亦屬不合，上訴人等上訴意旨，指摘原判決不當，尚非全無理由，應予撤銷改判。

爰審酌上訴人等犯罪後態度坦誠，為求達返國入境目的出此，無其他不良動機等情狀，各處如主文所示之徒刑，馬煥然諭知易科罰金之折算標準，偽造之公印公印文及供犯罪所用，且屬於上訴人所有之換貼照片均沒收。

由於前述判決僅代表馬惜珍、馬煥然偷渡案，在中華民國法律管轄下已告一段落，但港九地區五十歲左右的專業人士被詢及馬家涉及販毒的舊聞時，仍視之為市井津津樂道的江湖傳奇。

　　在臺官司解決後，王惕吾及王家成員對恢復自由的馬惜珍頗為禮
遇。有資深員工指出，王家在陽明山的一處小別墅，原係俞濟時晚年
為了週轉而轉賣給馬惜珍，但因大幅翻修違反陽明山國家公園內土地
建物管理規定，進退維谷乃將其轉售給王家。至於《聯合報》同仁去
的惕老湖底路別墅占地約兩公頃，目前產權仍歸聯合報股份有限公司
所有。

　　小馬滯留臺北後，聯合報系不少中高級主管均曾與其酬酢同歡。
早年與其接觸較多者為最早代表社方赴港進行連繫，其後曾兩度出任
《聯合報》採訪主任的陳祖華。近年報系資深主管家有紅白大事時，
小馬即使人未到，但禮金一出手就是新臺幣十萬元，手面闊綽較王家
猶有過之。據了解，香港《聯合報》當年選在土瓜灣興建港聯全新大
廈時，小馬亦曾給予協助，其用地即為《東方日報》舊址。

　　當年擔任小馬辯護律師的王善祥，於民國八十一年元月一日起受
聘擔任《聯合報》法律顧問；曾任檢察官多年的「竹聯幫」精神領袖
陳啟禮之父陳鐘，同月亦獲聘為《聯合報》顧問。巧合的是，籍貫為
安徽省至德縣的王善祥與王惕吾同年，均為民國二年生，王善祥別號
「士元」，與留居浙江東陽繼承父業之惕老長兄相同，都叫「士元」。[34]

　　王善祥曾參加中國國民黨革命實踐研究院「黨政軍幹部聯合作戰
研究班第十期」受訓，在其學員檔案中自填學經歷為：民國廿一年六
月上海法政學院法律系畢業，民國廿二年高考司法官考試中等及格；
歷任上海地方法院推事及安徽省雅安、廣安等縣地方法院首席檢察
官，東吳大學法學院教授、上海市政府專門委員、國立復旦大學兼任

<hr/>

[34]　參見：臺北律師公會編印：《臺北律師公會會員名錄》，民國84年9月，
　　頁8。

教授;民國卅七年三月當選第一屆國大代表,同年八月擔任憲政督導委員會委員,民國四十年六月出任國防部法規司司長。

王善祥於「自述」中在「服務時之功過」方面的記述是:「在司法官時期,廉潔自矢,辦案認真,尚能多所平反。在教授兼律師時期,對於所教授之課程,未能十分準備;對於律師業務,一本保障人權之旨,為社會服務。對於國大代表職權之行使,以黨的命令為依歸。在國防部法規司司長時期,曾就整理簡化國防法規、改革軍事審判制度、軍事動員法令之修訂等工作致力,獲有總統之陸海空軍褒狀。」在「自我批評」一項,王氏自承:性情方面「力求外圓內方,惟有時失之急進」;行為方面「昔執行律務時,酬應頻繁,不免流於聲色之好,近年力矯前失」;生活方面「喜讀書報雜誌、看電影,尚規律」。在結業總成績登記表中所獲評語為:「信仰誠篤,思維敏捷,常識豐富,人情練達,惟世故稍深。」[35]由此觀之,當年由王善祥擔任馬惜珍辯護律師,應屬妥適。

香港《聯合報》創刊後,《聯合報系刊》曾有專文介紹港九地區的華文報業市場生態,提及《東方日報》發行量居首,約五十萬份;《成報》第二,約廿萬份;《天天日報》第三,接近廿萬份;《明報》第四,十七萬份左右;《新報》第五,約七、八萬份;其他依次為:《星島日報》、《信報》、《快報》、《大公報》、《文匯報》等。

由於《壹周刊》曾報導東方報業集團竄起的內幕,不免涉及一些隱私,因而引起東方的不滿,促使東方仿照《壹周刊》出版外型、內容及風格幾乎相同的《東周刊》與前者同臺廝殺,好不熱鬧。《東周刊》

---

[35] 參見:革命實踐研究院黨政軍幹部聯合作戰研究班第十期政治組研究員登記表、研究員結業成績總登記表,及王善祥自填之受訓學員〈自述〉。

還在地鐵製作一幀廣告，左邊是影星林青霞的《東周刊》封面，右邊加上兩行字：「獨到精闢，非壹般見識。」其中的壹字大寫，且與《壹周刊》的「壹」字相同，令明眼人為之會心一笑。

《東方日報》的崛起有其特殊之處。早年香港報紙一有盈餘就分配給股東，東方則自一九六九年創刊起改變作風，約七、八年間在商言商，想盡辦法吸引讀者，獲利良好卻不分配利潤，不斷投資，不重一時得失，完全從長遠利益考量，頗與王惕吾強調的「不分紅」與「投資再投資」的政策相仿。東方在通路方面亦極用心，例如，報販只要代銷五十份報紙，就由報社請吃一頓飯。此外，更在發行、廣告網絡方面竭盡心力，苦心經營，才能成就其港九霸主地位。[36]

在各期《聯合報系月刊》中曾直接或間接提及與《東方日報》馬惜珍相關的訊息不多，但亦可從中窺見王氏家族與馬家的交情。茲舉例如下：

民國七十三年十月第廿二期《聯合報系刊》王惕吾提及：「在座跑國會新聞的同仁，還記不記得一件事：多年前，在堂堂立法院內，居然有人講我和別人『勾結販毒』，各位想想，我王某還不至於吧，但在立法院卻有人公然這樣向行政院長質詢時這樣說，那末，我們的記者是不是也可以根據立法院有人這樣說，據以撰寫新聞登出來呢？這還是就我個人身受的事來講，其他類似的事還很多呀。」[37]惕老所言，即

---

[36] 楊士仁：〈「東方之珠」的常與變：香港報業的現在與未來〉，《聯合報系月刊》第 122 期，民國 82 年 2 月，頁 91,92。

[37] 阮肇彬記錄：〈十月二日董事長在擴大編務座談會上的講話：國家利益至上，大眾利益為先：創造中華民國報業的新境界〉，《聯合報系月刊》第 22 期，民國 73 年 10 月，頁 12。

指馬氏兄弟在港遭指控販毒而潛逃來臺，一直與《聯合報》高層主管
往來密切，致其盛名受累的往事。

彼時不但「黨外」人士疾視報系的擴充，北美地區的左派勢力亦
集中力量企圖打擊《世界日報》。根據資深記者李勇在《黃花崗雜誌》
上的記述，曾在臺灣政治大學求學的香港僑生邱瞻，在華埠針對《世
界日報》的反共立場進行破壞，竟向美國情治單位密告舉發《世界日
報》是國民黨特務大本營，與香港的《東方日報》老闆馬惜珍勾結，
而馬惜珍因在香港販毒被捕潛逃至臺灣尋求庇護，馬惜珍與《世界日
報》社長馬克任同姓，而且是「販毒同夥」。如此移花接木的指控，
令人為之瞠目結舌。

美國情治單位對《世界日報》是否為國民黨特務大本營沒有興趣，
但對《世界日報》有販毒嫌疑則很關注，於是展開一連串明查暗訪。
中共在紐約喉舌就乘機推波助瀾，刊登誹謗《世界日報》的新聞，指
稱《世界日報》是馬惜珍投資的，又說《世界日報》副刊與香港《東
方日報》副刊一樣，是由東方供稿。[38]

至於《聯合報系月刊》中提及馬惜珍或《東方日報》之處，亦非
罕見。民國八十六年三月第一七一期《聯合報系月刊》王必立提及：「去
年初創辦人還在世的時候，香港《東方日報》馬惜珍先生談到他自己
有一漢白玉雕像，建議也為創辦人製作一座，並推荐大陸相當具知名
度的曹崇恩教授來負責，……去年曹教授在國父紀念館開個人展時，
為創辦人雕像先期製成的土模，還特別請董事長、劉副董事長、馬惜
珍先生及王副總經理文杉去看了好幾遍，並根據他們所提出的看法作

---

[38] 參見：李勇：〈中共在香港和紐約製造的暴力和恐怖紀實〉，《大紀元 e
報》2003 年 8 月 21 日轉載：《黃花崗雜誌》2003 年第 3 期（總第 6 號）。

了修正後才定稿。根據香港《東方日報》馬惜珍先生的說法，他當初提議為創辦人雕像，是感念這位老報人一生『正派辦報』，為新聞界樹立典範的高貴情操，而唯有用中國最珍貴的漢白玉石材來製作，才足以表達他對老人家的尊敬和紀念。」[39]

民國八十六年四月第一七二期《聯合報系月刊》楊仁烽提及：「香港《東方日報》馬惜珍先生，在七十年代常帶著編輯、業務同仁到港人常去的茶樓，深入了解香港人如何讀報紙，最後發現港人通常將報紙折疊方便閱讀，並從此一發現調整了報紙的塊狀編排，爾後每個香港報紙幾乎都跟進。」[40]

民國九十四年二月第二六六期《聯合系刊》王文杉再度提及前述之往事：「很多年前，香港《東方日報》馬老闆到茶樓，看到很多人喝茶看報，一看看很久，地方狹窄，大家摺過來摺過去的看，馬老闆靈機一動把編排改成塊狀，出來後大賣，大家跟著學。」[41]

最近的一次，是民國九十四年六月趙玉仙女士歡度九十嵩壽時，第二六八期《聯合系刊》刊出的賀客名單中，再度出現了前香港《東方日報》馬惜珍亦為座上佳賓的消息。[42]

---

[39] 周恆和：〈創辦人逝世周年南園漢白玉雕像揭幕〉，《聯合報系刊》第 171
期，民國 86 年 3 月，頁 4,5。

[40] 周恆和：〈聯晚面臨的挑戰：楊總編輯仁烽講座〉，《聯合報系刊》第 172
期，民國 86 年 4 月，頁 26。

[41] 粘嫦鈺：〈吳念真：報紙，應扮好轉換角色〉，《聯合系刊》第 266 期，
民國 94 年 2 月，頁 28。

[42] 參見：編委會：〈家有喜事：創辦人夫人 90 嵩壽〉，《聯合系刊》第 268
期，民國 94 年 4 月，頁 70。該文指出：三月九日是創辦人夫人九秩嵩
壽，董事長、效蘭發行人、必立發行人、蕙蘭社長等聯名在世貿聯誼社

　　另在常董會會議紀錄方面，亦頗多王惕吾一再推崇《東方日報》，期勉同仁以《東方日報》為師的談話，均可印證兩報合作密切，老闆之間的私人情誼深厚。茲舉例如下：

一、　上週赴港開會，對《東方日報》能脫穎而出，發行量高居港報之冠，印象深刻。該報每天之版面及內容均經精心設計，不斷研究充實，可讀性極高，並延聘對編務有心得人士提供意見，其成功絕非偶然，其敬業精神亦值得學習。[43]

二、　我的理想是新聞供應中心是報系對外採訪連絡中心，各報有人派出，都要到中心登記，出國以後，一定要向新聞中心報到，保持密切的連絡；而且中心服務的對象要擴及報系的各報，香港《東方日報》，如果世界各地中文報協的會員，希望我們支援，我們也樂意協助。[44]

三、　在香港時閱讀《東方日報》感觸亦深，以第二版為例，三天之中其版面取材均能因應香港當天的新聞發展而作靈活處理，其他靜態版面的內容水準亦已提高。報系編採同仁不妨比較一下三年前的該報與現在有何不同，他們沒有一、兩千字的長文，新聞可看

為她辦了一場溫馨的祝壽餐會，王家第三代紛從美東、美西、歐洲等地歸來，祝福老奶奶身體健康、吉祥如意。當天有一百多位親朋好友齊聚一堂，被點名的貴賓僅有十位，包括：前行政院長郝柏村、前故宮院長秦孝儀、前經建會主委趙耀東、前榮總院長羅光瑞、前經濟日報社長閭奉璋、前香港《東方日報》馬惜珍、華聲電臺董事長張昭泰、新聞界前輩何錦玲女士、藝人張小燕、陳麗麗等。」

[43]　聯合報董事會編：《聯合報、經濟日報、民生報常務董事會會議紀錄（66~70 年）》，臺北，聯合報社，民國年 82 年 12 月，頁 250。

[44]　聯合報董事會編：《聯合報、經濟日報、民生報常務董事會會議紀錄（71~73 年）》，臺北，聯合報社，民國年 82 年 12 月，頁 7。

性比例高，而且簡單扼要。雖然香港第二位報紙瞠乎其後甚多，但他們在編務檢討改進方面卻比我們還要積極，這種精神值得敬佩與學習，我們絕不可對今日的成就自我陶醉，要知警惕才好。[45]

四、　日前赴港開會，看了香港的報紙，有一些心得要說出來。據香港市場研究社對報紙讀者群的調查，《東方日報》有一百六十五萬多人，是第一位（發行量約七十萬份），《成報》為第二位約八十七萬多人。第三位以下只有一、二十萬人。何以讀者人數差別如此大呢？乃《東方日報》行動快，點子多，不斷在求改進之故。辦報像作戰一樣，積小勝為大勝。所以本報系三報編輯部對每日新聞之處理要大家共同出點子，此外，宜指定專人作幕僚，多看報，並提供意見。[46]

五、　報系自實施統合作業以來，在作法上仍有未臻理想之處，與香港《東方日報》之連繫也不夠積極。報系獨有的優勢未見充份發揮，是編務上一大損失。在香港新聞方面，尤應與《東方日報》加強合作。[47]

六、　此次華航貨機與兩位機員由廣州飛港之日期，本報報導正確，雖特派員等均曾來電，但香港《東方日報》較早提供正確線索，致使本報之新聞報導深具權威，編輯部應向該報轉致謝意。[48]

---

[45]　聯合報董事會編：《聯合報、經濟日報、民生報常務董事會會議紀錄（71~73年）》，臺北，聯合報社，民國82年12月，頁216。

[46]　聯合報董事會編：《聯合報、經濟日報、民生報常務董事會會議紀錄（74~76年）》，臺北，聯合報社，民國82年12月，頁62。

[47]　聯合報董事會編：《聯合報、經濟日報、民生報常務董事會會議紀錄（74~76年）》，臺北，聯合報社，民國82年12月，頁74。

[48]　聯合報董事會編：《聯合報、經濟日報、民生報常務董事會會議紀錄

七、 本報自今日起獨家連載美國前總統尼克森去年十月訪問北京之自述文。過去像自傳之類的文章，人家怎麼寫就怎麼登，而這次提供版權之香港《東方日報》卻蒐集了相關的圖片及資料，加以充實，使文圖並茂，提高了可讀性。《東方日報》這種作法值得仿效。[49]

　　這些具體紀錄均可佐證《聯合報》與《東方日報》的情誼非凡。以下的報導則顯示，馬惜珍被迫來臺的諸多委屈，短期內似乎仍難化解。

　　一九九八年一月廿日香港《蘋果日報》轉述《東方日報》於是年一月十九日以專題新聞形式，以「東方報業長期受迫害有證有據」及「保守黨收取馬惜珍百萬英鎊」為大標題，自爆內幕指出：英國保守黨黨魁馬卓安及末代港督彭定康於一九九四年六月收取東方報業集團創辦人馬惜珍一百萬英鎊，以協助馬惜珍一件私人事務；保守黨國會議員 David Mellor 曾按馬卓安指示，親自及派員多次來港及赴臺協助，但最終都辦不到，後來馬澄坤代父致函保守黨要求取回百萬英鎊。《東方日報》宣稱，馬家於一九九四年多次捐款給保守黨的總金額共一百五十四萬八千英鎊（約二千萬港元）。

　　《蘋果日報》指出，有關《東方日報》的前述報導，遭前港督彭定康全部否認並指為「完全是捏造的」；彭定康表示，出任港督期間，一切對保守黨的捐款與他無關。

　　《蘋果日報》指出，英國《星期日泰晤士報》在一九九七年四月廿日曾刊登一篇題為「金童怎樣聘用 David Mellor」的報導，指該報

　　（74~76 年）》，臺北，聯合報社，民國 82 年 12 月，頁 173。
[49] 聯合報董事會編：《聯合報、經濟日報、民生報、聯合晚報常務董事會會議紀錄（77~82 年）》，臺北，聯合報社，民國 82 年 10 月，頁 213,214。

獲得機密文件顯示，東方報業集團前主席馬澄坤曾向保守黨捐出一百萬英鎊，希望能安排其父親馬惜珍在有生之年能返回香港，亦因而被保守黨稱為「金童子」，但保守黨接受捐款後，只能安排馬惜珍死後能運回香港安葬。

《東方日報》表示，馬惜珍在七十年代後期因一宗不公平的案件被迫離港，繼續受到港英政府的騷擾及誣害，廉政公署曾派員到東方報業調查。後來在保守黨黨魁馬卓安及黨高層的協助下，廉政公署才停止這種騷擾，並於一九九五年致函東方表示停止有關調查。[50]

一九九八年七月一日香港《蘋果日報》頭版頭條報導：《東方日報》前總編輯黃陽午因嚴重濫用新聞自由，連續發表帶有種族歧視及恐嚇報復司法機構的文章，抨擊法官為「白皮豬」、「審判狗」及策劃「狗仔隊」跟蹤法官，終因中傷法庭罪名遭坐牢四個月，東方集團同案被罰款港幣五百萬元；判決書並強烈質疑東方集團主席馬澄發對嚴重藐視法庭的行動完全知情，卻坐視任由事態發展。[51]此一風波事涉新聞自由且史無前例，故審理期間轟動全港，對銷路第一的《東方日報》形象損害極大。

王惕吾及其家屬與馬惜珍保持長期的良好私誼，自屬坦坦蕩蕩的個人權利與隱私，唯與馬氏相關的負面報導沸沸揚揚至今，未見聯合報系曾有適時的回應或澄清，終究是王創辦人堅持「正派辦報」的神聖理念下，仍可受公評的遺憾。

---

[50] 本報訊：〈《東方》自揭捐二千萬交易，條件：英保守黨替馬惜珍辦「私務」〉，香港《蘋果日報》，1998 年 1 月 20 日，A4 版。

[51] 本報訊：〈《東方》前總編囚四月：濫用新聞自由，集團罰五百萬〉，香港《蘋果日報》，1998 年 7 月 1 日，A1 版。

第四節　新竹縣「南園」員工休假中心引起的話題

　　南園聯合報系員工休假中心是王惕吾生前最鍾愛的私人園林勝景，是由名建築大師漢寶德的精心設計的傑作。在王氏心目中，南園是其事業登頂時刻用以顯示企業主在財富、實力與對精緻建築藝術文化方面的偏好，更是企業壯大之後「人無我有」的傲人投資；儘管在外人看來南園已近豪華的程度，但王氏還是認定南園之闢建，屬於「大企業應有的設施，在建築、布置上，沒有浪費。」[52]王惕吾還將其對漢寶德教授用心設計南園的肯定推崇，轉化為對全體員工的高度期許，特別要求「大家以漢寶德教授盡心盡力表現出『南園』特色為範例，在各自崗位上拿出魄力，有所作為。」[53]

　　據資深員工表示，《聯合報》原本只是要建一處可供王惕吾晚年退休養病之所，為勘察選地風塵僕僕地看過好幾處地方，包括臺北五指山國軍示範公墓現址都曾納入考慮，但都不甚中意，經人建議新竹山區有更佳目標才告選定。

　　南園土地屬於山坡地保育區，筆者購自臺灣省政府農林廳林務局農林航空測量所的空照圖顯示，南園被蒼翠的林地包圍，毫無疑問的是屬於山坡保育林地的範圍。《聯合報》自民國七十年八月廿二日起至七十四年十二月九日間取得之八十五筆土地，其移轉現值或原規定地

---

[52] 聯合報董事會編：《聯合報、經濟日報、民生報常務董事會會議紀錄（74~76 年）》，臺北，聯合報社，民國 82 年 12 月，頁 122。

[53] 聯合報董事會編：《聯合報、經濟日報、民生報常務董事會會議紀錄（74~76 年）》，臺北，聯合報社，民國 82 年 12 月，頁 333。

價自每平方公尺六元至五十元不等，全部用地取得所費不高，據了解大約是新臺幣一千萬元；按民國九十四年一月公告土地現值計算，最高者為每平方公尺三百五十元。

由於原土地所有權相當分散，故購地流程並不順利，據聞南園核心位置的一小塊地原屬一名校長所有，對方聽說是《聯合報》要買，便藉機哄抬，硬是狠狠敲了一筆。經檢視調閱所得之地籍資料顯示，至今仍有兩塊地號為 226-4 及 227 周于強持有的七十二分之一的農牧與林業用地仍未同意讓售。

負責設計督造南園的漢寶德追憶往事時表示，南園是在愓老的寬厚與「縱容」下建造起來的，在開始的時候並無建造園林的打算，把一座休閒中心建成一座中國式園林，用亭臺樓閣的方式表現出來，是出自漢寶德建議，愓老聽了他的說明立刻表示同意，其後簡報模型時愓老只表示：「要做得細緻一些」，便點頭了。漢寶德說：「回想起來，就好像他對體育、文化活動的慷慨資助一樣，覺得這種錢是值得花的，使我得到受尊重與信任的感覺。」

為了掌握仿古建築的施工品質，漢寶德同時與兩家營造公司約定以類似競賽的方式來打造典雅的南園，一家是參與修復板橋林家花園的臺北福清營造公司，另一家是參與過彰化孔廟修葺工程的臺中慶仁營造公司。最後福清公司承包了約百分之七十造價的建物，另百分之三十則由慶仁取得。南園總建築經費大約新臺幣四億多，五億元不到，以南園的規模和施工所要求的高標準而言，算是相當簡省的花費了。

漢寶德回憶說，南園施工時愓老幾乎每星期都會去工地，並不是來指揮工人施作，或發表什麼意見，只是來看看工程進行的情形。南園的基地是稻田，開始施作時相當困難，愓老親眼看著在爛泥之上，建設起悅目的庭園。他只是詢問、鼓勵，不加干涉。漢寶德說：「他並

不是為自己建造南園,甚至也不是為聯合報系同仁建造南園,他有一種更廣大的文化意識,要為臺灣的中國文化做見證。也許是這個原因,南園完成之後,除了陪重要的客人,他就很少去了,但是慕名而來的觀光客絡繹不絕。」[54]不得其門而入的一般民眾在強烈的好奇心驅使下,一波又一波的居高臨下圍在外圍山頂上指指點點,以望遠鏡凝望良久,[55]使南園一時成了聯合報系的驕傲,不少公私機構透過關係要求安排入園,以便一睹廬山真面目;此一令人嚮往的企業圖騰,亦長期成為分送各界的年曆型記事本中的最佳插畫。

張佛千曾受惕老之邀,為園中建築命名廿處,製聯廿五幅,其中貴賓區的每棟樓都援用王家成員的名字來命名,另增建旅館一處名為「同心樓」供同仁使用。張佛千曾為文記述其事,並錄南園主人的〈南園記〉以明造園之目的與經過:[56]

辛酉之秋,《聯合報》創刊三十週年,予年亦七十矣。益以肝疾,頗思早遂歸田之願。於新竹之野,購得果園二十餘甲,乃商請建築名家漢寶德教授,初意祇建一古樸之農莊而已。其後以兒輩之孝思,及寶德教授之大才美意,匠心特運,引水闢池,以起樓居。維予德薄,何克有此,因思公諸報社同仁,以為休假遊憩之所,乃踵事增華,益加擴建,並訂定管理辦法,期使凡我同仁皆有來此遊憩之機。予主持聯合報系,必使如一大家庭,同甘苦,共榮辱,如手如足,成為一體。

---

[54] 漢寶德:〈惕老與南園:為中國文化做見證〉,《聯合報系月刊》第 160 期,民國 85 年 4 月,頁 82,83。

[55] 余立龍:〈莫讓南園成鬧區〉,《聯合報系月刊》第 36 期,民國 74 年 12 月,頁 174。

[56] 張佛千:〈南園特寫〉,《聯合報系月刊》第 34 期,民國 74 年 10 月,頁 205。

是則遊斯園者，既享山水之樂，又感家庭之親。孟子有言：「獨樂樂不
如眾樂樂。」予追隨同仁之後，樂眾所樂，得幸延餘年，以見此大家
庭日益成長，如詩所云：「如日之升，如月之恆。」斯乃平生之大願也。
先君諱芾南，因命園曰南園，樓曰南樓；先慈諱夏琴，因名堂曰琴德，
閣曰琴音；亦聊抒予小子風木之悲而已，當為諸君子所矜而許之也。

　　由於南園施工時《聯合報》並未正式發布過消息，引起民間諸多
聯想與揣測，特別是當時「逢蔣必反」與查禁難絕的黨外刊物，為此
見獵心喜而一再加油添醋，硬指《聯合報》在為蔣經國預建第二個『慈
湖』，且其豪華設計超過『慈湖』許多，還有報導繪影繪形地指南園地
處「龍穴」要地，添加了不少風水傳奇和封建帝王的神秘色彩。[57]另有
小道消息指稱，獻策建園者正是大權在握的王昇，但蔣經國未便接受
而另以員工休假中心對外澄清云云，一連數期不斷報導，使各方誤以
為真，新竹縣議會亦曾有議員提出質詢，要求有關單位應著手調查其
中有無逃漏稅金的動作，《聯合報》駐新竹記者只好幫著到處澄清，以
化解疑雲。

　　福清營造公司前董事長江正治表示，當年罵得最凶的是鄭南榕的
刊物，幾乎期期都罵，還派人到工地拍照，至於黨外雜誌說南園施工
時因聯外道路欠佳，致有部份建材物料須用直升機吊掛進場。江正治
強調，這些也都是毫無根據的一派胡言，他保證從頭到尾，南園所需
建材及工人全部都是臺灣的。福清和慶仁兩家營造公司進駐工地前，
初步整地工程是委由蔡辰男旗下的樹德建設公司承包，為了克服地表
滑動的問題，南園的「同心樓」就打了一百六十根地錨基強化。

---

[57] 段造時：〈為聯合報系的「共有、共治、共享」喝采〉，《聯合報系月刊》
　　第 34 期，民國 74 年 10 月，頁 208。

　　正當黨外刊物大事炒作南園究竟因何而建，鬧得沸沸揚揚之際，聯合報系內部流傳的是另一項令人好奇的話題，就是南園土地是未具農民身分者禁止取得的農業用地，外界將是誰承受南園的所有權的答案鎖定在長子王必成身上，而且盛傳王必成是以「假農民」身分取得南園的土地；甚至有人聲稱王必成的身分證職業欄登載的職業是自耕農，而非《聯合報》發行人。

　　為了探究傳聞虛實，筆者於民國九十四年七月間委託土地代書林賢錡先生以一般地政事務所申請調卷的管道，試圖理解南園土地所有權移轉的紀錄，再以一千二百分之一的比例地籍謄本註明各筆土地位置及原所有人姓名、地號及面積之後，總算大致理出頭緒找到初步解答。

　　經清查大筆地籍資料後發現，南園土地不是一次談妥取得的。在地號為新埔鎮大坪段九芎湖小段的南園界址中，尚有兩小筆再有錢也買不到的中華民國所有的水利用地。大部份地主都是當地農戶，最初登記日期為民國三十六年六月十六日；依據使用類別分析，南園各筆土地登載之類別包括：農牧用地、水利用地、林業用地及丙種建築等四種，總面積為 209,314 平方公尺（20.93 公頃）。

　　按原土地所有人資料稽核，南園土地主要向八組地主洽購，名單為：陳富爐共計四十一筆：150,986 平方公尺；黃閣河共計十筆：15,956 平方公尺；周祖任、周祖昭、周祖征、周木琳、周祖訓、周祖齊、周春鑑、周勝水共計三筆：12,206 平方公尺；周耀斌、周寶奎共計九筆：1,683 平方公尺；周祖閣共計九筆：6,216 平方公尺；胡金蘭共計七筆：6,034 平方公尺；胡榮相共計四筆：9,153 平方公尺；古李輝、古木明、古木旺、古木和共計十筆：7,080 平方公尺。

　　以上土地所有權之異動，均以買賣完成，且以王惠蘭一個人的名義，以及新竹縣新埔鎮照門里六鄰九芎湖路三十二號的住址完成登

記。由此可證，當年傳聞中南園土地所有人是王必成以自耕農身分取得的說法，是錯誤的。

　　根據《聯合報社務月刊》所載資料，為南園買地及施工期間王惠蘭在報系擔任的職務分別是：民國七十五年十一月一日是《民生報》社長助理，七十七年四月一日由《聯合報》駐倫敦辦事處主任調任《美洲世界日報》洛杉磯社總經理；八十四年一月一日升任《美洲世界日報》洛杉磯社社長。自耕農或農民是否不得兼任以上職務，法令應自有其適用條件與解釋。

　　另依民國八十九年一月公布修正之「農業發展條例」第三條第一項第十一款有關耕地之定義，南園所在的山坡地保育區亦屬耕地。

　　同法第十一條規定：私人取得之面積合計不得超過二十公頃，但因繼承或其他法律另有規定者，不在此限。私人取得農地之面積合計超過二十公頃者，其超過部分之轉讓契約或取得行為無效，並不得移轉登記。

　　同法第三十一條規定：耕地之使用，應符合區域計劃法或都市計劃法土地使用分區管制之相關規定，始得辦理所有權移轉登記，但因繼承或法院拍賣而移轉者，不在此限。

　　由此看來，南園當年興建過程遭人質疑，關鍵即在原本以辦報起家的王家何時多了一位農民？否則何以能夠順利承購大批農用耕地；其次，原本一片荒郊野外中的果林、稻田，何能突破法令限制大興土木，冒出一棟棟精緻的亭臺樓閣。

　　事實真相是，由於當年法令較為寬鬆，所以南園施工時是以農舍改建之名義進行的，但若未經核准施工，即屬違建。據江正治先生告訴筆者，連建築圖也是委由登昆艷以手稿粗略設計後，再口述長寬高

等具體數據,交由營造公司至現場丈量核算後定案。至於其後有關使用執照等法定手續,都是報社另以後補方式處理完成,與承包的兩家公司無關。

為回應黨外人士造成的壓力,《聯合報》當時只是淡淡地發了一則新聞,正面報導南園為員工休假中心的消息。惕老則以虛者自虛,實者自實,清者自清,濁者自濁,認為大家不必多加理會,讓時間去證明傳聞的孰是孰非。[58]

前述「淡淡地發了一則新聞」對照王惕吾在常董會發言紀錄為:「近因有某些雜誌造謠生事,故作歪曲事實之描述,特於今天在報端刊登說明,使外界了解事實真相。那班人之目的,無非是欲破壞《聯合報》民營報之形象,報系同仁應了解其居心。卅多年來,臺灣民生富足,社會安定,大家都希望過安居樂業的生活,故少數偏激份子之陰謀未能得逞。但是,我們仍應提高警覺才好。」[59]

事實的真相則是,此事的確驚動了當時的國民黨主席蔣經國,而指定王惕吾以中常委身分在中常會上提出報告。王惕吾於報告時表示,南園是為報社員工蓋的一處休假場所,絕非外界謠傳的一些描述;蔣主席聽了解釋之後,還曾對惕老的用心大為讚揚。

儘管《聯合報》一直避免對揣測之詞多加理會,但《聯合報系月刊》和常董會紀錄中,不乏南園的消息。

民國七十四年四月第廿八期系刊的主管工作會報紀錄中,王惕吾

---

[58] 魯軍:〈王惕老二三事:悼念名報人王惕吾先生〉,《聯合報系月刊》第160期,民國85年4月,頁61。

[59] 聯合報董事會編:《聯合報、經濟日報、民生報常務董事會會議紀錄(74~76年)》,臺北,聯合報社,民國82年12月,頁88。

首次提及南園。他表示:「報系工作有嚴肅的一面,⋯⋯要使聯合報系
成為一個堅強的戰鬥體,把報系的基礎打得更堅固;另一方面,我也
想使同仁有輕鬆的一面,能愉快的工作。今天要告訴大家的是自勞基
法實施以來,大家對休假越來越重視,所以我在新埔買了廿甲山坡地,
要建立一個休假中心,以供同仁休閒,同仁自己可以去,也可帶著眷
屬去,希望在今年《聯合報》社慶前能完成,利用社慶來辦活動。休
假中心使用的辦法,以及收不收費等細節問題,請大家參觀後共同來
提供意見。」[60]

　　同年九月十五日南園開幕後,前往參觀的同仁和眷屬超過二千多
人,大家情緒熱烈,盛極一時。王惕吾又在主管工作會報中指出,「報
系內部活動一向都不對外宣傳,這次休假中心的建設,由於有人造謠,
為澄清事實才擴大舉辦開幕活動,意義不同。⋯⋯休假中心因限於床
位,所以登記才以一年每人三天為限,但在那邊遊覽、用餐平日並沒
有限制,系刊不妨再加報導。」[61]但是可能是因為離臺北比較遠,消費
並不比臺北便宜,致「報系同仁利用率顯然不高」。[62]

　　《聯合報》前新竹特派員石建華對南園的介紹如下:聯合報系休
假活動中心佔地約 22 公頃,海拔標高 195 公尺至 285 公尺,其中設有
餐廳、交誼廳,戶外有廣闊碧綠的草坪,多種不同的果林,以及爭奇
鬥妍的花卉,是董事長為了體念報系同仁平日工作辛勞,而為大家設

<hr>

[60] 編委會:〈董事長指示:七十四年四月份聯合報系主管聯合工作會報紀錄〉,《聯合報系月刊》第 28 期,民國 74 年 4 月,頁 152。

[61] 編委會:〈董事長指示:七十四年九月份聯合報系主管聯合工作會報紀錄〉,《聯合報系月刊》第 34 期,民國 74 年 10 月,頁 116。

[62] 聯合報董事會編:《聯合報、經濟日報、民生報常務董事會會議紀錄(74~76 年)》,臺北,聯合報社,民國 82 年 12 月,頁 179。

想的最佳休閒去處。

這一新的設施，位於新竹縣新埔與湖口二鄉鎮的交界處，亦是鳳山溪的右支發源地，更是全省有名的長壽之鄉。如自臺北總社出發，經高速公路楊梅交流道，轉省縱貫公路南下，約五分鐘車程至長安站，左轉喜祥路即可抵達。

沿途映入眼簾的，是一片農村景色，有層次分明的稻田，也有重重疊疊的茶園，清風習習，鳥語花香，處處境界不同。天晴時有的路段下車一瞥，遠眺臺灣海峽的水波層浪；入夜之後，可俯視新竹地區的萬家燈火，逢到陰天，雲會從腳下掠過，令人有飄飄然的感覺，有時山下雲海中的田莊，偶爾會傳來農家的幾聲犬吠聲，這時也會使人懷疑置身於「煙雨江南」。

一路蜿蜒，再前行約三分鐘，峰迴路轉，報系同仁休假中心已到。順勢而入，是寬闊的鋼筋水泥馬路，樹影搖曳，沿路設置了不同格調的花園；一進園地，便是一座拱橋，橋下有一小溪，山水潺潺，從中穿過，沿著一塊廣大草原邊緣，曲折而下，園內馬路呈 S 形，每一彎處，均有另一番景觀，各有天地，有果樹，有花叢，也有蒼勁的長青樹林。在休假中心的東南角上，山水從岩石上流下，此處建有三個形式不同的水池，自高而下，匯集山水，形成一個自然的小瀑布，池的沿岸，種滿茶花、杜鵑、松柏，佇立水旁，足可忘憂去煩了卻塵思。

如果時值天高氣爽，回首遠望，可以看到新竹的名勝五指山，與遠方的中央山脈，層層而上，山疊九重，一山都比一山高渺。山巔白雲朵朵，變幻無窮，顯示著宇宙間的天然奧妙。有時天氣變了，雲霧便會在這塊盆地上，自天而降，剎時雲海一片，人在其中，迷迷濛濛，也會在心頭湧起雲深不知處的情懷。

在這三面環山的盆地中央，已建造了一處頗具匠心的小湖，可在湖中泛舟採蓮，湖心有亭，划船累了，便可到亭中品茗、弈棋、彈琴、看書。園的另一方，種有全省馳名的新埔柑橘，秋收時期，一粒粒黃澄澄的果實，在陽光照射下，著實可愛。假如有人喜歡垂釣，在休假中心正前方步行約十五分鐘，有一小峽谷，峽谷中是一條天然小河，峽谷上林蔭密布，蟬鳴鳥叫，春夏分明。秋冬之間，山坡上則結滿了紅柿，垂釣之際，信手採拾，倒也別具情趣。

在中心的果林中，有很大的部分是橫山梨，現在都改接了廿世紀梨，遇到產期，便會結出清脆可口甜美肥大的水梨。休閒中心的庭園建設、亭臺樓閣、假山、魚池，都充分表現中國式亭園之美。[63]

南園格局似嶺南園林，以樓宇為主體，樓高三層的南樓為全園最高建築，樓外建有觀景露臺，可俯瞰全園景緻。位居中心的一潭湖水，有多處觀景小亭依方位命名為西亭、中亭與東亭，另有初喜亭與快攬亭。不同於江南園林的白牆黑瓦，南園採閩南建築特色，紅磚砌牆，紅瓦覆頂，閩南建築特有的金木水火土馬背和各式吉慶懸魚，或為銅錢、花瓶、書卷均各有逸趣。

其實，在南園美景背後，一直存有山區土地常見的地層滑動問題。漢寶德教授施工前做過地質鑽探，發現看似平緩的起伏的丘陵地，其實都是覆蓋在礫石上的沖積層，很容易隨大雨沖刷而流失，並造成地層滑動，於是他建議強化建築地基，確保主樓建築群的安全，但是入園處的大斜坡和連接的小橋，並未在強化上投資，致開園啟用以來已補強重建多次。

---

[63] 石建華：〈報系休假中心素描〉，《聯合報系月刊》第 28 期，民國 74 年 4 月，頁 47-49。

　　由於地層不穩的問題始終未能解決，據聞平時維修費用即頗可
觀，例如南樓右後山澗每雨必成災害之處，特別是民國九十年九月十
七日納莉颱風除重創《聯合報》臺北總社，南園亦因南樓後方山壁崩
塌，泥沙樹幹將三座水池堆滿，亦壓毀儲水池上端抽水淨水加壓等設
備，濁流泥沙更沖入貴賓三、四區，走道迴廊遍布泥沙，最深處達一
米半，最低也有十公分以上；宿舍下方苗圃移滑約五公尺，導致屋脊
中斷成了危屋，倉庫及車庫陷落三公尺，後方山壁崩落撞及牆壁，破
壞程度實在太大，災情呈報後暫時封閉園區以策安全。[64]

　　民國九十二年秋，南園關閉進行整修，針對同仁使用頻率最高的
「同心樓」全力整頓，除改進房間設備並提升服務品質，特聘亞都麗
緻集團專業人士負責指導接待及餐飲方面的改進事項；安全警衛亦換
由國聯保全公司擔任。

　　九十三年四月號《聯合系刊》以「南園變裝粉浪漫」為封面主題，
內文則以多達十二頁、六篇長短專文詳細介紹變裝後的南園，大有重
新出發，再現風華的氣象。由此可見，聯合報系依舊十分樂意斥資維
修創辦人所寶愛的園林勝景。

　　民國七十年十月十二日，王惕吾在三報常董會上指出，增加營收
以強化財務基礎，固為社方與與同仁一致之願望，但社方對於一般直
接生產費用，一向全力支持，而非直接生產之事務性開支，希全體同
仁本「開源節流」之美德，儘量撙節，以符合「勤儉建國」之精神。
今後採訪同仁出外考察，編輯部宜按實際需要從嚴核定。至各單位開
會聚餐亦應把握節約原則辦理，請三報總編輯、總經理及採訪主任配

---

[64]　楊超然：〈納莉重創南園：員工救災實錄〉，《聯合報系月刊》第 227 期，
　　　民國 90 年 11 月，頁 42,43。

合執行。[65]

　　前述談話時間，正是南園開始逐筆洽購用地的時期。既然要求「開源節流」和「勤儉建國」，卻又還有餘力以一千萬元買地，再用四億餘元建樓閣林園，此一決策是否絕對必要而恰當，似仍有討論空間。如自本本份份靠按月薪度日的平凡員工觀點出發，自與董事長宏觀的視野不同，第四章第四節提及的：不願將象徵性的酬勞股讓王家廉價收回的莊忠，即為一例。當最高層的決策與最基層的想望背道而馳的時候，一切恩義都會決裂。「南園」毫無疑問的是聯合報系皇冠上的一顆明珠，因為產權顯示他仍是王家私產，而這筆來之不易的重大投資，未來會不會使「正派辦報」的崇高理念蒙受塵埃？仍有待歷史老人來裁定。

第五節：「聯合報改革同盟」與「烏鴉鼓譟風波」

　　為了因應政府宣布解嚴後，勞雇關係與勞動條件的重大改變，民國八十年十月聯合報系主管工作會報作成了調整再出發的決策方向，董事長王惕吾認為彼時最重要的是規劃各項調整，諸如體系、編制、權責、薪給等調整皆屬之。副董事長王必成亦表示：「《聯合報》要創新，要再出發，要從各種制度著手，要落實至基層，有問題不規避。」[66]民國八十一年六月間，《聯合報》社方指定由「報系決策諮詢委員會」

---

[65]　聯合報董事會編：《聯合報、經濟日報、民生報常務董事會會議紀錄（66~70 年）》，臺北，聯合報社，民國 82 年 12 月，頁 333。

[66]　編委會：〈《聯合報》調整再出發〉，《聯工月刊》第 24 期，民國 80 年 10 月，第 1 版。

針對總管理處組織規章和權責完成劃分，另對各項規章適法性著手檢討，因為「過去農業社會凡事都講情理法，以情為先，現在工業社會要講法制，所以今後報系管理上要先法後言情理，……有關編務、業務、財務等原有規章和現況都要作一檢討，通盤考量；有關法律事務問題也在請律師協助研究，要把這件事當作重大事項來處理。」[67]

前述高層談話，固然標示了報系力求轉型和蛻變的意向，以強化崇法務實的決策理念，敦促各單位一切回歸制度法規，以符合現代企業管理的常軌。但是，企圖上緊發條因應變局的相對代價，卻是早期勞資之間「無峻法卻有深情」的年代那種自動自發的榮譽感，亦隨著報系人手急速擴充而低落蒸發；一切看似重視法律規範之後，鑽漏洞，躲責任的消極心態反而為之叢生。這些負面現象對《聯合報》企業文化造成重大衝擊，工作紀律日漸廢弛，中堅人才呈現青黃不接的窘境。

美國學者唐納德‧蘇（Donald N. Sull）在《優秀的承諾》一書中指出，轉型承諾是個風險之舉，有許多原因可能導致打破積極慣性的努力偏離軌道，而這失敗顯示一些特定形態，企業經理人因而常犯的相同錯誤可稱之為「轉型承諾的七致命過失」，其中任何一個都可扼殺轉型，造成令人失望的結果，這七項過失包括：一、重複過去奏效的方法：當公司需要徹底改變時，董事們有時會聘請曾領導別家公司成功轉型的經理人，由老兵擔綱固有助於破除舊習氣，甚至可能按一套經過實戰測試的領導手冊操作，但亦可能卡在有機能障礙的公司文化中。二、忽略盤算轉型的財務數字：忽略轉型成本及確保所需資金，常決定成功機率之高低，因為轉型不但會引起組織與戰略挑戰，也會

---

[67] 編委會：〈聯合報系六月份主管聯合工作會報紀錄：《聯合報》劉發行人講話〉，《聯合報系月刊》第 115 期，民國 81 年 7 月，頁 142。

連帶引發棘手的財務問題。三、僅重門面妝扮而不注重細節：經理人常定下方針之後就鬆懈了，未能規劃現有架構、資源、流程、關係與價值的重新配合，經理人必須結合洞察、勇氣和有紀律地執行方案。四、把艱難的工作委託他人：企業企圖轉型時常聘請專業經理人執行，或授權給一個由資深主管組成的「轉型委員會」來擬定計畫，以達成諸如退出前人傳承下來的事業，或解僱忠誠的員工等難題；但當業主、創辦人或部門經理不親身投入轉型工作，領導人像裁判而非隊長時，反對者便知道他們可以抵制轉型承諾而安然無恙。彼此相爭的員工與被委任領導轉型的經理人乃變得憤世嫉俗，且往往因此離開公司。五、半吊子作風無法應變：半吊子是指三心兩意無力執行承諾，有如洗頭洗到一半就起身；有些經理人非常積極投資於新技術、擴充產能或收購行動，以兌現承諾，但在同時，卻非常緩慢於出售和未來發展途徑不相符的事業，落入「積極慣性」（active inertia）的陷阱中。六、忽視核心價值：承諾於新戰略框架、新關係、資源或流程的經理人，一旦採取和組織核心價值牴觸的行動，踐踏組織的核心價值時，往往會引起員工、客戶、事業伙伴及業主的反彈，若反彈力道夠猛，會把轉型領導者彈出座椅，使轉型終止。七、緊黏住已超過有效期限的承諾：轉型承諾就像定義承諾一樣，是有效期的，相同的鐵律也適用於經理人為使組織擺脫積極慣性所做之大膽承諾；快速變遷的產業中，緊黏住一個超過時效的轉型承諾，其危險性特別高。[68]

　　《聯合報》力求轉型掉入的陷阱及遭遇的困境，頗似前述的七點致

---

[68] 「積極慣性」是指管理階層加速使用過去成功方程式，以應付所面對的大變局的傾向的陷阱。參見：李田樹、李芳齡譯：《優秀的承諾》，北京，中信出版社，2003 年 9 月，頁 27,165-183。

命過失所述情境,尤其是第六點忽視核心價值方面,新的領導群既無創辦人王惕吾一言九鼎的威信背書支持,卻須徹底執行鐵面的裁員政策,且又得承諾絕不減薪以資安撫,更緊要的環節尤在新聞本業方面,未能拔擢安排有極大魄力的改革者執行自救對策,依舊交由忠誠有餘卻才情有限的核心幹部維持一般運作,其所必然引發內部有識者高度焦慮,和基於無奈而消極以對的低落士氣,至今未能完全掃除恢復。

曾有報系老人將《聯合報》員工分成四個類型:一種是「得過且過,逆來順受」的可憐人;一種是「欺善怕惡,兩面討好」的圓滑人;一種是「幸災樂禍,隔岸觀火」的無情人;一種是「敬業樂群,功成不居」的明哲人。[69]這樣的分類當然不可能包含所有員工的類型,本節探討的個案,即屬不易分類的成員因心有不平,起而在網路上公開抗爭,甚至,不惜向法院控告自己同仁,大演鬩牆戲碼的特殊案例。

首先是發行業務部門離職者發起的「聯合報改革同盟」,事件主角王為仁是浙江省寧海縣人,私立淡江大學化學系畢業,透過作風保守而穩健的《聯合報》主秘、後升任總編輯的劉國瑞介紹,於民國七十四年加入發行團隊,次年即因績效特優而於社慶獲頒金牌表揚獎勵。王為仁的岳父周心怡為中央軍校十六期畢業,早年退役即於高雄從事拆船業;劉國瑞肯擔任王為仁的介紹人,係因劉曾租過周家位於臺北市泰順街的房子而彼此熟識。

王為仁代銷報紙後,依據自己對化學知識的了解,更基於《民生報》豈能錯誤報導消費新聞的立場,舉發誼光公司供應全臺小學使用的飲水機中加碘的內情之後,他自認行有餘力,乃於民國七十六年成

---

[69] 鄭斯文、賈若珍:〈我們愛《聯合報》,《聯合報》愛我們?〉,《聯工月刊》第 57 期,民國 82 年 4 月,第 8 版。

立了消費聯盟；七十八年間又為友人出面解決難題，向臺中縣籍省議
員張郭秀霞主持的地下投資公司「寶盛公司」討回二百萬元，於是又
號召同志籌組了地下投資公司受害人自救連線、地下錢莊受害人自救
連線、失業勞工聯合總會等組織，從而捲入了比記者還深入的為弱勢
打抱不平的社會運動，但也牽累了發行推廣業務。

王為仁承認，他心有旁騖是事實，但在遭到免職的過程中，令其
心寒的卻是他發現總社從未協助一度視為神話的《聯合報》企業文化
變質的事實。雖然五年來由其父子共同組設的「聯合報改革同盟」網
站有如狗吠火車，並未如預期掀起報社同仁同業風起雲湧般的熱烈回
應，反倒是一些與報社不相干的升斗小民偶爾上網發現居然有人向堂
堂大報叫陣，而留下逾萬人次的點閱紀錄及近千筆的留言聲援，令他
稍感寬慰，出了一小口怨氣。

〈聯合報改革同盟出師表〉全文如下：「當你受到基層工作人員的
差別待遇，滿腹委屈的層層上訴，最高層級卻逐級發下，仍委由基層
工作人員處理時，你的感覺會是如何？失望？絕望？還是勇敢的站起
來，挺直腰桿去力爭，希望能扭轉這惡劣的趨勢？會這樣做的不是舊
政府，不是新政權，是對這種官僚現象大力撻伐的《聯合報》，也正是
我們致力效忠多年，與我們禍福息息相關的《聯合報》總社目前的作
法。

我是王為仁，聯合報系東太辦事處的主任，七十四年成立於臺中
市的東山——一個當時舉目但見山林野趣，卻少見人煙的地方。由於
是編輯部門的人推薦，所以備受發行部門的人排斥。為了爭氣，抱定
「以服務帶動業務，以業務提昇服務」的宗旨，從台北帶六十萬元南
下台中，離子別妻另闢天地。一年後拿到《聯合報》的金牌獎，由前
發行人王惕吾先生親自頒給。榮譽是有了，錢卻花光了。

七十六年為了反對亞哥花園的放流水污染了下游的飲用水，受到總社撤銷單位的警告。雖然最後因亞哥花園改善化糞設備，並延伸自來水管至下游，證明我們訴求的正確，社會服務卻不准再用聯合報系東太辦事處的名義進行，服務與業務自此分家。

七十八年為了反對誼光公司碘素殺菌設備壟斷國民中小學自來水生飲計劃毒害全國中小學的兒童，與《民生報》站在對立立場。雖然是以「消費聯盟」的名義出面抗爭，仍然受到撤銷單位的警告。環保署通令全國全面禁止使用誼光公司碘素殺菌設備，挽救了全國中小學的兒童，也挽救了東太辦事處。

七十九、八十年「全國投資公司受害人自救連線」全省串聯陳情請願，導致永安、龍祥、鴻源接續破產，《聯合報》絕口不提連線總召集人、非受害者的王為仁三字。八十三、八十四年推動司法改造運動，「票選糊塗法官、檢察官」，《聯合報》更是連活動都隻字不提。這算不算是以私害公呢？

八十六年底推薦人退休，如釋重負的我也不想再幹了，當然長期以來在《聯合報》飽受排擠的窩囊氣，也該好好清算一下。偏偏許主任賜益希望大家重新合作，保證會開始提供充分的資源，由於誠意可感，遂週轉一百萬元，再度重新開始出發。未料數月之後主任換人，前言不算，為了對債主及送報生負責，只好拼命努力。兩年之間抓竊報近三十人，破報社未有之紀錄，但報份始終不多不少的在千餘份上下浮沉，不死不活的又把錢花光了。由於長期辛勞，幽門變形，經常嘔吐，體力不支，八十九年四月委託他人經營，欲略事休養。七月中督導要求自行經營，不可委任他人，只好勉強於八月一日收回，力疾從公。可恨督導告訴代管者：可以每份二百五十元委託其代為開發報份，始知八十九年起報份數一路下跌並非無故。

　　向服務組反映，答覆是「我可沒有向你要錢」；向總經理反映，敷衍兩句；逐級以存證信溝通，結果是送來一紙一面倒的協議書。想想自己還算強有力的人都被吃定了，其他辦事處主任的處境維艱可想而知，遂決意發起「聯合報改革同盟」，一起來糾正《聯合報》的缺失，使我們安身立命的事業基礎不致動搖、崩潰。

　　《聯合報》社內刊物多有金玉之文，管理階層內卻不乏害群之馬。二世、三世祖或以不刊之論自豪，卻不見送報生冒雨衝風其苦難言，任憑部屬剝削單位以供其揮霍。或說缺失率高，存報不給減；或說維持率低，新單位不給加；或說資料建立不確，要長期觀察；不知協助改善以提昇單位競爭力，只知高壓以樹威權，偽作業績，再從中取利，單位做牛做馬，總社作威作福，二世、三世祖裝聾裝癡，這絕不是可大可久的《聯合報》，也絕不是《聯合報》的本來面目。

　　各位飽受總社及服務組淫威肆虐的辦事處主任外患內憂交相逼迫，哪裡有辦事處的生存空間呢？繼續低聲下氣的結果，只是苟延殘喘而已，終有一日玉石俱焚、同歸於盡。不如趁著還有一息之力，以破釜沉舟之心，團結起來，要求發行人大刀闊斧的改革。相信眾志成城，必有成功之日。屆時建立「上下一家、痛癢相關、互敬互助、共存共榮」的聯合報新文化，大家後顧無憂，不是很好嗎？

　　請將您在《聯合報》內所受的委屈，所懷的希望，張貼在「聯合報改革同盟」的網站上。此網站園地公開，絕不刪減，請多利用。「聯合報改革同盟禮讚」：金戈鳴、鐵馬動，改革同盟向前衝，凌厲無前醒世夢。龍蛇起陸，虎豹下山，土雞瓦狗怎敢當。筆掃千軍，力敵萬夫，人生不愧王惕吾！聯合報系東太辦事處主任王為仁敬筆。

　　依照《聯合報》、《經濟日報》與《民生報》三家股份有限公司於民國八十九年十一月聯名寄發之終止分銷合約函，終止王為仁權利的

理由是：一、未經本報系同意，擅自將分銷業務轉讓第三人，本報系於八十九年十月廿五日授權吳正宗先生專函催告限期改善，惟臺端置之不理，顯已違反合約規定，影響分銷正常作業。基於事實需要，依據雙方合約書第六、第七及第十一條規定，於八十九年十一月十六日派員通知自當日起終止合約，並解除東太辦事處主任名義。另有關報費、保證金結算及訂戶名冊繳回等事項，請至聯合報中投服務組辦理。

事實上，王為仁個人遭到解約的意義不在「本報系」為何開鍘，而是再次讓外界窺見極其複雜的報紙分銷業務這座超級大冰山冒出水面的一角。

民國七十六年五月間，偏愛咬住《聯合報》和《中國時報》猛批的《民進週刊》，即揭露了另一起「兩大報廣告吃人」的案例。文中指出：聯合報系董事長王惕吾涉嫌詐欺廣告代理商廣告佣金，正和告訴人劉勝鰲陷入纏訟當中。據告訴人劉勝鰲指出，他於民國五十七年為代理報紙廣告業務，成立臺北木柵內坑辦事處，代理《聯合報》報紙發行及推展廣告業務。《聯合報》規定成立辦事處必須提供舖保及房地產設定抵押二百五十萬元，做為保證金，雙方並簽訂合約；自民國五十七年至六十二年間，劉勝鰲均能按報業公會及合約規定，發行收入有三成佣金，廣告費有兩成佣金。民國六十二年下半年，《聯合報》面臨財務危機，便違約背信扣發他所應得的房地產廣告費佣金新臺幣一千二百萬元。

除了扣發廣告佣金外，劉氏並指控《聯合報》於六十七年間，關係企業《民生報》創刊時，強行將他發交《聯合報》的廣告稿由《民生報》刊出，以致客戶不予承認，廣告費共計三百九十五萬七千三百四十五元，全部由他賠墊，損失慘重。多次和《聯合報》交涉均不得要領。事後《聯合報》向臺北地方法院申請支付命令，並將劉的保證

金支票送往銀行交換而退票，使劉遭受四十八萬元的票據法罰金和徒刑六個月。而劉聲明異議，《聯合報》侵占一千二百萬元廣告佣金，及未經廣告客戶同意強迫搭配《民生報》，才造成嚴重賠墊。

在廣告佣金糾紛中，劉翥勝曾分別與《聯合報》總經理簡武雄、廣告部副理陳明濂會算，查對確有扣發佣金情事。《聯合報》副社長錢存棠約其商議，亦未能妥善解決。另據《聯合報》會計主任高淑英表示：「劉翥勝所繳廣告費中，確實沒有支領佣金二成，佣金究竟是誰中飽私囊，不得而知。」劉氏追討未果，又面臨破產坐牢之際，乃向臺北地院檢察處提出控告，七十五年三月廿四日該案獲判不起訴處分。理由是：劉翥勝不支領佣金一千二百萬元長達十年之久，待《聯合報》追訴其積欠廣告費才提出告訴，動機不無可疑。同時在立下欠據時，竟不主張抵銷廣告佣金，有悖常情。因此判定劉所言非事實。另強迫搭配《民生報》部份，純屬民事問題，因此處分不起訴。

其後劉再提自訴，推事根據刑事訴訟法第二百廿三條第一項及第三百卅四條規定：經檢察官終結偵察者不得再行自訴，提起者，應諭知不受理之判決。因此判決本案不受理。

《民進週刊》指出，兩大報為增加廣告收入，已無所不用其極，佔盡一切便宜，讓兩大報予取予求。「劉翥勝案件發展未卜，如果能因此而揭露出兩大報廣告壟斷深入的內幕，維護廣告客戶的權益，未嘗不是報禁解除之前，一次頗富意義的工作。」[70]筆者雖曾設法追蹤此案的最後結局，惜無所獲。

除前述個案硬吃編制外的廣告代理，那麼，編制內被解雇的另一

[70] 林冲：〈王惕吾吃官司：吃人的兩大報廣告〉，《民進週刊》第 12 期，民國 76 年 5 月 7 日，頁 64,65。

個案則同樣令人拍案稱奇。依據《聯工月刊》報導,涂孟正自民國七十七年八月進入《聯合報》廣告中心營業廣告組服務,至八十一年一月被解雇,三年半之中服務單位多達六處,每次調動均無怨言,包括:分類廣告組三重服務中心、發行中心專案推廣組、發行中心一般推廣組、發行中心發報組、發行中心總批銷、營業廣告組開發股等六單位,八十一年一月十六日單位副主管口頭告知他已被社方解雇,理由是「侵占《民生報》廣告款,所犯行為依本公司員工工作規則第廿七條第十款予以解雇處分。」但其後正式解職令的解雇理由又改為:「業績已連續兩季未能達成目標,並積欠巨額廣告費,使本報蒙受重大損害,顯然疏失職守,並違反本報工作規則,依約應予解職。」

經涂君向聯合報產業工會申訴,並由工會理事長介入了解協調未果。民國八十一年五月出刊的《聯工月刊》以〈小民:大人,冤枉啊!〉為題,除詳述過程並提出有無「羅織罪行」的質疑;文中並指出:「最令人寒心的是:涂君銀行帳戶內的所有帳目(包括五十萬抵押金之利息、年終獎金、工作代金、紅利),早在一月十四日即遭報社凍結抵沖,使得涂君在毫不知情及毫無準備的情況下,連生活費都發生問題,今年更不敢回宜蘭老家過年;報社這樣的處置方式,難道就是泱泱大報的厚道作風?更何況本解雇案仍有爭議。」所幸,《民生報》控告涂君「侵占」乙案,臺北地院承辦檢察官已處分不起訴,總算得到一點尊嚴。[71]

不過,亦有處分並非社方「誤殺忠良」的事例。例如,民國六十四年五月第一四一期《聯合報社務月刊》載有一則違紀案例:《經濟日報》督導員與推銷員串通造假報份,偽刻圖章,冒領獎金,嚴重危害

---

[71] 李德裕:〈妳的良心在那裡?有關營廣組涂孟正遭解雇案,小民:大人,冤枉啊!〉,《聯工月刊》第 47 期,民國 81 年 5 月 31 日,第 4 版。

報社權益，且屬詐欺行為，不容寬貸，應予嚴辦；業務部簽報推銷員開革，督導員記過，此次准照簽辦理，並轉知各分銷單位知道，以儆效尤。[72]

《聯合報》編制內黑手工人亦有不甘受侮，憤而控告老闆的案例。民國七十三年十二月「黨外雜誌」《蓬萊島》報導了排版工人也被硬吃的遭遇。

排版工李忠喜應於民國七十三年二月才得命令退休，但王惕吾為免屆時依新制「勞動基準法」須付巨額退休金，乃於六十八年五月即強迫其退休，而依報社自訂的員工互助辦法，只給付退休金六萬四千八百元；李忠喜心有未甘，向法院提起訴訟，七十三年十月廿日高等法院判決王惕吾應再給付服務十三年的李忠喜新臺幣卅七萬餘元。

類似狀況還包括排版工馮道勛（服務廿五年的）和王常惠（服務十四年）向臺北市政府社會局等單位一再陳情，王惕吾本想依李忠喜模式多給一點了事，但只有王常惠接受安撫，馮道勛則堅持硬拼到底，要王家還他一個公道。

另一個案則更火爆，幹了廿幾年的陳業勤只拿到卅多萬，心裡一百個不願意，揚言要在黨外雜誌報導，並每天帶著開山刀到《聯合報》，王惕吾只好多拿一百萬才擺平此事。其他如胡家勤、傅萃群、文韜、馮平等，也是一吵再吵，王惕吾只好再給，胡家勤等因此多拿了六至十萬不等。如此「敢鬧才有糖吃」的局面，令王惕吾頗為不堪。民國七十三年十月廿九日聯合報系常董會召開十月份第四次會議，王惕吾指示：同仁退休、資遣，暫依原規定辦理，並且希望同仁體認報社之

---

[72] 編委會：〈聯合報、經濟日報聯合工作會報紀錄：主席劉社長綜合結論〉，《聯合報社務月刊》第 141 期，民國 64 年 5 月，頁 6。

誠意,大家和睦相處。

前述的「原規定」,就是《聯合報》未經主管官署核備的自訂員工互助辦法,在此辦法下,員工每月扣繳互助金,報社支應退休金根本分文未出,還賺了利息錢。因此當黑手員工退休時不僅退休金沒了,連互助金也是要發不發的,才會引起如此劇烈的反彈。七十一年底王惕吾曾宣布自七十二年起互助金不再扣繳,但隔年三月又開始扣了。[73]

在勞基法實施之前,《聯合報》自訂辦法雖係脫法之舉,但處於被動位置的勞工是毫無抗爭實力的。但以民國七十年後《聯合報》業務大幅成長的榮景下,拿到微薄的、象徵性的退休金者,豈有默默無言的道理。但是,隨著自動化的風潮日新月盛,最底層的製版工於民國八十八年三月編輯流程改為電腦全頁組版後,更落居弱勢,因為王文杉明白表示:報系減肥對象只包括兩種人:第一種是平時做事不力的人,第二種是工作機會消失的同仁。[74]

無論是王為仁還是涂孟正的遭遇都這麼難解,可見最不易讓外界釐清的就是發行和廣告業務的巨利和虛實。攸關報社生存命脈的發行機密,外界不易得悉真相,源自報社一向視為與同業競爭的最高機密;例如,民國六十六年五月第一五八期《聯合報社務月刊》即有王惕吾的指示:「《聯合報》發行推廣費用不能誇大,尤其業務的作法,除口頭報告外,儘量少發書面通告,以免散失為同業所悉,事實上外埠分區會議後及個別督導談話,對本報發行目標,已早有了解,當可竭力

---

[73] 劉路潭:〈《聯合報》的帝國主義:看王惕吾如何欺壓員工〉,《蓬萊島》總號第 29 期,民國 73 年 12 月 25 日,頁 46,47。

[74] 張文仲:〈瘦身減肥下四點啟示〉,《聯工月刊》第 136 期,民國 88 年 11 月,第 8 版。

配合。」[75]

　　外界可供參考的數據，則多為社方精心安排後的官方報告。例如，
副總經理俞伯音於民國六十六年九月報告《聯合報》突破六十萬份的
重點如下：[76]

一、　自六十五年九月迄至六十六年九月一年中，總共加報八萬一千九
　　　百三十份，已超越目標，達成預定加報目標。本年六月一日，報
　　　份突破六十萬份，目前已達六十二萬五千份以上。

二、　本市一年來加報二萬五千餘份，零售報加報一萬三千份，分銷報
　　　加報一萬一千六百九十六份，批分加報一萬零三百九十二份，業
　　　績均甚良好，批銷業績較遜。

三、　外埠各縣市本年加報五萬七千餘份。

四、　外埠各縣市目前報份大多已超過一萬以上，花蓮、宜蘭兩縣現有
　　　報份九千多份，不久即可突破一萬大關，報份在一萬份以下者僅
　　　臺東、澎湖兩縣。

五、　本年加報最多者，第一名高雄分社，加報三千八百八十份；第二
　　　名臺中分社，加報三千三百四十份；第三名桃園分社，加報二千
　　　一百二十份；第四名嘉義分社，加報二千零九十份。

六、　本年首辦「本報地區年度獎」，在全省五千份以上十一個競獎單
　　　位加以評估，第一名桃園市，平均 12.7 人看一份《聯合報》；第
　　　二名中壢市，平均 13.8 人看一份《聯合報》；第三名彰化市，平

---

[75]　編委會：〈聯合報、經濟日報聯合工作會報紀錄：主席王董事長綜合指
　　　示〉，《聯合報社務月刊》第 158 期，民國 66 年 5 月，頁 2。

[76]　俞伯音：〈本（66）年發行業務狀況簡報〉，《聯合報社務月刊》第 163
　　　期，民國 66 年 10 月，頁 44-47。

均 16.1 人看一份《聯合報》。其他單位均不夠理想,如高雄市目前 29.5 人看一份《聯合報》;臺中市 20.9 人看一份《聯合報》;尤以臺南市 44.6 人看一份《聯合報》。可見各地報份大有發展餘地,即使桃園、中壢也不能以得自滿,仍應向「家家看《聯合報》,人人看《聯合報》」的目標邁進。

七、 本年外埠報份超越友報百分之三十以上獲獎單位,共發出獎金二百餘萬元,嘉義超越 85%,獎金十二萬元;高雄超越百分之 74%,獎金十萬元;臺南超越 52%,獎金七萬元;臺中超越 47%,獎金五萬元;桃園超越 32%,獎金五萬元。

由於廣告和發行的真實數據,是一般員工和研究者絕無可能接觸取得的,致筆者尚無法一探個中底蘊。

依據民國六十六年十月出刊的《聯合報社務月刊》第一六三期刊載的「《聯合報》創刊迄今歷年報份成長一覽表」均以每年九月十六日社慶為基準呈現的統計,《聯合報》至創刊第五年才突破五萬份,創刊七年後仍在十萬份上下浮動,民國五十三年才一舉突破十五萬份,次年為十七萬份,民國五十五至五十七年均為廿一萬份左右,至民國六十年躍升為卅三萬份。民國六十三至六十六年則為最關鍵的四年:報份自四十一萬份,增為五十萬份、五十四萬份,而躍登六十二萬份,至此總算站穩了領先同業的大報位置。

依前項統計《聯合報》歷年報份與前一年相比的增減百分比排名為:(1)民國四十一年:101.6%;(2)民國四十二年:40.4%;(3)民國五十三年:37.1%;(4)民國五十年:36.4%;(5)民國四十四年:35.2%;(6)民國四十七年:23.3%;(7)民國六十四年:22.4%;(8)民國六十年:22.1%;(9)民國五十五年:21.3%;(10)民國四十九年:20.0%;(11)民國四十五年:19.9%;(12)民國六十六年:14.9%;(13)

民國五十四年：14.3%；（14）民國六十三年：14.1%；（15）民國五十九年：13.5%；（16）民國六十二年：12.8%；（17）民國四十六年：12.6%；（18）民國五十八年：10.5%；（19）民國六十五年：6.9%；（20）民國五十二年：5.5%；（21）民國五十七年：2.8%；（22）民國五十六年：-0.04%；（23）民國六十一年：-3.1%；（24）民國四十八年：-3.7%；（25）民國五十一年：-5.4%；（26）民國四十三年：-9.5%。在前列五次負成長的年份中，除民國四十三年註為「本報成立南部版」；其餘四年均加註「緊縮推銷」；另民國六十五年備考欄亦註有「緊縮推銷」。[77]

由於報系旗下僅《聯合報》設有印刷工廠，因此筆者偶然取得之民國六十九年十月十六日製作的「聯合報股份有限公司六十九年九月份報份印刷統計表」，係包括：《聯合報》、《經濟日報》、《民生報》及《聯合報》航空版在內的全部統計，除逐日印報份數，另按有費報與免費報兩大項分別計算批銷及使用的份數，有費報核類別包括：本市分銷及直銷、批銷、批分代銷、本市寄售、板橋寄售、板橋分售、外埠分銷、外埠零售等八類；免費報則按：本市免費報、外埠分銷、板橋免費報、編輯人員用報、車站機場贈閱、同業交換、同仁贈閱、廣告組用、合訂本、備用報等十類統計。

按前表所列資料，當月共印刷報份 30,917,940 份，其中《聯合報》40,975,425 份、《經濟日報》1,827,916 份、《民生報》1,398,964 份及《聯合報》航空版 1,126,864 份，印製成本合計為新臺幣 45,329,170 元。當月印報總份數每天均在一百萬份以上，其中最高為九月廿九日的 1,050,690 份，最低為九月十三日的 1,022,800 份。如以份數最高的廿

---

[77] 編委會：〈「《聯合報》創刊迄今歷年報份成長一覽表」〉，《聯合報社務月刊》第 163 期，民國 66 年 10 月，頁 55。

九日統計為例,有費報共印製 961,336 份,免費報為 89,354 份。

遺憾的是,無論學界如何期待最有資格作為同業表率的聯合報系,能適時公布發行資料,用以檢證新聞史的各項紀錄,但至今從無回應,致仍成畫餅。

另一件可被視為《聯合報》企業文化劇變的「烏鴉鼓譟風波」,肇因於《聯工月刊》於民國八十二年九月廿七日第六十二期第六版所刊〈只待烏鴉鼓譟,驅走馬屁聲!寄望重振是非、公理,重新緊密再次「聯合」〉。當事人為記者出身的主筆徐履冰,以及工會幹部簡正福、鄭宗杰、鄭端文等四人。

根據系刊所載資料,徐履冰於民國七十七年一月廿日獲聘為《聯合晚報》記者,民國九十三年六月三十日以言論部主筆職稱,與另廿九位員工同日自《聯合報》專案退休。[78]據資深員工表示,徐履冰就是因為與產業工會幹部發生訟案失利後頗有所感,乃於民國八十七年發憤圖強,一舉考上了高考律師而開業。

民國八十六年三月間,董事長王必成於主管聯合工作會報中表示:同仁工作中遇有爭議,而涉法律糾紛時,不妨先向社內勞資關係室主任何振奮或法制室請教,可免興訟或遭判決不公之苦,否則逕向社外民事機構尋求調解時,其判決視同法院效力,一有誤判,即難挽回,希同仁慎思而行。[79]此一訊息究竟指涉何種爭訟情況,筆者並不清楚,但徐履冰因不滿產業工會刊物《聯工月刊》對其有所批評,並未

---

[78] 編委會:〈聯合報人事異動名單〉,《聯合系刊》第 260 期,民國 93 年 8 月,頁 123。

[79] 編委會:〈聯合報系八十六年二月份主管聯合工作會報紀錄〉,《聯合報系月刊》第 172 期,民國 86 年 4 月,頁 43。

請求社內調解,而逕向臺北地方法院提出誹謗官司。

依據民國八十三年九月十日,臺北地方法院檢察署檢察官周志榮裁定之八十三年偵續字第一八八號不起訴書指出:徐履冰以《聯合報》記者身分控告的聯合報產業工會成員簡正福、鄭端文、鄭宗杰等三人妨害名譽案件,前經處分不起訴,經臺灣高等法院檢察署發回續查,已偵查終結,認仍應處分不起訴。其理由摘要如下:

一、 告訴意旨略以:被告簡正福係聯合報產業工會《聯工月刊》發行人,被告鄭宗杰係執行總編輯,鄭端文係編審委員,彼等於八十二年九月廿七日發行之《聯工月刊》第六十二期第六、七版共同以「鄭斯文」之化名刊登文章,指稱:「執筆之記者(指告訴人)是以主流、非主流新聞起家,直接間接惹來退報運動麻煩」及「徐兄是不是可以在工會園地公開答辯,舉出個人的香港經驗徵信大眾,包括曾去過幾次香港?扣掉過境、採購,還剩下幾個小時在觀察香港?」等不實文字,對告訴人進行惡意之人身攻擊,造成告訴人名譽受損,因認被告等涉有誹謗罪嫌。

二、 按對於所誹謗之事,能證明其為真實者,不罰。但涉於私德,而與公共利益無關者,不在此限。又以善意發表言論,對於可受公評之事,而為適當之評論者,亦屬不罰,刑法第三百十條第三項、第三百十一條第三款定有明文。且所謂能證明,以得證明其相信可以證明為真實已足,與經證明有別,不以經裁判確認其事實為真實為必要;善意係指動機正當,非明知其所表示者為不實;至於是否適當,須按其所評之事具體認定之,要以合於公平本旨,而無背於公序良俗者。訊據被告簡正福、鄭宗杰、鄭端文均堅決否認有誹謗之故意,辯稱:右開文章採取聯合採訪,由編審委員會共同綜合整理,渠等於刊登前均有看過該文,《聯工月刊》係

對工會全員之內部刊物，為內部之資訊、檢討、聯誼之文字，告訴人認為涉及誹謗之該篇文章，全文係討論編輯部「回睇香港九七系列」之指派人選是否有當，文中明確指出應找適當人選來撰寫此一專題，至告訴人在「退報運動」前之報導是否有當，《聯合報》於八十二年四月十六日召開之編務檢討會即已公開討論，表示其應屬可受公評之社內事務等語。

三、至於發回續查意旨略以：（一）再議意旨稱被告等之所以連續在社內之《聯工月刊》攻訐聲請人，係涉及社內糾葛，是否屬實？被告等是否因此藉機攻訐、誹謗聲請人？自有待詳查。（二）又八十二年九月廿七日《聯工月刊》第六版標題：只待烏鴉鼓譟，驅走馬屁聲及其版內內容中，對聲請人之指責、批評是否屬實？能否謂為善意、適當，非無審究餘地。且據再議狀該次香港專題同行採訪者共有四人，倘若屬實，為何只針對聲請人批評、攻訐？等語。

四、經查本件告訴人指訴被告等誹謗之右開以鄭斯文名義採訪撰稿之文，係刊載在第六十二期《聯工月刊》第六、七版，全文標題係只待烏鴉鼓譟，驅走馬屁聲！寄望重振是非、公理，重新緊密再次「聯合」。共分：（一）寫了也是白寫，大家庭的感覺淡了；（二）注重人文精神，報紙不是文字生意；（三）支持公理正義，新總編輯基層出身；（四）出錯居然升官，點燃最後一個火苗等四段文字。第一段文字係引總經理回應上一期《聯工月刊》之建議，至工廠和基層員工話家常，讓新同仁領會什麼叫《聯合報》大家庭，及同日之社慶大會，籌備單位未通知大多數同仁參加，不是技術上的錯誤，是《聯工月刊》馬屁文化當道的根本錯誤。第二段文字係以第一、二代的交棒，陳述該報基本上，老一代的

人文氣息不該被全盤揚棄，企業管理當然是重要的，但是報紙更要有她的人文精神，否則就只能算是文字生意。第三段文字係以總編輯是《聯合報》基層出身，完全由《聯合報》培養成長之人才，對於目前凍結老人、起用新人，內人讓路、外人當番的人事安排，期望第二代領導人正視此一問題。第四段文字則記載編輯部的一級主管錯了一版頭題，事後以發獎及長官身分來撫平執筆者的抗議；及代班的編輯將特稿在三版左下角、右下角各畫了一個大框框顯著刊出，框框的標題不對文，後來升了編輯組的小組長；與本件告訴人所指述「九月廿日開始在三版連載的九七倒數計時的香港專題，政治篇一幹就是六篇，執筆的記者以主流、非主流新聞起家，直接間接惹來退報運動麻煩，隨即擢升召集人的徐先生，倒不是對這位仁兄有意見，該檢討的是《聯合報》裡有沒有人更有實力、更適合寫香港專題？香港問題就現在報社體制定位，或許不該是大陸新聞中心或國際新聞中心來負責，但絕對不是採訪中心領域，讓徐先生負責，置報系香港新聞中心於何地？《香港聯合報》經驗也可以丟進垃圾筒，徐兄一個人負責就夠了；再退幾步、寬容些，這個問題，徐兄是不是也可以在工會園地公開答辯，舉出個人的香港經驗徵信大眾，包括曾去過幾次香港？扣掉過境、採購，還剩下幾個小時在觀察香港？有沒有長時間維持連繫的香港朋友？以前有沒有訂閱，常看香港報紙或者這是第一次看？如果有資料，拜託告訴所有讀者，讓大家瞭解這些文章的權威性」等語。結語則以大家來當烏鴉，只有烏鴉群匯集深沈渾厚的低鳴，才能驅走喜鵲逢迎的馬屁聲，才能對這四十二歲的報業巨人晨鐘暮鼓的再省。有該六十二期之《聯工月刊》在卷為憑。綜觀其全文，係以聯合報產業工會刊物之立場，針對

《聯合報》內部之經營理念方式、人事任用、新聞編輯及採訪為評論。自係對於有關《聯合報》全體員工利益之可受公評之事而為評論，並非特別針對告訴人一人私德而為評論。

五、 次查告訴人曾於八十一年十一月廿七日《聯合報》第一版報導「前天長談李告訴郝明年沒有內閣總辭問題」標題之新聞，其後該篇報導經中央社於同日發稿：「據確悉，執政黨李主席登輝先生與前行政院長郝柏村晤談時，曾提及明年內閣總辭的問題。因為有媒體報導，李主席曾於當天晤談中，告訴郝院長：明年沒有內閣總辭的問題，引起各界對這種說法的關切與評論。但據熟悉政壇高層事務的權威人士表示，據他的了解，當天李主席的說辭和媒體的報導有所出入。這位人士告訴記者，當時李主席是對郝院長說，有關內閣總辭的問題，憲法沒有明確的規定，辭或不辭，現在不必多所討論，一切看這次立法委員選舉後，政治情況的發展再談」等語，並經《聯合報》刊登於翌（廿八）日該報第二版等情，亦有上開日期之《聯合報》影本各一紙附卷可稽。告訴人報導之前開新聞嗣經退報運動協調小組刊載於印發之「退報救臺灣我家不看《聯合報》」傳單內，並冠以「《聯合報》誤導總統談話，製造政爭」之標題，且退報運動手冊（一）「退報！退報！就是退《聯合報》」一書中所列之一九九二、退報運動大事記，其中十一月廿日項下亦載有：「總統府否認《聯合報》有關明年沒有內閣總辭問題的報導」、「退報運動協調小組指《聯合報》欺騙民眾，介入政爭」等語，有各該傳單及退報運動手冊（一）在卷可參。訊之證人即《聯合報》副總編輯阮肇彬亦證稱：八十二年四月六日《聯合報》編採同仁座談，伊有參加並擔任記錄，在印象中有同仁談到退報運動，並提到一些新聞上的事，譬如有人寫一

些新聞被更正，影響報譽，應該沒有人直接提到對徐履冰之檢討，但徐履冰寫的新聞被有單位否認過，可能有人聯想到，會議中徐履冰有無流淚伊不清楚，但有激動哽咽之情形等語。另一證人即《聯合報》地方新聞中心組長溫福興亦證稱：退報運動之源起不是單一事件，可能林山田對我們報社報導有不滿意，累積起來而發起等語。況據被告訴人提出之臺灣臺北地方法院八十二年自字第三〇號刑事判決，其中附表所載關於退報運動時間、地點及活動內容之十一月廿八日，部份亦有「總統府否認《聯合報》有關明年沒有內閣總辭問題的報導」、「退報運動協調小組指《聯合報》欺騙民眾，介入政爭」之記載。得證明本件文章關於「以主流、非主流新聞起家，直接間接惹來退報運動麻煩」之登載，在被告等主觀上相信可以證明為真實，揆諸前開說明，被告等之行為自屬不罰。

六、 又查本件文章關於告訴人前往香港採訪部份，其文內已載明並非針對告訴人本人有意見，該檢討的是《聯合報》裡有沒有人更有實力、更適合寫香港專題？認為就《聯合報》社體制定位，不該由採訪中心之告訴人負責，否則置聯合報系香港新聞中心於何地？其前後之主題，係就聯合報系在香港已設有新聞中心，再指派告訴人前往香港，質疑其告訴人對香港整體之體驗及瞭解能否勝過香港新聞中心，並非指告訴人該次香港之行扣掉過境、採購還剩下幾個小時觀察香港，其係本於聯合報產業工會刊物之立場，認為香港專題採訪應由香港新聞中心負責，不應由採訪中心之告訴人負責，而對《聯合報》之新聞採訪人選是否適當之可受公評之事提出檢討評論，其動機自屬正當，並非明知其所表示者為不實，且合於公平本旨，無背於公序良俗。揆諸前開說明，可

認為善意、適當之評論,自無誹謗罪責之適用。未查被告等與告訴人並無恩怨,或職務上之利害關係,復分據告訴人及聯合報產業工會前任理事長陳建新陳證在卷;益證被告等並非特別針對告訴人而為評論。此外,復查無其他積極證據足資證明被告等有何誹謗犯行,應認彼等罪嫌不足。

七、 依刑事訴訟法第二百五十二條第十款處分不起訴。

　　表面上看來,這件不怎麼起眼的不起訴處分的訟案,只是一名記者對工會幹部單純的司法控訴。為陳述方便,暫以「徐履冰事件」名之;但在深層本質上,本案與「徐瑞希事件」實已各自衍生了極其嚴肅的意涵,兩件訴訟標的不同的「徐案」亦已形成聯合報系五十多年平靜和諧的企業文化為之裂變的指標。

　　首先,「徐瑞希事件」代表資方與勞方,可為各自立場在法庭上互控;「徐履冰事件」則寫下白領階級的新聞記者,竟控告實如兄弟的同報社藍領工人。兩案前後呼應,顯示勞資與員工之間不再親如一家,形同手足;聯合報系已逐漸變質成為僅供上班打卡、養家活口的庸俗職場。

　　二方面,它赤裸裸地暴露了聯合報系日漸軟弱鬆弛的自律體質,一旦從上到下發現相對利益,或現實關係恩斷義絕之後,便再無情義可言;唯利是圖,唯力是尚,角力爭鬥之餘,即使家醜外揚亦在所不計,徒賴僵硬的司法體系解決。

　　三方面,是報系即使有了「徐瑞希事件」、「徐履冰事件」,報系月刊依舊沿用「報喜多於報憂」的政策,未對事件始末進行客觀檢討,任由員工作壁上觀看熱鬧,各說各話。再如原本前途看好的周玉蔻,自辭離之後,其在政治認同上出現的巨大轉折,在電子媒體上左衝右

突，無不令老《聯合報》同仁深感驚訝，對聯合報系講究道義、包容的傳統所造成的衝擊，尤甚於前述兩件「徐案」。

聯合報系運作生態在創辦人王惕吾強勢領導之下，安定多年之後，一旦出了不好公開自我批判的大事，一向仰賴創辦人裁斷乾坤的企業文化，除了保持緘默以對，是嗅不出太多意見與異見的。在看似無瑕，基本上人人尚能各安其份的《聯合報》企業文化之下，究竟是出了什麼差錯，才造成了辭離後炮火全開、調性全變的周玉蔻？

根據葉匡時的研究，臺灣第一代興業家對於企業的主要利益相關者，所重視程度，依序為員工、社會大眾、關係廠商、政府、股東、社區。這樣的次序反映出一些有趣的文化社會背景。

傳統的廠商理論認為公司的所有權屬於股東，因此，公司的經營者必須對股東負責。但是，現在有許多管理者認為，由於現代企業無遠弗屆的力量，一個看似純屬公司經營問題的決策，卻很可能造成公司的巨大影響。例如臺塑集團赴大陸投資案，就絕不能以單純的股東所有權論來看待，還涉及臺灣與大陸之政經關係。許多管理專家因而提出利益相關者理論，認為公司經營者不只要對股東負責，也應對企業的其他利益者負責。

股東在前述七個主要利益相關者中的重要性是倒數第二，這固然有可能是因為第一代興業家身兼經營者與主要股東，因此，在他們的言談中，不能也不好意思過份關心股東的利益，但是，吾人至少可以確定，股東不必然是公司最重要的利益相關者。

此外，第一代興業家幾乎完全忽略企業與社區的關係，這可能與傳統中國有鄉親的觀念，卻沒有社區觀念有關。所以，第一代興業家捐錢造福他生長的鄉梓，並不少見；但是，卻很少主動造福公司所在

的社區。

葉匡時指出：許多中外企業都強調「員工是他們最重要的資產」，這與第一代興業家把員工視為最重要的利益相關者有異曲同工之妙。很顯然，無論是一般公司或是知名的企業家，至少在表面上同意員工是他們最需重視的對象。第一代興業家之所以成功，獲得許多優秀員工的幫助是個關鍵因素，然而，進一步分析這些企業家對待員工的言行，發現他們的觀念仍停留在古代「君臣主僕」關係，缺乏現代人「人人平等自主」的人權觀念。因此，第一代企業家重視員工的倫理觀值得肯定，但其重視的態度與方式，可能要隨著時代調整。[80]

王惕吾得以全權主控報社發展路線，始自王永慶退出合夥之日；《聯合報》逐步由彼時流行的「關係企業」之軀，步向全國第一大報與第一大中文報系的巔峰，並開始展示自行累積創造的企業文化內涵，除宣示一般企業必然追求的效率與獲利之外，更自豪地開始採用古今中外創業帝王都偏愛的「人治色彩」與「情多於法」的治事手段。

但就與任何有歷史的大型企業一樣，招牌一大、一老之後，難免自滿於自產自銷、自吹自擂的企業文化，為追求規模成長而製造了疊床架屋現象，使自己逐漸成為一隻有如軀幹臃腫動作遲鈍的恐龍，雖然揚首跨步之間，吼聲依舊驚人，但戰鬥力已然大幅退化。為了顏面和必要的矜持，只好坐視關節老化的官僚系統享用無為而治的快感，讓虛矯的儀式化流程壓制了真正創意。第一線部隊多數成員尚能感受外界的各種刺激，但昔年敏銳的反應，已因多年的養尊處優而下降為不給獎勵就拒絕輸出戰力的驕縱狀態。

---

[80] 葉匡時：《總經理的內衣：透視管理的本質》，臺北，聯經出版公司，1999年5月，頁66-70。

能自聯合報系安穩退休的大夥計和小夥計們的心目中，王惕吾當然是幾具神格般的企業主和預言家；報系規劃的各種擴張願景，的確在創辦人特殊堅毅的戰鬥意志領導下，90%以上都能達陣成功，成為值得昭告天下的企業成就。

但是，平心而論，在從未對全體員工透明展示的財務管理報表，僅一級主管略知其詳，[81]及從未接受外界公評的廣告發行魔術體系之外，屢屢主觀地向社會大眾宣布自我達陣成功的標準，卻未必就是表裡合一的全部真相，這何止只是美中不足而已。

廣告全省分版、分類廣告縮版和新聞版內文字體太小，一直是報禁開放前《聯合報》企圖說服外界信服的「事實上的不得已」。油墨太差，搞得讀完前幾落報紙就指尖發黑的事實，又曾長期被解釋為：如此才能降低再生紙脫去油墨程序的成本。此項早年不願承認有錯的老問題，一直到民國八十一年二月王惕吾親自在報系主管聯合工作會報上宣布：當月開始，報系已經開始改用低沾手度油墨，讀者閱報時手不易髒之後，發行人劉昌平才當眾承認換油墨這件事：「做了並沒有說，我還是從系刊看到的。長久以來報紙油墨會弄髒人或衣服，一直為讀者抱怨，這類改善待全面實施後也值得向讀者報導，讀者再有反應，我們也可覆以報社已在做了！」[82]

---

[81] 民國七十三年十二月十七日王惕吾於常董會宣布，是年業務豐收，財務收入增加，總營收至目前為止，比去年成長 10.54%，但支出費用也高達 10.33%，增加的收支僅差 0.21%，實在值得報系全體同仁警惕，但有關支出分析資料整理後僅分別送有關一級單位主管參考。參見：聯合報董事會編：《聯合報、經濟日報、民生報常務董事會會議紀錄（71~73年）》，臺北，聯合報社，民國 82 年 12 月，頁 303。

[82] 編委會：〈聯合報系二月份主管聯合工作會報：《聯合報》劉發行人講

　　另如報紙全張版型之長度，比對手報短了不少的設計，也被正面解釋成這樣省下的紙張成本絕對是值得的。民國九十年四月號報系月刊針對新聞用紙大小提供了數據：在報系節流政策之下，「印務部過去由 62 吋新聞紙節縮為 60 吋，到最近伺機推行的 45 吋紙張的節省政策看來，終究整體仍需面臨企業蛻變的考驗。」[83]民國七十七年十一月十四日《聯合報》宣布改版，內文字號放大百分之五，欄高由九字改為十二字，終於一改過去字體太小不便閱讀的老問題。[84]

　　民國七十六年七月《雷聲》雜誌第一七二期報導，彼時聯合與中時爭食廣告地盤的動作加劇，兩報分類廣告版面變化極大，有時第一版突然出現大半版醜陋無比的分類廣告，有時三版、五版都會出現半版分類廣告，至於原來刊登小廣告的版面更是縮了又縮，擠了又擠，字已小得非用放大鏡無從辨認了；全省分成好幾個廣告版的作法，表面上滿足了客戶委刊的需求，但每一人之客戶都以全價付款，廣告效力卻已經打了對折再打一次對折。[85]

　　號稱全球最大中文報團的聯合報系，民國七十三年四月時以聯合與經濟兩報名義派駐各國的記者名單為：美國紐約：馬克任、劉宗周、宋梅冬等三人；美國華盛頓：施克敏、王景弘、項國寧、顏光祐等四人；美國洛杉磯：焦雄屏一人；美國舊金山：應小端、莊月清等二人；

話〉，《聯合報系月刊》第 111 期，民國 81 年 3 月，頁 122。

[83] 張文仲：〈以客為尊，服務導向：第一大樓門廳整修，五十周年神采飛揚〉，《聯合報系月刊》第 220 期，民國 90 年 4 月，頁 97。

[84] 楊選堂總編撰（2001）：《聯合報五十年（民國四十年至九十年）》，臺北，聯合報社，民國 90 年 9 月，頁 300。

[85] 司馬遊：〈王惕吾、余紀忠「鈔決死戰」！〉，《雷聲》雜誌第 172 期，民國 76 年 7 月 13 日，頁 32,33。

西德科隆：陸鏗一人；日本東京：陳澤禎、林元輝、黃耀鏻等三人；香港：俞淵若、鄭樹森、劉曉梅等三人；法國巴黎：王萍一人；西班牙：陳平一人。總人數為十九人，美國就佔了九人，日本、香港又各佔了三人。其後雖陸續增派駐外記者，但如朱立熙獲聘駐漢城亦係其先赴韓進修深造後的被動作為，其後，朱立熙雖首獲美金一萬元獨家重賞，但又憤而辭離，主因則為總社嚴控報銷，且有所誣攀所致。

筆者駐菲期間，同樣受制於上級偏好「從臺北看天下」的作業觀點，即便軍事政變的重大新聞是筆者親至叛軍占領的電視臺採訪所得，亦一字不刊，寧可採用拼湊的外電報導；至於最重要的日常工作聯繫，總社對駐外記者意見反映的不尊重、不珍惜、不解釋的慣例，對士氣亦極其不利，絲毫沒有「將在外」理應給予的獨特位置。筆者內心深處的感喟，頗類似於王景弘於回憶錄中舉證的情節。

以聯合報系之財力與標榜的理念，所謂「全球布局」的人力，一直都處於簡省的極限邊緣，臺灣朝野又豈能對長期坐井觀天的格局有所怨懟？號稱第一的報業王國對駐外人力投資如此薄弱，而寧可代之以「有事再說」，臨時派人出國走馬看花的政策，又何異於股市之短線炒作？坐令國際新聞來源及觀點長期制約於歐美大國之下，實在令人嘆息而深感不足、不智。臺北報業第一名模範生尚且如此精打細算，放棄導引現代國民必賴的國際觀的媒體責任，而寧可日復一日地將本國、本島、本黨的雞毛蒜皮消息放大、拉長、渲染，其他根本無力走向海外的小報就不必再苛責了。

依舊是為了減省成本，《聯合報》建構全球報團的新聞資訊生產比重有很大的部份依賴臺北供應，由臺北負責以衛星傳輸大量版面，抵消海外據點編制不足的缺失，某種形式上，有如放大之後的早年航空版。證諸二〇〇四年十二月底印尼亞齊省與泰國普吉島發生死亡慘重

的南亞大海嘯時，讀者無從見到泰國曼谷的《世界日報》能有任何更專業而具體的採訪支援，即可思過半矣。

王惕吾許多決定都是超越凡人眼光的，唯獨對報紙彩色印刷的看法，明顯坐失先機。筆者不止一次聽過惕老強調：「世界真正的大報有那一家是用彩色印刷的呢？」對手報起跑較早，聯合多年來被迫追趕的過程可謂狀況頻出，也難得讓惕老自承落後於對手，必須一再親自緊盯彩印的品質。民國七十五年十一月廿四日王惕吾指出：友報在業務發展上「只有一點比我們強，那就是他們首先採用彩色印刷，這也是他們報份能在一些鄉鎮地區領先我們的主因。」[86]

其實早在民國七十一年二月一日，惕老就改口承認彩印的大勢所趨了。他指出，由於彩色給人類衝擊，未來使用範圍愈來愈廣，本報系《經濟日報》、《民生報》、《聯合報》第一、四版都將朝彩色版發展，印務處工作量勢需次第增加，在現有設備下，還望同仁力能勝任，如有困難，亦希努力克服。[87]同年三月八日，惕老承認「本報之彩色版面表現時好時壞，不能維持一定之水準，胡兼總經理責成彩色製版組檢討改進。」[88]同年六月十一日，惕老又指示：三報印刷品質近來無論彩色、黑白均佳，「惟今天又見彩色套印不準者，希印務部找出癥結所在，徹底改進。」[89]民國七十三年九月一日，兩報競爭又起波瀾，王惕吾於常董會指出：「日前某報在其美洲版成立兩週年之際，自誇其電腦檢

---

[86] 聯合報董事會編：《聯合報、經濟日報、民生報常務董事會會議紀錄（74~76年）》，臺北，聯合報社，民國82年12月，頁227,228。

[87] 聯合報董事會編：《聯合報、經濟日報、民生報常務董事會會議紀錄（71~73年）》，臺北，聯合報社，民國82年12月，頁21。

[88] 同前註，頁33。

[89] 同前註，頁235。

排措施創海外中文報業之新紀元，竟置香港《新報》及《成報》早已
實施電腦化之事實於不顧，更不提我《世界日報》、《歐洲日報》目前
使用電腦之成果如何。又在文中提及領先使用彩色印刷一節，《新生
報》早在民國五十年初已有彩印設備，唯因成本太高未繼續使用而
已。他們這種自我吹噓的惡劣作風，在同業間不攻自破。」[90]

臺灣最大的媒體採購公司凱洛（Carat）執行長李桂芬，於民國九
十二年九月應邀至《經濟日報》工商服務部演講，為聯合報系做了市
場定位分析，認為除了《星報》之外，另四報讀者年齡層都在三十歲
以上，而《民生報》的情形與傳統認知不同，年齡分布更廣，有定位
上的問題。她為五報提出的建議如下：[91]

《聯合報》：在大市場中雖不是獨占者，但仍有一定的市場佔有
率。建議作法：市場定位應明確化，設定分眾市場，提升讀者的質，
並從別的媒體爭取讀者，進一步擴大讀者的量。在報導方面，則應強
化議題精準度、資訊相關度，並擴大報導題材。

《經濟日報》：在小市場中擁有高佔有率，但小市場本來就具有危
機，唯專業卻不可取代。建議做法：在流行感的提供上輸給《工商時
報》，應多重視大眾化的潮流方向，增加流行商品報導，開創財經以外
個人興趣動機，以擴大讀者市場佔有率。目前年輕人的致富動機更勝
以往，這也是《經濟日報》拓展讀者群的機會。

《民生報》：在影劇、體育、娛樂小市場中具有高佔有率，但需注
意小市場本身危機。建議做法：《民生報》目前的定位似乎被同報系的

---

[90]　同前註，頁 269。

[91]　姚逸瀚整理：〈凱洛總經理李桂芬專題演講：媒體趨勢與報紙行銷〉，《聯
　　　合系刊》第 265 期，民國 93 年 10 月，頁 57。

各報或其他媒體所瓜分，讀者帶拉得很廣，市場定位需重新調整並更明確化。

《聯合晚報》：在現今晚報市場中擁有高佔有率，但因晚報不大，因此仍有危機。建議做法：除出報時間在下午外，媒體使用動機和《經濟日報》太接近重疊，還要再思考未來市場設定。

《星報》：在影劇小市場中亦擁有高佔有率（不含蘋果），仍有小市場的危機。建議做法：《星報》在聯合報系中是唯一擁有年輕讀者的報紙，這些人將是未來消費主力，因此可說是報系開拓年輕消費市場的第一棒。此外，在世代交替中，將讀者轉移至其他各報，競爭力有待提升。

另在媒體自我檢視上，李桂芬還提出三項九條供大家參考：分別是 Art 的風格、內容、廣告環境；Science 的發行量、CPM（每千人成本）、加值服務；Power 的話題影響力、讀者消費力、讀者影響力。而這也是廣告主、廣告公司及媒體採購業者篩選媒體的要項。

李桂芬為聯合報系開的藥方雖然未必都是精準可行的策略，但評估《星報》的意見顯然是有效的，因為《星報》的目標定位在一份屬於 F 世代的報紙，所謂 F 世代就是一群主張 FREEDOM（自由）、懷抱 FANTASY（夢想）、放眼 FUTURE（未來）、充滿 FUN（趣味）的十五到三十歲族群，有著比 E 世代更宏觀的眼界，更多元的思維，更多的白信。[92]

民國九十三年十一月廿九日，聯合報系終於又推出了以臺北市捷

---

[92] 吳仁麟：〈訂做一份屬於 F 世代的報紙：專訪《星報》王安嘉副社長〉，《聯合報系月刊》第 239 期，民國 91 年 11 月，頁 10。

運系統為主要通路的免費《可樂報》。《聯合系刊》復於民國九十四年
八月號,推出國外免費報成功個案專題,顯然頗想見賢而思齊,希望
也能站在華文免費報「創刊一年多就有賺」的浪頭上。[93]王惕吾的第三
代金孫輩要將聯合報系帶向何方,各方都在拭目以待。

　　根據美國學者約翰・科特(John P. Kotter)與詹姆斯・赫斯克特
(James L. Heskett)針對企業文化與經營業績關係的研究結果顯示,
在廿世紀八〇年代中,包括雅芳公司、美洲銀行、花旗銀行、東方航
空公司、西北航空公司、美洲航空公司、福特集團、通用汽車公司、
固特異公司等在內的廿家大公司,其企業經營業績指數、資本年均回
報率、企業股票年均增長率等三項指標,均無一達到優異標準,亦沒
有一家存在著與促進企業經營業績增長的企業文化相關的文化。但各
自經過四至十年的企業再造後,又終能成為獲利甚佳的企業。[94]

　　這些公司體現了美國不同的行業類型,也代表著各個不同的地理
區域行業分布情況,導致所有這些公司企業文化主要核心內涵生成的
各種事件,卻存在著驚人的一致性。

　　這些公司創建與發展過程,通常是眼光遠大的領導者與發展機緣
相結合的過程。這種結合過程就是一群負有使命感的人才,將某種合
理的經營策略運用於公司開創和發展的過程。這一經營策略十分有
效,使公司在一個市場或某些市場占了上風,從而使公司獲得了保持

---

[93]　民國 94 年 8 月號第 272 期《聯合系刊》一口氣推出了十六頁專題,介
　　　紹香港免費報割戰開打的訊息,並於「菁英對談」中,由王文杉與顧坤
　　　堯對談香港《都市日報》成功學。參見該期系刊頁 18-33。

[94]　Kotter, J. P. & J. L. Heskett.1992. *Corporate culture and performance*. New
　　　York: The Free Press.pp.69,85,105.

自己在這些市場定位的手段和方式。有的擁有特殊的專利商品，有的享有壟斷的規模經濟效應，有的受到政府限制競爭的庇護，有的享有名牌效應帶來的忠誠顧客。但正因這樣的特殊壟斷的地位，造成缺乏競爭狀況，使得這些公司在相當長的時間中成績斐然，利潤豐厚，規模不斷擴大，一帆風順，幾乎沒有任何真正的挫折。然而，公司穩定持續的業績增長，使公司內部形成巨大的壓力：公司規模愈來愈大，員工人數愈來愈多，日常業務運作也愈來愈龐雜。公司高級經理們為了解決內部出現的問題，考察、招聘、培訓和選拔了一些領導才能並不高的經理人員，就是那些熟悉企業結構、制度、財政預算和管理知識，卻不甚了解企業發展方向、經營策略、企業文化和企業激勵機制的管理人才。

不久，這些人成了企業中高級經理人員，隨著公司人事上的變動，由於公司在市場份額中有主導地位，使這些人仍可以輕而易舉地為公司賺取利潤、提高收入；及至公司原有的高級管理人員經營行為的逐漸消失，導致公司開創階段巨大成就的那些集體主義意識逐漸淡薄，最終消亡殆盡。這種不良環境產生的病態企業文化，似乎有著三種基本構成成份：

一、 經理們自傲不凡，夸夸其談，公司中經理沒有一個提倡汲取外面先進經營策略和思想，但卻顯得胸有成竹。這種行為方式似乎是多年來公司經營順利的產物，也是高級管理人員沒有告誡員工戒驕戒躁，保持謙遜的必然結果。

二、 長期受這種企業文化影響的公司經理人員無視於人們對公司現在的經營方式提出的抗議之聲，依然如故，並不加強對顧客、股東和員工這三大要素的重視。

三、 由於當時不需特別突出的領導才能和領導藝術，還由於公司以管

理為重的思想嚴重，形成倚重公司經營穩定的秩序的狀況，這些
企業文化與領導才能以及其他導致變革的價值觀念，必然發生矛
盾衝突。

科特與赫斯克特於一九七七年至一九八八年進行的一項研究中，
具有促進企業經營業績增長的十二家公司與具有病態企業文化的那廿
家公司相比，前者的績效是後者的四倍，前者員工增加是後者八倍，
前者股票價格上漲是後者十二倍。此外，十二家績優公司的稅額相對
增加，增加比率為 700%，另廿家公司同期中的增長率為零。這些病
態企業文化的負面社會後果、經濟後果是極大的。

將病態企業文化轉化為企業長期經營業績增長的企業文化，其難
度有多大？答案是：非常非常困難。

核心價值觀念中缺乏市場適應能力的企業文化，其具體經營行為
就像內裝彈簧的床墊、沙發，施以足夠的壓力就可以改變其部份結構
的形狀，但外力一旦減弱或消失，它們就回復至原狀。導致這種狀況
出現的企業文化至少會有以下四個方面的基本特徵：（1）公司企業文
化各個層次（基本價值觀念、行為方式、經營實踐）內部，及相互之
間存在某種相互依存關係。（2）公司的企業文化與企業權力機構之間，
存在某種相互依存關係。（3）公司傳統的企業文化延續機制。（4）公
司企業文化價值觀念與員工在思想感情上聯繫的緊密程度。因此，由
於公司基本價值觀念與經營行為方式之間存在相互依存關係，公司的
總經理們有時就可以通過經營策略、組織結構和人事結構的必要變革
來推進公司經營模式上的一些變革，但其變革程度是很有限的。

行為模式變革後，企業文化中與之不一致的那些價值觀念並沒有
相應地變革，結果力圖恢復過去經營方式的勢力就會趨強，這一勢力
經過一定時間的聚集會十分強大，足以使這種恢復行為成為現實。又

由於公司企業文化的相互依存性和它對該公司權力結構的支持作用，企業內部權力機構對危害自身利益的改革行為持反對態度，這種反對阻力隱秘、微妙且不易察覺，它往往發揮出巨大的反作用力，成功地阻止變革行為。再者，雖然有時改變了某一部門經理的行為方式，且成功地轉變了他們的價值觀念，但由於企業文化傳統延續機制，他們會發現這一轉變隨時間的推移，被公司其他經理們的思想觀念所蠶食湮滅。遵循傳統的經理人員畢竟是大多數，他們的各種交往、表彰、支持和處罰行為會逐漸使新的部門文化夭折。最後，由於人們的思想價值觀念與企業文化有著千絲萬縷的聯繫，當有人企圖改變人們持有的價值觀念時，人們的反應總是十分強烈，富於感情色彩。他們不願承受失去利益的痛苦，會堅持原來的、自己習慣的東西。

然而，面對競爭日益激烈的世界，引入新經營策略、應用新經營方式的能力不可少。這些改革的關鍵和契機即在許多公司自身的企業文化，這些意圖改變的總經理雖能卓有成效地改變企業結構，頒布新型企業經營策略，聘用新的公司員工，購買新的信息技術或修建新的工廠、公司總部大樓，但在企業文化滯後性的影響下，他們無法進行適應市場環境所必需的經營方式的改革。

事實上，企業規模愈大，公司新任領導人就更需要內部人士有背景者的強力支持，但要有效推動改革卻又得具備「外來者」的視野和動能，不必受限於長期累積的情感、習慣和偏見，這進退維谷的窘境，顯示了啟動改革時，很少人能同時具有三大素質：卓有成效的領導才能、外來者的視野和魄力、公司內部人才資源的支持。

在科特與赫斯克特研究的案例中，無一企業文化的重大改革過程表現為由下而上地進行。因為要有效應付來自舊習氣的改革阻力，就必須有最高管理者才有的極大權力的支持；而能夠全面推動改革的人

物，亦只能出自公司的最高層，否則都會流於奢談。

他們發現，在改革成功的案例中，這些公司的高層管理人員之中多有一兩位能力非凡的領袖人物，其履歷具有創造卓越成就的記錄，更有集「外來者」對公司狀況客觀評價和公司內部人士擁有的信譽、威望及權力基礎於一身的特點。他們一旦被任命為總裁、董事會執行主席或子公司總經理之後，就立即進行大力改造。但著手之初，往往只有很少一部份人能理解和支持他們的舉措，等到良好的經營效果出現後，支持改革的聯盟隊伍才會愈來愈擴大，屆時新的企業文化，一個更適於企業發展、富有市場適應性的企業文化也就逐漸成熟。在大型企業中，這種改革過程需要的時間會更長，大致需要十至十五年的時間。[95]

如果科特與赫斯克特的研究可供中文報業重整模式參考的話，吾人以王惕吾於民國八十五年三月十一日逝世的時日估算，則民國九十五年之後，或許就是聯合報系近年一連串企業再造成果的驗收契機；如果再往後推遲些，民國一百年也是檢驗外國經驗是否能在臺灣應驗的觀察時點。

最後借用大陸企業家郭梓林對企業文化的研究心得，做為本章結論。他指出，成功企業家都應有以下五點基本認識：[96]

第一、 經營能力和文化功力，是企業家成就事業最重要的兩項實力。

　　成功的企業家都具備這兩項實力：一是會掙錢，叫做經營能力；二是文化功力，能把一批人聚集在自己身邊。因此，適應

---

[95] 李曉濤譯：《企業文化與經營績效》，北京，中國人民大學，2004 年 10 月，頁 66-77,89-91,140-142。

[96] 郭梓林：《隱規則：企業中的真實對局》，北京，朝華出版社，2004 年 7 月，頁 293-296。

並駕馭瞬息萬變的市場，把握並引導人們的思想文化觀念，是企業家成就事業不可或缺的雙輪。一方面要把錢掙回來，另方面要把人穩住，而且要讓他們為企業的發展貢獻力量，實現人才與資本結合，形成企業發展的後勁和永續的競爭力。

第二、 企業家眼中的別人是什麼，他在別人的眼中就是什麼了。了解一個企業文化的文化，主要是觀察企業家怎麼看待人。多數中國人從小就知道的「田忌賽馬」的故事，它教人用小技巧，如何用三匹劣馬去戰勝三匹好馬，玩的不是實力而是一種技巧。現實生活中，人與人的交往，人們在市場中博弈，如果把人家當做齊王，可能自己就是齊王；如果以為自己是田忌，其實別人也是田忌。所以，企業家要懂得尊重別人，尊重人實際上是對企業家的一種基本素質的要求。

第三， 企業的實力與企業家的智慧成正比，與企業家的聰明成反比。智慧包含著美德，美德來自對人的正確認識和把握，所以只有「以德治企」，才能建立起良好的企業文化。如果企業家不講道德，就不可能在企業裡形成良好的道德規範。企業家如果只有小小的聰明是不行的。古人說：「大事從道，小事從權。」有些企業家在員工報賬時批字要他找財務，財務卻說沒錢；因為這位企業家私下已跟財務說過了：「橫簽算數，豎簽不算數。」即豎著簽名就推掉，橫簽就給報賬，這就是玩小權術、小技巧，在這樣的人手下做事很難有成就感，更不會有為企業家赴湯蹈火的動力。所以優秀企業家不玩小聰明，因為他們是智者。

第四， 企業文化是企業家坐莊的一種遊戲。企業的遊戲規則是企業家與大家共同制定的，當然是以企業家為主，企業家當莊家，可以先出牌，在有的情況下甚至可以換牌，改變和調整企業的制

度，也可說是調整遊戲規則，所以，企業家在企業文化中的重
要性，或者說企業文化就是企業家的文化，就在於企業家在形
成和建設的優秀文化中具有舉足輕重的作用。

第五，沒有人能代替企業家思考關係到企業生死存亡的企業文化問
題，故亦無人能代替企業家做企業文化的設計。一個企業的企
業文化如果只是成立一個部門，讓手下的的人去做企業文化是
不行的。價值觀念的東西在腦中想的時候是「氣體」，說出來
的時候是「液體」，形成文字的時候是「固體」，更重要的是還
是看企業家自己怎麼說、怎麼寫，實際上怎麼做。企業家自身
的言行和實踐，才是各方觀察和領悟到的企業文化。有些企業
家說要引進人才，但如果身邊都是小人，或者都是阿諛奉承的
人，大家心裡就明白這個企業其實是小人當道，自然而然形成
某種「小人文化」，不可能建立優秀的企業文化。

　　郭梓林並借用清朝康熙皇帝的一句話，期許企業家們要能做到：
「不怒自威，親而難犯。」他認為只要能做到這一點，就一定會成為
成功的企業家。因為企業家的權威不是靠發怒實現的；其次，企業家
平易近人，又透著一種不可侵犯的尊嚴，這是一種必須不斷修煉的境
界。

　　廿多年前，因合著《企業文化》（Corporate Cultures）一書而聲名
大噪的美國學者泰倫斯・迪爾（Terrence E. Deal）與艾倫・甘迺迪（Allen
Kennedy），於一九九九年又出版可供歷經精簡、購併和再造的企業領導
人參考的新著：《新企業文化》（The New Corporate Cultures），書中提示
企業領導人要想擬定能與員工心意合一的企業信念的方法，是首先信手
寫下自認符合的五項內容，或主要思維，然後走入員工當中，儘量與彼
此不認識的人交談，並做好面對震撼的心理準備，傾聽他們對公司業

務、危機或任何與公司有關的一些見解，雖然這些意見未必都言之成理，但須默記在心，然後回到案前檢視並思考，先前預擬的信念中有多少能和基層員工的看法一致。他們強調，一旦企業領導人能自員工眼中觀察公司的實況和問題時，才可能設定被大家一致接受的價值觀和願景，才可能與員工心手相連，打造穩固密實的企業文化。[97]

在可預見的將來，聯合報系不易全盤改變仍由家族成員掌控的經營方式，因為職業經理人制度再有效，還是無法取代血濃於水的親情；而員工方面要求的並不多，除了工會一息尚存，簡正福之後的理事長已不再勤於「狗吠火車」，而寧可讓產業工會多方配合資方動作，令會務呈現「半腦死狀態」。其實，企業之中少了批評國王新衣的「明眼人」，和少了第四章第四節所引述之敢於表達真知灼見的「紅色的人」，這才是危機所在。願王氏家族主事者察納雅言，能視工會的聒噪為監看腐朽病灶的耳目，否則「標榜和諧，獎狀擺滿屋的《聯合報》」[98]只會是心肝腸肺全無的麻木軀殼，誠願「小王子」三思。

---

[97] Deal. T. E. & A. A. Kennedy.1999. *The new corporate cultures：Revitalizing the workplace after downsizing, merger, and reengineering.* New York：Basic Books.p.195.

[98] 鄭端文：〈服務三十多年的資深同仁以烏鴉自許臨別贈言：迎接新世紀巨浪，《聯合報》勞資均應省思〉，《聯工月刊》第 136 期，民國 88 年 11 月，第 5 版

第七章：結　論

　　企業文化的塑造必須出於真誠，試圖營造假象的企業注定是要失敗的。企業要追求長壽，成為百年老店，企業文化就要講究「誠」、「信」、「義」。企業如人，當企業在商業倫理上做出正確選擇並恆久堅持，進而取得連續的商業成功後，企業文化就可以神化了。但是，「遵循市場法則逐利」及依靠企業文化來指導企業的「逐利行為」，是企業的「實話」；因而欲將社會道德內化為企業道德，則是企業文化的「神話」。[1]

　　民國四十年九月十六日臺灣三家小報社為維持生計，不得不聯合發行《聯合版》。慘澹經營十二年後，易名為《聯合報》的這家民營報新銳開始珍視自己的歷史，著手編印社刊以記錄成長年輪，向員工定期灌輸宣導守成不易的故事與責任感。《聯合報》創刊四十年後，從原本一家日報衍生成的關係企業終於躍居全球第一大中文報系，寫下一群報業老兵同心合力創業有成的傳奇，於是創辦人王惕吾本於「聯合報精神」不斷開創成功紀錄的自信，開始總結心得，並倡導「正派辦報」理念，希望能將勞資共同締造的傳奇，昇華為不朽的報業神話。

　　慶祝創刊五十週年時，《聯合報》總社圍籬上掛出了醒目看板，寫著鏗鏘有力的十個大字：「正派永傳承，創新跨世紀。」展示承先啟後的信念與決心。

　　英國《經濟學人》雜誌於二〇〇四年底指出，目前全球將要交棒

---

[1]　王吉鵬：《企業文化的 39 個細節》，北京，中國發展出版社，2005 年 7 月，頁 48-50。

的家族企業比以往任何時候都多，因為二次大戰後的十五年左右創立
了一批新的家族企業，近幾年將是他們必須交棒的高峰。[2]其內容雖非
針對《聯合報》而發，但對照王惕吾自王永慶退股後才真正掌握實權，
將報社改制為王家擁有的家族企業時，亦剛好符合二戰結束十五年左
右的時點，及其長孫王文杉於民國九十年十一月接任《聯合報》社長
的安排觀之，整個報系的成長及面臨的再造考驗，在許多方面呈現的
特色，幾乎都與針對企業文化如何形成與傳承的研究發現契合。

　　軍旅生涯對王惕吾的經營理念影響甚巨，諸如重視組織、決策的
貫徹、效率的考核、整體力量的結合，甚至將戰略原理與管理理念交
互運用。[3]他認為聯合報系的特質有四：一、聯合報系是投資再投資發
展而成的；二、聯合報系是社會公器多元化的發展；三、聯合報系是
正派經營的企業；四、聯合報系是代表全中國人意願與福祉的文化事
業。[4]

　　分析聯合報系成功崛起因素，首先無可忽略的便是《聯合報》肇
始於特殊的時空背景。蓋臺澎金馬地區長期戒嚴採行之報禁政策，相
對保障了包括《聯合報》在內的幾家老報共享的既有地盤，在朝野必
須矢志擁護反共國策的政經框架內，勉強建構了有限度的競爭生態。
但報禁造成的市場安定，絕非確保《聯合報》得以成長茁壯的唯一因
素，其核心動力，實源自王惕吾這位「中文報業王國」的創業帝王，

---

[2]　劉建強、邊杰：《中國式繼承》，北京，中信出版社，2005 年 5 月，頁 3。

[3]　彭明輝：《中文報業王國的興起：王惕吾與聯合報系》，板橋，稻鄉出版
　　社，民國 90 年 10 月，頁 226。

[4]　王惕吾：《我與新聞事業》，臺北，聯經出版公司，民國 80 年 9 月，頁
　　32-39。

早年充份發揮了軍人吃苦耐勞、身先士卒的奮戰精神，又以其過人的識見和謀略，逐步打造並實踐了個人追求的企業目標。

而關鍵中的關鍵，則係惕老以其信奉不渝之革命情操，結合了與諸多「創報有功」的老幹部們共同信守的道義與情感，不斷創新奮進，並在其逐步站穩發行市場之後，毅然確立了「進步再進步，投資再投資」、「鍋子裡有，碗裡面就一定有」、「你們對我好，我就對你們好」等等前瞻性經營哲學思維，和有容乃大，寬厚為懷，力求勞資雙方共享共治的企業文化典範。

雖然報社規模逐步擴大之後，日趨臃腫的官僚系統和人事包袱同步增生糾葛難斷的新問題，但託庇於長期業務營收良好的條件，每一階段都能支應隨著報系膨脹所衍生的不同需求；無論在人力調度、員工福利和競爭力的表現方面，幾乎都有配套的制度和保障，因此不僅員工士氣優於同業，其企業文化展現的親和與團結，更是新聞界至今罕見其匹的楷模。

總結《聯合報》企業文化的特色，至少包括：勞資關係和諧、各種制度完備、講究輩份倫理、重視績效考核、獎勵多於懲處、團隊凝聚力特強、人情味濃厚等七項。其核心價值自以王惕吾一再重申的「正派辦報」理念為其極致。其競爭力則來自報系上上下下每天廿四小時都在努力爭取第一、爭取勝利的拼戰精神。

前述七項特色能在聯合報系成為業界稱道的口碑，實與王惕吾力主之「投資再投資，進步再進步」的經營方針互為表裡，因此，儘管報系財務從未透明公開，歷年調薪幅度與年終獎金的核定標準亦全憑高層一句話決定，但因聯合報系的各項保障已是報界頂峰，故罕見敢於挺身質疑者。此外，循序漸進和高薪挖角並行的薪給晉升制度，讓內部的競爭和摩擦降至最低的程度，尤其是報系出現新創事業時，多

由老臣排資論輩地領銜分享大權，讓偶現的不滿雜音，不識相的牢騷，自自然然地消失於眾人對創辦人的高度禮讚與服從的文化中。

《聯合報》長期高薪挖角以壟斷人才與熟手的策略是成功的，因為這些新血往往正是企業追求成長、革新與躍進所必賴的「外來者」，是採議聘方式網羅的菁英，更是高層鎖定培養的職業經理專才。

但隨著報禁開放，為因應《聯合晚報》必須立刻應戰而大量吸納勉強堪用的外來編採人員後，原有安定和諧的企業文化在行過近廿年的「發展高原期」之後，終因聯晚新人激增的量變而衍生顯著的質變衝擊，各部門冷漠、疏離、怠忽職守的負面現象，亦因官僚體系日益龐大而激增。民國八十八年十一月王效蘭於歡送優退優離同仁的感傷餐會上拭淚動作，固然感人，但更悄然揭起了其後連年業務虧損更傷痛的序幕。

王惕吾於民國七十五年九月三十五周年社慶時總結了報系事業獲得成功，是基於三個原則：第一個原則，是他自己提出的經營理念：「投資再投資，進步再進步」；第二個原則，是由社長劉昌平提出的有關言論、新聞、業務的處理原則：「獨立評論時事，客觀報導新聞，忠誠服務大眾」；第三個原則，是由副社長兼總主筆楊選堂提出的言論方針：「反共、民主、團結、進步」。[5]民國八十年九月，王惕吾復於《我與新聞事業》書中以劉、楊兩位老臣為例，說明報系傾向安定與重視倫理的人事與法規制度化的具體表徵，源自於劉、楊二人的循序漸進，「現任《聯合報》發行人劉昌平在康定路時代任總編輯，現任《聯合報》社長楊選堂在康定路時代任主筆。……我常向同仁強調，只要其能力與貢獻為同

5　阮肇彬記錄：〈董事長在聯合報三十五周年社慶典禮上的勗詞：有國家利益，才有職業利益〉《聯合報系月刊》第 46 期，民國 75 年 10 月，頁 7。

仁所共認，任何人都可以為總經理、總編輯、總主筆；為社長、為發行人。」[6]綜言之，五十多年聯合報系壯大發展過程中，實際需求、年資倫理與執行能力等三者，成為報系用人政策的最重要考量。

但是，現代報業的經營必須著重於企業化，因為不但經由企業化才能促使報紙的新聞及評論做到正確而有效率的水準，同時也唯有經由企業化，才有可能讓報紙的發行做到充份的普及與深入，擴大其影響的層面及範圍；在人事遷調方面亦不致徒重年資、輩份，而阻斷了俊秀乘時展用的適當時機，甚至讓具有潛力的人才悄悄流失而不自知。

王永慶於民國七十五年《聯合報》社慶專文中指出：聯合報系規模的持續拓展，在在顯示經營上所投注的工夫，「尤其據所了解，創辦人、賢內助對於報業機構上上下下人員向來關懷備至，極得我國傳統之『人和』條件，因此而襄助報業順利拓展，實居功厥偉。……今後除在『人和』等條件之外，實亦有待進一步加強企業化的管理，以促使報業經營發展根基益趨穩固。」[7]

「臺灣經營之神」發出之警語，顯然僅僅指出了過去報系膨脹勢必付出的代價，但尚未直指聯合報系近年業務下滑的核心因素，一為過去得以憑藉營收較佳的財力所刻意營造的「人和」優勢不再，二為無法有效改善並迎合失去官方戒嚴保護傘後「天時」優勢不再的大環境，三為未能與政經結構向本土化大幅傾斜後的現實「地利」適度地妥協。三項競存之優勢盡失，龐大報系過去隱藏的諸多問題自然暴露無遺。

---

[6] 王惕吾：《我與新聞事業》，臺北，聯經出版公司，民國 80 年 9 月，頁80。

[7] 王永慶：〈賀聯合報創刊三十五週年〉，《聯合報系月刊》第 45 期，民國75 年 9 月，頁 71。

　　王惕吾生前曾期勉員工如何能把「文化財」轉變為「營業財」,「要各位多動腦筋。……如有本事,都把本事拿出來,如果缺少某種人才,那就到外面去找;人家做不到的我們做得到;人家跟不上的,我們更擴大領先的差距,這才是正能立於不敗之地的作法。」[8]但是一旦大環境與基本面轉壞,再有創意也不易立刻翻身。於是外界看到的全是王家第二、三代放下過去標榜仁義、忠厚、人本的企業文化,面對問題屬行精簡改造政策,於是勞資世代交替之間,難免摩擦衝撞;但總的來看,《聯合報》的經營理念及其企業文化,畢竟還是王惕吾奮鬥一生所留給社會的可敬遺產。

　　民國八十五年十二月,王必成在主管聯合工作會報中,除感謝同仁的體諒與配合,使得人員和經費節約有成,充分表現了勞資一體、報系一家的精神,並針對外傳《聯合報》要賣的耳語再度鄭重說明:「這是汙衊我們,打擊我們,絕對是無中生有。我們是一家龐大的報業集團,有歷史地位,有廣大的讀者群,而且經營情況良好,為什麼要賣掉?誰又敢說要賣掉?任何人如果有這樣的念頭,怎麼對得起其他五千位同仁?又怎麼對得起創辦人的在天之靈?」[9]

　　民國八十八年十一月廿日,王必成再次澄清:「外面又有謠傳我們要賣掉《聯合報》。這根本是無稽之談,不值一駁。到目前為止,沒有任何一位同仁來向我建議賣掉《聯合報》,如果我們辦報真是唯利是圖的話,又何必來經營報社這種利潤微薄的行業,儘可去從事一

---

[8]　孫揚明:〈掌握全民文化,辦報應有開創作法:王董事長元月十三日講話〉,《聯合報系月刊》第 122 期,民國 82 年 2 月,頁 18。

[9]　編委會:〈接棒接得穩,還要跑得快:董事長八十五年年終主管聯合工作會報上講話〉,《聯合報系月刊》第 169 期,民國 86 年 1 月,頁 7,8。

些高獲利率的行業，既然我們始終堅持我們的辦報理想，就絕不可能
輕言放棄。」[10]

　　總管理處副總經理王文杉也於同年十一月廿九日工會會議中，嚴
厲駁斥新聞圈內甚囂塵上的「減薪說」。[11]否認要賣、會減薪的行動固
然十分堅定，但報系體質調整的工程仍得進行。曾自認已穩坐中文報
業龍頭地位的聯合報系，在王文杉逐步接掌經營權之後，才開始在企
業文化方面展開再造的步驟。

　　民國八十八年四月廿七日，王文杉主持報系管理才能發展訓練課
程（MTP）開訓典禮，首次針對報系預算制度、發行競爭現況、人事
升遷制度，提出了王家第二代未便啟齒的口號，以及報系新世紀的目
標就是要「找回《聯合報》第一」，包括：新聞影響力、閱讀率、廣告
量、人才、整體品質等五項，都要找回《聯合報》第一的優良傳統；
此外，還要重塑企業的新形象：朝氣、樂觀、進取、活力、互動。唯
有如此，才能使報系壯大，維持發行第一、閱讀率第一、廣告第一、
影響力第一、福利待遇第一的地位，在廿一世紀繼續維持。[12]

　　單就這一點看來，王文杉身負報系振衰起敝的重責大任，確有必
要重新建立創辦人早年披荊斬棘時的「強旺企圖心」和「第一就是第
一，第二和第一百一樣」[13]的拼戰信念。

---

[10]　編委會：〈聯合報系八十八年十一月主管聯合工作會報紀錄〉，《聯合報
　　　系月刊》第 204 期，民國 88 年 12 月，頁 110。

[11]　周恆和：〈優退優離同仁關切：王副總知無不言，駁斥減薪說〉，《聯合
　　　報系月刊》第 204 期，民國 88 年 12 月，頁 42。

[12]　教育中心整理：〈王副總：與同仁同甘共苦並肩維持聯合報第一，重塑
　　　企業形象：朝氣、樂觀、進步、活力、互動〉，《聯合報系月刊》第 197
　　　期，民國 88 年 5 月，頁 6,7,11,12。

[13]　參見：楊仁烽：〈永遠向前看的報人〉，《聯合報系月刊》第 160 期，民

　　王安嘉於民國九十二年九月十六日，出任總管理處總經理辦公室主任時指出：在決策規劃等範疇上將以「客服、研發、行銷」六字說明未來工作方向，另在目標方面則是「知識、行動、速度、真誠」八字代表，英文縮寫成 KASH（Knowledge, Action, Speed, Honesty）；強調唯有「做好 KASH 才有 CASH」。[14]

　　民國九十三年總統大選結束後，王必成以董事長身分宣達了「三個不變」與「一個追求」的經營方針：[15]第一個不變是，聯合報系永續經營的決心不變。第二個不變是，聯合報系善盡監督政府的媒體職責不變；第三個不變是，聯合報系專業精神不變，我們將以更專業的工作表現面對新局。一個追求是：以回應多元民意、服務多元社會，作為「正派辦報」的永恆追求。

　　但是，民國九十四年一至六月與去年同期相比，發行、廣告、財務三方面旗下各報依舊呈現負成長；六月一日起，在臺五報公司合併為一家公司——聯合報股份有限公司；七月廿一日，王必立於總管理處主管工作會報鄭重宣布：為有效利用有限資源來維護報系旗艦《聯合報》的運作，應成立一個「決策委員會」由各報發行人、社長、總管理處副總經理及財規處陳處長等組成，每個月開會兩次，研議如何從多賠變少賠，從少賠到平衡，不能讓惡化情形持續而不理會，「決策委員會採多數決，多數人共同的意見即是全體委員一致要肩負的責

國 85 年 4 月，頁 41。
[14] 吳仁麟：〈是的，我們的目標是 KASH：專訪總管理處辦公室主任王安嘉〉，《聯合報系月刊》第 250 期，民國 92 年 10 月，頁 7,8。
[15] 王必成：〈董事長報系主管工作會報談話：三個不變，一個追求〉，《聯合系刊》第 256 期，民國 93 年 4 月，頁 5。

任，我不希望多數的決定，最後被個人否決。」[16]

　　王必立決定成立「決策委員會」，並以「多數決」方式解決報系營運困境的重大政策走向，再度引發同業間的關注與揣測，因其不僅取代了民國八十一年二月中旬由創辦人王惕吾親自裁示成立的「九人決策諮詢委員會」的機制，更預告了報系精簡後的組織結構，未來仍有進一步縮編的可能。[17]

　　儘管報業經營的大環境不容樂觀，但王文杉依舊表達了破繭重生後的全新願景。他認為，過去幾年來報系持續在「品牌行銷」、「報系資源整合」、「運用資訊科技」這三大策略性工作上，都有了紮實具體的成績，都是協助聯合報系作未來轉型的重要基礎工程，就好像蓋大樓打地基一樣，穩固的核心資產與能耐，都將協助聯合報系邁向下一個發展進程。王文杉預言：「未來的聯合報系除了是 news media group（新聞媒體集團），更會是一個 new media group（新媒體集團）。」[18]

---

[16]　編委會：〈總管理處主管工作會報會議紀錄（二）：報系決成立「決策委員會」〉，《聯合系刊》第 272 期，民國 94 年 8 月，頁 6。

[17]　業界認為，王必立的政策似有意為王氏家族成員發生重大歧見時，預立一個息爭止紛的機制。近六年來，臺北報界即風聞聯合報系頗有可能迫於連年賠累，先關掉《聯合晚報》，再停掉《民生報》；至於《星報》和《可樂報》的存續與否則已無關宏旨，最後可能退回到民國 60 年總社初遷忠孝東路四段時，僅憑《聯合報》與《經濟日報》維持運作的局面。為因應《蘋果日報》宣布自民國 94 年 9 月 1 日起調派售價為一份十五元，自同月 16 日起，開始試行買《聯合報》送《星報》的新對策。而傳言中最令人驚訝的則是同處賠累困境的中時報系為了生存利益，可能與聯合報系只合辦一份晚報；唯此一傳聞於民國 94 年 9 月中旬經 TVBS 新聞臺播出後，立即被兩報鄭重否認。其後，《中晚》於 94 年 11 月 1 日停刊。

[18]　王文杉：〈是 news 還是 paper？〉，《聯合系刊》第 271 期，民國 94 年 7 月，頁 7。

　　聯合報系歷經王家三代的接棒經營，無論是編輯政策、辦報風格、報系結構和家族成員等等各方面的評價，可謂眾說紛紜，言人人殊。王惕吾在世時固然享有報老闆的榮華富貴，但每天要應付的事情，絕非其孫女王安嘉剛回國時所言，只要每一季為洽購進口的印報用紙操煩而已。聯合報系頗像一株參天巨樹「世界爺」，眾人等不及巨樹完全倒下才去丈量，因為新聞傳媒的表現無不動見觀瞻，譽之所在，謗亦隨之，傳媒主持者毀譽交錯之間，豈能絲毫無動於衷。但是，一個原本沒讀過什麼書的老兵、一個不夠完美的王惕吾，畢竟交出了他的人生成績單，憑藉「聯合報精神」延伸而成的企業文化，養活了數萬報系員工及其家屬，也為自己鏤刻了「正派辦報」的碑銘。如果，王惕吾還不算是「人物」的話，那麼，那些未能完卷即匆匆謝幕的大亨們，又能以何種身段，冷對千古批判？

　　歷經裁員、精簡、合併等重大決策考驗之後，《聯合報》權力核心猶能以遠景自勵，的確令人寬慰。唯若這些語言一旦無法長期遮掩龐大報系由盛轉衰，回歸原點的窘態，其後，無論主其事者為改造企業釋出「我將再起」抑或「我將暫歇」的政策性宣示，海內外廣大華文報刊市場及其讀者都將屏息以待，因為，如果連《聯合報》這樣體質的報社都被迫倒閉，那肯定是一個現代化國家和社會的重大損失。吾人似可預斷：如果《聯合報》未來被迫結束，那麼，王必成企圖信守的「三個不變」與「一個追求」將是最貼切的企業改造未竟全功的墓誌銘；而由王惕吾與員工同心奠基耕耘，由第二代接棒守成，及第三代力拼圖存的企業文化及其精神，亦將成為中國報業史上不朽的史詩。

參考書目

中文部份

（按出版時序排列）

書籍

中華民國人事錄編纂委員會編印（1953）：《中華民國人事錄》，臺北，民國 42 年 12 月。

于　衡（1971）：《聯合報二十年》，臺北，聯合報社，民國 60 年 9 月。

林莉倫（1973）：《醜陋的新聞界》，臺北，將軍出版公司，民國 62 年 10 月。

（1974）《醜陋的新聞界》續集，臺北，將軍出版公司，民國 63 年 6 月。

雷　震（1977）：《雷震回憶錄：我的母親續篇》，臺北，作者自印，1977 年 10 月。

徐桂華（1979）：《給中國時報把脈》，臺北，作者自印，民國 68 年 1 月。

劉紹唐主編（1980）：《卜少夫這個人》，臺北，遠景出版公司，民國 69 年 6 月。

（1982）：《卜少夫這個人》續集（2），臺北，遠景出版公司，民國 71 年 12 月。

民族晚報社編印（1980）：《民族晚報創刊 30 週年特刊：風雨如晦 30 年》，臺北，民國 69 年 12 月。

王惕吾（1981）：《聯合報三十年的發展》，臺北，聯合報社，民國 70 年 9 月。

（1991）：《我與新聞事業》，臺北，聯經出版公司，民國 80 年 9 月。

金仲達編（1982）：《野馬停蹄：司馬桑敦紀念文集》，臺北，爾雅出版社，民國 71 年 5 月。

黃宏義譯（1983）：《企業文化》，臺北，長河出版社，民國 72 年 11 月。

江　玲譯（1984）：《塑造企業文化》，臺北，經濟與生活出版公司，1984 年 1 月。

江　南（1984）:《蔣經國傳》,美國加州蒙貝羅,美國論壇報社,1984年9月。

沈宗琳（1986）:《凡而不俗一甲子》,臺北,小雅出版社,民國75年3月。

于　曉、陳維綱等譯（1987）:《新教倫理與資本主義精神》,北京,三聯書店,1987年12月。

楊國樞、曾仕強主編（1988）:《中國人的管理觀》,臺北,桂冠圖書公司,1988年3月。

劉一民（1989）:《記者生涯三十年》,臺北,傳記文學雜誌社,民國78年11月。

鄒　郎（1989）:《當代報閥王惕吾歪傳》,臺北,新聞透視出版社1989年。

王永慶（1989）:《王永慶談中國式管理:經營理念、管理哲學、工業發展》,臺北,遠流出版公司,1989年9月。

民眾日報社史編纂委員會編（1990）:《民眾日報四十年史》,高雄,民眾日報社,民國79年9月。

石　銳譯（1990）:《人力資源管理:工業心理學與人事管理》,臺北,臺華工商圖書公司,民國79年10月。

鄭傑光譯（1991）:《企業文化:成功的次級文化》,臺北,桂冠圖書公司,1991年6月。

羅長海（1991）:《企業文化學》,北京,中國人民大學出版社,1991年6月。

張作錦主編（1992）:《一同走過來時路》,臺北,聯經出版公司,民國80年9月。

高信疆主編（1992）:《現在他是一顆星:懷念詩人保羅・安格爾》,臺北,時報文化公司,民國81年4月。

習賢德（1992）:《臺灣新聞事業問題解析》,臺北,文展出版社,民國81年10月。

呂秋文等編（1992）:《東陽同鄉會會員通訊錄》,臺北,臺北市東陽同鄉會,民國81年12月。

夏曉華（1993）:《種樹的人》,臺北,作者家屬自印,民國82年3月。

林笑峰（1993）:《記者生涯四十年》,臺北,文雲出版社,民國82年7月。

聯合報董事會編（1993）:《聯合報、經濟日報、民生報常務董事會會議紀錄（66~70年）》,臺北,聯合報社,民國82年12月。

《聯合報、經濟日報、民生報常務董事會會議紀錄（71~73 年）》，臺北，
聯合報社，民國 82 年 12 月。

《聯合報、經濟日報、民生報常務董事會會議紀錄（74~76 年）》，臺北，
聯合報社，民國 82 年 12 月。

《聯合報、經濟日報、民生報、聯合晚報常務董事會會議紀錄（77~82
年）》，臺北，聯合報社，民國 82 年 10 月。

黃嘉樹（1994）:《國民黨在臺灣（1945-1988）》，臺北，大秦出版公司，
1994 年 1 月。

王麗美（1994）:《報人王惕吾：聯合報的故事》，臺北，文雲出版公司，
1994 年 8 月 1 版 3 刷。

李雲漢、劉維開編（1994）:《中國國民黨職名錄》，臺北，中國國民黨
中央委員會黨史委員會，民國 83 年 11 月。

臺北律師公會編印（1995）:《臺北律師公會會員名錄》，民國 84 年 9
月。

方美智譯（1996）:《超越管理迷思：重新探索管理真諦》，臺北，天下
文化出版公司，1996 年 5 月。

聯合報系創辦人王惕吾先生紀念集編輯委員會編印（1997）:《王惕吾先
生紀念集》，臺北，民國 86 年 3 月。

經濟日報編印（1997）:《經濟日報三十年》，臺北，經濟日報社，民國
86 年 4 月。

呂家明（1997）:《黎智英傳說》，臺北，遠景出版公司，1997 年 10 月。

夏有恆（1998）:《新角色：企業文化人》，長春，吉林人民出版社，1998
年 1 月。

中華民國發行公信會編印（1998）:《打開發行量的黑盒子：發行量稽核
概念導論》，臺北，中華民國發行公信會，1998 年 9 月。

戴獨行（1998）:《白色角落》，臺北，人間出版社，1998 年 10 月。

余紀忠（1999）:《信念與秉持》，臺北，中國時報社，民國 88 年 4 月。

葉匡時（1999）:《總經理的內衣：透視管理的本質》，臺北，聯經出版
公司，1999 年 5 月。

余凱成等編著（1999）:《人力資源管理》，大連，大連理工大學出版社，
1999 年 7 月。

薛迪安譯（1999）:《以人為本的企業：企業再造的關鍵因素》，臺北，
智庫公司，1999 年 9 月。

樂為良、董育群譯（2000）:《預約 2050 年：未來企業致勝的七大謀略》，
臺北，美商麥格羅‧希爾國際股份有限公司臺灣分公司，2000 年 1

月。

續伯雄輯註（2000）：《臺灣媒體變遷見證：歐陽醇信函日記（1967-1996）》（上、下），臺北，時英出版社，2000 年 10 月。

黃肇松等編（2000）：《中國時報五十年社慶專刊》，臺北，中國時報社，民國 89 年 12 月。

余凱成、程文文、陳維政編著（2001）：《人力資源管理》，大連，大連理工大學出版社，2001 年 4 月。

嘉新兆福文化基金會編印（2001）：《嘉新兆福文化基金會四十年》，臺北，2001 年 8 月。

曾仕強（2001）：《中國式管理：具有華人特色的管理學》，臺北新店，百順資訊管理顧問公司，2001 年 8 月。

楊選堂總編撰（2001）：《聯合報五十年（民國四十年至九十年）》，臺北，聯合報社，民國 90 年 9 月。

彭明輝（2001）：《中文報業王國的興起：王惕吾與聯合報系》，臺北板橋，稻鄉出版社，民國 90 年 10 月。

羊汝德（2002）：《西窗舊話：新聞生涯四十年》，臺北，尚書文化公司，2002 年 1 月。

劉光明編著（2002）：《企業文化》，北京，經濟管理出版社，2002 年 3 月。

梁　　卿譯（2002）：《家族企業戰略計劃》，北京，中信出版社，2002 年 6 月。

陳　　炎、許曉暉譯（2003）：《家族力量》，杭州，浙江人民出版社，2003 年 7 月。

方漢奇、陳昌鳳主編（2002）：《正在發生的歷史：中國當代新聞事業》（上、下），福州，福建人民出版社，2002 年 7 月。

杜承平策劃（2002）：《人才的搖籃：浙江省東陽中學（1912-2002）》，浙江東陽，東陽中學慶祝建校九十週年籌備委員會，2002 年 9 月。

葉邦宗（2002）：《蔣介石秘史：我在官邸的日子及一段遭到留白的歷史》，臺北板橋，四方書城公司，2002 年 10 月。

（2004）：《報皇王惕吾：蔣介石門生、我的長官、隱瞞的四十年》，臺北板橋，四方書城公司，2004 年 9 月。

李宗慈（2002）：《吳漫沙的風與月》，臺北板橋，臺北縣政府文化局，民國 91 年 10 月。

郭躍進主編（2003）：《家族企業經營管理》，北京，中國人民大學出版社，2003 年 1 月。

中國時報創辦人余紀忠先生紀念集編輯委員會編（2003）：《余紀忠先生
　　紀念集》，臺北，中國時報社，民國 92 年 4 月。

華　銳（2003）：《企業文化教程》，北京，企業管理出版社，2003 年 6
　　月。

孫玉勝（2003）：《十年：從改變電視的語態開始》，北京，三聯書店，
　　2003 年 8 月。

周宏濤口述、汪士淳撰寫（2003）：《蔣公與我：見證中華民國關鍵變局》，
　　臺北，天下遠見文化公司，2003 年 9 月。

李厚壯、張聯祺等譯（2003）：《王昇與國民黨：反革命運動在中國》，
　　臺北，時英出版社，2003 年 9 月。

李田樹、李芳齡譯（2003）：《優秀的承諾》，北京，中信出版社，2003
　　年 9 月。

申　望編著（2003）：《企業文化實務與成功案例》，北京，民主與建設
　　出版社，2003 年 10 月。

公茂虹、李　汀譯（2004）：《解放企業的心靈：企業文化評估及價值轉
　　換工具》，北京，新華出版社，2004 年 3 月。

羅爭玉（2004）：《企業的文化管理》，廣州，廣東經濟出版社，2004 年
　　1 月。

支曉強、蔣順才（2004）：《企業激勵制度》，北京，中國人民大學出版
　　社，2004 年 4 月。

郭武文、馬風濤、王慶華譯（2004）：《打造新一代繼承人：家族公司持
　　續經營指南》，北京，中國財政經濟出版社，2004 年 5 月。

楊兆景（2004）：《無冕王 8 旦：一名資深證券記者的自省告白》，臺北，
　　酒客雜誌社股份有限公司，2004 年 5 月。

郝繼濤譯（2004）：《企業文化生存指南》，北京，機械工業出版社，2004
　　年 5 月。

王景弘（2004）：《慣看秋月春風：一個臺灣記者的回顧》，臺北，前衛
　　出版社，2004 年 7 月。

郭梓林（2004）：《隱規則：企業中的真實對局》，北京，朝華出版社，
　　2004 年 7 月

石　偉主編（2004）：《組織文化》，上海，復旦大學出版社，2004 年 8
　　月。

廉曉紅等譯（2004）：《承諾：企業願景與價值管理》，北京，中信出版
　　社，2004 年 8 月。

強以華（2004）：《企業：文化與價值》，北京，中國社會科學出版社，

2004 年 9 月。

李曉濤譯（2004）：《企業文化與經營業績》，北京，中國人民大學出版社，2004 年 10 月。

付文閣（2004）：《中國家族企業面臨的緊要問題》，北京，經濟日報出版社，2004 年 10 月。

中國企業文化研究會編（2004）：《中國企業文化年鑒（2004）》，北京，中國大百科全書出版社，2004 年 10 月。

北京新華信商業風險管理有限責任公司譯校（2004）：《危機管理》，北京，中國人民大學出版社，2004 年 11 月。

姜亞麗等編著（2004）：《三星：第一主義》，北京，中信出版社，2004 年 11 月。

南方都市報編（2004）：《八年》，廣州，南方日報出版社，2004 年 12 月。

曹建海譯（2005）：《轉型：用對策略，做對事》，北京，中信出版社，2005 年 1 月。

張雲紅編著（2005）：《完美執行之最佳企業文化》，北京，中國時代經濟出版社，2005 年 1 月。

楊　婕編著（2005）：《接班人計劃》，北京，中國紡織出版社，2005 年 1 月。

楊偉民編著（2005）：《布道：現代企業的文化使命》，北京，中國經濟出版社，2005 年 1 月。

常智山編著（2005）：《塑造企業文化的 12 大方略》，北京，中國紡織出版社，2005 年 1 月。

蘇啟林（2005）：《家族企業》，北京，經濟科學出版社，2005 年 2 月。

葉　生、陳育輝、吳傲冰編著（2005）：《重塑：企業文化培訓手冊》，北京，機械工業出版社，2005 年 4 月。

王吉鵬主編　（2005）：《企業文化理念體系構建實務》，北京，中央編譯出版社，2005 年 2 月。

閆　琦主編　（2005）：《三聯生活周刊十年》，北京，三聯書店，2005 年 3 月。

趙國浩等著（2005）：《企業核心競爭力理論與實務》，北京，機械工業出版社，2005 年 4 月。

郭咸綱（2005）：《G 管理模式‧12 個子模式：企業文化擴張模式》，北京，清華大學出版社，2005 年 4 月。

　　《G 管理模式‧12 個子模式：企業全面再造模式》，北京，清華大

學出版社，2005 年 4 月。

王吉鵬（2005）：《企業文化建設：釐定企業文化落地的方法和路徑》，北京，中國發展出版社，2005 年 5 月。

《企業文化的 39 個細節》，北京，中國發展出版社，2005 年 7 月。

劉建強、邊　杰（2005）：《中國式繼承》，北京，中信出版公司，2005 年 5 月。

張圭陽（2005）：《金庸與明報傳奇》，臺北，允晨文化公司，2005 年 6 月。

余世雄（2005）：《企業變革與文化》，北京，北京大學出版社，2005 年 6 月。

何鳳池（2005）：《何鳳池回憶錄：新聞工作四十年》，臺北林口，作者自印，民國 94 年 6 月。

崔保國主編（2005）：《2004-2005 年：中國傳媒產業發展報告》，北京，社會科學文獻出版社，2005 年 7 月。

朱成全主編（2005）：《企業文化概論》，大連，東北財經大學出版社，2005 年 8 月。

鹿　荷（2005）：《金石之言：杜拉克談現代管理》，上海，上海遠東出版社，2005 年 8 月。

黃升民、周　艷、何晗冰主編：（2005）：《中國電視媒體產業經營新動向》，北京，中國傳媒大學出版社，2005 年 10 月。

學術論文

徐永昌：《企業願景、企業文化、員工生涯發展與組織承諾之關係研究：以臺灣製造業為例》，國立成功大學企業管理研究所碩士論文，民國 89 年 6 月。

高郁雅：《國民黨新聞宣傳與戰後中國政局變動》，國立臺灣大學歷史研究所博士論文，民國 91 年 1 月。

楊慧華：《企業文化、企業願景、經營策略與經營績效之關係研究：以臺灣國際觀光旅館為實證》，國立成功大學企業管理研究所碩士論文，民國 91 年 5 月。

張世雄：《員工對報社採用企業內網路之態度與使用行為之研究：以聯合報聯 8 達為例》，國立中山大學傳播管理研究所碩士論文，民國 91 年 7 月。

張彥清：《華視再造關鍵成功因素之研究》，國立中山大學傳播管理研究所碩士論文，民國 93 年 1 月。

徐筱薇：《戰後臺灣現代主義思潮之出發：以《自由中國》、《文學雜誌》為分析場域》，國立成功大學臺灣文學研究所碩士論文，民國 93 年 6 月。

陳永富：《聯合報系地方記者工作價值觀與組織承諾關係之研究》，銘傳大學傳播管理研究所在職專班碩士論文，民國 93 年 6 月。

吳　克：《結構化、共同演化與策略聯盟穩定性之研究：臺灣半導體業之實證》，國立臺北大學企業管理學系博士論文，民國 94 年 2 月。

報紙期刊及短篇論述

王惕吾：〈我們要時時互相磨礪〉，《聯合報社務月刊》第 1 期，民國 52 年 1 月。

〈本年度可貴的成就〉，《聯合報系月刊》第 21 期，民國 73 年 9 月。

〈「聯合報精神」與《聯合報》企業文化〉，《聯合報系月刊》第 101 期，民國 80 年 5 月。

編委會：〈社務會議紀錄〉，《聯合報社務月刊》第 5 期，民國 52 年 5 月。

〈採訪通訊業務月報〉，《聯合報社務月刊》第 5 期，民國 52 年 5 月。

〈五十三年：本報一年大事記〉，《聯合報社務月刊》第 25 期，民國 54 年 1 月。

〈總人字二號人事組通告〉，《聯合報社務月刊》第 27 期，民國 54 年 3 月。

〈丁副總編輯借聘菲律賓，協助《新聞日報》復興工作〉，《聯合報社務月刊》第 29 期，民國 54 年 5 月。

〈社務會議紀錄〉，《聯合報社務月刊》第 32 期，民國 54 年 8 月。

〈風雲人物〉，《聯合報社務月刊》第 37 期，民國 55 年 1 月。

〈社務會議記錄〉，《聯合報社務月刊》第 39 期，民國 55 年 3 月。

〈輕鬆面：員工生活花絮〉，《聯合報社務月刊》第 46 期，民國 55 年 11 月。

〈本報企業精神受挑戰：記取廣告組一項錯誤的教訓〉，《聯合報社務月刊》第 91 期，民國 60 年 2 月。

〈人事室通知〉，《聯合報社務月刊》第 100 期合刊，民國 60 年 12 月。

〈革新小組通告〉，《聯合報社務月刊》第 101 期，民國 61 年 1 月。

〈民國六十一年六月份工作會報紀錄：王發行人綜合結論及范社長補充提示〉,《聯合報社務月刊》第 106,107 期合刊,民國 61 年 7 月。

〈民國六十一年八月份工作會報紀錄：王發行人綜合結論〉,《聯合報社務月刊》第 108 期,民國 61 年 8 月。

「聯合報模範記者推選與獎勵辦法」,《聯合報社務月刊》第 108 期,民國 61 年 8 月。

〈聯合報、經濟日報臨時聯合工作會報〉,《聯合報社務月刊》第 117 期,民國 62 年 5 月。

〈聯合報六十二年六、七月升遷調聘人員名單〉,《聯合報社務月刊》第 119 期,民國 62 年 7 月。

〈人事室通知：六十三年三月份升遷調聘人員名單〉,《聯合報社務月刊》第 127 期,民國 63 年 3 月。

〈聯合報、經濟日報十一月份聯合工作會報紀錄〉,《聯合報社務月刊》第 135 期,民國 63 年 11 月。

〈聯合報、經濟日報聯合工作會報紀錄：主席劉社長綜合結論〉,《聯合報社務月刊》第 141 期,民國 64 年 5 月。

〈人事室通知：六十五年十二月份升遷調聘人員名單〉,《聯合報系月刊》第 156 期,民國 66 年 2 月。

〈聯合報、經濟日報聯合工作會報紀錄：主席王董事長綜合指示〉,《聯合報社務月刊》第 158 期,民國 66 年 5 月。

〈聯合報、經濟日報四月份聯合工作會報：吳特別助理博全致詞〉,《聯合報社務月刊》第 160 期,民國 66 年 7 月。

〈聯合報、經濟日報聯合工作會報紀錄：主席王董事長指示〉,《聯合報社務月刊》第 162 期,民國 66 年 9 月。

〈採訪組七月份新聞採訪獎：胡英牧、習賢德特等獎〉,《聯合報社務月刊》第 175 期,民國 67 年 9 月。

〈周金章文而優則仕,董事長頒贈紀念金牌〉,《聯合報社務月刊》第 166 期,民國 68 年 2 月。

〈人事室通知：六十八年十一月份升遷調聘人員名單〉,《聯合報社務月刊》第 188 期,民國 68 年 3 月。

〈人事通知：六十八年八月份升遷調聘人員名單〉,《聯合報社務月刊》第 184,185 期合刊,民國 68 年 9 月。

〈提高水準,充實內容：董事長在新春編採會議講話〉,《聯合報社務月刊》第 190 期,民國 69 年 2,3 月。

〈聯合報關係企業主管聯合工作會報九月份紀錄：主席王董事長綜合指

示〉,《聯合報社務月刊》第 195 期,民國 69 年 10 月。

〈聯合報系主管聯合工作會報紀錄:主席王董事長綜合指示〉《聯合報社務月刊》第 207 期,民國 71 年 3 月。

〈聯合報系主管聯合工作會報紀錄:主席王董事長綜合指示〉,《聯合報社務月刊》第 208 期,民國 71 年 6 月。

〈人事室啟事:聯合報酬勞員工股息分配辦法〉,《聯合報社務月刊》第 209 期,民國 71 年 7 月。

〈聯合報系八月份主管聯合工作會報紀錄:《聯合報》總編輯趙玉明報告版面調整經過〉,《聯合報系月刊》第 9 期,民國 72 年 9 月。

〈系刊一年〉,《聯合報系月刊》第 13 期,民國 73 年 1 月。

〈董事長指示:聯合報系六月份主管聯合工作會報紀錄〉,《聯合報系月刊》第 19 期,民國 73 年 7 月。

〈中華民國報業界的傑出第二代:王效蘭的天空〉(轉載自六月號《華視新聞雜誌》),《聯合報系月刊》第 19 期,民國 73 年 7 月。

「駁斥《美洲中國時報》不實報導的聲明」,《聯合報系月刊》第 19 期,民國 73 年 7 月。

〈《聯合報》兩次發紀念獎金〉,《聯合報系月刊》第 20 期,民國 73 年 8 月。

〈董事長指示:七十三年九月份聯合報系主管聯合工作會報紀錄〉,《聯合報系月刊》第 22 期,民國 73 年 10 月。

〈董事長指示:七十四年三月份聯合報系主管聯合工作會報紀錄〉,《聯合報系月刊》第 28 期,民國 74 年 4 月。

〈董事長指示:七十四年九月份聯合報系主管聯合工作會報紀錄〉,《聯合報系月刊》第 34 期,民國 74 年 10 月。

〈董事長指示:七十四年十月份聯合報系主管聯合工作會報紀錄〉,《聯合報系月刊》第 35 期,民國 74 年 11 月。

〈董事長指示:七十四年十一月份聯合報系主管聯合工作會報紀錄〉,《聯合報系月刊》第 36 期,民國 74 年 12 月。

〈董事長指示:七十四年十二月份聯合報系主管聯合工作會報紀錄〉,《聯合報系月刊》第 37 期,民國 75 年 1 月。

〈系刊三年的期望:如師如友,我寫我心〉,《聯合報系月刊》第 37 期,民國 75 年 1 月。

〈董事長指示:七十五年四月份聯合報系主管聯合工作會報〉,《聯合報系月刊》第 41 期,民國 75 年 5 月。

〈系刊重要啟事〉,《聯合報系月刊》第 41 期,民國 75 年 5 月。

〈維護國本，服務讀者：十月廿日董事長在主管工作會報上的講話〉，《聯合報系月刊》第 47 期，民國 75 年 11 月。

〈董事長在十二月份報系主管工作會報上講話：高樓平地起，有志竟成！〉，《聯合報系月刊》第 49 期，民國 76 年 1 月。

〈人事室通知〉，《聯合報系月刊》第 53 期，民國 76 年 5 月。

〈人事室通知：聯合報社七十六年九月份人事異動名單〉，《聯合系月刊》第 58 期，民國 76 年 10 月。

〈七十八年三月份聯合報系主管工作會報紀錄〉，《聯合報系月刊》第 76 期，民國 78 年 4 月。

〈經濟日報七十八年六月份人事動態名單〉，《聯合報系月刊》第 79 期，民國 78 年 7 月。

〈董事長在聯合報系元月份主管工作會報上講話：樹立新觀念，適應新環境〉，《聯合報系月刊》第 86 期，民國 79 年 2 月。

〈董事長在聯合報系五月份主管工作會報上講話：調適觀念因應社會形勢發展，善盡言責發揮中流砥柱功能〉，《聯合報系月刊》第 90 期，民國 79 年 6 月。

〈專家辦報、適才適所、分工合作、分層負責：報系重要人事調整，突破家族經營格局〉，《聯合報系月刊》第 159 期，民國 79 年 9 月。

〈闡揚正確理念，善盡報人職責〉，《聯合報系月刊》第 94 期，民國 79 年 10 月。

〈徵求報系系歌歌詞〉及〈「一同走過來時路」同仁文集徵稿〉兩則啟事，《聯合報系月刊》第 97 期，民國 80 年 1 月。

〈人事室通知：「聯合報八十年四月份人事動態名單」〉，《聯合報系月刊》第 100 期，民國 80 年 4 月。

〈人事室通知：「民生報八十年四月份人事動態名單」〉，《聯合報系月刊》第 101 期，民國 80 年 5 月。

〈五點結合，一起努力：董事長在報系九月份主管工作會報上講話〉，《聯合報系月刊》第 106 期，民國 80 年 10 月。

〈聯合報系二月份主管聯合工作會報紀錄：《聯合報》劉發行人講話〉，《聯合報系月刊》第 111 期，民國 81 年 3 月。

〈聯合報系六月份主管聯合工作會報紀錄：《聯合報》劉發行人講話〉，《聯合報系月刊》第 115 期，民國 81 年 7 月。

〈聯合報系十月份主管工作會報：《聯合報》劉發行人講話〉，《聯合報系月刊》第 119 期，民國 81 年 11 月。

〈歷史會評鑑這場風波：聯合報系總管理處給報系全體同仁的公開

信〉,《聯合報系月刊》第 120 期,民國 81 年 12 月。

〈特載「聯合報敬致讀者書」:關於李瑞環談話新聞引起的風波〉,《聯合報系月刊》第 121 期,民國 82 年 1 月。

〈聯合報、經濟日報、民生報、聯合晚報常務董事會重要指示及決議事項摘要〉,《聯合報系月刊》第 127 期,民國 82 年 7 月。

〈用「同一把尺」來測量兩岸政治、社會制度;董事長:無我、無他,《聯合報》是正派辦報的民營報紙:對新進編採人員的一席話〉,《聯合報系月刊》第 128 期,民國 82 年 8 月。

〈聯合報系總管理處組織規程〉,《聯合報系月刊》第 128 期,民國 82 年 8 月。

〈聯合報系董事長王惕吾宣布退休改任創辦人,期勉同仁:奉獻國家、回饋社會、光大民族〉,《聯合報系月刊》第 130 期,民國 82 年 10 月。

〈聯合報系主管聯合工作會報紀錄:王必成董事長講話〉,《聯合報系月刊》第 130 期,民國 82 年 10 月。

〈聯合報系主管聯合工作會報紀錄:董事長講話〉,《聯合報系月刊》第 139 期,民國 83 年 7 月。

〈聯合報系總管理處主管工作會報會議紀錄(八)〉,《聯合報系月刊》第 140 期,民國 83 年 8 月。

〈董事長指示:聯合報、經濟日報、民生報、聯合晚報常務董事會八十三年第七次會議紀錄〉,《聯合報系月刊》第 142 期,民國 83 年 10 月。

〈聯合報系總管理處主管工作會報會議紀錄(七)〉,《聯合報系月刊》第 149 期,民國 84 年 5 月。

〈聯合報系八十四年六月份主管聯合工作會報紀錄:《聯合報》總編輯張逸東工作報告〉,《聯合報系月刊》第 151 期,民國 84 年 7 月。

〈董事長指示:聯合報、經濟日報、民生報、聯合晚報股份有限公司常務董事會八十四年第十二次會議紀錄〉,《聯合報系月刊》第 157 期,民國 85 年 1 月。

〈聯合報系同仁祭王惕吾先生文〉,《聯合報系月刊》第 159 期,民國 85 年 3 月。

〈唁電及唁函:余英時、陳淑平致必成、必立、效蘭、友蘭、惠蘭兄妹函〉,《聯合報系月刊》第 159 期,民國 85 年 3 月。

〈創辦人期勉維持「聯合報精神」〉,《聯合報系月刊》第 160 期,民國 85 年 4 月。

〈聯合報、經濟日報、民生報、聯合晚報股份有限公司常務董事會八十
　五年第四次會議紀錄〉,《聯合報系月刊》第 160 期,民國 85 年 4
　月。

〈聯合報系總管理處主管工作會報會議紀錄（十）〉,《聯合報系月刊》
　第 166 期,民國 85 年 10 月。

〈聯合報系八十五年十一月份主管聯合工作會報紀錄：董事長講話〉,
　《聯合報系月刊》第 168 期,民國 85 年 12 月。

〈聯合報系總管理處主管工作會報會議紀錄（十二）〉,《聯合報系月刊》
　第 168 期,民國 85 年 12 月。

〈聯合報、經濟日報、民生報、聯合晚報股份有限公司常務董事會八十
　六年第一次會議紀錄〉,《聯合報系月刊》第 169 期,民國 86 年 1
　月。

〈接棒接得穩,還要跑得快：董事長八十五年年終主管聯合工作會報上
　講話〉,《聯合報系月刊》第 169 期,民國 86 年 1 月。

〈在職訓練心得報告（二）〉,《聯合報系月刊》第 171 期,民國 86 年 3
　月。

〈聯合報、經濟日報、民生報、聯合晚報股份有限公司八十六年第三次
　會議紀錄〉,《聯合報系月刊》第 172 期,民國 86 年 4 月。

〈聯合報系八十六年五月份主管聯合工作會報紀錄〉,《聯合報系月刊》
　第 174 期,民國 86 年 6 月。

〈《聯合報》創刊四十六周年社慶董事長致詞全文〉,《聯合報系月刊》
　第 178 期,民國 86 年 10 月。

〈董事長在八十六年年終工作會報上講話：報館照顧同仁,同仁支持報
　館：共同事業要一起打拼〉,《聯合報社務月刊》第 180 期,民國
　86 年 12 月。

〈社外得獎相對獎金核發辦法〉,《聯合報系月刊》第 180 期,民國 86
　年 12 月。

〈聯合報系八十七年八月份主管聯合工作會報：董事長講話〉,《聯合報
　系月刊》第 189 期,民國 87 年 9 月。

〈拓展周邊事業有志一同,提高業外收入永續經營：文杉副總一席長
　談,期盼大家建立共識〉,《聯合報系月刊》第 191 期,民國 87 年
　11 月。

〈董事長在民國八十八年年終工作會報上講話：務本崇實,更新致
　遠！〉,《聯合報系月刊》第 204 期,民國 88 年 12 月。

〈聯合報系八十八年十一月主管聯合工作會報紀錄〉,《聯合報系月刊》

第 204 期，民國 88 年 12 月。

〈聯合報九十年七月份獎懲人員名單〉，《聯合報系月刊》第 224 期，民國 90 年 8 月。

〈董事長在聯合報五十周年社慶大會上講話：傳承與感恩〉，《聯合報系月刊》第 225 期，民國 90 年 9 月。

〈聯合報歡度五十周年慶精彩畫頁〉，《聯合報系月刊》第 225 期，民國 90 年 9 月。

〈董事長指示：聯合報系九十一年十月主管聯合工作會報紀錄〉，《聯合報系月刊》第 239 期，民國 91 年 11 月。

〈聯合報系九十一年十月主管聯合工作會報紀錄：《聯合晚報》總編輯傅依萍工作報告〉，

《聯合報系月刊》第 239 期，民國 91 年 11 月。

〈新系刊打了肉毒桿菌〉，《聯合系刊》第 251 期，民國 92 年 11 月。

〈聯合報人事異動名單〉，《聯合系刊》第 260 期，民國 93 年 8 月。

〈家有喜事：創辦人夫人 90 嵩壽〉，《聯合系刊》第 268 期，民國 94 年 4 月。

〈文杉社長：五報合一不是為精簡人力〉，《聯合系刊》第 269 期，民國 94 年 5 月。

編輯部：〈從翁慨案看社會新聞的採訪（附《徵信新聞報》對此案的採訪檢討）〉，《聯合報社務月刊》第 31 期，民國 54 年 7 月。

〈採評字第一號〉，《聯合報社務月刊》第 199 期，民國 70 年 3 月。

范鶴言講述、呂漢魂筆記：〈本報概況與未來目標〉，《聯合報社務月刊》第 32 期，民國 54 年 8 月。

吳來興：〈今年業務的輝煌成長：十四週年社慶業務報告〉，《聯合報社務月刊》第 33 期，民國 54 年 9 月。

王效蘭：〈歐美旅遊散記〉，《聯合報社務月刊》第 33 期，民國 54 年 9 月 30 日。

〈創報維艱，細說從頭〉，《聯合報系月刊》第 120 期，民國 81 年 12 月。

〈感恩、惕厲與期勉〉，《聯合報系月刊》第 130 期，民國 82 年 10 月。

譚　瀛：〈市郊版「編採合一」漫談〉，《聯合報社務月刊》第 38 期，民國 55 年 2 月。

陳業勤：〈錯字檢討〉，《聯合報社務月刊》第 76 期，民國 58 年 4 月。

李　勇筆記：〈發行人在副主管以上編採人員會議中致詞〉，《聯合報社務月刊》第 92 期，民 60 年 3 月。

張靖國：〈版版權威，條條精彩，全面第一，處處第一：發行人頒獎本年模範記者，勉全體同仁不斷進步創新〉，《聯合報社務月刊》第109期，民國61年9月。

西方朔：〈新聞界應樹立獨特風格〉，《仙人掌雜誌》第1卷第6號，民國66年8月。

俞伯音：〈本（66）年發行業務狀況簡報〉，《聯合報社務月刊》第163期，民國66年10月。

吳國棟、李彪：〈馬氏兄弟涉嫌販毒，香港警方偵辦經過〉，《中國時報》民國67年9月23日，第3版。

臺北訊：〈馬惜珍馬煥然圖非法入境，在蘇澳附近海上被捕，警總偵查告一段落將移地檢處偵辦，刑事局促港方提供有關犯罪資料〉，《聯合報》民國67年9月23日，第3版。

宋國誠、黃宗文訪問：〈「民主」的吶喊！——訪新生代談臺灣的民主化〉，《夏潮》第5卷第4期，民國67年10月。

周金章：〈還是幹記者好〉，《聯合報社務月刊》第179期，民國68年2月。

賜　堪：〈電梯‧怕怕〉，《聯合報社務月刊》第183期，民國68年7月。

譚中興：〈董事長贈書母校〉，《聯合報社務月刊》第189期，民國69年1月。

劉復興記錄：〈版版都權威，人人是專家：發行人於一月廿九日在採訪會議講話〉，《聯合社務月刊》第101期，民國61年1月。

〈董事長在擴大編務會議上講話：九全九美還不夠，必須進步再進步〉，《聯合報社務月刊》第194期，民國69年9月。

劉　潔：〈卅載瑣憶，兩項感懷〉，《聯合報社務月刊》第196期，民國69年11月。

〈吵吵鬧鬧的故事：話舊勵新，為本報三十大慶添壽〉，《聯合報社務月刊》第203期，民國70年9月。

〈《聯合報》企業文化的特質〉，《聯合報系月刊》第109期，民國81年1月。

趙玉明：〈《民族晚報》與我〉，載於：民族晚報社編印：《民族晚報創刊三十年特刊：風雨如晦三十年》，臺北，民國69年12月。

〈復興活在我們心中〉，《聯合報系月刊》第15期，民國73年3月。

〈泰國世界日報迎向更輝煌的第二年〉，《聯合報系月刊》第50期，民國76年2月。

〈賀查公七十榮慶〉,《聯合報系月刊》第 215 期,民國 89 年 11 月。

關潔民口述,劉復興筆錄:〈《聯合報》的開創與發皇〉,《聯合報社務月刊》第 203 期,民國 70 年 9 月。

胡祖潮:〈財務,總務,印務〉,《聯合報社務月刊》第 203 期,民國 70 年 9 月。

〈報業巨人與《聯合報》的企業文化〉,《聯合報系月刊》第 159 期,民國 85 年 3 月。

陳亞敏:〈太太萬歲及其他〉,《聯合報社務月刊》第 203 期,民國 70 年 9 月。

〈挨罵的故事〉,《聯合報社務月刊》第 207 期,民國 71 年 3 月。

劉復興記錄:〈董事長在一月廿九日向三報編採幹部講話:今年我們手氣好〉,《聯合報社務月刊》第 206 期,民國 71 年 2 月。

楊仁烽:〈一年三百六十五天,我的父親退而不休〉,《聯合報社務月刊》第 206 期,民國 71 年 2 月。

〈永遠向前看的報人〉,《聯合報系月刊》第 160 期,民國 85 年 4 月。

徐榮華:〈趙耀東與我〉,《聯合報社務月刊》第 207 期,民國 71 年 3 月。

葉洪生:〈「大陸問題研究室」的發展概況〉,《聯合報社務月刊》第 207 期,民國 71 年 3 月。

張作錦:〈旅美書簡之二:在紐約讀《聯合報》:「聯合報精神」究竟是什麼?〉,《聯合報社務月刊》第 207 期,民國 71 年 3 月。

〈旅美書簡之三:工作與職銜之間〉,《聯合報社務月刊》第 211 期,民國 71 年 10 月。

〈公開答覆黃北朗小姐,兼與同仁討論「工作態度」和「報館前途」問題〉,《聯合報系月刊》第 167 期,民國 85 年 11 月。

〈英雄一入獄,乾坤只兩頭:追懷幾位新聞界先輩的俠情與傲骨紀念記者節〉,《聯合報》副刊,民國 94 年 9 月 1 日。

趙元良:〈我們永遠走正路〉,《聯合報社務月刊》第 211 期,民國 71 年 10 月。

馬安一:〈模範夫人,凌晨鈴聲,華克山莊〉,《聯合報社務月刊》第 213 期,民國 71 年 12 月。

林哲雄:〈跑好新聞,先讀社刊〉,《聯合報社務月刊》第 213 期,民國 71 年 12 月。

鍾中培:〈留在記憶裡的採訪生涯〉,《聯合報系月刊》第 2 期,民國 72 年 2 月。

于　衡：〈新聞隨筆之一：警惕篇〉，《聯合報系月刊》第 3 期，民國 72 年 3 月。

阮肇彬記錄：〈在安定中求進步：二月廿二日《聯合報》編務座談紀錄〉，《聯合報系月刊》第 3 期，民國 72 年 3 月。

〈發揮團隊精神〉，《聯合報系月刊》第 7 期，民國 72 年 7 月。

〈董事長於六月十二日編務座談上的講話：有所為！有所變！〉，《聯合報系月刊》第 19 期，民國 73 年 7 月。

〈十月二日董事長在擴大編務座談會上的講話：國家利益至上，大眾利益優先：創造中華民國報業的新境界〉，《聯合報系月刊》第 22 期，民國 73 年 10 月。

〈大家一齊來灌溉：系刊二周年工作檢討座談會〉，《聯合報系月刊》第 25 期，民國 74 年 1 月。

〈董事長在《聯合報》卅四週年社慶典禮上的談話：一流的報紙，一流的水準〉，《聯合報系月刊》第 34 期，民國 74 年 10 月。

〈董事長九月十一日對新進編採人員的講話：永不休止的步伐：聯合報的昨天今天明天〉，《聯合報系月刊》第 34 期，民國 74 年 10 月。

〈董事長在《聯合報》採訪主任交接餐會上的講話：群策群力支持女強人〉，《聯合報系月刊》第 34 期，民國 74 年 10 月。

〈董事長在慶功頒獎典禮上的講詞：全面第一，處處第一，「掃紅」成功〉，《聯合報系月刊》第 37 期，民國 75 年 1 月。

〈董事長在《聯合報》卅五周年社慶典禮上的勗詞：有國家利益，才有職業利益〉，《聯合報系月刊》第 46 期，民國 75 年 10 月。

〈雙向溝通大家談：董事長宴請《聯合報》採訪同仁座談紀錄〉，《聯合報系月刊》第 54 期，民國 76 年 6 月。

〈董事長嘉勉編採大陸民運新聞續優人員：突破創新自我超越，全能表現努力奮進〉，《聯合系月刊》第 79 期，民國 78 年 7 月。

〈董事長在三月份聯合報系主管工作會報上講話：堅持正派辦報一貫理念，扭轉濫用新聞自由惡習〉，《聯合報系月刊》第 100 期，民國 80 年 4 月。

〈劉發行人在三月份聯合報系主管工作會報上講話：表現大報風範，編採必須嚴謹〉，《聯合報系月刊》第 100 期，民國 80 年 4 月。

〈董事長嘉許《聯合報》編採同仁，劉發行人、楊社長、王兼總經理親切向同仁拜年〉，《聯合報系月刊》第 110 期，民國 81 年 2 月。

〈董事長致詞期勉：二屆立委選舉新聞公正報導，平實處理〉，《聯合報系月刊》第 120 期，民國 81 年 12 月。

司馬進坤：〈新聞界的省籍與矛盾：從章臺生跳槽《大華晚報》談起〉，《鐘鼓鑼》第 1 卷 6 期，民國 72 年 6 月。

陳如是記錄：〈座談專題：開創報業新紀元——對《聯合報》改版的展望〉，《聯合報系月刊》第 9 期，民國 72 年 9 月。

編輯部：〈誰是新一代的領導人專題 ／ 黃年：口袋裡的錐子〉，《天下》雜誌，1984 年元月號。

陳揚琳：〈愛過方知情重：「聯合報精神」的昨日今日〉，《聯合報系月刊》第 14 期，民國 73 年 2 月。

李繼孔：〈中華民國報業界的傑出第二代：王效蘭的天空〉，《華視新聞雜誌》第 13 期，民國 73 年 6 月。

周任原：〈兩大報敗德亂行：郭泰源加盟日本職業隊風波〉，《新潮流》叢刊第 13 期，1984 年 9 月。

蔣良任：〈兩位報老闆的臉譜：王惕吾和余紀忠的素描〉，《亞洲人》半月刊總號 47 期，民國 73 年 9 月 7 日。

黃永傑：〈報系高雄新據點〉，《聯合報系月刊》第 22 期，民國 73 年 10 月。

康錦卿：〈跳躍在藍天下〉，《聯合報系月刊》第 5 期，民國 73 年 11 月。

編委會：〈陳水扁與《聯合報》結樑子〉，《鐘鼓鑼》第 30 號，民國 73 年 12 月 28 日。

余不忠：〈國民黨草木皆兵，余紀忠走投無路：《美洲中時》被迫停刊內幕〉，《鐘鼓鑼》總號 24 期，民國 73 年 11 月 20 日。

高　思：〈除了「他」還有誰？《中時》停刊震撼美國僑界〉，《鐘鼓鑼》總號 24 期，民國 73 年 11 月 20 日。

子　甫：〈余紀忠揮淚裁員：《中時》在政治壓力下掙扎〉，《鐘鼓鑼》總號 26 期，民國 73 年 12 月 4 日。

劉路潭：〈《聯合報》的帝國主義：看王惕吾如何欺壓員工〉，《蓬萊島》總號 29 期，民國 73 年 12 月 25 日。

石建華：〈報系休假中心素描〉，《聯合報系月刊》第 28 期，民國 74 年 4 月。

陳承中：〈芳草碧連天：輕描淡寫《聯合報》經濟小組各位老哥老姐〉，《聯合報系月刊》第 28 期，民國 74 年 4 月。

楊選堂：〈《聯合報》企業文化〉，《聯合報系月刊》第 30 期，民國 74 年 6 月。

佘康寧：〈杜絕浪費自用報，每年節省百餘萬〉，《聯合報系月刊》第 31 期，民國 74 年 7 月。

黃　年：〈不同的企業文化作出了不同的新聞：核三追加預算結餘與電
　　　話機降價新聞爭議始末〉，《聯合報系月刊》第 31 期，民國 74 年 7
　　　月。

〈蔻兒這一仗打得夠漂亮：錦上不添花，怕她噘嘴巴〉，《聯合系月刊》
　　　第 75 期，民國 78 年 3 月。

〈團隊實力強，英雄趁勢起：編採人員得獎感言〉，《聯合系月刊》第
　　　79 期，民國 78 年 7 月。

楊憲宏：〈成長的痛苦：從兩報新聞爭議事件看記者面臨的未來震撼〉，
　　　《聯合報系月刊》第 31 期，民國 74 年 7 月。

丘彥明：〈報系的作家群（一）〉，《聯合報系月刊》第 32 期，民國 74
　　　年 8 月。

王淑珍：〈聽李達海談經濟：政府能做的，只是給業者一個良好的投資
　　　環境〉，《聯合報系月刊》第 33 期，民國 74 年 9 月。

黃　驥：〈董事長召見記〉，《聯合報系月刊》第 33 期，民國 74 年 9 月。

錢存棠：〈展望今後報紙廣告發展〉，《聯合報系月刊》第 34 期，民國
　　　74 年 10 月。

薛曉光：〈我與高惠宇的友誼〉，《聯合報系月刊》第 34 期，民國 74 年
　　　10 月。

張佛千：〈南園特寫〉，《聯合報系月刊》第 34 期，民國 74 年 10 月。

段造時：〈為聯合報系的「共有、共治、共享」喝采〉，《聯合報系月刊》
　　　第 34 期，民國 74 年 10 月。

余立龍：〈莫讓南園成鬧區〉，《聯合報系月刊》第 36 期，民國 74 年 12
　　　月。

蕭耀文：〈我們的新聞〉，《聯合報系月刊》第 37 期，民國 75 年 1 月。

馬克任：〈我在聯合報系獲頒兩面大金牌〉，《聯合報系月刊》第 39 期，
　　　民國 75 年 3 月。

〈我曾經孕育過的和正在孕育中的夢〉，《聯合報系月刊》第 80 期，民
　　　國 78 年 8 月。

〈我站在《聯合報》的屋簷下〉，載於：載於：張作錦主編：《一同走過
　　　來時路》，臺北，聯經出版公司，民國 80 年 9 月。

費省非：〈通訊會議說從頭〉，《聯合報系月刊》第 41 期，民國 75 年 5
　　　月。

劉麗珠：〈董事長夜巡有感〉，《聯合報社務月刊》第 41 期，民國 75 年
　　　5 月。

王永慶：〈賀《聯合報》創刊三十五週年〉，《聯合報系月刊》第 45 期，

民國 75 年 9 月。

習賢德記錄：〈分享豐碩的成果，續創輝煌的業績：董事長嘉勉三報編採同仁〉，《聯合報社務月刊》第 197 期，民國 70 年 1 月。

習賢德：〈「聯考」求才面面觀〉，《聯合報系月刊》第 45 期，民國 75 年 9 月。

〈「公論」大會〉，《聯合報系月刊》第 50 期，民國 76 年 2 月。

〈革命實踐研究院檔案中的王惕吾與余紀忠〉，《傳記文學》第 84 卷 2 期，民國 93 年 2 月。

〈王惕吾、王永濤與《民族報》崛起的相關考證〉（上、下），《傳記文學》第 86 卷 2,3 期，民國 94 年 2, 3 月。

陳俊良：〈ABC 的聯想〉，《聯合報系月刊》第 47 期，民國 75 年 11 月。

林　冲：〈王惕吾吃官司：吃人的兩大報廣告〉，《民進週刊》第 12 期，民國 76 年 5 月 7 日。

編委會：〈雷達站：余紀忠終於趕走傅依傑！〉，《雷聲》第 167 期，民國 76 年 6 月 8 日。

王達民：〈兩階段注射「強心針」：地方新聞組編輯同仁的自我期許與教學相長〉，《聯合報系月刊》第 55 期，民國 76 年 7 月。

司馬遊：〈王惕吾、余紀忠「鈔票決死戰」！〉，《雷聲》第 172 期，民國 76 年 7 月 13 日。

楊　翠：〈兩大報合抱愛荷華，聶華苓望斷歸鄉路〉，《民進週刊》第 21 期，民國 76 年 7 月 16 日。

陳建新：〈發刊詞〉，《聯工月刊》第 1 期，民國 77 年 6 月，第 1 版。

林元壽：〈我有一張嘴，說的是「自己」〉，《聯工月刊》第 2 期，民國 77 年 7 月，第 4 版。

〈當路莫栽荊棘樹，他年免掛子孫衣〉，《聯工月刊》第 4 期，民國 77 年 9 月，第 4 版。

〈以歷史為殷鑑，談落實企業民主：分紅入股〉，《聯工月刊》第 15 期，民國 78 年 8 月，第 4 版。

吳永毅：〈《中國時報》工會為爭自主，延遲出報使資方屈服〉，《聯工月刊》第 2 期，民國 77 年 7 月，第 3 版。

胡克智：〈工作不再只為麵包，更需要被器重尊重〉，《聯工月刊》第 3 期，民國 77 年 8 月，第 4 版。

編委會：〈工會不自主那有新聞自由，記者站錯邊永遠抬不起頭〉，《聯工月刊》第 3 期，民國 77 年 8 月。

〈刊論：「新三黑論」：勞資一起來掃黑！〉，《聯工月刊》第 6 期，民國

77 年 11 月，第 1 版。

〈刊論：共有、共治、共享：我們的未來不是夢〉，《聯工月刊》第 11
期，民國 78 年 4 月，第 2 版。

〈《聯合報》調整再出發〉，《聯工月刊》第 24 期，民國 80 年 10 月，第
1 版。

編委會：〈刊論：愛之深，責之切〉，《聯工月刊》第 56 期，民國 82 年
3 月，第 2 版。

〈刊論：談《聯合報》編輯部的「X」情結〉，《聯工月刊》第 59 期，
民國 82 年 6 月，第 2 版。

〈營收不理想，年終獎金大幅降低〉，《聯工月刊》第 125 期，國 87 年
12 月 31 日。

〈從「聯合報精神」看人力精簡政策〉，《聯工月刊》第 158 期，民國
90 年 9 月 30 日。

林笑峰：〈但求無愧我心〉，《聯合報系月刊》第 71 期，民國 77 年 11 月。

〈「金童玉女」憶當年〉，收錄於：張作錦主編：《一同走過來時路》，臺
北，聯經出版公司，民國 80 年 9 月。

趙雅芬：〈鬥魚的性格，悍將的作風：《聯合報》總編輯黃年側記〉，《聯
合報系月刊》第 71 期，民國 77 年 11 月。

老　默：〈「老闆」開明，「夥計」理性〉，《聯工月刊》第 10 期，民國
78 年 3 月，第 4 版。

楊聰橋：〈理性為先〉，《聯工月刊》第 10 期，民國 78 年 3 月，第 3 版。

卓亞雄：〈好友！糗糗！〉，《聯合報系月刊》第 75 期，民國 78 年 3 月。

吳江記錄：〈共有、共享、共榮、共存：董事長邀三報產業工會常務理
監事餐敘致詞要點〉，《聯合報系月刊》第 77 期，民國 78 年 5 月。

真話實說：〈收回酬勞股感歎話當年：老芋仔請老家長勿忘諾言〉，《聯
工月刊》第 11 期，民國 78 年 4 月，第 2 版。

馮同璋：〈福利餐廳不福利，董事長的美意到哪去了？〉，《聯工月刊》
第 16 期，民國 78 年 9 月，第 2 版。

楊芳芷：〈王繼樸不伎不求〉，《聯合報系月刊》第 85 期，民國 79 年 1
月。

徐履冰：〈年終獎金是老闆恩賜？錯了！是員工權利？當然！〉，《聯工
月刊》第 21 期，民國 79 年 1 月，第 4 版。

曹冰瑩：〈《聯合報》每天散發大疊紅包〉，《聯合報系月刊》第 87 期，
民國 79 年 3 月。

陳建新：〈心事誰人知？從「匿名信」談起〉，《聯工月刊》第 24 期，民

國 79 年 4 月,特 3 版。

羅彩菱:〈勞資會議談廣告,生存命脈望聞問切:流程有玄機,油行慎勿漏〉,《聯工月刊》第 26 期,民國 79 年 6 月,第 1 版。

〈廣告開發高收入,年輕尖兵步步險:呆帳自理,獎少懲多〉,《聯工月刊》第 27 期,民國 79 年 7 月,第 1 版。

〈福利餐廳何來福利:社方未補助現金,近四年虧廿萬元〉,《聯工月刊》第 28 期,民國 79 年 8 月,第 4 版。

〈傳聞裁員純屬虛構:勞方代表憂心忡忡,人事室主任鄭重闢謠〉,《聯工月刊》第 29 期,民國 79 年 9 月,第 1 版。

〈報系一家待遇不同,你有我無人心難服:「母報」罩不住,理事們群情激動紛紛表不滿,要求社方三思〉,《聯工月刊》第 32 期,民國 79 年 12 月,第 1 版。

〈下腳料,學問大:勞資會議建請職福會成立變價監督小組並列明種類和明細〉,《聯工月刊》第 33 期,民國 80 年 1 月,第 2 版。

〈談「徐瑞希事件」始末〉,《聯工月刊》第 36,37 期,民國 80 年 5 月,第 2 版。

〈親愛的,誰把粽子縮小了!〉,《聯工月刊》第 38 期,民國 80 年 6 月,第 1 版。

〈推廣里鄰長報的真相,在勝利之後他們有話要說:林基德:「恐怖」競爭只得聯袂出擊;

黃政吉:他們喊救命,我們怎能袖手?〉,《聯工月刊》第 38 期,民國 80 年 7 月,第 3 版。

丁藝芳:〈開明理性穩健權威,新任總編輯胡立臺:分層負責也歡迎越級上報〉,《聯工月刊》第 29 期,民國 79 年 9 月,第 5 版。

〈各忙各,共識少〉,《聯工月刊》第 29 期,民國 79 年 9 月,第 8 版。

〈開源節流人人有責:勞資雙方代表獲共識,歡迎同仁踴躍發言〉,《聯工月刊》第 30 期,民國 79 年 10 月,第 1 版。

〈年終獎金大幅縮水,勞資會議呼籲同仁共體時艱,但要求比照兩子報發續效獎金和紅利〉,《聯工月刊》第 32 期,民國 79 年 12 月,第 1 版。

鄧永盛:〈你們對我好,我對你們好〉,《聯合報系月刊》第 95 期,民國 79 年 11 月。

尤馨人:〈企業節流的理念〉,《聯合報系月刊》第 97 期,民國 80 年 1 月。

曾清淡:〈田徑界的大家長:王董事長答應出任文教基金會名譽董事

長〉，《聯合報系月刊》第 98 期，民國 80 年 2 月。

錢先蓮：「聯晚集錦」，《聯合報系月刊》第 98 期，民國 80 年 2 月。

陳建宇：〈董事長軍人本色，病榻上公爾忘私〉，《聯合報系月刊》第 99
　　期，民國 80 年 3 月。

張昆山：〈惕老住院子女隨侍，盼多靜養暫忘公事〉，《聯合報系月刊》
　　第 99 期，民國 80 年 3 月。

周之鳴：〈「王惕吾真面目」之一：王惕吾到底是怎樣的人？〉，《求是報》
　　1991 年 3 月 20 日，第 3 版。

〈「王惕吾真面目」之二：只有我能證明王惕吾是說謊大王！〉，《求是
　　報》1991 年 3 月 21 日，第 3 版。

〈「王惕吾真面目」之三：王惕吾在報業公會、記者公會與曾虛白編印
　　書上的坦承合夥〉，《求是報》1991 年 3 月 22 日，第 3 版。

〈「王惕吾真面目」之四：王惕吾在我保存文件上又不坦承合夥？〉（上、
　　中、下），《求是報》1991 年 3 月 23-25 日，第 3 版。

〈「王惕吾真面目」之五：王惕吾在接收移交清冊上又說些什麼？〉（上、
　　下），《求是報》1991 年 3 月 27-28 日，第 3 版。

〈「王惕吾真面目」之六：王惕吾以民族報發行人資格參加聯合版經
　　過〉，《求是報》1991 年 3 月 29 日，第 3 版。

〈「王惕吾真面目」之七：王惕吾私自繳銷民族報登記證的無恥行為〉
　　（上、下），《求是報》1991 年 3 月 30-31 日，第 3 版。

〈「王惕吾真面目」之八：我嚴厲斥責王惕吾的「警告信」〉（上、下），
　　《求是報》1991 年 4 月 3-4 日，第 3 版。

〈「新聞惡霸王惕吾真面目」之九：王惕吾談判時利慾薰心：一派胡言
　　的嘴臉（一、二、三、四）〉，《求是報》1991 年 4 月 7-10 日，第 3
　　版。

〈「新聞惡霸王惕吾真面目」之十：駁斥王惕吾致各鄉長信中的再次無
　　恥說謊〉（上、下），《求是報》1991 年 4 月 23-24 日，第 3 版。

王小痴：〈王惕吾發跡史：細說從頭蔣家官邸內侍的吃裡扒外〉（一、二、
　　三、四），《求是報》1991 年 3 月 27-30 日，第 3 版。

景小佩：〈訪效蘭發行人談今晚有約及其它〉，《聯合報系月刊》第 100
　　期，民國 80 年 4 月。

〈聯合報編輯部的領導群〉，《聯合報系月刊》第 107 期，民國 80 年 11
　　月。

〈楊仁烽是道地的「聯合報人」〉，《聯合報系月刊》第 108 期，民國 80
　　年 12 月。

毛政誠：〈報系總管理處王兼總經理必立在聯合報業務部「企業文化」訓練講座上講話：發揚報系優良傳統，繼續創新追求進步〉，《聯合報系月刊》第 102 期，民國 80 年 6 月。

李師鄭：〈新聞評鑑／積極：提高品質，消極：減少錯誤〉，《聯合報系月刊》第 102 期，民國 80 年 6 月。

曾進歷：〈迎接社慶宣傳總動員〉，《聯合報系月刊》第 104 期，民國 80 年 8 月。

簡正福：〈分紅入股正是時候：第一大報怎可無聲，萬千員工引頸長盼〉，《聯工月刊》第 29 期，民國 79 年 9 月，第 3 版。

〈這裡是「老實樹」，請於嗶聲後留下您對社慶的建言〉，《聯工月刊》第 40 期，民國 80 年 8 月，第 6,7 版。

〈印務部會員代表座談，柳建圖：「同仁多做事，多領錢！」〉，《聯工月刊》第 48 期，民國 81 年 10 月，第 2,3 版。

〈推廣、分銷、零售送報心聲：他們「想」些什麼？「要」什麼？〉，《聯工月刊》第 64 期，民國 82 年 11 月，第 4 版。

〈願望、理想、遠景、目標：讓我們共同創造本報願景〉，《聯工月刊》第 100 期，民國 85 年 11 月，第 3 版。

〈抱歉，優退優離雖盡力但不夠好〉，《聯工月刊》第 136 期，民國 88 年 11 月，第 2 版。

劉昌平：〈從陋巷走出來的〉，載於：張作錦主編：《一同走過來時路》，臺北，聯經出版公司，民國 80 年 9 月。

王　詳：〈六總各有特色，敬業創新如一：小記業務部歷任總經理作風〉，載於：張作錦主編：《一同走過來時路》，臺北，聯經出版公司，民國 80 年 9 月。

王繼樸：〈開創中國報業的新紀元〉，載於：張作錦主編：《一同走過來時路》，臺北，聯經出版公司，民國 80 年 9 月。

許　可：〈「聯合報精神」可以福國〉，載於：張作錦主編：《一同走過來時路》，臺北，聯經出版公司，民國 80 年 9 月。

徐聖竹：〈信任，努力，滿足〉，載於：張作錦主編：《一同走過來時路》，臺北，聯經出版公司，民國 80 年 9 月。

應　人口述，許吉榮撰稿：〈難以忘懷的發行〉，載於：張作錦主編：《一同走過來時路》，臺北，聯經出版公司，民國 80 年 9 月。

何振奮：〈那種愛報的心〉，載於：張作錦主編：《一同走過來時路》，臺北，聯經出版公司，民國 80 年 9 月。

許正中：〈路，是這樣走過來的！〉，載於：張作錦主編：《一同走過來

時路》，臺北，聯經出版公司，民國 80 年 9 月。

李德裕：〈董事長：調整待遇與薪級制度，分享「超級報團」光榮成果〉，
　　《聯工月刊》第 42 期，民國 80 年 10 月，第 4 版。

〈製版中心，妳到底有什麼樣的苦？〉，《聯工月刊》第 4 期，民國 81
　　年 5 月，第 2,3 版。

〈妳的良心在那裡？有關營廣組涂孟正遭解雇乙案，小民：大人冤枉
　　啊！〉，《聯工月刊》第 47 期，民國 81 年 5 月，第 4 版。

蕭耀文：〈《經濟日報》、《民生報》、《聯合晚報》、《歐洲日報》總主筆人
　　事異動〉，《聯合報系月刊》第 111 期，民國 81 年 3 月。

楊志強整理：〈黃主任闡述「聯合報企業精神」〉，《聯合報系月刊》第
　　114 期，民國 81 年 6 月。

鄭宗杰：〈印刷同仁有免於恐懼的自由〉，《聯工月刊》第 48 期，民國
　　81 年 7 月，第 3 版。

不　言：〈電排中心是同仁佔便宜，還是同仁很便宜〉，《聯工月刊》第
　　49 期，民國 81 年 8 月，第 2,3 版。

張佛千：〈王董事長惕吾先生八秩壽序〉，《聯合報系月刊》第 117 期，
　　民國 81 年 9 月。

郝柏村：〈王惕吾瑞鍾先生八秩榮慶壽頌〉，《聯合報系月刊》第 118 期，
　　民國 81 年 10 月。

徐瑞希：〈開除記者就是報社自我開除：《聯合報》徐瑞希事件始末〉，《當
　　代》第 81 期，1993 年 1 月 1 日。

孫揚明：〈掌握全民文化，辦報應有開創作法：王董事長元月十三日講
　　話〉，《聯合報系月刊》第 122 期，民國 82 年 2 月。

楊士仁：〈記者可以發財嗎？兼談記者與內線交易〉，《聯合報系月刊》
　　第 74 期，民國 78 年 2 月。

〈「東方之珠」的常與變：香港報業的現在與未來〉，《聯合報系月刊》
　　第 122 期，民國 82 年 2 月。

〈發起新的投資運動〉，載於經濟日報編印：《經濟日報三十年》，臺北，
　　經濟日報社，民國 86 年 4 月。

〈新聞處理選邊站，人事整頓衝過頭：背離民意，《聯合報》如何振衰起
　　敝〉，《Taiwan News 財經文化周刊》第 149 期，2004 年 9 月 2 日。

趙奇濤：〈《聯合報》正派辦報公平報導，宜蘭游錫堃縣長來訪致謝〉，《聯
　　合報系月刊》第 123 期，民國 82 年 3 月。

戴永華：〈送書到蘭陽，聯合報系回饋地方：必立兼總經理與張社長作
　　錦訪宜蘭，縣長竭誠歡迎〉，《聯合報系月刊》第 115 期，民國 82

年 4 月。

駱焜祺:〈桃竹苗地區編採會議:王兼總經理勉同仁打破「框框」,站在大多數人的利益上處理新聞〉,《聯合報系月刊》第 124 期,民國 82 年 4 月。

鄭斯文、賈若珍:〈我們愛《聯合報》,《聯合報》愛我們?「世代交替」聲中的省思與諍言〉,《聯工月刊》第 57 期,民國 82 年 4 月,第 8 版。

鄭斯文:〈編輯的迴響〉,《聯工月刊》第 58 期,民國 82 年 5 月,第 8 版。

〈迴應雖響,積弊難當:祝望編採戰鬥體,無私無我無呆〉,《聯工月刊》第 59 期,民國 82 年 6 月,第 8 版。

〈「資深績優」制度「積憂」〉,《聯工月刊》第 61 期,民國 82 年 8 月,第 6,7 版。

〈只待烏鴉鼓譟驅走馬屁聲!寄望重振是非、公理,重新緊密再次「聯合」〉,《聯工月刊》第 62 期,民國 82 年 9 月,第 6 版。

〈歸來吧!資深記者〉,《聯工月刊》第 64 期,民國 82 年 11 月,第 8 版。

〈調整編採體質,重新凝聚向心力〉,《聯工月刊》第 64 期,民國 82 年 12 月,第 4 版。

趙玫琳、鄭端文:〈社慶建言系列:維護企業形象人人有責,聯合報精神一以貫之〉,《聯工月刊》第 59 期,民國 82 年 6 月,第 6 版。

吳鳴人:〈來稿照登〉,《聯工月刊》第 59 期,民國 82 年 6 月,第 6 版。

包陰天:〈體檢印務部「研發股」〉,《聯工月刊》第 59 期,民國 82 年 6 月,第 7 版。

陳義芝:〈趙玉老觀音寺求籤〉,《聯合報系月刊》第 126 期,民國 82 年 6 月。

趙玫琳:〈專訪業務部總理楊仁烽〉,《聯工月刊》第 61 期,民國 82 年 8 月,第 3 版。

于國欽記錄:〈南陽實業公司副董事長林進祥主講:南陽的企業文化〉,《聯合報社務月刊》第 129 期,民國 82 年 9 月。

〈中國生產力中心總經理石滋宜主講:企業文化與人性管理〉,《聯合報系月刊》第 129 期,民國 82 年 9 月。

王麗美:〈一個報業的形成:《聯合報》創刊的故事(二)〉,《聯合報系月刊》第 130 期,民國 82 年 10 月。

〈想您,爺爺——孫兒們對惕老的追念〉,收錄於:聯合報系創辦人土

惕吾先生紀念集編輯委員會編印：《王惕吾先生紀念集》，臺北，民國 86 年 3 月。

王祖壽：〈南下參加《民生報》活動，效蘭發行人滿懷喜悅〉，《聯合報系月刊》第 131 期，民國 82 年 11 月。

周恆和：〈資深記者不進則退：避免浮濫考核從嚴，連續三年考績未獲特優即喪失資格〉，《聯合報系月刊》第 131 期，民國 82 年 11 月。

〈企業文化訓練課程作法創新：專訪業務管理部總經理王文杉〉，《聯合報系月刊》第 149 期，民國 84 年 5 月。

《聯合報》前副社長應人、前編輯部顧問楊漢之相繼病逝：悼念兩同仁盍勝哀思〉，《聯合報系月刊》第 167 期，民國 85 年 11 月。

〈今年新聞報導獎項聯合報系仍居媒體之冠〉，《聯合報系月刊》第 168 期，民國 85 年 12 月。

〈創辦人逝世周年南園漢白玉雕像揭幕〉，《聯合報系刊》第 171 期，民國 86 年 3 月。

〈採訪新聞有兩把刷子：程川康服務廿八年退休〉，《聯合報系月刊》第 171 期，民國 86 年 3 月。

《聯晚》面臨的挑戰：楊總編輯仁烽講座〉，《聯合報系刊》第 172 期，民國 86 年 4 月。

〈公信會偏向，難獲認同：專訪《聯晚》楊總編輯仁烽談報系對稽核發行量的看法〉，《聯合報系月刊》第 173 期，民國 86 年 5 月。

〈申請創辦人王惕吾先生紀念獎學金：同仁子女，統統有獎〉，《聯合報社務月刊》第 179 期，民國 86 年 11 月。

〈年度新聞獎報系大贏家，紛紛捐出獎金「智士」也是仁人〉，《聯合報系月刊》第 180 期，民國 86 年 12 月。

〈優退優離同仁關切：王副總知無不言，駁斥減薪說〉，《聯合報系月刊》第 204 期，民國 88 年 12 月。

〈聯合報工會理事長五月中旬卸職：促進勞資和諧，簡正福功成身退〉，《聯合報系月刊》第 209 期，民國 89 年 5 月。

〈二進二出，吳主秘榮退：談起歷歷往事，聯合報系令人懷念難忘〉，《聯合報系月刊》第 210 期，民國 89 年 6 月。

〈全套系刊回贈報系，楊老總不愧有心人〉，《聯合報系月刊》第 221 期，民國 90 年 5 月。

〈行動辦公室就要行動了〉，《聯合系刊》第 255 期，民國 93 年 3 月。

〈安嘉社長談「小可樂」的大未來〉，《聯合系刊》第 265 期，民國 94 年 1 月。

鍾毅慧：〈王發行人：從來沒有想到「裁員」，並說，聯合報第二代不是只有姓王的，而是所有參與經營的〉，《聯工月刊》第 65 期，民國 82 年 12 月，第 2 版。

高惠宇：〈寇維勇獨家權威報導李總統會晤泰皇消息：創辦人嘉勉頒獎金萬元美元〉，《聯合報系月刊》第 135 期，民國 83 年 3 月。

林宜靜：〈報導汐止鎮長選舉《自由時報》被指偏頗不公：《自由時報》被退報，《聯合報》「義」軍突起〉，《聯合報系月刊》第 135 期，民國 83 年 3 月。

蔣侑龍：〈企業文化融入生活：六個團結圈涵蓋廿六項積極進取的活動〉，《聯合報系月刊》第 136 期，民國 83 年 4 月。

刁冠群：〈企業化、軍事化、家庭化：創辦人巡視洛杉磯《世界日報》，勉同仁秉持辦報三原則〉，《聯合報系月刊》第 140 期，民國 83 年 8 月。

鄧永盛：〈業務部副總王文杉真誠待人親和力強〉，《聯合報系月刊》第 140 期，民國 83 年 8 月。

胡立臺：〈割喉式削價戰形勢比人強，《港聯》停刊，香港報業史留下醒目一筆〉，《聯合報系月刊》第 158 期，民國 85 年 2 月。

鄭端文：〈省了年終獎金，毀了過年心情：考績搞得天怒人怨〉，《聯工月刊》第 90 期，民國 85 年 1 月，第 3 版。

〈互信互諒再創佳猷：本報團體協約簽訂，多項條件優於勞基法，全國總工會將列為範例〉，《聯工月刊》第 91 期，民國 85 年 2 月。

〈善待員工是《聯合報》光榮傳統〉，《聯工月刊》第 112 期，民國 86 年 11 月，第 1 版。

〈放縱主管情緒化打考績，那來的公平？〉，《聯工月刊》第 117 期，民國 87 年 4 月，第 3 版。

〈服務三十多年的資深同仁以烏鴉自許臨別贈言：迎接新世紀巨浪，聯合報勞資均應省思〉，《聯工月刊》第 136 期，民國 88 年 11 月，第 5 版。

查仭千：〈正派辦報，惕老不老〉，《聯合報系月刊》第 159 期，民國 85 年 3 月。

葉明勳：〈從「廢話」說起——敬悼惕老〉，《聯合報系月刊》第 159 期，民國 85 年 3 月。

魯　軍：〈王惕老二三事：悼念名報人王惕吾先生〉，《聯合報系月刊》第 160 期，民國 85 年 4 月。

漢寶德：〈惕老與南園：為中國文化做見證〉，《聯合報系月刊》第 160

期，民國 85 年 4 月。

陳道明：〈《自由時報》閱報率躍升第一，慶祝酒會李連齊捧場〉，《新臺灣新聞週刊》第 17 期，1996 年 7 月 21 日至 7 月 27 日。

徐世平：〈媒體大戰龜兔賽跑，《自由時報》闖出一片江山：不計血本全力一搏，林榮三贏在一口氣〉，《新臺灣新聞週刊》第 17 期，1996 年 7 月 21 日至 7 月 27 日。

張劍南：〈報館前途在何方？該重塑企業文化〉，《聯工月刊》第 100 期，民國 85 年 11 月，第 1 版。

〈媒體經營體質面臨調整挑戰〉，《聯工月刊》第 102 期，民國 86 年 1 月，第 1 版。

方　傑：〈張社長答黃北朗公開信觀後感：《聯合報》亟待消除積弊、求售兩大心腹大患〉，《聯工月刊》第 100 期，民國 85 年 11 月，第 2 版。

〈《聯合報》三十年風水輪轉〉，《聯工月刊》第 136 期，民國 88 年 11 月，第 8 版。

張緒中：〈員工參與經營管理好處多多〉，《聯工月刊》第 100 期，民國 85 年 11 月，第 3 版。

凡　夫：〈不再死忠的烏鴉：從外傳《聯合報》出讓談起〉，《聯工月刊》第 100 期，民國 85 年 11 月，第 3 版。

應　中：〈哀思父〉，《聯合報系月刊》第 167 期，民國 85 年 11 月。

二等兵：〈再造鋼鐵部隊精神〉，《聯合報系月刊》第 169 期，民國 86 年 1 月。

丁中江：〈駐美國務院第一位中國新聞記者毛樹清〉，《中央日報》副刊，民國 86 年 3 月 28 日。

張柏東：〈人間溫情傳入深山，李伊萍家度過難關：譽稱王發行人「活菩薩」〉，《聯合報系月刊》第 172 期，民國 86 年 4 月。

楊天佑：〈人蔘案大發展：約談主任檢察官張振興，疑張透過林德昭、吳添福受賄，三人均否認，檢調偵訊後飭回〉；〈張振興、吳添福、林德昭關係匪淺：三人資金往來可疑，吳之女任周人蔘秘書，林的帳戶流入周的支票〉，《中國時報》民國 86 年 4 月 13 日，第 1,3 版。

陳瑞源：〈《自由時報》「誤用」我的照片賠償 50 萬元〉，《聯合報系月刊》第 175 期，民國 86 年 7 月。

徐國淦：〈勞退採公積金制，不利藍領階級〉，《聯工月刊》第 114 期，民國 87 年 1 月，第 1 版。

本報訊：〈《東方》自揭捐二千萬交易，條件：英保守黨替馬惜珍辦「私

務」〉，香港《蘋果日報》，1998 年 1 月 20 日，A4 版。

〈《東方》前總編囚四月：濫用新聞自由，集團罰五百萬〉，香港《蘋果日報》，1998 年 7 月 1 日，A1 版。

何榮幸、蔡慧琳採訪，蔡慧琳整理：〈戎撫天：先存在才能發揮理想〉，《目擊者》第 3 期，1998 年 3 月。

何榮幸採訪、黎珍珍整理：〈徐瑞希：如果可以重來，我不會選擇和解〉，《目擊者》第 3 期，1998 年 3 月。

傅沁怡：〈王副總文杉談報系企業文化〉，《聯合報系月刊》第 185 期，民國 87 年 5 月。

〈王副總文杉闡述正派辦報〉，《聯合報系月刊》第 185 期，民國 87 年 5 月。

張榮仁報導：〈本報系大樓前展示臺昨午發現可疑爆裂物，警方以水炮引爆後證實摻有黑色火藥，帶回相關證物採證化驗〉，《聯合報》第 3 版，民國 87 年 5 月 31 日。

張文仲：〈歸零與人力調查的省思：勞資雙方宜瞭解自身立場，彼此互動信任與坦誠〉，《聯工月刊》第 129 期，民國 88 年 4 月，第 5 版。

〈瘦身減肥下四點啟示〉，《聯工月刊》第 136 期，民國 88 年 11 月，第 8 版。

鄭方傑：〈找回第一，先找回員工的心〉，《聯工月刊》第 129 期，民國 88 年 4 月，第 8 版。

葉銀華：〈家族控股集團、核心企業與報酬互動之研究：臺灣與香港證券市場之比較〉，《管理評論》第 18 卷 2 期，民國 88 年 5 月。

教育中心整理：〈王副總：與同仁同甘共苦並肩維持《聯合報》第一，重塑企業形象：朝氣、樂觀、進取、活力、互動〉《聯合報系月刊》第 197 期，民國 88 年 5 月。

何祥裕：〈聯合報北區編採會議／效蘭發行人：把《聯合報》的全面第一搶回來〉，《聯合報系月刊》第 197 期，民國 88 年 5 月。

潘正德記錄：〈聯合報系八十五年總管理處主管工作會報紀錄（十一）：王兼總經理指示〉，《聯合報系月刊》第 167 期，民國 85 年 11 月。

〈聯合報系八十五年十一月份主管聯合工作會報紀錄：王兼總經理指示〉，《聯合報系月刊》第 168 期，民國 85 年 12 月。

〈聯合報系八十八年四月份主管聯合工作會報紀錄：董事長講話〉，《聯合報系月刊》第 197 期，民國 88 年 5 月。

〈聯合報系八十九年十月份主管聯合工作會報紀錄〉，《聯合報系月刊》第 215 期，民國 89 年 11 月。

〈聯合報系九十年十月份主管聯合工作會報臨時會議紀錄〉,《聯合報系月刊》第 226 期,民國 90 年 10 月。

〈總管理處主管工作會報會議紀錄:明白市場定位,因應市場變化〉,《聯合系刊》第 269 期,民國 94 年 5 月。

何琦瑜:〈圓熟的 e 世代:王文杉的童年與接班歷程〉,《數位時代》,1999 年 8 月號。

宇文正報導:〈專訪王效蘭女士:藝術與生活〉,《聯合報》副刊,民國 88 年 11 月 10 日。

洪　英:〈聯合報系新企業識別系統(CIS)設計正式簽約〉,《聯合報系月刊》第 204 期,民國 88 年 12 月。

李宗緯:〈udn 聯合線上:老牌媒體拓展虛擬版圖〉,《數位 19 時代電子報》,2000 年 2 月。

王啟萍:〈如何維持《聯合報》第一〉,《聯合報系月刊》第 209 期,民國 89 年 5 月。

藍浩益:〈不乖的孩子不一定沒出息:《聯合報》企業網站粉「不正經」〉,《新浪雜誌數位周刊》,2000 年 10 月 30 日。

胡恩銘:〈報社多元化投資別忘了員工福祉〉,《聯工月刊》第 148 期,民國 89 年 11 月 30 日,第 1 版。

朱賜麟:〈百年盛業才開始:《中國時報五十年》報史編後〉,載於:黃肇松等編:《中國時報五十年社慶專刊》,臺北,中國時報社,民國 89 年 12 月。

林鳳菁:〈汪仲瑜與王副總對談「優退優離」方案〉,《聯工月刊》第 149 期,民國 89 年 12 月,第 4 版。

〈片面停發端節獎金,王副總致歉,列席臨時會表示:未來攸關同仁權益事項先行與工會磋商〉,《聯工月刊》第 155 期,民國 90 年 6 月,第 1 版。

李彥甫:〈聯合知識庫打造歷史與科技願景:報系半世紀的舊報紙終於走出倉庫,將在新世紀展現新生命創造新價值〉,《聯工月刊》第 151 期,民國 90 年 2 月 28 日,第 4 版。

吳仁麟:〈您所不知道的創辦人〉,《聯合報系月刊》第 219 期,民國 90 年 3 月。

〈半世紀的聯合報系生涯:專訪應鎮國社長〉,《聯合報系月刊》第 219 期,民國 90 年 3 月。

〈報系走透透:王副總的咖啡分享之旅〉,《聯合報系月刊》第 224 期,民國 90 年 8 月。

〈進入新的戰鬥舞臺：專訪《聯合報》新任社長王文杉〉,《聯合報系月刊》第 226 期,民國 90 年 10 月。

〈新戰鬥團隊的誕生：專訪總管理處王副總談報系高層主管新人事案〉,《聯合報系月刊》第 226 期,民國 90 年 10 月,頁 9。

〈王社長的超級任務〉,《聯合報系月刊》第 239 期,民國 91 年 11 月。

〈訂做一份屬於 F 世代的報紙：專訪《星報》王安嘉副社長〉,《聯合報系月刊》第 239 期,民國 91 年 11 月。

〈是的,我們的目標是 KASH：專訪總管理處辦公室主任王安嘉〉,《聯合報系月刊》第 250 期,民國 92 年 10 月。

〈「蘋果人」的自白〉,《聯合系刊》第 254 期,民國 93 年 2 月。

廖敏如：〈聯合線上執行長談經營前景,王文杉：相信網路的未來〉,《聯合報》民國 90 年 4 月 26 日,第 9 版。

張文仲：〈以客為尊,服務導向：第一大樓門廳整修,五十周年神采飛揚〉,《聯合報系月刊》第 220 期,民國 90 年 4 月。

馬　度：〈《大成報》的昨昔與今日：面對經濟蕭條的大環境,大成變小了嗎?〉,《透視報導》2001 年 5 月。

洪　英：〈報系標誌識別手冊發放各一級單位〉,《聯合報系月刊》第 226 期,民國 90 年 10 月。

許倬雲：〈賀張作錦先生榮休序〉,《聯合報系月刊》第 266 期,民國 90 年 10 月。

楊超然：〈納莉重創南園：員工救災實錄〉,《聯合報系月刊》第 227 期,民國 90 年 11 月。

聶華苓：〈放在案頭的一封信〉,《中國時報》人間副刊,民國 91 年 4 月 28 日,第 39 版。

陳延昇：〈《蘋果》vs.臺灣三報：180 天攻防戰〉,《數位時代雙週刊》第 55 期,2003 年 4 月 1 日。

林瑩秋：〈「小王子」學習統治「聯合報王國」：後王惕吾時代「聯合報王國」接班實況〉,《財訊》242 期,2002 年 5 月號。

周天瑞：〈我來自何方,我去向何處：談我生涯中幾個關鍵進退〉,民國 91 年 1 月 8 日（對中央廣播電臺同仁演講紀錄,未刊稿）。

〈負疚與感念：敬悼亦師亦父的余先生〉,載於：中國時報創辦人余紀忠先生紀念集編輯委員會編：《余紀忠先生紀念集》,臺北,中國時報社,民國 92 年 4 月。

李　勇：〈中共在香港和紐約製造的暴力和恐怖紀實〉,《大紀元 e 報》2003 年 8 月 21 日,轉載：《黃花崗雜誌》2003 年第 3 期（總第 6

號）。

王文杉：〈讓創新像呼吸般自然〉，《聯合系刊》第 251 期，民國 92 年
　　11 月。

〈聯合爆創新：用腦袋豐富您的口袋，王副總邀您來玩創新〉，《聯合系
　　刊》第 251 期，民國 92 年 11 月。

〈好點子不嫌多〉，《聯合系刊》第 254 期，民國 93 年 2 月。

〈重回雷震年代〉，《聯合系刊》第 265 期，民國 94 年 1 月。

〈是 news 還是 paper？〉，《聯合系刊》第 271 期，民國 94 年 7 月。

蔡鵬洋：〈蔡鵬洋：康定路走來 36 載見證《聯合報》成長歲月，今年退
　　休了〉，《聯合系刊》第 251 期，民國 92 年 11 月。

何振忠：〈菁英對談：朱立倫：不能堅持，就不是《聯合報》〉，《聯合系
　　刊》第 254 期，民國 93 年 2 月。

編委會：〈兩報組物流公司力抗《蘋果》：資方尋求永續經營機會，員工
　　權益卻注定被犧牲〉，《工輿》第 152 期，民國 93 年 3 月 16 日第 1
　　版。

王必成：〈董事長報系主管工作會報談話：三個不變，一個追求〉，《聯
　　合系刊》第 256 期，民國 93 年 4 月。

趙彰杰：〈五十年來頭一遭！《中時》、《聯合》財務報表曝光〉，《Taiwan
　　News 財經文化周刊》第 147 期，2004 年 8 月 19 日。

〈王文杉坦承報業困境，力圖振衰起敝：《聯合報》損益兩平，期待 2006
　　年〉，《Taiwan News 財經文化周刊》第 147 期，2004 年 8 月 19 日。

〈這廂投資中國，那廂還想辦報：《中時》、《聯合》報系逆勢擴張版圖〉，
　　《Taiwan News 財經文化周刊》第 155 期，2004 年 10 月 14 日。

丁若蘭：〈爆點子爆創新，點數加倍送〉，《聯合系刊》第 261 期，民國
　　93 年 9 月。

李彥甫、張貴評：〈三個目標打造一流人才：U-Challenger 幹部訓練課
　　程啟動〉，《聯合系刊》第 261 期，民國 93 年 9 月。

彭慧明：〈王德林：《聯合報》要積極行銷〉，《聯合系刊》第 265 期，民
　　國 93 年 10 月。

〈「想要改變，就要換腦袋」〉，《聯合系刊》第 265 期，民國 93 年 10
　　月。

姚逸瀚整理：〈凱洛總經理李桂芬專題演講：媒體趨勢與報紙行銷〉，《聯
　　合系刊》第 265 期，民國 93 年 10 月。

何銘傑：〈報系 e 化大事紀〉，《聯合系刊》第 265 期，民國 94 年 1 月。

羅曉荷：〈菁英對談：沈富雄：《聯合報》堅持辦大報〉，《聯合系刊》第

265 期，民國 94 年 1 月。

楊淑閔：〈聯 8 達就是要「黏」人〉，《聯合系刊》第 265 期，民國 94 年 1 月。

〈e 化工程交成績單了〉，《聯合系刊》第 265 期，民國 94 年 1 月。

粘嫦鈺：〈吳念真：報紙，應扮好轉換角色〉，《聯合系刊》第 266 期，民國 94 年 2 月。

何智綺：〈楊仁烽：成本是每一位主管的責任〉，《聯合系刊》第 266 期，民國 94 年 2 月。

劉偉東：〈家族企業的「三位一體」公式〉，收錄於：錢津主編：《企業文化沙龍》2004 年第 2 輯，北京，中國經濟出版社，2004 年 2 月。

張大中：《以人為本，以文化人》，收錄於：中國企業文化研究會編：《中國企業文化年鑒（2004）》，北京，中國大百科全書出版社，2004 年 10 月。

陽　光：〈如何應對企業危機〉，收錄於：錢津主編：《企業文化沙龍》2004 年第 4 輯，北京，中國經濟出版社，2004 年 12 月。

劉海寧：〈如何看待企業員工的流失〉，收錄於：錢津主編：《企業文化沙龍》叢書（一），北京，中國經濟出版社，2005 年 3 月。

嚴　厲：〈最適合的與最優秀的〉，收錄於：錢津主編：《企業文化沙龍》叢書（一），北京，中國經濟出版社，2005 年 3 月。

左　江：〈最聽話的與最能幹的〉，收錄於：錢津主編：《企業文化沙龍》叢書（一），北京，中國經濟出版社，2005 年 3 月。

蔡　芳：〈《聯合》、《中時》兩大報系營運艱難，緊縮動作不斷：平面媒體陷重圍，何時能脫困？〉，《Taiwan News 財經文化周刊》第 178 期，2005 年 3 月 31 日。

張琦珍：〈《聯合報》前社長楊子廿年外遇曝光，情書揭秘：自稱丈夫，稱情人為小妻子〉，《蘋果日報》A13 版，2005 年 3 月 31 日。

李建成：〈企業界閃亮明星：機械系畢業校友林信義、蘇慶陽〉，《國立成功大學校刊》第 213 期，民國 94 年 5 月。

潘仁偉：〈社長獻聲成為五月電話總機 DJ〉，《聯合系刊》第 270 期，民國 94 年 6 月。

潘正德：〈五報合一後的變與不變：權利義務的重新調整〉，《聯合系刊》第 272 期，民國 94 年 8 月。

周立倫：〈網路城邦歡迎記者編輯掛牌〉，《聯合系刊》第 255 期，民國 94 年 9 月。

關輝啟：〈議聘與競聘〉，收錄於：錢津主編：《企業文化沙龍》叢書（二），

北京，中國經濟出版社，2005 年 9 月。

杰夫・代爾：〈中國十大世界級品牌調查〉，《看天下》半月刊總第 12
期，2005 年 9 月 22 日。

小　楓：〈頂級　CEO 也愛「跳槽」〉，《看天下》半月刊總第 14 期，2005
年 10 月 22 日。

英文部份

Deal, T. E. & A. A. Kennedy.1982. *Corporate cultures: The rites and rituals
of corporate life.* Cambridge, Mass.: Perseus Publishing.

Deal, T. E. & A. A. Kennedy. 1999. *The new corporate cultures: Revitalizing
the workplace after downsizing, mergers, and reengineering.* New York:
Basic Books.

Gersick, Kelin. E., J. A. Davis, M. McCollom Hampton, and I.
Lansberg.1997. *Generation to generation: Life cycles of the family
business.* Boston, Mass.: Harvard Business School press.

Kotter, J. P. & J. L. Heskett.1992. *Corporate culture and performance.* New
York: The Free Press.

Schein, Edgar H.1999. *The corporate culture survival guide: Sense and
nonsense about culture change.* San Francisco: Jossey-Bass.

The Formation & Vicissitudes
Related to the Corporate Culture of the UDN （1963-2005）
Roger H. D. Hsi

Abstract

The _United Daily News_ appeared on September 16th, 1951, resulting from a mergence of _Chuan Min Daily_, _Nationalist Press_ and _Economic Press_. Since then its circulation gradually surpassed those of state－owned and KMT－owned newspapers, and eventually became the champion of the Chinese newspapers for once in the world in terms of circulation and influence（mainland China not included）. The key to its success must be attributed to its inaugurator, Mr. Wang Tiwu, who laid down a "invest and further invest, progress and further progress" policy, continuously innovating its management system, improving various facilities, recruiting excellent professionals, and upgrading the welfare for its employees, through these measures its enterprise culture was thus shaped.

In January 1963, the _UDN_ issued _The UDN Press Affairs Monthly_ which was an exclusive and internal journal, with an instruction "keep secret, destroyed after reading" on its cover. From January 1983 on, due to the aggrandizement of the press, its title was changed into _The UDN Group Monthly_, to which the contributions should be "academic, professional and living." Besides this, the _UDN_ workers union also have their official publication since June 1988, named _United Union Monthly_ . These two monthlies both becomes the most important sources for those who want to probe into the growth and vicissitudes of the _UDN_'s enterprise.

The modes and elements comprised in a corporate culture are various and complicated, though, and it is not easy to examine the substantial indicators and executive effects of its policies, yet it is arguable that corporate culture may be and indeed should be properly reflected and recorded in the quantitative data relating to the review system and personnel mobility of the enterprise.

This essay is intended to make a statistical and content analysis of the _The UDN Press Affairs Monthly_ and _The UDN Group Monthly_, in contrast to its continuous growth orbit, the so－called _"UDN_ Corporate Culture" as understood by the public, and proceeds further to examine, over a span of more than five decades, how the _UDN_ has risen to be "the Kingdom of the Chinese Newspapers" under sever competitions, and how it has responded, adapted itself to, and eventually passed many ordeals brought about by the release of newspapers ban and the decease of Mr. Wang Tiwu, the unique inaugurator of the _UDN Group_.

keywords
Wang Tiwu, _United Daily News_, _The UDN Press Affairs Monthly_, _The UDN Group Monthly_, _The United Monthly_, _United Union Monthly_ , corporate culture, family business, the review system, personnel mobility

國家圖書館出版品預行編目

聯合報企業文化的形成與傳承（1963-2005）/
習賢德著. -- 一版.
臺北市：秀威資訊科技, 2006 [民 95]
面 ； 公分. -- 參考書目：面
ISBN 978-986-7080-10-3（上冊：平裝）.
ISBN 978-986-7080-11-0（下冊：平裝）
1. 聯合報 － 歷史
2. 報業 － 臺灣
898.32 95001474

社會科學類 AF0037

《聯合報》企業文化的形成與傳承(1963-2005) 下冊

作　　者 / 習賢德
發 行 人 / 宋政坤
執行編輯 / 李坤城
圖文排版 / 劉逸倩
封面設計 / 羅季芬
數位轉譯 / 徐真玉　沈裕閔
圖書銷售 / 林怡君
網路服務 / 徐國晉
出版印製 / 秀威資訊科技股份有限公司
　　　　　台北市內湖區瑞光路 583 巷 25 號 1 樓
　　　　　電話：02-2657-9211　　　傳真：02-2657-9106
　　　　　E-mail：service@showwe.com.tw
經 銷 商 / 紅螞蟻圖書有限公司
　　　　　台北市內湖區舊宗路二段 121 巷 28、32 號 4 樓
　　　　　電話：02-2795-3656　　　傳真：02-2795-4100
　　　　　http://www.e-redant.com

2006 年 7 月 BOD 再刷
定價：550 元

讀 者 回 函 卡

感謝您購買本書，為提升服務品質，煩請填寫以下問卷，收到您的寶貴意見後，我們會仔細收藏記錄並回贈紀念品，謝謝！

1. 您購買的書名：_____

2. 您從何得知本書的消息？

　　□網路書店　□部落格　□資料庫搜尋　□書訊　□電子報　□書店

　　□平面媒體　□ 朋友推薦　□網站推薦 □其他_____

3. 您對本書的評價：(請填代號　1.非常滿意 2.滿意 3.尚可 4.再改進)

　　封面設計____　版面編排____　內容____　文/譯筆____　價格____

4. 讀完書後您覺得：

　　□很有收獲　□有收獲　□收獲不多　□沒收獲

5. 您會推薦本書給朋友嗎？

　　□會　□不會，為什麼？_____

6. 其他寶貴的意見：_____

_____

_____

_____

讀者基本資料

姓名：_____ 年齡：_____ 性別：□女 □男

聯絡電話：_____ E-mail：_____

地址：_____

學歷：□高中(含)以下　　□高中　　□專科學校　　□大學

　　　□研究所(含)以上 □其他_____

職業：□製造業 □金融業 □資訊業 □軍警 □傳播業 □自由業

　　　□服務業 □公務員 □教職　□學生 □其他_____

秀威與 BOD

BOD（Books On Demand）是數位出版的大趨勢，秀威資訊率先運用 POD 數位印刷設備來生產書籍，並提供作者全程數位出版服務，致使書籍產銷零庫存，知識傳承不絕版，目前已開闢以下書系：

一、BOD　學術著作—專業論述的閱讀延伸
二、BOD　個人著作—分享生命的心路歷程
三、BOD　旅遊著作—個人深度旅遊文學創作
四、BOD　大陸學者—大陸專業學者學術出版
五、POD　獨家經銷—數位產製的代發行書籍

BOD 秀威網路書店：www.showwe.com.tw
政府出版品網路書店：www.govbooks.com.tw

永不絕版的故事・自己寫・永不休止的音符・自己唱